历代笔记小说大观

子不语 上

[清] 袁枚 撰　申孟 甘林 校点

图书在版编目(CIP)数据

子不语 / (清)袁枚撰. —上海:上海古籍出版社,
2017.12(2025.3 重印)

(历代笔记小说大观)

ISBN 978-7-5325-8181-8

Ⅰ.①子… Ⅱ.①袁… Ⅲ.①笔记小说—小说集—中
国—清代 Ⅳ.①I242.1

中国版本图书馆 CIP 数据核字(2016)第 184193 号

历代笔记小说大观

子不语

(全二册)

[清]袁 枚 撰

申孟 甘林 点校

上海古籍出版社出版、发行

(上海市闵行区号景路 159 弄 1-5 号 A 座 5F 邮政编码 201101)

(1)网址:www. guji. com. cn

(2)E-mail:guji1@guji. com. cn

(3)易文网网址:www. ewen. co

常熟文化印刷有限公司印刷

开本 635×965 1/16 印张 35.25 插页 4 字数 491,000

2016 年 11 月第 1 版 2025 年 3 月第 7 次印刷

印数:14,201—15,300

ISBN 978-7-5325-8181-8

I·3095 定价:72. 00 元

如有质量问题,请与承印公司联系

校 点 说 明

中国古典小说在其长期的发展演进过程中，逐渐形成门类众多、各具风貌的特点。其中志怪小说以独特的取材和表现形式，显示了中国古典小说的缤纷内涵与奇丽风光。

志怪小说专记奇闻异事，其源头可以上溯到先秦，有"《齐谐》者，志怪者也"（《庄子·逍遥游》）的记载。自汉魏六朝以来相沿不衰，至唐人传奇提倡文采，"托讽谕以纾牢愁，谈祸福以寓惩劝"（鲁迅《中国小说史略》），文体大变，发展至清蒲松龄的《聊斋志异》达到顶峰，之后影响最大的首推《子不语》和《阅微草堂笔记》。

《子不语》，又名《新齐谐》，二十四卷，续编十卷，是清代著名文人袁枚编撰的文言短篇小说集。书名取自《论语·述而》"子不语怪、力、乱、神"，表明专记鬼神怪异之事。作者好奇放达，在文史考辨之余，"广采游心骇耳之事，妄言妄听，记而存之"，虽自署为"戏编"，称之为"自娱"，实际上凝聚了毕生的精力。此书内容博杂，文笔流畅，借奇闻异事针砭世态人情，揭露官场黑暗，批驳程朱理学的荒谬，提倡尊重人性，具有民主性进步色彩；书中一些反对迷信的篇目，在志怪小说中尤为可贵。

此次出版《子不语》，用清乾嘉年间《随园三十种》本为底本，以光绪十八年上海图书集成书局印本校补，同时参校其他版本，改正错讹，以臻完善。

目　　录

子不语卷十四

子不语卷二十

子不语卷二十一

序

　　怪、力、乱、神，子所不语也。然龙血、鬼车，《系词》语之；玄鸟生商，牛羊饲稷，《雅》、《颂》语之；左丘明亲受业于圣人，而内外传语此四者尤详。厥何故欤？盖圣人教人文、行、忠、信而已，此外则"未知生，焉知死"，"敬鬼神而远之"，所以立人道之极也。《周易》取象幽渺，诗人自记祥瑞，左氏恢奇多闻，垂为文章，所以穷天地之变也。其理皆并行而不悖。余生平寡嗜好，凡饮酒、度曲、樗蒲，可以接群居之欢者，一无能焉，文史外无以自娱。乃广采游心骇耳之事，妄言妄听，记而存之，非有所惑也。譬如嗜味者餍八珍矣，而不广尝夫蚳醢、葵菹则脾困；嗜音者备《咸》、《韶》矣，而不旁及于《侏儒》、《僸侏》则耳狭。以妄驱庸，以骇起惰，不有博弈者乎？为之犹贤，是亦裨谌适野之一乐也。昔颜鲁公、李邺侯，功在社稷而好谈神怪，韩昌黎以道自任而喜驳杂无稽之谈，徐骑省排斥佛老而好采异闻，门下士竟有伪造以取媚者。四贤之长，吾无能为役也；四贤之短，则吾窃取之矣。书成，初名《子不语》，后见元人说部有雷同者，乃改为《新齐谐》云。

子不语卷一

李 通 判

广西李通判者，巨富也。家畜七姬，珍宝山积。通判年二十七疾卒。有老仆者，素忠谨，伤其主早亡，与七姬共设斋醮。忽一道人持簿化缘，老仆呵之曰："吾家主早亡，无暇施汝。"道士笑曰："尔亦思家主复生乎？吾能作法，令其返魂。"老仆惊奔，语诸姬，群讶然出拜，则道士去矣。老仆与群妾悔轻慢神仙，致令化去，各相归咎。未几，老仆过市，遇道士于途，老仆惊且喜，强持之请罪乞哀。道士曰："非我靳尔主之复生也。阴司例，死人还阳须得替代，恐尔家无人代死，吾是以去。"老仆曰："请归商之。"拉道士至家，以道士语告群妾。群妾初闻道士之来也甚喜，继闻将代死也皆恚，各相视嗫不发声。老仆毅然曰："诸娘子青年可惜，老奴残年何足惜！"出见道士曰："如老奴者代可乎？"道士曰："尔能无悔无怖则可。"曰："能。"道士曰："念汝诚心，可出外与亲友作别，待我作法，三日法成，七日法验矣。"老仆奉道士于家，旦夕敬礼，身至某某家，告以故，泣而诀别。其亲友有笑者、有敬者、有怜者、有揶揄不信者。老仆过圣帝庙，素所奉也，入而拜且祷曰："奴代家主死，求圣帝助道士放回家主魂魄。"语未竟，有赤脚僧立案前叱曰："汝满面妖气，大祸至矣。吾救汝，慎弗泄。"赠一纸包曰："临时取看。"言毕不见。老仆归，偷开之，手爪五具，绳索一根，遂置怀中。俄而三日之期已届，道士命移老仆床，与家主灵枢相对，铁锁扃门，凿穴以通食饮。道士与群姬相近处筑坛诵咒。居亡何，了无他异。老仆疑之，心甫动，闻床下飒然有声。两黑人自地跃出，绿睛深目，通体短毛，长二尺许，头大如车轮，目眈眈视老仆，且视且走，绕棺而行，以齿啮棺缝，缝开，闻咳嗽声，宛然家主也。二鬼启棺之前和，扶家主出，状奄然，若不胜病者。二鬼手摩其腹，口渐有声。老仆目之，形是家主，音则道士，愀然曰："圣帝之言，得无验乎？"急揣怀中纸，五爪飞出，变为金龙，长数丈，攫老仆于空中，以绳缚梁上。老仆昏然注目下视，二鬼扶家主自棺中出，至老仆卧床，无人焉者。家主大呼曰："法败矣！"二鬼狰狞，绕屋寻觅，卒不得。家主怒甚，取老仆床帐被褥碎裂之。一鬼仰头见老仆在梁，大喜，与家主腾身取之，未及屋梁，震雷一声，仆坠于地，棺合如故，二鬼亦不复见矣。群妾闻雷往，启户视之，老仆具道所见，相与急视道士，道士已为雷震死坛所。其尸上有硫黄大书"妖道炼法易形，图财贪色，天条决斩，如律令"十七字。

蔡　书　生

杭州北关门外有一屋，鬼屡见，人不敢居，扃锁甚固。书生蔡姓者，将买其宅，人危之，蔡不听。券成，家人不肯入，蔡亲自启屋，秉烛坐。至夜半，有女子冉冉来，颈拖红帛，向蔡侧拜，结绳于梁，伸颈就之，蔡无怖色。女子再挂一绳，招蔡，蔡曳一足就之，女子曰："君误矣。"蔡笑曰："汝误，才有今日，我勿误也。"鬼大哭，伏地再拜去。自此怪遂绝，蔡亦登第。或云即蔡炳侯方伯也。

南　昌　士　人

江西南昌县有士人某，读书北兰寺，一长一少，甚相友善。长者归家暴卒，少者不知也，在寺读书如故。天晚睡矣，见长者披闼入，登床抚其背曰："吾别兄不十日，竟以暴疾亡，今我鬼也。朋友之情，不能自割，特来诀别。"少者阴喝不能言，死者慰之曰："吾欲害兄，岂肯直告？兄慎弗怖。吾之所以来此者，欲以身后相托也。"少者心稍定，问托何事。曰："吾有老母，年七十余，妻年未三十，得数斛米足以养生，愿兄周恤之，此其一也；吾有文稿未梓，愿兄为镌刻，俾微名不泯，此其二也；吾欠卖笔者钱数千，未经偿还，愿兄偿之，此其三也。"少者唯唯。死者起立曰："既承兄担承，吾亦去矣。"言毕欲走。少者见其言近人情，貌如平昔，渐无怖意，乃泣留之曰："与君长诀，何不稍缓须臾去耶？"死者亦泣，回坐其床，更叙平生数语，复起曰："吾去矣。"立而不行，两眼瞠视，貌渐丑败。少者惧，促之曰："君言既毕，可去矣。"尸竟不去。少者拍床大呼，亦不去，屹立如故。少者愈骇，起而奔，尸随之奔；少者奔愈急，尸奔亦急。追逐数里，少者逾墙仆地，尸不能逾墙而垂首墙外，口中涎沫与少者之面相滴涔涔也。天明，路人过之，饮以姜汁，少者苏。尸主家方觅尸不得，闻信，舁归成殡。识者曰："人之魂善而魄恶，人之魂灵而魄愚。其始来也，一灵不泯，魄附魂以行。其既去也，心事既毕，魂一散而魄滞。魂在则其人也，魂去则非其人也。世之移尸走影，皆魄为之，惟有道之人为能制魄。"

曾 虚 舟

康熙年间有曾虚舟者，自言四川荣昌县人，佯狂吴楚间，言多奇中。所到处老幼男妇环之而行，虚舟嬉笑嫚骂，所言辄中人隐。或与人好言，其人大哭去；或答骂人，人大喜过望。在问者自知之，旁人不知。杭州王子坚先生知泸溪县事。罢官后，或议其祖坟风水不利，子坚意欲迁葬而未果。闻虚舟来，走问之。适虚舟持棒登高阜，众人环挤，子坚不得前。虚舟望见子坚，遥击以棒骂曰："你莫来，你莫来，你来便想抠尸盗骨了，行不得，行不得！"子坚悚然而归。后子坚子文璿官至御史。

钟 孝 廉

余同年邵又房，幼从钟孝廉某，常熟人也。先生性方正，不苟言笑，与又房同卧起。忽夜半醒，哭曰："吾死矣！"又房问故，曰："吾梦见二隶人从地下耸身起，至榻前，拉吾同行。路泱泱然，黄沙白草，了不见人。行数里，引入一官衙，有神，乌纱冠，南向坐。隶掖我跪堂下，神曰：'汝知罪乎？'曰：'不知。'神曰：'试思之。'我思良久，曰：'某知矣，某不孝，某父母死，停棺二十年，无力卜葬，罪当万死。'神曰：

‘罪小。’曰：‘某少时曾淫一婢，又狎二妓。’神曰：‘罪小。’曰：‘某有口过，好讥弹人文章。’神曰：‘此更小矣。’曰：‘然则某无他罪。’神顾左右曰：‘令渠照来。’左右取水一盘，沃其面，恍然悟前生姓杨，名敞，曾偕友贸易湖南，利其财物，推入水中死。不觉战栗，匐伏神前曰：‘知罪。’神厉声曰：‘还不变么？’举手拍案，霹雳一声，天崩地坼，城郭、衙署、神鬼、器械之类，了无所睹，但见汪洋大水，无边无岸，一身渺然，飘浮于菜叶之上。自念叶轻身重，何得不坠，回视己身，已化蛆虫，耳目口鼻悉如芥子，不觉大哭而醒。吾梦若是，其能久乎？”又房为宽解曰：“先生毋苦，梦不足凭也。”先生命速具棺殓之物，越三日，呕暴血亡。

南 山 顽 石

海昌陈秀才某，祷梦于肃愍庙。梦肃愍开正门延之，秀才逡巡。肃愍曰：“汝异日我门生也，礼应正门入。”坐未定，侍者启：汤溪县城隍禀见。随见一神峨冠来，肃愍命陈与抗礼，曰：“渠属吏，汝门生，汝宜上坐。”秀才皇恐而坐，闻城隍神与肃愍语甚细，不可辨，但闻“死在广西，中在汤溪，南山顽石，一活万年”十六字。城隍告退，肃愍命陈送之。至门，城隍曰：“向与于公之言，君颇闻乎？”曰：“但闻十六字。”神曰：“志之，异日当有验也。”入见肃愍，言亦如之。惊而醒，以梦语人，莫解其故。陈家贫，有表弟李姓者，选广西某府通判，欲与同行，陈不可，曰：“梦中神言‘死在广西’，若同行，恐不祥。”通判解之曰：“神言‘始在广西’，乃始终之始，非死生之死也。若既死在广西矣，又安得‘中在汤溪’乎？”陈以为然，偕至广西。通判署中西厢房，封锁甚秘，人莫敢开。陈开之，中有园亭花石，遂移榻焉，月余无恙。八月中秋，在园醉歌曰：“月明如水照楼台。”闻空中有人拊掌笑曰：“月明如水浸楼台，易‘照’字便不佳。”陈大骇，仰视之，有一老翁，白藤帽、葛衣，坐梧桐枝上。陈悸，急趋卧内，老翁落地，以手持之曰：“无怖，世有风雅之鬼如我者乎？”问：“翁何神？”曰：“勿言，吾且与汝论诗。”陈见其须眉古朴，不异常人，意渐解。入室内，互相唱和。老翁所作字，皆蝌蚪形，不能尽识。问之，曰："吾少年时，俗尚此种笔画，今颇欲以楷法易之，缘手熟，一时未能骤改。"所云少年时，乃娲皇前也。自此每夜辄来，情甚狎。通判家僮常见陈持杯向空处对饮，急白通判，通判亦觉陈神气恍惚，责曰："汝染邪气，恐'死在广西'之言验矣。"陈大悟，与通判谋归家避之。甫登舟，老翁先在，旁人俱莫见也。路过江西，老翁谓曰："明日将入浙境，吾与汝缘尽矣，不得不倾吐一言。吾修道一万年，未成正果，为少檀香三千斤刻一玄女像耳。今向汝乞之，否则将借汝之心肺。"陈大惊，问："翁修何道？"曰："斤车大道。"陈悟"斤车"二字合成一"斩"字，愈骇，曰："俟归家商之。"同至海昌，告其亲友，皆曰："肃愍所谓'南山顽石'者，得毋此怪耶？"次日老翁至，陈曰："翁家可住南山乎？"翁变色，骂曰："此非汝所能言，必有恶人教汝。"陈以其语语友，友曰："然则拉此怪入肃愍庙可也。"如其言，将至庙，老翁失色反走。陈两手夹持之，强掖以入，老翁长啸一声，冲天去，自此怪遂绝。后陈生冒籍汤溪，竟成进士，会试房师乃状元于振也。

酆 都 知 县

四川酆都县，俗传人鬼交界处。县中有井，每岁焚纸钱帛锭投之，约费三千金，名纳阴司钱粮。人或吝惜，必生瘟疫。国初知县刘纲到任，闻而禁之，众论哗然。令持之颇坚，众曰："公能与鬼神言明乃可。"令曰："鬼神何在？"曰："井底即鬼神所居。"无人敢往，令毅然曰："为民请命，死何惜？吾当自行。"命左右取长绳缚而坠焉。众持留之，令不可。其幕客李詵，豪士也，谓令曰："吾欲知鬼神之情状，请与子俱。"令沮之，客不可，亦缚而坠焉。入井五丈许，地黑复明，灿然有天光，所见城郭宫室，悉如阳世。其人民貌小，映日无影，蹈空而行，自言在此者不知有地也。见县令，皆罗拜曰："公阳官，来何为？"令曰："吾为阳间百姓请免阴司钱粮。"众鬼啧啧称贤，手加额曰："此事须与包阎罗商之。"令曰："包公何在？"曰："在殿上。"引至一处，宫室巍峨。上有冕旒而坐者，年七十余，容貌方严，群鬼传呼曰："某县令至。"公下阶迎，揖以上坐，曰："阴阳道隔，公来何为？"令起立，拱手曰："鄷都水旱频年，民力竭矣。朝廷国课尚苦不输，岂能为阴司纳帛镪，再作租户哉？知县冒死而来，为民请命。"包公笑曰："世有妖僧恶道，借鬼神为口实，诱人修斋打醮，倾家者不下千万。鬼神幽明道隔，不能家喻户晓，破其诬罔。明公为民除弊，虽不来此，谁敢相违？今更宠临，具征仁勇。"语未竟，红光自天而下，包公起曰："伏魔大帝至矣，公少避。"刘退至后堂。少倾，关神绿袍长髯，冉冉而下，与包公行宾主礼，语多不可辨。关神曰："公处有生人气，何也？"包公具道所以。关曰："若然，则贤令也，我愿见之。"令与幕客李惶恐出拜，关赐坐，颜色甚温，问世事甚悉，惟不及幽明之事。李素恋，遽问曰："玄德公何在？"关不答，色不怿，帽发尽指，即辞去。包公大惊，谓李曰："汝必为雷击死，吾不能救汝矣。此事何可问也？况于臣子之前呼其君之字乎？"令代为乞哀，包公曰："但令速死，免致焚尸。"取匣中玉印，方尺许，解李袍背印之。令与幕客李拜谢毕，仍缒而出。甫至鄷都南门，李竟中风而亡。未几，暴雷震电绕其棺椁，衣服焚烧殆尽，惟背间有印处不坏。

骷 髅 报 仇

常熟孙君寿，性狞恶，好慢神虐鬼。与人游山，胀如厕，戏取荒冢骷髅，蹲踞之，令吞其粪，曰："汝食佳乎？"骷髅张口曰："佳。"君寿大骇，急走，骷髅随之，滚地如车轮然。君寿至桥，骷髅不得上。君寿登高望之，骷髅仍滚归原处。君寿至家，面如死灰。遂病，日遗矢，辄手取吞之，自呼曰："汝食佳乎？"食毕更遗，遗毕更食，三日而死。

骷 髅 吹 气

杭州闵茂嘉好弈，其师孙姓者常与之弈。雍正五年六月，暑甚，闵招友五人，循环而弈。孙弈毕，曰："我倦，去东厢少睡，再来决胜。"少顷，闻东厢有叫号声，闵与四人趋视之，见孙伏地，涎沫满颐，饮以姜汁，苏。问之，曰："吾床上睡未熟，觉背间有一点冷，如胡桃大，渐至盘楪大，未几而半席皆冷，直透心骨，未得其故。闻床下咈咈然有声，俯视之，一骷髅张口隔席吹我，不觉骇绝，遂仆于地。骷髅竟以头击我，闻人来始去。"四人咸请掘之，闵家子俱有祸，不敢掘，遂扃东厢。

赵大将军刺皮脸怪

赵大将军良栋，平三藩后，路过四川成都。川抚迎之，授馆于民家。将军嫌其隘，意欲宿城西察院衙门。抚军曰："闻此中关锁百余年，颇有怪，不敢为公备。"将军笑曰："吾荡平寇贼，杀人无算，妖鬼有灵，亦当畏我。"即遣丁役扫除，置眷属于内室，而己独占正房，枕军中所用长戟而寝。至二鼓，帐钩声铿然，有长身而白衣者，垂大腹障床面，烛光青冷。将军起，厉声喝之。怪退行三步，烛光为之一明，照见头面，俨然俗所画方相神也。将军拔戟刺之，怪闪身于梁，再刺，再走，逐入一夹道中，隐不复见。将军还房，觉有尾之者，回目之，此怪微笑蹑其后。将军大怒，骂曰："世那得有此皮脸怪耶？"众家丁起，各持兵仗来，怪复退走。过夹道，入一空房，见沙飞尘起，簇簇有声，似其丑类共来格斗者。怪至中堂，挺然立，作负嵎状。家丁相视，无敢前。将军愈怒，手刺以戟，正中其腹，膨亨有声，其身面不复见矣。但有两金眼在壁上，大如铜盘，光睒睒射人。众家丁各以刀击之，化为满房火星，初大后小，以至于灭。东方已明，将军次日上马行，以所见语阖城文武，咸为咋舌，终不知何怪。

狐生员劝人修仙

赵大将军之子襄敏公，总督保定。夜读书西楼，门户已闭，有自窗缝中侧身入者，形甚扁。至楼中，以手搓头及手足，渐次而圆。方巾朱履，向上长揖拱手曰："生员狐仙也，居此百年，蒙诸大人俱许在此。公忽来读书，生员不敢抗天子之大臣，故来请示。公必欲在此读书,某宜迁让,须宽限三日;如公见怜,容其卵息于此,则请扃锁如平时。"赵公大骇,笑曰:"尔狐矣,安得有生员?"曰:"群狐蒙太山娘娘考试,每岁一次,取其文理精通者为生员,劣者为野狐。生员可以修仙,野狐不许修仙。"因劝赵公曰:"公等贵人,可惜不学仙耳。如某等学仙最难:先学人形,再学人语;学人语者,先学鸟语;学鸟语者,又必须尽学四海九州之鸟语,无所不能,然后能为人声,以成人形。其功已五百年矣。人学仙较异类学仙少五百年功苦,若贵人、文人学仙,较凡人又省三百年功苦。大率学仙者千年而成,此定理也。"公喜其言,即于次日扃西楼让之。此二事得于镇远太守讳之坛者,即将军之孙;且曰:"吾父后悔未问太山娘娘出何题目考狐也。"

煞 神 受 枷

淮安李姓者,与妻某氏,琴瑟调甚。李三十余病亡,已殓矣,妻不忍钉棺,朝夕哭,启而视之。故事,民间人死七日则有迎煞之举,虽至戚皆回避。妻独不肯,置子女于别室,己坐亡者帐中待之。至二鼓,阴风飒然,灯火尽绿。见一鬼,红发圆眼,长丈余,手持铁叉,以绳牵其夫,从窗外入,见棺前设酒馔,便放叉解绳,坐而大啖。每咽物,腹中啧啧有声。其夫摩抚旧时几案,怆然长叹,走至床前揭帐,妻哭抱之,泠然如一团冷云,遂裹以被。红发神竞前牵夺,妻大呼,子女尽至,红发神跟跄走。妻与子女以所裹魂放置棺中,尸渐奄然有气,遂抱置卧床上,灌以米汁,天明而苏。其所遗铁叉,俗所焚纸叉也。复为夫妇二十余年。妻六旬矣,偶祷于城隍庙,恍惚中见二弓丁舁一枷犯至。睁之,所枷者即红发神也。骂妇曰:"吾以贪馋,故为尔所弄,枷二十年矣。今乃相遇,肯放汝耶?"妇至家而卒。

张 士 贵

直隶安州参将张士贵,以公廨太仄,买屋于城东。俗传其屋有怪,张素倔强,必欲居之。既移家矣,其中堂每夜闻击鼓声,家人惶恐。张乃挟弓矢，秉烛坐。至夜静时，梁上忽伸一头，睨而相笑，张射之，全身坠地，短黑而肥，腹大如五石匏。矢中其脐，入一尺许。鬼以手摩腹，笑曰："好箭！"复射之，摩笑如前。张大呼，家人齐进，鬼升梁而走，詈曰："必灭汝家。"次日天明，参将之妻暴卒；天暮，参将之子又卒。张棺殓毕，悲悔不已。居月余，闻复壁中有呻吟声，往视，即其所殡之妻、子也。饮以姜汁，扬扬如平生。问之，皆曰："吾未尝死，但昏昏如梦，见两大黑手掷我于此。"开棺视之，荡然无有。方知人死有命，虽恶鬼相怨，亦仅能以幻术揶揄之，不能杀也。

杜 工 部

四川杜某，乾隆丁巳进士，为工部郎。年五十余，续娶襄阳某氏。婚夕，同年毕集，工部行礼毕，将入房，见花烛上有童子长三四寸，踞烛盘以口吹气，欲灭其火。工部喝之，应声走，两烛齐灭。宾客惊视，工部变色，汗如雨下。侍妾扶之登床，工部以手指屋之上下左右云："悉有人头。"汗愈甚，口渐不能言，是夕卒。襄阳夫人出轿时，见有蓬发女子迎问曰："欲镌图章否？"夫人怪其语不伦，不之应。及工部死，始知揶揄夫人者，即此怪也。工部卒后，附魂于夫人之体，每食必搤其喉，悲啼曰："舍不得！"同年周翰林煌正色责之曰："杜君何愦愦，尔死与夫人何干，而反索其命乎？"鬼大哭绝声，夫人病随愈。

胡 求 为 鬼 球

方阁学苞有仆胡求，年三十余，随阁学入直。阁学修书武英殿，胡仆宿浴德堂中。夜三鼓，见二人昇之阶下。时月明如昼，照见二人皆青黑色，短袖仄襟。胡恐，急走，随见东首一神，红袍乌纱，长丈余，以靴脚踢之，滚至西首；复有一神如东首状貌衣裳，亦以靴脚踢之，滚至东首，将胡当作抛球者然。胡痛不可忍。五更鸡鸣，二神始去，胡委顿于地。明旦视之，遍身青肿，几无完肤，病数月始愈。

江中三太子

苏州进士顾三典,好食鼋,渔者知之,每得鼋,必售顾家。顾之岳母季氏,夜梦金甲人哀求曰:"吾江中三太子也,为尔婿某所获;幸免我,必不忘报。"次早,遣家人驰救,则厨人已解之矣。是年进士家无故火自焚,图史散尽。未焚之夕,家畜一犬,忽人立,以前两足擎双盂水献主人;又见屋壁上有历代祖宗状貌如绘。识者曰:"此阳不藏阴之象也,其将火乎?"已而果然。

田 烈 妇

江苏巡抚徐公士林,素正直。为安庆太守时,日暮升堂,月色皎然,见一女子以黑帕蒙首,肩以上眉目不可辨,跪仪门外,若诉冤者。徐公知为鬼,令吏卒持牌喝曰:"有冤者,魂许进。"女子冉冉入,跪阶下,声嘶如小儿。吏卒不见,但闻其声。自言姓田,寡居守节,为其夫兄方德逼嫁谋产,致令缢死。徐公为拘夫兄,与鬼对质。初讯时,殊不服,回首见女子,大骇,遂吐情实,乃置之法。一郡哗以为神。公作《田烈妇碑记》以旌之。时泰安赵相国国麟为巡抚,责徐公,谓此事作访闻足矣,何必托鬼神以自奇。徐公深以为愧。然其事颇实,不能秘也。徐公未遇时,往京师,路上有同行客,忽称背痛,跪地叩首,曰:"我响马贼也,利公之财,将手剑公;忽有金甲神以捶击我,遂仆于地,公日后非凡人也。"言毕死。

鬼着衣受网

庐州府舒城县乡民陈姓者妻,忽为一女鬼所凭,或扼其喉,或缚其颈,旁人不能见。妇甚苦之,时将手抓领内,多出麻草绳索。夫授以桃枝一束,曰:"来即击之!"鬼怒,闹更甚。夫无可奈何,乃入城,求叶道士,赠以二十金,延之家中。设坛作法,布八卦阵于四方,中置小瓶,以五色纸剪成女衣十数件,置瓶侧,道士披发持咒。漏三下,妇人曰:"鬼来矣,手持猪肉。"夫以桃枝迎击之,果空中坠肉数块。道士告妇人曰:"如彼肯穿我纸衣,便好拿矣。"少顷,鬼果取衣,妇故意喝曰:"不许窃衣!"鬼笑曰:"这样华服,理该我着。"乃尽服之。衣化为网,重重包裹,始宽后紧,遂不能出其阵中。道士书符作咒,以法水一杯当头打去,水泼而杯不破。鬼在东,杯击之于东;鬼在西,杯击之于西。杯碎而鬼头亦裂矣。随即擒纳瓶内,封以法印五色纸,埋桃树下。复以二符入绛香末,搓为二团,付妇人曰:"此鬼亦有丈夫,半月内必来复仇,以此击之,可无患矣。"越数日,果有男鬼狰狞而来,妇如其法,鬼乃逃去。

阿　龙

苏州徐世球,居木渎,幼入城中,读书于韩其武家。韩有仆曰阿龙,年二十,侍书室颇勤。一夕,徐读书楼上,命阿龙下取茶。少顷,阿龙失色而至,曰:"某见一白衣人,在楼下狂走,呼之不应,殆鬼耶?"徐笑而不信。次夕,阿龙不敢上楼,徐命柳姓者代其职。至二更,柳下取茶,足有所触,遂仆地,视之,阿龙死于阶下。柳大呼,徐与韩氏诸宾客共来审视,见阿龙颈下有手搦痕,青黑如柳叶大,耳目口鼻尽塞黄泥,尸横而气未绝。饮以姜汁,乃苏,曰:"吾下阶时,昨白衣者当头立,年可四十余,短髯黑面,向我张嘴,伸其舌长尺许,吾欲叫喊,遂为所击,以手夹我喉。旁有一老者,白须高冠,劝曰:'渠年少,未可欺侮。'我尔时几欲气绝,适柳某撞我脚上,白衣者冲屋去矣。"徐命众人扶之登床,床上鬼灯数十,如极大萤火,彻夜不绝。次日,阿龙痴迷不食,韩氏召女巫眕之,巫曰:"取县官堂上硃笔,在病者心上书一'正'字,颈上书一'刀'字,两手书两'火'字,便可救也。"韩氏如其言,书至左手"火"字,阿龙张目大叫曰:"勿烧我!我即去可也。"自此,怪遂绝。阿龙至今犹存。

大乐上人

洛阳水陆庵僧，号大乐上人，饶于财。其邻人周某，充县役，家贫，承催税租，皆侵蚀之。每逢比期，辄向上人借贷，数年间积至七两。上人知其无力偿还，不复取索，役颇感恩，相见必曰："吾不能报上人恩，死当为驴马以报。"居无何，晚有人叩门甚急，问为谁，应声曰："周某也，来报恩耳。"上人启户，了不见人，以为有相戏者。是夜，所畜驴产一驹。明旦访役，果死。上人至驴旁，产驹奋首翘足，若相识者。上人乘之一年，有山西客来宿，爱其驹，求买之。上人弗许，不忍明言其故，客曰："然则借我骑往某县一宿可乎？"上人许之。客上鞍，揽辔笑曰："吾诈和尚耳。我爱此驴，骑之未必即返，我已措价置汝几上，可归取之。"不顾而驰。上人无可奈何，入房视之，几上白金七两，如其所负之数。

山 西 王 二

熊翰林涤斋先生为余言：康熙年间，游京师，与陈参政仪、计副宪某，饮报国寺。三人俱早贵，喜繁华，以席间不得声妓为怅，遣人召女巫某，唱秧歌劝酒。女巫唱终半席，腹胀将溲焉，出至墙下。少顷返，则两目瞪视，跪三人前呼曰："我山西王二也。某年月日，为店主赵三谋财杀死，埋骨于此寺之墙下，求三长官代为伸冤。"三人相顾大骇，莫敢发声。熊晓之曰："此司坊官事，非我辈所能主张。"女巫曰："现任司坊官俞公，与熊爷有交，但求熊爷转请俞公到此掘验足矣。"熊曰："此事重大，空言无信，如何可行？"巫曰："论理某当自陈，但某形质朽烂，须附生人而言，诸位老爷替我筹之。"言毕，女巫仆地，良久醒，问之，茫然无知。三公谋曰："我辈何能替鬼诉冤？诉亦不信，明日盍请俞司坊官共饮此处，召女巫质之，则冤白矣。"次日，招俞司坊至寺饮，告之故。召女巫，巫大惧，不肯复来。司坊官遣役拘之，巫始至，未入寺门，言状悉如昨日。司坊官启巡城御史，发掘墙下，得白骨一具,颈下有伤。询之土人,云从前此墙系山东济南府赵三安歇客寓之所,某年,卷店逃归山东。乃移文专差关提至济南,果有其人。文到之日,赵三一叫而绝。

大 福 未 享

苏州罗姓者,年二十余。元旦梦其亡祖,谓曰:"汝于十月某日将死,万不能免,可速理后事。"醒后,语其家人,群惊怖焉。至期,众家人环而视之,罗无他恙,至暮如故,家人以为梦不足信。二更后,罗溲于墙,久而不反,家人急往视,衣离其身矣。取灯照之,裸死于墙东,去衣服十余步。心口尚温,不敢遽殓。次夜,苏,告家人曰:"冤业耳!我奸妻婢小春,有胎不认,致妻拷掠而亡。渠诉冥司,亲来拘我,适我至墙,渠以手剥我衣,如我曩时淫彼之状。我昏迷不省,遂同至阴司城隍衙门。正欲讯鞫,适渠亦以前生别事发觉,为山西城隍所拘,阴官不肯久系狱因,故仍令还阳,恐终不免也。"罗父问曰:"尔亦问阳间事乎?"曰:"我自知死不可逭,恐老父无养,故问管我之隶,吾父异日何如? 隶笑曰:'念汝孝心,尔父大福未享。'"家人闻之,皆为老翁喜,翁亦窃自负。未逾月,罗父竟以膨胀亡,腹大如匏,始知"大福"者,"大腹"之应。其子又隔三年乃死。

观 音 堂

余同官赵公讳天爵者,自言为句容令时,下乡验尸。薄暮,宿古庙。梦老妪,面有积尘,发脱左鬓,立而请曰:"万蓝扼我咽喉,公为有司,须速救我。"赵惊醒张目,灯前隐隐犹有所见,急起逐之,了无所得。次早闲步,见庙侧有观音堂,旁塑一老妇,宛如梦中人。堂前沟巷狭甚,为民房出入之所。呼庙僧问曰:"汝里中得毋有万蓝乎?"僧曰:"在观音堂前出入者,即万蓝家也。"唤蓝至,问:"尔屋祖遗乎?"曰:"非也。此屋本从前观音堂大门出入之地。今年正月,寺僧盗售于我,价二十金。"赵亦不告以梦,即捐二十金,为赎还基址,加修葺焉。是时赵年四十余,尚无嗣,数月后,夫人有身。将产之夕,梦老妪复来,抱一儿与之。夫人觉,梦亦如公。遂产一儿。

常 格 诉 冤

乾隆十六年八月初三日,阅邸抄,见景山遗失陈设古玩数件,内务府官疑挑土工人所窃,召执役者数十人立而讯之。一人忽跪诉曰:"我常格也,系正黄旗人,年十二岁,赴市买物,为工人赵二图奸不遂,将刀杀死,埋我于厚载门外堆炭地方。我家父母某,尚未知也。求大人掘验伸冤。"言毕仆地,少顷复跃而起曰:"我即赵二,杀常格者我也。"内务府大人见其状,知有冤,移交刑部掘验,尸伤宛然。访其父母,曰:"我家儿遗失已一月,尚未知其死也。"随拘询赵二,尽吐情实。刑部奏:赵二自吐凶情,迹似自首,例宜减等;但为冤鬼所凭,不便援引此例,拟斩立决。奉旨依议。

蒲 州 盐 枭

岳水轩过山西蒲州盐池,见关神祠内塑张桓侯像,与关面南坐,旁有周将军像,怒目狰狞,手拖铁链,锁朽木一枝,不解何故。土人指而言曰:"此盐枭也。"问其故,曰:"宋元祐间,取盐池之水熬煎,数日而盐不成。商民惶惑,祷于庙,梦关神召众人,谓曰:'汝盐池为蚩尤所据,故烧不成盐。我享血食,自宜料理。但蚩尤之魄,吾能制之,其妻名枭者,悍恶尤甚,我不能制。须吾弟张翼德来,始能擒服。吾已遣人自益州召之矣。'众人惊寤,旦即在庙中添塑桓侯像。其夕风雷大作,朽木一根已在铁索之上。次日取水煮盐,成者十倍。"始悟今所称盐枭,实始于此。

灵壁女借尸还魂

王砚庭知灵壁县事,村中有农妇李氏,年三十许,貌丑而瞽。病臌胀十余年,腹大如豕。一夕卒。夫入城买棺,棺到将殓,妇已生矣,双目尽明,腹亦平复。夫喜,近之,妇坚拒,泣曰:"吾某村中王姑娘也,尚未婚嫁,何为至此? 吾之父母姊妹,俱在何处?"其夫大骇,急告某村,则举家哭其幼女,尸已埋矣。其父母狂奔而至,妇一见泣抱,历叙生平事,皆符合。其未婚之家亦来眝视,妇犹羞涩,赤见于面。遂两家争此妇,鸣于官,砚庭为之作合,断归村农。乾隆二十一年事。

汉高祖弑义帝

山东驿盐道卢宪观暴卒,已而复苏,云前身本九江王英布也,弑义帝乃高祖使之,非项羽所使也。高祖阴弑义帝,嫁名项羽,而伪与诸侯讨弑义帝者。羽讼于上帝,须布为质,质明,果系高祖所弑。陈平六出奇计,此其一也。故卢死而复苏。问何以迟二千年而谳始定?曰:"羽以坑咸阳卒二十万,上帝震怒,戮于阴山,受无量罪,今始满贯,方得诉冤。"按王阮亭《池北偶谈》载张巡妾报冤事,亦迟至千年。盖张以忠节,故而报复难;项以惨戮,故而申诉亦难也。

地 穷 宫

保定督标守备李昌明暴卒,三日尸不寒,家人未敢棺殓。忽尸腹胀大如鼓,一溺而苏,握送殓者手曰:"我将死时,苦楚异甚,自脚趾至于肩领,气散出不可收。既死,觉身体轻倩,颇佳于生时。所到处,天色深黄,无日色,飞沙茫茫,足不履地,一切屋舍、人物,都无所见。我神魂飘忽,随风东南行,许久,天色渐明,沙少止。俯视东北角,有长河一条,河内牧羊者三人,羊白色,肥大如马。我问家安在,牧羊人不答。又走约数十里,见远处隐隐宫殿,瓦皆黄琉璃,如帝王居。近前,有二人靴帽袍带立殿外,如世上所演高力士、童贯形状。殿前有黄金扁额,书'地穷宫'三字。我玩视良久,袍带者怒来逐我,曰:'此何地!容尔立耶?'我素刚,不肯去,与之争。殿内传呼曰:'外何喧嚷!'袍带者入,良久出曰:'汝毋去,听候谕旨。'二人环而守之。天渐暮,阴风四起,霜片如瓦,我冻久战栗,两守者亦瑟缩流涕,指我怨曰:'微汝来作闹,我辈岂受此冷夜之苦哉!'天稍明,殿内钟动,风霜亦霁。又一人出曰:'昨所留人,着送归本处。'袍带者拉以行,仍过原处,见牧羊人尚在,袍带者以我授之曰:'奉旨交此人与汝,送他还家,我去矣。'牧羊人殴我以拳,惧而坠河,饮水腹胀,一溺遂苏。"言毕后,盥手沐面,饮食如常。后十余日仍卒。先是,李之邻张姓者,睡至三更,床侧闻人呼声,惊起,见黑衣四人,各长丈余,曰:"为我引路至李守备家!"张不肯,黑衣人欲殴之,惧而同行。至李门,先有二人蹲于门上,貌更狞恶,四人不敢仰视,偕张穿篱笆侧路以入,俄而哭声内作。此事傅卓园提督所言,李其友也。

狱 中 石 匣

越州周道澧,以难荫选陕西陇州知州,抵署后,循例按狱。狱中有石匣,长尺许,封锁甚固。周欲开视,狱吏固持不可,曰:"相传自明季即有此匣,不知所藏何物,但记有道人云:开则不利于官。"周素愎,必欲开视,乃斧其匣,得人影半幅,赤身带血,面目模糊,冷气袭人。周谛视未毕,有硫黄气自匣中起,卷幅烧毁,纸灰腾空而去。周大悸,得病卒于陇。竟不知何怪。周兰坡学士为余言,州牧即其从孙也。

子不语卷二

张 元 妻

河南偃师县乡人张元妻薛氏，归宁母家返，小叔迎之。路过古墓，树木阴森，薛氏将溲焉，牵所乘驴与小叔，使视之，而挂所衣红布裙于树。溲毕返，裙失所在。归家与夫宿，侵晨不起，家人撞门入，窗牖宛然，而夫妇有身无首。告之官，不能理。拘小叔讯之，具道昨日失裙事。迹至墓所，墓旁有穴，滑溜如常有物出入者。窥之，红布裙带在外，即其嫂物。掘之，两首具在，并无棺椁。穴甚小，仅容一手。官竟不能谳也。

蝴 蝶 怪

京师叶某，与易州王四相善。王以七月七日为六旬寿期，叶骑驴往祝。过房山，天将暮矣。一伟丈夫跃马至，问将何往，叶告以故。丈夫喜曰："王四吾中表也。吾将往祝，盍同行乎？"叶大喜，与之偕行。丈夫屡蹑其背，叶固让前行，伪许而仍落后。叶疑为盗，屡回顾之。时天已黑，不甚辨其状貌，但见电光所烛，丈夫悬首马下，以两脚踏空而行。一路雷与之俱，丈夫口吐黑气，与雷相触，舌长丈余，色如硃砂。叶大骇，卒无奈何，且隐忍之，疾驱至王四家。王出与相见，欢然置酒。叶私问与路上丈夫何亲，曰："此吾中表张某也。现居京师绳匠胡同，以镕银为业。"叶稍自安，且疑路上所见眼花耳。酒毕，叶就寝，心悸不肯与同宿，丈夫固要之，不得已，请一苍头伴焉。叶彻夜不寐，而苍头酣寝矣。三鼓，灯灭，丈夫起坐，复吐其舌，一室光明，以鼻嗅叶之帐，涎流不已，伸两手，持苍头噉之，骨星星坠地。叶素奉关神，急呼曰："伏魔大帝何在？"忽訇然有钟鼓声，关帝持巨刃排梁而下，直击此怪。怪化一蝴蝶，大如车轮，张翅拒刃。盘旋片时，又霹雳一震，蝴蝶与关神俱无所见。叶昏晕仆地，日午不起。王四启门视之，具道所以。地有鲜血数斗，床上失一张某与一苍头矣。所骑马宛然在厩，急遣人至绳匠胡同踪迹张某，张方踞炉烧银，并无往易州祝寿之事。

白 二 官

常州王姓者，以幕游为业，岁暮归里，慕张氏青山庄园林之美，襆被往游。遇白二官于园中，素所狎戏旦也。甚喜，游毕同宿于园。王神思恍惚，不能成寝。见白二官伸头吹灯，灯离白所卧处二丈余，而白伸头亦长二丈余，吹灯而灭。王大骇，以被裹首而寝。白至其床前，揭被以手上下量之，所按处其冷如铁。王惊呼，无人答应。忽窗西有一黑物，猪脸毛爪，从外跳入，与白二官对搏甚凶，不知胜负。俄而天明，地上见鲜血一片，死蟒一条。急往白二官家询之，二官得蛊疾半年，一旦而愈。其疾愈之时，即王姓遇白二官之时也。

关东毛人以人为饵

关东人许善根，以掘人参为业。故事，掘参者须黑夜往掘。许夜行劳倦，宿沙上，及醒，其身为一长人所抱。身长二丈许，遍体红毛，以左手抚许之身，又以许身摩擦其毛，如玩珠玉者然。每一摩抚，则狂笑不止。许自分将果其腹矣。俄而抱至一洞，虎筋、鹿尾、象牙之类，森森山积。置许石榻上，取虎鹿进而奉之。许喜出望外，然不能食也。长人俯而若有所思，既而点首，若有所得。敲石为火，汲水焚锅为烹，熟而进之，许大唉。黎明，长人复抱而出，身挟五矢，至绝壁之上，缚许于高树。许复大骇，疑将射己。俄而，群虎闻生人气，尽出穴，争来搏许。长人抽矢毙虎，复解缚，抱许曳死虎而返，烹献如故。许始心悟长人养己以饵虎也。如是月余，许无恙，而长人竟以大肥。许一日思家，跪长人前，涕泣再拜，以手指东方不已。长人亦潸然，复抱至采参处,示以归路,并为历指产参地,示相报意。许从此富矣。

平 阳 令

　　平阳令朱铄,性惨刻,所宰邑别造厚枷巨梃,案涉妇女,必引入奸情讯之。杖妓去小衣,以杖抵其阴,使肿溃数月,曰:"看渠如何接客!"以臀血涂嫖客面。妓之美者加酷焉,髡其发,以刀开其两鼻孔,曰:"使美者不美,则妓风绝矣。"逢同寅官,必自诧曰:"见色不动,非吾铁面冰心何能如此!"以俸满,迁山东别驾。絜眷至荏平旅店,店楼封锁甚固,朱问故,店主曰:"楼中有怪,历年不启。"朱素愎,曰:"何害?怪闻吾威名,早当自退。"妻子苦劝不听。乃置妻子于别室,己独携剑秉烛坐。至三鼓,有扣门进者,白须绛冠,见朱长揖。朱叱:"何怪!"老人曰:"某非怪,乃此方土地神也。闻贵人至,此正群怪殄灭之时,故喜而相迎。"且嘱曰:"公少顷怪至,但须以宝剑挥之,某更相助,无不授首矣。"朱大喜,谢而遣之。须臾,青面者、白面者以次第至。朱以剑斫,应手而倒。最后有长牙黑嘴者来,朱以剑击,亦呼痛而陨。朱喜自负,急呼店主告之。时鸡已鸣,家人秉烛来照,横尸满地,悉其妻妾子女也。朱大叫曰:"吾乃为妖鬼所弄乎?"一恸而绝。

不 倒 翁

　　蒋生某往河南,过巩县,宿焉。店家有西楼,洒扫极净,蒋爱之,以行李往。店主笑曰:"公胆大否?此楼不甚安。"蒋曰:"椒山自有胆!"秉烛坐。至夜深,闻几下如竹桶泛水声,有跃出者,青衣皂冠,长三寸许,类世间差役状,睨蒋许久,叱叱而退。少顷,数短人舁一官至,旗帜车马之类,历历如豆。官乌纱冠危坐,指蒋大詈,声细如蜂虿,蒋无怖色。官愈怒,小手拍地,麾众短人拘蒋。众短人牵鞋扯袜,竟不能动。官嫌其无勇,攘臂自起,蒋以手撮之,置于几上。细视之,世所卖不倒翁也。块然僵仆,一土偶耳。其舆从俯伏罗拜,乞还其主。蒋戏曰:"尔须以物赎。"应声曰:"诺。"墙穴中嗡嗡有声,或四人辇一钗，或二人扛一簪，顷刻首饰金帛之属，布散于地。蒋取不倒翁掷与之，复能举动如初，然队伍不复整矣，奔窜而散。天渐明，店主大呼："失贼！"问之，则楼上赎官之物，皆三寸短人所偷店主物也。

算命先生鬼

平望周姓，以撑舟为业。舟过湖州桥下，篙触骨坛落水，至家而妹病，呼曰："我湖州算命先生徐某，在生时，督、抚、司、道贵人谁不敬我！汝何人，敢投我骨于水！"女素不识字，病后能读书，喜为人算命，写八字与之，其推排悉合世上五行之说，亦不甚验也。周具牒诉于城隍。女卧，一日醒曰："见二青衣拘一鬼，与我质于神前。鬼跪诉毁骨之事，神曰：'其兄触汝，而责之于妹，何畏强欺弱耶！汝自称能算命，而不能自护其朽骨，其算法不灵可知，生前哄骗人财物不知多少矣。笞二十，押赴湖州。'"女自此不复识字，亦不能算命矣。

鬼借力制凶人

俗传凶人之终，必有恶鬼，以其力能相制也。扬州唐氏妻某，素悍妒，妾婢死其手者无数。亡何暴病，口喃喃詈骂，如平日撒泼状。邻有徐元，膂力绝人，先一日昏晕，鼾呼叫骂如与人角斗者，逾日始苏。或问故，曰："吾为群鬼所借用耳。鬼奉阎罗命拘唐妻，而唐妻力强，群鬼不能制，故来假吾力缚之。吾与斗三日，昨被吾拉倒其足，缚交群鬼，吾才归耳。"往视唐妻，果气绝，而左足有青伤。

马　盼　盼

寿州刺史刘介石，好扶乩。牧泰州时，请仙西厅。一日，乩盘大动，书"盼盼"二字，又书有"两世缘"三字。刘大骇，以为关盼盼也。问："两世何缘？"曰："事载《西湖佳话》。"刘书纸焚之，曰："可得见面否？"曰："在今晚。"果薄暮而病，目定神昏。妻妾大骇，围坐守之。灯上片时，阴风飒然，一女子容色绝世，遍身衣履甚华，手执红纱灯，从户外入，向刘直扑，刘冷汗如雨下，心有悔意。女子曰："君怖我乎？缘尚未到故也。"复从户外出，刘病稍差。嗣后意有所动，女子辄来。刘一日寓扬州天宁寺，秋雨闷坐，复思此女，取乩焚纸，乩盘大书曰："我韦驮佛也，念汝为妖孽所缠，特来相救。汝可知天条否？上帝最恶者，以生人而好与鬼神交接，其孽在淫嗔以上。汝嗣后速宜改悔，毋得邀仙媚鬼，自戕其命！"刘悚然叩头，焚乩盘，烧符纸，自此妖绝。数年后，阅《西湖佳话》，泰州有宋时营妓马盼盼，墓在州署之左偏；《青箱杂志》载，盼盼机巧，能学东坡书法。始悟现形之妖非关盼盼也。

滇绵谷秀才半世女妆

蜀人滇谦六，富而无子，屡得屡亡。有星家教以厌胜之法，云："足下两世命中所照临者，多是雌宿，虽获雄，无益也；惟获雄而以雌畜之，庶可补救。"已而绵谷生，谦六教以穿耳、梳头、裹足，呼为小七娘。娶不梳头、不裹足、不穿耳之女以妻之。果长大，入泮，生二孙。偶以郎名孙，即死。于是每孙生，亦以女畜之。绵谷韶秀无须，颇以女自居，有《绣针词》行世。吾友杨刺史潮观，与之交好，为序其颠末。

炼　丹　道　士

楚中大宗伯张履昊，好道。予告归，寄居江宁，入城时拥朱提一百六十万。有郎总兵者，公门下士也。荐朱道士，善黄白之术，寿九百余岁，烧杏核成银，屡试若神。道士说公烧丹，以白银百万，炼丹一枚，则长生可致。公惑之，斋戒三日，定坎离之位，每一炉辄下银五万两，炭百担。昼则公亲监之，夜则使人守之。银登时化为水，炼三月，费银八十万，丹无消息。公诘之，道士曰："满百万则丹成，成后含之，不饥不寒，可南可北，随意所之，无不可到。"公无奈何，复与十余万，然已觉其妄，道士溲溺，必遣人尾之。清晨，道士溲于园，尾者回顾，忽失道士所在。往视其炉,百万俱空矣。启道士行李,得书一封,云:"公此种财,皆非义物也。吾与公有宿缘,特来取去,为公打点阴间赎罪费用,日后自有效验,幸毋相怪。"家人觇道士者皆云:"每五万银下炉时,屋上隐隐有雷声,道士惶恐伏地,以朱符盖其头,其搬运实无痕迹。"

叶 老 脱

有叶老脱者,不知其由来,科头跣足,冬夏一布袍,手挈竹席而行。常投维扬旅店,嫌客房嘈杂,欲择洁地。店主指一室曰:"此最静僻,但有鬼,不可宿。"叶曰:"无害。"径自扫除,摊竹席于地。夜卧至三鼓,门忽开,见有妇人系帛于项,双眸抉出,悬两颐下,伸舌长数尺,彳亍而来。旁有无头鬼,手提两头,继至。尾其后者:一鬼遍体皆黑,耳目口鼻甚模糊;一鬼四肢黄肿,腹大于五石匏。相诧曰:"此间有生人气,当共攫之。"群作搜捕状,卒不得近叶。一鬼曰:"明明在此,而搜之不得,奈何?"黄胖者曰:"凡吾辈之所以能摄人者,以其心怖而魂先出也。此人盖有道之士,心不怖,魂不离体,故仓猝不易得。"群鬼方彷徨四顾,叶乃起坐席上,以手自表曰:"我在此。"群鬼惊悸,齐跪地下,叶一一讯之。妇人指三鬼曰:"此死于水者,此死于火者,此盗杀人而被刑者,我则缢死此室者也。"叶曰:"若辈服我乎?"皆曰:"然。"曰:"然则各自投生,勿在此作祟。"各罗拜去。迨晓,为主人道其事,嗣后此室宴然。

苏耽老饮疫神

杭州苏耽老,性滑稽,善嘲人。人恶之,元旦,画疫神一纸厌其门。耽老晨出开门,见而大笑,迎疫神归,延之上座,与共饮酒而烧化之。是年大疫,四邻病者,争祀疫神。其病人辄作神语曰:"我元旦受苏耽老礼敬,愧无以报;欲禳我者,必请苏君陪我,我方去。"于是祀疫神者,争先请苏,苏逐日奔忙,困于酒食。其家大小十余口,无一病者。

刘刺史奇梦

陕西刘刺史介石,补官江南,寓苏州虎丘。夜二鼓,梦乘轻风归陕。未至乡里,路遇一鬼,尾之,长三尺许,囚首丧面,狞丑可憎,与刘对搏。良久,鬼败,刘挟鬼于腋下而趋,将投之河。路遇余姓者,故邻也,谓曰:"城西有观音庙,何不挟此鬼诉于观音,以杜后患?"刘然其言,挟鬼入庙。庙门外韦驮、金刚神皆怒目视鬼,各举所持兵器作击鬼状,鬼亦悚惧。观音望见,呼曰:"此阴府之鬼,须押回阴府。"刘拜谢。观音目金刚押解,金刚跪辞,语不甚解,似不屑押解者。观音笑目刘曰:"即著汝押往阴府。"刘跪曰:"弟子凡身,何能到阴府?"观音曰:"易耳。"捧刘面呵气者三,即遣出。鬼俯伏无语,相随而行。刘自念:虽有观音之命,然阴府未知在何处。正徘徊间,复遇余姓者,曰:"君欲往阴府,前路有竹笠覆地者是也。"刘望路北有笠,如俗所用酱缸篷状,以手起之,洼然一井。鬼见大喜,跃而入,刘随之,冷不可耐。每坠丈许,必为井所夹;有温气自上而下,则又坠矣。三坠后,豁然有声,乃落于瓦上。张目视之,别有天地,白日丽空,所坠之瓦上,即王者之殿角也。闻殿中群神震怒,大呼曰:"何处生人气!"有金甲者,擒刘至王前。王衮龙衣冕旒,须白如银,上坐,问:"尔生人,胡为至此?"刘具道观音遣解之事。王目金甲神捽其面仰天,谛视之,曰:"面有红光,果然佛遣来。"问:"鬼安在?"曰:"在墙脚下。"王厉声曰:"恶鬼难留,着押归原处。"群神叉戟交集,将鬼叉戟上投池,池中毒蛇怪鳖争脔食之。刘自念:已到阴府,何不一问前生事。揖金甲神曰:"某愿知前生事。"金甲神首肯,引至廊下,抽簿示之曰:"汝前生九岁时,曾盗人卖儿银八两,卖儿父母懊恨而亡。汝以此孽夭死,今再世矣,犹应为瞽,以偿前愆。"刘大惊曰:"作善可禳乎?"神:"视汝善何如耳!"语未毕,殿中呼曰:"天符至矣,速令刘某回阳,毋致泄漏阴司案件。"金甲神掖至王前,刘复跪求曰:"某凡身,何能出此阴界?"王持刘背,吸气者三,遂耸身于井。三耸三夹如前,有温气自下而上。身从井出，至长安道上，复命于观音庙，跪陈阴府本末。旁一童子，嗫嚅不已，所陈语与刘同。刘骇视之，耳目口鼻，俨然己之本身也，但缩小如婴儿。刘大惊，指童子呼曰："此妖也。"童子亦指刘呼曰："此妖也。"观音谓刘曰："汝毋恐，此汝魂也。汝魂恶而魄善，故作事坚强而不甚透彻，今为汝易之。"刘拜谢。童子不谢，曰："我在彼上，今欲易我，必先去我，我去独不于彼有伤乎？"观音笑曰："毋伤也。"手金簪长尺许，自刘之左胁插入，剔一肠出，以腕绕之。每绕尺许，则童子身渐缩小，绕毕，掷于梁上，童子不复见矣。观音以掌扑案，刘悸而醒，仍在苏州枕席间，胁下红痕犹隐然在焉。月余，陕信至，其邻人余姓者亡矣。此语介石亲为余言。

赵 李 二 生

广东赵、李二生，读书番禺山中。端阳节日，赵氏父母馈酒殽为两生庆节，两生同饮甚乐。至二鼓，闻叩门声，启之，亦书生也。衣冠楚楚，自云：相离十里许，慕两生高义，愿来纳交。邀入坐，言论风生。先论举业，后及古文、词赋，元元本本，两生自以为弗及。最后论及仙佛，赵素不乐闻，而李颇信之。书生因力辨其有，且曰："欲见佛乎？此顷刻事也。"李欣然欲试之。书生取案几叠高五尺许，身踞其上，登时有旃檀之气氤氲四至；随取身上绢带作圈，谓二生曰："从圈入，即佛地也，可以见佛。"李信之既笃，见圈中观音、韦驮，香烟飘渺，即欲以头入圈；而赵望之，则獠牙青面、吐舌丈余者在圈中矣。遂大呼，家人共进。李如梦醒者，虽挣脱，而颈已有伤。书生杳然，不复可见。两生家俱以此山有邪，不可读书，各令还家。明年，李举孝廉，会试连捷，出授庐江知县。卒以被劾，自缢而亡。

山 东 林 秀 才

山东林秀才长康，四十不第。一日有改业之想，闻旁有呼者曰："莫灰心！"林惊问："何人？"曰："我鬼也。守公而行，并为公护驾者数年矣。"林欲见其形,鬼不可;再四言,鬼曰:"公必欲见我,无怖而后可。"林许之,遂跪于前,丧面流血,曰:"某蓝城县市布者也,为掖县张某谋害,以尸压东城门石磨盘之下。公异日当宰掖县,故常侍公,求为申冤。"且言公某年举乡试,某年成进士,言毕不复见。至期,果举孝廉,惟进士之期爽焉。林叹曰:"世间功名之事,鬼亦有不知者乎?"言未毕,空中又呼曰:"公自行有亏耳,非我误报也。公于某月日私通孀妇某,幸不成胎,无人知觉,阴司记其恶而宽其罪,罚迟二科。"林悚然,谨身修善。逾二科而成进士,授官掖县。抵任巡城,见一石磨,启之,果得尸;立拘张某,讯之,尽吐杀人情实,置之于法。

秦 中 墓 道

秦中土地极厚,有掘三五丈而未及泉者。凤翔以西,其俗人死不即葬,多暴露之,俟其血肉化尽,然后葬埋,否则有"发凶"之说。尸未消化而葬者,一得地气,三月之后遍体生毛,白者号"白凶",黑者号"黑凶",便入人家为孽。刘刺史之邻孙姓者,掘沟得一石门,开之,隧道宛然,陈设鸡犬,罍尊皆瓦为之。中悬二棺,旁列男女数人,钉身于墙,盖古之为殉者。惧其仆,故钉之也。衣冠状貌,约略可睹。稍逼视之,风起于穴,悉化为灰,并骨如白尘矣。其钉犹在左右墙上,不知何王之墓。亦有掘得土人作卧形者,有头角四肢,而无耳目,疑皆古尸之所化也。

夏 侯 惇 墓

本朝松江提督张勇生时,其父梦有金甲神,自称"汉将军夏侯氏",入门随即生勇。后封侯归葬,掘地得古碑,隶书"魏将军夏侯惇墓",字如碗大。阅二千年而骨肉复归其故处,亦奇。

塞 外 二 事

雍正时,定西大将军纪成斌,以失律诛在塞外,颇为祟。后接任将军查公辕下兵某,白日仆地,自称"纪大将军",求索饮食。众皆罗拜,代为乞命。幕客陈对轩,豪士也,直前批其颊,骂曰:"纪成斌,尔征阿拉蒲坦,临阵退缩,以王法伏诛。鬼若有灵,尚宜自愧,何敢忝为厉鬼,作屠沽儿乞食状耶?"骂毕,兵蹶然起,不复呫语矣。自后凡有疫疠自称纪大将军者,称"陈相公来了"骇之,无不立愈。纪受诛时,家奴尽散,一厨者收其尸,亡何病死,常附病者身,自称"厨神",曰:"上帝怜我忠心葬主,故命为群鬼长。"问:"纪将军何在?"曰:"上帝怒其失律,使兵民受伤数万,罚为疫鬼,受我驱遣。我以主人故,终不敢,然我所言无不听。"嗣后塞外遇将军为祟,先请陈相公,如陈不来,便呼"厨神",纪亦去矣。

关 神 断 狱

溧阳马孝廉丰,未第时,馆于邑之西村李家。邻有王某,性凶恶,素捶其妻。妻饥饿,无以自存,窃李家鸡烹食之。李知之,告其夫。夫方被酒,大怒,持刀牵妻至,审问得实,将杀之。妻大惧,诬鸡为孝廉所窃,孝廉与争,无以自明,曰村有关神庙,请往掷杯珓卜之,卦阴者妇人窃,卦阳者男子窃。如其言,三掷皆阳,王投刀放妻归;而孝廉以窃鸡故,为村人所薄,失馆数年。他日有扶乩者,方登坛,自称"关神"。孝廉记前事,大骂神之不灵,乩书灰盘曰:"马孝廉,汝将来有临民之职,亦知事有缓急重轻耶?汝窃鸡,不过失馆,某妻窃鸡,立死刀下矣。我宁受不灵之名,以救生人之命。上帝念我能识政体,故超升三级,汝乃怨我耶?"孝廉曰:"关神既封帝矣,何级之升?"乩神曰:"今四海九州,皆有关神庙,焉得有许多关神分享血食?凡村乡所立关庙,皆奉上帝命,择里中鬼平生正直者,代司其事。真关神在帝左右,何能降凡耶?"孝廉乃服。

紫　清　烟　语

苏州杨大瓢讳宾者，工书法。年六十时，病死而苏，曰："天上书府唤我赴试耳。近日玉帝制《紫清烟语》一部，缮写者少，故召试诸善书人。我未知中式否，如中式，则不能复生矣。"越三日，空中有鸾鹤之声，杨愀然曰："吾不能学王僧虔，以秃笔自累，致损其生。"瞑目而逝。或问天府书家姓名，曰："索靖一等第一人，右军一等第十人。"

顾　尧　年

乾隆十五年，余寓苏州江雨峰家。其子宝臣，赴金陵乡试，归家病剧。雨峰遍召名医，均有难色；知余与薛征君一瓢交好，强余作札邀之。未至，余与雨峰候于门，病者在室呼曰："顾尧年来矣！"连称"顾叟请坐"。顾尧年者，苏市布衣，先以请平米价，倡众殴官，为苏抚安公所诛者也。坐定，语江曰："江相公，你已中乡试三十八名矣。病亦无恙，可自宽解，赐我酒肉，我便去。"雨峰闻之，急入房相慰曰："顾叟速去，当即祭叟。"病者曰："外有钱塘袁某官，喧聒于门，我怖之，不能去。"又喢曰："薛先生到门矣。其人良医也，我当避之。"雨峰急出，拉余让路，而一瓢果自外入。即告以故，一瓢大笑，曰："鬼既避我二人，请与公同入逐之。"遂入房，薛按脉，余帚扫床前，一药而愈。其年宝臣登第，果如所报之名次。

妖　道　乞　鱼

余姊夫王贡南，居杭州之横河桥，晨出遇道士于门，拱手曰："乞公一鱼。"贡南嗔曰："汝出家人吃素，乃索鱼肉耶？"曰："木鱼也。"贡南拒之。道士曰："公吝于前，必悔于后。"遂去。是夜，闻落瓦声，旦视之，瓦集于庭。次夜，衣服尽入厕溷中。贡南乞符于张有虔秀才家，张曰："我有二符，其价一贱一贵。贱者张之，可制之于旦夕，贵者张之,现神获怪。"贡南取贱者,归悬中堂。是夜果安。越三日,又有老道士,形容古怪,来叩门。适贡南他适,次子后文出见,道士曰:"汝家日前为某道所苦,其人即我之弟子也。汝索救于符,不如索救于我。可嘱汝父,明日到西湖之冷泉亭,大呼'铁冠'三声,我即至矣,否则符且为鬼窃去。"贡南归,后文告之。贡南侵晨至冷泉亭,大呼"铁冠"数百声,杳无应者。适钱塘令王嘉会路过,贡南拦舆口诉原委,王疑其痴,大被诟辱。是夜,集家丁雄健者数人,护守此符。五更,砉然有声,符已不见。旦视之,几有巨人迹,长尺许。从此每夜群鬼毕集,撞门掷碗,贡南大骇,以五十金重索符于张氏,悬后,鬼果寂然。一日,王怒其长男后曾,将杖之。后曾逃三日不归,余姊泣不已。贡南亲自寻求,见后曾徬徨于河,将溺焉。急拉上肩舆,其重倍他日。到家,两眼瞪视,语喃喃不可辨,卧席上,忽惊呼曰:"要审,要审,我即去!"贡南曰:"儿何去?我当偕去。"后曾起,具衣冠,跪符下,贡南与俱。贡南无所见,后曾见一神上坐,眉间三目,金面红须,旁跪者皆渺小丈夫。神曰:"王某阳寿未终,尔何得以其有畏惧之心,便惑之以死?"又曰:"尔等五方小吏,不受上清敕令,乃为妖道奴仆耶?"各谢罪,神予杖三十,鬼啾啾乞哀,视其臀,作青泥色。事毕,以靴脚踢,后曾如梦之初醒,汗浃于背。嗣后家亦安宁。

尸 行 诉 冤

常州西乡有顾姓者,日暮郊行,借宿古庙。庙僧曰:"今晚为某家送殡,生徒尽行,庙中无人,君为我看庙。"顾允之,为闭庙门,吹灯卧。至三鼓,有人撞门,声甚厉,顾喝问:"何人?"外应曰:"沈定兰也。"沈定兰者,顾之旧交,已死十年之人也。顾大怖,不肯开门,外大呼曰:"尔无怖,我有事托君。若迟迟不开,我既为鬼,独不能冲门而进乎?所以唤尔开门者,正以照常行事,存故人之情耳。"顾不得已,为启其钥,砉然有声,如人坠地。顾手忙眼颤,意欲举烛。忽地上又大呼曰:"我非沈定兰也。我乃东家新死李某,被奸妇毒死,故托名沈定兰,求汝伸冤。"顾曰:"我非官府,冤何能申?"鬼曰:"尸伤可验。"问尸在何处,曰:"灯至即见,但见灯,我便不能言矣。"正匆遽间,外扣门者人声甚众,顾迎出,则群僧归庙,各有骇色,曰:"正诵经送尸,尸隐不见,故各自罢归。"顾告以故,同举火,照尸有七窍流血者,奄然在地。次日,同报有司,为理其冤。

沭 阳 洪 氏 狱

乾隆甲子,余宰沭阳。有淮安吴秀才者,馆于洪氏,洪故村民,饶于财。吴挈一妻一子,居其外舍。洪氏主人偶馔先生并其子,妻独居于室。夜二更返,妻被杀死,刀掷墙外,即先生家切菜刀也。余往验尸,见妇人颈上三创,粥流喉外,为之惨然。根究凶手,无可踪迹。洪家有奴洪安者,素以左手持物,而刀痕左重右轻,遂刑讯之。初即承认,既而诉为家主洪生某指使,为奸师母不遂,故杀之。生即吴之学徒也。及讯洪生,则又以奴曾被笞,故仇诬耳。狱未具,余调江宁。后任魏公廷会,竟坐洪安,以状上。臬司翁公藻嫌供情未确,均释之,别缉正凶,十二年来未得也。丙子六月,余从弟凤仪自沭阳来,道有洪某者,系武生员,去年病死,尸柩未出,见梦于其妻曰:"某年月日,奸杀吴先生妇者,我也。漏网十余载,今被冤魂诉于天,明午雷来击棺,可速为我迁棺避之。"其妻惊觉,方议引辒之事,而棺前失火,并骨为灰烬矣;其余草屋木器,俱完好也。余方愧身为县令,妇冤不能雪,又加刑于无罪之人,深为作吏之累。然天报必迟至十年后,又不于其身,而于其无知之骸骨,何耶?此等凶徒,其身已死,其鬼不灵,何以尚存精爽于梦寐,而又自惜其躯壳者,何耶?

雷 公 被 绐

南丰征士赵黎村言:其祖某,为一乡豪士。明季乱时,有匪类某,武断乡曲,惯为纠钱作社之事,穷氓苦之。赵为告官,逐散其党。诸匪无所得,积怨者众,赵有膂力,群匪不敢私报。每天阴雷起,则聚其妻孥,具豚蹄祷曰:"何不击恶人赵某耶?"一日,赵方采花园中,见尖嘴毛人从空而下,响轰然,有硫黄气。赵知雷公为匪所绐,手溺器掷之曰:"雷公,雷公,吾生五十年,从未见公之击虎,而屡见公之击牛也,欺善怕恶,何至于此! 公能答我,虽枉死不恨。"雷噤不发声,怒目闪闪,如有惭色;又为溺所污,竟坠田中,苦吼三日。其群匪嗟曰:"吾累雷公,吾累雷公。"为设醮超度之,始去。

鬼冒名索祭

某侍卫,好驰射,逐兔东直门,有翁蹲而汲水,马逸不止,挤翁于井,某大惧,急奔归家。是夜即见此翁排闼入,骂云:"尔虽无心杀我,然见我落井,唤人救我,尚有活理,何乃忍心潜逃,竟归家耶?"某无以答。翁即毁器坏户,作祟不已。举家跪求,为设斋醮,鬼曰:"无益也。欲我安宁,须刻木为主,写我姓名于上,每日以豚蹄享我,当作祖宗待,我方饶汝。"如其言,祟为之止。自此过东直门,必纡道而避此井。后扈从圣驾,当过东直门,仍欲纡道走。其总管斥之曰:"倘上问汝何在,将何词以对? 况青天白日,千乘万骑,何畏鬼耶?"某不得已,仍过井所,则见老翁宛然立井边,奔前牵衣,骂曰:"我今日寻着汝矣。汝前年马冲我而不救,何忍心耶?"且詈且殴之,某惊遽哀恳曰:"我罪何辞,但翁已在我家受祭数年,曾面许宽我,何以又改前言?"翁更怒曰:"吾未死,何需汝祭! 我虽为马所冲,失脚落井,后有过者,闻我呼救,登时曳出,尔何得疑我为鬼?"某大骇,即拉翁同至其家,共观木主,所书者非其姓名。翁攘臂骂,取木主掷之,撒所供物于地,举家惶愕,不解其故。闻空中有声,大笑而去。

鬼畏人拚命

介侍郎有族兄某,强悍,憎人言鬼神事,每所居,喜择其素号不祥者而居之。过山东一旅店,人言西厢有怪,介大喜,开户直入。坐至二鼓,瓦坠于梁,介骂曰:"若鬼耶,须择吾屋上所无者而掷焉,吾方畏汝!"果坠一磨石。介又骂曰:"若厉鬼耶,须能碎吾之几,吾方畏汝!"

则坠一巨石,碎几之半。介大怒,骂曰:"鬼狗奴!敢碎吾之首,吾方服汝。"起立,掷冠于地,昂首而待。自此寂然无声,怪亦永断矣。

天　壳

浑天之说:天地如鸡卵,卵中之黄白未分,是混沌也;卵中之黄白既分,是开辟也。人不能游于卵壳之外,则道家三十三天之说,终属渺茫。秦中地厚,往往崩裂,全村皆陷。有冲起黑水者,有冒出烟火者,有裂而仍合者,惟所陷之人民家室,从无再出土者,亦不知何往矣。顺治三年,武威地陷。有董遇者,学炼形之术,能伏气沉海中不死。全家遭此劫,九日后,竟一身自地下起,云:初陷时,沉沉然,一日一夜,坠至于泉。其坠下之势,似飞非飞,似晕非晕,颇为顺适。犹与家人答问,一至于泉,则家口尽溺死。董伏气入水底千余丈,乃复干燥,觉四面纯黄色。已而渐明,下视苍苍然,有天在下,细听之,人民鸡犬之声因风而至。我意此是天壳之外天也,得落第二层天宫固佳,即落在人家瓦上,岂不敬我为天上人耶?因极力将身挣坠,为罡风所勒,兜卷空中,终不得下。俄而有古衣冠人,长二丈余,叱曰:"此两天分界处,万古神圣不破此关,汝何人,作此妄想?速趁地未合时,仍归汝世界;否则大地一合,百万丈,汝能穿水,不能穿土,死矣。"语未毕,忽金光万道,自远而来,热不可耐。古衣冠者抚其背曰:"速行,速行,日轮至矣!我且避去,汝血肉之身,不走将炽为飞灰。"董闻之悚然,即运气腾身而上,面目为水土所蚀,黑如焦炭,衣服肌肤,粘结一片,逾月始复人形,自称劫外叟。余按《淮南子》曰:"温带之下,无血气之伦。"日轮所近,即温带矣。

董　贤　为　神

康熙间,从叔祖弓韬公为西安同知,求雨终南山。山侧有古庙,中塑美少年,金貂龙衮,服饰如汉公侯。问道士何神,道士指为孙策。弓韬公以为孙策横行江东,未尝至长安;且以策才武,当有英锐之气,而神状妍媚如妇女，疑为邪神。会建修太白山龙王祠，意欲毁庙，拆其木瓦，移而用之。是夕，梦神召见曰："余非孙郎，乃汉大司马董圣卿也。我为王莽所害，死甚惨。上帝怜我无罪，虽居高位，蒙盛宠，而在朝未尝害一士大夫，故封我为大郎神，管此方晴雨。"弓韬公知是董贤，记贤传中有"美丽自喜"之语，谛视不已。神有不悦之色，曰："汝毋为班固所欺也。固作《哀皇帝本纪》，既言帝病痿，不能生子，又安能幸我耶？此自相矛盾语也。我当日君臣相得，与帝同卧起，事实有之。武帝时，卫、霍两将军亦有此宠，不得以安陵、龙阳见比。幸臣一星原应天象，我亦何辞，但二千年冤案，须卿为我湔雪。"言未毕，有二鬼獠牙蓝面者，牵一囚至，年已老，头秃而声嘶，手捧一卷书，神指之曰："此莽贼也。上帝以其罪恶滔天，贬入阴山，受毒蛇咀嚼久矣。今赦出，押至我所，司溷圊之事，有小过，辄以铁鞭鞭之。"弓韬公问囚手挟何书，神笑曰："此贼一生信《周礼》，虽死犹抱持不放，受铁鞭时，犹以《周礼》护其背。"弓韬公就视之，果《周礼》也。上有"臣刘歆恭校"等字，不觉大笑，遂醒。次日，捐俸百金，葺其庙，祀以少牢。又梦神来谢，且曰："蒙君修庙，甚感高义，但无人配享，我未免血食太孤。我掾史朱栩，义士也，曾收葬我尸，为莽所杀。我感其恩，奏上帝，荫其子浮为光武皇帝大司空，君其留意。"弓韬公即塑朱公像于董公侧，而兼塑一囚为王莽状，跪阶下。嗣后祈晴雨，无不立应。

三 头 人

康熙时，吴逆为乱，道路断绝。有湖州客张氏兄弟三人，在云南逃归，从蒙乐山之东步行十昼夜，遂迷失道，采木叶草根食之。晨行旷野，忽大风西来，如海潮江涛之声。三人惧，登高丘望之。见一黑牛，身大于象，兰单而过，草木为之披靡。暮无投宿所，望前大树下，若有屋宇者，趋之。屋甚宏敞，中一丈夫走出，身长丈余，颈上三头，每作语，则三口齐响，清亮可辨，似中州人音。问三人何来，俱以实告。三头人曰："汝步行迷道，得毋饥乎？"三人拜谢。随呼其妹，为客煮饭，意颇殷勤。妹应声来，亦三头女子也。视张兄弟而笑，语其兄曰："此三君，其长者可长寿，其两弟虑不免于难。"张兄弟饭毕，三头丈夫折树枝与之，曰："以此映日影而行，可当指南车也。但此去所过庙宇，可住宿，不可撞其钟鼓，须紧记之。"三人遂行。次日入乱山中，有古庙可憩，三人坐檐下，乌鸦群飞，来啄其顶。张怒，取石子击之，误触庙中钟，铿然作声。两夜叉跳出，取其两弟，擘而食之。又将及张，忽闻风涛声，有大黑牛漓然而至，与两夜叉角斗。移时，夜叉败走。张乃脱逃，行数十日，始得归里。

水　鬼　帚

表弟张鸿业，寓秦淮潘姓河房。夏夜如厕，漏下三鼓，人声已绝，月色大明。张爱月凭栏，闻水中春然有声，一人头从水中出。张疑此时安得有泅水者，谛视之，眉目无有，黑身僵立，颈不能动，如木偶然。以石掷之，仍入于水。次日午后，有一男子溺死，方知现形者水鬼也。以此告同寓人。有米客因言水鬼索命之奇：客少时，贩米嘉兴，过黄泥沟，因淤泥太深，故骑水牛而过。行至半沟，有黑手出泥中，拉其脚。其人将脚缩上，黑手即拉牛脚，牛不得动。客大骇，呼路人共牵牛，牛不起，乃以火炙牛尾，牛不胜痛，尽力拔泥而起。腹下有敝帚紧系不解，腥秽难近，以杖击之，声啾啾然，滴下水皆黑血也。众人用刀截帚下，取柴火焚之，臭经月才散。自此黄泥沟不复溺人矣。米客有诗纪其事云："本欲牵人误扯牛，何须懊悔哭啾啾。与君一把桑柴火，暗处阴谋明处休。"

罗　刹　鸟

雍正间，内城某为子娶媳，女家亦巨族，住沙河门外。新娘登轿后，骑从簇拥，过一古墓，有飚风从冢间出，绕花轿者数次，飞沙眯目，行人皆辟易，移时方定。顷之，至婿家，轿停大厅上。嫔者揭帘，扶新娘出，不料轿中复有一新娘，掀帏自出，与先出者并肩立。众惊视之，衣妆彩色，无一异者，莫辨真伪。扶入内室，翁姑相顾而骇，无可奈何。且行夫妇之礼，凡参天、祭祖，谒见诸亲，俱令新郎中立，两新人左右之。新郎私念，娶一得双，大喜过望。夜阑携两美同床，仆妇侍女辈各归寝室，翁姑亦就枕。忽闻新妇房中惨叫，披衣起，童仆妇女辈排闼入，则血淋漓满地，新郎跌卧床外，床上一新娘仰卧血泊中，其一不知何往。张灯四照，梁上栖一大鸟，色灰黑，而钩喙巨爪如雪。众喧呼奋击，短兵不及，方议取弓矢长矛，鸟鼓翅作磔磔声，目光如青燐，夺门飞去。新郎昏晕在地，云："并坐移时，正思解衣就枕，忽左边妇举袖一挥，两目睛被抉去矣，痛剧而绝，不知若何化鸟也。"再询新妇，云："郎叫绝时，儿惊问所以，渠已作怪鸟来啄儿目，儿亦顿时昏绝。"后疗治数月，俱无恙。伉俪甚笃，而两盲比目，可悲也。正黄旗张君广基为予述之如此。相传墟墓间，太阴，积尸之气久，化为罗刹鸟，如灰鹤而大，能变幻作祟，好食人眼，亦药叉、修罗、薛荔类也。

子不语卷三

烈 杰 太 子

湖州乌程县前有庙,神号烈杰太子。相传元末时,有勇少年纠乡兵起义,与张士诚将战死,土人哀之,为立庙。号烈杰者,以其勇烈而能为豪杰之意也。乾隆四十二年,邑人陈某,烧香庙中,染邪自缢。其兄名正中者,刚正士也,以为庙乃神灵所栖,不应居鬼祟。往询庙祝,云:"今岁来进香者,先有二人缢死矣。"正中大怒,率家僮各持锄械,入庙毁其神像。众乡人大骇,嘈嘈然,以为得罪神明,将为邻里祸,遂投牒县中,控正中狂悖。正中具诉原委,且云:"烈杰太子四字,不见史传,又不见志书,明系与五通、社鬼相同,非正神也。今正中已将神像拆毁,致犯乡邻怒,情愿出资将庙修好,另立关圣神像,为乡邻祈福。"县令某嘉其词正,批准允行销案。如是者两月,庙颇平安。忽孙姓家一女,年已将笄,染患邪病,目斜眉竖,自称烈杰太子,被恶人拆去神像,栖身无所,须与我酒食等语。其家进奉稍迟,则此女自批其颊,哀号痛苦。女父往正中家咎之。正中大怒,持桃枝径往女家,大呼而入,曰:"冤有头,债有主,毁汝像者我也! 我在此,汝不报仇,而欺人家小儿女,索诈酒食,何烈何杰,直是无耻小人! 敢不速走!"女作惊惧声曰:"红脸恶人又来矣! 我去,我去。"女登时苏醒。其父乃留正中住宿其家,女遂平安,正中偶然外出,鬼祟如故。于是正中与其父谋,择里中年少者嫁之。自此怪绝,而病亦愈。

裘 秀 才

南昌裘秀才某,夏日乘凉,裸卧社公庙,归家大病。其妻以为得罪社公,即具酒食,烧香纸,为秀才请罪,病果愈。妻命秀才往谢社公，秀才怒，反作牒呈，烧向城隍庙，告社公诈渠酒食，凭势为妖。烧十日后寂然，秀才更怒，又烧催呈，并责城隍神纵属员贪赃，难享血食。是夜梦城隍庙墙上贴一批条云："社公诈人酒食，有玷官箴，着革职，裘某不敬鬼神，多事好讼，发新建县责三十板。"秀才醒，心怀狐疑，以为己乃南昌县人，纵有责罚，不得在新建地方，梦未必验。未几，天雨，雷击社公庙，秀才心始忧之，不敢出门。月余，江西巡抚阿公，方入庙行香，为仇人持斧斫额。众官齐集，查拿凶人。秀才以为奇事，急往观探。新建令见其神色诧异，喝问何人，秀才口吃吃不能道一字，身著长衫，又无顶带。令怒，当街责三十板毕，始称"我是秀才"，且系裘司农本家。令亦大悔，为荐丰城县掌教。

摸 龙 阿 太

杭州少宰姚公三辰，以外科医术世其家。相传少宰之祖，半夜采药归，过西溪，醉坠于涧，以手据石，滑软有涎，旋即蠕蠕而动，惊以为蛇。少顷，负姚而上，两目如灯，照见头有须角，委姚地上，腾空去。始知乃龙也。两手触涎处，香数月不散，以之撮药，应手而愈。子孙相传呼为"摸龙阿太"，又号曰"姚篮儿"，以其采药持篮故也。每愈人病，不受谢，故孙位至二品，人以为阴德之报。

水 仙 殿

杭州学院临考，诸廪生会集明伦堂，互保应试童生，号曰保结。廪生程某，在家侵晨起，肃衣冠出门，行二三里，仍还家，闭户坐，嗫嚅若与人语。家人怪之，不敢问。少顷又出，良久不归。明伦堂待保童生到其家问信，家人愕然。方惊疑间，有箍桶匠扶之而归，则衣服沾湿，面上涂抹青泥，目瞪不语。灌以姜汁，涂以硃砂，始作声曰："我初出门，街上有黑衣人，向我拱手，我便昏迷，随之而行。其人云：'你到家收拾行李，与我同游水仙殿，何如？'我遂拉渠到家，将随身钥匙系腰，同出涌金门，到西湖边。见水面宫殿，金碧辉煌，中有数美女，艳妆歌舞。黑衣人指向余曰：'此水仙殿也。在此殿看美女，与到明伦堂保童生，二事孰乐？'余曰：'此间乐。'遂挺身赴水。忽见白头翁在后，喝曰：'恶鬼迷人，勿往勿往！'谛视之，乃亡父也。黑衣人遂与亡父互相殴击，亡父几不胜矣。适箍桶匠走来，如有热风吹入水中者。黑衣人逃，水仙殿与亡父亦不见，故得回家。"家人厚谢箍桶匠，兼问所以救之之故。匠曰："是日也，涌金门内杨姓家唤我箍桶，行过西湖，天气炎热，望见地上遗伞一柄，欲往取之遮日。至伞边，闻水中有屑索声，方知有人陷水，扶之使起，而君家相公埋头欲沉，坚持许久，才得脱归。"其妻曰："人乃未死之鬼也，鬼乃已死之人也。人不强鬼以为人，而鬼好强人以为鬼，何耶？"忽空中应声曰："我亦生员，读书者也。书云：'夫仁者，己欲立而立人，己欲达而达人。'我等为鬼者，己欲溺而溺人，己欲缢而缢人，有何不可耶？"言毕大笑而去。

火烧盐船一案

乾隆丁亥，镇江修城隍庙，董其事者，有严、高、吕三姓，设簿劝化。一日早雨，有妇人肩舆来，袖中出银一封，交严，曰："此修庙银五十两，拜烦登簿。"严请姓氏府居，以便登记。妇曰："些微小善，何必留名，烦记明银数便了。"语毕去。高、吕二人至，严述其故，并商何以登写，吕笑曰："登簿何为？趁此无人知觉，三人派分，似亦无害。"高曰："善。"严以为非理，急止之，二人不听，严无奈何，去。高、吕将银对分。及工竣，此事惟严一人知之。越八年乙未，高死；丙申，吕继亡。严未尝与人谈及。戊戌春，患疾，见二差持票谓严曰："有一妇在城隍案下告君，我等奉差拘质。"问告何事，差亦不知。严与同行，到庙门外，气象严冷，不复有平日算命起课者在矣。门内两旁，旧系居人，此时所见，尽是差役班房。过仙桥，至二门，见一带枷囚，叫曰："严兄来耶？"视之，高生也。向严泣曰："弟自乙未年辞世，迄今四载受苦，总皆阳世罪谴。眼前正在枷满，可以托生，不料又因侵蚀修庙银一案发觉，拘此审讯。"严曰："此事已隔十数年，何以忽然发觉？想彼妇告发耶？"高曰："非也。彼妇今年二月寿终，凡鬼无论善恶，具解

城隍府。彼妇乃系善人,同几个行善鬼解来过堂。城隍神戏问曰:
'尔一生闻善即趋,上年本府修署,尔独惜费,何耶?'妇曰:'鬼妇当年
六月二十日,送银五十两到公所,系一严姓生员接去,自觉些微小善,
册上不肯留名,故尊神有所未知。'神随命瘅恶司细查原委,不觉和盘
托出。因见有劝阻之言,故拘兄来对质。"严问:"吕兄今在何处?"高
叹曰:"渠生前罪重,已在无间狱中,不止为分银一事也。"语未毕,忽
二差至,曰:"老爷升座矣。"严与高等随差立阶下,有二童持彩幢引一
妇上殿,又牵一枷犯至,即吕也。城隍谓严曰:"善妇之银可交汝手
乎?"严一一从实诉明。城隍谓判官曰:"事干修理衙署,非我擅专,宜
申详东岳大帝定案,可速备文书申送。"仍令二童送妇归。二差押严
并高、吕二生出庙,过西门,一路见有男着女衣者,女穿男服者,有头
罩盐蒲包者,有披羊狗皮者,纷纷满目。耳闻人语曰:"乾隆三十六
年,仪征火烧盐船一案,凡烧死溺死者,今日业满,可以转生。"二差谓
严曰:"难得大帝坐殿,我们可速投文。"已而疾走,呼曰:"文书已投,
可各上前听点。"严等急趋,立未定,闻殿上判曰:"所解高某,窃分善
妇之银,其罪尚小,应照该城隍所拟,枷责发落;吕某生前,包揽词讼,
坑害良民,其罪甚大,除照拟枷责外,应命火神焚毁其尸;严某,君子
也,阳禄未终,宜速送还阳。"严听毕惊醒,则身卧在床,家人皆已挂
孝,曰:"相公已死三日矣。因心头未冷,故尔相守。"严将梦中事一一
言之,家人未信。后一年八月夜,吕家失火,柩果遭焚。

年　子

　　盐城东北乡草堰口小关营村民孙自成妻谢氏,除夕生子,因名年
子。年十八,挑鸡入城,半途有旋风一阵,将笼内鸡尽吹出,腾空飞
去。年子大惊,从此回家卧病,危急中,会其母将产,举家守生,无人
见护。年子昏沉,身随风荡,忽从朱门之内堕于万丈深潭,恰无痛楚。
只觉身子短小,不似平时,两目蔽涩难开,耳中所闻,仍似父母声音,
以为梦中幻境,安心待之。其时孙见谢氏产儿安稳,偷暇趋视年子,
则已死矣,不觉大哭。年子惊醒,不解其故,只闻母泣而数曰:"生此

血泡，反将我成人长大的年子死了。"悲号不已。年子始知身已转生，恐母急坏，遂大声曰："我即年子也，年子未死。"谢闻小儿言语，顿时惊风，数日而死。孙忧小儿无乳，哺以粥食，三月生齿，五月能履，取名再生，今年十六矣。此事盐城令阎公云。

狐　撞　钟

陈公树蓍，任汀漳道时，海上忽浮一钟至，大可容百石。人以为瑞，告之官，遂于城西建高楼，悬此钟焉。撞之声闻十里外，选里中老民李某掌守此楼。亡何，海水屡啸，陈公以为金水相应，海啸者，钟声所召也。命知县用印封闭此楼，并严谕李叟，不许人再撞。有美少年常来楼中，与李闲谈，偶需食物之类，往往凭空而至。李知为狐仙；忽起贪心，跪曰："君为仙人，何不赐我银物，徒以酒食来耶？"少年晓之曰："财有定数，尔命穷薄，不可得也；得且有灾，将生懊悔。"李固请不已，少年笑而应曰："诺。"少顷，见几上置大元宝一锭。嗣后，少年不至矣。李大喜，收藏衣箱中。一日，邑宰路过，闻撞钟声，怒李守护不谨，召而责之，笞十五板。李无以自明，归视印封，完好如故，然业已受笞，闷闷而已。未几，邑宰又过，楼上钟声乱鸣，遣役视之，并无一人。邑宰悟曰："楼上得毋有妖乎？"李无奈何，具以实告。命取元宝视之，即其库物也。持归旧所，钟不复鸣。

土　地　神　告　状

洞庭山棠里徐氏，家世富饶，起造花园，不足于地。东边有土地庙，香火久废，私向寺僧买归，建造亭台，已年余矣。一日，其妻韩氏，方梳头，忽仆于地，小婢扶之，亦与俱仆。少顷，婢起取大椅置堂上，扶韩氏南向坐，大言曰："我苏州城隍神也。奉都城隍神差委，来审汝家私买土地神庙事。"语毕，婢跪启太湖水神参见，又启棠里巡拦神参见。韩氏一一首颔之，最后曰："原告土地神来。"韩氏命徐家子弟奴婢听点名，分东西班侍立，有不听命者，持杖击之。唤买地人姓名，即其夫也。问价若干，中证何人，口音绝非平素吴音，乃燕赵间男子声。其夫惊骇伏地，愿退地基，建还原庙。韩氏素不识字，忽索纸笔，判云："人夺神地，理原不应，况土地神既老且贫，露宿年余，殊为可怜。屡控城隍，未蒙准理，不得已越诉都城隍。今汝既有悔心，许还庙宇，可以牲牢香火供奉之。中证某某，本应治罪，姑念所得无多，罚演戏赎罪。寺僧某，于事未发时业已身死，可毋庸议。"判毕，掷笔而卧。少顷起立，仍作女音，梳头如故。问其原委，茫然不知。其夫一一如所判而行。从此棠里土地神香火转盛。

鄱阳湖黑鱼精

鄱阳湖有黑鱼精作祟。有许客舟过，忽黑风一阵，水立数丈，上有鱼，口如臼大，向天吐浪，许客死焉。其子某，誓杀鱼以报父仇。贸易数年，资颇丰，诣龙虎山，具盛礼请于天师。时天师老矣，谓许曰："凡除怪斩妖，全仗纯气真煞。我老病且死，不能为汝用，然感汝孝心，我虽死，嘱吾子代治之。"已而，天师果死。小天师传位一年，许又往请。小天师曰："诚然，父有遗命，我不敢忘。然此妖者，黑鱼也，据鄱阳湖五百年，神通甚大。我虽有符咒法术，亦必须有根气仙官助我，方能成事。"箧中出小铜镜，付许曰："汝持此照人，凡一人而有三影者，速来告我。"许如其言，遍照江西，皆一人一影。密搜月余，忽照乡村杨家童子有三影，告天师。天师遣人至乡，厚赠其父母，诡言慕神童名，请到府中试其所学。童故贫家，欣然而来。天师供养数日，随携许及童子同往鄱阳湖，建坛诵咒。一日者，衣童子衮袍，剑缚背上，出其不意，直投湖中。众人大骇，其父母号哭，向天师索命。天师笑曰："无妨也。"俄而霹雳一声，童子手提大黑鱼头，立高浪之上。天师遣人抱至舟中，衣不沾湿，湖中水十里内，皆成血色。童子归，人争问所见。童子曰："我酣睡片时，并无所苦。但见金甲将军提鱼头放我手中，抱我立水上而已。其他我不知。"自此鄱阳湖无黑鱼之患。或云：童子者，即总漕杨清恪公也。

鄱阳小神

江西新建县张某，生二女，同日出嫁。天大风，送亲及舁轿者，一时迷惑，将妹嫁其姊家，将姊嫁其妹家。成婚后一日，方知错误。两家父母以为天缘，亦各相安无异言。其小妹所嫁夫金某，买货过鄱阳湖，舟中忽谓其火伴曰："我将作官，即日到任。"火伴咸笑之，以为戏语。行又数里，金欣然曰："胥役轿马都来迎我，我不可以久留。"言毕，跃入水中死。是夕，近湖村人见一男子，昂然来立村前，曰："我鄱阳小神也。应血食汝地方，可塑像祀我。"言毕不见。村人迟疑，未为立庙。已而头痛发热，口称小神为祟。众大骇，纠钱立庙祀之。凡有祈求，神应如响。未几，小神又至，曰："岂可神明而无妃偶乎？汝等再塑立一娘娘像配我，不可缓也。"村人如其言塑之。金家闻水死之信，捞尸殡殓，举家成服。忽一日，其妻脱衰麻，换盛服，敷脂抹粉，扬扬得意。公姑怒责曰："此非孀妇所宜。"曰："我夫并未死，现在鄱阳外湖作官，差胥役夫轿迎我上任，都已在外伺候，我何为不吉服耶？"言毕，作上轿状，随瞑目矣。嗣后，鄱阳小神之名颇著，远近烧香者争赴焉。

囊　囊

桐城南门外章云士，性好神佛。偶过古庙，见有雕木神像，颇尊严，迎归作家堂神，奉祀甚虔。夜梦有神，如所奉像，曰："我灵钧法师也。修炼有年，蒙汝敬我，以香火祀我，倘有所求，可焚牒招我，我即于梦中相见。"章自此倍加敬信。邻有女，为怪所缠，怪貌狞恶，遍体蒙茸，似毛非毛。每交媾，则下体痛楚难忍，女哀求见饶。怪曰："我非害汝者，不过爱汝姿色耳。"女曰："某家女比我更美，汝何不往缠之，而独苦我乎？"怪曰："某家女正气，我不敢犯。"女子怒，骂曰："彼正气，偏我不正气耶？"怪曰："汝某月日，烧香城隍庙，路有男子方走，汝在轿帘中暗窥，见其貌美，心窃慕之，此得为正气乎？"女面赤不能答。女母告章，章为求家堂神。是夜梦神曰："此怪未知何物，宽三日限，当为查办。"过期，神果至曰："怪名囊囊，神通甚大，非我自往剪除不可；然鬼神力量，终需恃人而行。汝择一除日，备轿一乘、夫四名、快手四名、绳索刀斧八物，剪纸为之，悉陈于厅。汝在旁喝曰：'上轿！'曰：'抬到女家！'更喝曰：'斩！'如此则怪除矣。"两家如其言。临期，扶纸轿者果觉重于平日，至女家，大喝"斩"字，纸刀盘旋如风，飒飒有声，一物掷墙而过。女身霍然如释重负。家人追视之，乃一蓑衣虫，长三尺许，细脚千条，如耀丝闪闪，自腰斫为三段。烧之，臭闻数里。桐城人不解囊囊之名，后考《庶物异名疏》，方知蓑衣虫一名囊囊。

两 神 相 殴

孝廉钟悟，常州人，一生行善，晚年无子，且衣食不周，意郁郁不乐。病临危，谓其妻曰："我死，慎毋置我棺中。我有不平事，将诉冥王，或有灵应，亦未可知。"随即气绝，而中心尚温。妻如其言，横尸以待。死三日后果苏，曰："我死后到阴间，所见人民来往与阳世一般。闻有李大王者，司赏善罚恶之事。我求人指引到他衙门，思量具诉。果到一处，宫殿巍峨，中坐尊官。我进见，自陈姓名，将生平修善不报之事，一一诉知，且责神无灵。神笑曰：'汝行善行恶，我所知也。汝穷困无子，非我所知，亦非我所司。'问何神所司，曰：'素大王。'我心知李者，理也；素者，数也。因求神送至素王处一问，神曰：'素王尊严，非如我处无人拦门者。我正有事，要与素王商办，汝可随行。'少顷，闻呼驺声，所从吏役，皆整齐严肃。行至半途，见相随有沥血者，曰受冤未报；有嚼齿者，曰逆党未除；有美妇人而拉丑男者，曰夫妇错配。最后有一人，衮冕玉带，状若帝王，貌伟然，而衣履尽湿，曰：'我周昭王也。我家祖宗自后稷、公刘，积德累仁；我祖父文、武、成、康，圣贤相继，何以一传至我，而依例南征，无故为楚人溺死？幸有勇士辛游靡，长臂多力，曳我尸起，归葬成周；否则徒为江鱼所吞矣。后虽有齐侯小白借端一问，亦不过虚应故事，草草完结。如此奇冤，二千年来绝无报应,望神替一查。'李王唯唯。余鬼闻之,纷纷然俱有怒色。钟方悟世事不平者,尚有许大冤抑,如我贫困,固是小事,气为之平。行少顷,闻途中喝道而至曰:'素王来。'李王迎上,各在舆中交谈。始而絮语,继而忿争,哓哓不可辨,再后两神下车,挥拳相殴。李渐不胜,群鬼从而助之,我亦奋身相救,终不能胜。李神怒云:'汝等从我上奏玉皇,听候处分!'随即腾云而起,二神俱不见。少顷俱下,云中有霞帔而宫装者二仙女相随来,手持金尊玉杯,传诏曰:'玉帝管三十六天事,无暇听些些小讼。今赐二神天酒一尊,共十杯,有能多饮者,便直其事。'李神大喜,自称我量素佳,踊跃持饮,至三杯便捧腹欲吐。素神饮毕七杯,尚无醉色。仙女曰:'汝等勿行,且俟我复命后再行。'须臾又下,颁玉帝诏云:'理不胜数,自古皆然。观此酒量,汝等便该明晓,要知世上凡一切神鬼、圣贤、英雄、才子、时花、美女、珠玉、锦绣、名画、法书,或得宠逢时,或遭凶受劫。素王掌管七分,李王掌管三分。素王因量大,故往往饮醉,颠倒乱行。我三十六天日食、星陨,尚被素王把持擅权,我不能作主,而况李王乎?然毕竟李王能饮三杯,则人心天理、美恶是非,终有三分公道;直到万古千秋,绵绵不断。钟某阳数虽绝,而此中消息非到世间晓谕一番,则以后告状者愈多,故且开恩,增寿一纪,放他还阳。此后永不为例。'"钟听毕还魂,又十二年乃死。常语人云:"李王貌清雅,如世所塑文昌神。素王貌陋,团团浑浑,望去耳目口鼻不甚分明。从者诸人,大概相似。千百人中亦颇有美秀可爱者,其党亦不甚推尊也。"钟本名护,自此乃改名悟。

赌钱神号迷龙

李某,官缙云令,以赌博被参。然性好之,不能一日离,病危时,犹拍肘床上,作呼卢声。其妻泣谏曰:"气喘劳神,何苦如是!"李曰:"赌非一人所能,我有朋类数人,在床前同掷骰盆,汝等特未之见耳。"已而气绝。忽又苏醒,伸手向家人云:"速烧纸锞,替还赌钱。"妻问与何人决胜,曰:"阴司赌神,号称迷龙,其门下有赌鬼数千,皆受驱使,探人将托生时，便请迷龙作一花押，纳入天灵盖中。此人一落母胎，性便好赌，虽严父贤妻，万不能救。《汉书·公卿表》，以博揜失侯者十余人，可见此神从古有之。或且一心贪赌，有美食而让他人食，有美妻而让他人眠，皆迷龙作祟也。但阴间赌法与世间不同，其法聚十余鬼同掷十三颗骰子，每子下盆，有五采金色光者，便是全胜。群鬼以所畜纸锞，全行献上。迷龙高坐抽头，以致大富。群鬼赌败穷极，便到阳间作瘟疫，诈人酒食。汝等此时烧纸钱一万，可以放我生还。”家人信之，如其言烧与之，而李竟瞑目长逝。或曰：渠又哄得赌本，可以放心大掷，故不返也。

羊骨怪

杭人李元珪，馆于沛县韩公署中，司书稟事。偶有乡亲回杭，李托带家信，命馆童调面糊封信。家童调盛碗中，李用毕，以其余置几上。夜闻窸窣声，以为鼠来偷食也。揭帐伺之，见灯下一小羊，高二寸许，浑身白毛，食糊尽，乃去。李疑眼花，次日特作糊待之。夜间小羊又至，因留心细观其去之所在，到窗外树下而没。次日，告知主人，发掘树下，有朽羊骨一条，骨窍内浆糊犹在。取而烧之，此后怪绝。

夜叉偷酒

直隶永平府滦州河下，每年龙王造宫，有黄、白二龙，从古北口拔木运来。每木百枝，一夜叉管守之。其木在水中，皆直立而行，上挂一红灯为号。关外贩木商人，每年待龙发水，然后依附运行。偶失一枝，龙怒遣夜叉寻取，风雨大作，山石皆飞。村中民造酒八缸，一夜被夜叉偷饮立尽。惧其为患，为伐一木置水中，夜始平静。此石埭令郑公首瀛为余言。郑，滦州人。

披　麻　煞

新安曹媪有孙登官,定婚某氏。将娶有日,先期扫除楼房,待新妇居。房与媪卧阁相去十步许。日向夕,媪独坐楼下,闻楼上履声橐橐,意是丫鬟,不之诘也。久而声渐厉,稍觉不类,疑是偷儿。疾趋而掩执之,起推楼门,门开,举首见一人,麻冠麻鞋,手扶桐杖,立梯上层。见媪至,返身退走,媪素有胆,不计其为人为鬼,奋前相捉。其人狂奔新房,有窸窣之声,如烟一缕而没,始悟为鬼。急下楼,欲以语人;念明日婚期已届,舍此无从觅他室,隐忍不言。次夕,新妇入门,张灯设乐。散后,媪以前事在心,不能成寐。且觇新妇,则已靓妆坐床,琴瑟之好甚笃。媪意大安,易宅之念渐差,然终以前事,故常不欲新妇独登楼。一日者,妇欲登楼,问其故,以如厕对。劝其秉烛,以熟径辞。食顷不下,媪唤之不应,遣小鬟持灯上楼,亦不见妇。媪大惊,婢曰:“是或往厨下乎?”媪谓:“我坐梯次,未见他下来。”无可奈何,乃召婿,告以失妇状,举家大骇。婢忽在楼呼曰:“娘在是。”众亟视之,则新妇团伏一小漆椅下,四肢如有捆扎之状。扶出,白沫满口,气息奄然,以水浆灌之,逾时甫醒。问之,云:“遇一披麻人为祟。”媪乃哭曰:“咎在我。”因备述前事,且告以不言之故。时夜漏将残,不能移宅,拥妇偎息在床,婿秉烛坐,双鬟立左右。至五更,侍者睡去,婿亦劳倦。稍一交睫,觉灯前有披麻人破户入,直奔床前,以指掐妇颈三五下。婿奔前救护,披麻人耸身从窗棂中去,疾于飞鸟。呼妇不应,持火视之,气已绝矣。或曰:此选日家不良于术,婚期犯披麻煞故也。

瓜　棚　下　二　鬼

海阳邑中刘氏女,夏日在瓜棚下刺绣。薄暮,家人铺蒲席招凉,女忽于座间顾影絮语,众怪其诞,呵之,乃大声曰:“唉!我岂若女耶?我为某村某妇,气忿缢死多年,欲得替人,故在此。”语毕大笑,举带自勒其颈。阖室尽惊,取米豆厌胜之,不退,乃哀求曰:“我女年年为他人压金线,取钱易米,家贫可怜,与汝素无冤,幸相舍;不然天师将至,我当往诉。"鬼惧曰:"吓人,吓人。虽然,我不可以虚返,当思所以送我。"众曰:"供香楮何如?"不应。曰:"加斗酒只鸡何如?"乃有喜色,且颔之。如其言,女果醒。未三日,家人方相庆,女衣袖忽又翩舞,愤语曰:"汝等如此薄待我,回想不肯甘休,仍须讨替。"更作恶状,以带套颈。众察其音,不类前鬼。正惊疑间,俄闻瓜棚下缒缒履响,仍在女口叱曰:"鬼婢冒我姓名,来诈钱锱,辱没煞人,亟去,亟去! 不然,我将讼汝于城隍神。"又劳问女家:"勿怕此无赖鬼,我在此,他不敢为厉。"言毕,其女颊晕红潮,状若羞缩者。食顷,两鬼寂然皆退。次日,其女依旧临镜。询其事,杳然如梦。

老人李某,海阳人,薄暮自邑中还家,觉腰缠重物,解视无有,勉荷而归,时已月上。家人闻叩扉声,走相问安,老人瞪目无言,为设酒脯,亦不食,愈益怪之。既而取布幅许悬梁间,作缢状,曰:"余缢死鬼也。今与汝翁作交代。"众惊,诘以前因,曰:"余为李氏,栖泊城中,曾至某家,祟其女于瓜棚下。因其家中哀求,我亦念伊女婉弱,是以舍去,别寻替代。奔及城门,有二大人司管甚严,不敢走过,以此日日受苦,一言难尽。"众家人曰:"城门大人既然拦阻,汝今日何能复来?"乃嘻嘻笑曰:"此实大巧事。今早乡人以粪桶寄门侧,大人者恶其臭也,两相谓曰:'昨宵雨歇,城头山色当佳,盍一凭眺乎?'遂约伴登山去矣。余得乘间出城,遇汝翁归,附他腰带间,蒙其负荷,急于得生,故仍欲相借重耳。"众闻其言软,似可以情动者,乃哀求曰:"翁年老,墓木已拱,你不忍于弱女,宁独甘心于秃翁? 如蒙哀怜,当为延名僧修法事,令你生天人境界,何如?"鬼拍手喜曰:"我前在瓜棚下,原欲挽彼作此功德,视其家贫,是以勿言。今众居士既能发大愿力,余又何求? 虽然,世人惯作哄鬼伎俩,惟求居士勿忘此言。"众唯唯,鬼即作顶礼状。食顷,老人已起,索水浆饮矣。翌日,广延僧众,作七日道场,瓜棚下从此清净。

介 溪 坟

严介溪为其妻欧阳氏卜葬，召门下风水客数十人，嘱曰："吾富贵已极，尚何他望？只望诸君择地，生子孙能再如我者而甘心焉。"诸客唯唯。未一月，有客来云："某山有穴，葬之，子孙贵寿与公相埒。"介溪命群客视之。一客独曰："若葬此，子孙虽贵，但气脉大迟，恐在六七世后耳。"俱以为然。介溪买成，开穴，中有古坟墓志，摩视之，即严氏之七世祖也。介溪大骇，急加封识。然自此严氏大衰，且籍没矣。此事严后裔名秉琏者所言。

李 半 仙

甘肃参将李璇，自称李半仙，能视人一物，便知休咎。彭芸楣少詹与沈云椒翰林同往占卜。彭指一砚问之，曰："石质厚重，形有八角，此八座象也。惜是文房之需，非封疆之料。"沈将所挂手巾问之，曰："绢素清白，自是玉堂高品，惜边幅小耳。"正笑语间，云南同知某亦来占卜，取烟管问之，曰："管有三截，镶合而成，居官亦三起三倒，然否？"曰："然。"曰："君此后为人亦须改过，不可再如烟管。"问何故，曰："烟管是最势利之物，用得着他，浑身火热；用不着他，顷刻冰冷。"其人大笑，惭沮而去。逾三年，彭学差任满回京，李亦入都引见。彭故意再取烟管问之，曰："君又放学差矣。"问何故，曰："烟非吃得饱之物，学院试差非做得富之官。且烟管终日替人呼吸，督学终年为寒士吹嘘，将必复任。"已而果然。

李 香 君 荐 卷

吾友杨潮观，字宏度，无锡人，以孝廉授河南固始县知县。乾隆壬申乡试，杨为同考官，阅卷毕，将发榜矣，搜落卷为加批焉。倦而假寐，梦有女子年三十许，淡妆，面目疏秀，短身，青绀裙，乌巾束额，如江南人仪态。揭帐低语曰:"拜托使君,'桂花香'一卷,千万留心相助。"杨惊醒,告同考官。皆笑曰:"此噩梦也。焉有榜将发而可以荐卷者乎?"杨亦以为然。偶阅一落卷,表联有"杏花时节桂花香"之句,盖壬申二月表题,即谢开科事也。杨大惊,加意翻阅。表颇华赡,五策尤详明,真饱学者;以时艺不甚佳,故置之孙山外。杨既感梦兆,又难直告主司,欲荐未荐,方徘徊间,适正主试钱少司农东麓先生,嫌进呈策通场未得佳者,命各房搜索。杨喜,即以"桂花香"卷荐上。钱公如得至宝,取中八十三名,拆卷填榜,乃商丘老贡生侯元标,其祖侯朝宗也。方疑女子来托者,即李香君。杨自以得见香君,夸于人前,以为奇事。

道 士 取 葫 芦

秀水祝宣臣,名维诰,余戊午同年也。其尊人某,饶于财。一日,有长髯道士叩门求见,主人问:"法师何为来?"曰:"我有一友,现住君家,故来相访。"祝曰:"此间并无道人,谁为君友?"道士曰:"现在观稼书房之第三间。如不信,烦主人同往寻之。"祝与同往,则书房挂吕纯阳像,道士指笑曰:"此吾师兄也。偷我葫芦,久不见还,故我来索债。"言毕,伸手向画上作取状,吕仙亦笑以葫芦掷还之。主人视画上,果无葫芦矣。大惊,问:"取葫芦何用?"道士曰:"此间一府四县,夏间将有大疫,鸡犬不留。我取葫芦炼仙丹,救此方人,能行善者,以千金买药备用,不特自活,兼可救世,立大功德。"因出囊中药数丸示主人,芬芳扑鼻,且曰:"今年八月中秋月色大明时,我仍来汝家,可设瓜果待我。此间人民恐少一半矣。"祝心动,曰:"如弟子者,可行功德乎?"曰:"可。"乃命家僮以千金与之。道士束负腰间,如匹布然,不觉其重,留药十丸,拱手别去。祝举家敬若神明,早晚礼拜。是年夏间无疫,中秋无月,且风雨交加,道士亦杳不至。

火 焚 人 不 当 水 死

泾县叶某,与人贸易安庆。江行遇风,同船十余人,半溺死矣。

独叶坠水中，见红袍人抱而起之，因以得免。自以为获神人之助，后必大贵。亡何，家居不戒于火，竟烧死。

城隍杀鬼不许为聋

台州朱始女，已嫁矣，夫外出为业。忽一日，灯下见赤脚人，披红布袍，貌丑恶，来与亵狎，且云："娶汝为妻。"妇力不能拒，因之痴迷，日渐黄瘦。当怪未来时，言笑如常，来则有风肃然，他人不见，惟妇见之。妇姊夫袁承栋，素有拳勇，妇父母将女匿袁家，数日怪不来。月余，踪迹而至，曰："汝乃藏此处乎？累我各处寻觅。及访知汝在此处，我要来，又隔一桥，桥神持棒打我，我不能过。昨日将身坐在担粪者周四桶中，才能过来。此后汝虽藏石柜中，吾能取汝。"袁与妇商量，持刀斫之，妇指怪在西则西斫，指怪在东则东斫。一日，妇喜拍手曰："斫中此怪额角矣。"果数日不至。已而，布缠其额，仍来为祟。袁发鸟枪击之，怪善于闪躲，屡击不中。一日，妇又喜曰："中怪臂矣。"果数日不来。已而，布缠其臂，又来，入门骂曰："汝如此无情，吾将索汝性命。"殴撞此妇，满身青肿，哀号欲绝。女父与袁连名作状，焚城隍庙。是夜，女梦有青衣二人，持牌唤妇听审，且索差钱，曰："此场官司，我包汝必胜，可烧锡锞二千谢我。你莫嫌多，阴间只算九七银二十两。此项非我独享，将替你为铺堂之用，凭汝叔绍先一同分散，他日可见个分明。"绍先者，朱家已死之族叔也。如其言烧与之。五更，女醒曰："事已审明，此怪是东埠头轿夫，名马大。城隍怒其生前作恶，死尚如此，用大杖打四十，戴长枷，在庙前示众。"从此妇果康健，合家欢喜。未三日，又痴迷如前，口称："我是轿夫之妻张氏，汝父、汝姊夫将我夫告城隍枷责，害我忍饥独宿。我今日要为夫报仇。"以手爪掐妇眼，眼几瞎。女父与承栋无奈何，再焚一牒与城隍。是夕，女又梦鬼隶召往，怪亦在焉。城隍置所焚牒于案前，瞋目厉声曰："夫妻一般凶恶，可谓一床不出两样人矣。非腰斩不可。"命两隶缚鬼，持刀截之，分为两段，有黑气流出，不见肠胃，亦不见有血。旁二隶请曰："可准押往鸦鸣国为聋否？"城隍不许，曰："此奴作鬼便害人；若作聋，必又害鬼,可扬灭恶气,以断其根。"两隶呼长须者二人,各持大扇,扇其尸,顷刻化为黑烟,散尽不见。囚其妻,械手足,充发黑云山罗刹神处,充当苦差。命原差送妇还阳,女惊而醒。从此朱妇安然,仍回夫家,生二子一女,至今犹存。鬼所云担粪周四者,其邻也。问之,曰:"果然可疑,我某日担空桶归,压肩甚重。"

子不语卷四

吕 蒙 涂 脸

湖北秀才钟某,唐太史赤子之表戚也。将赴秋试,梦文昌神召,跪殿下,不发一言,但呼之近前,取笔向砚上蘸极浓墨,涂其脸几满,大惊而醒。虑有污卷之事,意忽忽不乐。随入场,倦,在号檐中假寐。见有伟丈夫掀其号帘,长髯绿袍,乃关帝也。骂曰:"吕蒙老贼,你道涂抹面孔,我便不认得你么?"言毕不见。钟方悟前身是吕蒙,心甚惶悚。是年获隽,后十年选山西解梁知县。到任三日,往谒武庙,一拜不起。家人视之,业已死矣。

郑 细 九

扬州名奴多以细称。细九者,商人郑氏奴也。郑家主母病革,忽苏,蹷然而起曰:"事太可笑!我死何妨,不应托生于细九家为儿。以故我魂已出户,到半途,得此消息,将送我者打脱而返。"言毕,道口渴,索青菜汤。家人煮与之。咽少许,仍仆于床,瞑目而逝。须臾,郑细九来,报家中产一儿,口含菜叶,啼声甚厉。嗣后郑氏颇加恩养,不敢以奴产子待也。

替 鬼 做 媒

江浦南乡有女张氏,嫁陈某,七年而寡,日食不周,改适张姓。张亦丧妻七年,作媒者以为天缘巧合。婚甫半月,张之前夫附魂妻身曰:"汝太无良,竟不替我守节,转嫁庸奴。"以手自批其颊,张家人为烧纸钱,再三劝慰,作厉如故。未几,张之前妻又附魂于其夫之身,骂曰："汝太薄情，但知有新人，不知有旧人。"亦以手自击撞，举家惊惶。适其时，原作媒者秦某在旁，戏曰："我从前既替活人作媒，我今日何妨替死鬼作媒。陈某既在此索妻，汝又在此索夫，何不彼此交配而退，则阴间不寂寞，而两家活夫妻亦平安矣。何必在此吵闹耶？"张面作羞缩状，曰："我亦有此意，但我貌丑，未知陈某肯要我否。我不便自言，先生既有此好意，即求先生一说何如？"秦乃向两处通陈，俱唯唯。忽又笑曰："此事极好，但我辈虽鬼，不可野合，为群鬼所轻。必须媒人替我剪纸人作舆从，具锣鼓音乐，摆酒席，送合欢杯，使男女二人成礼而退，我辈才去。"张家如其言，从此两人之身安然无恙。乡邻哄传某村替鬼做媒，替鬼做亲。

鬼有三技过此鬼道乃穷

蔡魏公孝廉常言："鬼有三技，一迷、二遮、三吓。"或问："三技云何？"曰："我表弟吕某，松江廪生，性豪放，自号'豁达先生'。尝过泖湖西乡，天渐黑，见妇人面施粉黛，贸贸然持绳索而奔，望见吕，走避大树下，而所持绳则遗坠地上。吕取观，乃一条草索，嗅之，有阴霾之气，心知为缢死鬼，取藏怀中，径向前行。其女出树中，往前遮拦，左行则左拦，右行则右拦。吕心知俗所称'鬼打墙'是也，直冲而行。鬼无奈何，长啸一声，变作披发流血状，伸舌尺许，向之跳跃。吕曰：'汝前之涂眉画粉，迷我也；向前阻拒，遮我也；今作此恶状，吓我也。三技毕矣，我总不怕，想无他技可施。尔亦知我素名豁达先生乎？'鬼仍复原形，跪地曰：'我城中施姓女子，与夫口角，一时短见自缢。今闻泖东某家妇，亦与其夫不睦，故我往取替代。不料半路被先生截住，又将我绳夺去，我实在计穷，只求先生超生。'吕问作何超法，曰：'替我告知城中施家，作道场，请高僧，多念《往生咒》，我便可托生。'吕笑曰：'我即高僧也。我有《往生咒》，为汝一诵。'即高唱曰：'好大世界，无遮无碍，死去生来，有何替代！要走便走，岂不爽快！'鬼听毕，恍然大悟，伏地再拜，奔趋而去。后土人云：此处向不平静，自豁达先生过后，永无为祟者。"

鬼多变苍蝇

徽州状元戴有祺，与友夜醉玩月，出城步回龙桥上。有蓝衣人持伞，从西乡来，见戴公，欲前不前，疑为窃贼，直前擒问，曰："我差役也。奉本官拘人。"戴曰："汝太说谎，世上只有城里差人向城外拘人者，断无城外差人向城里拘人之理。"蓝衣者不得已，跪曰："我非人，乃鬼也。奉阴官命，就城里拘人是实。"问："有牌票乎？"曰："有。"取而视之，其第三名，即戴之表兄某也。戴欲救表兄，心疑所言不实，乃放之行，而坚坐桥上待之。四鼓，蓝衣者果至，戴问："人可拘齐乎？"曰："齐矣。"问何在，曰："在我所持伞上。"戴视之，有线缚五苍蝇在焉，嘶嘶有声。戴大笑，取而放之。其人惶急，踉跄走去。天色渐明，戴入城至表兄处探问，其家人云："家主病久，三更已死，四更复活，天明则又死矣。"

江宁刘某，年七岁，肾囊红肿，医药罔效。邻有饶氏妇，当阴司差役之事。到期，便与夫异床而寝，不饮不食，若痴迷者。刘母托往阴司一查，去三日，来报曰："无妨也。二郎前世好食田鸡，剥杀太多，故今世群鸡来啮，相与报仇。然天生田鸡，原系供人食者，虫鱼皆八蜡神所管，只须向刘猛将军处烧香求祷，便可无恙。"如其言，子疾果痊。一日者，饶氏睡两日夜方醒，醒后满身流汗，口呿喘不已。其嫂问故，曰："邻妇某氏，凶恶难捉，冥王差我拘拿。不料他临死尚强有力，与我格斗多时，幸亏我解下缠足布，捆缚其手，裁得牵来。"嫂问："现在何处？"曰："在窗外梧桐树上。"嫂往视之，见无别物，只头发拴一苍蝇，嫂戏取蝇，夹入针线箱中。未几，闻饶氏在床上有呼号声，良久乃苏，曰："嫂为戏大虐！阴司因我拿某妇不到，重责三十板，勒限再拿，嫂速还我苍蝇，以免再责。"嫂视其臀，果有杖痕，始大悔，取苍蝇付之。饶氏取含口中睡去，遂亦平静。自此不肯替人间查阴司事矣。

严秉玠

严秉玠作云南禄劝县,县署东偏有屋三间,封锁甚严,相传狐仙所居,官到必祭,严循例致祭。其妻某,必欲观之,屡伺门侧,不得见。一日,见美妇人倚窗梳头,妻素悍妒,虑惑其夫,率奴婢持棒冲入乱殴。美妇化作白鹅,绕地哀鸣。秉玠取印印其背,遂现原形,委地堕胎而死。胎中两小狐也,严取砾笔点其额,两小狐亦死。取大小狐投之火中。自此署中无狐,而严氏亦无恙。又一年,其妻怀孕,生双胞,头上各有一点红,如砾笔所点。妻大惊而殒,严以痛妻故,未几亦病亡,小儿终不育。

奉新奇事

江西奉新村民李氏妇,生产三日,胎不下。其姑率三女守之,以倦故,又请邻妇三人轮流守护。一妇姓孙,有儿尚褓褓,不能同往,乃交托外婆家,而率长子名钟者同往。钟已弱冠入学,虑夜间寂寞,乃持书一卷往。次日将午,其门内绝无人声,戚里疑之。打门入,则产妇死于床,七人死于地,七人中六人衣服面目无他异,惟气绝而已。独孙秀才身尚端坐,右手执书如故,其左臂自肩以下全身烧毁,直至脚底,黑如煤炭。合村大噪,鸣于官,急相验,命且掩埋,亦无从申报也。此事彭芸楣少司马为余言。

智 恒 僧

苏州陈国鸿,彭芸楣先生丁酉乡试所取孝廉,性好古玩。家园内有种荷花缸,年久不起,陈命扛起,阅其款识,缸下又得一坛,黄碧色,花纹甚古,中有淤泥,朽骨数片。陈投骨于水,携坛入室。夜梦一僧来曰:"我唐时僧智恒也。汝所取磁坛,乃我埋骨坛,速还我骨而土掩焉。"陈素豪,晓告友朋,不以为意。又三日,其母梦一长眉僧,挟一恶状僧至，曰："汝子无礼，贪我磁坛，抛撒我骨，我诉之不理，欺我老耳。我师兄大千闻之不平，故同来索汝子之命。"母惊醒，命家人遍寻所弃之骨，仅存一片。问孝廉，则已迷闷不省人事矣。未十日而病亡。

三　斗　汉

三斗汉者，粤之鄙人也。其饭须三斗粟乃饱，人故呼为"三斗汉"。身长一丈，围抱不周，须虬面黑，乞食于市，所得莫能果腹。一日，之惠州，戏于提督军门外，双手挈二石狮去。提督召之，则仍双挈石狮而来。提督命五牛曳横木于前，三斗汉挽其后，用鞭鞭牛，牛奋欲奔，终不能移尺寸。提督奇其力，赏食马粮，使入伍学武。乃跪求云："小人食需三斗粟，愿倍其粮。"提督许之。习武有年，驰马辄坠，箭发不中，乃改步卒，郁郁不得志而归。游于潮州，值潮之东门修湘子桥，桥梁石长三丈余，宽厚皆尺五，众工构天架，数十人挽之莫能上。三斗汉从旁笑曰："如许众人，颡面汗背，犹不能升一条石块耶？"众怒其妄，命试之，遂登架独挽而上，众股栗。桥洞故有百数，辛卯年圮其三，郡丞范公捐俸倡修，见此人能独挽巨石，费省工速，遂命尽挽其余，赏钱数十千。不一月食尽去，莫知所之。或云饿死于澄江。

苏　南　村

桐邑有苏南村者，病笃昏迷，问其家人曰："李耕野、魏兆芳可曾来否？"家人莫知，漫应之。顷又问，答以未曾来，曰："尔等当着人唤他速来。"家人以为谩语，不应，乃长叹欲逝。家人仓皇，遣健足奔市，购纸轿一乘。至则见舆夫背有李耕野、魏兆芳字样，乃恍然悟，急焚之，而其气始绝。舆夫姓字乃好事者戏书也，竟成为真，亦奇。

叶　生　妻

桐城邑西牛栏铺界叶生，笔耕糊口，父兄业农。乾隆癸卯春，佃其族人田于牌门庄，阖室移居于是。其妻年十八，素端重寡言，忽发颠谩骂，其音不一，惟骂李某丧绝天良，毁我辈十人冢，盖造房屋，好生受用，将我等骸骨践踏污秽。叶生不解，询邻老，始知房主李某于康熙时平坟架屋，事实有之。乃诘其妻云："平坟做屋，实李某事，于我何干？"妻答云："当时李某气焰甚高，我等忍气不言，多出游避之。今看尔家运低，故在此泄忿。"骂音中惟此厉声者最恶，其九音偶尔相间，亦略平和。生许以拆屋培冢，答云："屋有主人，尔不能擅拆，盍往商量？"生奔请李姓来，其妻引至堂西两正屋内，指示曰："此二椁也，此四坟也，其牖旁乃二女坟，我坟在床后墙下。"李问："尔何人？"答云："我阮姓孚名，年二十二，前明正德间儒生，读书白鹤观，戏习道教，竟成羽士。偶为贪色，逾墙被辱，自缢葬此。十人中惟我受践踏污秽更苦，故我纠合伊等同来。"李云："汝骨在何处？"答曰："正中一冢，掘下三尺，见棺黑色者，是我也。"李踌躇不敢掘，鬼骂不息。远近观者，络绎而至。有问必答，或烧纸钱求之，其九鬼亦从旁劝解，音皆自其妻口中出。缢鬼骂曰："汝等九个赌贼，得受叶家纸钱，彼此赶老羊快活，便来劝我么？"自是九鬼无声，惟缢鬼独闹。生请羽士禳解，属塾师陈某作荐送文。鬼大笑曰："不通之极，某故事用错，某处文词鄙俗，况送我文当求我，不应以威胁我。"塾师惭报，唯唯而已。道士诵经略错，必加切责。生之戚有程氏者，家素丰，方到门，鬼曰："富翁来矣，当备好茶。"章孝廉甫与生有姻，将到，鬼曰："文星至矣，求为我作墓志。"章口占一律赠之曰："当年底事竟投缳，遗体飘零瘗此间。茅屋妄成将拆去，高封误毁已培还。从兹独乐安黄壤，还望垂怜放翠鬟。他日超升藉法力，直排阊阖列仙班。"鬼谢曰："蒙奖太过，孚有风流罪过，安能排阊阖列仙班乎？惟五、六二语，见教极是，吾遵命去矣。"临去，呼叶生字告之曰："吾不受道士忏悔，受文人忏悔，亦未忘结习故也。尔盍镌诗墓石，以光泉壤？"生妻瞑目无言，越一日，乃醒。

七 盗 索 命

杭州汤秀才世坤，年三十余，馆于范家。一日晚坐，生徒四散，时冬月畏风，书斋窗户尽闭。夜交三鼓，一灯荧然，汤方看书，窗外有无头人跳入，随其后者六人，皆无头，其头悉用带挂腰间，围汤而各以头血滴之，涔涔冷湿。汤惊迷，不能声。适馆僮持溺器来，一冲而散，汤隔地不醒。僮告主人，急来救起，灌姜汤数瓯，醒，具道所以，因乞回家，主人唤肩舆送之。天已大明，家住城隍山脚下，将近山，汤告舆夫，不肯归家，愿仍至馆，云未至山脚下，望见夜中七断头鬼昂然高坐，似有相待之意。主人无奈何，仍延馆中。遂大病，身热如焚，主人素贤，为迎其妻来侍汤药。未三日卒，已而苏，谓妻曰："吾不活矣，所以复苏者，冥府宽恩，许来相诀故也。昨病重时，见青衣四人拉吾同行，云有人告发索命事。所到黄沙茫茫，心知阴界，因问吾何罪，青衣曰：'相公请自观其容便晓矣。'吾云：'人不能自见其容，作何观法？'四青衣各赠有柄小镜，曰：'请相公照。'如其言，便觉庞然魁梧，须长七八寸，非今生清瘦面貌。前生姓吴，名锵，乃明季娄县知县。七人者，七盗也，埋四万金于某所，被获后，谋以此金贿官免死。托娄县典史许某，转请于我。许匿取二万，以二万说我。我彼时明知盗罪难逭，拒之，许典史引《左氏》'杀汝，璧将焉往'之说，请掘取其金而仍杀之。我一时心贪，竟从许计，此时悔之无及。乃随四人，行至一处，宫阙壮丽，中坐衮袍阴官，色颇和。吾拜伏阶下，七鬼者捧头于肩，若有所诉，诉毕，仍挂头腰间。吾哀乞阴官，官曰：'我无成见，汝自向七鬼求情。'吾因转向七鬼叩头，云：'请高僧超度，多烧纸钱。'鬼俱不肯，其头摇于腰间，狞恶殊甚，开口露牙，就近来咬我颈。阴官喝曰：'盗休无礼！汝等罪应死，非某枉法。某之不良在取尔等财耳。但起意者典史，非吴令，似可缓索渠命。'七鬼者又各以头装颈，哭曰：'我等向伊索债，非索命也。彼食朝廷俸而贪盗财，是亦一盗也。许典史久已被我等咀嚼矣。因吴令初转世为美女，嫁宋尚书牧仲为妾，宋贵人，有文名，某等不敢近。今又托生汤家，汤祖宗素积德，家中应有科目，今年除夕，渠之姓名将被文昌君送上天榜，一入天榜则邪魔不敢近，我等又休矣。千载一时，寻捉非易，愿官勿行妇人之仁。'阴官听毕，蹙额曰：'盗亦有道，吾无如何，汝姑回阳间，一别妻孥可也。'以此我得暂苏。"语毕不复开口。妻为焚烧黄白纸钱千百万，竟无言而卒。

汤氏别房讳世昌者，次年乡试及第，中进士，入词林，人皆以为填天榜者所抽换矣。

陈清恪公吹气退鬼

陈公鹏年未遇时，与乡人李孚相善。秋夕，乘月色过李闲话。李故寒士，谓陈曰："与妇谋酒不得，子少坐，我外出沽酒，与子赏月。"陈持其诗卷，坐观待之。门外有妇人，蓝衣蓬首，开户入见陈，便却去。陈疑李氏戚也，避客故不入，乃侧坐避妇人。妇人袖物来，藏门槛下，身走入内。陈心疑何物，就槛视之，一绳也，臭有血痕。陈悟此乃缢鬼，取其绳置靴中，坐如故。少顷，蓬首妇出探藏处，失绳，怒，直奔陈前，呼曰："还我物！"陈曰："何物？"妇不答，但耸立张口吹陈，冷风一阵如冰，毛发噤龄，灯荧荧青色将灭。陈私念："鬼尚有气，我独无气乎？"乃亦鼓气吹妇，妇当公吹处，成一空洞，始而腹穿，继而胸穿，终乃头灭，顷刻如轻烟散尽，不复见矣。少顷，李持酒入，大呼妇缢于床。陈笑曰："无伤也，鬼绳尚在我靴。"告之故，乃共入解救，灌以姜汤，苏。问何故寻死，其妻曰："家贫甚，夫君好客不已，头止一钗，拔去沽酒。心闷甚，客又在外，未便声张。旁忽有蓬首妇人，自称左邻，告我以夫非为客拔钗也，将赴赌钱场耳。我愈郁恨，且念夜深，夫不归，客不去，无面目辞客。蓬首妇手作圈曰：'从此入，即佛国，欢喜无量。'余从此圈入，而手套不紧，圈屡散，妇人曰：'取吾佛带来，则成佛矣。'走出取带，良久不来。余方冥然若梦，而君来救我矣。"访之邻，数月前果缢死一村妇。

陈圣涛遇狐

绍兴陈圣涛者，贫士也。丧偶，游扬州，寓天宁寺侧一小庙，庙僧遇之甚薄。陈见庙有小楼扃闭，问僧何故，僧曰："楼有怪。"陈必欲登，乃开户入，见几上无丝毫尘，有镜架梳箧等物，大疑，以为僧藏妇人，不语出。过数日，望见美妇倚楼窥，陈亦目挑之，妇腾身下，已至陈所,陈始惊,以为非人。妇曰:"我仙也。汝毋怖,为有夙缘故耳。"款接甚殷,竟成夫妇。每月朔,妇告假七日,云往泰山娘娘处听差。陈乘妇去,启其箱,金珠烂然,陈一丝不取,代扄锁如初。妇归,陈私谓曰:"我贫甚,而君颇有余资,盍假我屯货为生业乎?"妇曰:"君骨相贫,不能富,虽作商贾无益;且喜君行义甚高,开我之箱,分文不取,亦足敬也,请资君衣食。"自后陈不起炊,中馈之事妇主之。居年余,妇谓陈曰:"妾所畜金已为君捐纳飞班通判,赴京投供即可选也。妾请先入京师,置屋待君。"陈曰:"娘子去,我从何处访寻?"曰:"君第入都,到彰义门,妾自遣人相迎。"陈如其言,后妇人两月入都,至彰义门,果有苍头跪曰:"主君到迟,娘娘相待久矣。"引至米市胡同,则崇垣大厦。奴婢数十人皆跪迎叩头,如旧曾服侍者。陈亦不解其故。登堂,妇人盛服出迎,携手入房。陈问诸奴婢何以识我,曰:"勿声张,妾假君形貌赴部投捐,又假君形貌买宅立契;诸奴婢投身时亦假君形貌以临之,故皆认识君。"因私教陈曰:"若何姓,若何名,唤遣时须如我所嘱,毋为若辈所疑。"陈喜甚,因通书于家。明年,陈之长子来,知父已续娶后母,入房拜见。母慈恤倍至如所生,子亦孝敬不违。妇人曰:"闻儿有妇,何不偕来?明年可同至别驾任所。"长子唯唯,妇人赠舟车费,迎其妻入京同居。忽一日,门外有少年求见,陈问何人,少年曰:"吾母在此。"陈问妇人,妇人曰:"是吾儿,妾前夫所生也。"唤入拜陈,并拜陈之长子,呼为兄。居亡何,妇假日也,不在家,长子亦外出,妻王氏方梳妆。少年窥嫂有色,排窗入,拥抱求欢。王不可,少年强之,弛下衣以阴示嫂(删十二字),王愈畏恶,大呼乞命。少年惧,奔出,王之裙褶已毁裂矣。长子夜归,被酒,见妻容色有异,问之,具道所以。长子不胜忿,拔几上刀,寻少年,少年已卧,就帐中斫之,烛照,一狐断首而毙。陈知其事,惊骇,惧妇人假满归,必索其子命,乃即夜父子逃归绍兴。官不赴选,一钱不得着身,贫如故。

长　鬼　被　缚

竹墩沈翰林厚余,少与友张姓同学读书。数日,张不至,问之,张患伤寒甚剧，因往问候。入门悄然，将升堂，见堂上先有一长人端立，仰面视堂上题额。沈疑非人，戏解腰带潜缚其两腿。长人惊，转面相视，沈叩以何处来，长人云："张某将死，余为勾差，当先来与其家堂神说明，再动手勾捉。"沈以张寡母在堂，未娶无子，胡可以死？恳画计缓之。长人亦有怜色，而谢以无术。沈代恳再三，长人曰："只一法耳。张明日午时当死，先期有冥使五人偕予自其门外柳树下入。冥中鬼饥渴久，得饮食即忘事。君可预设二席，置六人座，君候于门外柳树边，有旋风自上而下，即拱揖入门，延之入座，勤为劝酬，视日影逾午，则起散，张可以免。"沈允诺，即入语张家人，届期一一如所教。张至巳刻已昏晕，当午，惟存一息，外席散而神气渐复。沈大喜归。月余，夜梦前长人作痛楚状，攒眉告曰："前为君画策，张君得延一纪，入学且当中某科副车，举二子，而余以泄冥事，为同辈所告，责四十板，革役矣。余本非鬼，乃峡石镇挑脚夫刘先，今遭冥责，不复能行起，尚有三年阳数未终，须君语张君，给日用费，终我余年。"沈语张，张即持数十金，偕沈买舟访之，果得其人，方以瘫疾卧床，乃拜谢床下，以所携金赠之而返。张后一如梦中所语。

西 园 女 怪

杭郡周姓者，与友陈某游邗上，主某绅家。时初秋，尚有余暑，所居屋颇隘，主人西园精舍数间，颇幽静，面山临池，二人移榻其中，数夜安然。一夕步月，至二鼓，入室将寝，闻庭外步屧声，徐徐吟曰："春花成往事，秋月又今宵。回首巫山远，空将两鬓凋。"两人初疑主人出游，既而语气不类，披衣窃视，见一美女背栏干立。两人私语，未闻主人家有此人，且装束殊不似近时，得毋世所谓鬼魅者此乎？陈少年，情动，曰："有此丽质，魅亦何妨！"因呼曰："美人何不入室一谈？"庭外应声曰："妾可入，君独不可出耶？"陈拉周启户出，不复见人，呼之，随呼随应，而人不可得。寻声以往，若在树间，审视之，则柳枝下倒悬一妇人首。二人骇极，大呼。首坠地，跳跃而来。二人急奔避入室，首已随至。两人关门，尽力抵之，首啮门限，咋咋有声。俄闻鸡鸣，首跳跃去，至池而没。两人迨天明，急移住旧所，各病疟数十日。

雷诛营卒

乾隆三年二月间，雷震死一营卒。卒素无恶迹，人咸怪之。有同营老卒，告于众曰："某顷已改行为善。二十年前披甲时，曾有一事，我因同为班卒，稔知之。某将军猎皋亭山下，某立帐房于路旁。薄暮，有小尼过帐外。见前后无人，拉入行奸。尼再四抵拦，遗其裤而逸。某追半里许，尼避入一田家，某怅怅而返。尼所避之家，仅一少妇，一小儿，其夫外出佣工。见尼入，拒之，尼语之故，哀求假宿。妇怜而许之，借以己裤，尼约以三日后当来归还，未明即去。夫归，脱垢衣欲换，妇启箧，求之不得，而己裤故在，因悟前仓卒中误以夫裤借去。方自咎未言，而小儿在旁曰：'昨夜和尚来穿去耳。'夫疑之，细叩踪迹。儿具告和尚夜来哀求阿娘，如何留宿，如何借裤，如何带黑出门。妇力辩是尼非僧。夫不信，始以詈骂，继加捶楚。妇遍告邻佑，邻佑以事在昏夜，各推不知。妇不胜其冤，竟缢死。次早，其夫启门，见女尼持裤来还，并篮贮糕饵为谢。其子指以告父曰：'此即前夜借宿之和尚也。'夫悔，痛杖其子，毙于妇枢前，己亦自缢。邻里以经官不无多累，相与殡殓，寝其事。次冬将军又猎其地，土人有言之者。余虽心识为某卒，而事既寝息，遂不复言。曾密语某，某亦心动，自是改行为善，冀以盖愆，而不虞天诛之必不可逭也。"

青 龙 党

杭州旧有恶少，歃血结盟，刺背为小青龙，号青龙党，横行闾里。雍正末年，臬司范国瑄擒治之，死者十之八九。首恶董超，竟以逃免。乾隆某年冬，梦其党数十人走告曰："子为党首，虽幸逃免，明年当伏天诛。"董惶恐求计，众曰："计惟投保叔塔草庵僧为徒，力持戒行，或可倖免。"董梦觉，访之塔下，果有老僧，结草棚趺坐诵经。董长跪泣涕，自陈罪戾，愿度为弟子。老僧初犹逊谢，既见其情真，乃与剪发为头陀,令日间诵经,夜沿山敲木鱼,念佛号。自冬至春,修持颇力。四月某日,从市上化斋归,小憩土地祠,朦胧睡去,见其党来促曰:"速归,速归,今夕雷至矣!"董惊觉,踉跄归棚,天已昏黑,果有雷声。董以梦告僧,僧令跪己膝下,两袖蒙其顶而诵经如故。不数刻,电光绕棚,霹雳连下,或中棚左石,或中棚右树,如是者七八击,皆不得中。少顷,风雷俱止,云开见月,老僧谓难已过,掖以起曰:"从此当无事矣。"董惊魂少定,拜谢老僧。出棚外,忽电光烁然,震霆一声,已毙石上。

陈 州 考 院

河南陈州学院衙堂后,有楼三间封锁,相传有鬼物。康熙中,汤西崖先生以给谏视学其地,亦以老吏言,扃其楼如故。时值盛暑,幕中人多屋少。杭州王秀才奥、中州景秀才考祥,居常以胆气自壮,欲移居高楼。汤告以所闻。不信,断锁登楼,则明窗四敞,梁无点尘,愈疑前言为妄。景榻于楼之外间,王榻于楼之内间,让中一间为起坐所。漏下二鼓,景先睡,王从中间持烛归寝,语景曰:"人言楼有祟,今数夕无事,可知前人无胆,为书吏所愚。"景未答,便闻楼梯下有履声徐徐登者。景呼王曰:"楼下何响?"王笑曰:"想楼下人故意来吓我耳。"少顷,其人连步上。景大窘号呼,王亦起,持烛出,至中间,灯光收缩如萤火。二人惊,急添烧数烛,烛光稍大,而色终青绿。楼门洞开,门外立一青衣人,身长二尺,面长二尺,无目无口无鼻而有发,发直竖,亦长二尺许。两人大声唤:"楼下人来!"此物遂倒身而下。窗外四面啾啾然,作百种鬼声,房中什物皆动跃,二人几骇死。至鸡鸣始息。次日,有老吏言:先是,溧阳潘公督学时,岁试毕,明日当发案。潘已就寝,将二更,忽闻堂上击鼓声。潘遣僮问之,值堂吏云:"顷有披发妇人从西考棚中出,上阶求见大人,吏以深夜不敢传,答曰:'吾有冤,欲见大人陈诉。吾非人,乃鬼也。'吏惊仆。鬼因自击鼓。"署中皆惶遽,不知所为。仆人张姓者,稍有胆,乃出问之。鬼曰:"大人见我何碍! 今既不出,即烦致语:我某县某生家仆妇也。主人涎我色,奸我不从,则鞭挞之。我语夫,夫醉后有不逊语。渠夜率家人杀我夫喂马。次早入房,命数人抱我行奸,我肆口詈之。遂大怒,立捶死,埋后园西石槽下。沉冤数载,今特来求申。"言毕大哭。张曰:"尔所告某生,今来就试否?"鬼曰:"来,已取在二等第十三名矣。"张入告潘公。公拆十三名视之,果某生姓名也,因令张出慰之曰:"当为尔檄府县查审。"鬼仰天长啸去。潘次日即以访闻檄县,果于石槽下得女尸,遂置生于法。此是衙门一异闻,而楼上之怪,究不知何物也。王后举孝廉,景后官侍御。

符 离 楚 客

康熙十二年冬,有楚客贸易山东,由徐州至符离,约二鼓,北风劲甚。见道旁酒肆灯火方盛,入饮即假宿焉。店中人似有难色,有老者怜其仓迫,谓曰:"方设馔以待远归之士,无余酒饮君,右有耳房,可以暂宿。"引客进。客饥渴甚,不能成寐,闻外间人马喧声,心疑之,起从门隙窥。见店中匝地皆军士,据地饮食,谈说兵间事,皆不甚晓。少顷,众相呼曰:"主将来矣!"远远有呵殿声,咸趋出迎候。见纸灯数十,错落而来。一雄壮长髯者,下马入店,上坐。众人伺立门外,店主人具酒食上,铺啜有声。毕,呼军士入曰:"尔辈远出久矣,各且归队,吾亦少憩,俟文书至,再行未迟。"众诺而退。随呼曰:"阿七来!"有少年军士,从店左门出,店中人闭门避去。阿七引长髯者入左门,门隙有灯射出。客从右耳房潜至左门隙窥之,见门内有竹床,无睡具,灯实地上。长髯者引手撼其头,头即坠下,放置床上。阿七代捉其左右臂,亦皆坠下,分置床内外,然后倒身卧于床。阿七摇其身,自腰下对裂作两段,倒于地,灯亦旋灭。客悸甚,飞趋耳房,以袖掩面卧,辗转不能寐。遥闻鸡鸣一二次,渐觉身冷,启袖,见天色微明,身乃卧乱树中,旷野无屋,亦无坟堆。冒寒行三里许,始有店。店主人方开门,讶问客来何早,客告以所遇,并问所宿为何地。曰:"此间皆旧战场也。"

徐 氏 疫 亡

雍正壬子冬,杭城徐姓嫁女某家。杭俗:弥月行双回门礼。是日,婿饮于徐,徐为设榻厅楼下。婿就帐,未寝,闻楼梯有行步声,见四人下楼,立灯前,一纱帽朱衣,一方巾道服,余二人皆暖帽皮袍,相与叹息。少顷,有女装者五人亦来,掩泣于灯前。有高年妇人指帐中曰:"可托此人。"纱帽者摇手曰:"无济。"且泣曰:"吾当求张先生存吾门一线耳。"互相劝慰,或坐或行。婿悸极,不能出声。迨五鼓,方相扶上楼。桌下忽走出一黑面人,急上梯,挽红衣者曰:"独不能为我留一线耶?"红衣者唯唯。时鸡已鸣,黑面人奔桌下去。婿候窗微亮,披衣入内,叩楼上何人所居,曰:"新年供祖先神像,无人住也。"婿上楼观像,衣饰状貌与所见同,心不解所以,秘而不言。先是,徐家三子皆受业于张有虔先生。是年张馆松江,五月中以母病归,乞其弟子往权馆。徐故富家,皆不欲出,张强之,主人命第三子往。有阿寿者,奴产子也,向事张谨,因命同往。主仆出门,未二十日,杭州虾蟆瘟大作,徐一家上下十二口,死者十人,惟第三子与阿寿以外出故免。闻丧归,婿以所见语之。徐愕然,曰:"阿寿之父名阿黑,以面黑故也。君所见从桌下出者是矣。"

蒋文恪公说二事

余座主蒋文恪公,居李广桥赐第,自言:少时读书平台,其地与他屋隔远,每夜坐呼人,辄有应声,而无人至。一夜欲溲,窗外月不甚明,又无相伴者,乃呼其所随僮名,应声答,令之入,卒不入。启户出,见一人方枕外墙门阈,以头向内而应。公初疑为某僮,醉骂之,其卧如故。公怒,行至阈边,思扑之。见所卧人长三尺,方巾皂衣,白须,如世所塑土地样。公喝之,其人冉冉没矣。

公父文肃公,戒子孙不得近优人,故终文肃之世,从无演戏觞客之事。文肃殁后十年,文恪稍稍演戏,而不敢蓄养伶人。老奴顾升,乘文恪燕坐，谈及梨园，怂恿曰："外间优人，总不若家伶为佳，且便于传唤。家中奴产子甚众，何不延教师，择数奴演之？"文恪心动，未答。忽见顾升惊怖，面色顿异，两手如受桎梏，身倒于地，以头钻入椅脚中，由一椅脚穿至第二椅脚，由第二椅脚穿至第三椅脚，自首至足，若纳于匣，呼之不应。公急召巫医，百计解救。夜半始苏，曰："怕杀，怕杀。方前言毕时，见一长人捽奴出，先老主人坐堂上，声色俱厉，曰：'尔为吾家世仆，吾之遗训，尔岂不知，何得导五郎蓄戏子？着捆打四十，活掩棺中。'奴闷绝，不知所为。最后闻远远有呼唤声，奴在棺中欲应不能，后稍觉清快，亦不知何以得出。"验其臀，果有青黑痕。

猎 户 除 狐

海昌元化镇，有富家，卧房三间，在楼上，日间人俱下楼理家务。一日，其妇上楼取衣，楼门内闭加橛焉。因思家中人皆在下，谁为此者？板隙窥之，见男子坐于床，疑为偷儿，唤家人齐上。其人大声曰："我当移家此楼，我先来，家眷行且至矣。假尔床桌一用，余物还汝。"自窗间掷其箱箧、零星之物于地。少顷，闻楼上聚语声，三间房内老幼杂沓，敲盘而唱曰："主人翁，主人翁。千里客来，酒无一钟。"其家畏之，具酒四桌置庭中。其桌即凭空取上，食毕，复从空掷下。此后亦不甚作恶。富家延道士为驱除，方在外定议归，楼上人又唱曰："狗道，狗道，何人敢到。"明日，道士至，方布坛，若有物捶之，踉跄奔出，一切神像法器，皆撒门外。自此日夜不宁。乃至江西求张天师，天师命法官某来，其怪又唱："天师，天师，无法可施。法官，法官，来亦枉然。"俄而法官至，若有人捽其首而掷之，面破衣裂。法官大惭，曰："此怪力量大，须请谢法官来才可。"谢住长安镇某观中。主人迎谢来，立坛施法，怪竟不唱，富家喜其。忽红光一道，有白须者从空中至楼，呼曰："毋畏谢道士，谢所行法，我能破之。"谢坐厅前诵咒，掷钵于地，走如飞，周厅盘旋，欲飞上楼者屡矣，而终不得上。须臾，楼上摇铜铃，琅琅声响，钵遂委地，不复转动。谢惊曰："吾力竭，不能除此怪。"即取钵走，而楼上欢呼之声彻墙外。自是作祟，无所不至。如是者又半年。冬暮大雪,有猎户十余人来借宿。其家告以借宿不难,恐有扰累。猎户曰:"此狐也,我辈猎狐者也。但求烧酒饮醉,当有以报君。"其家即沽酒具殽馔,彻内外燃巨烛。猎户轰饮大醉,各出鸟枪,装火药,向空点放,烟尘障天,竟夕震动。迨天明雪止,始去。其家方虑惊骇之,当更作祟,乃竟夕悄然。又数日,了无所闻。上楼察之,则群毛委地,窗槅尽开,而其怪迁矣。

子不语卷五

城隍替人训妻

杭州望仙桥周生，业儒，妇凶悍，数忤其姑。每岁逢佳节，着麻衣拜姑于堂，诅其死也。周孝而懦，不能制妻，惟日具疏祷城隍神，愿殛妇以安母。章凡九焚，不应，乃更为忿语，责神无灵。是夕，梦一卒来曰："城隍召汝。"周随往，入跪庙中，城隍曰："尔妇忤逆状，吾岂不知？但查汝命只一妻，无继妻，恰有子二人。尔孝子，胡可无后？故暂宽汝妇。汝何哓哓！"周曰："妇恶如是，奈堂上何？且某与妇恩义既绝，又安得有嗣？"城隍曰："尔昔何媒？"曰："范、陈二姓。"乃命拘二人至，责曰："某女不良，而汝为媒，嫁于孝子，害皆由汝。"呼杖之。二人不服，曰："某无罪。女处闺中，其贤否某等无由知。"周亦代为祈免，曰："二人不过要好作媒，非贪媒钱作诳语者，与伊何罪？据某愚见，妇人虽悍，未有不畏鬼神念经拜佛者，但求城隍神呼妇至，示之惩警，或得改逆为孝，事未可定。"城隍曰："甚是。但尔辈皆善类，故以好面目相向；妇凶悍，非吾变相，不足示威，尔辈毋恐。"命蓝面鬼持大锁往擒其妻，而以袍袖拂面，顷刻变成青靛色，朱发睁眼；召两旁兵卒执刀锯者，皆狰狞凶猛，油锉肉磨，置列庭下。须臾，鬼牵妇至，觳觫跪阶前。城隍厉声数其罪状，取登注册示之，命夜叉拉下，剥皮放油锅中。妇哀号伏罪，请后不敢。周及两媒代为之请。城隍曰："念汝夫孝，姑宥汝；再犯者，有如此刑！"乃各放归。次日，夫妇证此梦皆同。妇自此善视其姑，后果生二子。

文　信　王

湖州同征友沈炳震，尝昼寝书堂。梦青衣者引至一院，深竹蒙密，中设木床素几，几上镜高丈许。青衣曰："公照前生。"沈自照，方巾朱履，非本朝衣冠矣。方错愕间，青衣曰："公照三生。"沈又自照，则乌纱红袍，玉带皂靴，非儒者衣冠矣。有苍头闯然入跪，叩头曰："公犹识老奴乎？奴曾从公赴大同兵备道仕者也，今二百余年矣。"言毕泣，手文卷一册献沈。沈问故，苍头曰："公前身在明嘉靖间，姓王名秀，为大同兵备道。今日青衣召公，为地府文信王处有五百鬼诉冤，请公质问。老奴记杀此五百人，非公本意。起意者，乃总兵某也。五百人本刘七案内败卒，降后又反，故总兵杀之，以杜后患。公曾有手书劝阻，总兵不从。老奴恐公忘记此书，难以辨雪，故袖此稿奉公。"沈亦恍然记前世事，与慰劳者再。青衣请曰："公步行乎？乘轿乎？"老仆呵曰："安有监司大员而步行者！"呼一舆二夫，甚华，掖沈行数里许。前有宫阙巍峨，中坐王者，冕旒白须，旁吏绛衣乌纱，持文簿，呼兵备道王某进。王曰："且止。此总兵事也。先唤总兵。"有戎装金甲者，从东厢入，沈视之，果某总兵，旧同官也。王与问答良久，语不可辨。随唤沈，沈至，揖王而立。王曰："杀刘七党五百人，总兵业已承认，公有书劝止之，与公无干。然明朝法，总兵亦受兵备道节制，公令之不从，则平日懦恶可知。"沈唯唯谢过。总兵争曰："此五百人，非杀不可者也。曾诈降复反，不杀则又将反。总兵为国杀之，非为私杀也。"言未已，阶下黑风如墨，声啾啾远来，血臭不可耐。五百头拉杂如滚球，齐张口露牙，来啮总兵，兼睨沈。沈大惧，向王拜不已，且以袖中文书呈上。王拍案厉声曰："断头奴，诈降复反事有之乎？"群鬼曰："有之。"王曰："然则总兵杀汝诚当，尚何哓哓！"群鬼曰："当时诈降者，渠魁数人；复反者，亦渠魁数人。余皆胁从者也。何可尽杀？且总兵意欲迎合嘉靖皇帝严刻之心，非真为国为民也。"王笑曰："说总兵不为民，可也；说总兵不为国，不可也。"因谕五百鬼曰："此事沉搁二百余年，总为事属因公，阴官不能断。今总兵心迹未明，不能成神去；汝等怨气未散，又不能托生为人。我将以此事状，上奏玉皇，听候处置。惟兵备道某所犯甚小，且有劝阻手书为据，可放还阳，他生罚作富家女子，以惩其柔懦之过。"五百鬼皆手持头叩阶，哒哒有声，曰："惟大王命。"王命青衣者引沈出，行数里，仍至竹密书斋。

老仆迎出,惊喜曰:"主人案结矣。"跪送再拜。青衣人呼至镜所,曰:"公视前生。"果仍巾履,一前朝老诸生也。青衣人又呼曰:"公视今生。"不觉惊醒,汗出如雨,仍在书堂。家人环哭,道晕去一昼夜,惟胸间微温。文信王宫阙扁对甚多,不能记忆,只记宫门外金镂一联云:"阴间律例全无,那有法重情轻之案件;天上算盘最大,只等水落石出的时辰。"

吴 三 复

苏州吴三复者,其父某,饶于财,晚年中落,所存只万金,而负人者众。一日,谓三复曰:"我死则人望绝,汝辈犹得以所遗资生。"遂缢死。三复实未防救。其友顾心怡者,探知其事,伪设乩仙位,而召三复请仙。三复往,焚香叩头。乩盘大书曰:"余尔父也。尔明知父将缢死,而汝竟不防于事先,又不救于事后,汝罪重,不日伏冥诛矣。"三复大惧,跪泣求忏悔。乩盘又书曰:"余舐犊情深,为汝想,无他法,惟捐三千金交顾心怡,立斗母阁,一以超度我之亡魂,一以忏汝之罪逆,方可免死。"三复深信之,即以三千金与顾,立收券为凭。顾伪辞让,若不得已而后受者。少顷,饮三复酒,乘其醉,遣奴窃其券焚之。三复归家,券已遗失,遣人促顾立阁,顾曰:"某未受金,何能立阁?"三复心悟其奸,然其时家尚有余,亦不与校。又数年,三复窘甚,求贷于顾。顾以三千金营运,颇有赢余,意欲以三百金周给之。其叔某止之曰:"若与三百,则三千之说遂真矣。是小不忍而乱大谋也。"心怡以为然,卒不与。三复控官,俱以无券不准。三复怨甚,作牒词诉于城隍。焚牒三日,卒,再三日,顾心怡及其叔某偕亡。其夜,顾之邻人见苏州城隍司灯笼满巷。时乾隆二十九年四月事。

影 光 书 楼 事

苏州史家巷蒋申吉,余年家子也。有子娶徐氏,年十九,琴瑟颇调。生产弥月,忽置酒,唤郎君共饮,曰:"此别酒也。予与君缘满将去,昨日宿冤已到,势难挽回。谚曰:'夫妻本是同林鸟,大难来时各自飞。'我死后,君亦勿复相念。"言毕大恸,蒋愕然,犹慰以好语。氏忽掷杯起立,竖眉瞋目,非复平日容颜,卧床上,向西大呼曰:"汝记万历十二年影光书楼上事乎?两人设计杀我,我死何惨!"呼毕,以手批颊,血出未已;又以剪刀自刺。察其音,山东人语也。蒋家人环跪哀求,卒不解,如是者三日。有某和尚者,素有道行,申吉将遣人召之。徐氏厉声曰:"余,汝家祖宗也。汝敢召僧驱我乎?"即作蒋氏之祖父语,口吻宛然,呼奴婢名,一一无爽;责子孙不肖事某某,亦复似是而非,有中有不中。和尚至门,徐氏喵曰:"秃奴可怖,且去,且去!"和尚甫出,则又詈曰:"汝家媳妇房中能朝夕使和尚居乎?"和尚谓申吉曰:"此前世冤业,已二百余年,才得寻着。积愈久者报愈深,老僧无能为。"走出不肯复来,徐氏遂死。死时面如裂帛,竟不知是何冤。此乾隆二十九年二月事。

波　儿　象

　　江苏布政司书吏王文宾昼寝,闻书室有布衣綷縩声,视之,一隶卒也。见便昏迷,身随之行。至一处,殿宇清严,中坐两官:一白须年老者上坐;一壮年面麻而黑须者旁坐。阶下以金丝熏笼罩一兽,壮如猪,尖嘴绿毛,见王来,张嘴奋跃,欲前相啮。王惧,跪身向左,左一人,蓝缕枯瘠,状如乞丐,怒目睨王。白须官手招王跪近前,问曰:"五十三两之项,汝曾记得乎?"王愕然不解。壮年者笑曰:"长船变价案也,汝前生事耳。"王恍然悟是前明海运一案。前明海运既停,海船数百只,追价充公。王前世亦为江苏书吏,专司此案。运丁追比无出,凑银贿王,图准充销,为居间者中饱,案仍不结。此蓝缕者,乃追比缢死之运丁也。王悟前世事由,即侃侃实对。两官点头曰:"冤既有主,当别拘中饱者治罪。汝可回阳。"命隶卒引出,黄埃蔽天,王知为泉下,问狱卒曰:"彼乞丐睨我者,吾知为冤鬼矣。彼似猪非猪欲啮我者,是何物耶?"隶卒曰:"此名波儿象,非猪也。阴间畜养此兽,凡遇案件,讯明罪重之人,即付彼吞噬,如阳间投畀豺虎故事。"王悚然,行至大河侧，被隶卒推入水，惊醒。妻子环榻而泣，昏沉者已三日。

斧 断 狐 尾

河间府丁姓者，不事生业，以狎邪为事。闻某处有狐仙迷人，丁独往，以名帖投之，愿为兄弟。是晚狐果现形，自称愚兄吴清，年五十许，相得如平生欢。凡所求请，愚兄必为张罗。丁每夸于人，以为交人不如交狐。一日，丁谓吴曰："我欲往扬州观灯，能否？"狐曰："能。河间至扬，离二千里，弟衣我衣，闭目同行，便至矣。"从之，凭空而起，两耳闻风声，顷刻至扬。有商家方演戏，丁与狐在空中观。忽闻场上锣鼓声喧，关圣单刀步出，狐大惊，舍丁而奔。丁不觉坠于席上，商人以为妖，械送江都县，鞫讯再三，解回原籍。见狐咎之，狐曰："兄素胆小，闻关帝将出，故奔，且偶忆汝嫂，故急归。"丁问嫂何在，曰："我狐也，焉能婚娶？不过魇迷良家妇耳。邻家李氏女，即汝嫂也。"丁心动，求见嫂。狐曰："有何不可！但汝人身，无由入人密室。我有小袄，汝着之，便能出入窗户，如履无人之境。"丁如其言，竟入李家。李女久被狐蛊，状如白痴，丁登其床，女即与交。女为狐所染，气奄奄矣，忽近人身，酣畅异常，病亦渐愈。丁告以故，女秘之不言，而渐渐有乐丁厌狐之意。狐知之，召丁语曰："开门揖盗，兄之罪也。近日嫂竟爱弟而憎我，弟固两世人身，女子爱之诚宜。然非兄之丑，亦无由显弟之美也。"（删九十二字）丁闻之，愈自得也。狐妒丁夺妇宠，阴就女子之床，取小袄归。丁傍晓钻窗，窗不开矣，块然坠地。女家父母大惊，以为获怪，先喷狗血，继沃屎溺，针灸倍至，受无量苦。丁以实情告，其家不信，幸女爱之，私为解脱，曰："彼亦被狐惑耳，不如送之还家。"丁得脱归，将寻狐咎之，狐避不见。是晚，大书一纸，贴丁门曰："陈平盗嫂，宜有此报。从此拆开，弟兄分灶。"嗣后丁与女断，狐仍往。其家设醮步罡，终不能禁。女一胎生四子，面状皆人类，而尻多一尾，落地能行，颇尽孝道，时随父出采蔬果奉母。一日，狐来向女泣曰："我与卿缘尽矣。昨泰山娘娘知我蛊惑妇女，罚砌进香御路，永不许出境。吾将携四子同行。"袖中出一小斧，交其女，曰："四儿子尾不断,终不得修到人身。卿人也,为我断之。"女如其言,各拜谢去。

洗紫河车

　　四川酆都县皂隶丁恺,持文书往夔州投递。过鬼门关,见前有石碑,上书"阴阳界"三字。丁走至碑下,摩观良久,不觉已出界外。欲返,迷路,不得已,任足而行。至一古庙,神像剥落,其旁牛头鬼蒙灰丝蛛网而立。丁怜庙中之无僧也,以袖拂去其尘网。又行二里许,闻水声潺潺,中隔长河。一妇人临水洗菜,菜色甚紫,枝叶环结如芙蓉。谛视渐近,乃其亡妻。妻见丁,大惊曰:"君何至此! 此非人间。"丁告之故,问妻所居何处,所洗何菜,妻曰:"妾亡后为阎罗王隶卒牛头鬼所娶,家住河西槐树下。所洗者即世上胞胎,俗名'紫河车'是也。洗十次者,儿生清秀而贵;洗两三次者,中常之人;不洗者,昏愚秽浊之人。阎王以此事分派诸牛头管领,故我代夫洗之。"丁问妻:"可能使我还阳否?"妻曰:"待吾夫归商之。但妾既为君妇,又为鬼妻,新夫旧夫,殊觉启齿为羞。"语毕,邀至其家,谈家常,讯亲故近状。少顷,外有敲门者,丁惧,伏床下。妻开门,牛头鬼入,取牛头掷于几上,一假面具也。既去面具,眉目言笑宛若平人,谓其妻曰:"惫甚,今日侍阎王审大案数十,脚跟立久酸痛,须斟酒饮我。"徐惊曰:"有生人气。"且嗅且寻。妻度不可隐,拉丁出叩头,告之故,代为哀求。牛头曰:"是人非独为妻故将救之,是实于我有德。我在庙中,蒙灰满面,此人为我拭净,是一长者,但未知阳数何如。我明日往判官处,偷查其簿,便当了然。"命丁坐,三人共饮。有肴馔至,丁将举箸,牛头与妻急夺之,曰:"鬼酒无妨,鬼肉不可食。食则常留此间矣。"次日,牛头出,及暮归,欣欣然贺曰:"昨查阴司簿册,汝阳数未终;且喜我有出关之差,正可送汝出界。"手持肉一块,红色臭腐,曰:"以赠汝,可发大财。"丁问故,曰:"此河南富人张某之背上肉也。张有恶行,阎王擒而钩其背于铁锥山,半夜肉溃脱逃去。现在阳间,患发背疮,千医不愈。汝往,以此肉研碎敷之即愈,彼必重酬汝。"丁拜谢,以纸裹而藏之,遂与同出关,牛头即不见。丁至河南,果有张姓患背疮,医之痊,获五百金。

石 门 尸 怪

浙江石门县里书李念先，催租下乡，夜入荒村，无旅店。遥望远处，茅舍有灯，向光而行。稍近，见破篱拦门，中有呻吟声。李大呼里书某催粮求宿，可速开门，竟不应。李从篱外望，见遍地稻草，草中有人，枯瘠如用灰纸糊其面者，面长五寸许，阔三寸许，奄奄然卧而宛转。李知为病重人，再三呼，始低声应曰："客自推门。"李如其言入，病人告以染疫垂危，举家死尽，言甚惨。强其外出买酒，辞不能，许谢钱二百，乃勉强爬起，持钱而行。壁间灯灭，李倦甚，倒卧草中。闻草中飒然有声，如人起立者。李疑之，取火石击火，照见一蓬发人，枯瘦更甚，面亦阔三寸许，眼闭血流，形同僵尸，倚草直立，问之不应。李惊，乃益击火石，每火光一亮，则僵尸之面一现。李思遁出，坐而倒退，退一步，则僵尸进一步。李愈骇，抉篱而奔，尸追之，践草上簌簌有声。狂奔里许，闯入酒店，大喊而仆，尸亦仆。酒家灌以姜汤，苏，具道其故，方知合村瘟疫。追人之尸，即病者之妻，死未棺殓，感阳气而走魄也。村人共往寻沽酒者，亦持钱倒于桥侧，离酒家尚五十余步。

空 心 鬼

杭州周豹先，家住东青巷。屋之大厅上，每夜立一人，红袍乌纱，长髯方面；旁侍二人，琐小猥鄙，衣青衣，听其使唤。其胸以下至肚腹，皆空透如水晶，人视之，虽隔肚腹，犹望见厅上所挂画也。周氏郎年十四，卧病，见乌纱者呼从者谋曰："若何而害之？"从者曰："明日渠将服卢浩亭之药，我二人变作药渣伏碗中，俾渠吞入，便可抽其肺肠。"次日，卢浩亭来，诊脉毕，周氏郎不肯服药，告家人以鬼语如此。家人买一钟馗挂堂上，鬼笑曰："此近视眼钟先生，目昏昏然，人鬼不辨，何足惧哉！"盖画者戏为小鬼替钟馗取耳，钟馗忍痒，微合其目故也。居月余，鬼又言曰："是家气运未衰，闹之无益，不如他去。"乌纱者曰:"若如此空过一家,将来成例,何以得血食乎?"抡其指曰:"今已周年,可索一属猪者去。"未几,果一奴属猪者死,而主人愈。周氏家人至今呼为空心鬼。

画 工 画 僵 尸

杭州刘以贤,善写照。邻人有一子一父而居室者,其父死,子外出买棺,嘱邻人代请以贤为其父传形。以贤往,入其室,虚无人焉。意死者必居楼上,乃躡梯登楼,就死人之床,坐而抽笔。尸忽蹶然起,以贤知为走尸,坐而不动,尸亦不动,但闭目张口翕翕然,眉撑肉皱而已。以贤念:身走则尸必追,不如竟画。乃取笔申纸,依尸样描摹,每臂动指运,尸亦如之。以贤大呼,无人答应。俄而其子上楼,见父尸起,惊而仆。又一邻上楼,见尸起,亦惊滚落楼下。以贤窘甚,强忍待之。俄而抬棺者来,以贤徐记尸走畏苕帚,乃呼曰:"汝等持苕帚来!"抬棺者心知有走尸之孽,持帚上楼,拂之,倒。乃取姜汤灌醒仆者,而纳尸入棺。

莺 娇

扬州妓莺娇,年二十四,矢志从良。有柴姓者,娶为妾,婚期已定。太学生朱某慕之,以十金求欢。妓受其金,给曰:"某夕来,当与郎同寝。"朱临期往,则花烛盈门,莺娇已登车矣。朱知为所诳,怅然反。逾年,莺娇病瘵卒。朱忽梦见莺娇披黑衫直入朱门,曰:"我来还债。"惊而醒。明日,家产一黑牛,向朱依依,若相识者。卖之,竟得十金。狎邪之费尚且不可苟得也如此。

旁 观 因 果

常州马秀才士麟自言:幼时从父读书北楼,窗开处与卖菊叟王某露台相近。一日早起,倚窗望,天色微明,见王叟登台,浇菊毕,将下台,有担粪者,荷二桶升台,意欲助浇。叟色不悦,拒之,而担粪者必欲上,遂相挤于台坡。天雨台滑,坡仄且高,叟以手推担粪者,上下势不敌,遂失足陨台下。叟急趋扶之,未起,而双桶压其胸,两足蹶然直矣。叟大骇,嗫不发声,曳担粪者足,开后门,置之河干;复举其桶,置尸傍,归,闭门复卧。马时虽幼,念此关人命事,不可妄谈,掩窗而已。日渐高,闻外轰传河干有死人,里保报官。日午,武进知县鸣锣至,仵作跪启:尸无伤,系失足跌死。官询邻人,邻人齐称不知,乃命棺殓加封焉,出示招尸亲而去。事隔九年,马年二十一,入学为生员。父亡家贫,即于幼时读书所招徒授经。督学使者刘吴龙将临岁考,马早起温经,开窗,见远巷有人肩两桶冉冉来,谛视之,担粪者也。大骇,以为来报叟仇。俄而过叟门不入,别行数十步,入一李姓家。李颇富,亦近邻而居相望者也。马愈疑,起尾之。至李门,其家苍头踉跄出,曰:“吾家娘子分娩甚急,将往招收生婆。”问有担桶者入乎,曰:“无。”言未毕,门内又一婢出曰:“不必招收生婆,娘子已产一官人矣。”马方悟担粪者来托生,非报仇也。但窃怪李家颇富,担粪者何修得此,自此留心访李家儿作何举止。又七年,李氏儿渐长,不喜读书,好畜禽鸟。而王叟康健如故,年八十余,爱菊之性,老而弥笃。一日者,马又早起倚窗。叟上台灌菊,李氏儿亦登楼放鸽。忽十余鸽飞集叟花台栏杆上,儿惧飞去,再三呼鸽,不动。儿不得已,寻取石子掷之,误中王叟。叟惊,失足陨于台下,良久不起,两足蹶然直矣。儿大骇,嗫不发声,嘿嘿掩窗去。日渐高,叟之子孙咸来寻翁,知是失足跌死,哭殓而已。此事闻于刘绳庵相公,相公曰:“一担粪人、一叟,报复之巧如此,公平如此。而在局中者,彼此不知,赖马姓人冷观历历。然则天下事吉凶祸福,各有来因,当无丝毫舛错,而惜乎从旁冷观者之无人也。”

徐 四 葬 女 子

摆牙喇徐四,居京城金鱼胡同,家贫,屋内外五间,兄嫂二人同居。兄外出直宿,嫂素贤,谓徐四曰:“北风甚大,室惟一暖炕,吾与叔俱畏寒,而又不便同炕宿。我今夜归宿母家,以炕让叔。"叔唯唯,嫂遂归宁。夜二鼓,月色微明,有叩门者;走入,美少年,貂帽狐裘,手挈一囊,坐炕上泣,曰:"君救我。我非男子,君亦不必问我所由来,但许我一宿,我以貂裘为赠。"解其囊示徐,金珠首饰,约直万金。徐年少,见其貌美怀宝,意不能无动,然终不知何家女,留之惧祸,拒之不忍,乃曰:"奶奶姑坐,我与邻人商量即归。"女曰:"诺。"徐自外掩门,奔往善觉寺,告方丈僧圆智。圆智者,高年有道,徐素所敬也。圆智闻之,亦大骇曰:"此必大家贵妾,有故奔出,留之有祸,拒之不忍,子不如在我庵中坐以待旦,俟天明归家未迟。"徐以为然。圆智之弟子某,素无赖,闻之,乃伪作徐还家状。开门灭灯入,遽上炕抱女子卧矣。是夜,其兄值宿苦寒,以取皮衣,故四更还家,持灯照炕下,有男子履,大怒,以为妻与叔奸,拔腰间刀,连断两头,奔告岳家。入门大呼,妻自内走出,其兄惊仆地,以为鬼也。正喧嚷间,而徐四与圆智亦来,方知误杀之。因相与报官,刑部以为杀奸,律本勿论,但悬女头招尸亲,竟无认者。徐四怜女子之送死,鬻其金珠为收葬焉。

羊践前缘

康熙五十九年,山东巡抚李公树德生日,司、道各具羊酒为寿。连日演戏,诸幕客互相娱宴,彻夜不卧。有刑名张先生,酒酣逃席,入房将就寝。闻纱帐内嗫嗫有声,若男女交媾状。怒,以为他幕客昵优童,借其床为淫所。大呼揭帐,则两白羊跪而人淫,即群官送礼之羊也。见人惊散,张笑以为奇,遍告同人。少顷,张昏迷仆地,以手自批其颊,骂曰:"老奴可恶,我与谢郎生死因缘,隔四百七十年方得一聚,谈何容易! 又被汝惊散。破人婚姻,罪不可饶。"言毕,又自批颊。抚军闻之来视,笑慰之曰:"谢家娘子,何必如此。吾生日本意放生行善,今将尔等数百只尽行放生,听汝配偶,以了凤缘,何如?"张听毕,叩首曰:"谢大人。"跃然起矣。此事梁瑶峰相公言。

鬼神欺人以应劫数

本朝定鼎后，有顾姓者，妄欲纠常熟、无锡两邑民为乱。有黠者某，知其无益，而难于相禁，乃号于众曰："某村关帝庙甚灵，盍祷于帝，取周将军铁刀重百二十斤者投河以卜之，沉则败，不可起兵；浮则胜，可以起兵。"其意以为铁刀必沉之物，故试之，以阻众也。先祷于神，聚众投刀，刀浮水面，如蕉叶一片。众惊喜，即日揭竿起者数万人。俄而王师至，剿绝无遗。

楚　　陶

乾隆丙寅夏，江阴县民徐甲家，患黑眚，火焚其突，矢盈于甑，啸嗥无宁夕，里人咸患苦之。时邑令刘君翰长，粤西名士也，祷于神，不应，延羽士赛祈，不应，乃托刘少司空星炜为文，祷于城隍，令斋沐投炉，宿神庑下听命。翌日，无所兆，但炉灰坟起，作"楚陶"二字。令谓曰："汝岂与楚人陶姓有冤乎？"甲大惊，吐实云：甲幼年，访其宗人某，往武昌。路患恶疾，同行者委之于道，分转沟壑死矣。有一丐者，雄躯深目，分糗糒食之，携与同乞。月余，病良已，丐者以力凌其曹偶，所得独赢，因省啬为甲作归计，竟得归。甲素有心计，为人佣租，得婚娶，且小阜矣。亡何，丐忽至，挟巨橐，颜色窘甚。叩之，曰："曩别后，窜身绿林，浮沉湖湘间二十载。今事败捕急，请从子而庇焉。"甲唯唯，语其子，子谓功令匿盗者，与盗同罪，不如放之使逸。甲方嗫嚅未决，忽伍伯数人入，絷其人以去。甲大惊。有拍手笑于房者，其子妇也，曰："大恩不报。新妇知若父子不忍，故已通知捕快，召之入矣。获厚资且得赏，何惧为？"民无可奈何，顾常大恨，不意其祟至于此也。刘令曰："盗劫人而子杀盗，盗当其罪，何厉之能为？顾汝享其利，则汝亦盗也。神人乌能庇盗！"无何，祟益甚，毁其家殆尽，子若妇先后卒，祟乃绝。

藏 魂 坛

云贵妖符邪术最盛。贵州臬使费元龙赴滇,家奴张姓,骑马上,忽大呼坠马,左腿失矣。费知妖人所为,张示云:能补张某腿者赏若干。随有老人至曰:"是某所为。张在省时,倚主人势,威福太过,故与为恶戏。"张亦哀求,老人解荷包,出一腿,小若虾蟆,呵气持咒,向张掷之,两足如初,竟领赏去。或问费公,何不威以法,曰:"无益也。在黔时,有恶棍某,案如山积,官杖杀之,投尸于河。三日还魂,五日作恶。如是者数次,诉之抚军,抚军怒,请王命斩之,身首异处。三日后又活,身首交合,颈边隐隐然红丝一条,作恶如初。后殴其母,母来控官,手一坛,曰:'此逆子藏魂坛也。逆子自知罪大恶极,故居家先将魂提出,炼藏坛内,官府所刑杀者,其血肉之体,非其魂也。以久炼之魂,治新伤之体,三日即能平复。今恶贯满盈,殴及老妇,老妇不能容,求官府先毁其坛,取风轮扇,扇散其魂,再加刑于其体,庶几恶子乃真死矣。'官如其言,杖毙之,而验其尸,不浃旬已臭腐。"

老 妪 为 妖

乾隆二十年,京师人家生儿辄患惊风,不周岁便亡。儿病时,有一黑物,如鸺鹠,盘旋灯下,飞愈疾,则小儿喘声愈急,待儿气绝,黑物乃去。未几,某家儿又惊风。有侍卫鄂某者,素勇,闻之怒,挟弓矢相待。见黑物至,射之,中弦而飞,有呼痛声,血涔涔洒地。追之,逾两重墙,至李大司马家之灶下乃灭。鄂挟矢之灶下,李府惊,争来问讯。鄂与李素有戚,道其故。大司马命往灶下觅之。见旁屋内一绿眼妪,插箭于腰,血犹淋漓,形若猕猴,乃大司马官云南时带归苗女,最笃老,自云不记年岁。疑其为妖,拷问之,云有咒语,念之便能身化异鸟,专待二更后出,食小儿脑,所伤者不下数百矣。李公大怒,捆缚置薪活焚之。嗣后,长安小儿病惊风者竟断。

署　雷　公

　　婺源董某，弱冠时，暑月昼卧，忽梦奇鬼数辈审视其面，相谓曰："雷公患病，此人嘴尖，可替代也。"授以斧，纳其袖中。引至一处，壮丽如王者居，立良久，召入。冠冕旒者坐殿上，谓曰："乐平某村妇朱氏，不孝于姑，合遭天殛，适雷部两将军俱为行雨过劳，现在患病，一时不得其人。功曹辈荐汝充此任，汝可领符前往。"董拜命出，自视足下云生，闪电环绕，公然一雷公矣。顷刻至乐平界，即有社公导往。董立空中，见妇方诟谇其姑，观者如堵。董取袖中斧一击，毙之，声轰然，万众骇跪。归复命，王者欲留供职，以母老辞，王亦不强。问董何业，曰："应童子试。"王顾左右，取郡县册阅之，曰："汝今岁可游庠。"遂醒，急语所亲，诣乐平县验之，果然震死一妇，时日悉合。方阅籍时，董窃睨邑试一名为程隽仙，二名为王佩葵，次年皆验。

捉　鬼

　　婺源汪启明，迁居上河之进士第，其族汪进士波故宅也。乾隆甲午四月一日夜，梦魇，良久寤，见一鬼逼帷立，高与屋齐。汪素勇，突起搏之，鬼急夺门走，而误触墙，状甚狼狈。汪追及之，抱其腰，忽阴风起，残灯灭，不见鬼面目，但觉手甚冷，腰粗如瓮，欲喊集家人，而声噤不能出。久之，极力大叫，家人齐应，鬼形缩小如婴儿。各持炬来照，则所握者坏丝绵一团也。窗外瓦砾乱掷如雨，家人咸怖，劝释之。汪笑曰："鬼党虚吓人耳，奚能为？倘释之，将助为祟，不如杀一鬼以惩百鬼！"因左手握鬼，右手取家人火炬烧之，膈膊有声，鲜血迸射，臭气不可闻。迨晓，四邻惊集，闻其臭，无不掩鼻者。地上血厚寸许，腥腻如胶，竟不知何鬼也。王葑亭舍人为作《捉鬼行》纪其事。

某 侍 郎 异 梦

乾隆二十年,某侍郎督视黄河,驻扎陶庄。岁除夕矣,侍郎素勤,骑匹马,跟从者四人,持悬火巡河,行冰淖中。一望黄茅白苇,自觉凄然,见草中有支布帐而露烛光者,召问,则主簿某也。侍郎爱其勤,大加夸奖。主簿请曰:"大人除夕至此,夜已三鼓,天寒风紧,回馆尚远。某有度岁酒肴,献上一醉何如?"侍郎笑而受之,饮数觞,仍归公馆。倦,解衣卧,梦中依旧骑马看河,觉所行处便非前境,最后黄沙茫茫。行二里许,有火光出庐舍间,就之,老妪迎门,细视,即其亡母太夫人也。见侍郎,惊曰:"汝何至此?"侍郎告以奉命看河之故。太夫人曰:"此非人间,汝既来,如何能归?"侍郎方悟太夫人已亡,己身已死,遂大哭。太夫人曰:"河西有老和尚,法力甚大,吾带汝往求之。"侍郎随行,至一庙,庄严如王者居,南面坐一老僧,闭目无言。侍郎跪阶下,再拜,僧不为礼。侍郎问:"我奉天子命看河,因何至此?"僧又无言。侍郎怒曰:"我为天子大臣,纵有罪当死,亦须示我,使我心服,何嘿嘿如哑羊耶?"老僧笑曰:"汝杀人多矣,禄折尽矣,尚何问为?"侍郎曰:"我杀人虽多,皆国法应诛之人,非我罪也。"僧曰:"汝当日办案时,果只知有国法乎? 抑贪图迎合、固宠迁官乎?"取案上如意,直指其心。侍郎觉冷气一条,直逼五脏,心趑趑然跳不止,汗如雨下,惶悚不能言。良久,曰:"某知罪矣,嗣后改过,何如?"僧曰:"汝非改过之人,今日恰非汝寿尽之日。"顾左右沙弥云:"领他出,放他归!"沙弥同行,昏黑中开其拳,出一小珠,光照黄河,工次一段直至陶庄公馆,历历如白昼。太夫人迎来,泣曰:"儿虽归,不久即来,无多时别也。"遂依原路归,及门下马而醒,日已午矣。众河员贺节盈门,疑侍郎最勤,何以元旦不起。侍郎亦不肯明言其故。是年四月,病呕血,竟以不起。此事裘文达公为余言。

奉行初次盘古成案

《北史》称毗骞国王头长三尺，至今不死。予尝疑其诞。康熙间，浙人方文木泛海，被风吹至一处，宫殿巍峨，上署"毗骞殿"三字。方大惊，俯伏殿外，两霞帔者引之入。有长头王上坐，冕如巨桶，珍珠四垂，须拂拂然相触有声，问文木曰："汝浙人乎？"曰："然。"王曰："离此五十万里矣。"赐文木饭，米大如枣。文木知王神灵，跪拜求归。王顾谓侍臣曰："取第一次盘古皇帝成案，替他一查！"文木大骇，叩头曰："盘古皇帝有几个乎？"王曰："天地无始无终，有十二万年，便有一盘古，今来朝天者，已有盘古万万余人，我安能记明数目。但元会运世之说，已被宋朝人邵尧夫说破。可惜历来开辟，总奉行第一次开辟之成案，尚无人说破，故风吹汝来，亦要说破此故，以晓世人耳。"文木不解所谓，王曰："我且问汝：世间福善祸淫，何以有报有不报耶？天地鬼神，何以有灵有不灵耶？修仙学佛，何以有成有不成耶？红颜薄命，而何以不薄者亦有耶？才子命穷，而何以不穷者亦多耶？一饮一啄，何以有前定耶？日食山崩，何以有劫数耶？彼善推算者，何以能知而不能免耶？彼怨天尤天者，天胡不降之罚耶？"文木不能答。王曰："呜呼！今世上所行，皆成案也。当第一次世界开辟，十二万年之中，所有人物事宜，亦非造物者之有心造作，偶然随气化之推迁，半明半暗，忽是忽非，如泻水落地，偶成方圆；如孩童着棋，随手下子，既定之后，竟成一本板板帐簿，生铁铸成矣。乾坤将毁时，天帝将此册交代与第二次开辟之天帝，命其依样奉行，丝毫不许变动。以故人意与天心往往参差不齐，世上人终日忙忙急急，正如木偶傀儡，暗中有为之牵丝者，成败巧拙，久已前定，人自不知耳。"文木恍然，曰："然则今之所谓三皇五帝，即前此之三皇五帝乎？今之二十一史中之事，即前此之二十一史中之事乎？"王曰："然。"言未毕，侍臣捧一册至，上书"康熙三年，浙江方文木泛海至毗骞国，应将前定天机漏泄，俾世人共晓，仍送归浙江"云云。文木拜谢，临别泣下。王摇手曰："子胡然？十二万年之后，我与汝又会于此矣，何必泣为？"既而笑曰："我错我错,此一泣亦是十二万年中原有此两条眼泪,故照样誊录,我不必劝止也。"文木问王年寿,左右曰:"王与第一次盘古同生,不与第千万次盘古同死。"文木曰:"王不死,则乾坤毁时,王将安归?"王曰:"我沙身也,历劫不坏。万物毁坏,变为泥沙而极矣,我先居于极坏之处,劫火不能烧,洪水不能淹,惟为恶风所吹荡,上至九天,下至九渊,殊觉劳顿。每每枯坐数万年,等盘古出世,觉日子太多,殊可厌耳。"言毕,口嘘气吹文木,文木乘空而起,仍至海船上。月余归浙,以此语毛西河先生。先生曰:"人但知万事前定,而不知所以前定之故。今得是说,方始豁然。"

子不语卷六

猪道人即郑鄤

明季华山寺中养一猪，年代甚久，毛尽脱落，能持斋，不食秽物，闻诵经声则叩首作顶礼状，合寺僧以"道人"呼之。一夕，老病将死，寺中住持湛一和尚者，素有道行，将往他处说法，召其徒谓曰："猪道人若死，必碎割之，分其肉啖寺邻。"众僧虽诺之，而心以为非。已而猪死，乃私埋之。湛一归，问猪死作何处分，众僧以实告，且曰："佛法戒杀，故某等已埋葬之。"湛一大惊，即往埋猪处，以杖击地，哭曰："吾负汝，吾负汝！"众僧问故，曰："三十年后，某村有一清贵官，无辜而受极刑者，即此猪也。猪前生系宰官，有负心事，知恶劫难逃，托生为畜，来求超度。我故立意以刀解法厌胜之，不意为汝辈庸流所误。然此亦大数，无可挽回也。"崇祯间，某村翰林郑鄤，素行端方，在东林党籍中，为其舅吴某诬以杖母事，凌迟处死，天下冤之。其时湛一业已圆寂，众方服其通因果也。

徐 先 生

宿松石赞臣家饶于财，兄弟数人，资各数万。宿俗富饶之家，每日必设一家常饭，置外厅堂，不拘来客，皆就食焉，号曰"燕坐"。忽有徐姓者，清瘦微须，亦来就食，指门外青山曰："君等曾见过山跳乎？"曰："未也。"徐以手指三撮，山果三跃。众人大奇之，呼为先生。先生谓赞臣曰："君等家资虽富，能炼丹，可加十倍。"群兄弟惑其言，置炉设灶，各出银母数千，以求子金。二房弟妇某氏，素黠，暗置铜于银母中，不与先生见。亡何炭炽，风雷起于屋上，劈碎瓦数片。先生骂曰："此必有假银搀杂，至干鬼神怒。"询之果然，合家骇服。先生置铜盘于空中,呼曰:"丹来!"盘中铿然,一锭坠下,连呼之,铿铿之声不已,大锭小锭齐落于盘。先生曰:"炼大丹,在深山中人迹不到之所,可致千万。盍随我往江西庐山乎?"石氏兄弟愈喜,即载银数万,随先生往。未半途,先生上岸去矣。夜率大盗数十,明火执杖,来劫取银,曰:"毋怖!我虽盗魁,然颇有良心,念汝等供养我甚诚,当留下千金,俾汝等还乡。"于是石氏兄弟以全数与之,惘惘然归。十年后,安庆按察使衙门狱吏差人来召赞臣曰:"狱有大盗徐某请君相见。"赞臣不得已,往,果见先生。先生曰:"我劫数已尽,死亦何辞。但念我数年交谊,为葬其遗骸。"脱手上金钏四只,与赞臣为棺费,且曰:"我大限在七月一日未时,汝可来送。"至期,赞臣往市曹,见先生反接待斩。忽胯下出一小儿,作先生音曰:"看杀我,看杀我。"须臾头落,小儿亦不见。其时枭使为祖廷圭,满洲正蓝旗人。

秦 毛 人

湖广郧阳房县有房山,高险幽远,四面石洞如房。多毛人,长丈余,遍体生毛,往往出山食人鸡犬,拒之者必遭攫搏。以枪炮击之,铅子皆落地,不能伤。相传制之之法,只须以手合拍,叫曰:"筑长城,筑长城。"则毛人仓皇逃去。余有世好张君名敔者,曾官其地,试之果然。土人曰:"秦时筑长城人,避入山中,岁久不死,遂成此怪,见人必问城修完否。以故知其所怯而吓之。"数千年后犹畏秦法,可想见始皇之威。

貘

房山有貘兽,好食铜铁,而不伤人。凡民间犁锄刀斧之类,见则涎流,食之如腐;城门上所包铁皮,尽为所啖。

人　同

喀尔喀有兽，似猴非猴，中国人呼为"人同"，番人呼为噶里。往往窥探穹庐，乞人饮食，或乞取小刀烟具之属，被人呼喝，即弃而走。有某将军畜养之，唤使莝豆樵汲等事，颇能服役。居一年，将军任满归，人同立马前，泪下如雨，相从十余里，麾之不去。将军曰："汝之不能从我至中国，犹我之不能从汝居此土也，汝送我可止矣！"人同悲鸣而去，犹屡回头仰视云。

人　虾

国初，有前明逸老某，欲殉难，而不肯死于刀绳水火。念乐死莫如信陵君以醇酒妇人自戕，仿而为之。多娶姬妾，终日荒淫。如是数年，卒不得死。但督脉断矣，头弯背驼，伛偻如熟虾，匍匐而行。人戏呼之曰"人虾"。如是者二十余年，八十四岁方死。王子坚先生言幼时犹见此翁。

鸭　嬖

江西高安县僮杨贵，年十九，微有姿，性柔和，有狎之者，都无所拒。一日夏间，浴于池中，忽一雄鸭飞起，啮其臀，而以尾扑之，作抽叠状，击之不去。须臾死矣，尾后拖下肉茎一缕，腺水涓涓然。合署人大笑，呼杨为"鸭嬖"。

赑　屃　精

无锡华生，美风姿，家居水沟头，密迩圣庙。庙前有桥甚阔，多为游人憩息。夏日，生上桥纳凉。日将夕，步入学宫，见间道侧一小门，有女徘徊户下。生心动，试前乞火，女笑而与之。亦以目相注。生更欲进词,而女已阖扉,遂记门径而出。次日再往,女已在门相待,生叩姓氏,知为学中门斗女。且曰:"妾舍逼隘,不避耳目;卿家咫尺,但得静僻一室,妾当夜分相就,卿明夕可待我于门。"生喜,急归,诳妇以畏暑宜独寝,洒扫外室,潜候于门。女果夜来,携手入室,生喜过望。自是每夕必至。数月后,生渐羸弱。父母潜窥寝处,见生与女并坐嬉笑,亟排闼入,寂然无人。乃严诘生,生备道始末,父母大骇,偕生赴学宫踪迹,绝无向时门径。遍访门斗中,亦并无有女者,共知为妖。乃广延僧道,请符箓,一无所效。其父研硃砂与生,曰:"俟其来时,潜印女身,便可踪迹。"生俟女睡,以硃砂散置发上,而女不知。次日,父母偕人入圣庙遍寻,绝无影响。忽闻邻妇诟小儿曰:"甫换新裤,又染猩红,从何处染来耶?"其父闻而异之,往视,小儿裤上尽硃砂,因究儿所自,曰:"适骑学宫前负碑龟首,不觉染此。"往视厕屚之首,硃砂在焉。乃启学官,碎碑下龟首,石片片有血丝,腹中得小石如卵,坚光若镜,锤之不碎,远投太湖。自是女不复来。阅半月,女忽直入寝所,詈生曰:"我何负卿,竟碎我身体!然我亦不恼也。卿父母所虑者,为卿病耳。今已乞得仙宫灵药,服之当无恙。"出草叶数茎,强生食,其味香甘,且云:"前者居处相近,可朝夕往返,今稍远,便当长住此矣。"自是白昼见形,惟不饮食,家人大小咸得见之。生妻大骂,女笑而不答。每夕生妻拥生坐床,不令女上,女亦不强。但一就枕,妻即惽惽长睡,不知所为,而女独与生寝。生服灵药后,精神顿好,绝不似曩时屡弱,父母无奈,姑听之。如是年余,一日,生偶行街市。有一疥道人,熟视生曰:"君妖气过重,不实言,死期近矣。"生以实告,疥道人邀入茶肆,取背上葫芦,倾酒饮之,出黄纸二符,授生曰:"汝持归,一贴寝门,一贴床上,毋令女知。彼缘尚未绝,俟八月十五夜,吾当来相见。"时六月中旬也。生归,如约贴符。女至门惊却,大诟曰:"何又薄情若此!然吾岂惧此哉!"词甚厉而终不敢入。良久,大笑曰:"我有要语告君,凭君自择,君且启符。"如其言,乃入,告生曰:"郎君貌美,妾爱君,道人亦爱君。妾爱君,想君为夫;道人爱君,想君为龙阳耳:二者郎君择焉。"生大悟,遂相爱如初。至中秋望夕,生方与女并坐看月,忽闻唤名声,见一人露半身于短墙外,迫视之,疥道人也。拉生告曰:"妖缘将尽,特来为汝驱除。"生意不欲,道人曰:"妖以秽言谤我,我亦知之。以此愈不饶他!"书二符曰:"速去擒来!"生方逡巡,适家人出,遽将符送至妻所。妻大喜,持符向女,女战栗作噤,乃缚女手,拥之以行。女泣谓生曰:"早知缘尽当去,因一点痴情,淹留受祸。但数年恩爱,卿所深知。今当永诀,乞置我于墙阴,勿令月光照我,或冀须臾缓死,卿能见怜否?"生固不忍绝之也,乃拥女至墙阴,手解其缚。女奋身跃起,化一片黑云,平地飞升。道人亦长啸一声,向东南腾空追去,不知所往。

阴间中秋官不办事

罗之芳,湖北荆州府监利县举人。辛未会试,有福建浦城县李姓者来拜曰:"足下今科必中,但恐未能馆选。"罗询其故,李不肯说,云俟验后再说。榜发,果中进士,竟未馆选。乃往问之,据云:"前得一梦,梦足下将为浦城县老父台,故来相访。"罗还家,选期尚早,乃就馆某氏,自道将来选官必得浦城矣。不料处馆三年,一病而殁,家中亦不知李所说梦中事也。又一年后八月十五日,家中请仙,乩盘大书:"我系罗之芳,今回来了。"合家不信,乩上书:"你等若不信,有螺蛳湾田契一纸,我当年因殁于馆中,未得清付家中,尚记得夹在《礼记》某篇内,尔等现在与田邻构讼,可查出呈验,则四至分明,讼事可息。"家人当即检查,果得此契。于是合家痛哭,乩上亦写数十"哭"字,问:"现在何处?"乩写:"做浦城县城隍。"且云:"阴间比阳间公事更忙,一刻不暇。惟中秋一日,例不办事,然必月朗风清,英魂方能行远。今适逢此夕,故得间回家一走,若平常日子,便不得暇回来了。"又吩咐家人:"庭外草木,不得摇动,我带回鬼吏、鬼卒,有十余人,皆依草附木而栖。鬼性畏风,若无所凭藉,被风一吹,便不知飘泊何处,岂不是我做城隍的反害了他们么?"乩盘书毕,又做长赋一篇乃去。

缚 山 魈

湖州孙叶飞先生,掌教云南,素豪于饮。中秋夕,招诸生饮于乐志堂,月色大明。忽几上有声,如大石崩压之状。正愕视间,门外有怪,头戴红纬帽,黑瘦如猴,颈下绿毛茸茸然,以一足跳跃而至。见诸客方饮,大笑去,声如裂竹。人皆指为山魈,不敢近前。伺其所往,则闯入右首厨房。厨者醉卧床上,山魈揭帐视之,又笑不止。众大呼,厨人惊醒,见怪,即持木棍殴击,山魈亦伸臂作攫搏状。厨夫素勇,手抱怪腰,同滚地上。众人各持刀棍来助,斫之不入,棍击良久,渐渐缩小,面目模糊,变一肉团。乃以绳捆于柱,拟天明将投之江。至鸡鸣时,又复几上有极大声响。急往视之,怪已不见。地上遗纬帽一顶,乃书院生徒朱某之物,方知院中秀才往往失帽,皆此怪所窃。而此怪好戴纬帽,亦不可解。

门 夹 鬼 腿

尹月恒住杭州艮山门外,自沙河滩归,怀菱半斤。路经钵盂潭,人稀地旷,有义冢数堆,觉怀内轻松,探所买菱,已失去矣。因转身寻至义冢,见菱肉剖碎,并聚冢尖。尹复拾至怀内,踉跄归家,食未竟而病大作,喊云:"吾等不尝菱肉久矣,欲借以解宿馋,汝必尽数取回,何吝啬若是! 今吾等至汝家,非饱食不去!"其家惧,即供饭,为主人赎罪。杭俗例:凡送鬼者,前人送出门,后人把门闭。其家循此例,闭门过急,尹复大声云:"汝请客当恭敬,今吾等犹未走,而汝门骤闭,夹坏我腿,痛苦难禁,非再大烹请我,则吾永不出汝门矣。"因复祈禳,尹病稍安。然旋好旋发不脱体,卒以此亡。

祭 雷 文

黄湘舟云:渠田邻某有子,生十五岁,被雷震死。其父作文祭雷云:"雷之神,谁敢侮。雷之击,谁敢阻。虽然,我有一言问雷祖:说是我儿今生孽,我儿今年才十五。说是我儿前世孽,何不使他今世不出土?雷公雷公作何语!"祭毕,写其文于黄纸焚之,忽又霹雳一声,其子活矣。

王介眉侍读是习凿齿后身

吾乡孝廉王介眉,名延年,同荐博学鸿词。少尝梦至一室,秘书古器,益然横陈。榻坐一叟,短身白须,见客不起亦不言。又有一人,顾而黑,揖介眉而言曰:"余汉之陈寿也。作《三国志》,黜刘帝魏,实出无心,不料后人以为口实。"指榻上人曰:"赖此彦威先生,以《汉晋春秋》正之。汝乃先生之后身,闻方撰《历代编年纪事》,凤根在此,须勉而成之!"言讫,手授一卷书,俾题六绝句而寤。寤后仅记二句曰:"惭无《汉晋春秋》笔,敢道前身是彦威。"后介眉年八十余,进呈所撰《编年纪事》,得赐翰林侍读。

周　若　虚

慈溪周若虚,久困场屋,在城外谢家店教读四十余年,凡村内长幼靡不受业。一日晚膳后,在馆独坐。有学生冯某,向前作揖,邀若虚至家,有要事相恳。言毕告别,辞色之间,甚觉惨怆。若虚忆冯某已死,所见者系鬼,不觉大惊,即诣其家。冯某之父梦兰,在门外伫立,见即挽留小饮。若虚亦不道其所以,闲话家常,不觉漏下三鼓,不能回家。梦兰留宿楼上,在中间设榻,间壁即冯某之妻王氏住房,隐隐似有哭声。若虚秉烛不寐,见楼梯上有青衣妇人,屡屡伸头窥探,始露半面,继现全身。若虚呵问何人,其妇厉声曰:"周先生,此时应该睡矣!"若虚曰:"我睡与不睡,与汝何干!"妇曰:"我是何人,与先生何干!"即披发沥血,持绳奔犯。若虚惊骇欲倒,忽背后有人用手扶持曰:"先生休怕,学生在此保护。"谛视之,即已故之冯生也,随亦不见。若虚喊叫其父,梦兰持烛上楼,若虚具道所见,梦兰即叫媳妇王氏开门,杳无声息;抉门入,则身已悬梁上矣。若虚协同解救,逾时始苏。因午前王氏与小姑争闹,被翁责骂,短见轻生,恶鬼乘机而至;其夫在泉下知之,故求援于若虚。

葛道人以风洗手

葛道人者,杭州仁和人,家素小康,性好道,年五十外分家赀,半以与子,而挟其半以游。过钱唐江,将取道入天台山,路遇一叟,拱手曰:"子有道骨,盍学道?"葛与谈甚悦。叟曰:"某福建人也,明习天文,曾官于钦天监,辞官归二十年矣。子如不弃,明春当候子于家。"写居址与之。葛次年如期往访,不遇,怅怅欲回。晚入旅店,又见一道士,貌伟神清,终夕不发一语。葛就而与谈,自陈为访仙故来,道士曰:"子果有志,吾荐子入庐山,见吾师兄云林先生,可以为子师。"葛求荐书而往,行深山中十余日,不见踪迹,心窃疑之。一日,见山洞中坐一老人,以手招风作盥沐状。葛异之,因陈道人书,拜于座下。老人曰:"汝来太早矣,尚有人间未了缘三十年。吾且与汝经一卷、法宝一件,汝出山诵经守宝,以济世人。三十年后再入山,吾传汝道可也。"葛问以手招风何为,曰:"修神仙术成者,食不用火,沐不用水,招风所以洗手也。"因导葛出山,行未半日,已至南昌大路矣。至家,葛道人学其术,能治鬼服妖。所谓法宝者,乃一鹅子石,有缝,颇似人眼,有光芒,能自动闪闪如交睫,然葛亦不轻以示人也。

沈 姓 妻

杭城有沈姓者,住运司署前,与葛道人善。其长子旭初妻有娠,询道人说男女。道人命取水一碗来,沈与水,置几上。道人默念咒语数通,侧耳听片时,蹙额曰:"奈何,奈何?"沈惊问故,曰:"汝妻不久有难,恐伤性命,不暇问男女也。"沈虽素知道人灵异,然其妻甚健,疑信参半。未几,沈妻持灯上楼,忽大声呼痛,其翁姑与其夫急走视之,已卧床颠扑,面作笑容,曰:"今日乃泄我恨。"其声若绍兴人。沈夫妻环叩之,答曰:"我自报冤,不干汝事!"沈急命次子某往求道人。道人至,取米一碗,口作咒语,手撮米击病者,病者作畏惧状,曰:"我奉符命报冤,道人勿打。"道人曰:"汝有何冤?"病者答曰:"予山阴人也,此女前生乃予邻家妇。予时四岁,偶戏其家,碎其碗,伊詈我母与私夫某往来,故生此恶儿。予诉之母,母恐我泄其事,挞予至死。是致予死者,此妇也。我仇之久矣,今始寻着。"道人告沈曰:"报冤索命事都是东岳掌管,必须诉于岳帝。允救,方可以法治;否则难救。"沈清晨赴法华山岳帝庙,默诉其事,占得上上签,归告道人。其时妇胎已堕,道人嫌不洁,不肯入房。沈合家哭求,道人乃诣榻前,书召彩云符一纸,问:"好看否?"病妇答曰:"好!"道人曰:"何不出观?"应曰:"诺。"道人即捏诀向空一捉,曰:"得矣!"驰下楼去。病人昏迷若醒,曰:"我为何遍身痛极,腹甚饥!"左右与之食。安未半刻,又作哭声曰:"汝擒我孙去,我在此亦能索汝命。"言毕,颠狂如故,口中作声甚杂,皆杭音。内有一鬼云:"我辈皆张老头儿邀来,你家若肯斋荐,我等即去。"沈邀僧作道场,众声称谢不已。忽又作张老者声云:"我是正客,如何反轻我?诸人馒头皆是菜心,我独豆沙多而菜心少。"沈视所设张老位前,果如所言。乃换与之,求其去,终不肯。复请道人来,道人授桃枝一束,曰:"吵则打之。"沈持入,向病人作欲打势,妇哀鸣曰:"勿打,我去,我去!"道人立门外,预设一瓮,向空骂曰:"速入此中!"用符一纸封其口,携去,沈妇从此愈矣。半年后,有人遇道人于理安寺,见众僧扛道人行空室中,七昼夜不着土木,口吐黑汁数升,污沾衣,色如血,告人曰:"我以童真之身,污产妇秽气,幸众长老超度,不然,几堕落矣。"

怪弄爆竹自焚

绍兴民家有楼,终年镐闭。一日,有远客来求宿,主人曰:"宅东有楼,君敢居乎?"客问故,曰:"此楼素积辎重,二仆居之,夜半闻叫号声,往视之,见二仆颜色如土,战栗不能言。少顷云:'我二人甫睡,尚未灭烛,见一物长尺许,如人间石敢当状,至榻前搴帏欲上,我等骇极，不觉大呼，狂奔而下。所见如此。'自是莫敢有楼居者。"客闻，笑曰："仆请身试之。"主人不能挽，为涤尘土、列几席而下榻焉。客登楼，燃烛佩剑以待。漏三下，有声索索，自室北隅起。凝睇窥之，见一怪如主人所言状，跳而登座，翻阅客之书卷。良久，复启其箧，陈物几上；一一审视。箧内有徽州炮竹数枚，怪持向灯前把玩。良久，烛花飞落药线上，轰然一声，响如霹雳。此怪唧唧滚地，遂殁不见。心大异之，虞其复来，待至漏尽，竟匿迹销声矣。晨起告主人，互相惊诧。至夜客仍宿楼上，杳无所见，此后楼中怪绝。

喀 雄

喀雄者姓杨。父作守备，早亡。表叔周某作副将，镇河州。怜其孤，抚养之。周有女，年相若，见雄少年聪秀，颇爱之，时与饮食。周家法甚严，卒无他事。有务子者，亦周戚也。直宿书斋。夏月，雄苦热，徘徊月下，见周女冉冉而至，遂与成欢。次日入内，见女晓妆，雄目之而笑，女亦笑迎之。自后无日不至。务子闻其房中笑语，疑而窥之，见雄与周女相狎，而心大妒，密白周公。周入宅让其夫人，夫人曰："女儿夜夜与我同床，焉有此事！"周终以为疑，借他事杖雄而遣之。雄无所依，栖身兰州古寺中。一日者，女忽至，带来辎重甚富。雄惊且喜，问从何来，曰："与我叔父同来。"盖周公之弟名锯者，亦武官也，方升兰州守备。雄深信不疑，与女居半月，扬扬如富人。叔到任后，遇诸涂，喜曰："侄在此乎？"曰："然。"叔策马登其堂，侄妇出拜，乃周女也。大惊问故，雄具言之。锯曰："予来时不闻署中失女事，岂吾兄讳之耶？"居数日，借公事回河州，备述其事。周大骇曰："吾女宛然在室，顷且同饭，那有此事？或者其狐仙所冒托耶？"夫人曰："与其使狐狸冒托我女之名，玷我闺门；不如竟以真女妻之，看渠如何。"周兄弟二人大以为然，即招雄归成亲。合卺之夕，西宁之女先已在房，雄茫然不知所措。女笑而谓之曰："何事张皇？儿狐也，实为报德而来。令祖作将军时，尝猎于土门关，儿贯矢被擒，令祖拔矢纵之。屡欲报恩，无从下手。近知郎爱周女而不得，故来作冰人，以偿汝愿。

亦因子与周女有夙缘；不然，儿亦不能为力也。今媒已成，儿去矣。"
倏然不见。

常 熟 程 生

乾隆甲子，江南乡试，常熟程生年四十许，头场已入号矣。夜忽
惊叫，似得疯病者。同号生怜而问之，俯首不答。日未午，即收拾考
篮，投白卷求出。同号生不解其意，牵裾强问之。曰："我有亏心事发
觉矣。我年未三十时，馆某搢绅家。弟子四人，皆主人之子侄也。有
柳生者年十九，貌美，余心慕，欲私之不得其间。适清明节，诸生俱归
家扫墓，惟柳生与余相对。余挑以诗曰：'绣被凭谁寝，相逢自有因。
亭亭临玉树，可许凤栖身？'柳见之脸红，团而嚼之。余以为可动矣，
遂强以酒，俟其醉而私焉。五更，柳醒，知已被污，大恸。余劝慰之，
沉沉睡去。天明，则柳已缢死床上矣。家人不知其故，余不敢言，饮
泣而已。不料昨进号，见柳生先坐号中，旁一皂隶，将我与柳齐牵至
阴司处。有官府坐堂上，柳诉良久，余亦认罪。神判曰：'律载：鸡奸
者，照以秽物入人口例，决杖一百。汝为人师而居心淫邪，应加一等
治罪。汝命该两榜，且有禄籍，今尽削去。'柳生争曰：'渠应抵命，杖
太轻。'阴官笑曰：'汝虽死，终非程所杀也。倘程因汝不从而竟杀汝，
将何罪以抵之？且汝身为男子，上有老母，此身关系甚大，何得学妇
女之见，羞忿轻生？《易》称"窥观女贞，亦可丑也"。从古朝廷旌烈
女不旌贞童，圣人立法之意，汝独不三思耶？'柳闻之大悔，两手自
搏，泪如雨下。神笑曰：'念汝迂拘，着罚往山西蒋善人家作节妇，
替他谨守闺门，享受旌表。'判毕，将我杖三十放还魂，依然在号中。
现在下身痛楚，不能作文，就作文亦终不中也，不去何为？"遂呻吟
颓唐而去。

怪 风

凉州大靖营有松山者，在沙碛中，古战场也。将军塔思哈因公领

兵过其处,白草黄云,一望无际。忽见一山高千仞,中有火星万点,蔽日而来,声若雷霆,人马失色。哈大惊,谓是山移。俄而渐近,不及回避,乃同下马,闭目据地,互相抱持。顷之,天地如墨,人人滚地,马亦翻倒。良久始定。麾下三十六人,满面皆血,石子嵌入面皮,深者半寸。回望高山,已在数十里之外。日暮抵大靖营,告总兵马成龙。马笑曰:"此风怪,非山移也;若山移,公等死矣。此等风,塞外至冬常常有之,不伤性命。但公等为沙石所击,从此尽成麻面,年貌册又须另造矣。"

孝　女

　　京师崇文门外花儿市居民皆以制通草花为业。有幼女奉老父居,亦以制花生活。父久病不起,女忘啜废寝,明慰暗忧。适有邻媪纠众妇女往丫髻山进香者,女因问:"进香可能疗父病否?"媪曰:"诚心祈祷,灵应如响。"女曰:"此间去山,道里几何?"曰:"百余里。"曰:"一里几何?"媪曰:"二百五十步。"女谨记之。每夜静父寝,持香一炷,自计步数里数,绕院叩头,默祝身为女子不能朝山之故。如是者半月有余。向例,丫髻山奉祀碧霞元君,凡王公搢绅,每至四月,无不进香,以鸡鸣时即上殿拈香者为头香。头香必待大富贵家,庶人无敢僭越。时有太监张某往进头香,甫辟殿门,已有香在炉中。张怒,责庙主,庙主曰:"殿不曾开,不识此香何由得上。"张曰:"既往不咎。明日当来上头香,汝可待我,毋许别人先入。"庙主唯唯。次日,始四更,张已至,至则炉中香已宛然,一女子方礼拜伏地,闻人声,倏不见。张曰:"岂有神圣之前,鬼怪敢公然出现者?此必有因。"坐二山门外,聚香客而告之,并详述所见容态服饰。一媪听良久,曰:"据君所见,乃吾邻女某也。"因说其在家救父礼拜之事。张叹曰:"此孝女,神感也。"进香毕,即策马至女家,厚赐之,认为义女。父病旋愈。因太监周恤,故家渐温饱。女嫁大兴张氏,为富商妻。

老 妪 变 狼

广东厓州农民孙姓者,家有母,年七十余。忽两臂生毛,渐至腹背,再至手掌,皆长寸余,身渐伛偻,尻后尾生。一日,仆地化作白狼,冲门而去。家人无奈何,听其所之。每隔一月或半月,必还家视其子孙,照常饮啖。邻里恶之,欲持刀箭杀之。其子妇乃买豚蹄,俟其再至,嘱曰:"婆婆享此,以后不必再来,我辈儿孙深知婆婆思家,无恶意,彼邻居人那能知道,倘以刀箭相伤,则做儿媳者心上如何忍得?"言毕,狼哀号良久,环视各处,然后走出。自后竟不来矣。

义 犬 附 魂

京中常公子某,少年貌美,爱一犬,名花儿,出则相随。春日丰台看花,归迟人散,遇三恶少方坐地轰饮。见公子美,以邪语调之。初而牵衣,继而亲嘴。公子羞沮遮拦,力不能拒,花儿咆哮奋前咬噬,恶少怒,取巨石击之,中花儿之头,脑浆迸裂,死于树下。恶少无忌,遂解带缚公子手足,剥去下衣,两恶少踏其背,一恶少褪裤,按其臀将淫之。忽有癞狗从树林中突出背后,咬其肾囊,两子齐落,血流满地。两恶少大骇,拥伤者归。随后有行人过,解公子缚,以下衣与之,始得归家。心感花儿之义,次日往收其骨,为之立冢。夜梦花儿来,作人语曰:"犬受主人恩,正欲图报,而被凶人打死。一灵不昧,附魂于豆腐店癞狗身上,终杀此贼。犬虽死,犬心安矣。"言毕,哀号而去。公子明日访至卖腐家,果有癞狗。店主云:"此狗奄奄,既病且老,从不咬人。昨日归家,满口是血,不解何故。"遣人访之,恶少到家死矣。

白 虹 精

浙江塘西镇丁水桥篙工马南箴,撑小舟夜行,有老妇携女呼渡,舟中客拒之。篙工曰:"黑夜妇女无归,渡之亦阴德事。"老妇携女应声上,坐舱中,嘿无言。时当孟秋,斗柄西指,老妇指而顾其女笑曰:"猪郎又手指西方矣。好趋风气若是乎?"女曰:"非也,七郎君有所不得已也。若不随时为转移,虑世间人不识春秋耳。"舟客怪其语,瞪愕相顾。妇与女夷然绝不介意。舟近北关门,天已明,老妇出囊中黄豆升许谢篙工,并解麻布一方与之包豆,曰:"我姓白,住西天门。汝他日欲见我,但以足踏麻布上,便升天而行,至我家矣。"言讫不见。篙工以为妖,撒豆于野。归至家,卷其袖,犹存数豆,皆黄金也。悔曰:"得毋仙乎?"急奔至弃豆处迹之,豆不见而麻布犹存。以足蹑之,冉冉云生,便觉轻举,见人民村郭历历从脚下经过。至一处,琼宫绛宇,小青衣侍户外曰:"郎果至矣。"入扶老妇人出,曰:"吾与汝有宿缘,小女欲侍君子。"篙工谦让非耦。妇人曰:"耦亦何常之有。缘之所在,即耦也。我呼渡时,缘从我生;汝肯渡时,缘从汝起。"言未毕,笙歌酒肴,婚礼已备。篙工居月余,虽恩好甚隆,而未免思家。谋之女,女教仍以足蹑布,可乘云归。篙工如其言,竟归丁水桥。乡里聚观,不信其从天而下也。嗣后屡往屡还,俱以一布为车马。篙工之父母恶之,私焚其布,异香累月不散。然往来从此绝矣。或曰姓白者,白虹精也。

冷　秋　江

乾隆十年,镇江程姓者,抱布为业,夜从象山归,过山脚,荒冢累累,有小儿从草中出,牵其衣。程知为鬼,呵之不去。未几,又一小儿出,执其手。前小儿牵往西,西皆墙也,墙上簇簇然黑影成群,以泥掷之。后小儿牵往东,东亦墙也,墙上啾啾然鬼声成群,以沙撒之。程无可奈何,听其牵曳。东鬼西鬼,始而嘲笑,既而喧争。程不胜其苦,仆于泥中,自分必死。忽群鬼呼曰:"冷相公至矣!此人读书,迂腐可憎,须避之。"果见一丈夫魋肩昂背,高步阔视,持大扇击手作拍板,口唱《大江东》,于于然来。群鬼尽散。其人俯视程,笑曰:"汝为邪鬼弄耶?吾救汝,汝可随吾而行。"程起从之。其人高唱不绝,行数里,天渐明,谓程曰:"近汝家矣,吾去矣。"程叩谢,问姓名,曰:"吾冷秋江也。住东门十字街。"程还家，口鼻窍青泥俱满，家人为熏沐毕，即往东门谢冷姓者，杳无其人。至十字街，问左右邻，曰："冷姓有祠堂，其中供一木主，名嵋，乃顺治初年秀才；秋江者，其号也。"

钉 鬼 脱 逃

句容捕者殷乾，捕贼有名，每夜伺人于阴僻处。将往一村，有持绳索者贸贸然急奔，冲突其背。殷私忆此必盗也，尾之至一家，则逾垣入矣。殷又私忆捕之不如伺之：捕之不过献官，未必获赏；伺其出而劫之，必得重利。俄闻隐隐然有妇女哭声，殷疑之，亦逾垣入，见一妇梳妆对镜，梁上有蓬头者，以绳钩之。殷知此乃缢死鬼求代耳，大呼破窗入。邻右惊集，殷具道所以，果见妇悬于梁，乃救起之。妇之公姑咸来致谢，具酒为款。散后，从原路归，天犹未明。背簌簌有声，回顾则持绳鬼也，骂曰："我自取妇，干汝何事，而破我法！"以双手搏之。殷胆素壮，与之对搏，拳所著处，冷且腥。天渐明，持绳者力渐惫，殷愈奋勇，抱持不释。路有过者，见殷抱一朽木，口喃喃大骂，上前谛视，殷恍如梦醒，而朽木亦坠地矣。殷怒曰："鬼附此木，我不赦木。"取钉钉之庭柱，每夜闻哀泣声不胜痛楚。过数夕，有来共语者、慰唁者、代乞恩者，啾啾然声如小儿，殷皆不理。中有一鬼曰："幸主人以钉钉汝，若以绳缚汝，则汝愈苦矣。"群鬼噪曰："勿言，勿言！恐泄漏机关，被殷学乖。"次日，殷以绳易钉如其法。至夕，不闻鬼泣声。明旦视朽木，竟遁去。

樱 桃 鬼

熊太史本傲居京师之半截胡同，与庄编修令舆居相邻。每夜置酒，互相过从。八月十二日夜，庄具酒饮熊，宾主共坐，忽桐城相公遣人来招庄去。熊知其即归，独酌待之。自斟一杯，置几上，未及饮，杯已空矣。初犹疑己之忘之也；又斟一杯，伺之，见有巨手蓝色从几下伸出探杯。熊起立，蓝手者亦起立。其人头目面发，无一不蓝。熊大呼，两家奴悉至，烛照无一物。庄归闻之，戏熊曰："君敢宿此乎？"熊年少气豪，即命僮取被枕置榻上，而麾僮出，独持一剑坐。剑者，大将军年羹尧所赠，平青海血人无算者也。时秋风怒号，斜月冷照，榻施绿纱帐，空明澄彻。街鼓鸣三更，心怯此怪，终不能寐。忽几上铿然掷一酒杯，再铿然掷一酒杯，熊笑曰："偷酒者来矣！"俄而一腿自东窗进，一目、一耳、一手、半鼻、半口；一腿自西窗进，一目、一耳、一手、半鼻、半口：似将人身当中分锯作两半者，皆作蓝色。俄合为一，睒睒然怒睨帐中，冷气渐逼，帐忽自开。熊起，拔剑斫之，中鬼臂，如着敝絮，了无声响，奔窗逃去。熊追至樱桃树下而灭。次早，主人起，见窗外有血痕，急来询问，熊告所以。乃斩樱桃树，焚之尚带酒气。窗外有司阍奴，老矣，既聋且瞽，所卧窗榻乃鬼出入经过处，杳无闻见，鼾声如雷。熊后年登八旬，长子巡抚浙江，次子监司湖北。常笑谓人曰："余以胆气福气胜妖，终不如司阍奴之聋且瞽尤胜妖也。"

鼠啮林西仲

福建耿藩之变，厦门司马林西仲不降，被缚入狱。西仲平素画一小像，忽被鼠啮断其头，环颈一线如刀截者。家人号哭，以为不祥。未几王师破耿，出西仲于狱，复其官，加迁三级。西仲还家，家人置酒庆再生。是夕，闻群鼠声啾啾甚忙，扛一物置几上去。视之，所衔去小像之头，共持来还西仲也。

子不语卷七

尹文端公说二事

乾隆十五年，尹文端公总督陕西。苏州顾某者，为绥德州知州，貌素丰。是年九月，顾赴西安求见，则尪羸已甚。尹公疑其病，问之，顾跪而请曰："某平生读书，从不信鬼神事，况敢妄言于大人前耶？今旦暮将死，不敢不告，为身后计。本年五月初七日，清晨起坐书斋，见一人，青衣皂帽，持帖入曰：'某官请公会讯，备骑在门。'视其帖，同寅汤栻也。某即上马出城，北行三十里，至公廨，有古衣冠者迎揖曰：'所以屈公至者，为欲造姓名册送上帝，须与公会办。'某未答，旁一吏跪启：'册草创未就，须八月二十四日方可誊清。'古衣冠者目皂衣人送某还，约至期勿爽。某复上马，行三十里入署，见己身僵卧床上，妻子号泣于旁。皂衣者推某身自其口入，格格然如不可复合，四肢筋骨五脏之间酸楚莫状。苏醒后始进米饮。自此部署公私，至八月二十四日晨起，即具衣冠，诀别幕友、妻子，泣嘱曰：'尸勿寒，且缓殓。'至午，昏晕类中风者，果皂衣人来，引至前处。古衣冠者坐堂上，列两几于前，如世间会审状。吏逐名点唱，无相识者。至第三名，即本州之皂隶某也。第八十五名，本州之东房吏某也。其余人眼中虽甚熟悉，而不知姓名。呼二人到案前，问之，亦云不知何以到此。古衣冠者笑曰：'公何问耶？公永当在此共事，自然具晓一切。'问来当何时，曰：'今年十月初七日。公趁此时速归，部署家事可也。'复拱手别，苏醒如故，身之狼狈尤甚于前。未几，此县大疫，一吏一役俱染疫亡。今已九月，死期不远，故来诀别大人。"尹公慰之再三，泣拜去。明年正月，尹公巡边，过绥德州，内幕许孝章者，素知其事，方留心访顾，而顾仍无恙。来谒于辕，体充实如故。公戏之曰："鬼言何以灵于吏役，而不灵于汝耶？"顾叩头谢恩，亦不解其何故。

公督陕时，接华阴县某禀启云："为触犯妖神陈情禀死事：卑职三厅前有古槐一株，遮房甚黑，意欲伐之，而邑中吏役金曰：'是树有神，伐之不可。'某不信，伐之，并掘其根。根尽见鲜肉一方，肉下有画一幅，画赤身女子横卧。卑职心恶之，焚其画，以肉饲犬。是夜觉神魂不宁，无病而憔悴日甚，恶声汹汹，目无见而耳有闻。自知不久人世，乞大人别委署篆者来。"尹公得禀，袖之与幕客传观，曰："此等禀帖，作何批发？"言未毕，华阴县报病故文书至矣。

霹雳脯

海州朱先生，康熙间人，貌三四十岁，或出或隐，不知寒暑，常曰："海州气象好，惜读书者少耳。"出游数年，归语人曰："吾家竹垞子殊博雅，可与谈；山阴阁百诗，亦后来之秀，惜其俱未闻道耳。"居亡何，又语人曰："我何罪于天，而今日有雷击我！我不得不相抗，但恐惊诸君，诸君须避之。"至期，云雨晦冥，见大蜘蛛脚自空中下，雷乍响而哑矣。旷野有血肉一团，大如车轮，朱指示人曰："此斗败霹雳脯也。"以酒烹之，独坐而啖。又一日，雷雨复集，朱张口空中，吐白丝数百丈，盘密如网，有火龙腾空而至，奋鬣舒爪于网外，终不能入，良久入云去。朱叹曰："海滨多怪物，不可久居，吾将逝矣。"竟去，不知所终，人疑为蜘蛛精也。

瘟鬼

乾隆丙子，湖州徐翼伸之叔岳刘民牧，作长洲主簿，居前宗伯孙公岳颁赐第，翼伸归湖之便访焉。天暑，浴于书斋，月色微明，觉窗外有气喷入，如晓行臭雾中，几上鸡毛帚盘旋不已。徐拍床喝之，见床上所挂浴布与茶杯飞出窗櫺外。窗外有黄杨树，杯触树碎，声铿然。徐大骇，唤家奴出视，见黑影一团，绕瓦有声，良久始息。徐坐床上，片时帚又动，徐起以手握帚，非平时故物，湿软如妇人乱发，恶臭不可近，冷气自手贯臂，直达于肩，徐强忍持之。墙角有声，如出瓮中者，初似鹦鹉学语，继似小儿啼音，称："我姓吴名中，从洪泽湖来，被雷惊，故匿于此，求恩人放归。"徐问："现在吴门大瘟，汝得非瘟鬼否？"曰："是也。"徐曰："是瘟鬼则我愈不放汝，以免汝去害人。"鬼曰："避瘟有方，敢献方以乞恩。"徐令数药名而手录之。录毕，不胜其臭，且臂冷不可耐，欲放之又惧为祟。家奴在旁，各持坛罐，请纳帚而封焉。徐从之，封投太湖。所载方：雷丸四两，飞金三十张，硃砂三钱，明矾一两，大黄四两，水法为丸，每服三钱。苏州太守赵文山，求其方以济人，无不活者。

千 年 仙 鹤

湖州菱湖镇王静岩，家饶于财，房室高敞，有"九思堂"，广可五六亩。宴客日暮，必闻厅柱下有声，如敲竹片。静岩恶之，对柱祝曰："汝鬼耶？则三响。"乃应四声。曰："若仙耶？则四响。"乃应五声。曰："若妖耶？则五响。"乃乱应无数。有道士某来设坛，用雷签插入柱下。忽家中婢头坟起，痛不可忍，道士撤签，婢痛止。间一日，婢忽狂呼，如伤寒发狂者。召医视之，按脉未毕，举足踢医，伤面血流，男子有力者四五人，抱持不能禁。王之女初笄，闻婢病，来视之，初入门，大惊仆地曰："非婢也，其面方如墙，白色，无眼、鼻、口、耳，吐舌赤如丹砂，长三四尺，向人嚇张。"女惊不已，遂亡。女死而婢愈。王百计驱妖，有请乩仙者来，言仙人草衣翁甚灵，可以镇邪。王如其言，设香案，置盘，乩笔劃然有声，穿窗而出，于窗纸上大书曰："何苦何苦，土地受过。"主人问乩，乩言草衣翁因地邪未去，遽请仙驾，将当方土地神发城隍笞二十矣。自后此妖寂然。草衣翁与人酬酢甚和，所言多验。或请姓名，曰："我千年仙鹤也。偶乘白云过鄱阳湖，见大黑鱼吞人，予怒而啄之，鱼伤脑死。所吞人以姓名假我，以状貌付我，我今姓陈名芝田，草衣者，吾别字也。"或请见之，曰："可。"请期，曰："在某夜月明时。"至期，见一道士立空中，面白，微须，冠角巾，披晋唐服饰，良久如烟散矣。

夏太史说三事

高邮夏醴谷先生，督学湖南，舟过洞庭，值大风浪，诸船数千，泊岸未发。夏性急，欲赶到任日期，命舵工逆风而行，诸船随之。扬帆至湖心，风愈大，天地昏冥，白浪如山。见水面二短人，长尺许，面目微黑，掠舟指橹，似巡逻者，诸船中人俱见之。风定日出，渐隐去矣。

公居督学衙门，家丁子弟白日见怪，见者必病。公夫人扃闭子弟，午后不许至园，嘱公致祭。公不信，是夜阅卷灯下，闻哭声自西来，殷殷田田，群响杂沓，飞沙打窗，如雨而下。公厉声曰："吾已悉尔意，明日祭汝可也！"其声渐远而灭。公诘朝寻其声来之处，有破屋一间，木主数十，皆前任学臣阅卷幕友卒于署者。因为文，具牲牢祭之，此后怪绝。

公门生朱仕琇，从福建入都。至山东茌平道中，日暮投宿，风雨交至，遣家人先行觅店，停车于三叉路口待之。夜二更，天地昏黑，见远树中火光忽上忽下，疑为家人持火至矣。少顷，火光渐近，大如车轮，错落数十，高者至苍天，低者及马足。大骇，以为必非人灯。近视之，火光中有三人掠车而过，其中行者，当额闪闪有眼，朱衣博带，须眉伟然；旁侍儿锦衣玉貌，扶之而行；最前一白须老翁，伛偻先驱，背有穴孔如碗大，火光从此孔出，如灶突泄烟者然。见人了无惊异，徐步入远村而没。少顷，家人与店家至，云共见之，相与诧骇而已。

石 崇 老 奴 才

康熙间，任雨林进士有诗名，宰河南鄢县。昼卧书室，见簪花女郎持名纸，称石大夫招饮。舆夫盈门，俱来迎接，任不觉身随之行。良久，至一府，闬闳巍然。主人戴晋巾，锦褉褕，叉手出迎，谈论风发。坐定，席设水陆奇珍，皆目所未睹，女乐二八，舞傞傞然。酒酣，主人起握任手，行至后园，极亭台花木之胜。园后有井，水绿色，主人手黄金勺，呼左右酌水，为任公解醒。任初沾唇，觉有辛恶之味，唇为之焦，因辞谢，不举其勺。主人强之，众美人伏地劝请，任不得已，为尽之。俄而腹痛欲裂，呼号求归，主人拱手曰："客果醉矣！且暂别再会。"任仓皇登车，痛愈甚，从原路归。过城隍庙，城隍神趋出迎，喑曰："石季伦老奴才又毒人乎？昨作主饮君者，晋石崇也。崇生时，取精多，用物宏；诛死时，受孙秀屠割，血肉狼籍。强魂不散，为罗刹尊神，誓杀名士三千，以泄生平好名之忿。吾第十九人，君第二十九人也。吾以生平正直，诉冤上帝，帝不能救，封为城隍神，赐药二丸，曰：有真名士被害者，以此救之。君有文行，故在此相救。"言毕，取药塞任口中。任痛遽止，顷刻汗出而寤。其原卧之处，家人环泣，已迷憒二日矣。后修鞏县故城，掘地得碑，镌"金谷"两大字，类索幼安笔法，始知石氏金谷不在今洛阳也。

鬼 差 贪 酒

杭州袁观澜，年四十未婚，邻人女有色，袁慕之，两情属矣。女之父嫌袁贫，拒之，女思慕成瘵，卒。袁愈悲悼，月夜无以自解，持酒尊独酌。见墙角有蓬首人手持绳，若有所牵，睨而微笑。袁疑为邻之差役，招曰："公欲饮乎？"其人点头，斟一杯与之，嗅而不饮。曰："嫌寒乎？"其人再点头，热一杯奉之，亦嗅而不饮，然屡嗅则面渐赤，口大张，不能复合。袁以酒浇入其口，每酒一滴，则面一缩，尽一壶而身面俱小，若婴儿然，痴迷不动。牵其绳，所缚者邻氏女也。袁大喜，具酒罂，取蓬首人投而封之，画八卦镇厌之。解女子缚，与入室为夫妇，夜有形交接，昼则闻声而已。逾年，女子喜告曰："吾可以生矣，且为君作美妻矣。明日某村女气数已尽，吾借其尸可活，君以为功，兼可得资财作衣食费。"袁翌日往访某村，果有女气绝方殓，父母号哭。袁呼曰："许为吾妻，吾有药能使还魂。"其家大喜，许之。袁附女耳低语片时，女即跃起，合村惊以为神，遂为合卺。女所记忆，皆非本家之事，逾年渐能晓悉。貌较美于前女。

李 倬

　　李倬者福建人，乾隆庚午贡生，赴京乡试，路过仪征。有并舟行者，自称姓王名经，河南洛阳县人，赴试京师，资费不足，求李挈带，李许之。同舟言笑甚欢，出所作制艺，亦颇清雅，惟篇幅稍短耳。与共食，必撒饭于地，每举碗，但嗅其气，无一粒纳喉者。李疑而憎之，王似解意，谢曰："某染膈症，致有此累，幸毋相恶！"既至京师，将赁寓所，王长跪请曰："公毋畏，我非人也，乃河南洛阳生员，有才学，当拔贡，为督学某受赃黜落，愤激而亡。今将报仇于京师，非公不能带往。入京城时，恐城门神阻我，需公低声三呼我名，方能入。"其所称督学某，即李之座师。李大骇，拒之。鬼曰："公党师拒我，我行且祟公。"李无奈何，如其言。舍馆定，既往谒座主，其家方环泣，声达户外。座主出曰："老夫有爱子，生十九年矣，聪明美貌，为吾宗之秀。前夜忽得疯疾，疾尤奇，持刀不杀他人，专杀老夫。医者莫名其病，奈何？"李心知其故，请曰："待门生入视郎君。"言未毕，其子在内笑曰："吾恩人至矣，吾当谢之，然亦不能解我事也。"李入室，握郎君手，语移时。旁人不解，更骇愕，都来问李，李告之故。于是举家跪李前，求为关说。李谓其子曰："君过矣！君以被黜之故，气忿身死，毕竟非吾师杀君也。今若杀其郎君，绝其血食，殊非以直报怨之道；况吾与君有香火情，独不为我地乎？"其子语塞，瞑目曰："公语诚是，然汝师当日得赃三千，岂能安享？吾败之而去足矣。"手指曰："某室有玉瓶，价值若干，为我取来！"至则掷而碎之。又手指曰："某箱内有貂裘数领，价值若干，为我取来！"至则举火焚之。事毕，大笑曰："吾无恨矣！为汝赦老奴。"拱手作去状，其子霍然病已。李是年登第，行至德州，见王君复至，则前驱巍峨，冠带尊严，曰："上帝以我报仇甚直，命我为德州城隍。尚有求于吾子者，德州城隍为妖所凭，篡位血食垂二十年。我到任时，彼必抗拒，吾已选神兵三千，与妖决战。公今夜闻刀剑声，切勿谛视，恐有所伤。邪不胜正，彼自败去。但非公作一碑记晓谕居民，恐四方未必崇奉我也。公将来爵禄，亦自非凡，与公诀矣。"言毕拜谢，垂泪而去。是夜闻城内外兵马喧然，至五鼓始寂。李诘朝往城隍庙焚香作记，其道士已磨墨相待，云："昨夜大王到任，托梦贫道，教相迎也。"李为镌石立碑，今犹存德州大东门外。

王 将 军 妾

苏州慕崇士宰河南汲县，未遇时，馆京师任姓家，寓半截胡同。晚间独宿，灯下见物黑而毛，攫其书簏，慕手剑逐之，无所得。次晚，月下如厕，有女子冉冉来，慕疑主人婢妾，蹲不敢起，女竟不去，而冷风凄然。慕始惊惧，投以瓦，了不复见。慕踉跄归至书斋，则女子在床矣，军妆持刀，容貌甚丽。呼之不应，驱之不去，召他人观之，皆不能见。慕遂病，呓语曰："我明朝王将军妾也，久不得祭，故遣儿辈取食，汝以剑伤之，我亲来谢过，汝又蹲厕辱我，我故来索命。"同寓宾客俱为哀祈，女曰："能以衣服车马送我归故乡，姑贷汝。"众如其言，慕苏醒。食粥未半晌，女又复来曰："吾为汝辈所绐。衣服领袖并未裁缝，吾何以为衣耶？可速选缝人善治之！"众客愈骇，视所陈之衣，果未开摺也。整治再拜，慕竟病除。三年，慕登进士，选河南汲县知县，路过开封，宿客店。店之西偏，扃室甚固。慕疑之，窥窗隙，见朱棺一口，横于中堂，凝尘数寸，棺之前和题曰"王将军亡妾张氏"。慕大惊且悔，心郁郁不乐。薄暮，女果至，妆束如前，曰："昔妾逼君，妾之罪也，今君窥妾，妾之缘也。妾在此数十年，非取人见代，不能自拔于幽冥，故今夜来伴君。"慕大惧，连夜呼驺入城，告开封同寅，将求道士驱之。开封守令留饮达旦。翌早与共至店中，一书僮自缢于床。守令怒，剖其棺，尸装束鲜浓，僵而不腐，焚之，竟无他怪。

仙 鹤 扛 车

方绮亭明府作令江西，其同僚郭姓者，四川人，言少时曾上峨嵋山，意欲弃世学道。见老翁，长髯秀貌，戴羽巾，飘飘然导之前行，至一处，宫殿巍峨，似王者居。翁指示曰："汝欲学道，非王命不可。王外出未归，汝少待。"俄而仙乐嘹嘈，异香触鼻，两仙鹤扛水精车，车中坐王者，状如世上所画香孩儿，红衣文葆，洁白如玉，口嘻嘻微笑，长不满尺许，诸神俯伏迎入宫。老翁奏曰："有真心学道人郭某求见。"王命传入，注视良久，曰："非仙才，速送回人间！"老翁掖郭下。郭问曰："王何以年少？"老翁笑曰："为仙为圣为佛，及其成功，皆婴儿也。汝不闻孔子亦儒童菩萨？孟子云'大人者，不失其赤子之心'乎？吾王已五万岁矣。"郭无奈何，仍自山下归家。犹记其殿门外朱书二对云："胎生、卵生、湿生、化生，生生不已；天道、地道、人道、鬼道，道道无穷。"

红 花 洞

溧水知县曹江，初官蜀时，夏日昼寝，见二隶卒牵马来，邀与俱行。约二十余里，复有一人乘骏马，约束如军官，持令箭呼云："奉上帝命，烦君点放洞犯，幸勿辞劳！"曹愕然，莫知其故。再行二三里，至深山，有穴榜曰"红花洞"，石门一双，封钥甚固。洞口胥吏七八人，具公案文册，跪迎道左。军官以令箭付曹，嘱云："照册点放。"言毕，乘马去。曹登座，一吏禀请启洞，向洞大呼开门者三，有阴气随呼而出，冷逼毛发。须臾，女鬼数千，蓬首垢面，纷然杂至，哀号困苦之声不可言状。吏按册唱名，开锁具，驱向南行。诸鬼逡巡若不得已而往者。最后三女鬼，向曹哀求免放，曹辞以奉帝命，不能为力。三鬼愤惋，骂曰："二十年后，会当相报！"放既毕，军官复来嘱隶云："曹公劳矣，须好送还家。"隶卒仍以马送至中途，经大河，马渡水，忽失前足而堕。惊寤，见家人环哭，方知已死一日。心秘其事，不敢言于人。后二十年，长男妇病产卒。未期年，次媳当产，亦病，忽作呓语，呼姑至前曰："红花洞事发矣！我房舍已定，当与李氏为邻。"笑指其小叔曰："继我者当在此君，可恨翁当时令箭在手，乐得作人情，何故不肯乎？"言毕，张目大呼，血流破面，腹溃肠出死。姑与小叔奔告于曹，曹大骇，自忆此梦实未尝语人，不知乃媳何从知也。殓后寄其枢于古寺，寺中旧有朱棺一口，询之，果为某家妻李氏棺也。曹后第三子娶妇，亦以产卒。

三妇年岁虽各有大小,计其始生,皆与梦时相上下。后侧室生儿,皆无恙。

大毛人攫女

西北妇女小便多不用溺器。陕西咸宁县乡间有赵氏妇,年二十余,洁白有姿,盛夏月夜,裸而野溺,久不返。其夫闻墙瓦飒拉声,疑而出视,见妇赤身爬据墙上,两脚在墙外,两手悬墙内,急前持之。妇不能声,启其口,出泥数块。始能言,曰:"我出户溺,方解裤,见墙外有一大毛人,目光闪闪,以手招我。我急走,毛人自墙外伸巨手提我髻至墙头,以泥塞我口,将拖出墙,我两手据墙挣住,今力竭矣!幸速相救。"赵探头外视,果有大毛人,似猴非猴,蹲墙下,双手持妇脚不放。赵抱妇身,与之夺,力不胜,乃大呼村邻,邻远,无应者。急入室取刀,拟断毛人手救妇,刀至而妇已被毛人拉出墙矣。赵开户追之,众邻齐至,毛人挟妇去,走如风,妇呼救声尤惨。追二十余里,卒不能及。明早随巨迹而往,见妇死大树间,四肢皆巨藤穿缚,唇吻有巨齿啮痕,阴处溃裂,骨皆见,血裹白精,溃地斗余。合村大痛,鸣于官,官亦泪下,厚为殡殓。召猎户擒毛人,卒不得。

吴 生 不 归

会稽县东四十里地名长溇,有吴生者,年十八,美丰仪,读书家中,忽失所在。越三日归,自言:"某日坐书室,见美妇人降自屋上,招与偕行。随至大第中,陈设华美,往来者无一男子。室内更有一美,倚窗斜睇,具酒食共饮,饮毕两美迭就为欢。叩以姓名,俱笑不答,但云:'此间乐,我二人惟郎是从,郎但安居可也。'居数日,我偶动乡思,一女曰:'郎思家矣,当送归,无苦郎心。'遂送至里门,我才得归。"自此神思恍惚。当午,家人为具膳,则云此味恶,不似彼食美也。当夕,为拭床帐,则云此物恶,不如彼物华也。未几,又失去,数日复归,所言如前,但颜色渐焦,举体有腥气。家人延僧道醮祝,都无所济。俄而数月不返。生有弟某，行经白塔，见山洞口有遗带，认系兄物。持归，率人秉火入洞，见兄裸卧淤泥间，作行房状。扶至家，灌以药饵，苏，张目怒曰："我云雨未毕，卧锦衾中，何夺我至此！"于是亲族皆来守护，以铁索锢之，厌以符箓。生稍知惧，不敢寐。夜间，众方环坐，忽闻响声琅然，有光若电，绕室数匝，失生所在，铁索斩然中断，门窗仍闭，竟不知何自出也。次晨，再寻白塔山洞，茫然无得矣。于是远近传播洞中有妖，聚观者日以千计。县令李公惧生事，亲来搜看，亦无所得，乃以石封洞门，观者止而生竟不归。

狐仙冒充观音三年

杭州周生，从张天师过保定旅店，见美妇人跪阶下，若有所祈。生问天师，天师曰："此狐也，向我求人间香火耳。"生曰："盍许之？"天师曰："彼修炼有年，颇得灵气，若与香火，恐恣威福，为人间祟。"生爱其美，代为祈请，天师曰："难却君情，但令受香火三年，毋得过期可也。"命法官批黄纸付之去。三年后，生下第出都，过苏州，闻上方山某庵观音极著灵异，将往祷焉。至山下，同祷者教以步行，曰："此山观音甚灵，凡肩舆上山者，中道必仆。"生不信，肩舆上山，未十数武，扛果折，生坠地，幸无所伤。遂下舆步行。入庙，见香烛极盛。所谓观音者，坐锦幔中，勿许人见。生问僧，僧曰："塑像太美，恐见者辄生邪念故也。"生必欲启视，果极妖冶，不类他处观音。谛视之，颇似曾相识者。良久，恍然是旅店中妇人。生大怒，指而数之曰："汝昔求我说情，故得此香火，汝乃不感我恩而坏我舆，何太没良心也！且天师只许汝受香火三年，今已过期，恋此不去，岂竟忘前约乎？"语未毕，像忽扑地碎。僧大骇，亦无可奈何，俟生去，为之纠金重塑，而灵响从此寂然。

陈姓父幼子壮

扬州陈山农，世业骡马行，年五十余，病卧。见少年骑马自外入，掌其颈,遂昏迷,被少年提置马上,疾驰出门,陈号呼,莫有救者。至郊外,少年掷之于地曰:"速来,吾先行候汝!"复以掌击其股,乃驰去。陈心迟疑,而两足不觉前进。其行如飞,亦不甚倦,惟所穿履觉易败,败则道旁有织履者为易之,易毕即行,了不通问,问亦不答。腹馁甚,见市中肴馔,试取食之,亦无禁。约行三昼夜,见道旁去思碑题名,知已入陕西咸阳城矣。及郭门,少年在焉,叱曰:"来何迟,累人三日痛楚!"即导入城,止一家门外。少年入复出,曳其裾至户内。见妇人辗转床上,若甚痛迫者。少年挈其项足,投妇人身。陈昏昏若入深岩中,腥秽满鼻,目不见天光,心窘甚。逾时见小隙微明,并力踊跃,豁然而堕,闻耳边多作贺声,曰:"得一佳儿。"陈更骇异,哑欲言而口已噤,因大呼。男妇满前,都无所闻。徐自审其声若甚小者,更摩视其耳目四肢,无不小矣,悟曰:"吾其投胎复生乎?"乃张目四顾,有老妪曰:"是儿目光焰焰,岂妖耶?再视当杀之!"陈惧,即瞑其目。自是沉沉若愚,胸中一切哀愁愤恍之心,叫呼啼哭,旁人便抱乳之,全不解其意。渐久习惯,亦不复作前世想矣。至六岁,稍稍能言。其父行贾江南归,以绢绐其母曰:"此物不易得,在江南值数十金。"母珍之,置枕函间。陈偶取玩视,母以父言禁之。陈笑曰:"父妄耳!此濮院紬,不数金可得。"父大惊,固问之。陈垂涕,具道所以,且曰:"吾来时,生儿方十数岁,今当成人,名某,家住某里。父至江南可访也。"父颔之。明年至扬州,果得其子,语以故,子亦以贸易故,欣然偕来,相见之下,略不相识。子鬒鬒有须,而父犹孩也。道家事如平生,且言某某欠债未还;某处有积金三百,存为汝婚,宜归取之,言讫欷歔。子不胜悲,归访之,其言皆验。后十余年,陈年壮,继父业,来江南访其故居。前生子已死,家事凋落,皤然老妻,抚孤孙独存。陈不胜感慨,留三百金为前生妻治后事,具杯酒浇其前世墓而去。

吴 生 手 软

乾隆二十四年五月,丰县宰卢世昌修邑志,聘苏州吴生为誊录,与同事者同住一楼。忽具衣冠揖同事友曰:"吾死矣,以后事累公。"

友问故，吴愀然云："我初赴丰时，至沛县道上，遇一妇人，求与共载；我以车小不许，妇随车行二十里。心窃讶之，问舆夫，皆不见，始知为鬼。晚投旅店，人静后，妇来坐榻上，语我曰：'君与我年俱廿九，合为夫妇。'我大骇，以枕投之，随响而没，自此不复见形。时闻耳边嚅嚅作语，求作夫妇，呼我为写字人，噪聒不已。问：'如何酬汝汝方去？'曰：'与我钱二百，置楼板上，我即去。'如其言，既而钱仍在，妇来缠扰如初。奈何奈何？"友人咸相解慰，令二僮守之。越数日，楼上大呼，众奔上，见吴倒地，腹右刀戳一洞，肠半溃出，喉下食颡已断。扶起之，绝无痛楚。卢公往视，吴手招之近前，作一"冤"字，卢曰："是何冤？"曰："欢喜冤家也。今早妇人来逼我死，以便作夫妻。我问作何死法，妇指案上刀曰：'此物佳。'余取刺右腹，痛不可忍。妇人亟以手按摩之，曰：'此无济也。'所摩处遂不觉痛。我问：'然则如何？'妇人自摩其颈作刎势，曰：'如此方可。'我复以刀断左喉，妇人跌足叹曰：'此亦无济，徒多痛苦耳。'又以手按摩之，亦不觉痛，指右喉下曰：'此处佳。'余曰：'我手软矣，无能为也，卿来刺之。'妇遂披发摇首，持刀直前，而楼下诸公已走上矣。彼闻人来，掷刀奔去。"卢公诧异，为延医纳其肠。吴始不能饮食，用药敷治，亦遂平复。妇人不复再至，吴生至今尚存。

狐　祖　师

盐城村戴家有女，为妖所凭，厌以符咒，终莫能止，诉于村北圣帝祠，怪遂绝。已而有金甲神托梦于其家曰："吾圣帝某部下邹将军也。前日汝家妖是狐精，吾已斩之。其党约明日来报仇，尔等于庙中击金鼓助我。"翌日，戴家集邻众往，闻空中甲马声，乃奋击金钲铙鼓，果有黑气坠于庭，村前后落狐狸头甚夥。越数日，其家又梦邹将军来曰："我以灭狐太多，获罪于狐祖师，狐祖师诉于大帝。某日大帝来庙按其事，诸父老盍为我祈之！"众如期往，伏于廊下。至夜半，仙乐嘹嘈，有冕服乘辇者冉冉来，侍卫甚众。后随一道人，庬眉皓齿，两金字牌署曰"狐祖师"。圣帝迎谒甚恭，狐祖师曰："小狐扰世罪当死，但部将奸我族类太酷,罪不可逭。"圣帝唯唯。村人自廊下出,跪而请命。有周秀才者骂曰:"老狐狸,须白如此,纵子孙淫人妇女,反来向圣帝说情! 何物狐祖师,罪当万斩!"祖师笑不怒,从容问:"人间和奸何罪?"周曰:"杖也。"祖师曰:"可知奸非死罪矣。我子孙以非类奸人,罪当加等,要不过充军流配耳,何致被斩? 况邹将军斩我一子,并斩我子孙数十,何耶?"周未及答,闻庙内传呼云:"大帝有命:邹将军嫉恶太严,杀戮太重,念其事属因公,为民除害,可罚俸一年,调管海州地方。"村人欢呼,合掌向空念佛而散。

纣之值殿将军

天台僧智果好游,山行迷路,至大石洞,坐一道者,萝衣薜裳。僧跪而请曰:"某幸遇仙人,愿受教!"道者曰:"予人也,非仙也。子来胡为?"僧曰:"某入山已数日,腹枵甚,敢有云浆之请!"道者曰:"子姑待,吾往后山觅之。"去有顷,携一物来,状轮囷而色鲜白,道者破之,自吸其浆,以其余授僧,曰:"此千年茯苓也。"因令僧坐,问:"岳飞将军安否? 秦桧死否?"僧曰:"此宋朝事也。今易代数百年,为大清矣。"因告以《宋史》所载岳事颠末。道者惨然曰:"岳将军终不免乎?"遂大哭曰:"吾姓周名通,岳将军麾下小将也。当秦桧以金牌召岳时,我知有难,遂逃于此,食灵草得不死。我师教勿出洞,出洞即死。汝宜速出,迟恐无及。"僧惧,拜辞而行。路甚纡曲,备历险阻。忽望崖上坐一巨人,长丈余,遍体绿毛如翠锦。骇而奔,还告道者,道者曰:"此予师商高,纣王之值殿将军也。为飞廉、恶来所谮,避居此山。性好食野兽,故其状与人异,子往拜祈,兼可问商代事。"僧故蠢野,无所记忆,见巨人礼拜毕,便问纣宠妲己事,巨人曰:"汝误矣,妲者商宫女官之称,己、戊者,女官之行次,女官非止一人也,汝所问何妃?"僧不能答。又问文王受命事,曰:"吾不知文王为何人,或是西方诸侯姬昌耶? 其人事纣甚恭,并无称王之事。"因问汝所问者何人告汝,曰书上云云。巨人问何物为书,僧手作书状示之。巨人笑曰:"我当时尚无此物。"言毕,以一臂搂僧行如飞,置之平地,拱手而别,已在天台郊外矣。

疟　鬼

上元令陈齐东,少时与张某寓太平府关帝庙中。张病疟,陈与同房,因午倦,对卧床上。见户外一童子,面白晰,衣帽鞋袜皆深青色,探头视张。陈初意为庙中人,不之问,俄而张疟作。童子去,张疟亦止。又一日寝,忽闻张狂叫,痰如涌泉,陈惊寤,见童子立张榻前,舞手蹈足,欢笑顾盼,若甚得意者。陈知为疟鬼,直前扑之,着手冷不可耐。童走出,飒飒有声,追至中庭而没。张疾愈,而陈手有黑气如烟熏色,数日始除。

误 学 武 松

杭州马观澜家,每四时必祭其门。予问:“古礼门为五祀之一,今此礼久不行,君家独行之,何也?”马曰:“余家奴陈公祚好酒,每晚必醉,敲门归。一日,闻户外喧呶声,往视之,奴仆地,曰:‘奴归,见门外一男一妇俱无头,头持在手。妇呼曰:“吾汝嫂也。吾淫属实,吾夫杀我可也;汝为小叔,不当杀我。夫杀我时,心软手噤龄不下;汝夺刀代杀,此事岂汝所宜与耶?吾每来相寻,为汝主人家门神呵禁。今故伺汝于门外。”因大骂唾奴面。其男鬼掷头撞奴,奴倒地。闻人声,二鬼才散。’马氏众家人扶至床,自言少年曾有此事。当时看小说,慕武松之为人,不意遭此冤孽。或告之曰:‘小说都无实事,何得妄学?且武松杀嫂,为嫂杀兄故也;若寻常犯奸,王法只杖决耳。汝何得代兄杀嫂?’言未终,奴张目作女声曰:‘公道自在人心,何如,何如!’向言者三叩头而死。”马氏以鬼言故,祭门神甚敬,世其家。

孛 星 女 身

山东有施道士者,善祈晴雨。乾隆十二年,东省大旱,抚军准泰祈雨不得,锁道士而逼之。道士曰:“雨非不可得也,但须某日孛星下降。公捐锦被一条，白金百两，某捐阳寿十年，方可得雨。"抚军如其言。至期，道士登坛呼一童子近前，令其伸手，画三符于掌中，嘱曰："至某处田中，见白衣妇人，便掷此符；彼必追汝，汝以次符掷之；彼再追汝，以第三符掷之；速归上坛避匿可也。"童子往，果见白衣妇。如其言掷一符，妇人怒，弃裙追童。童掷次符，妇人益怒，解上衣露两乳奔前。童掷三符，忽霹雳一声，妇人亵衣全解，赤身狂追。童急趋至坛，而妇人亦至。道人敲令牌喝曰："雨，雨，雨！"妇人仰卧坛下，云气自其阴中出，弥漫蔽天，雨五日不止。道士覆以锦被，妇渐苏，大惭耻，曰："我某家妇，何为赤身卧此？"抚军备衣服令着，遣老妪送归，以百金酬其家。事后问道士，道士曰："孛星女身而性淫，能为云雨，居天上亦赤体，惟朝北斗之期始着衣裳。是日下降田间，吾以符摄入某妇之身，使替代而来，又激怒之，使雷雨齐下。然用法太恶，必遭阴谴矣。"不数年，道士暴亡。

九 夫 坟

句容南门外有九夫坟。相传昔有妇人甚美，夫死，止一幼子，家赀甚厚。乃招一夫，生一子，夫又死，即葬于前夫之侧。而又赘一夫，复死如前。凡嫁九夫，生九子，环列九坟。妇人死，葬于九坟之中。每日落时，其地即起阴风，夜有呼啸争斗之声，若相媚而夺此妇者。行路不敢过，邻村为之不安，相率诉于邑令赵天爵。随至其地，排衙呼皂隶，于各坟头持大杖重责三十，自此寂然。

土地奶奶索诈

虎踞关名医涂彻儒，与余交好，其子妇吴氏，孝廉讳镇者之妹也。乾隆丙申六月，吴氏夜梦街坊总甲李某持簿化缘，口称虎踞关将有火灾，纠费演戏以禳之，簿上姓名皆里中相识者。正徘徊间，有老妇人黄衫绛裙，从门外入，谓吴曰："今年此处火灾是九月初三日，君家首被其祸，数不可逃，须烧纸钱买牲牢还愿，庶不至烧伤人命。"吴氏梦醒,方悟总甲李某久已物故。乃往各邻家告以故,并问此间可有衣黄衫妇人否,皆曰无之。吴有戒心,往祷土地庙,见所塑土地奶奶,宛然梦中所见,惊惧异常。诸邻闻之,亦大骇,彼此演戏祭祷,费数百金。将至九月,涂氏一门衣箱器具尽搬移戚里家,自初一日起不复举炊矣。至期四邻寂然,并无焚如之患,涂氏至今安好。

子不语卷八

鬼闻鸡鸣则缩

予门生司马骧,馆溧水林姓家,其所住地名横山乡,僻处也。天盛暑,以其西厅宏敞,乃与群弟子洒扫,为晚间乘凉之处,挈书籍行李移床就焉。秉烛而卧,至三鼓,门外啾啾有声,户枢拔矣。烛光渐小,阴风吹来,有矮鬼先入,脸似笑非笑,似哭非哭,绕地而趋。随后一纱帽红袍人,白须飘飘,摇摆而进,徐行数步,坐椅上,观司马所作诗文,屡点头,若领解者。俄顷起立,手携短鬼步至床前,司马亦起坐,与彼对视。忽鸡叫一声,两鬼缩短一尺,灯光为之一亮;鸡三四声,鬼三四缩,愈缩愈短,渐渐纱帽两翅擦地而没。次日问之,土人云:"此屋是前明林御史父子同葬所也。"主人掘地,朱棺宛然,乃为文祭之,起棺迁葬。

蜈 蚣 吐 丹

余舅氏章升扶过温州雁荡山,日方午,独行涧中。忽东北有腥风扑鼻而至,一蟒蛇长数丈,腾空奔迅,其行如箭,若有所避者,后有五六尺长紫金色一蜈蚣逐之。蛇跃入溪中,蜈蚣不能入水,乃舞掉其群脚,飒飒作声,以须钳掉水,良久口吐一红丸如血色,落水中。少顷,水如沸汤,热气上冲,蛇在水中颠扑不已,未几死矣,横浮水面。蜈蚣乃飞上蛇头,啄其脑,仍向水吸取红丸,纳口中,腾空去。

雷 部 三 爷

杭州施姓者,家居忠清里。六月,雷雨后,小便树下。甫解裈,见有鸡爪尖面者蹲焉,大怖而返。夜即暴病,狂呼触犯雷神。家人环跪求赦,病者曰:"沽酒饮我,杀羊食我,我贷其命!"如其言,三日而愈。适有天师法官过杭,施姓与有旧,以其事告之。法官笑曰:"此雷部奴中奴也,小名阿三,惯倚势诈人酒食;如果雷神,其伎俩宁止此耶?"今长随中有称三爷、四爷者是矣。

鬼 乖 乖

金陵葛某,嗜酒而豪,逢人必狎侮之。清明与友四五人游雨花台,台旁有败棺,露见红裙,同人戏曰:"汝逢人必狎,敢狎此棺中物乎?"葛笑曰:"何妨!"往棺前,以手招曰:"乖乖吃酒!"如是者再,群客服其胆大,笑而散。葛暮归家,背有黑影尾之,声啾啾曰:"乖乖来吃酒!"葛知为鬼,虑避之则气先馁,乃向后招呼曰:"鬼乖乖随我来!"径往酒店,上楼,置一酒壶、两杯,向黑影酬劝。旁人无所见,疑有痴疾,听其所为。共饮良久,乃脱帽置几上,谓黑影曰:"我下楼小便,即来奉陪。"黑影者首肯之,葛急趋出归家。酒保见客去遗帽,遂窃取之,是夕为鬼缠绕,口喃喃不绝,天明自缢。店主人笑曰:"认帽不认貌,乖乖不乖。"

凤 凰 山 崩

同年沈永之任云南驿道时,奉制府璋公之命,开凤凰山八十里,通摆夷苗路。山径险峭,自汉唐来人迹未到处也。每斫一树,有白气自其根出,如匹练升天。虾蟆大如车轮,见人辄瞠目怒视,当之者,登时仆地。土人醉烧酒,以雄黄塞鼻,持巨斧斫杀之,烹食可疗三日饥。忽一日,有美女艳装从山洞奔出,役夫数千人皆出洞追而观之,老成者不动心,操作如故。俄而山崩,不出洞者压死矣。沈公为余述其事,且戏曰:"人之不可不好色也有如是夫!"

董　金　瓯

　　董金瓯者,湖州勇士,能负重走京师,十日可到。尝为人腰千金入都。过山东开成庙,有盗尾后,将取其金。董知之,挂金树上,下马与搏。盗抵敌不胜,问:"足下拳法何人所授?"曰:"僧耳。"盗曰:"破僧耳拳,须我妹来,汝敢在此相待否?"董笑曰:"避女子,非夫也!"坐以待之。少顷一美女来,年十八九,貌甚和,相见即格斗。良久曰:"汝拳法非僧耳授也,当别有人。"董以实告曰:"我初学于僧耳,后学于僧耳之师王征南。"女子曰:"若然须至我家,彼此一饭,再斗方决,汝敢往乎?"董恃其勇,径随女子行。到其家,则其兄已先在家,张灯挂红,率妻欢迎,曰:"妹夫来矣!"以红巾蒙其妹头,强之交拜。董骇然问故,曰:"吾父某,亦为人保镖,路逢僧耳,与角斗,不胜而死。我与妹立志报仇,同习拳法,必须胜僧耳者,然后可以杀之。访得僧耳之师为王征南,苦相寻无路。汝是其弟子,则可以引见征南,再学拳法,报此仇矣!"董遂赘其家,别遣人赍腰间金赴京师,嗣后不知所终。

蒋　　厨

　　常州蒋用庵御史家厨李贵取水灶下,忽中恶仆地,召巫视之,曰:"此人夜行冲犯城隍仪仗,故被鬼卒擒去。须用三牲纸钱祷求城隍庙中西廊之黑面皂隶,便可释放。"如其言,李果苏。家人问之,曰:"我方汲水,忽被两个武进县黑面皂头来拿去,说我冲犯他老爷仪仗,缚我衙门外树上,听候发落。我实不知原委。今日听他二人私地说:'李某业已尽孝敬之礼,可以放他回去,不必禀官。'将我解去索子,推入水中,我便惊醒。"御史公闻之,笑曰:"看此光景,拿时城隍不知,放时城隍不知,都是黑面皂隶诈钱作祟耳! 谁谓阴间官清于阳间官乎?"

见曹操称晚生

江宁副榜王苐,梦古衣冠人召往一处,宫阙巍峨,兵卫甚严。有赤帻者从军门出曰:"汉丞相曹公奉屈。"王遂入。见一人皮弁上坐,须眉苍白。苐心知为操,一时心悸,无以自名,乃长揖称:"晚生王某奉谒!"操命旁坐,谓曰:"闻汝好学书,可知楷书先乎,草书先乎?"曰:"楷书先。"操摇头曰:"不然,先有草书,后有楷书。所以召汝者,正为将此义告知,以便转语世人也。"语毕,仍遣赤帻人送出。甫及门,闻内有呼号声,赤帻者曰:"相王又用五色棒筹人矣。"苐惊而醒。

武后谢嵇先生

无锡嵇侍读受之,余授业弟子也。辛丑冬,过随园,余止而觞之。席间论史事,余极言《通鉴》载杨妃洗儿事之诬,嵇云:"门生在史局时,派修《唐鉴》,立论颇合先生之意,将《旧唐书》所载武后淫秽事,大半删除,同局以为不然。亡何,夜卧书舍,有小黄门来,称则天皇太后请嵇先生。因随之行,望前面宫殿外有四金柱插空,高数十丈,上书'天枢'二字。一宫女云鬟霞佩出,引向殿西角,云:'先生少坐,待我奏闻。'语毕便去。殿上门槛甚高,跨殊费力,绣帘中坐冕旒者,相离远,仰视不甚分明,异香从殿上吹来,仿佛莲花气息。旁有虎皮交椅,坐白须人,手执牙笏,口奏事,琅琅数千言,亦不可辨。冕旒者似与驳诘良久,已而大笑,其齿皓然呈露,洁白如玉,面为旒珠所遮,终未见也。少顷,前宫女出,谓曰:'今天已暮,太后不及相见,请先生且回。所以奉屈者,谢先生驳删《唐书》之功,先生当自知之。'语毕,袖中出一玉秤,曰:'此我在长安以之称量天下才者,先生将往长安,敢以奉赠。'门生心知是上官婉儿,逡巡揖谢而醒。其年果有督学陕西之差。"

冒 失 鬼

相法：瞳神青者能见妖，白者能见鬼。杭州三元坊石牌楼旁居老妪沈氏，素能见鬼，常言：十年前见一蓬头鬼，匿牌楼上石绣球中，手执纸钱为镖，长丈余，累累若贯珠。伺人过牌楼下，暗掷镖打其头，人辄作寒噤，毛孔森然，归家即病，必向空中祈祷或设野祭方愈。蓬头鬼藉此伎俩，往往醉饱。一日，有长大男子，气昂昂然，背负钱镪而过，蓬头鬼掷以镖，男子头上忽发火焰，冲烧其镖线，层层裂断，蓬头鬼自牌楼上颠仆，滚绣球而下，喷嚏不止，化为黑烟散去，负钱之男子全不知也。自此三元坊石牌楼无复作祟矣。吾友方子云闻之，笑曰："作鬼害人，亦须看风色；若蓬头鬼者，其即世所称之冒失鬼乎？"

史 宫 詹 改 命

溧阳宫詹史胄斯未遇时，赴省乡试，遇南门外汤道士，谈命甚精，因以年庚求为推算。道士曰："照丑时算，你终身只一诸生，寿可八十三岁；若照寅时算，便可官登三品，今科便中。汝丑时乎？寅时乎？"曰："丑时也。"曰："若然则今科不中矣。"史怆然不乐。道人曰："命可改也，但阴司寿算最重，君如肯减寿三十年，当为君改作寅时。"史公欣然愿改。道士曰："果情愿者，明日早来。"次夜，史五鼓熏沐到寺，道士已启户待，曰："子诚信人，但日后官尊寿短，毋自悔也！"史唯唯，具香烛对天自陈。道士披发仗剑，口中喃喃诵咒，良久，另书一庚帖与之。史公持归，置箧中，果于是年乡会联捷，官至宫詹。五十二岁，希图降级永年，而任内总无过失，商之吏部，笑而不信。至次年春，精神甚健，五月，偶染微疾，上命太医往视，为药所误，竟不起矣。此事公孙抑堂司马言，司马，余亲家也。

高 相 国 种 须

高文端公自言,年二十五作山东泗水县令时,吕道士为之相面,曰:"君当贵极人臣,然须不生,官不迁。"相国自摩其颐曰:"根且未有,何况于须?"吕曰:"我能种之。"是夕伺公睡熟,以笔蘸墨画颐下如星点。三日而须出矣,然笔所画,缕缕百十茎,终身不能多也。是年迁邠州牧,擢迁至总督而入相。

说 官 话 鬼

河东运使吴云从,作刑部郎中。公馆外偶有社会,家人妇抱小公子出看,溺尿路旁。公子忽哭不止,家人抱归,不知何故。至夜,公子作北语云:"怎么小孩子这般无礼,溺在我头上?我与你不得开交!"吵闹一夜。吴公怒,次晨作牒焚与本处城隍,云:"我南方人也,无故小儿撞着说官话鬼,猖獗可恨,托为拿究。"是夜平定。至第三日晚,公子又病,仍作北语云:"你不过是个官儿罢了,竟这样糟挞我们的老四,咱们兄弟今日来替他报仇,要些烧酒喝喝。"夫人不得已,曰:"与你喝,不要闹。"于是一鬼喝毕,一鬼又要喝,兼讨前门外杨家血贯肠做下酒物,唊唊之声又复达旦。吴公上前批其颊,骂曰:"狗奴强转舌根,学说官话,再说便打!"然打者自打,说者自说。吴又牒城隍,云:"说官话鬼又来了,求神惩治。"是夕宅中闻鞭挞声,鬼云:"你不要打,咱们去就是了。"公子病随愈。

偷 雷 锥

杭州孩儿巷有万姓,甚富,高房大厦。一日,雷击怪过产妇房,受污,不能上天,蹲于园中高树之顶,鸡爪尖嘴,手持一锥。人初见,不知为何物,久而不去,知是雷公。万戏谕家人曰:"有能偷得雷公手中锥者,赏银十两。"众奴嘿然,俱称不敢。一瓦匠某,应声去,先取高梯置墙侧，日西落，乘黑而上，雷公方睡，匠竟取其锥下。主人视之，非铁非石，光可照人，重五两，长七寸，锋棱甚利，刺石如泥。苦无所用，乃唤铁工至，命改一刀，以便佩带。方下火，化一阵青烟杳然去矣。俗云天火得人火而化，信然。

土 地 受 饿

杭州钱塘邑生张望龄病疟，热重时，见已故同学顾某者踉跄而来，曰："兄寿算已绝，幸幼年曾救一女，益寿一纪。前兄所救之女，知兄病重，特来奉探，为地方鬼棍所诈，诬以平素有黯昧事。弟大加呵饬，方遣之去，特诣府奉贺。"张见故人为己事而来，衣裳蓝缕，面有菜色，因谢以金。顾辞不受，曰："我现为本处土地神，因官职小，地方清苦，我又素讲操守，不肯擅受鬼词，滥作威福，故终年无香火；虽作土地，往往受饿，然非分之财，虽故人见赠，我终不受。"张大笑，次日具牲牢祭之。又梦顾来谢曰："人得一饱，可耐三日；鬼得一饱，可耐一年。我受君恩，可挨到阴司大计，望荐卓异矣。"张问："汝如此清官，何以不即升城隍？"曰："解应酬者，可望格外超升；做清官者，只好大计卓荐。"

批 僵 尸 颊

桐城钱姓者，住仪凤门外。一夕回家，时已二鼓，同事劝以明日早行，钱不肯，提灯上马，乘醉而行。到扫家湾地方，荒坟丛密，见树林内有人跳跃而来，披发跣足，面如粉墙，马惊不前，灯色渐绿。钱倚醉胆壮，手批其颊，其头随披随转。少顷又回，如牵丝于木偶中。阴风袭人。幸后面人至，其物退走，仍至树林而灭。次日，钱手黑如墨，三四年后黑始退尽。询之土人，曰："此初做僵尸，未成材料者也。"

簸箕龟

乾隆辛卯春,山阴刘际云舟过镇江,见风覆客船,漂没货物甚多。江边有素谙水性人,俗名"水鬼",专以打捞货物为生。是日客舟有覆者,群水鬼皆至,言定价钱,一齐入水。及上岸,忽少一人,众疑其在水藏匿金银,复入水,遍寻不得。但见一龟,赤色,大过浴盆,形扁如簸箕,无头无尾无足。水鬼被其咬住,拉之不开,乃以大铁钩拽龟上岸。通体有小穴数百,皆其口也,人血已经吸尽,而口犹紧咬不放。刺以利刃,龟若不知。不得已,并人与龟烈火焚之,臭闻数里。或曰:此即锅盖鱼之极大者,严州江中尤多。

命该薄棺

台州富户张姓家,有老仆某,六十无子。自备一棺,嫌材料太薄,访有贫家治丧仓卒不能办棺者,借与用之,还时但索加厚一寸,以为利息。如是数年,居然棺厚九寸矣,藏主人厢房内。一夕,邻家火起,合室仓皇,看火者见张氏宅上立一黑衣人,手执红旗,逆风而挥,挥到处,火头便转。张氏正宅无恙,惟厢房烧毁,老仆急入扛取棺,业已焚及,忙投水塘中,俟扑灭余火后拖起刨之,依然可用,但尺寸之薄亦依然如前矣。

向狐仙学道

云南监生俞寿宁,习仙家符箓之学,仗一古剑,替人驱妖,颇有灵应。一日,其友张某下田收租,遇大风雨,过其门,将借宿焉。俞不可,张忿然而行,必欲探其所以见拒之故,仍往其门,穴墙窥焉。见俞张设酒肴,有两席,宾客欢呼,男女杂沓。张愈怒,斧碎其门,排闼入,则酒席具存,而群宾不见。俞惊出,蹋足曰:"君误我,君误我!我好学仙,难得真师传道,不得已,广请狐仙指示。半年以来,所遇男女狐仙甚多，有相约为兄弟者、为夫妇者、为兄妹者，不一而足。今日众仙会议，将授长生要诀，故隆其礼文，备馔相延。尚未谈及玄关要旨，而被汝撞破，泄漏天机，致诸仙散去，岂非天哉！前数日紫文真人原说今日是破日，必被凡人冲破，须改日作会；而瑶仙三妹以明日将嫁某郎，故权择今日，果然不利，亦数也。我明日行矣，将别择一洁净之所，聚会群仙，不使人知。"此后俞云游于外，不知所往。

五通神因人而施

江宁陈瑶芬之子某，素不良。游普济寺，见寺供五通神，坐关帝之上，怒其无礼，呼僧责之。命移五通于关帝之下，游人观者俱以为是，陈傲然自得。夕归，见五通神当门而立，遂仆地狂叫曰："我五通大王也，享人间血食久矣。偶然运气不好，撞着江苏巡抚老汤，两江总督小尹，将我诛逐。他两个都是贵人，又是正人，我无可奈何，只得甘受。汝乃市井小人，敢作威福，我不能饶汝矣！"其家环拜，具三牲纸锞，延僧祷祀，竟不能救而死。

张　奇　神

湖南张奇神者，能以术摄人魂，崇奉甚众。江陵书生吴某独不信，于众辱之，知其夜必为祟，持《易经》坐灯下。闻瓦上飒飒作声，有金甲神排门入，持枪来刺，生以《易经》掷之，金甲神倒地，视之一纸人耳，拾置书卷内夹之。有顷，有青面二鬼持斧齐来，亦以《易经》掷之，倒如初，又夹于书卷内。夜半，其妇号泣叩门，曰："妾夫张某，昨日遣两子作祟，不料俱为先生所擒，未知有何神术，乞放归性命。"吴曰："来者三纸人，并非汝子。"妇曰："妾夫及两儿皆附纸人来，此刻现有三尸在家，过鸡鸣则不能复生矣。"哀告再三。吴曰："汝害人不少，当有此报。今吾怜汝，还汝一子可也。"妇持一纸人泣而去。明日访之，奇神及长子皆死，惟少子存。

青阳江丫

青阳人江丫,处乡馆,教村童五人,长者不过十二三岁,幼者八九岁。一日,字课甫毕,江忽持木棍将五生排头打死,己亦触墙流血,昏晕倒地。各家父母闻之,奔赴喊哭,叩其故。据江云:"午间安坐,突见窗外奇鬼六七辈,绀发蓝面,著五色衣,前来搏噬诸生。我惶急,驱之不去,随取木棍,将鬼击打无踪,自幸诸生得免于难。亡何谛观,始知所打死者非鬼,即弟子五人,横尸在地,痛摧心肝,因自寻死,故触墙脑裂。"官验取供,以鬼语难成信谳,质之各家父母,皆云与江丫平日绝无仇隙,渠作先生,爱惜诸童颇好,亦无疯症,此举不知何故,想系前生冤孽。江脑破垂毙,现在收禁,俟医治痊时再行审抵云云。此乾隆二十一年五月间青阳知县申详总督尹公文书也,余亲见之。半月后,报江丫死于狱。

梁武帝第四子

杭州汪慎仪家,园亭极佳,园在小粉墙北街。主人将有掘池之举,夜梦美少年,玉冠珠履,仪貌详华,自领以下悉翠丝环襦,袍衫上绣万枝梅花,自称:"我梁武皇帝第四子南康王萧绩也,都督江州,病薨,葬此千余年。闻主人将有池塘之掘,幸勿伤我窀穸。"言毕而逝。主人次日命锹锸试之,未丈许,得梁天监八年所造方砖数十块,遂止掘。今砖藏严侍读冬友家。

吕城无关庙

吕城五十里内无关庙,相传城为吕蒙所筑,至今蒙为土地。一造关庙,每夜必有兵戈角斗声,以故相戒勿立关庙也。有以卜卦行道者,借宿土神庙中,夜间雷雨作闹,屋瓦皆飞,及旦,不解其故。里人来观,则卜者所肩一布旗上画帝君像也,乃逐之,不许其再宿吕侯庙中。

姚 剑 仙

边桂岩为山盱通判,构屋洪泽堤畔,集宾客觞咏其中。一夕,觥筹正开,有客闯然入,冠履垢敝,辫发氄氄然披拂于耳,叉手揖坐诸客上,饮啖无怍。诸客问名姓,曰:"姓姚,号穆云,浙之萧山人。"问何能,笑曰:"能戏剑。"口吐铅子一丸,滚掌中,长寸许,火光自剑端出,熠熠如蛇吐舌。诸客悚息莫敢声,主人虑惊客,再三请收。客谓主人曰:"剑不出则已,既出则杀气甚盛,必斩一生物而后能敛。"通判曰:"除人外皆可。"姚顾阶下桃树,手指之,白光飞树下,环绕一匝,树仆地无声。口中复吐一丸,如前状,与桃树下白光相击,双虹攫拏,直上青天,满堂灯烛尽灭。姚且弄丸且视诸客,客愈惊惧,有长跪者。姚微笑起曰:"毕矣。"以手招两光奔掌内,仍作双丸,吞口中,了无他物,引满大嚼。群客请受业为弟子,姚曰:"太平之世,用此何为?吾有剑术,无点金术,故来。"通判赠以百金,居三日去。

黑 煞 神

桐城农民汪廷佐,耕双冈圩,发一古墓,得古鼎铜镜等物。携归家,置镜几上,彻夜通明,以为宝也,与其妻加爱护焉。亡何,汪入街市,路见狰狞黑面者,长丈余,拳殴之,曰:"我黑煞神也。汝盗陆小姐墓,当死。小姐乃元祐元年安徽太守陆公女,陆作官有善政,小姐夭亡,上帝怜之,属我营护其坟,命小姐往徽州司一路痘疫事。汝敢乘我与小姐外出而盗其所有耶?"言毕仆地昏迷。路人舁之至家,疽发于背。小姐亦附其妻身大骂。举家哀求,欲延高僧为设斋醮。小姐曰:"不必。汝村农无知,既自知罪,但速将鼎镜等物送归原所,别买棺安葬我骨,可以恕汝。但我已为冥司痘神,应享香火。此段公案,须立一碑,晓示村民,永昭灵应。城中贡士姚先生塑佐,人品端方,人所敬信,须往求其作记,方免汝死。"汪叩头曰:"前发墓时但见鼎镜等物,实不见有骸骨,此时虽买新棺,将从何处检小姐骨耶?"小姐曰:

"我年少女子，骨脆，岁又久远，故已化矣。然我骨所化之土，坚洁不污，有金色光，汝往坑中取土，映日视之，便有识别，可以改葬。"汪如其言，试之果然，即为礼葬。往告姚贡生，姚亦夜有所梦，乃作记立碑，而汪疽愈。此事江宁太守章公攀桂所言。章，桐城人也。

吴 子 云

康熙初，桐城秀才吴子云，春夜玩月，闻空中有人声曰："今年乡试，吴子云当中四十九名。"诵其文，琅琅然，题是"君子之于天下也"一章。吴虽不甚记忆，而觉其文甚佳，因预作此题文以备试。未几入场，果此题，大喜，因书宿构。放榜，果中如其数。旋登进士，官翰林，督学湖南，满载而归。宿旅店中，夜取溺器，忽有人以手奉之，十指纤纤然。吴惊问，曰："我狐仙也，与公有前缘，故来相伺。"起烛之，嫣然美女，遂偕伉俪。嘱曰："妾有雷劫，曾匿君车中以免，故来报君。今君亦有大祸，不可不防。"吴问故，曰："前途君必宿吕姓店，吕有爱女，年九岁，君召而爱之抱之，继为干女，重赐珍宝，则免矣。"吴至吕家，果有此女，遂如其言。至三更时，店主拉吴手笑曰："我响马盗魁也。君出署时，辎重颇富，诸偻儸儿相涎已久。今知君真长者，我不忍害君。"取壁上铃鞭，撞壁者三，诸盗齐入，曰："吴学院我干亲家也，诸君不得无礼，急为我护送到家。"吴竟得免。后吴无子，族人争以子来求继。吴私问狐应继何人，曰："牧牛儿好。"次日果有牧童过，亦本家也。吴拉入嗣为己子，族人皆笑之。吴亡后，儿颇恂谨，能守其业，家日以富，至今人呼为"吴牛"。尝索对联于方处士贞观，方戏书云："对窗常玩月，独坐自弹琴。"吴甚喜，竟不知暗用牛事嘲之也。

秃 尾 龙

山东文登县毕氏妇，三月间沤衣池上，见树上有李，大如鸡卵。心异之，以为暮春时不应有李，采而食焉，甘美异常。自此腹中拳然，遂有孕，十四月，产一小龙，长二尺许，坠地即飞去，到清晨必来饮其母之乳。父恶而持刀逐之，断其尾，小龙从此不来。后数年，其母死，殡于村中。一夕雷电风雨，晦冥中若有物蟠旋者。次日视之，棺已葬矣，隆然成一大坟。又数年，其父死，邻人为合葬焉。其夕雷电又作。次日见其父棺从穴中掀出，若不容其合葬者。嗣后村人呼为秃尾龙母坟，祈晴祷雨无不应。此事陶悔轩方伯为余言之，且云："偶阅《群芳谱》云：天罚乖龙，必割其耳，耳坠于地，辄化为李。毕妇所食之李，乃龙耳也，故感气化而生小龙。"

石 灰 窑 雷

湘潭县西二十里地名石灰窑，某翁家颇小康，无子，有二女，赘婿相依。翁贩谷粤西，买妾归，腹有娠矣。其次女夫妇私议："若得男，吾辈岂能分翁家财？"乃阳与妾厚而阴设计害之。及分娩得男，落地死。翁大恨，以为命不宜子，不知乃其次女贿稳婆，握吭绝之也。翁痛不已，解衣裹死儿瘗之后圃。次女与稳婆心犹未安，往启视之，忽霹雳一声，女毙而死儿苏矣。稳婆亦焦烂，犹未死，众问得其故。翌日，稳婆亦亡，若天故迟死之取其供状以戒世者。某乃葬女逐婿，分给钱粟使归。舟抵中流，怪风起，婿亦溺死，前后才数日。

徐 巨 源

南昌徐巨源，字世溥，崇祯进士，以善书名。其戚邹某，延之入馆。途遇怪风，摄入云中，见袍笏官吏迎曰："冥府造宫殿，请君题榜书联。"徐随至一所，如王者居，其扁对皆有成句，但未书耳。扁云"一切惟心造"，对云"作事未经成死案，入门犹可望生还"。徐书毕，冥王筹所以谢者。世溥请为母延寿一纪，王许之。徐见判官执簿，因求查己算，判官曰："此正命簿也，汝非正命死者，不在此簿。"乃别检一"火"字簿，上书云："某月某日，徐巨源被烧死。"徐大惧，白冥王祈改，冥王曰："此天定也，姑徇子请。但须记明时日，毋近火可耳。"徐辞谢而还。急至邹家，主人惊曰："先生期年何往？舆丁以失脱先生故，被控于官，久以疑案系县狱矣。"世溥具言其故，并为白于官，事得释。时同郡熊文纪号雪堂，以少宰家居，招徐饮。酒未阑，熊忽辞入，曰："某以痁发，故不获陪侍。"徐戏曰："古有太宰嚭，今又有少宰痁耶？"熊不怿。徐临去书唐人绝句"千山飞鸟绝"一首于壁，将四句逆书之，乃"雪、翁、灭、绝"四字也。熊怀恨于心。徐忆冥府言，惧火，故不近木器，作石室于西山，裹粮避灾。时劫盗横行，熊遣人流言徐进士窟重金于西山，群盗往劫，竟不得金，乃烙铁遍烧其体而死。

九 天 玄 女

周少司空青原未遇时，梦人召至一处，长松夹道，朱门径丈，金字榜云"九天玄女之府"。周入拜，见玄女霞帔珠冠，南面坐，以手平扶之曰："无他相属，因小女有小影，求先生题诗。"命侍者出一卷子，汉魏名人笔墨俱在焉。淮南王刘安隶书最工，自曹子建以下，稍近钟、王风格。周素敏捷，挥笔疾书，得五律四章。玄女喜，命女出拜，年甫及笄，神光照耀，周不敢仰视。女曰："周先生富贵中人，何以身带暗疾？我无以报，愿为君除此疾，作润笔之费。"解裙带授药一丸，命吞之。周幼时误食铁针，着肠胃间，时作隐痛，自此霍然。醒后诗不能记，惟记一联云："冰雪消无质，星辰系满头。"

项 王 显 灵

无锡张宏九者，贩布芜湖，路过乌江，天起暴风，舟冲石上破矣。水灌舟中，舟人泣呼项王求救。忽有银光如一匹布，斜塞船底，水竟停涌，而人得登岸。次早视之，舱底已穿，有大白鱼以身横塞其穿处，故水竟不得入。舟人举船摇橹，则洋洋然去矣。自此项王香火倍盛于往时。此乾隆四十年事。

医肺痈用白术

蒋秀君精医理，宿粤东古庙中，庙多停枢，蒋胆壮，即在枢前看书。夜灯忽绿，枢之前和橐然落地，一红袍者出，立蒋前曰："君是名医，敢问肺痈可治乎？不可治乎？"曰："可治。"曰："治用何药？"曰："白术。"红袍人大哭曰："然则我当初误死也。"伸手胸前，探出一肺如斗大，脓血淋漓。蒋大惊，持手扇击之。家僮齐来，鬼不见，而枢亦如故。

朱 十 二

杭州望仙桥许姓住楼，相传有缢死鬼。屠户朱十二者，恃其勇，取杀猪刀登楼秉烛卧。三鼓后，烛光青色，果一老妪被发持绳而上。朱斫以刀，妪套以绳，刀斫绳，绳断复续，绳绕刀，刀亦如烟。格斗良久，老妪力渐衰，骂曰："朱十二！我非怕你，你福分内尚有十五千铜钱未得，故我且饶你；待你得后，试我金老亲娘手段！"言毕，拖绳走。朱下楼告知众人，视其刀有紫血，且臭。年余，朱卖屋，得价钱十五千，是夕果卒。

鬼攀日线才能托生

乩仙娄子春，自言宋末进士，文丞相友也，修炼形之术，在九幽使者家处馆四百年。主人司人间生死事，降王爵一等。子春言人间祸福事甚验，有问轮回之说者，子春云："轮回非一言可尽。凡死法有数种，生法亦有数种。德大者成神佛；有来因而无业谪者，仍归原位；虽无德无来因，而气未散者，随投人身；其余散尽者生即死，死更死矣。然微魂小魄，如风炉炊烟，一时未能消化，往往团为一气，在氤氲鼓荡之中。有时被风吹至阴山下，寒冷异常，惟冬至日有阳光一线，流照阴山，群鬼蠕蠕然僵而复动，攀日线而行，得至中国，复投人身，投做一人之身,常合群魂而来,非止一人之魂也。其堕落于线外者,仍归阴山,再待来岁冬至矣。"或问:"有初世为人者乎?"曰:"此类甚多,譬如草木,其无旧根而生者,即是初世为草之草;犹之非投胎而来者,即是初世为人之人。"问:"鬼有化物者乎?"曰:"有。大凡娼优化虫蝶,恶人化蛇虎。"问:"雷击之鬼何化?"曰:"化蚯蚓。"谭子《化书》言:"凡被雷击死者,捣蚯蚓汁覆其脐可活。"斯言盖有所本。

死夫卖活妻

杭州陶氏,家道小康,老主人绍元,曾为某州刺史,死已久矣。有仆人李福夫妻同役其家。福病死逾年。忽一日,福妻陈氏中风发狂,召集其家,大呼:"我老太爷也!李福在阴间将妻陈氏卖与我为妾,汝等如何不放他来?"家人大骇,延医视之,陈氏手批医颊,医不敢近,亡何竟死。陈氏恰一粗婢耳,毫无姿色。

恶鬼吓诈不遂

仁和秀才陈郎渠,性颇严正,生一女,幼而好道,日持斋诵经,闻人为议婚,便涕泣不食。郎渠厌苦之,父女不相见。年三十余,忽病重呓语,口称:"我江西布客张四,汝前世为船户。我雇汝船往四川,汝谋财杀我,并抉我目,剥我皮,沉我江中,故我来索命。"陈心念:谋财之盗容或有之,剥皮之事,盗未必为。问是何年事,曰:"雍正十一年。"陈大笑曰:"雍正十一年,我女已三岁矣,焉有尚为船户之事?"女忽自批其颊,曰:"陈先生好利害!是我错寻你女儿了,与我钱三千我即去。"陈怒曰:"恶鬼妄诈人,我方取桃枝打汝,焉得与汝钱!"女又自批其颊,曰:"陈先生好利害!汝既说我是恶鬼,我将肆恶鬼手段,索汝女命去,毋悔!"陈曰:"此女不孝,我甚厌之。汝同他去我甚喜,但汝并非冤家,敢如此吓诈,想吾女阳数已绝矣。汝能立索其命,方信汝手段;若三日后死,则是吾女之大数使然,非汝手段也。"言毕,女蹶然起,不复作鬼语。后两月余,女才死。

道士作祟自毙

杭州赵清尧好弈，闻落子声，必与对枰。偶游二圣庵，见道人貌陋，与客方弈，而棋甚劣，自称炼师。赵意薄之，不与交言，随即辞出。是夕上床就寝，有鬼火二团绕其帐上，赵不为动。俄有青面锯齿鬼持刀揭帐，赵厉声呵之，旋即消灭。次夕，满床作啾啾声，如童子学语，初不甚分明，细听之，乃云："我棋劣，自称炼师，与汝何干？而敢轻我！"赵方知是道士为祟，愈加不恐，旋又闻低声云："汝大胆，刀剑不畏，我将以勾魂法取汝性命。"遂咒云："天灵灵，地灵灵，当门顶心下一针。"赵闻之，觉满身肉趯趯然如欲颤者，乃强制其心，总不一动，兼以手自塞其耳，然临卧则咒声出于枕中。赵坚忍月余，忽见道士涕泣跪于床前曰："我以一念之嗔，来行法怖汝，要汝央求，好取些财帛。不料汝总不动心，我悔之无及。我法不行于人者，反殃其身，故我昨日已死，魂无所归，愿来服役，作君家樟柳神，以赎前愆。"赵卒不答。明日遣人往二圣庵视之，道士果自到。嗣后，赵君一日前之事必先知之。或云道士为服役也。

子不语卷九

木 箍 颈

庄恰园在关东，见猎户有以木板箍其颈者，怪而问之，曰："我兄弟二人，方驰马出猎，行大野中，忽见一人长三尺许，白须幅巾，揖于马前。兄问何人，摇手不语，但以口吹其马，马惊不行。兄怒，抽箭射之，其人奔窜，兄逐之，久而不返。我往寻兄，至一大树下，兄仆于地，颈长数尺，呼之不醒。我方惊惶，幅巾人从树中出，又张口吹我，我觉颈痒难耐，搔之，随手而长，蠕蠕然，若变作蛇颈者，急抱颈驰马逃归，始免于死，然颈已痿废，不能振起，故以木板箍之而加铁焉。"或曰：此三尺许人，乃水木之精，游光、毕方类也，能呼其名，则不为害，见《抱朴子》。

掘 冢 奇 报

杭州朱某，以发冢起家，聚其徒六七人，每深夜昏黑，便持锄四出。嫌所掘者多枯骨，少金银，乃设乩盘，预卜其藏。一日，岳王降坛，曰："汝发冢取死人财，罪浮于盗贼，再不悛改，吾将斩汝！"朱大骇，自此歇业。年余，其党无所归，乃诱其再祷于乩神以试之。如其言，又一神降曰："我西湖水仙也，保俶塔下有石井，井西有富人坟，可掘得千金。"朱大喜，与其徒持锄往，遍觅石井不得。正徘徊间，若有耳语者曰："塔西柳树下非井耶？"视之，已填枯井也。掘三四尺，得大石椁，长阔异常，与其党六七人共扛之，莫能起。相传净寺僧有能持飞杵咒者，诵咒百声，棺椁自开。乃共迎僧，许以得财烹分。僧亦妖匦，闻言踊跃而往，诵咒百余，石椁豁然开，中伸一青臂出，长丈许，攫僧入椁，裂而食之，血肉狼藉，骨坠地，琤琤有声。朱与群党惊奔四散。次日往视，并井不见。然净寺竟失一僧，皆知为朱唤去。徒众控官，朱以讼事破家，自缢于狱。朱尝言所见，棺中僵尸不一，有紫僵、白僵、绿僵、毛僵之类。最奇者，在六和塔西边掘坟，有圈门石户，广数丈，中有铁索，悬金饰朱棺。斧之，乃犀皮所为，非木也。中一尸，冕旒如王者，白须伟貌，见风悉化为灰。侍卫甲裳似层层茧纸所为，非丝非绢。又一陵中，朱棺甚大，非绋索所悬，有四铜人如宦官状，跪而以首承棺，双手捧之，土花青绿，不知何代陵寝。

一目五先生

浙中有五奇鬼，四鬼尽瞽，惟一鬼有一眼，群鬼恃以看物，号"一目五先生"。遇瘟疫之年，五鬼联袂而行，伺人熟睡，以鼻嗅之，一鬼嗅则其人病，五鬼共嗅则其人死。四鬼伥伥然，斜行踯躅，不敢作主，惟听一目先生之号令。有钱某宿旅店中，群客皆寐，己独未眠。灯忽缩小，见五鬼排跳而至，四鬼将嗅一客，先生曰："此大善人也，不可。"又将嗅一客，先生曰："此大有福人也，不可。"又将嗅一客，先生曰："此大恶人也，更不可。"四鬼曰："然则先生将何餐？"先生指二客曰："此辈不善不恶，无福无禄，不唉何待？"四鬼即群嗅之。二客鼻声渐微，五鬼腹渐膨亨矣。

梦乞儿煮狗

陈秀才清波，处馆绍兴。夜间梦游土地庙，庙后有数乞儿，状貌狞恶，拥土炉剥黄狗而烹之，狗似新受棍伤者，血犹淋漓。陈心恶之。忽门外有衣冠人来，骂曰："我家狗被汝偷食，我将告官！"语未毕，群丐起而殴之，衣冠者倒地死。陈惊醒。越三日，梦青衣皂隶持城隍牌票示之，曰："狗主人被恶丐打死，其鬼已控城隍，牒内写君作证，故来相招。"陈视票，果有己名，且有听审日期，觉而恶之。然自念此事与己无干，不过暂往阴司作证，因辞馆归。以二梦语其亲徐某，且托曰："我死当复生，诚恐阴阳隔路，一时灵魂迷失，乞君购白雄鸡，书我姓名,临期到城隍庙招呼,免我迷路。"徐以为梦幻难凭,笑允之,恰终不信也。至某月日,陈果无疾而逝。家人泣报于徐。徐急买白鸡,书陈姓名而往。适城隍庙搭台演戏,众人蜂拥。至日仄,方能到神座下,大呼招魂。及归家,六月盛暑,尸已腐矣。

一棺藏十八人

乾隆四年,山西蒲州修城,掘河滩土,得一棺,方扁如箱。启之,中有九槅,一槅藏两人,各长尺许,老幼男妇如生,不知何怪。

真龙图变假龙图

嘉兴宋某为仙游令,平素峭洁,以包老自命。某村有王监生者,奸佃户之妻,两情相得。嫌其本夫在家,乃赂算命者,告其夫以在家流年不利,必远游他方才免于难。本夫信之,告王监生,王遂借本钱令贸易四川,三年不归。村人相传某佃户被王监生谋死矣。宋素闻此事,欲雪其冤。一日过某村,有旋风起于轿前,迹之,风从井中出。差人撩井,得男子腐尸,信为某佃,遂拘王监生与佃妻,严刑拷讯。俱自认谋害本夫,置之于法。邑人称为宋龙图,演成戏本,沿村弹唱。又一年,其夫从四川归,甫入城,见戏台上演王监生事,就观之,方知己妻业已冤死,登时大恸,号控于省城,臬司某为之申理。宋令以故勘平人致死抵罪。仙游人为之歌曰:"瞎说奸夫害本夫,真龙图变假龙图。寄言人世司民者,莫恃官清胆气粗。"

莆　田　冤　狱

福建莆田王监生,素豪横,见田邻张妪田五亩,欲取成方,造伪契,赂县令某,断为己有。张妪无奈何,以田与之,然中心忿然,日骂其门。王不能堪,买嘱邻人殴杀妪,而召其子视之,即缚之,诬为子杀其母,擒以鸣官。众证确凿,子不胜毒刑,遂诬伏,将请王命,登时凌迟矣。总督苏昌,闻而疑之,以为子纵不孝,殴母当在其家,不当在田野间众人属目之地;且遍体鳞伤,子殴母必不至此,乃檄福、泉二知府,会鞫于省中城隍庙。两知府各有成见,仍照前拟定罪。其子受绑,将出庙门,大呼曰:"城隍,城隍,我一家奇冤极枉,而神全无灵响,何以享人间血食哉!"语毕,庙之西厢突然倾倒,当事者犹以庙柱素朽,不甚介意。甫牵出庙,则两泥皂隶忽移而前,以两梃夹叉之,人不能过。于是观者大噪,两府亦悚然。重鞫,始白其子冤,而置王监生于法。从此城隍庙之香火亦较盛焉。

水 鬼 畏 嚣 字

赵衣吉云:鬼有气息,水死之鬼羊臊气,岸死之鬼纸灰气。凡人闻此二气,皆须避之。又云:河水鬼最畏"嚣"字,如人在舟中闻羊臊气,则急写一"嚣"字,可以远害。

狐 仙 知 科 举

钱方伯琦、蔡观察应彪未第时,有友吴某招饮。其家素奉狐仙,二人与群客至其家,候至日晚,腹已枵矣,不见酒肴,心以为疑。少顷主出,有愧色,曰:"今日饮诸公,肴已全备,忽为狐仙摄去,奈何?"众客疑吴惜费,以狐为推。蔡公曰:"主人若果治具,必有水浆痕迹,盍往厨房视之?"往验则余火未熄,盘碗姜豉之物尚在,始知吴非诳言。众客欲散,独蔡公大呼曰:"果狐仙在此,我有一言奉问:今年乙卯秋闱,我辈皆下场人,如有一个中者,狐仙还我酒肴;如无一人中者,狐仙竟全啖之,我等亦没兴在此饮酒。"言毕出。未久,主人大笑来曰:"恭喜诸公,酒肴都全还在案矣。今年必有中者。"于是群客欢饮而罢。是年钱公登第,蔡迟一科。

鬼争替身人因得脱

会稽王二，以缝衣为业。手挈女裙衫数件，夜过吼山。见水中跳出二人，倮身黑面，牵之入河。王不能自主，随行数步，忽山顶松树间飞下一人，垂眉吐舌，手持大绳套其腰曳之上山，与黑面鬼彼此争夺。黑面鬼曰："王二是我替身，汝何得夺之？"持绳鬼曰："王二是成衣师父，汝等河水鬼赤屁股在水中，并无衣服要做，何所用之？不如让我！"王亦昏迷，听其互拉，然心中略有微明，私念：倘遗失女裙衫，则力不能赔，因挂之树上。适其叔从他路归，月下望见树有红绿女衣，疑而近前视之，三鬼遂散。王二口耳中全是青泥填塞，扶之归，竟脱于死。

城 隍 神 酗 酒

杭州沈丰玉，就幕武康。适上宪有公文饬捕江洋大盗，盗名沈玉丰。幕中同事袁某与沈戏，以碌笔倒标"沈丰玉"三字，曰："现在各处拿你。"沈怒，夺而焚之。是夜，沈方就枕，梦鬼役突入，锁至城隍庙中。城隍神高坐，喝曰："汝杀人大盗，可恶！"呼左右行刑，沈急辨是杭州秀才，非盗也。神大怒曰："阴司大例，凡阳间公文到来，所拿之人，我阴司协同缉拿。今武康县文书现在，指汝姓名为盗，而汝妄想强赖耶？"沈具道同事袁某恶谑之故，神不听，命加大杖。沈号痛呼冤，左右鬼卒私谓沈曰："城隍神与夫人饮酒醉矣，汝只好到别衙门申冤。"沈望见城隍神面红眼眯，知已沉醉，不得已忍痛受杖。杖毕，令鬼差押往某处收狱。路经关圣庙，沈高声叫屈，帝君唤入，面讯原委。帝君取黄纸碌笔判曰："看尔吐属，实系秀才。城隍神何得酗酒妄刑？应提参治罪。袁某久在幕中，以人命为儿戏，宜夺其寿。某知县失察，亦有应得之罪，念其因公他出，罚俸三月。沈秀才受阴杖，五脏已伤，势不能复活，可送往山西某家为子，年二十登进士，以偿今世之冤。"判毕，鬼役惶恐，叩头而散。沈梦醒，觉腹内痛不可忍，呼同事告以故,三日后卒。袁闻之,急辞馆归,不久吐血而亡。城隍庙塑像无故自仆。知县因滥应驿马事,罚俸三月。

地 藏 王 接 客

裘南湖者,吾乡沧晓先生之从子也。性狂傲,三中副车不第,发怒,焚黄于伍相国祠,自诉不平。越三日病,病三日死。魂出杭州清波门,行水草上,沙沙有声。天淡黄色,不见日光,前有短红墙,宛然庐舍,就之,乃老妪数人拥大锅烹物,启之,皆小儿头足,曰:“此皆人间坠落僧也,功行未满,偷得人身,故煮之,使在阳世不得长成即夭亡耳。”裘惊曰:“然则妪是鬼耶?”妪笑曰:“汝自视以为尚是人耶? 若人也,何能到此?”裘大哭,妪笑曰:“汝焚黄求死,何哭之为? 须知伍相国吴之忠臣,血食吴越,不管人间禄命事。今来唤汝者,伍公将汝状转牒地藏王,故王来唤汝。”裘曰:“地藏王可得见乎?”曰:“汝可自书名纸,往西角佛殿投递,见不见未可定。”指前街曰:“此卖纸帖所也。”裘往买帖,见街上喧嚷扰扰,如人间唱台戏初散光景。有冠履者,有科头者,有老者、幼者、男者、女者,亦有生时相识者,招之绝不相顾,约略皆亡过之人,心愈悲。向前,果有纸店,坐一翁,白衫葛巾,以纸付裘。裘乞笔砚,翁与之,裘书“儒士裘某拜”,翁笑曰:“儒字难居,汝当书某科副榜,转不惹地藏王呵责。”裘不以为然,睨壁上有诗笺,题“郑鸿撰书”,兼挂纸钱甚多。裘素轻郑,乃谓翁曰:“郑君素无诗名,胡为挂彼诗笺? 且此地已在冥间矣,要纸钱何用?”翁曰:“郑虽举人,将来名位必显,阴司最势利,故吾挂之,以为光荣。纸钱正是阴间所需,汝当多备,贿地藏王侍卫之人,才肯通报。”裘又不以为然,径至西角佛殿,果有牛头夜叉辈,约数百人,胸前绣“勇”字补服,向裘狰狞呵詈。裘正窘急间,有抚其肩者,葛巾翁也,曰:“此刻可信我言否? 阳间有门包,阴间独无门包乎? 我已为汝带来。”即代裘将数千贯纳之,“勇”字军人方持帖进,闻东角门闶然开矣。唤裘入跪阶下,高堂峨峨,望不见王。纱窗内有人声曰:“狂生裘某,汝焚牒伍公庙,自称能文,不过作烂八股时文,看高头讲章,全不知古往今来多少事业学问,而自以为能文，何无耻之甚也！帖上自称儒士，汝现有祖母年八十余，受冻忍饥，致盲其目，不孝已甚，儒当若是耶？"裴曰："时文之外，别有学问，某实不知；若祖母受苦，实某妻不贤，非某之罪。"王曰："夫为妻纲，人间一切妇人罪过，阴司判者总先坐夫男，然后再罪妇人。汝既为儒士，如何卸责于妻？汝三中副车，以汝祖父阴德荫庇，并非仗汝之文才也。"言未毕，忽闻殿外有鸣锣呵殿声，甚远，内亦撞钟伐鼓应之。一"勇"字军人虎皮冠者报朱大人到，王下阁出迎，裴踉跄下殿，伏东厢窃视，乃刑部郎中朱履忠，亦裴戚也。裴愈不平，骂曰："果然阴间势利，我虽读烂时文，毕竟是副榜；朱乃入粟得官，亦不过郎中，何至地藏王亲出迎接哉？""勇"字军人大怒，以杖击其口，一痛而苏。见妻女环哭于前，方知死已二日，因胸中余气未绝，故不入殓。此后南湖自知命薄，不复下场，又三年卒。

治 鬼 二 妙

娄真人劝人遇鬼勿惧，总以气吹之，以无形敌无形，鬼最畏气，转胜刀棍也。张岂石先生云："见鬼勿惧，但与之斗，斗胜固佳，斗败我不过同他一样。"

狐 读 时 文

四川临邛县李生，年少家贫。偶闲坐，一老叟至，揖而言曰："小女与君有缘，知君未娶，愿偕秦晋之婚。"李曰："我贫，无以为娶。"叟曰："郎但许我，娶妻之费郎勿忧。"生方疑且惊。俄而香车拥一美人至，年十七八，妆奁甚华，几案椸枷之物，无不携来。叟具花烛，呼婿及女行交拜撒帐之礼，曰："婚事毕，吾去矣。"生挽女解衣就床，女不可，曰："我家无白衣女婿，须汝得科名，吾才与汝成婚。"生曰："考期尚远，卿何能待？"曰："非也，只须看君所作文章，可以决科，便可成婚，不必俟异日。"李大喜，尽出其平时所作《四书》文付女。女翻视良久，曰："郎君平日读袁太史稿乎？"曰："然。"女曰："袁太史文雄奇，原利科名，宜读；然其人天分高，非郎所能学也。"因取笔为改数句曰：
"如我所作，像太史乎？"曰："然。"曰："汝此后为文，先向我问作意再
落笔，勿草草也。"李从此文思日进，壬午举于乡。此女在其家事姑
孝，理家务当，至今犹存，人亦忘其为狐矣。此事临邛知州杨潮观为
予言。

何　翁　倾　家

　　通州何翁生三子，皆庸俗，长子尤陋。娶妇王氏，美，内薄其夫，
郁郁不得志死。死后鬼常凭次妇史氏为厉，何翁苦之，具牒城隍庙。
越数日，忽换一鬼凭次妇，言曰："请亲翁答话。"何错愕，问为谁，曰：
"我史某，尔次妇之父也。死后为郡神掌案吏，不复留心家事。昨见
翁牒，方知我女为王氏鬼所苦，我恳本官，已将王氏发配云南，嗣后可
无患。惟是我女适翁家时，我已去世，家业萧条，愧无妆奁，至今耿
耿。兹在冥司积白金五百两，当送女室，翁可于本月十六日子时，备
香烛锞帛，同次子祭厨房之西南隅，焚帛锄土，即得矣。"并戒是夕备
素筵一席，"我将邀二三同辈来庆翁也。"翁如其言。及期锄土，竟得
空罐，父子怏怏。至夕鬼又凭妇曰："翁运可谓蹇矣。我多年蓄积，一
旦为犬子夺去，奈何？"先是，何翁有姐适徐氏，生一儿名犬子，姊夫及
姊亡，犬子零丁，挈千金依舅氏，舅待之薄。未几，犬子亦亡，其赀尽
为何有。犬子怨之，故先期来夺取五百金，盖鬼事鬼知也。越半载，
次妇归宁，暮回家，进门忽倒地大哭，极口骂何翁不绝。举家惊，听其
言，乃王氏自配所逃回。方谋舁入内室，而三媳房中婢奔出，告曰：
"三娘子在房晚妆，忽将妆台打碎，扑桌大呼，势甚凶猛，不解何故。"
何翁夫妇入视，则又有鬼凭焉，乃王氏之解差鬼，骂曰："何老奴才，大
没良心，自家儿媳全不顾恤，忍心控害，押赴远方，且倚仗尔亲翁史某
作掌案吏势，叫我走此万里苦差，分文不给，如何得至云南？今王氏
感我一路恩情，将身配我，我与伊回不得家乡，进不得衙门，只好借尔
家作洞房花烛，快温酒来，与我解寒！"何氏次、三两媳本对房居，此后
王凭次妇，则差凭三媳；王凭三媳，则差凭次妇，终日不安。翁奔告神

庙，神不复灵。翁大费赀财，遍求方士，如此者二年。江西道士兰方九应招而来，先作符十数张，遍贴其宅之前后门，再入室仗剑步罡。两妇先于房作笑骂状，次作惊窜状，后作哀恳状。忽屋角响声如雷，两妇伏地。兰持小瓶曰："鬼入，鬼入。"旋封其口，而两妇醒。兰命起王氏墓，斧其棺，面目如生，尸僵出血。乃焚灰与小瓶合埋，用石镇之，其祟永绝，而何翁从此倾家。

江　轶　林

江轶林，通州士人也，世居通之吕泗场。娶妻彭氏，情好甚笃。彭归江三年，轶林甫弱冠，未游庠。一夕，夫妇同梦轶林于其年某月日游庠，彭氏即于是日亡。学使临通州，吕泗场距通州百里，轶林以梦故，疑不欲往。彭促之曰："功名事重，梦不足凭。"轶林强行。及试果获售，案出，即梦中月日也。轶林大不怿，越二日，果闻彭讣。试毕急回家，彭死已二七矣。通俗，人死二七，夜设死者衣衾于柩侧，举家躲避，言魂来赴尸，名曰"回煞"。轶林痛彭之死，即于回煞夜舁床柩旁，潜处其中，以冀一遇。守至三更，闻屋角微响，彭自房檐冉冉下，步至柩前，向灯稽首，灯即灭。灭后室中自明如昼，轶林惟恐惊彭，不敢声。彭自灵前循柩走至床，揭帐低声呼曰："郎君归未？"轶林跃出，抱持大哭，哭罢各诉离情，解衣就寝，欢好无异生前。轶林从容问曰："闻说人死有鬼卒拘束，回煞有煞神与偕，尔何得独返？"彭曰："煞神即管束之鬼卒也，有罪则羁绁而从。冥司念妾无罪，且与君前缘未断，故纵令独回。"轶林曰："尔无罪，何故早死？"曰："修短，数也，不论有罪无罪。"轶林曰："卿与我前缘未断，今此之来，莫非将尽于此夕乎？"答曰："尚早。前缘了后，犹有后缘。"言未毕，闻户外风起，彭大惧，以手持轶林："紧抱我，护持我，凡作鬼最怕风，风倘着体，即来去不能自主，一失足，被他吹到远处去矣。"鸡鸣言别，轶林依依不舍。彭曰："无庸，夜当再会。"言讫而去。由此每夜必来，来检阅生时食物，为轶林补缀衣服。两月余，忽欷歔泣曰："前缘了矣，此后当别十七年，始与君续后缘。"言讫去。轶林美少年，家丰于财，里中愿续婚者众,轶林概不允。待至十七年,以彭氏貌物色求婚,历通、泰、仪、扬,俱不得,仍归吕泗。吕泗故边海,有海舶自山东回者,载老翁夫妇来。言本士族,止生一女,依叔为活。其叔欲以其女结婚豪族,翁颇不愿,故来避地,女亦欲嫁一江南人。人为翁言轶林,翁甚欲之。言诸轶林,轶林必欲一见其女乃可。翁许之,见则宛然一彭也。问其年,曰:"十七矣。"其生时月日,即彭死之两月后也。轶林欣然订娶,欢好倍常,性情喜好,仿佛彭之生前。或叩以前生事,笑而不言,轶林字曰"蓬莱仙子",隐喻彭仙再来也。子曰"彭儿",女曰"彭媳"。欢聚者十七载,夫妇得疾先后卒。

裹足作俑之报

杭州陆梯霞先生,德行粹然,终身不二色。人或以戏旦、妓女劝酒,先生无喜无愠,随意应酬。有犯小罪求关说者,先生唯唯,当事者重先生,所言无不听。或訾先生自贬风骨,先生笑曰:"见米饭落地,拾置几上心才安,何必定自家吃耶?凡人有心立风骨,便是私心。吾尝奉教于汤潜庵中丞矣。中丞抚苏时,苏州多娼妓,中丞但有劝戒,从无禁捉。语属吏曰:'世间之有娼优,犹世间之有僧尼也。僧尼欺人以求食,娼妓媚人以求食,皆非先王法。然而欧公《本论》一篇,既不能行,则饥寒怨旷之民作何安置?今之虐娼优者,犹北魏之灭沙门毁佛像也。徒为胥吏生财,不揣其本而齐其末,吾不为也。'"一日者,先生梦皂隶持帖相请,上书"年家眷弟杨继盛拜",先生笑曰:"吾正想见椒山公。"遂行。至一所,宫殿巍然,椒山公乌纱红袍,下阶迎曰:"继盛蒙玉帝旨,任满将升,此坐需公。"先生辞曰:"我在世间,不屑为阳官,故隐居不仕,今安能为阴间官乎?"椒山笑曰:"先生真高人,薄城隍而不为。"语未毕,有判官向椒山耳语,椒山曰:"此案难判,须奏玉帝再定。"先生问何案,曰:"南唐李后主裹足案也。后主前世本嵩山净明和尚,转身为江南国主,宫中行乐,以帛裹其妃窈娘足,为新月之形,不过一时偶戏。不料相沿成风,世上争为弓鞋小脚,将父母遗体矫揉穿凿,以致量大校小,婆怒其媳,夫憎其妇,男女相赆,恣为淫褒。不但小女儿受无量苦，且有妇人为此事悬梁服卤者。上帝恶后主作俑，故令其生前受宋太宗牵机药之毒，足欲前，头欲后，比女子缠足更苦，苦尽方薨。近已七百年，忏悔满将还嵩山修道矣。不料又有数十万无足妇人，奔走天门喊冤，云：'张献忠破四川时，截我等足，堆为一山，以足之至小者为山尖。虽我等劫运该死，然何以出乖露丑，一至于此，岂非李王裹足作俑之罪？求上帝严罚李王，我辈目才瞑。'上帝恻然，传谕四海都城隍议罪。文到我处，我判孽由献忠，李后主不能预知，难引重典。请罚李王在冥中织履一百万，偿诸无足妇人，数满才许还嵩山。奏草虽定，尚未与诸城隍会稿，先生以为何如？"先生曰："习俗难医，愚民有焚其父母尸以为孝者，便有痛其女子之足以为慈者，事同一例也。"椒山公大笑。先生辞出，醒竟安然。嗣后椒山公不复来请。寿八十余卒。常笑谓夫人曰："毋为吾女儿裹足，恐害李后主在阴司又多织一双履也。"

判 官 答 问

谢鹏飞以仁和廪生为阴间判官，昼如平人，夜则赴冥司勾当公事。友朋多托查寿数，不肯。人疑其惧泄天机，曰："非也。阳间有司衙门，惟犯罪涉讼者，才有文簿可查，否则百姓林林总总，谁有工夫为造保甲册？官府听其自来自去耳。阴间亦然。君辈不涉讼，不犯冥拘，气数来则生，气数尽则死，我实无册可查。"问："瘟疫死者可查乎？"曰："此阳九百六，阴阳小劫应死者，如府县考试，有点名簿，恰可以查，然皆庸庸小民方入此册；若有来历之人，便不在小劫数中来去，犹之阳间有官荫者，不考童生也。"问："疫外尚有大劫数乎？"曰："水、火、刀、兵，是大劫数，此则贵显者难逃矣。"问："冥司神孰尊？"曰："既曰冥司，何尊之有？尊者，上界仙官耳。若城隍、土地之职，如人间府县俗吏，风尘奔走甚劳苦，贤者不屑为。昔白石仙人终朝煮白石，不肯上天，人问故，曰：'玉宇清严，符篆麻起，仙官司事者甚劳苦，故愿逍遥于山巅水涯，永为散仙。'亦此意也。"

蒋 太 史

蒋太史士铨官中书时，居京师贾家胡同。十一月十五日，儿子病，与其妻张夫人在一室中分床卧，梦隶人持帖来请，不觉身随之行。至一神庙，入门小憩，见门内所塑泥马，手抚之，马竟动，扬其鬣。隶扶蒋骑上，腾空而行，下视田亩，如棋盘纵横。俄而雨濛濛然，心忧湿衣，仰见红油伞，有一隶擎而覆之。未几，马落一大殿阶下，宏敞如王者居。殿外二井，左扁曰天堂，右扁曰地狱。蒋望天堂上轩轩大明，地狱则黑深不可测，所随隶亦不复见。殿旁小屋有老妪拥鑊炊火，问何所煮，曰："煮恶人。"开锅盖视之，果皆人头。地狱井边有人，衣蓝缕，自往投。妪曰："此王爷将囚寄狱也。"蒋问："此非人间乎？"曰："何必问，见此光景，亦可知矣。"蒋问："我欲一见王爷，可乎？"曰："王请君来，自然接见，何必性急！君欲先窥之亦可。"因取一高足几登蒋，蒋从殿隙窥王。王年三十余，清瘦微须，冕旒盛服，执笏北向。妪曰："此上玉帝表也。"王焚香俯伏叩首毕，随闻正门豁然开，召蒋入。蒋趋进见，王服饰尽变，著本朝衣冠，白布缠头，以两束布从两耳拖下，若《三礼图》所画古人冕服状。坐定，曰："冥司事繁，我任满当去，此坐乞公见代。"音似常州武进人。蒋曰："我母老子幼，事未了，不能来。"王有愠色，曰："公有才子之名，何不达乃尔！令堂太夫人，自有太夫人之寿命，与公何干！尊郎君自有尊郎君之寿命，与公何干！世上事要了就了，要不了便不了，我已将公姓名奏明上帝，无可挽回。"言毕，自掀其椅背蒋坐，若不屑相昵者。蒋亦怒发，取其几上木界尺，扑几厉声曰："不近人情，何动蛮也！"大喝而醒，觉一灯荧然，身在床上，四肢如冰，汗涔涔透重衾矣。喘息良久，始能起坐，呼夫人告之。夫人大哭，蒋曰："且住，勿惊太夫人。"因凭几坐，夫人伺焉。漏下四鼓，沉沉睡去，不觉又到冥间。殿宇恰非前处，殿上设五座位，案积如山，四座有人，专空第五座。一吏指告曰："此公座也。"蒋随行至第三座，视之，本房老师冯静山先生也。急前拱揖。冯披羊皮袍，卸眼镜，欣然曰："足下来，好，好。此间簿书忙极，非足下助我不可。"蒋曰：

"老师亦为此言乎？门生母老子幼，他人不知，老师深知，如何能来？"冯惨然曰："听足下言，触起我生前心事矣。我虽无父母，而妻少子幼，亦非可来之人。现在阳间妻子不知作何光景。"言且泣，涕如雨下。少顷，取巾拭泪曰："事已如此，不必多言。保奏汝者，常州老刘也，本属可笑。汝速归，料理身后事，今日已十五，到二十日是汝上任日也。"拱手作别而醒，窗外鸡已鸣。太夫人亦已闻知，抱持哭矣。蒋素与藩司王公兴吾交好，乃往诀别，且托以身后。王一见惊曰："汝满面涂锅煤，昨夜大病耶？何鬼气之袭人也！"蒋告以梦，王曰："勿怖，惟礼斗，诵《大悲咒》，可以禳之。汝归家如我言，或可免也。"蒋太夫人平时奉斗颇虔，乃重建坛，合家持斋祈祷，兼诵咒语。至期，是冬至节日，诸亲友来贺，环而守之。至三更，蒋见空中飞下轿一乘，旗数竿，舆夫数人，若来迎者；乃诵《大悲咒》逼之，渐近渐薄，若烟气之消释焉。逾三年，始中进士，入翰林。

李敏达公扶乩

李敏达公卫未遇时，遇乩仙，自称零阳子，为判终身云："气概文饶似，勋名卫国同。欣然还一笑，掷笔在秋红。"旁小注曰："秋红，草名。"当其时，无人解者。后公为保定总督，劾总河朱藻而薨。后人方悟：朱者红也，藻者草也。

吕道人驱龙

河南归德府吕道人，年百余岁，鼻息雷鸣。或十余日不食，或一日食鸡子五百。吹气人身如火炙痛，或戏以生饼覆其背，须臾焦熟可食矣。冬夏一布袄，日行三百里。雍正间，王朝恩为北总河，筑张家口石坝不成，糜帑数万，忧懑不食。适吕至，曰："此下有毒龙为祟。"王问："汝能驱之否？"曰："此龙修炼二千年，魄力甚大。梁武帝筑浮山堰崩，伤生灵数万，此龙孽也。公欲坝成，须贫道亲下河与斗，庶几逐龙去而坝可成。然贫道福命薄，虑为所伤，必须仗圣天子威灵、大人福力护持之。"曰："若何而可?"曰："请王命牌油纸裹缚贫道背上,用河道总督印钤封,大人手书姓名加封之,乃可。"如其言,道士遂仗剑入水。顷刻黑风起,雷电大作,波浪掀天。至明日夜半,道士来署,提血剑,腥涎满身,背伛偻,曰："贫道胁骨为龙尾击断矣。然贫道亦斩龙一臂,臂坠水,仅留一爪献公。龙受伤奔东海去,明日坝可成也。"王大喜,呼酒劳之,欲延蒙古医为之接骨,曰："不必。贫道运真气养之,半年后可平复也。"次日,王公上工下扫,石坝果成。所藏龙爪,大如水牛角,嗅作龙涎香,悬之,蚊蝇远避。吕自言与李自成交好,曾为系草鞋带。又与贾士芳同受业于王先生某,先生常言:"汝愿,故道可成。贾好利,又自作聪明,必不善终,然亦须名动天子。"嵇文敏公为总河,入都陛见。家人不得家信,问吕,吕曰:"汝家大人已被大木撑入眼矣。"举家惊,恐有目疾。已而授东阁大学士,方知目旁木,乃相字耳。乾隆四年,吕入都,诸王公延之治疾,脱手愈。徐文穆公第六子,虚阳不闭。吕一见曰:"公子面上血不华色,不过梦遗耳。"令闭目卧地,袒胸,手一铁针,长尺余,直刺其心;拔之,血随针出,如一条红丝。取口唾拭其创处,旁人骇绝,而公子不知,是夕病瘥。王太守孟亭,患腰痛,求道人。道人曰:"俟天晴日来治。"至期,手撮日光揉之,热透五脏而愈。问导引之术,不肯言。乃引其僮私问之,曰:"无他异也。每早至旷野,红日始出,见道人向日作虎跳状,手招日光纳口中,且吸且咽,如是者再。"

盘 古 以 前 天

相传阴沉木为开辟以前之树,沉沙浪中,过天地翻覆劫数,重出世上,以故再入土中,万年不坏。其色深绿,纹如织锦,置一片于地,百步以外,蝇蚋不飞。康熙三十年,天台山崩,沙中涌出一棺,形制诡异,头尖而尾阔,高六尺余。识者曰:"此阴沉木棺也,必有异。"启其前和,中有人,眉目口鼻,与木同色,臂腿与木同纹理,恰不腐坏。忽开眼仰视空中,问曰:"此青青者何物耶?"众曰:"天也。"惊曰:"我当初在世时,天不若是高也。"语毕,目仍瞑。人争扶起之,合邑男女,群来看盘古以前人。忽然风起，变为石人。棺为邑宰某所得，转献制府。予疑此人是前古天地将混沌时人也。纬书云："万年之后，天可倚杵。"此人言天不若今之高，信矣。

子不语卷十

禹王碑吞蛇

屠赤文任陕西两当县尉，有厨人张某者，善啖多力，身体修伟，面无左耳。询其故，自言：四川人，三世业猎，家传异书，能抓风嗅鼻，即知所来者为何兽，某幼亦业此。曾猎于邛徕山，其地号阴阳界，阳界尚平敞，阴界尤险峻，人迹罕至。一日，往猎阳界，无所得，遂裹粮入阴界。行五十里许，天已暮，远望十里外高山上有火光烧来，烛林谷如赤日，怪风狂吹而至。某不知何物，抓风再嗅，书所未载，心大惶恐，急登高树顶上觇之。俄而火光渐近，乃一大石碑，碑首凿猛虎形，光如万炬，燃照数里。碑能踯躅自行，至树下见有人，忽跃起三四丈，似欲吞啮者，几及我身。我屏息不敢动，碑亦缓缓向西南去。某方幸脱险。俟其去远，将下树矣，忽望见巨蛇千万条，大者身如车轮，小者亦粗如斗，蔽空而来。某自念此身必死于蛇腹，惊惶更甚。不料诸蛇皆腾空冲云而行，离树甚远，我蹲树上，竟无所损。惟一小蛇行少低，向我耳旁擦过，觉痛不可忍。摸之，耳已去矣，血淋淋流下。但见碑尚在前，蹲立火光中不动，凡蛇从碑旁过者，空中辄有脱壳堕下，乱落如万条白练，但闻咕吸唅然有声。少顷蛇尽不见，碑亦行远。某待至次日方敢下树，急觅归路，迷不可得。途遇一老人，自称："此山民也。子所见者，为禹王碑。当年禹王治水至邛徕山，毒蛇阻道，禹王大怒，命庚辰杀蛇，立二碑镇压，誓曰：'汝他日成神，世世杀蛇，为民除害。'今四千年矣，碑果成神。碑有一大一小，君幸遇其小者，得不死；其大者出，则火燃五里，林木皆灰。二碑俱以蛇为粮，所到处挈以随行。故蛇俯首待食，不暇伤人。子耳际已中蛇毒，出阳界见日则死。"因于衣襟下出药治之，示以归路而别。

黑 柱

绍兴严姓，为王氏赘婿。严归家，岳翁遣人走报其妻急病，严奔视之，天已昏黑，秉烛行路。见黑气如庭柱一条，时遮其烛，烛东则黑柱亦东，烛西则黑柱亦西，拦截其路，不容前往。严大骇，乃到相识家借一奴，添二烛而行。黑柱渐隐不见。到妻家，岳翁迎出，曰："婿来已久，何以又从外入？"严曰："婿实未来。"举家大惊。奔入妻房，见一人坐床上，与其妻执手，若将同行者。严急向前握妻手，而其人始去，妻亦气绝。

猴 怪

杭州周云衢孝廉有女，嫁盐商吴某之子。吴以住屋颇窄，使居园中书舍。婚三月矣，忽周女患奇疾，始而心痛，继而腹背痛，继而耳目口鼻无不痛者，哀号跳掷，人不忍见。遍召医士，莫名其病。但见白黑气二条缠女身，如绳带捆缚之状。云衢与吴翁斋醮无效，不得已，自为牒文投城隍神及关神处。半月未见灵应，又投文催之。果一日，云衢与其女及婿俱白昼偃卧，若死去者，两日而苏。家人问之，据云衢云："城隍神得我牒文，即拘此妖。妖抗不到，直至催牒再至关神处，神批发温元帅擒讯。讯得为祟者，乃一雌猴；其白黑二气，则黑白二蛇也。元至正七年，猴与其雄偷果于达鲁花赤余氏之园。其时女为余家小婢，撞见，以石掷之，雄走出；适遇猎户张信，以箭毙之。雌猴惊逸，修道于括苍山中。今猎户张托生为吴翁之子，婢托生为周氏之女，故来报仇。元帅问：'汝既有仇，何以不早报，而必待至四百年后耶？'猴云：'此女七世托生为文学侍从之官，或为方伯、中丞，故我不能相犯。因其前世居官无状，仍罚为女身，适值所嫁之人又即猎户，故我两仇齐发。'问：'黑白二气何来？'供称吴园中物，被猴牵帅而至者。元帅怒曰：'周女前生作婢，掷石驱猴，是其职分所当为。吴某前生为猎户，射杀一猴，亦人间常事。汝又不仇吴而仇其妻，甚为悖乱；且与园中两蛇何与，而助纣为虐耶？'掷剑喝曰：'先斩妖党！'随见皂衣人取二蛇头呈验。元帅谓猴曰：'汝罪亦宜斩，但念尔修炼多年，颇有神通，将成正果，斩汝可惜；速改过悔罪，治好周女之病，我便赦汝，一面详覆关帝。'猴狰狞不服，两目如电，奋爪向前，似欲扑犯元帅者。俄闻空中大声曰：'伏魔大帝有令：妖猴不服，即斩妖猴。'言毕，瓦上琅琅有刀环声响。猴始惧，叩头服罪。元帅呼周女到案下，令猴治病。猴抉其眼耳口鼻中所出横刺、铁针、竹篾十余条，女痛稍苏，惟心痛未解。猴不肯治，元帅又欲斩猴，猴云：'女心易治，但我有所求，须吴翁许我，我才替治。'问何求，曰：'我爱吴园清洁，欲打扫西首扫云楼三间，使我居住。'吴翁许之。猴伸手女口，直到胸前，探出小铜镜一方，犹带血丝缕缕，女病旋愈。元帅命吴氏父子领女回家，遂各苏醒。"此乾隆四十四年七月间事也。据吴翁云："温元帅襆巾纱帽，如唐人服饰，貌温然儒者，白面微须，非若世间所画青面瞪目状也。猴在神前，妆束甚华，自称'小仙'。"

鞭　尸

桐城张、徐二友，贸易江西，行至广信，徐卒于店楼。张入市买棺为殓，棺店主人索价二千文，交易成矣。柜旁坐一老人，遮拦之，必须四千。张忿然归。是夜，张上楼，尸起相扑。张大骇，急避下楼。次日清晨，又往买棺，加钱千文。棺主人并无一言，而作梗之老人先在柜上骂曰："我虽不是主人，然此地我号'坐山虎'，非送我二千钱，与主人一样，棺不可得。"张素贫，力有不能，无可奈何，旁皇于野。又一白须翁，著蓝色袍，笑而迎曰："汝买棺人耶？"曰："然。"曰："汝受坐山虎气耶？"曰："是也。"白须翁手一鞭曰："此伍子胥鞭楚平王尸鞭也。今晚尸起相扑，汝持此鞭之，则棺得而大难解矣。"言毕不见。张归上楼，尸又跃起；如其言，应鞭而倒。次日赴店买棺，店主人曰："昨夜坐山虎死矣，我一方之害除矣，汝仍以二千文原价来抬棺可也。"问其故，主人曰："此老姓洪，有妖法，能役使鬼魅，惯遣死尸扑人；人死买棺，彼又在我店居奇，强分半价。如是多年，受累者众。昨夜暴死，未知何病。"张乃告以白须翁赠鞭之事。二人急往视之,老人尸上果有鞭痕。或曰:"白须而著蓝袍者,此方土地神也。"

梁朝古冢

淮徐道署在宿迁城中。宿故百战地,是处皆兵燹之余,署中多怪。康熙中,有某道升浙江臬司,临去留一朱姓幕友在署,俟后官交代。衙署旷荡,每夕人语哗然。又一夕,月下闻语者聚中庭槐树下。朱于窗隙窥之,见庭中人甚多,面目不甚了了,大率衣冠奇古。一少年乌巾白衣,倚柱凝思,不共诸人酬答。诸人呼曰:"陆郎,如此风月,何独惆怅!"少年答曰:"暴骸之事近矣,不能无愁。"语毕,诸人皆为咨嗟。有长髯高冠者出曰:"郎勿虑,此厄我先当之,赖有平生故人在此,自能相庇。"朗吟云:"寂寞千余岁,高槐西复东。春风寒白骨,高义望朱公。"少年举手谢曰:"当年受德至深,不图枯朽之余,犹叨仁庇。"因复共谈,似皆北魏、齐、梁时事。既而邻鸡远唱,诸人倏然散矣。朱胆壮,安寝如故。阅数日,新官孙某来受交代。朱生匆匆出署,将觅船赴浙。忽差役寄东君札来,止之云:"某到金陵见督院后,接楚中讣音,已丁外艰,不赴浙西新任,竟归矣。先生行止,自定可也。"朱遂稍停,闻新任淮徐道孙公署中一友,得急疾殂,乃托宿迁令某荐扬,一说而就,随携行李入署。时将署中旧住之屋改作客座,另置诸友于他所。幕中公务甚繁,朱不复忆前事。孙公新来,大修衙署。一日,与朱闲坐,家人走报云:"适开前池,得一石碑,不知何代物。"孙公拉朱同往观之。见碑上书"梁散骑侍郎张公之墓",正当两槐之间。朱恍忆前月下事,力为劝止,并述所见,云当更有一墓。言未终而荷锸者云:"又得骸骨一具。"孙始信其说非妄,命工人仍加土,掩平如旧,池不改作矣。盖前碑乃长髯高冠之墓,而后所得,乌巾少年之骨也。

狮 子 大 王

贵州人尹廷洽，八月望日早起，行礼土地神前。上香讫，将启门，见二青衣排闼入，以手推尹扑地，套绳于颈而行。尹方惶遽间，见所祀土地神出而问故，青衣展牌示之，上有"尹廷洽"字样，土神笑不语，但尾尹而行。里许，道旁有酒饭店，土神呼青衣入饮。得间语尹曰："是行有误，我当卫君前行。倘遇神佛，君可大声叫冤，我当为君脱祸。"尹领之，仍随青衣前去。约行大半日，至一所，风波浩渺，一望无际。青衣曰："此银海也，须深夜乃可渡，当少憩片时。"俄而土神亦曳杖来，青衣怪之。土神曰："我与渠相处久，情不能已于一送，前路当分手耳。"正谈说间，忽天际有彩云旌旗，侍从纷然。土神附耳曰："此朝天诸神回也。汝遇便可叫冤。"尹望见车中有神，貌狞狞然，目有金光，面阔二尺许，即大声喊冤。神召之前，并饬行者少停，问："何冤？"尹诉为青衣所摄。神问："有牌否？"曰："有。""有尔名乎？"曰："有。"神曰："既有牌，又有尔名，此应摄者，何冤为？"厉声叱之。尹词屈，不知所云。土神趋而前，跪奏："此中有疑，是小神令其伸冤。"神问："何疑？"曰："某为渠家中雷，每一人始生，即准东岳文书知会其人应是何等人，应是何年月日死，共计在阳世几岁，历历不爽。尹廷洽初生时，东岳牒文中开应得年七十二岁；今未满五十，又未接到折算文书，何以忽尔勾到？故恐有冤。"神听说，亦迟疑久之，谓土神曰："此事非我职司，但人命至重，尔小神尚肯如此用心，我何可漠视？惜此间至东岳府往还辽远，当从天府行文至彼方速。"乃唤一吏作牒，口授云："文书上只须问民魂尹廷洽有勾取可疑之处，乞飞天符下东岳，到银海查办，急急勿迟。"尹从旁见吏取纸作书，封印不殊人世，但皆用黄纸。封讫，付一金甲神，持投天门。又呼召银海神，有绣袍者趋进，命看守尹某生魂，俟岳神查办，毋误。绣袍者叩头，领尹退，而神已倏忽入云雾中矣。此时尹憩一大柳树下，二青衣不知所往。尹问土神："面阔二尺者，是何神耶？"曰："此西天狮子大王也。"少倾，绣衣者谓土神曰："尔可领尹某往暗处少坐，弗令夜风吹之；我往前途迎引天神，闻呼可即出答应。"尹随土神沿岸行,约半里许,有破舟侧卧滩上,乃伏其中。闻人号马嘶及鼓吹之音,络绎不绝,良久始静。土神曰:"可以出矣。"尹出,见绣衣人偕前持牒金甲人,引至岸上空阔处,云:"立此少待,岳司即到。"须臾,海上数十骑如飞而来,土神挟尹伏地上。数十骑皆下马,有衣团花袍,戴纱帽者上坐,余四人著吏服,又十余人武士装束,余悉狰狞,如庙中鬼面,环立而侍。上坐官呼海神,海神趋前,问答数语,趋而下,扶尹上。尹未及跪,土神上前叩头,一一对答如前。上坐官貌颇温良,闻土神语即怒,瞋目竖眉,厉声索二青衣。土神答久不知所往。上坐者曰:"妖行一周,不过千里;鬼行一周,不过五百里,四察神可即查拿!"有四鬼卒应声腾起,怀中各出一小镜,分照四方,随飞往东去。少顷,挟二青衣掷地上,云在三百里外枯槐树中拿得。上坐官诘问误勾缘由,二青衣出牌呈上,诉云:"牌自上行,役不过照牌行事;倘有舛误,须问官吏,与役无干。"上坐官诘云:"非尔舞弊,尔何故远飏?"青衣叩首云:"昨见狮子大王驾到,一行人众,皆是佛光;土神虽微员,尚有阳气;尹某虽死,未过阴界,尚系生魂,可以近得佛光;鬼役阴暗之气,如何近得佛光?所以远伏。及狮王过后,鬼役方一路追寻,又值朝天神圣接连行过,以故不敢走出,并未知牌中何弊。"上坐官曰:"如此,必亲赴森罗一决矣。"令力士先挟尹过海,即呼车骑排衙而行。尹怖甚,闭目不敢开视,但觉风雷击荡,心魂震骇。少顷,声渐远,力士行亦少徐。尹开目即已坠地,见官府衙署,有冕服者出迎,前官入,分两案对坐堂上。先闻密语声,次闻传呼声,青衣与土神皆趋入。土神叩见毕,立阶下;青衣问话毕,亦起出。有鬼卒从庑下缚一吏入,堂上厉声喝问,吏叩头辨,若有所待者然。又有数鬼从庑下擒一吏,抱文卷入,尹遥视之,颇似其族叔尹信。既入殿,冕服者取册查核。许久,即掷下一册,命前吏持示后吏,后吏惟叩首哀求而已。殿内神喝杖,数鬼将前吏曳阶下,杖四十。又见数鬼领朱单下,剥去后吏巾服,锁押牵出,过尹旁,的是其族叔。呼之不应,叩何往,鬼卒云:"发往烈火地狱去受罪矣。"尹正疑惧间,随呼尹入殿。前花袍官云:"尔此案已明。本司所勾系尹廷治,该吏未尝作弊。同房吏有尹姓者,系廷治亲叔,欲救其侄,知同族有尔名适相似,可以朦混，俟本司吏不在时，将牌添改'治'字作'洽'字，又将房册换易，以致出牌错误，今已按律治罪，尔可生还矣。"回头顾土神云："尔此举极好，但只须赴本司详查，不合向狮子大王路诉，以致我辈均受失察处分。今本司一面造符申覆，一面差勾本犯，尔速引尹廷洽还阳。"土神与尹叩谢出，遇前金甲者于门迎贺曰："尔等可喜，我辈尚须候回文，才得回去。"尹随土神出走，并非前来之路，城市一如人间，饥欲食，渴欲饮，土神力禁不许。城外行数里，上一高山，俯视其下，有一人僵卧，数人守其旁而哭。因叩土神此何处，土神喝曰："尚不省耶！"以杖击之，一跌而寤，已死两昼夜矣。棺椁具陈，特心头微暖，故未殓耳。遂坐起，稍进茶水，急唤其子赵廷洽家视之。归云其人病已愈二日，顷复死矣。

绿 毛 怪

乾隆六年，湖州董畅庵就幕山西芮城县，县有庙，供关、张、刘三神像，庙门历年用铁锁锁之，逢春秋祭祀一启钥焉。传言中有怪物，供香火之僧亦不敢居。一日，有陕客贩羊千头，日暮无托足所，求宿庙中，居民启锁纳之，且告以故。贩羊者恃有膂力，曰："无妨。"乃开门入，散群羊于廊下，而己持羊鞭秉烛寝，心不能无恐。三鼓，眼未合，闻神座下谽然有声，一物跃出。贩羊者于烛光中视之，其物长七八尺，头面具人形，两眼深黑有光，若胡桃大，颈以下绿毛覆体，茸茸如蓑衣，向贩羊者睨且嗅，两手有尖爪，直前来攫。贩羊者击以鞭，竟若不知，夺鞭而口啮之，断如裂帛。贩羊者大惧，奔出庙外，怪追之，贩羊人缘古树而上，伏其梢之最高者。怪张眼望之，不能上。良久，东方明，路有行者，贩羊人下树觅怪，怪亦不见。乃告众人，共寻神座，了无他异，惟石缝一角，腾腾有黑气，众人不敢启，具牒告官。芮城令佟公，命移神座，掘之，深丈许，得朽棺，中有尸，衣服悉毁，遍体生绿毛，如贩羊人所见。乃积薪焚之，喷喷有声，血涌骨鸣，自此怪绝。

张 大 帝

安溪相公坟在闽之某山，有道士季姓者，利其风水。其女病瘵将危，道士谓曰："汝为我所生，而病已无理。今将取汝身一物，以利吾门。"女愕然曰："惟翁命。"曰："我欲占李氏风水久矣，必得亲生儿女之骨埋之，方能有应，但死者不甚灵，生者不忍杀，惟汝将死未死之人，才有用耳。"女未及答，道士即以刀划取其指骨，置羊角中，私埋李氏坟旁。自后李氏门中死一科甲，则道士族中增一科甲；李氏田中减收十斛，则道士田中增收十斛。人疑之，亦不解其故。值清明节，村人迎张大帝像，为赛神会，彩旗导从甚盛。行至李家坟，神像忽止，数十人舁之不可动。中一男子大呼曰："速归庙，速归庙！"众从之，舁至庙中。男子上坐曰："我大帝神也。李家坟有妖，须往擒治之。"命其徒某执锹，某执锄，某执绳索，部署定，又大呼曰："速至李家坟，速至李家坟！"众如其言，神像疾趋如风，至坟所，命执锹锄者搜坟旁。良久，得一羊角，金色，中有小赤蛇，蜿蜿奋动，其角旁有字，皆道人合族姓名也。乃命持绳索者往缚道士，鸣之官，讯得其情，置之法。李氏自此大盛，而奉张大帝甚虔。

紫 姑 神

尤琛者，长沙人，少年韶秀，偶过湘溪，野庙塑紫姑神甚美，爱之，手摩其面，而题壁云："藐姑仙子落烟沙，玉作阑干冰作车，若畏夜深风露冷，槿篱茅舍是郎家。"是夜三鼓，闻有扣门者，启之曰："紫姑神也。妾本上清仙女，偶谪人间，司云雨之事。蒙郎见爱，故来相就。若不以鬼物见疑，愿荐枕席。"尤狂喜，携手入室，成伉俪焉。嗣后每夜必至，旁人不能见也。手一物与尤曰："此名紫丝囊，吾朝玉帝时织女所赐，佩之能助人文思。"生自佩后，即入泮，举于乡，成进士，选四川成都知县，女与同行，助其为政，发奸摘伏，有神明之称。忽一日谓尤曰："今日置酒与郎为别，妾将行矣。妾虽被谪谴，限满原可仍归仙籍,以私奔故,无颜重上天曹。地府又以妾本上界仙人,不敢收之鬼箓。自念此身飘荡,终非了计,虽托足君门,尚无形质,不能为君生育男女。昨将此情苦求泰山神君,神君许将妾名收置册上,照例托生。十五年后,可以重续爱缘,永为夫妇,未知君能勿娶专相待否?"尤唯唯,不觉涕下。女亦凄然,大恸而去。自此,尤作官不能如前时之明,因挂误革职。人有求婚者,毅然拒之。年四旬,犹只身也。如是者十五年,房师某学士愍其鳏居,为议婚,生又坚拒,并道所以。学士大骇曰:"若果然,则吾堂兄女是矣。吾堂兄女生十五年,不能言,但能举笔作字,每闻人议婚,必书'待尤郎'三字,得毋即汝乎?"拉尤至兄家,请其女出见,女隔帘书"紫丝囊在否",尤解囊呈验,女点首者三,遂择日成婚。合卺之夕,女仰天一笑,即便能言,然从此绝不记前生原委,如寻常夫妇。

魏　象　山

余窗友魏梦龙,字象山,后余四科进士,由部郎迁御史。己卯典试云南,殁于途,归柩于西湖昭庆寺。其年十月,沈辛田观察亦厝其先人之柩于此寺,见前屋厝柩旁列云南大主考金字牌,知为魏君,魏故辛田所善也。俄而吊客来,孝子当扶杖行礼,辛田弟清藻忽不见。觅之,昏昏然卧魏柩前,神色惨沮,扶归则寒热大作,病势沉重。医者下药,方开人参三钱,辛田心狐疑,未敢用参。至床前视弟,弟跃起坐如平时,拱手笑曰:"沈五哥别久矣,佳否?"辛田怪而呵之。旁有二女眷视疾,清藻又手挥之曰:"两嫂请回避,愿假纸笔,我有所言。"与之纸,熟视笑曰:"纸小,不足书也。"为磨墨,而以长幅与之,乃凭几楷书曰:"梦龙白:梦龙奉命典试云南,从豫章行至樊城,感冒暑热。奴子吴升不察病原,误投人参三钱,遂至不起。甚矣,人参之不可轻服也。樊城令某,经理丧事,颇尽心力,使灵柩得还家,而诸弟啧有烦言,诬其侵蚀衣箱银两,殊不识好歹。家中所存,只破书几卷,诸弟尚忍言分析乎?覆巢完卵,还望诸弟照应之。"书毕掷管而卧。须臾又起,提笔将"人参不可轻服"数字旁加密圈。辛田大惊,不敢为弟下人参。

请魏家人来，以所书示之，皆骇叹，汗泪交下。寻弟病愈，问其索纸作书状，全不省记。但云病重时，见短身材多须而衣葛者入房，便昏然不晓事矣。沈年幼不及见魏君，所云者果魏君貌也。沈后中辛卯探花，卒不永年而亡。

王莽时蛇冤

临平沈昌谷，余戊午同年举人，年少英俊，忽路间遇僧，授药三丸，曰："汝将有大难，服此或可少瘳；临期吾再来视汝。"言毕去。沈素不信因果事，以药掷书厨上，勿服也。亡何，病大重，忽作四川人语曰："我峨嵋山蟒蛇，寻汝二千年，今方得汝。"自以手扪其吭，气将尽。家人忆路间僧语，即速觅书厨上药，只存一丸，以水吞下，恍然记历代前生事：沈在王莽时姓张，名敬，避莽乱，隐峨嵋山学仙，有同志人严昌为耦耕之友。刘歆谋起兵应汉，事败，裨将王均亦逃奔峨嵋，事二人为弟子。山洞有蟒，大如车轮，每出游，必有风雷，禾稼多伤。张欲除其害，命王削竹刺插地，以毒药傅之。蛇果出为竹所刺死。蛇修炼有年，将成龙者，其出穴自挟风雷而行，非有心害人。为王杀后，思报主谋者之冤。而王均闻莽死后，随出山佐光武中兴，拜骁骑将军，遣人迎张敬入洛，亦拜征虏将军，蛇不能报。再世为北魏高僧，三世为元将某，有战功，蛇又不能报。惟今世仅作孝廉，故蛇来，将甘心焉。其原委历历，口皆自言。家人问路僧为谁，曰："即严昌先生也。先生辞光武之聘，早登仙道，与吾有香火缘，故来相救。"言终，沐浴整衣冠卒。开吊日，前僧果来，泣拜毕，语其家人曰："毋苦，毋苦，了此一重公案，行当仍归仙道耳。"语毕忽不见。

牙　　鬼

杭州朱亮工妻张氏，患伤寒甚剧，忽作山西人语，咆哮索命，击毁槃碗，且云："恩自恩，仇自仇，不能作抵。"亮工在家，索命者不至，出则謷乱如前。亮工乃具牒诉本郡城隍神。张氏沉沉熟睡，如赴鞫者，良久苏曰："冤雪矣，冤去矣。"手摩其臀曰："被神杖甚痛。前生予与亮工俱山西贩布男子，官牙刘某，吞布价而花销之。予告官比追，刘不胜其苦，当予前作赴水状，欲予怜而救之。予怒曰：'汝虽死，吾仍索欠不饶。'刘赧于转身，竟溺水死。亮工前生姓俞，名容，闻之，劝予曰：'牙人死固当然，棺殓之费我二人当分给之。'予怒未息，竟不肯。俞乃捐囊中金三两，为棺殓焉。今此牙鬼来报予仇，而不料俞之为吾今生夫也，故不敢见之。昨蒙城隍神讯得刘牙侵蚀人银，自己寻死，本无冤抑，乃敢作闹于朱氏恩人之舍，责三十板，锁解酆都道。予前生以索债故，见死不救，见尸不殓，居心太忍，亦责十五板，然病势渐除矣。"亡何，其押解之鬼差附病者身，嚄唶曰："为汝家事，作八千里远行，须以纸钱酒饭享我。"家人惧，为大设斋醮，方始寂然。

妖梦三则

柘城李少司空子继迁成进士。司空及太夫人殁后，继迁患危疾，梦太夫人教服参。因以告医，医曰："参与病相忌，不可服。"是夜，复梦太夫人云："医言不可听，汝求生非参不可。我有参几许在某处，可用。"探之果得，服之，夜半发狂死。

陆射山征君梦尊人孝廉公云："吾窀穸内为水所浸，甚苦，皋亭山顶有地一区，系某姓，求售，曷往买而移葬，吾神所依也。"访之果合，因以重值得之。及改葬，旧穴了无水，且暖气如蒸，悔已无及。迁葬后，征君日就困踬，子孙流离。

江宁报恩寺僧房，每科场年，赁为举子寓所。六合张生员者，住某僧房有年，其寺主老僧悟西已死。张以不第心灰，数科不至。忽一岁，悟西托梦其徒曰："速买舟过江，延张相公来应试，张相公今岁登科。"其徒告张。张喜，渡江应试，发榜后，仍不第。张愠甚，因设祭怼之，夜梦悟西来，云："今年科场粥饭，冥司派老僧给散，一名不到，老僧无处开销。相公命中尚应吃三场十一碗冷粥饭，故令愚徒相延，以免我谴，非敢诳也。"

凯 明 府

全椒令凯公音布，能诗倜傥，与余交好。庚寅分校南闱，疽发背卒。公母怀孕时，将至期，祖某为内务府总管，晚见庭下有巨人，长过屋脊。叱之，渐缩小，每叱一声，辄短数尺，拔剑追之，化作短人，奔树下而灭。取火烛之，乃一土偶人，长尺许，面扁阔，耸右肩，左手少一小指。因拾置几上，而婢报某娘子房生一男矣。三日后，抱视之，左手少一小指，状貌酷肖土偶。举家大惊，乃取土偶供祖庙中，礼事甚虔。及凯卒后，送神主入庙，见土偶为屋漏故，雨滴其背，穿成三孔，仆于坐上。凯死时，背疮三孔皆穿。家人悔奉祀不虔，已无及矣。

羞 疾

湖州沈秀才，少年入泮，才思颇美。年三十余，忽得羞疾，每食，必举手搔其面曰："羞羞！"如厕，必举手搔其臀曰："羞羞！"见客亦然。家人以为癫，不甚经意。后渐尫羸，医治无效。有时清楚，问其故，曰："疾发时，有黑衣女子，捉我手如此，迟则鞭扑交下，故不得不然。"家人以为妖，适张真人过杭州，乃具牒焉。张批："仰归安县城隍查报。"后十余日，天师遣法官来曰："昨据城隍详称沈秀才前世为双林镇叶生妻，黑衣女子者，其小姑也。叶饶于财，小姑许配李氏，家贫。叶生爱妹，延李郎在家读书，须李入泮方议婚期。一日者，小姑步月，见李郎方夜读，私遣婢送茶与郎，婢以告嫂。嫂次日向人前手戏小姑面曰：'羞羞！'小姑忿，遂自缢，诉城隍神，求报仇索命。神批其牒云：'闺门处女，步月送茶，本涉嫌疑，何得以戏谑微词，索人性命。'不准。小姑不肯已，又诉东岳。东岳批云：'城隍批词甚明，汝须自省；但沈某前身既为长嫂，理宜含容，况姑娘小过，亦可暗中规戒，何得人前恶谑。今若勾取对质，势必伤其性命，罪不至此。姑准汝自行报仇，俾他烦恼可也。所查沈某冤业事，须至牒者。'天师曰：'此业尚小，可延高僧替小姑超度，俾其早投人身，便可了案。'"如其言，沈病遂痊。

卖浆者儿

杭州汪成瑞家，延钱塘贡生方丹成为西席，数日不至馆。问之，云："替人作状告东岳。"问何事，云："其邻张姓者，妻病祈神。有卖浆叟往观，归，其子忽高坐呼其名，索水吃。叟怒责之，子曰：'我非汝子，我是城隍司之勾神。今日与火伴数人，至张家勾取张氏妇魂。因其家延请五圣在堂，未便进内，久立檐下渴甚，是以附魂汝子，向汝求水。'叟与之水。其子年仅十四五，所饮水不下石余。少顷，闻音乐声，曰：'张氏送神，吾去矣！叟赐我火炬数枝。'叟曰：'夜静难觅。'曰：'吾之火炬即纸索耳，非世上火炬也。'焚与之，乃起谢曰：'受叟惠无以报，吾有一事相告，令郎自今日后，无使近水，否则将犯水厄。'语毕，其子即昏睡，而邻家张氏哭声举矣。叟虽异其事，尚秘之不宣。次日下午，其子忽狂叫云：'甚热，我往浴于河。'叟不许，其子竟去。叟急拉回家，而狂躁愈甚，指地上石云：'如此好水，何不令我浴！'叟见其光景甚怪，惧不能提防，遍告诸邻，相同看视。西邻唐姓者，向信鬼神之事，里中祀东岳帝，唐主其事，或代亲友祈禳，屡屡应验；闻浆叟言，又见其子之狂态，因告曰：'汝子为鬼所凭，何不求东岳神耶？'问作何求法，曰：'帝君圣诞日，各执事俱齐，汝具牒呈，焚香炉内。我鸣钟鼓相助，令有力者抱令郎在堂下，听候审讯发落，或可驱除恶鬼。'浆叟以为然。三月二十八日清晨，叟斋戒往，抱其子，从辕门外匍匐喊冤。唐在殿上，令会中执事者取其词状，大呼著速报司查拿。浆叟抱儿上殿，众环拥之。甫及门，儿已昏迷，满口流涎，众惶恐。少顷苏醒，叟挟之归，至夜始能言，云：'我在街戏，见一人甚蓝缕，相约往浴。日日相随不离，至东岳庙时，尚随在后。忽见殿前速报司神奔下擒他，方惧而逃，恰已为其所获，并将我带上殿。见帝君持呈状细阅，向一戴纱帽者语，缕缕不甚明，惟闻说我父母无罪，何得捉伊儿作替代，将跟我之鬼锁押枷责，放我还阳。'"嗣后浆叟子竟无恙。

谢 经 历

广州经历谢坤,绍兴人。甥陆某,选广东巡检,携母妻及子至粤,甥舅相聚甚欢。赴任后作书与舅氏,挽其转求上官,调一美缺。谢为转请于大府,得调澳门。其地虽所入胜昔,而逼近海隅,不无烟瘴。甥又作书与舅,复请再调,谢憎其贪妄,不答。不两月,又接札云:"甥病矣,乞舅速救之,迟则性命不保。"谢虽恶甥之渎,而念姊已年迈,或有不测,势将如何;又惮长官见恶,难以进言。正踌躇间,当午假寐,见甥忽至前,曰:"舅误我,我嘱舅至再,舅不一报。今甥受瘴死矣,母妻及子已在城外水次,舅速迎之。"言毕而号。谢惊寤,即见人踉跄入门,云陆甥于数日前已死,家眷扶枢至矣。谢始悟梦见者即甥魂也。迎其眷至署,厝甥枢于僧寺,为作佛事。僧人宣疏,请斋主拈香。忽见朝衣冠者,自屏后走出行礼。僧不知何人,其子拜佛,见其父在上,乃奔前相呼,随即杳然灭去。僧众皆惊。谢书室中素心兰开,外孙戏折一枝,谢挞之,忽见甥来,怒曰:"舅奈何以一花责我儿,我当尽坏之!"片刻间将兰叶均分为二。居月余,谢归其丧,解缆时,同里人附一枢于船尾,谢家人不知也。出粤界后,舟子欺其孤孀,与家人争殴。忽见陆甥跳舱中出,后随一少年助陆,将舟子五六人痛打。舟子哀求方已。家人惊疑,问舟子云:"吾主人素所识,其少者不知何来。"舟子惶愧曰:"船头内附装一小枢,前恐府上人不许,是以匿之。今助殴者,想即此鬼耶?"从此一路舟人倍小心矣。舟抵家,家人为开丧设主,从此寂然。

赵文华在阴司说情

杭人赵京,祖籍慈溪,有弟某,性方严。婚后,妇家婢颇慧,未尝假以颜色,京私与狎,弟妻不知。无何婢孕,妇翁疑婿,婢亦驾词诬婿。婿不能自明,恚,投缳死。越二年,京父寿辰,宾朋宴集,京与婢忽仆地呓语,经宿始苏,云:"摄至冥府,与婢械系大门外。俄闻发鼓升堂，鬼役捽其首掷阶下。有冕旒者上坐，引弟质讯，京与婢皆伏罪，不敢置辩。将定谳矣，忽报赵尚书至，红柬上书'年家眷弟赵文华顿首拜'，冥官肃衣冠出迎，命带人犯械系故处。举头见柱上一联云：'人鬼只一关，关节一丝不漏；阴阳无二理，理数二字难逃。'后署'会稽陶望龄题'。正熟视间，报赵尚书出矣。冥官唤京与婢谕云：'本案应照因奸致死罪减三等判，以赵尚书说情，姑放回阳。且赵某身为男子，通婢事有何承认不起，而竟至轻生，亦殊可鄙。故且宽汝，放回阳间。'"举家不知赵文华何故庇京。一日，询诸宗老，始知文华其七世祖也，因谄严相，子孙丑之，故皆讳言，无知者。

毁陈友谅庙

赵公锡礼，浙之兰溪人，初选竹山令，调繁监利。下车之日，例应谒文庙及城隍神。吏启有某庙者，当拈香，公往视。庙有神像，三人雁行坐，俱王者衣冠，状貌颇庄严。问何神，竟无知者。公欲毁其庙，吏不可，曰："神素号显赫，历任官参谒颇肃，毁之恐触神怒，祸且不测。"公归搜志乘，祀典不载此神。乃择日朝吏民于庙，手铁锁系神颈曳之。神像瑰伟，非掊击不能去。公曳之，应手而倒，三像碎于庭中。新其屋宇，改奉关帝，久之竟无他异。公心终不释，乃行文天师府查之。得报牒云："神系元末伪汉王陈友谅弟兄三人，兵败死鄱阳湖。部曲散去，为立庙荆州。建于元至正某年，毁于国朝雍正某年赵大夫之手，合享血食四百年。"

子不语卷十一

通 判 妾

　　徽州府署之东，前半为司马署，后半为通判署，中间有土地祠，乃通判署之衙神也。乾隆四十年春，司马署后墙倒，遂与祠通。其夕，署中老妪忽倒地，若中风状。救之苏，呼饥，与之饭，啖量倍于常。左足微跛，语作北音，云："我哈什氏也，为前通判某妾，颇有宠，为大妻所苦，自缢桃树下。缢时，希图为厉鬼报仇，不料死后方知命当缢死；即生前受苦亦皆数定，无可为报。阴司例：凡死官署者，为衙神所拘，非墙屋倾颓，魂不得出。我向栖后楼中，昨日袁通判到任，来驱我入祠，此后饥馁尤甚。今又墙倾，伤我左腿，困顿不可耐，特凭汝身求食，不害汝也。"自是妪昼眠夜食，亦无所苦，往往言人已往事颇验。先是，司马有爱女，卒于家，赴任时，置女灵位某寺中，岁时遣祭，皆妪所不知。司马见其能言冥事，问："尔知我女何在？"答曰："尔女不在此，应俟我访明再告。"翌日，语司马云："尔女在某寺中甚乐，所得钱钞，大有赢余，不愿更生人间。惟今春所得衣裳太窄小，不堪穿著。"司马大骇，推问衣窄之故，因遣家人往祭时，所制衣途中为雨毁，家人潜买市上纸衣代之故也。未几，新通判莅任，方修衙署，动板筑。妪曰："墙成，我当复归原处。但一入又不知何年得出，敢向诸公多求冥钱，夜焚墙角下。我得之赂衙神，便可逍遥宇内。"司马如其言焚之。次日，妪有喜色，曰："主人甚贤，无以为别，我善琵琶，且能歌，能饮酒，当歌一曲谢主人。"司马为设醴置琵琶。妪弹且歌云："三更风雨五更鸦，落尽夭桃一树花。月下望乡台上立，断魂何处不天涯。"音调凄惋。歌毕，掷琵琶瞑目坐。众再扣之。蹶然起，语言笑貌，依然蠢老妪，足亦不跛矣。内幕崔先生常与问答，其言饥时，崔云："此与府厨近，何不赴厨求食？"答云："府署神尤严，不敢入。"其言袁通判见驱时,崔云:"袁通判上任大病,尔何必避?"答云:"他虽病,未至死,将来还要升官。我敢不避!"袁通判者,余弟香亭也。

刘贵孙凤

阜阳王尹,遣家人刘贵偕役孙凤至江宁公干。凤素强悍,好管世上不平事。正月二日,贵邀凤晨饮淮清桥,凤于稠人中戟手骂曰:"新岁非索债之时,酒店非肆殴之地,渠可欺,我不可欺!"为扯拽卫护之状。同伴不解其故,方欲问之。凤忽瞑目,云:"彼负我债,我迟至数十年,踪迹七千余里,今才获之,干汝何事,乃为放去?汝既放彼,汝当代偿!"语毕,自批其颊。众共持之。俄而口涎目瞪,颓然倒地。众异之旋寓。少顷苏,云:"我入店,见市中一人,额有血痕,状类乞丐。手捽一儒生讨债,捶吐交下。儒生不胜痛,遍向市人求救,无一应者。我心不平,忿然大骂,其人惊,释手,儒生趋避我右,其人来夺,我拳挥之。格斗间,儒生遂走,不知所往。不料索债人遂为我祟,然彼时不备,故为所欺。今若再来,当痛捶之。"因以马鞭自卫。众见其无恙,稍稍散去,惟贵与同处。抵暮,凤语贵曰:"其人至门外矣。"方执鞭欲起,而手足皆若被缚,批颊詈骂如前。贵窘,揖凤而言曰:"汝为何人?渠负汝何债?我当代偿。"凤曰:"我名王保定,儒生名朱祥,前世负我身债,非钱债也。本与凤无干,凤不合强预他人事,故我怒而凌之。承汝代偿,果丰足我勾当,我即去;否则并将及汝。"贵大恐,广集同伴,买冥镪数万。烧毕,乃向贵拱手作谢状曰:"十年后再获儒生,还须拉凤作证。"于是凤苏,起而神色散瘁,无复从前矫健矣。

狐 诗

汝宁府察院多狐,每岁修葺,则狐四出为闾阎害,工竣即息。学使至,多为所扰。卢公明楷到任,祭之乃安。从此成例,学使至,皆祭。署后小阁,相传狐所居,后学使至,有二仆不知,榻其上。晨起,人闻呼号声,往视,则二仆裸缚阁下,臂上各写诗二句,其一臂云:"主人祭我汝安床,汝试思量妨不妨。"一臂云:"前日享侬空酒果,今朝借尔代猪羊。"

大 小 绿 人

乾隆辛卯,香亭与同年邵一联入都。四月二十一日至栾城东关,各店车马填集,惟一新开店无客,遂投宿焉。邵宿外间,香亭宿内间。漏初下,各就榻,燃灯隔壁遥相语。忽见长丈许人,绿面绿须,袍靴尽绿,自门入。其冠擦顶楣纸,捽捽有声。后又一小人,高不满三尺,头甚大,亦绿面绿衣冠,共至榻前,举袖上下作舞状。香亭欲呼而口噤,耳中闻邵语言,竟不能答。正惶惑间,见榻旁几上又倚一人,麻面长髯,头戴纱帽,腰束大带,指长人曰:"此非鬼也。"指大头者曰:"此鬼也。"又向二人挥手作语。二人点头,各向香亭拱手,每一拱手,则倒退一步。三拱三退出,纱帽者亦拱手而没。香亭遽起,方欲出户,邵亦狂呼突起,奔而入,口称怪事不绝。香亭谓邵:"亦见大小绿人耶?"邵摇手曰:"否,否,方就枕时,觉床侧小屋内阴风习习,冷侵毛发,不能成寐,因与公相语。继呼公不答,见屋内有大小人面若盂若盘者数十,来去无定。初疑眼花,不之怪。忽大小人面层叠堆门限中,上下皆满。又一巨面,大如磨盘,加于众面之上,皆视我而笑。乃投枕起,不知所谓绿人也。"香亭亦告以所见,遂彼此不秣马而行。及明,闻二仆夫啧啧私语云:"昨宵所宿鬼店也,投宿者多死。否则病疯佯狂。县官疲于相验,禁闭已十余年。昨一宿无恙,岂怪绝耶? 抑二客当贵耶?"

红 衣 娘

刘介石太守,少事乩仙。自言任泰州分司时,每日祈请来者,或称"仙女",或称"司花女",或称"海外瑶姬",或称"瑶台侍者",吟诗鄙俚,不成章句;说休咎,一无所应。署后藕花洲上有楼,相传为秦少游故迹。一夕登楼书符,乩忽判"红衣娘"三字,问以事,不答,但书云:

"眼如鱼目彻宵悬,心似酒旗终日挂。月光照破十三楼,独自上来独自下。"太守见诗觉异,请退。次夕复请,又书"红衣娘来也"。太守问:"仙属何籍?诗似有怨,且十三楼非此地有也,何以见咏?"又书曰:"十三楼爱十三时,楼是楼非那得知,寄语藕花洲上客,今宵灯下是佳期。"书毕,乩动不止。太守惧,弃盘,奔就寝榻,见二婢持绿纱灯引红衣娘冉冉至矣。拔剑挥之,随手而灭。自是每夕必至,不能安寝。数月后迁居始绝。

秀　民　册

丹阳荆某,应童子试,梦至一庙,上坐王者,阶前诸吏捧册立,仪状甚伟。荆指册询吏何物,答曰:"科甲册。"荆欣然曰:"为我一查。"吏曰:"可。"荆生平以鼎元自负,首请鼎甲册,遍阅无名。复查进士、孝廉册,皆无名,不觉变色。一吏云:"或在明经秀才册乎?"遍查亦无。荆大笑曰:"此妄耳。以某文学,可魁天下,何患不得一秀才!"欲碎其册。吏曰:"勿怒,尚有秀民册可查。秀民者,皆有文而无禄者也。人间以鼎甲为第一,天上以秀民为第一。此册为宣明王所掌,君可向王请之。"如其言,王于案上出一册,黄金丝穿白玉牒,启第一页,第一名即丹阳荆某。荆大哭。王笑曰:"汝何痴也!汝试数从古有几个名状元、名主试乎?韩文公孙衮中状元,人但知韩文公,不知有衮。罗隐终身不第,至今人知有罗隐。汝当归而求之实学可耳。"荆问:"科第中皆无实学乎?"王曰:"既有文才,又有文福,一代不过数人,如韩、白、欧、苏是也。此其姓名别在紫琼宫上,与汝尤无分也。"荆未对。王拂衣起,高吟曰:"一第区区何足羡,贵人传者古无多。"荆惊醒,怏怏,卒不第以终。

妓　仙

苏州西碛山后有云隘峰,相传其上多仙迹,能舍身而上,不死即得仙。有王生者,屡试不第,乃抗志与家人别,裹粮登焉。再上,得平原，广百亩许。云树蓊郁中，隐隐见悬崖上有一女子，衣装如世人，徘徊树下。心异之，趋而前，女亦出林相望。迫视，乃六七年前所狎苏州名妓谢琼娘也。彼此素相识，女亦喜甚，携生至茅庵。庵无门，地铺松针，厚数尺，履之，绵软可爱。女云："自与君别后，为太守汪公访拿，褫衣受杖，臀肉尽脱。自念花玉之资，一朝至此，何颜再生人间，因决计舍身。辞别鸨母，以进香为词，至悬崖，奋身掷下，为萝蔓纠缠，得不死。有白发老妪，食我以松花，教我以服气，遂不知饥寒。初犹苦风日，一岁后，霜露风雨都觉无怖。老母居前山，时相过从。昨老母来，云：'今日汝当与故人相会。'以故出林闲步，不意获见君子。"因问汪太守死否，生曰："我不知。卿仙家，亦报怨乎？"女曰："我非汪公一激，何能至此，当感不当报。但老母向我云：'偶游天庭，见杖汝之汪太守，被神笞背数其罪。'故疑其死。"生曰："妓不当杖乎？"女曰："惜玉怜香而心不动者，圣也；惜玉怜香而心动者，人也；不知玉，不知香者，禽兽也。且天最诛人之心；汪公当日为抚军徐士林有理学名，故意杀风景以逢迎之，此意为天所恶。且他罪多，不止杖妾一事。"生曰："我闻仙流清洁，卿落平康久矣，能成道乎？"女曰："淫媟虽非礼，然男女相爱，不过天地生物之心。放下屠刀，立地成佛，不比人间他罪难忏悔也。"生具道来寻仙本意，且求宿庵中。女曰："君宿何妨，但恐仙未能成也。"因为生解衣置枕，情爱如昔，而语不及私。生摸视其臀，白腻如初，女亦不拒；然心稍动，则女色益庄。门外猿啼虎啸，或探首于窦，或进爪于门，若相窥者。生不觉息邪心，抱女端卧而已。夜半，闻门外呵咤声，舆马驺从、贵官显者，往来不绝。生怪之，女曰："此各山神灵酬酢，每夕多有，慎勿触犯。"及天明，女谓生曰："君诸亲友已在山下访寻，宜速返。"生不肯行，女曰："仙缘有待，君再来未晚。"送至崖，一推而堕，生迴望，见女立云雾中，情殊依依，逾时影才灭。生踉跄奔归，见其兄与家人持楮锭，哭奠于山下，谓生死已二十七日矣，故来祭奠。访汪太守，果以中风亡。

李 百 年

无锡张塘桥华协权者，与好事数人设乩盘于家，其降鸾者曰"仲山王问"，仲山，故明进士，锡之闻人也。众因与酬答，出语蹇涩，诗亦不甚韵，每召辄至。时华方构一楼，请仙题其扁。仙曰："无锡秦园有扁曰'聊逍遥兮容与'，此可用乎？"众疑此语出屈子，而必曰秦园，不似仲山语也。一日者，与众答问方欢，忽书："吾欲去矣。"问何之，曰："钱汝霖家见招赴席。"乩遂寂然。钱汝霖者，亦里中人，所居去张塘桥不二三里。众因怪而侦之，则是日以病故祷神也。明日，仙复至。华因问："昨饮钱家乎？"曰："然。""盛馔乎？"曰："颇佳。"众嘲之曰："钱乃祷神，非请仙也，所请者城隍土地之属，岂有高人王仲山而往赴席乎？"仙语塞，乃曰："吾非王仲山，乃山东李百年耳。"问："百年何人？"曰："吾于康熙年间在此贩棉花，死不得归，魂附张塘桥庵。庵有无主魂与我共十三人，皆无罪孽，无羁束，里中之祷者，皆吾辈享之。"华曰："所祷城隍诸神，俱有主名；若既无名，何得参与其间？"曰："城隍诸神，岂轻向人家饮食？所祷者都是虚设，故吾辈得而享焉。"华曰："无名冒食，天帝知之，恐加罪，奈何？"曰："天上岂知有祷乎？是皆愚民习俗之所为，即鬼祟索食，间或有之，究无关于生死也。况我非索之，而彼自设之，而我享之，何忤于天帝？即君家茶酒，亦非我索之也。"曰："既如此，子何必托名于王仲山耶？"曰："君家檐头神执符来请，彼不敢上请真仙，所请者皆我辈也。十三人中惟吾稍识几字，故聊以应命。使直书姓名曰李百年，君等肯尊奉我乎？我见此处人家扁额，多仲山王问书，知为名人，故托其名来耳。"问："'聊逍遥兮容与'六字何出？"曰："吾但于秦家园见之，不知所出，道听涂说，见笑大方矣。"华曰："子既无羁束，何不归山东？"曰："关津桥梁，是处有神，非钱不得辄过。"华曰："吾今以一陌纸钱送汝归，何如？"曰："唯唯，谢谢。既见惠，须更以一陌酹于桥神。不然，仍不获拜赐也。"时华之侄某在旁，曰："吾早暮过桥上，汝得无祟我乎？"曰："顷吾言之矣，鬼安能为祟？"于是焚楮锭送之，而毁其乩焉。

医　妒

　　轩辕孝廉,常州人,年三十无子。妻张氏奇妒,孝廉畏如虎,不敢置妾。其座主马学士某怜之,赠以一姬。张氏怒,以为干我家事,我亦设计扰其家。会学士丧偶,张访得某村女,世以悍闻,乃赂媒妪,说马娶为夫人。马知其意,欣然往聘。婚之日,妆奁中有五色棒一条,上书"三世传家",捣薤砧者也。合卺毕,群姬拜见。夫人问:"若辈何人?"曰:"妾也。"夫人叱曰:"安有堂堂学士家,而有礼当置妾者乎?"即棒群姬。马命群姬夺其棒,齐殴之。夫人力不胜,逃入房,骂且哭。群姬各击锣鼓乱其声,如无闻焉者。夫人不得已,扬言将自尽。则侍者备一刀、一绳,曰:"老爷久知夫人将有此举,故备此不堪之物奉赠。"已而群姬各敲木鱼,诵柱生咒,愿夫人早升仙界,声嘈嘈然。夫人寻死之说又如无闻焉者。夫人故女豪,自分虚疑恫喝,计已尽施,无益,乃转嗔作喜,请学士入,正色曰:"君真丈夫也,我服矣。我所行诸策,亦祖奶奶家传,吓世间妄庸男子,非所以待君。嗣后请改事君,君亦宜待我以礼。"学士曰:"能如是乎,夫复何言。"即重行交拜礼,命群姬谢罪叩头,并取田房账簿,一切金币珠翠,尽交夫人主裁。一月之间,马氏家政肃雍,内外无间言。张氏于学士成亲日,即使人往探,召而问之,闻见群妾矣,曰:"何不棒之!"曰:"斗败矣。"曰:"何不骂且哭!"曰:"锣鼓声喧,无所闻。"曰:"何不寻死!"曰:"早备刀绳,且诵柱生咒送行矣。""然则夫人如何?"曰:"已服礼投降。"张大怒,骂曰:"天下有如此不中用妇人乎! 殊误乃娘事。"初学士赠姬时,群门生具羊酒往贺轩辕生,有平素酗酒者与焉。饮方酣,张氏自屏后骂客,客皆隐忍。酗酒者直前握张氏发,批其颊,曰:"汝敬轩辕兄,是我嫂也;汝不敬轩辕兄,是我仇也。门生无子,老师赠妾,为汝家祖宗三代计耳。我今为汝家祖宗三代治汝,敢多一言者,死我拳下!"群客争前攘劝,始得脱,然裙裂衣损,几露其私焉。张素号"母夜叉",一旦凶威大损,愈恨马学士,计惟毒苦其所赠姬以抒愤。而姬阴受学士教,一味顺从,虽进门,不与轩辕生交一言。以故张虽笞骂屡加,未忍致之于死。

居亡何，学士手百金赠轩辕生曰："明春将会试，生宜持此盘费早入都。"生以为然，归辞张氏。张氏虑其居家狎妾，喜而许之。生甫登舟，马遣人迎至家，扃后园中读书；而阴遣媒妪说张氏，趁轩辕生外出，盍卖其妾。张曰："此吾心也。然卖必远方，方无后患。"妪曰："易易。"俄而有陕西卖布客，丑且胡，背负三百金来，呼姬出见，喝采不已，即成交易。张氏余怒未消，褫其衫履，一簪不得着身。姬乘竹轿过北桥，大呼："我不远出！"跳身河中。学士早备小舟迎至园，与轩辕生同室矣。张氏闻姬投河死，方惊疑，而陕客已蹋门入曰："我买人，非买鬼。汝家卖妾，未曾说明，何得逼良为贱，欺我异方人！速还我银。"怒且骂。张氏无以答，畀原银三百两去。越一日，有白发蓝缕男妇两老人号哭来曰："马学士将我女赠汝家为妾，女今安在？生还我人，死还我尸。"张氏无以答。则撞头拼命，打碗掷盘，满屋无完物矣。张苦求邻佑，赠以财帛，劝解去。又一日，武进县捕役四五人狺狺然，持硃字牌来曰："事关人命，请犯妇张氏作速上堂。"投铁链几上，铿然有声。张问故，初犹不言，以银贿之，方曰："某姬之父母在县告身死不明事也。"张愈恐，私念："我丈夫在家，则一切事让他抵当，何至累我一妇人出乖露丑，堂上受讯耶？"方深悔从前待夫之薄，御妾之暴，行事之误，女身之无用。自怨自恨间，忽有戴白帽跟跄奔呼而至者曰："轩辕相公到芦沟桥，暴病死矣。我骡夫也，故来报信。"张氏大恸，不能言。诸捕役曰："他家有丧事，我辈且去。"张氏成服治丧。未数日，捕役又至。张氏乃招讼师，谋缓其狱，典妆奁卖屋，贿书差搁搁此案。讼事小停，家已荡然，日食不周矣。前媒妪又来曰："夫人一苦至此，又无公子可守，奈何？"张心动，取生年月日，命瞎姑算之。瞎姑曰："命犯重夫，穿金戴珠。"张氏语媒妪曰："改嫁，命也。我敢违命乎？但我自行主婚，必须我先一见所嫁者而后可。"妪引一美少年，盛饰与观曰："此某公子也，候选员外郎。"张大喜，捭挡衣饰，未满七七，即嫁少年。方合卺，忽房内一丑妇持大棒出骂曰："我正妻大奶奶也！汝何处贱婢，敢来我家为妾！我断不容。"直前痛殴之。张悔被媒绐，又私念："此是我当日待妾光景，何乃一旦身受此惨，报复之巧，殆天意耶？"饮泣不能声。诸宾朋上前劝丑妇去曰："且让郎君今日成亲，有话明日再说。"于是诸少年秉花烛引张氏入卧室,甫揭帘,见轩辕生高坐床上,大惊,以为前夫显魂,晕绝于地,哭诉曰:"非我负君,实不得已也。"轩辕生笑摇手曰:"勿怕,勿怕!两嫁还是一嫁。"抱上床,告以自始至终中马老师之计。张初犹不信,继而大悟,且恨且惭。于是修德改行,卒与某村妇同为贤妻。

风 水 客

袁文荣公父清崖先生,贫士也。家有高、曾未葬,诸叔伯兄弟无任其事者。先生积馆谷金买地营葬,叔伯兄弟又以地不佳、时日不合,将不利某房为辞,咸捉搦之。先生发愤,集房族百余人,祭家庙毕,持香祷于天曰:"苟葬高、曾,有不利于子孙者,惟我一人是承,与诸房无碍。"众乃不敢言,听其葬。葬三年而生文荣公,公面纯黑,颈以下白如雪,相传乌龙转世,官至大学士。文荣公薨,子陛升将葬公,惑于风水之说。常州有黄某者,阴阳名家也,一时公卿大夫,奉之如神。黄性迂怪,又故意狂傲,自高其价,非千金不肯至相府。既至则掷碗碎盘,以为不屑食也;拆屋裂帐,以为不屑居也。陛升贪其术之神,不得已,曲意事之。慈溪某侍郎,坟在西山之阳,子孙衰弱。黄说袁买其明堂为葬地,立券勘度毕,从西山归,已二鼓矣。入相府,见堂上烛光大明,上坐文荣公,乌帽绛袍,旁二僮侍如平生时。陛升等大骇,皆俯伏。文荣公骂曰:"某侍郎,我翰林前辈,汝听黄奴指使,欲夺其地。昔汝祖葬高、曾,是何等存心;汝今葬我,是何等存心!"某不敢答。公又怒睨黄,叱曰:"贼奴!以富贵利达之说诱人财,坏人心术,比娼优媚人取财更为下流。"令左右唾其面,二人皆惕息不能声。文荣公立身起,满堂灯烛尽灭,了无所见。次日,陛升面色如土,焚所立券,还地于某侍郎家。黄受唾处,满身白蚁,缘领啮襟,拂之不去;久乃悉变为虱,终黄之世,坐卧处虱皆成把。

吕　兆　鬣

吕公兆鬣，绍兴人，以进士为陕西韩城令。严冬友侍读与交好，闲话间问："公名兆鬣，义实何取？"吕曰："我前生乃北通州陈氏家马也，花白色，鬣长三尺余。陈氏畜我有恩。一日者，我在厩中，闻陈氏妻生产，三日胎不得下。其戚某曰：'此难产之胎，必得某稳婆，方能下之，可惜住某村，隔此三十里，一时难致，奈何？'又一戚曰：'遣奴骑长鬣马去，立请可来。'言毕，果一苍头奴来骑我。我自念：平日食主人刍豆，今主母有急，是我报恩时，即奋鬣行。遇一涧绝险，两崖相隔丈许，纡其途，原可缓到，而一时救主心切，遂腾身跃起，跌入深崖中，骨折而死。苍头以抱我背，故不触峰崖，转得不死。我死后，登时见白须翁引我至一衙门，见乌纱神上坐，曰：'此马有良心，在人且难得，而况畜乎？'差役书一牒，若古篆文，缚置我蹄上，曰：'押送他一好处！'遂冉冉而升，不觉已入轮回，为绍兴吕氏家儿。周岁后，头上发犹分两处，如马鬣鬖鬖然，故名'兆鬣'也。"

张　又　华

安庆生员陈庶宁，就馆于淮宁。重九登高，出南门，过一墓，若有青烟起者，谛视之，觉冷风吹来，毛骨作噤。归馆中，夜梦至僧舍，明窗净几，竹木萧然，东壁上松江笺一小幅，上有诗，题是《牡丹》，首句云："东风吹出一枝红。"意不以为佳，视纸尾，署"张又华"三字。正把玩间，有推门入者，瞪眼而红鼻，身甚矮，年四十余，曰："我即张又华也。汝在此读我诗，何以有轻我之意？"陈曰："不敢。"解释良久，红鼻者自指其面曰："汝道我人耶，鬼耶？"陈曰："君来有冷气，殆鬼也。"曰："汝以我为善鬼耶，恶鬼耶？"陈曰："能咏诗，当是善鬼。"红鼻者曰："不然，我恶鬼也。"即前攫之，冷气愈甚，如一团冰，沁入心坎中。陈避竹榻旁，鬼抱持之，以手掐其外肾，痛不可忍，大惊而醒，肾囊已肿如斗大矣。从此寒热往来，医不能治，遂卒馆中。淮宁令为之殡殓，义甚笃，然心终疑是何冤谴。偶问邑中老吏："汝知此间有张又华乎？"曰："此安庆府承发科吏书也，死已二年。平生罪恶多端，而好作歪诗。某曾认识之，赤红鼻，短身材，死葬在南门外。"即陈所吹冷风处也。

官　癖

相传南阳府有明季太守某，殁于署中。自后其灵不散，每至黎明发点时，必乌纱束带，上堂南向坐。有吏役叩头，犹能颔之，作受拜状。日光大明，始不复见。雍正间，太守乔公到任，闻其事，笑曰："此有官癖者也，身虽死，不自知其死故耳。我当有以晓之。"乃未黎明，即朝衣冠，先上堂南向坐。至发点时，乌纱者远远来，见堂上已有人占坐，不觉趑趄不前，长吁一声而逝，自此怪绝。

铸　文　局

句容杨琼芳，康熙某科解元也。场中题是"譬如为山"一节。出场后，觉通篇得意，而中二股有数语未惬。夜梦至文昌殿中，帝君上坐，旁列炉灶甚多，火光赫然。杨问何为，旁判官长须者笑曰："向例场屋文章，必在此用丹炉鼓铸；或不甚佳者，必加炭火锻炼之，使其完美，方进呈上帝。"杨急向炉中取观，则己所作场屋文也，所不惬意处，业已改铸好矣。字字皆有金光，乃苦记之。一惊而醒，意转不乐，以为此心切故耳，安得场中文如梦中文耶？未几，贡院中火起，烧试卷二十七本。监临官按字号命举子入场，重录原文。杨入场，照依梦中火炉上改铸文录之，遂中第一。

染　坊　椎

华亭民陈某，有一妻一妾。妻无子而妾生子，妻妒之，伺妾出外，暗投其子于河。邻有开染坊妇，在河中椎衣，见小儿泛泛然随流来，哀而救之，抱儿入室，哺以乳粥，忘其敲衣之椎尚在河也。陈妻虽沉儿，犹恐儿不死，复往河边察视，不见儿，但见椎浮在水，笑曰："吾洗衣正少此物。"遂取归悬之床侧。亡何，有偷儿夜入室，攫其被。陈妻惊喊，偷儿急取床边椎击之，正中脑门，浆溃而死。陈氏旦报官，取验凶器，乃天生号染坊椎也，拘染坊人讯之，其妻备述抱儿弃椎之原委。官乃取其儿还陈氏，而另缉正凶。

血　见　愁

吴文学耀廷，少游京师，寓徽州会馆。馆中前厅三楹最宏敞；旁有东西厢，亦颇洁净；最后数椽，多栽树木。有李守备者，先占前厅，吴因所带人少，住东厢中。守备悬刀柱间，刀突然出鞘，吴惊起视刀，守备曰："我曾挂此刀出征西藏，血人甚多，颇有神灵，每出鞘，必有事，今宜祭之。"呼其仆杀鸡取血，买烧酒，洒刀而祭。日正午，吴望见后屋有蓝色衣者逾墙入，心疑白撞贼，往搜无人。吴惭眼花，笑曰："我年未四十，而视茫茫耶？"须臾，有乡试客范某，携行李及其奴从大门入，曰："我亦徽州人，到此觅栖息所。"吴引至后房曰："此处甚佳，但墙低，外即市街，虑有贼匪，夜宜慎之。"范视守备刀，笑曰："借公刀防贼。"守备解与之，秉烛而寝。未二鼓，范见墙外一蓝衣人开窗入，范呼奴起。奴所见同，遂拔刀斫之，似有格斗者。奴尽力挥刀，良久，觉背后有抱其腰而摇手者曰："是我也，勿斫，勿斫！"声似主人，奴急放刀回顾。烛光中，范已浑身血流，奄然仆地矣。吴与守备闻呼号声，往视之，得其故，大骇曰："奴杀主人，律应凌迟。范奴以救主之故，而为鬼所弄，奈何？盍趁其主人之未死，取亲笔为信，以宽奴罪。"急取纸笔与范，范忍痛书"奴误伤"三字未毕，而血流不止。吴之苍头某唔曰："墙下有草，名血见愁，何不采傅之！"如其言，范血渐止，竟得不死。吴与守备念同乡之情，共捐费助其还乡。未半月，吴苍头溲于墙下，有大掌批其颊曰："我自报冤，与汝何干，而卖弄血见愁耶？"视之，即蓝衣人也。

龙　阵　风

乾隆辛酉秋,海风拔木,海滨人见龙斗空中。广陵城内外,风过处,民间窗槅帘箔及所晒衣物,吹上半天。有宴客者,八盘十六碟,随风而去。少顷,落于数十里外李姓家,肴果摆设,丝毫不动。尤奇者,南街上"清白流芳"牌楼之左一妇人,沐浴后,簪花傅粉,抱一孩,移竹榻坐于门外,被风吹起,冉冉而升,万目观望,如虎丘泥偶一座。少顷,没入云中。明日,妇人至自邵伯镇,镇去城四十余里,安然无恙,云:"初上时,耳听风响甚怕,愈上愈凉爽,俯视城市,但见云雾,不知高低;落地时,亦徐徐而坠,稳如乘舆,但心中茫然耳。"

彭　杨　记　异

彭兆麟,掖县人,同邑增广生杨继庵,其姑丈也。兆麟业儒,年二十余病卒。越数年,杨亦卒。后有高密人胡邦翰者,与彭、杨素未谋面,因其仲兄久客于辽,泛海往寻,游学至兆麟馆,留与同居,凡两月余。治装欲归,谓兆麟曰:"今归,将赴郡应试,可为君作寄书邮。"兆麟曰:"昨已将家书付便羽矣,如至掖县,第代传一口信可也。"及将行,又曰:"去此百余里,余姑丈杨继庵在彼设帐授徒,烦便道代为致候。"胡因往,又一见继庵焉。比赴郡试,至彭家,言其与兆麟及继庵相见颠末。其家人因二人死已二十年,以胡为妄。胡曰:"彼曾为予言巷口关帝庙壁有手迹遗书。"试往庙中发壁阅之,与辽馆所书笔迹不殊。复忆别时曾告以其妻及二女乳名。兆麟妻贾氏,年已四十余;二女已嫁,非亲党无知者。乃与胡言一一相符,其家方信;而胡亦始知其所遇之皆鬼也。胡是年入泮,未几亦亡。后数年,又有自辽东来者,兆麟寄一马,并其死时所服衣来。其家愈惊,绝之不受。先是,兆麟疾革,谓其家曰:"我死勿殓,可得复活。"既死,家人以为乱命,置不论,竟殓焉。葬三日,家人见其墓穿一孔,如有物自内出者。其年高密某姓,不知兆麟之已死,延兆麟于家,教其幼子。历八九载,从不言归。后某子将赴郡应试，强与之俱。抵郡城马邑地方，谓某子曰："此处有葭莩亲，予就便往视之，汝先行至郭外候我。"某子至所约处，久待不至，日渐暮，投宿他所。旦至师家，口称弟子某。其家犹谓其生时曾拜门墙者，询之，方知事在死后，相与骇怪，莫知所以，其徒涕零而别。岂兆麟之客辽东，即从此而去耶？此乾隆二十八年事，贵池令林君梦鲤所言。林，掖人也。

冤鬼戏台告状

乾隆年间，广东三水县前搭台演戏。一日，演包孝肃断乌盆。净方扮孝肃上台坐，见有披发带伤人，跪台间作申冤状。净惊起避之，台下人相与哗然，其声达于县署。县令某着役查问，净以所见对。县令传净至，嘱净仍如前装上台，如再有所见，可引至县堂。净领命行事。其鬼果又现，净云："我系伪作龙图，不若我带汝赴县堂，求官申冤。"鬼首肯之。净起，鬼随之至堂。令询净："鬼何在？"净答："鬼已跪墀下。"令大声唤之，毫无见闻。令怒，欲责净。净见鬼起立外走，以手作招势。净禀令，令即着净同皂役二名尾之，视往何处灭，即志其处。净随鬼野行数里，见入一冢中。冢乃邑中富室王监生葬母处。净与皂将竹枝插地志之，回县覆令。令乘舆往观，传王监生严讯。监生不认，请开墓以明己冤。令从之。至墓开未二三尺，即见一尸，颜色如生。令大喜，问监生。监生呼冤云："其时送葬人数百，共观下土，并无此尸；即有此尸，必不能尽掩众口。数年来，何默默无闻，必待此净方白耶？"令趑其言，复问："汝视封土毕归家否？"监生曰："视母棺下土后即返家，以后事皆土工为之。"令笑曰："得之矣。"速唤众土工来，见其状貌凶恶，喝曰："汝等杀人事发觉矣，毋庸再隐！"众土工大骇，叩头曰："王监生归家后，某等皆歇茅蓬下。有孤客负囊来乞火，一伙伴觉其囊中有银，与众共谋，杀而瓜分之，即举铁锄碎其首，埋王母棺上，加土填之，竟夜而成冢。王监生喜其速成，复厚赏之，并无知者。"令乃尽致之法。相传众工埋尸时，自夸云："此事难明白，如要得申冤，除非龙图再世。"鬼闻此言，故借净扮龙图时便来申冤云。

奇鬼眼生背上

　　费密字此度，四川布衣，有"大江流汉水，孤艇接残春"之句，为阮亭尚书所称，荐与杨将军名展者，从征四川，过成都，寓察院楼中。人相传此楼有怪，杨与李副将俱不信，拉费同宿。费不能无疑，张灯按剑，端坐帐中。三鼓后，楼下橐橐有声，一怪蹑梯而上。灯下视之，有头面，无眉目，如枯柴一段，直立帐前。费拔剑斫之，怪退缩数步，转身而走，有一眼竖生背上，长尺许，金光射人。渐行至杨将军卧所，揭其帐，转背放光射之。忽见将军两鼻孔中亦有白气二条，与怪所吐之光相为抵拒。白气愈大，则金光愈小，旋滚至楼下而灭。杨将军终不知也。未几，又闻梯响，怪仍上楼，趋李副将所。副将方熟睡，鼾声如雷。费以为彼更勇猛，尤可无虞。忽闻大叫一声，视之，七窍流血死矣。

子不语卷十二

挂周仓刀上

绍兴钱二相公,学神仙炼气之术,能顶门出元神。遍历十洲三岛,所遇诸魔,不一而足,或恶状狰狞,或妖娆艳冶,钱俱不为动,如是者十年。一日,诸魔聚而谋曰:"再迟一月,逢甲子日,钱某大道成矣,我辈作速下手。"众以为然。趁其打坐时,牵抱手足,放大瓮中,压之云门山脚下。是夕,钱家失去二相公,遍寻无踪,以为真仙去矣。半年后,月明中见二相公坐花园高树上,大呼求救,乃取梯扶下,问其故,自言:"为魔所窘,幸平生服气有术,故不致冻馁而死。"问何以得归,曰:"某月日,我在瓮中,有红云一道,伏魔大帝从西南来,我大声呼冤,且诉诸魔恶状。帝君曰:'作祟诸魔,诚属可恶;然汝不顺天地阴阳自生自灭之理,妄想矫揉造作,希图不死,是逆天而行,亦有不合。'顾谓一将曰:'周仓,汝送他还家!'周将军唯唯。周长丈余,所持刀亦长丈余,取红绳缚我刀上,挂此树顶而去。我亦不料即我家园树也。"二相公自后随行逐队,饮酒御内,不敢复学神仙术矣。

驱 云 使 者

宣化把总张仁奉,缉私盐,过一古庙,将投宿焉。僧不可,曰:"此中有怪。"张恃其勇,竟往设帐,吹烛卧。至二鼓,满室尽明,张起怒喝,灯光外移;追之,见神灯万盏,投松下而灭。明早往探松下,有大石洞,张命里人持锄掘之,得大锦被,中裹一尸,口吐白烟,三目四臂,似僵非僵。张知为怪,聚薪焚之。后三日,白昼坐,有美少年盛服而至曰:"我天上驱云使者,以行雨太多,违上帝令,谪下凡间,藏形石洞中,待限满后,依旧上天。偶于某夜出游,略露神怪,是我不知韬晦,原有不是。然汝烧我原身,亦太狠矣。我现在栖神无所,不得已,借王子晋侍者形躯,来与汝索吵,汝作速召某道士,持诵《灵飞经》四十九日,我之原身,犹可从火中完聚。汝本命应做提督一品官,以此事不良,上帝削籍,只可终于把总矣。"张唯唯听命。少年腾空而去。后张果以把总终。

吾头岂白斫者

蒋心余太史修《南昌府志》,夜梦段将军来拜。见一伟丈夫,兜牟戎服,叉手不揖,披其颈骂曰:"吾头岂白斫者!"蒋惊醒,知有冤抑,查新志,并无其人,查旧志,有段将军,乃史阁部麾下副将,死于扬州者。急为补入《忠义传》中。

石　言

吕蓍,建宁人,读书武夷山北麓古寺中。方昼阴晦,见阶砌上石尽人立,寒风一过,窗纸树叶飞脱,著石粘挂不下,檐瓦亦飞著石上。石皆旋转化为人,窗纸树叶化为衣服,瓦化冠帻,颀然丈夫十余人,坐踞佛殿间,清谈雅论,娓娓可听。吕怖骇,掩窗而睡。明日起视,毫无踪迹。午后,石又立如昨。数日以后,竟成泛常,了不为害。吕遂出与接谈,问其姓氏,多复姓。自言皆汉、魏人,有二老者则秦时人也。所谈事与汉、魏史书所载颇有异同,吕甚以为乐。午食后,静待其来,询以托物幻形之故,不答。问何以不常住寺中,亦不答;但答语曰:"吕君雅士,今夕月明,我共来角武,以广君所未见。"是夜,各携刀剑来,有古兵器,不似戈戟,而不能强加名者。就月起舞,或只或双,飘瞥神妙。吕再拜而谢。又一日,告吕曰:"我辈与君周旋日久,情不忍别,今夕我辈皆托生海外,完前生未了之事,当与君别矣。"吕送出户,从此阒寂。吕凄然如丧良友,取所谈古事,笔之于书,号曰《石言》;欲梓以传世,贫不能办,至今犹藏其子大延处。

鬼借官衔嫁女

新建张雅成秀才,儿时戏以金箔纸制盔甲、鸾笄等物,藏小楼上,独制独玩,不以示人。忽有女子,年三十余,登楼求制钗、钏、步摇数十件,许以厚谢。秀才允之。问安用此,曰:"嫁女奁中所需。"张以其戏,不之异也。明日,女来告张曰:"我姓唐,东邻唐某为某官,我欲倩郎君求其门上官衔封条一纸,借同姓以光蓬荜。"张戏写一纸与之。次夕,钗钏数足,女携饼饵数十、钱数百来谢。及旦视之,饼皆土块,钱皆纸钱,方知女子是鬼。数日后,半夜山中烛光灿烂,鼓乐喧天,村人皆启户遥望,以为人家来卜葬者;近视之,人尽披红插花,是吉礼也。山间万冢,素无居人。好事者欲追视之,相去渐远,惟见灯笼题唐姓某官衔字样,方知鬼亦如人间爱体面而崇势利,异哉!

雷　祖

昔有陈姓猎户,畜一犬,有九耳,其犬一耳动,则得一兽;两耳动,则得两兽;不动则无所得。日以为验。一日,犬九耳齐动。陈喜必大获,急入山,自晨至午,不得一兽。方怅怅间,犬至山凹中大叫,将足爬地,颠其头,若招引状。陈疑,掘之,得一卵,大如斗,取归置几上。次早雷雨大作,电光绕室,陈疑此卵有异,置之庭中。霹雳一声,卵豁然而开,中有一小儿,面目如画。陈大喜,抱归室中,抚之为子。长登进士第,即为本州太守,才干明敏,有善政。至五十七岁,忽肘下生翅,腾空仙去。至今雷州祀曰"雷祖"。

镇江某仲

某仲镇江人,兄弟三人,伯无子,仲有子,七岁看上元灯失去,不知所往。仲闷甚,携资贸易山西,并冀访子耗。去数载未归,飞语谓仲已死,仲妻不之信,乞叔往寻。伯利仲妻年少可鬻,诡称仲凶耗已真,旅榇将归,劝仲妻改适。仲妻不可,蒙麻素于髻,为夫持服。伯知其志难夺,潜与江西贾人谋,得价百余金,令买仲妻去,戒曰:"个娘子要强取,黑夜命舆来,见素髻者挽之去,速飞棹行也。"归语其妻,意甚自得,伯故避去。仲妻见伯状,知有变,甫黑即自经于梁,悬绝作声。伯妻闻之奔救,恐虚所卖金也。抱持间,仲妻素髻坠地,伯妻髻亦坠。适贾人轿至,伯妻急走出迎,摸地取髻,误带素者。贾人见素髻妇,不待分辨,径抢以行。伯归,悔无及,嗫不能声。仲自晋归,途如厕,见布袱裹五百金在地,心计:"此必先登厕者所遗,去应不远,盍俟诸?"未几,遗金者果至,遂与之。其人感德,分以金,不受,乃邀仲偕行。数日,抵其家,具鸡黍,命一子一女出拜。仲视其子,宛然己子也。问之良是。盖仲子失去时,为人所卖,遗金者无子,买为己子,十余年矣。仲持之泣下,遗金者曰:"若携子去,我女即许汝子为媳妇。"仲归,将渡江,见一人落于水,呼救无应者,群攫其资,仲恻然,亟呼曰:"孰肯救者,我募以金。"救起视之,是季弟也。季承嫂命寻仲,伯并利其死,曩之落水有挤之者,伯所使也。仲知其情,携弟与子归,入门,伯见之,亡去。

银隔世走归原主

夏镇属滕县,有蒋翁者,勤俭成家,生一子,失教,长而游荡,家渐落,蒋翁以为忧。有关帝庙陈道士,河南固始人,素与蒋翁善,乃私携五百金,嘱道士云:"吾子不肖,谅不能守业,后日必为饿殍;今以此金付汝,我死后,俟其改悔,以此济之;倘终不悛,汝即以此金修庙。"道士应允,藏金瓦罐,上覆破磬,埋殿后,无有知者。后数月,翁死。子益无忌,家业尽废,妻归外家,至无栖身之地,交游绝迹,始萌悔念。道士时周恤之,蒋亦渐习操作。道士见其改过,乃告以其父遗金,将掘出畀之。及携锸至藏金处,遍觅,已失所在,相与大骇。蒋归告其匪类,因共哗然,嗾控于官。官讯之,道士不讳,官断赔偿。道士罄其蓄,犹不满十分之二,里人多不直道士,道士遂舍庙去。云游数年,过直隶莲池禅寺挂单,将行,值寺僧为某观察公诵《寿生经》,作佛事。

有老仆抱公子戏于山门，公子遽牵道士衣，投怀不舍。家人不能解，因命道士抱送公子归。观察厚赠道士遣去，而公子啼哭追之，不得已，留道士于后园小庵，饮食之。一日，道士欲诵经为观察公子祈福，需木鱼钟磬。家人以破磬付之。道士惊云："此我之磬也。"家人白其主，诘之，道士云："磬覆瓦罐，内贮五百金。"问安所得金，乃具述蒋翁遗金之事。观察恍然，知其子为蒋翁转世，此金即翁所藏，而走归原主者也。告以生此子三日，掘地埋胞衣，因得此金，以无所用，付之布肆中取息，已五年矣。怜道士之无辜受赔，且与其儿有宿缘，因以此金子母赠道士，并遣使送归夏镇，致书于滕邑令，将此事镌石以纪之。

人　熊

浙商某，贩洋为生，同伴二十余人，被风吹至一海岛，因结伴上岛闲步。走里许，遇一人熊，长丈余，以两手围其伴，愈围愈逼。至一大树下，熊取长藤将人耳逐个穿通，缚树上，乃跳去。诸人俟其去远，各解所佩小刀，割断其藤，趋奔回船。俄见四熊抬一大石板，板上又坐一熊，比前熊更大，前熊仍跳跃而来，状若甚乐者。至树侧，见空藤委地，怅然如有所失。石板上熊大怒，叱四熊群起殴之，立毙而去。众在舟中望之，各惊喜，以为再生。山阴吴某耳孔有一洞，沈君萍如戚也。问其故，历历言之如此。

绳　拉　云

山东济宁州有役王廷贞，术能求雨，常醉酒高坐本官案桌上，自称天师。刺史怒之，笞二十板。未几州大旱，祷雨不下，合州绅士都言其神，刺史不得已，召而谢之。良久许诺，令闭城南门，开城北门，选属龙者童子八名待差，使搓绳索五十二丈待用。已乃与童子斋戒三日，登坛持咒，自辰至午，云果从东起，重叠如铺绵。王以绳掷空中，似上有持之者，竟不坠落。待绳掷尽，呼八童子曰："速拉，速拉！"八童子竭力拉之，若有千钧之重。云在西则拉之来东，云在南则拉之来北，使绳如使风然。已而大雨滂沱，水深一尺，乃牵绳而下。每雷击其首，辄以羽扇遮拦，雷亦远去。嗣后邻县苦旱，必来相延。王但索饮，不受币，且曰："一丝之受，法便不灵；每求雨一次，则家中亲丁必有损伤，故亦不乐为也。"刺史即蓝芷林亲家，芷林为余言。

烧　狼　筋

蓝府有狼筋一条，凡家中失物，烧之则偷者手足皆颤。有女公子失金钗一只，不知谁偷，乃齐奴婢姑姆数十人，取筋烧之。数十人神气平善，了无他异，但见房门布帘闪颤不已，揭视之，钗挂其上，盖女公子走过时，钗为帘所勾留耳。

王　老　三

江西陶悔庵行五，妻某氏，偶与姑口角，忽腾身而坐屋瓦上，大笑不止，再三招之始下，口作北京男子音曰："我天津卫王老三，谁人不知，年一百三十岁矣；从北迁南，住此已七十年。此屋是翰林蒋士铨故居，我犹见其初生时也。"家人闻之大骇，问："汝鬼耶？狐耶？"曰："我非鬼非狐，乃半仙也。我所住处，被汝家五爷拆毁，使我无安身之所。我权立瓦檐七日，既冻且饿，不得不借寓你家娘子身上，速买面来疗饥！"与之面，一啖五斤。五爷者，悔庵也。问："五爷并未拆房，何得云尔？"曰："所拆者，东厢庭柱下是也。"先是悔庵得古钱千文，欲其生青绿，故掘柱下埋之，不知即此怪所居。问："既恼五爷，何以不附五爷身上？"曰："彼手内有印，我畏之，故不敢。"悔庵因而自视其手，有纹正方，平素亦不自知也。陶太夫人责之曰："汝既自称半仙，便当知男女有别，何以缠扰我家娘子！"某氏即作男子揖状，曰："我自知非礼，但不附你家娘子身上，恐所求不遂。因知男女有别，故我夜间不许他睡，教他张着眼，所以避嫌疑也。且我高年修道，岂复再有邪念耶？"问："何求？"曰："送我迁居。"问："作何送法？"曰："请五爷用有印之手，用红纸写'王三先生之神位'，贴向东湖水边松树上，则我去矣。"如其言。又曰:"我尚需衣冠才去。"乃向纸店买纸衣冠焚之。又大笑曰:"我布衣也,并未入学,又未捐官,何必用此金顶帽哉!速换,速换!"视店中纸冠,果有金顶,乃去之。悔庵亲持纸牌,送贴东湖松树上,闻空中呼谢者再,从此家中平安。问其妻,曰:"我与姑口角时,忽见空中有短而髯者,以手提我至瓦上,此后我不知矣。"怪在家作闹时,人问休咎,有中有不中,问多则不答,曰:"我答何难,但你辈亦须哀怜娘子,省费些中气。"间亦作诗数句,文理粗俗,末落款但云"王三先生高兴"六字而已。

择 风 水 贾 祸

湖南孝感县张息村明府,葬先人于九嶷山,事毕,别买隙地五亩许,将造宗祠。工人动土竖柱,得一朱棺,盖已朽坏,中露一尸,骷髅甚大,体骨长过中人,胸贯三铁钉,长五六寸,腰有铁索环绕数匝。工人不敢动,告知明府,一时宾客,尽劝掩埋,另择竖柱之所。张不可,曰:"我用价买地,本非强占;且风水所关,尺寸不可移,此古墓也,可以迁葬。"乃自作祭文,具牺牢祭之。祭毕,仍令迁棺。工人锹方下,遽仆地喷血,骂曰:"我唐朝节度使崔洪也,以用法过严,军人作乱,缚我钉死。国家衰乱,不能为我泄忿诛凶,葬此八百余年。张某何人,敢擅迁我墓,必不能相恕也!"言毕,工人起而张明府病矣。诸宾客群为祈请,病竟不减,舁归,数日而卒。

飞 僵

颍州蒋太守,在直隶安州遇一老翁,两手时时颤动,作摇铃状。扣其故,曰:"余家住某村,村居仅数十户,山中出一僵尸,能飞行空中,食人小儿。每日未落,群相戒闭户匿儿,犹往往被攫。村人探其穴,深不可测,无敢犯者。闻城中某道士有法术,因纠积金帛,往求捉怪。道士许诺,择日至村中,设立法坛,谓众人曰:'我法能布天罗地网,使不得飞去,亦须尔辈持兵械相助,尤需一胆大人入其穴。'众人莫敢对,余应声而出,问何差遣,法师曰:'凡僵尸最怕铃铛声,尔到夜间,伺其飞出,即入穴中,持两大铃摇之,手不可住,若稍歇,则尸入穴,尔受伤矣。'漏将下,法师登坛作法,余因握双铃,候尸飞出,尽力乱摇,手如雨点,不敢小住。尸到穴门,果狰狞怒视,闻铃声琅琅,逡巡不敢入;前面被人围住,又无逃处,乃奋手张臂与村人格斗。至天将明,仆地而倒。众举火焚之。余时在穴中未知也,犹摇铃不敢停如故。至日中,众大呼,余始出,而两手动摇不止,遂至今成疾云。"

两 僵 尸 野 合

有壮士某,客于湖广,独居古寺。一夕,月色甚佳,散步门外,见树林中隐隐有戴唐巾飘然来者,疑其为鬼。旋至松林最密中,入一古墓,心知为僵尸。素闻僵尸失棺上盖,便不能作祟。次夜,先匿于树林中,伺尸出,将窃取其盖。二更后,尸果出,似有所往。尾之,至一大宅门外,其上楼窗中先有红衣妇人,掷下白练一条,牵引之,尸攀援而上,作絮语声,不甚了了。壮士先回,窃其棺盖藏之,仍伏于松深处。夜将阑,尸匆匆还,见棺失盖,窘甚,遍觅良久,仍从原路踉跄奔去。再尾之,至楼下,且跃且鸣,喈喈有声,楼上妇亦相对喈喈,以手摇拒,似讶其不应再至者。鸡忽鸣,尸倒于路侧。明早,行人尽至,各大骇,同往楼下访之,乃周姓祠堂,楼停一枢,有女僵尸,亦卧于棺外。众人知为僵尸野合之怪,乃合尸于一处而焚之。

鬼 幕 宾

毗陵王生,年四十余,游幕关中,时虚庵庄公知盩厔县事,延至幕中。是年秋,与署中友暨庄逵吉诸人同至城隍庙看菊,苦无佳者。王生偶拾一枝,遣仆送归。逵吉阻之,以为神前之物,不可轻动。王戏曰:"某一生直道,神明必不见怪,如欲加谴责,我为之代办公事一二件,何如?"明年三月三日,王生无疾而终,各以为骇。更余,忽醒曰:"予独坐,见一使者,持一名柬至邀余,即同步出门外登舆。行里许,至城隍庙，神降阶迎，行宾主礼，曰：'先生折我菊花，许我办案，兹有某县积案，迟延日久，尚未审结，奉邀先生一商。'少顷，吏捧积年案卷至，主人退出。余阅诸情节，皆属易办，惟有误勾某罪人一案，余批云：'骨肉未寒，犹可还阳；否则东岳行查檄至，城隍将受处分矣。'神出视，大喜云：'先生所见，甚合我意。'茶罢仍送至丹墀，曰：'尚有一事奉托，如晤包少府，渠承办工程木料，日内可到矣。'余唯唯，别出登舆而归，取床头青蚨三百，犒其从者而醒。"越三日，仙游大水，木料皆出黑口镇矣。包少府者，醴泉同知包某也。至今人呼王生为"鬼幕宾"。

雷 震 蟆 妖

严陵宋淡山，于乾隆丁亥夏，见遂安县民家雷震其屋，须臾天霁，一无所损，惟室中恒有臭气。旬日后，诸亲友以樗蒲之戏，环聚于庭，天花板内，忽有血水下滴。启板视之，见一死虾蟆，长三尺许，头戴骔缨帽，脚穿乌缎靴，身著玄纱褙褡，宛如人形。方知雷击者，即此虾蟆也。

梦 中 破 案

曹州刘姓，以典当为业，虞城张某，为经理其事已二载矣。少有蓄积，岁暮欲归，主人留至元旦，乘一青骡去，相订上元日返曹州。至期不至，刘因遣人促之来，至其家，则云："未尝归也。"两家致讼，控至抚按，勒限饬县捕拿，延至六月矣。公差惶遽无措。一夕，访于城南，见有老人偕一年少相谓曰："月色甚佳，何不向凉亭一行？"曹州南城十数里，旧有凉亭。公差私议："二人于此时往，倘城门闭，何由而入？"心异之，遂先至彼相伺。未几，二人果至，听所言，皆邻里间琐事。有顷，少年忽云："城内刘姓事，至今未明。余心窃计，乃西门外卖饼孙姓，利其财物，因而害之也。"翁问故，少年云："饼店在此已数载，今春倏闭，是以疑之。"翁叱云："此事大有干系，何得妄语！"意甚拂然。旋云：“夜深可归矣。”公差尾其后，行甚速，至南城，门已闭，见二人从门隙入。差呕呼司阍启钥，入城则两人尚在前行。至小弄，少年与翁别，入门，门亦未启也。复随翁行二十余家，亦未启扉而入。差大惊，扣其户，半晌翁出，持纸拈，披衣，极困惫之状。差曰：“适间与少年凉亭看月，何遽睡耶？”翁神色迟疑，曰：“看月有之，乃梦中事也。”差复胁之往诣少年，少年出亦如翁状，乃拘入县署，述梦中语。次早遣二人至某村，迹孙姓所居，则青骡宛系门首也。因锁拿到县，一讯而服。遂起赃，问抵偿焉。此乙巳夏间事。曹州守吴忠诰，向为绥德州牧，与严道甫善，告道甫也。

马变鱼园地变鹅

雍正初年，伍相国为盛京将军，送马五百匹诣黑龙江。将至不数里，忽一马振鬣长嘶，众马随之，至江口，尽跃入水，化而为鱼。严道甫馆德州卢氏，时卢有戚罗姓，偶以二百钱买一鹅，带至济南应试。到时，鹅价甚贵，有以五百文售之者。罗忽动牟利之念，忆家有园地十五亩，若质钱买鹅，可获三倍之利。试毕回家，售地得价，四出买鹅，得三百余只，复驱以往。行二日，至齐河，过城外长桥，有头鹅带铃者，引颈长鸣，振翼而飞，众鹅相率以上。观者数十人，群相拍手。须臾之间，望之如白云一片，随风而灭。罗惭悔交集，无可奈何，搜索囊中，尚余前次买鹅钱数百文，作盘费以归。自叹祖遗园地，化鹅而去矣。

聋　鬼

乾隆四十九年，杭州半山陆家牌楼河中淌一浮尸来。村民霍茂祥，素行善事，为殓钱买棺，殡诸市上。夜梦蓝衣人来曰：“我临平人张某，教馆为业，不幸失足落水，蒙君殡我，无以为报，我能预知休咎，替人禳解，倘有灵应，须以牲牢谢我，君可得香火钱。”霍醒告之里人，果有求必应。不数日，香火如云。霍夜又梦张来曰：“我左耳聋，有来通诚者,须向右耳告我。"于是次日人来祈祷者,听霍之言,多向棺右致祭叫呼,似有应声答者。村民奉之若狂,呼为"灵棺材"。霍家取香火钱,因以致富。未几,仁和令杨公路过,见烧香者汹汹蚁集。杨怒其惑众,命焚其棺,鬼遂绝。

棺　　床

陆秀才遐龄,赴闽中幕馆。路过江山县,天大雨,赶店不及,日已夕矣。望前村树木浓密,瓦屋数间,奔往叩门,求借一宿。主人出迎,颇清雅,自言沈姓,亦系江山秀才,家无余屋延宾。陆再三求,沈不得已,指东厢一间曰:"此可草榻也。"持烛送入。陆见左停一棺,意颇恶之,又自念平素胆壮,且舍此亦无他宿处,乃唯唯作谢。其房中原有木榻,即将行李铺上,辞主人出,而心不能无悸。取所带《易经》一部,灯下观至二鼓,不敢息烛,和衣而寝。少顷,闻棺中窸窣有声,注目视之,棺前盖已掀起矣。有翁白须朱履,伸两腿而出。陆大骇,紧扣其帐,而于帐缝窥之。翁至陆坐处,翻其《易经》,了无惧色,袖出烟袋,就烛上吃烟。陆更惊,以为鬼不畏《易经》,又能吃烟,真恶鬼矣。恐其走至榻前,愈益谛视,浑身冷颤,榻为之动。白须翁视榻微笑,竟不至前,仍袖烟袋入棺,自覆其盖。陆终夜不眠,迨早,主人出问客:"昨夜安否?"强应曰:"安,但不知屋左所停棺内何人?"曰:"家父也。"陆曰:"既系尊公,何以久不安葬?"主人曰:"家君现存,壮健无恙,并未死也。家君平日一切达观,以为自古皆有死,何不先为演习,故庆七十后,即作寿棺,厚糊其里,置被褥焉。每晚必卧其中,当作床帐。"言毕,拉赴棺前,请老翁起,行宾主之礼。果灯下所见翁,笑曰:"客受惊耶?"三人拍手大剧。视其棺,四围沙木,中空,其盖用黑漆绵纱为之,故能透气,且甚轻。

炮　打　蝗　虫

崇祯甲申,河南飞蝗食民间小儿,每一阵来,如猛雨毒箭,环抱人而蚕食之，顷刻皮肉俱尽。方知《北史》载灵太后时，蚕蛾食人无算，真有其事也。开封府城门被蝗塞断，人不能出入。祥符令不得已，发火炮击之，冲开一洞，行人得通。未饭顷，又填塞矣。

僵尸手执元宝

雍正九年冬，西北地震，山西介休县某村，地陷里许。有未成坑者，居民掘视之。一家仇姓者，全家俱在，尸僵不腐；一切什物器皿完好如初。主人方持天平兑银，右手犹执一元宝，握把甚牢。

张 飞 棺

萧松浦从四川归云：保宁府巴州旧刺史之厅东，有张飞墓，石穴至今未闭。一朱棺悬空，长九尺，叩之，声铿铿然。乾隆三十年，有陈秀才某，梦金甲神，自称："我汉朝将军张翼德也。今世俗驿递公文，避家兄云长之讳，而反犯我之讳，何太不公道耶？"彼此大笑而寤。盖近日公文改"羽递"为"飞递"故也。

误 尝 粪

常州蒋用庵御史，与四友同饮于徐兆璜家。徐精饮馔，烹河豚尤佳，因置酒，请六客同食河豚。六客虽贪河豚味美，各举箸大啖，而心不能无疑。忽一客张姓者，斗然倒地，口吐白沫，嗫不能声。主人与群客皆以为中河豚毒矣，速购粪清灌之，张犹未醒。五人大惧，皆曰："宁可服药于毒未发之前。"乃各饮粪清一杯。良久，张竟苏醒，群客告以解救之事。张曰："小弟向有羊儿疯之疾，不时举发，非中河豚毒也。"于是五人深悔无故而尝粪，且嗽且呕，狂笑不止。

借 尸 延 嗣

萧公文登,宰阳湖。伊邻施妪,其夫早卒,抚其遗腹子某,长大娶妻李氏,姑媳甚欢。年余,媳忽病亡。妪家贫,痛媳亡,不能再娶以延夫祀,呼天吁地。次日将殓,媳忽从炕上跃起,呼姑曰:"我来做汝家媳妇,不要再哭!"妪方庆媳再生,喜不自胜。其子私语母曰:"何声音之不似吾妻也!眼光又直视,恐非真李氏再生,得毋野鬼凭之为祟乎?"邻里皆惊,遂环守之。三四日中,闭目仰卧,给汤粥,饮啜如常。惟姑呼之则应,夫与之语则避而不答。至七日后方起,梳洗毕,敛衽告姑曰:"我宁海州某村方氏女也,行二,年十九岁,待聘未字,因病死。至冥府,适汝家李氏媳妇在焉。随有矮鬼无数,长鬼一个,环跪阎君,乞诉求放李氏还阳。阎君怒叱,将众矮鬼逐出,长鬼责二十板。长鬼受责后,仍再四哀求,云:'小人父祖以来,皆守本分,不敢为恶,罪不至于绝嗣。妻辛苦万状,方得娶一媳妇,今又病亡,何能有力续娶,岂不令一家绝嗣乎?乞放媳还阳,得生子以延一脉。'阎君怒稍霁,命判官检簿细阅毕,向长鬼曰:'尔媳李氏,阳寿已绝,不能放还;姑念尔世无过恶,尔妻又能守节抚孤,若令乏嗣,无以劝善。方氏女虽年命该尽,生前亦颇好善,可令借李尸复活,则尔无媳而得媳矣。'长鬼拜谢。阎君指长鬼告予曰:'此尔翁也,着他领尔借尸还魂,生子延祀。'予遂随翁到此。翁指示予曰:'此尔姑也。'将我推跌在地,开眼不见翁,只见婆婆立我身旁,我故只认得婆婆一人,馀皆不识也。我家父母俱存,有一个兄弟,年十六岁,望遣人告知,以免父母啼哭。"姑遣子探访,果如所云。告以故,其父与弟同至妪家,方氏见即相抱而哭,父反退缩不敢向前,曰:"声音举止,虽与吾女相像,而面貌不同,何也?"女对父泣曰:"我假李氏体以生,非我本来面目,喜得再见生身之父与同胞之弟,母亲忍心不来看我。父与弟又疑而不肯相认,生不如死矣。"悲痛间,其母遣邻妪来探问,女见即呼:"某妈妈,汝从何处来?我母亦来看我乎?"父方抚而慰之,叩以往事,丝毫不爽,始真信其再生也。姑遂款留其父与弟在家。至晚,令子与媳同室而处,媳辞曰："我处女也，虽冥数已定，乞俟吾母来，择吉日成夫妇礼，不可苟合。"亲邻群称善，父亦喜甚，遣其子归迎母来，始合卺焉。三年后举一子，子生百日，亲朋来贺。忽向姑曰："已为汝家传后有人，我寿算久尽，要去矣。"瞑目而逝。人相传冥官破例办事，犹阳官之因公挪移云。

子不语卷十三

关 神 下 乩

明季关神下乩坛，批某士人终身云："官至都堂，寿止六十。"后士人登第，官果至中丞。国朝定鼎后，其人乞降，官不加迁，而寿已八十矣。偶至坛所，适关帝复降，其人自以为必有阴德，故能延寿，跽而请曰："弟子官爵验矣，今寿乃过之，岂修寿在人，虽神明亦有所不知耶？"关帝大书曰："某平生以忠厚待人，甲申之变，汝自不死，与我何与！"屈指计之，崇祯殉难时，正此公年六十时也。

遇太岁煞神祸福各异

徐坛长侍讲未遇时，赴都会试，如厕，见大肉块，遍身有眼，知为太岁。侍讲记某书云："鞭太岁者脱祸。"因取大棍与家丁次第笞击，每击一处，则遍身之眼愈加闪烁。是年成进士。蒋文肃公家中开井，得肉一块，方如桌面，刀刺不入，火灼不焦，蜿蜒而动，徐化为水。是年文肃公卒。任香谷宗伯未遇时，走田埂上，遇一人，口含一刀，两手持两刀，披发赤面，伛身而过。宗伯行未半里，见赤面人入丧者之家，知是煞神。宗伯后登第。苏州唐姓者，立孝子坊，忽于衣帽中得白纸帖，书一"煞"字，如胡桃大。是年其家死者七人。

归 安 鱼 怪

俗传张天师不过归安县，云前朝归安知县某，到任半年，与妻同宿。夜半闻撞门声，知县起视之。少顷，登床谓妻曰："风扫门耳，无他异也。"其妻认为己夫，仍与同卧，而时觉其体有腥气，疑而未言。

然自此归安大治,狱讼之事,判若神明。数年后,张天师过归安,知县不敢迎谒。天师曰:"此县有妖气。"令人召知县妻,问曰:"尔记某年月日有夜撞门之事乎?"曰:"有之。"曰:"现在之夫非尔夫也,乃黑鱼精也;尔之前夫,已于撞门时为所食矣。"妻大骇,即求天师报仇。天师登坛作法,得大黑鱼,长数丈,俯伏坛下。天师曰:"尔罪当斩,姑念作令时,颇有善政,特免汝死。"乃取大瓮囚鱼,符封其口,埋之大堂,以土筑公案镇之。鱼乞哀,天师曰:"待我再过此则释汝。"天师自此不复过归安云。

张 忆 娘

苏州名妓张忆娘,色艺冠时,与蒋姓者素交好。蒋故巨室,花朝月夕,与忆娘游观音、灵岩等山,辄并辔而行。忆娘素明慧,欲托身于蒋,而蒋姬媵绝多,不甚属意。因与徽州陈通判者有终身之托,陈娶过门,蒋不得再通,大恚,百计离间之,诬控以奸拐。忆娘不得已,度为比丘,衣食犹资于陈。蒋更使人要而绝之。忆娘贫窘,自缢而亡。居亡何,蒋早起进粥,忽头晕气绝,至一官衙,二弓丁掖之前,旁有人呼曰:"蒋某!汝事须六年后始讯,何遽至此?"呼者之面貌,乃蒋平日门下奔走士也,曾遣以间忆娘者,死三年矣。蒋惊醒,自此精气恍惚,饮食少进。有玄妙观道士张某,精法律,为筑坛持咒,作禳解法。三日后,道士曰:"冤魄已到,我不审其姓氏,试取大镜,泼以明水,当有一女子现形。"召家人视之,宛然忆娘也。道士曰:"吾所能力制者,妖孽、狐狸之类,今男女冤谴,非吾所能驱除。"竟拂衣去。蒋为忆娘作七昼夜道场,意欲超度之,卒不能遣。延苏州名医叶天士,赠以千金,药未至口,便见纤纤白手按覆之;或无故自泼于地。蒋病益增,六年而没。蒋氏从孙漪园,犹藏忆娘小照,戴乌妙髻,着天青罗裙,眉目秀媚,以左手簪花而笑,为当时杨子鹤笔也。

飞星入南斗

苏松道韩青岩,通天文,尝为予言:"宰宝山时,六月捕蝗。至野田中,四鼓起坐胡床,督率书役,见客星飞入南斗。私记占验书:'见此灾者,一月之内当暴亡;法宜剪发寸许,东西禹步三匝,便可移祸他人。'尔时我即麾去书役,依法行之。居亡何,署中司书记者李某,无故以小刀剖腹而死,我竟无恙。李乃我荐卷门生,年少能文,不料为我替灾,心为怅然。"余戏谓韩曰:"公言占验之术固神矣,然如我辈,全不知天文,往往夜坐见飞星来往甚多,倘有入南斗者,竟不知厌胜法,为之奈何?"曰:"君辈不知天文者,虽见飞星入南斗,亦无害。"余曰:"然则公又何苦知天文,多此一事,而自祸祸人耶?"韩大笑不能答。

杨妃见梦

康熙间,苏州汪山樵先生讳俊,选陕西兴平县,宿马嵬驿中。梦一女子,容貌绝世,明珰翠羽,投牒而言曰:"妾有墓地,为人所侵,幸明府哀而察之。"汪惊醒,询土人,曰:"此间惟有杨娘娘墓道,唐时改葬后,基址原有数十亩宽,自宋、明以来,为樵牧所侵,渐无余地。"汪为清理,果有旧碑记存墓侧土中,题"大唐贵妃杨氏墓"。乃为别置界石,兼买树百株植其上,春秋设二祭焉。

曹能始记前生

明季曹能始先生,登进士后,过仙霞岭,山光水色,恍如前世所游。暮宿旅店,闻邻家有妇哭甚哀,问之,曰:"为其亡夫作三十周年耳。"询其死年月日,即先生之生年月日也。遂入其家,历举某屋、某径,毫发不爽。其家环惊,共来审视。曹亦凄然涕下,曰:"某书屋内有南向竹树数十株,我尚有文稿未终篇者,未知犹存否?"其家曰:"自主人捐馆后,恐夫人见书室而神伤,故至今犹关锁也。"曹命开之,则尘凝数寸,遗稿乱书,宛然具在;惟前妻已白发盈头,不可复认矣。曹以家财分半与之,俾终馀年。余按《文苑英华》,白敏中书滑州太守崔彦武事,崔记前生为杜明福妻,骑马直抵杜家,而明福老矣,乃说旧事,取所藏金钗于垣中,施宅为寺,号明福寺,与此相类。

江 南 客 寓

涤斋先生为诸生时,在京师贾家胡同,有店号"江南客寓",厅屋三间,中一间甚洁,住者绝少,先生居之,了无他异。一日外出,托所亲某管其衣物。夜睡至三鼓,忽室内尽明,时并无灯烛,所亲骇,揭帐视之。见一长人,黑色,手提其头,血淋漓,对面直立不动,呼曰:"尔何得居此?"所亲狂奔,出告店主。主人曰:"此屋素不安静,尔乃必欲居之,奈何?"次日先生归,告之故,先生曰:"此必有鬼,欲申冤耳。我在此,何不现形耶?"大书一状,向空焚之,以为尔果有冤,当于今晚赴诉。是夕,先生复睡,未一更,所见果如所说,但持一血头,跪而不立。先生问:"何人,何冤?"持头者以手指口,竟无一语,次日亦不复见。先生又常于园中月下,见黑物一团,大如浴盆。追奔树下,以脚踢之,随脚而灭。次日视其靴袜,黑如烟煤,并足皆黑。

荆 波 宛 在

本朝佟国相,巡抚甘肃,按站行至伏羌县,梦神呼云:"速走,速走!"佟不以为意。次晚,梦如初,且云:"欲报我恩,但记'荆波宛在'可耳。"佟惊起,亟走三日,而伏羌县沉为湖,卒不解救者为何神。后出巡,至建昌野渡,有关公庙,上书"荆波宛在"四字。佟入拜谒,大为修葺,今焕然犹存。

冯 侍 御

冯侍御静山,居京师永光寺西街,改造书屋,掘地得黑漆棺,为改迁之。夜梦人投牒诉冤,冯时巡西城,梦中取牒阅之,告势宦掘棺事,即己之姓名也,惊醒得疾。疾革时,夫人闻房中笑语声,以为病有起色,往视之,见黑衣人素不相识者坐床上,一闪而灭。侍御谓夫人曰:"此人吾邻也,曾作运粮守备,运饷至京师卒,棺厝于永光寺前街僧寺中,迫近吾家,而吾不知。今闻我亦有行期,故来相约耳。可烧纸钱,助其冥资。"夫人遣人至前街踪迹,棺识宛然,知先生之终不起也。

药　师　父

昆山徐大司寇之子徐冠卿,幼时号"药师父",以其曾鸩死一业师也。业师周姓,号云核,受司寇聘前一日,梦巨蟒以口吐红丸,逼令咽之,腹痛而醒。就聘于徐,督冠卿严,冠卿素佻达,笞责尤甚。冠卿与仆谋,置鸩于饭,食之而卒。后冠卿为翰林,不得志,诗文多怨诽,为人所构,就鞫刑部。见左司杨景震,大惊曰:"吾死矣,吾初见时,俨然周先生也。"次日复讯,各官俱以司寇之子,稍加怜恤。杨独怒鞫,批其颊数十下,齿左右坠,定以斩决。狱上即刑,杨为监斩官。其家访之,杨景震之生年月日,即周先生之死年月日也。或告之杨,杨大笑曰:"岂有是哉!使吾早知此语,转当屈法以救之矣。"此与《太平广记》载王武俊事同。

庄　秀　才

通州庄孝廉成,戊午举人,少年貌美。其佃户有女悦之,竟以成疾。临卒,谓其父曰:"吾为庄秀才死也。吾思嫁庄秀才,自念门户寒贱,事必不成,故郁郁成病。今虽死,此意当为致之秀才,则目瞑矣。"其父急告庄,庄往视而气已绝。庄赴秋闱,遇女子于淮新桥,宛然如生。入闱,一切炊饭烹茶之事,见女子身为执役。是年登第,每有远行,则女子必至。庄怖之,为置神主,祭于家,书"亡妾某氏",见女子来拜谢,自此绝矣。

蔼 蔼 幽 人

通州李皋司,讳玉铉,丙戌进士,少时好炼笔录。忽一日,笔于空中书曰:"敬我,我助汝功名。"李再拜,祀以牲牢。嗣后文社之事,题下则听笔之所为,尤能作擘窠大字,求者辄与。李敬奉甚至,家事外事,咨之而行。靡不如意。社中能文者,每读李作,叹其笔意大类钱吉士。钱吉士者,前朝翰林钱熹也。李私问笔神,答曰:"是也。"自后里中人来扶乩者,多以"钱先生"呼之。笔神遇题跋落款,不书姓名,但书"蔼蔼幽人"四字。李举孝廉,成进士,笔神之力居多。后官皋司,神助之决狱,郡中以为神。李公乞归,神与俱。李他出,其子弟事神不敬,神怒,投书作别而去。余与李公之子方膺同官交好,绝不向余道只字。方膺卒后,皋司同年熊涤斋太史,为余言之,并云:"方膺深讳其事,盖忤神者,即方膺也。"

僵 尸 求 食

武林钱塘门内有更楼,雇更夫击柝,表里巡逻,大众殓资为之,由来旧矣。康熙五十六年夏,更夫任三者,巡巷外,路过小庙,每至二更闻柝声,则有一人从庙中出,踉跄捷走,漏五下,则先柝声入庙,如是者屡矣。任三疑庙中僧有邪约,将伺之,为诈酒肉计。次夕,月明如昼,见其人面枯黑如蜡,目眶深陷,两肩挂银锭而行,窸窣有声,出入如前。任三知为僵尸,因山门之内停有旧槥,积尘寸许。询诸僧人,云其师祖时,不知谁何氏所寄厝者也。与侪辈语及之,其中黠者曰:"吾闻鬼畏赤豆、铁屑及米子,备此三物升许,伺其破棺出,潜取以绕棺之四周,则彼不能入矣。"任如其言,购买三物,待夜二更,尸复出。伺其去远,携灯入视,见棺后方板一块,俗语所谓和头者,已掀在地中,空空无所有。乃取三物,绕棺而密洒之。事毕径归,卧更楼上。至五更,有厉声呼"任三爷"者,任问为谁,曰:"我山门内之长眠者,无子孙,久不得血食,故出外营求,以救腹馁。今为尔所魇,不能入棺,吾其死矣,可急起将赤豆铁屑拂去之。"任惧不敢答,又呼曰:"我与尔何仇,何苦为此虐耶?"任念与彼解围之后,彼杀我而后入,何以御之?终不答。鸡初鸣,鬼哀恳,继以詈骂,久之寂然。明日过楼下者,见有尸僵卧,乃告众鸣官,以尸还诸棺而火焚之,一方得宁。

僵尸贪财受累

绍兴王生某,食饩有年。村中富家延之为师,因屋宇湫隘,适相距里许,有新室求售者,遂买使居,且曰:"家中摒挡未尽,学徒暨馆童辈明晨进馆,先生一夜独眠,能无惧乎?"王自负胆壮,且新室也,何畏之有。乃命童携茗具,引至书斋。王周视室内毕,复至门前徙倚。时已夜矣,月色大明,见山下燐火荧荧,趋往视之,光出一白木棺中。王念:"此鬼磷耶?色宜碧,而焰带微赤,得无为金银气乎?"忆《智囊》所载,有胡人数辈,凶服舆椁而藁葬城外者,捕人迹之,椁中皆黄白也;此棺毋乃类是?幸无人,可攫而取也。遂取石块,击去其钉,从棺后推卸其盖,则赫然一尸,面青紫而腹膨亨,麻冠草履。越俗,凡父母在堂,而子先亡者,例以此殓。王愕然退缩,每一缩则尸一跃,再缩而尸蹶然起。王尽力狂奔,尸自后追之。王入户登楼,闭门下键;喘息甫定,疑尸已去,开窗视之,窗启而尸昂首大喜,从外跃入。连扣门,不得入,忽大声悲呼,三呼而诸门洞开,若有启之者。遂登楼,王无奈何,持木棍待之。尸甫上,即击以棍,中其肩,所挂银锭,散落于地。尸俯而拾取,王趁其伛偻时,尽力推之,尸滚楼下。旋闻鸡啼,从此寂无声响矣。明日视之,尸跌伤腿骨,横卧于地。遂召众人,扛而焚之。王叹曰:"我以贪故,招尸上楼;尸以贪故,被人烧毁。鬼尚不可贪,而况于人乎?"

宋荔裳受恶土地之累

宋荔裳为山东臬使,族子某,素不肖,与总兵于七饮博为奸。于七者,前明末年山东土寇,降本朝者也,虽为总戎,怙恶不悛。人以族子事告公，公怒曰：“如此必为家门之祸。”俟其归，将缚至祠堂杖杀之。某闻之，逃至德州，夜宿土地庙中，梦土地神谓曰：“汝毋怖，大富贵至矣。现在于七谋反，汝可速往京师，赴提督处出首。”且曰：“某地中埋有百金，可取为路费。”族子掘地，果得金，大喜，以怨其叔，故遂赴提督处，并诬其叔与于七通谋，以故荔裳被逮入狱。未十日，于七果反。族子以首报之功受赏，荔裳牵累入狱，旋亦超雪。

陆　夫　人

　　某方伯夫人陆氏，尚书裘文达公之干女也。文达公薨后，夫人病，梦有大轿在屋瓦上行来，前立青衣者呼曰：“裘大人命来相请！”夫人登轿，冉冉在云中行。至一大庙，正殿巍峨，旁有小屋甚洁，文达公科头衣茧绸袍，二童侍，几上卷案甚多，谓夫人曰：“知汝病之所由来耶？此前生孽也。”夫人跽而请曰：“干爷有力能为女儿解免否？”文达公曰：“此处西厢房，有一妇人，现卧床上，汝往扶之，能扶起，则病可治；否则，我亦不能救汝命。”小童引夫人往西厢房，果有描金床，施大红绫帐，被褥甚华，中卧赤身女尸，两目瞪视无一言。夫人扶之，手力尽矣，卒不起。归告文达公，公曰：“汝孽难消，可还家托张天师打醮，以解禳之。但天师近日心粗，禄亦将尽。某月日替苏州顾懋德家作斋文，错字甚多，上帝颇怒，奈何？”夫人惊醒，适天师在京，遂以此言告之。天师检顾家斋表，稿中果有误字，法官所写也，心为惊悸。未几，夫人亡，天师亦亡。天师名存义，顾懋德者，辛未进士，官礼部郎中。

牛　头　大　王

　　溧阳村民庄光裕，梦一怪，头上生角，敲门而进，谓曰：“我牛头大王也。上帝命血食此方，汝塑像祀我，必有福应。”庄醒，告知村农。村方病疫，皆曰：“宁可信其有。”纠钱数十千，起三间草屋，塑牛头而人身者坐焉。嗣后疫病尽痊，求子者颇效，香火大盛。如是数年，村民周蛮子儿出痘，到庙先具牲牢祀神，再掷卦，大吉，周喜，许演戏为谢。未数日，儿竟死，周怒曰："我靠儿子耕田养我，儿死不如我死。"率其妻，持锄钯，撞牛头，碎其身，毁其庙。合村大惊，以为必有奇祸。自此寂然，牛头神亦不知何往。

水定庵牡丹

江宁二尹汪公易堂，访友古北口，路憩水定庵。庵中牡丹盛开，花大如斗，汪近前赏玩。庵僧戒勿折花，花有妖，能为祸。汪素刚，笑曰："我本不折花，既云有妖，当折而试之。"以手摘之，花左右旋转，坚如牛筋，竟不能断。取所佩刀截之，花未断而拇指伤，血涔涔下。汪惭且怒，以袍袖裹血，忍痛不言，乃左手挼花头，而右手以刀截其根，竟断一枝，归畜瓶中，夸于人曰："我今日获花妖矣。"将购药医手创，细视之，并无刀痕，袍袖上亦无血迹。

乌　　台

粤东肇庆府，即古端州，包孝肃旧治也。大堂暖阁后，有黑井，覆以铁板，为出入所必经。相传包公纳妖于井，俗有"包收卢放马成湖"之谣，谓太守遇卢姓则妖出，遇马姓则井溢也。然千百年来，亦从无此二姓为守者。署东有高楼，号称乌台，俗谓包公听断妖鬼，皆坐此台。四面砖石封固，启则为祟，凡太守履任，必祀以少牢，无敢启视者。前任安守，有管厨人某，酒醉登楼巅，揭瓦窥之，见台中有三土堆，品字排列，如小坟状。中间小树一株，枝青叶绿，此外一无他物。方瞪视间，有黑气冲起，厨人自楼巅滚跌于地，颤汗交作，仅能言所见，至夕，狂叫而死。越日，安公暴染病狂，鞭扑其妻，竟至身死；又手刃其爱妾：以此落职获谴。越两任后，家弟香亭出守是郡，家信来为言若此。余闻而大怒，寄信云："此说荒唐可也，若真有其事，则楼神不法甚矣，断非包公旧迹，弟何不拆而焚之！"

见 娘 堡

顺治乙酉，王师破建昌，明益王遁去。长史刘某，吴下人也，逃山中，不知所往。其子蓼萧，从吴门赴考归，有志寻亲，时藩府荒圮，莫可踪迹，乃祷于盱江张令公祠。梦神书"石滦"二字与之，醒而徬徨，不知何地。遇一尼，告曰："石滦在闽、广之交，阻兵难行，幸有曲径，七日可达。"如其言，历尽危险，竟至其地。父母依村农姚氏居焉。母子相持而泣，父已死矣，乃持丧奉母而归。所居村名见娘堡，名已奇矣。尤奇者，长史避难时，携家谱一册自随。戊子岁，其母闻窸窣声出自箧中，以为鼠也；启视无有，闭则复然。一日见绯衣人数辈，冉冉从箧中走出，益大惊，逾时而孝子至此。事载姜西溟文集中，韩尚书菼为之表墓。

鬼 糊 涂

乾隆三十九年，京师有无赖子韩六，殴伤其父，刑部审明下狱拟斩。侍郎某，以所殴非致命处，意欲减等发落。大司寇秦公，奏名分所关，理宜正法。奉旨依议，遣刑部司狱司李怀中监斩。后三日，鬼附李身，口称："诸大人业已宽我，而汝来斩我，我死不甘，故来索命。"闻者骇然，以为此鬼糊涂；然而李竟不起。

鬼 势 利

张八郎有所欢婢，婚后弃之。婢幽怨成疾，临死曰："我不饶八郎。"语毕气绝。忽又张目曰："八郎运甚旺，不能报仇，我捉八奶奶也是一样。"未二年，八郎夫人竟以产亡。

鬼 相 思

岳州张某，号鬼三爷，以其行三，为鬼所生故也。父某，府学廪生；妻陈氏有色，忽凭妖自称郧阳小神，白昼现形，与之交接。张虽同床，无故自离，若有梏其手足者。其家遍请符箓，毫无效验。三月后，陈氏受胎生子，空中群鬼啾啾，争来作贺，掷下纸钱无数。张忿甚，将到龙虎山求救于天师。忽一日，小神踉跄来，汗如雨下，语其妻曰："吾儿闯祸，昨夜入汝邻毛家，偷其金盆，被他家所挂钟馗拔剑相逐。我惧为所伤，不得已急走，将金盆掷在巷西池塘中，脱逃来此，汝速具酒，替我压惊。"次日妻告张，张往毛府刺探，果失金盆，合家喧吵，将控官捉贼。张止之，曰："我有法替汝取来，作何谢我？"毛氏大喜曰："果得金盆，凭君取索。"张诡作念咒状，良久，唤毛氏家人，径往塘所，命善泅者入水取之，果得金盆。毛延张上座，问以何物作谢，张笑曰："我读书人，不受财帛，只须君家收藏书画，与我一二件足矣。"其家尽出所藏，张选取文徵明《芙蓉》一幅。其家觉谢礼太薄，心抱不安，张乃指壁上所挂钟馗像曰："赐此画，凑成两件，何如？"毛氏唯唯。张取归悬空中，小神从此永不再来，但闻园中树上鬼哀哭三日，人称鬼相思云。

关 神 世 法

康熙癸卯举人江闿，选某县令，丁忧归。将起复时，梦有甲士来，自称周仓，服饰如今庙中所塑，而少年无须，手持名帖，上写"治年家弟关某顿首拜"，惊醒大笑，以为关帝行此世法。未几，选山西解梁知县，往谒武庙，旁塑周仓，果少年无须者也，面貌恍如梦中，乃捐俸重修神庙，后竟卒于任所。江公即于九太守之叔，太守为余言。

乡 试 弥 封

皖江程叔才，名思恭，学问博雅，注陈检讨四六得名。以平时好古不喜时文，其师唐赤子太史责之曰："科名进身，非此不可，今岁入场之年，汝宜留意。"因强之诵读金、陈诸大家文，程唯唯，终非所好。《四书》体注等书，临场并不翻阅。康熙戊戌科，江南首题《举贤才曰焉知贤才而举之》,次题《大哉圣人之道》。程三场毕,自言首篇颇得意,唐太史读之,喜曰:"颇可望魁。"程急取案头《中庸》一看,愕然丧气,啮曰:"不中用了! 我只道'大哉圣人之道'在'礼仪三百,威仪三千'之下,故领题出题俱承接此二句,今方知是开首第一句,则通身犯下矣。其不中尚复何言。"唐亦为之悼叹。已而榜发,竟中第五名。唐不解所以得售之故,往见主试,将探问之。主试某,故唐公同年。一见笑曰:"今年科场中有笑话,兄知否?"唐问故,曰:"皇上有密旨,谓诸生关节,都放在破承、领题、出题三处,今岁将此三处,尽行弥封,故有程某文字,领题、出题全行犯下,竟中五魁,将来磨勘,定受参罚,奈何?"唐笑而不言。后叔才先生果被吏部磨勘,罚停一科。

两 汪 士 铉

顺治间,徽州汪日衡先生,元旦梦行天榜,会元汪士铉。先生乃改名应之,竟终身不第。直至康熙某科,汪退谷先生中会元,榜名士铉,相隔四十余年,日衡先生死久矣。孙某记乃祖之言,相与叹造化弄人,亦觉无谓。

雷 击 土 地

康熙间,石埭令汪以炘,素与其友林某交好。后林死为石埭土地神,每夜间,阴阳虽隔,而两人来往如平生欢。土地私谓汪曰:"君家有难,我不敢不告。第告君后,恐我难逃天谴。"汪再三问,曰:"尊堂太夫人,分当雷击。"汪大惊,号泣求救。土地曰:"此是前生恶劫,我官卑职小,如何能救?"汪泣请不已,神曰:"只有一法可救,汝速尽孝养之道,凡太夫人平日一饮、一馔、一帐、一衣,务使十倍其数,浪费而暴餮之,庶几禄尽则亡,可以善终。雷虽来,无益也。"汪如其言,其母果不数年而卒。又三年,天雨,雷果至,绕棺照耀,满房硫磺气;卒不下,破屋而出,飞击土地庙塑像成泥。

张 光 熊

　　直隶张光熊，幼而聪俊，年十八，居西楼读书。家豪富，多婢妾，而父母范之甚严。七月七日，感牛郎织女事，望星而坐，妄想此夕可有家婢来窥读书者否。心乍动，见帘外一美女侧身立，唤之不应。少顷，冉冉至前，视之，非家中婢也。问："何姓？"曰："姓王。"问："居何处？"曰："君之西邻，晨夕见郎出入，爱郎姿貌，故来相就。"张喜，即与同榻，此后每夕必至。有家僮伴宿，女谓张曰："小奴不宜在此，可麾令远宿，听唤再至。"张遣奴，奴不肯，曰："每夜闻郎君枕席间昵昵软语，疑有别故。老主人命奴调护郎君，不敢远离。"张无奈何，以其言告女。女曰："无庸，将自困。"是夕，奴未睡熟，被一物攫去，绳缚之，挂西园树上。奴哀号求郎主救命，女笑曰："伊果知罪远避，即赦之；如敢漏泄，被老主人知者，将倍令受苦。"奴唯唯，即时绳解，奴已在地矣。居年余，张渐羸瘦。其父问奴，奴称郎处无他故，而意色渐沮。父愈疑，自至张斋前伺察，闻帐中有妇女声，踢窗直入，揭帐无人，惟枕角有金簪一枝，山查花一朵。父念此地从无山查花，此必妖魅所致，怒将笞张。张不得已，以实告。父为迎名僧、法官，设坛禁咒。女夜间来，哭谓张曰："天机已泄，请从此辞。"张亦哀恸。临别问曰："尚有相会期乎？"曰："二十年后，华州相见。"从此遂绝。张随娶陈氏，登进士第，授吴江知县，推升华州知州，而陈氏卒。其父在家，为续娶王某之女，送至华州官署成婚。却扇之夕，新人容貌，宛如书斋伴宿之人，问其年，刚二十岁。或曰此狐仙感情欲而托生也。语从前事，恰不记忆。

赵氏再婚成怨偶

　　雍正间，布政司郑禅宝妻赵氏，有容德，与郑恩好甚隆，以瘵疾亡，临诀誓曰："愿生生世世为夫妇。"卒之日，旗下刘某家生一女，生而能言，曰："我郑家妻也。"刘父母大惊，以为怪，嗣后遂不复语。八岁过亲戚家,路遇郑家奴骑马冲其车,怒曰:"汝郑四也,自幼卖身我家,何敢见我不下马!"郑奴愕然,因访至刘家,见女父母,具道生时之异。女归,见郑四,因问:"汝主安否?"并询一切妯娌上下,奴婢田宅事,历历如绘,有奴所不知而女悉知者。奴归白之郑,郑亦至刘家,女谛视涕泣,絮语良久。时鄂西林相公以为两世婚姻,亦太平瑞事,劝郑续娶刘女,十四岁即行合卺之礼,时郑年六旬,白发飘萧,兼有继室女。嫁年余,郁郁不乐,竟缢死。袁子曰:"情极而缘生,缘满而情又绝,异哉!"

童 其 澜

绍兴童其澜,乾隆元年进士,官户部员外。一日,值宿衙门,与同官数人夜饮,忽仰天咤曰:"天使到矣。"披朝衣再拜俯伏。同官问何天使,童笑曰:"人无二天,何问之有? 天有敕书一卷,如中书阁诰封,云中金甲人捧头上而来,命我作东便门外花儿闸河神,将与诸公别矣。"言毕泣下。同官以为得狂易之疾,不甚介意。次早,大司农海望到户部,童具冠带长揖辞官,具白所以。海曰:"君读书君子,办事明敏,如有病,不妨乞假,何必以神怪惑人?"童亦不辨,驾车归家,不饮不食,将家事料理三日,端坐而逝。东便门外居民闻连夜呼驺声,以为有贵官过,就视无有。花儿闸河神庙中道士叶某,梦新河神到任,白晰微须,长不逾中人,果童公貌也。

镜 山 寺 僧

钱塘王孝廉鼎实,余戊午同年,少聪颖,年十六举于乡,三试春官不第。有至戚官都下,留之邸中。偶感微疾,即屏去饮食,日啜凉水数杯,语其戚曰:"予前世镜山寺僧某也,修持数十年,几成大道。惟平生见少年登科者,辄心艳之;又华富之慕,未能尽绝,以此尚须两世堕落,今其一世也。不数日,当托生华富家,即顺治门外姚姓是也。君之留我不出都,想亦是定数耶?"其戚劝慰之。王曰:"去来有定,难以久留，惟父母生我之恩，不能遽割。"乃索纸作别父书，大略云："儿不幸客死数千里外，又年寿短促，遗少妻弱息，为堂上累。然儿非父母真子，有弟某，乃父母之真子也。吾父曾忆某年在茶肆与镜山寺某僧饮茶事耶？儿即僧也。时与父谈甚洽，心念父忠诚谨厚，何造物者乃不与之后耶！一念之动，遂来为儿。儿妇亦是幼年时小有善缘，镜花水月，都是幻聚，何能久处？父幸勿以真儿视儿，速断爱牵，庶免儿之罪戾。"其戚问生姚家当以何日，王曰："予此生无罪过，此灭则彼生。不须轮回。"越三日，巳刻，索水盥漱毕，趺坐胡床，召其戚，欢笑如平时，问："日午未？"曰："正午。"曰："是其时也。"拱手作别而逝。其戚访之姚家，果于是日生一子，家业骡马行，有数万金。

江 秀 才 寄 话

婺源江秀才，号慎修，名永，能制奇器：取猪尿胞置黄豆，以气吹满而缚其口，豆浮正中。益信地如鸡子黄之说。有愿为弟子者，便令先对此胞坐视七日，不厌不倦，方可教也。家中耕田，悉用木牛；行城外，骑一木驴，不食不鸣，人以为妖。笑曰："此武侯成法，不过中用机关耳，非妖也。"置一竹筒，中用玻璃为盖，有钥开之，开则向筒说数千言，言毕即闭。传千里内，人开筒侧耳，其音宛在，如面谈也；过千里则音渐渐散不全矣。忽一日，自投于水，乡人惊救之，半溺而起，大恨曰："吾今而知数之难逃也。吾二子外游于楚，今日未时三刻，理应同溺洞庭，吾欲以老身代之，今诸公救我，必无人救二子矣。"不半月，凶问果至。此其弟子戴震为余言。

子不语卷十四

勾　魂　卒

苏州余姓者，好斗蟋蟀，每秋暮携盆往葑门外搜取，薄夜方归。一日归晚，城门已闭，余惊骇无计，徘徊路侧。见二青衣远来，履囊橐有声，向余笑曰："君此时将安归乎？我家离此不远，盍宿我家？"余喜从之，至则双扉大启，室中置旧书数部，磁瓶铜炉各一。余手持蟋蟀十数盆，腹饿甚，映灯而坐。二青衣各持酒脯来，相与对啖，隐隐闻病者呻吟及众人喧杂声。余问故，二人曰："此邻家患病者，势甚迫故也。"未几，漏下五鼓，二人相与耳语曰："事宜办矣。"出靴中文书一道，谓余曰："请君呵气纸上。"余不解其故，笑而从之。呵毕，二青衣喜以脚跨屋上而舞，长丈余，皆鸡爪也。余大惊，正欲问之，二人不见。壁外哭声大作，余方知所遇非人，是勾魂鬼也。天明，启户欲出，则门外扃锁甚固，不得出，乃大呼。丧家人惊，开锁入，以为贼也，争殴之。余具道所以，且指蟋蟀盆为证曰："岂有行窃而携此累坠物者乎？"丧家人亦有相识者，始得免。所餐酒脯盘盒，俱丧家物也。竟不知从何处携入，己身亦不解从何而进。

赵　西　席

山东按察司白映棠家延一西席，姓赵名康友，康熙丁卯孝廉，宾主师弟俱各相得。元宵张灯，彼此宴饮，散，孝廉就寝书斋。次日薄午不起，有小僮户外窥之，见孝廉头上插纸花双枝，两手反接，口微笑而目斜瞪，赤身僵立。僮大惊，唤主人蹋户入，则已死矣。当胸一圆洞，通于背，大如碗，中无心肝，不知被何物探去。插花反缚剥衣者，像牲牢之形以戏之也。

杨 四 佐 领

　　杨四佐领者，性直而和，年四十余，忽谓家人曰："昨夜梦金甲人呼我姓名云：'第七殿阎罗王缺，无人补，南岳神已将汝奏上帝，不日随班引见，汝速作朝衣朝冠候召。'予再三辞，金甲神曰：'已经保奏，无可挽回，但喜所保者连汝共四人，或引见时，上帝不用，则阳寿尚未绝。'言毕去。梦兆如此，决非偶然。家中可速制朝衣冠以待。"家人闻之，在疑信之间，犹未唤缝人为制衣也。是夕，金甲神又来嗔曰："命汝制新衣而缓慢何耶？昨玉旨已降，点汝作阎罗，不必引见矣。"杨惊醒，急语家人毕，昏晕而逝。俗例有接煞之说，至期，家人从俗行事。有百户胡姓者，晚来临奠，过杨所居巷口。见高灯旗纛中，有蟒袍而盛服者，疑为巡城察院，侍立路侧。方谛视间，杨在车中大呼曰："胡某毋恐，我阴间到任，少一判官，将仗君助我。"胡惊惧，自道亲老不可即死。杨曰："我已奏上帝，事无可商。汝亲老，吾亦知之，当令我妹夫张某代汝养母。"言毕不见。胡奔至家，深悔临奠之行，与其母相对悒悒。有叩门者，持银一封曰："我杨四佐领之妹夫张某也。昨梦阎罗王召去，命以五十金助汝家养膳之费。阎罗所命，不敢有违，故来奉赠，且速驾也。"胡自知将死，出外辞亲友，越三日卒。

蓝 顶 妖 人

　　扬州商人汪春山，家畜梨园。有苏人朱二官者，色伎俱佳，汪使居徐宁门外花园。一日，邻人失火，火及园，朱逃出巷。巷西有二美人倚门立，以手招之，朱遂入。二美自称亦姓汪，春山族妹也。语方浓，一豹裘而蓝顶者来，云是二美之父，年五十许，强朱为婿。朱虽心贪女美，而自诉家贫，无以为聘。蓝顶者云："无妨，一切费用，我尽任之。"朱欲回苏告父母，蓝顶者云："汝归苏可也，但吾女贪汝貌而为婚，自知非偶，切勿通知吾侄春山为嘱。"朱买舟同抵阊门，语其父，父故木匠，亦以娶媳无力为辞。蓝顶者助钱二十千，为婚费钱，皆康熙通宝，朱丝穿。二官携归，路遇数捕役尾之，曰："此朱绳穿钱，乃某绅官家压箱钱，汝为盗验矣。"将擒送官，二官告以故。一市之人聚观，以为怪，且曰："必见蓝顶者，才释汝。"二官云："吾岳翁以钱与我，原约今日为婚，少顷，新人花轿至矣，君等伺之。"众以为然。果远远闻鼓乐声，四人皆红半臂，舁花轿至。众人哄而往，揭帘，一青面獠牙者坐焉。众大骇，并役亦奔散。二官得脱于祸，急归家，则蓝顶者高坐堂中，骂曰："吾戒汝勿泄，而汝竟告众人，且聚而捕我，何昧良若是！"呼杖杖之。二女为哀求免。成婚匝月，偕还扬州。又岁余，二女置酒，谓二官曰："缘尽矣，请郎还乡。"二官不肯，泣，二女亦泣。如是者数日，蓝顶者忽来，驱逼其女，二官攀衣不放。蓝顶者怒，以手撮二官，向空中掷之。冥然坠地，及醒，已在虎丘后山。

蒙 化 太 守

无锡曹五辑，为云南蒙化太守，其子某，庚午举人，江苏巡抚庄滋圃之门生。乾隆二十一年，无锡大疫，华剑光之子某，素好行善，出古画数幅，托孝廉售之，嘱曰："得八百金，为本邑埋葬死人之费。"曹带往苏州，以画呈庄公。庄念曹本义举，画亦佳，竟与八百金。曹归，以八十金付华曰："价只此。"华无奈何，勉力补凑，得数棺，为瘗其暴骨者；余棺犹有待也。未几，孝廉病卒，太守哀悼不已，焚牒于东岳神，自称居官清正，子无罪，不宜得此报。归而假寐，见青衣人持东岳神帖请往。至大殿外，神迎于阶下曰："公见责良是，但尔子近为不肖之行，屯人之膏，令千百人骨暴原野。公不信，可归至尔子书斋启笥视之。"言毕，命人拥一囚至，枷锁锒铛，即其子也。太守抱之哭，惊醒，急往其子书斋启笥，尚余七百余金；询其仆，方知鬻画匿价之事，其子媳亦未知也。太守自此哀子之思为之少衰。

店 主 还 债

甘泉县役邹姓者，月夜过西门大街，夜已三鼓，路无行人。邹见槐树下小屋门开，一女倚门立。邹伪吃烟取火者，就之，女勿避。邹喜，携女入屋，坐凳上密谈，约以次日复往。明早伺之，槐树下并无居人，一厝棺小屋也。从窗外窥，条凳宛然，凳上灰痕，有两人并坐形迹。心知鬼迷，意忽忽不乐。一日早起，谓其妻曰："有人欠我银七两二钱，我将往索。"已而不反。次日，闻街前轰轰，云某茶馆有人饮茶暴卒，馆主人报官，验无他故，饬店主买棺殓之，招尸亲识认。妻闻往视，果其夫也，问主人棺价，适符七两二钱之数。

许氏女报奶娘仇

杭州许某，业盐家，生女才四十日，忽遍身红肿而死。五日后，附魂于小婢，口称："我为你家女儿，命不该死。实因奶娘不好，自家贪睡，将我放在大厅阶檐下，全不照管，被左邻开丧人家煞神走过，触犯致死。我今要向奶娘讨命。"许氏爷娘闻之悲泣，告以："奶娘乃海宁人，自汝死后，彼已去矣，从何处往报耶？"女云："取身契看，便知住处。"如其言，乃注视良久，曰："勿劳爷娘，我自会往报，但烧纸船一只与我。"许家烧与之，婢蹶然起矣。嗣后奶娘存亡，许亦不复往问。

蛊

云南人家家畜蛊，蛊能粪金银以获利。每晚即放蛊出，火光如电，东西散流，聚众噪之，可令堕地，或蛇或虾蟆，类亦不一。人家争藏小儿，虑为所食。养蛊者别为密室，命妇人喂之，一见男子便败，盖纯阴所聚也。食男子者粪金，食女子者粪银。此云南总兵华封为予言之。

鸠人取香火

杭州道士廖明，募钱立圣帝庙。塑像开光之日，乡城男妇蜂集拈香。忽一无赖来，昂然坐圣帝旁，指像侮慢之。众人苦禁，道士曰：

"不必,听其所为,当必有报。"须臾,无赖仆地,呼腹痛,盘滚不已,遂死,七窍血流。众大骇,以为圣帝威灵,香火大盛,道士以之致富。逾年,其党分财不匀,出首去年无赖之慢神,乃道士贿之,教其如此。其死乃道士先以毒酒饮之,而无赖不知也。有司掘验,其骨果青黑色,遂诛道士,而圣帝香火亦衰。

科 场 二 则

　　江西周学士力堂,癸卯乡试,题是"学而优则仕"一节,文思幽奥。房考张某不能句读,怒而批抹之,置孙山外。晚间,各房考归寝。张忽呓语不止,自披其颊曰:"如此佳文,而汝不知,尚忝然作房考乎?"自骂自击不止。家人以为中风,急请众房考来。检视之,得所抹周卷读之,俱不甚解,乃曰:"试荐之,何如?"大主考为礼部侍郎任公兰枝,阅而惊曰:"此奇文,通场所无,可以冠多士也。"会副主考德公,阅文倦,假寐几上。伺其醒,告之,德公问何字号,曰:"男字第三号。"德曰:"不必阅文,竟定解元可也。"任问故,曰:"我寝方酣,忽见金甲神向我贺曰:'汝第三儿子中解元矣。'今得男字三号之卷,岂非其验耶?"言毕阅文,亦大加叹赏,遂定此科第一。榜填后,众问周本房某梦中呓语之故,茫然不知。周后为福建巡抚、总督南河。

　　雍正丙午,江南乡试,其时聘各近省甲科司分校事,皆少年英俊。有张垒者,科分既久,自居前辈,性尤迂滞,每晚必焚香祝天曰:"垒年衰学荒,虑不称阅文之任,恐试卷中有佳文及其祖宗有阴德者,求神明暗中提撕。"众房考笑其痴,相与戏弄之。折一细竿,伺其灯下阅卷,有所弃掷,则于窗纸外穿入挑其冠,如是者三。张大惊,以为鬼神果相诏也。即具衣冠,向空拜,又祝曰:"某卷文实不佳,而神明提我,想必有阴德之故。如果然者,求神明再如前指示我。"众房考愈笑之,俟其将弃此卷,复挑以竿。张不复再阅,直捧此卷上堂,而两主司已就寝矣。乃扣门求见,告以深夜神明提醒之故。大主考沈公近思,阅其卷曰:"此文甚佳,取中有余,君何必神道设教耶?"众房考嗫口不敢言。及榜发,见此卷已在榜中。各哗然笑,告张曰:"我辈弄君。"张正色曰："此非我为君等所弄,乃君等为鬼神所弄耳。"众亦折服。

狸 称 表 兄

六合老梅庵多狸,夜出迷人,在窗外必呼人字,称曰"表兄",人相戒不答,则彼自去。有夏姓少年,读书庵中,月夜闻呼,疑为人也,开窗答之。见一妇人招手,而貌颇粗恶。意欲相拒,竟被拥抱入室,扯脱下衣,大吸其势,精尽乃去。据云其力甚大,不能自主;且毛孔腥臊,所经之处,皆有余臭,经月始散。

陆 大 司 马 坟

杭州陆大司马家,方卜葬时,其子某,听形家言,以千金买清波门外地。初下窆时,启得一棺,形制甚伟。众戚友咸劝毋动旧棺,别穿一穴。陆不可,曰："我以重价买地,彼何人,敢占我耶?"掘而弃之。是夕,陆得病,自批其颊,口称葛老太太云："汝夺我安宅,以而父为尚书耶?我儿子亦前明侍郎也。"问为谁,曰:"葛寅亮,于谊为乡亲,于科名为前辈,葬汝父,抛我骨,汝父安乎?"陆大司马夫人率全家泣请延僧斋醮,烧纸钱十万。葛太太似有允意,忽又作侍郎公语云:"伤我母坟,不可逭也。"少顷,又作族祖梯霞先生口吻,从中说情。侍郎终不允,卒索其命去。当鬼祟时,陆有戚舒十九者,新馆选翰林归,在旁劝曰:"陆某以价买坟,何名为夺!"鬼在陆口骂曰:"后生小子,新得一官,敢来儳言,恐自身难保耳。"陆亡后月余,舒亦亡。

鬼 受 禁

上虞令邢某,与妻素不睦,因角口,批其颊,妻怒自缢。三日后,见形为祟,伺邢与妾卧,便吹冷风揭帐,或灭其灯。邢怒,请道士持咒作法,摄鬼于东厢,而以符封之,加官印焉。鬼竟不至。亡何,邢调知钱塘,后任上虞者,来开厢房。鬼得出,遂附一小婢身作祟如故。后任官呼鬼语曰："夫人与邢公有仇,与小婢无涉,何故害之?"鬼曰："非敢害丫环,我借附他身,以便求公。"问何求,曰:"送我到钱塘邢某处。"曰："夫人何不自行?"曰:"我枉死之鬼,沿路有河神拦截,非公用印文关递不可,并求签两差押送。"问差何人,曰:"陈贵、滕盛。"二人者,皆已故役也。后任官如其言,焚批文解送之。邢公方在寝室晚膳,其妾忽倒于地,大呼曰:"汝太无良,汝逼我死,乃禁我于东厢受饥饿耶? 我今已归来,不与汝干休。"自此钱塘署中,日夜不宁。邢不得已,再请道士作法,加符用印,封移钱塘狱中。鬼临去呼曰:"汝太丧心! 前封我于东厢,犹是房舍;今我何罪,而置我于狱乎! 我有以报汝矣。"未逾月,狱有重犯自缢死,邢因此被劾罢官,大惧,誓将削发为僧,云游天下。同寅官有捐资助其衣钵者,未及行而病卒。

狐 鬼 入 腹

李鹤峰侍郎之子鹬,字医山,辛巳翰林,能诗文,兼好宋儒理学。灯下读书,忽两女子绝美,来与戏狎,李不为动。少顷,李晚膳毕,忽腹中呼曰:"我附魂茄子上,汝啖茄即啖我也,我已居汝腹中,汝复何逃?"即灯下女子声。李自此两目惺然,若迷若痴。或以手自批其颊;或大雨首顶一石跪雨中,衣裳淋漓,不敢入内;或对人膜拜,拉之不起,面色黄瘦,日渐不支。鬼常借李君手作字,与人酬答。其同年蒋君士铨往视之,问:"汝貌甚佳,何不来诱我,而必从李君耶?"李手书二字曰:"无缘。"蒋又问:"汝绝世佳人,何为居腹中污秽之地?"李手书二字骂曰:"下足。"时江西巡抚吴公,与侍郎善,乃招李往,为延张天师,设坛于滕王阁,斋三日,诵咒三日,其法官悬牌曰:"三月十五日拿妖。"临期观者如堵。天师上坐,法官旁坐,令李跪,张其口向法师,法师伸两指入其口,撮而掷之。一小狐如猫,从口中出,呼曰:"我为姊探信,不料被擒,姊慎毋出。"腹中应声曰:"唯。"方知腹中尚有一妖。天师封符于坛,投之大江。李微觉神清,而腹中叹息之声大作,曰:"我与汝有宿世冤,因寻汝不着,故拉仙姑同来。不料反为彼祸,使我心转不安,我愈不饶汝矣。"言毕,腹痛不止。天师问法官:"李翰林可救乎?"法官取镜,照其腹曰:"此是翰林前生冤鬼,非妖也,法箓不能治。"天师以告中丞,中丞亦无奈何,仍送李还家养病,遂卒。

怪 诈 人 父

李玉双孝廉家有婢,名春云,颇有姿,年十五,李欲纳为妾,与其妻有成说矣。春云白日见瓦上一男子下,拥其髻而嗅之,曰:"汝发甚香,当大贵,宜从我,勿从主人。主人处馆穷儒,虽中举,不过一教官终耳。你向主人言,命其让我,且供我酒馔,我便赘汝家。"玉双闻之大怒,然亦无如何。是夜,怪竟来与婢配合,婢求主人具酒馔。如其言,则日夜安宁,否则飞砖掷瓦之祸毕作。玉双不得已,与人谋,将此屋招人承买。玉双馆于望仙桥施氏,不常在家。一日者,商人孙耕文来看屋,敲门,有苍须老翁衣灰鼠袍出迎。摇手曰:"此屋是我祖遗,并未出卖,勿听小儿玉双妄语;私相授受,将来要受讼累。"孙大骇,走告玉双,责以父在子不得自专。玉双曰:"先君亡已十余年,家中并无此翁。"乃知为怪所揶揄,冒认为父,彼此大笑。自后人知屋有怪,屡卖不成。玉双乃命婢父母领女还家,勿索身价,婢劙面剪发,誓不肯归。其母虑为怪所害,以绳缚之,捆载还家,另嫁一士人,怪竟不来。

皂荚下二鬼

丹阳南门外吕姓者,有皂荚园,取利甚大,每结实时,吕氏父子守之,防有偷者。一夕月下,其父坐石上看树。树下有蓬发鬖鬖然,从土中出,惧而不视,呼其子往曳之。有红衣女子闯然起,父惊仆地,其子狂奔入室。女追之,至大门,忽僵立不动,一足在门外,一足在门内。子大呼,家人持刀杖齐集,畏其冷气射人,俱不敢近。女子从容起行,伛身入床下,遂不见。其子持姜汤灌醒其父,扶以归;招邻人共掘床下,果一朱棺,中有红衣女尸,如夜所见,嗣后父子不敢看园守树矣。逾三日,皂荚树下又有仆于地者,吕氏子亦灌醒之,问其由来,曰:"我西邻也,见君家皂荚甚多,无人看守,故来偷窃。不意见树下有无头人，以手招我，我故骇而仆地。"其子又集人掘之，得黑棺，埋一无头尸，皆僵不腐，聚而焚之，其怪遂绝。

中 山 王

江宁布政司署，为徐中山王故府。中有宁安殿，供奉中山王像。一几一椅，灰高数寸，例不敢拭，拭者有灾。帐幕桌帏，俱以黄绫为之。乾隆四十年，方伯某上任之日，即往行香，心念中山王爵虽贵，亦人臣也，帷幔黄色，似乎太僭，命以红绫易之。是夕，火光照耀，急往视之，则一帐一帏俱已焚尽，而几案丝毫无伤，细查并无引火之物。于是悚然怖惧，仍以黄色绫易之。

状元不能拔贡

状元黄轩自言作秀才时，屡试高等。乙酉年，上江学使梁瑶峰爱其才，以拔贡许之。临试之日，头晕目眩，握笔一字不能下。梁不得已，以休宁县生员吴鹤龄代之，及榜出后，病乃霍然。从此灰心于功名，自望得一县佐州判官心足矣。后三年，竟连捷以至廷试第一。而吴鹤龄远馆溧水，以伤寒病终，终于贡生。

谨 權 量

方敏悫公署直隶按察使时，饶阳民妇侯萧氏拒奸被杀。有周秋者，迹可疑而狡诈不肯吐实，悬案二载。公阅案牍，尽三鼓，坐而假寐，梦一人持素纸，下宽上窄，缺左角，中有方孔，孔下有"谨權量"三字。寤后细思，"周"字下宽左缺，而"谨權量"三字皆"土"字在下，移"土"之文于方孔之上，则成"周"字，且月令"谨權量"三字乃秋政也，凶人为周秋无疑矣。一讯而服，此事载公行状中。

拘　　忌

塞侍郎某，性多拘忌，每遇人谈有"死""丧"二字，必作喷嚏以啐散之。路逢殡柩，则急往亲友家，解下衣帽，扑散数次，以为将晦气撒在人家，与己无与矣。又薛生白，常往李侍郎家看病，清晨往待，至日午始出。侍郎以面向内，以背向外，两公子扶之而行。坐定胗脉，口答病源，终不回顾。薛大骇，疑其面有恶疾，故不向客。问其家人，家人云："主人貌甚丰满，并无恶疾，所以然者，以某日喜神方在东故，不肯背之而出；又是日辰巳有冲，故必正午方出耳。"

奇　　术

康熙间，成其范善风角。三藩之变，成为中书，凡千里外用兵之事，日有所奏，皆奇验，以此官至理藩院侍郎。常赴席东华门张参领家，已坐定矣，忽脱冠带置几上，谓主人曰："我腹痛，将如厕。"出门呼其舆夫，飞奔而归。舆夫问故，摇手曰："我与汝三人皆此日劫数中人，我不敢不到，故留衣冠以厌之。"言未毕，东华门火药局火发，延烧数十家，张参领家已为灰烬。又有计小堂者，以妖言惑众，充发黑龙江。至旅店中，饭桌仄小，解差三人不能同坐，小堂以手扯之，顷刻桌长三尺。差役曰："汝以此得罪，尚不悛改，而作此狡狯乎？"小堂怒而起，拉其所乘马送入墙内，仅留一尾在外摇摆。差哀求，乃拔其尾而出之。至配所，与某将军交善。一日，忽来泣曰："缘尽矣，不知何时再见！"挥手作别，将军留之，不可。但见小堂冉冉升空而去，将军速到彼帐中访之，则已死矣。

狐 仙 自 缢

金陵评事街张姓屋西书楼三间，相传有缢死鬼，人不敢居，封锁甚密。一日，有少年书生盛衣冠而来，求寓其家，张辞以家无空屋，书生愠曰："汝不借我,我自来居,日后冒犯无悔。"张闻其言,知为狐仙,诡云："西边书房三间,可以奉借。"因此房有鬼,私心欲狐仙居,为之驱除,然口不言其故。书生喜,揖谢而去。次日闻楼中有笑语声,连日不断,张知狐仙已来,日具鸡酒供之。未半月,楼上寂然无声,张疑狐仙已去,将重封锁其门。上楼视之,有黄色狐,自缢于梁上。

高　白　云

四川高白云先生名辰,辛未翰林,长于天文占验之学。尝就馆于岳大将军家。宰娄县,观星象,知山东氛恶;已而,果有王伦之事。未遇时,请乩仙问终身,仙赠诗云："少时志业蛟潜壑,老去功名凤峙冈。"先生不解。后由祠部主事升凤阳府同知,未到任卒。其子扶榇来江宁,厝于仪凤门外,方悟乩仙第二句之应。

梁观察梦应

广东梁兆榜观察,其族某,素奉佛,妻有娠,梦观音大士谓曰："汝生子,可名兆榜,将来是三甲第八名进士。"惊醒,果生一男,夫妇甚喜,以兆榜名之,即为捐监以待入场。及年长,顽蠢异常,不能识字,留监照无用,乃以与族侄使下场,即观察也。果庚午辛未连捷,会试出侍郎双公门。将殿试时,双公欲为送表联于读卷官。观察辞曰："门生先有梦兆,已定为三甲第八名进士,殿试前列,似难以人谋也。"双公笑而不信,殿试榜发,竟得二甲六十八名,双公愈笑其诞,观察亦疑梦之不足凭矣。是科进呈十卷,第一名为某相国之子,上改拔杭州吴鸿为状元,嫌二甲八十名太多,命分二十卷置三甲,于是梁公仍为三甲第八名进士。双公叹曰："《易》称'圣人先天而天不违',斯言信矣。"

大　胞　人

壬辰二月间,余过江宁县前,见道旁爬一男子,年四十余,有须,身面缩小，背负一肉山，高过于顶，黄胀膨亨，不知何物。细视之，有小窍而阴毛围之，方知是肾囊也。囊高大两倍于其身，而拖曳以行，竟不死，乞食于途。

钱文敏公梦辛稼轩而生

钱文敏公维城，初名辛来，以其尊人梦辛稼轩而生公故也。改名后，乃字稼轩，以存梦谶。乙丑科前四月，梦行天榜，状元李某，已为探花，榜眼不著姓名。后榜发，公为状元，而李某竟在二甲，以知县用。亦不可解。

鬼 入 人 腹

焦孝廉妻金氏，门有算命瞽者过，召而试之。瞽者为言往事甚验，乃赠以钱米而去。是夜，金氏腹中有人语曰："我师父去矣，我借娘子腹中且住几日。"金家疑是樟柳神，问："是灵哥儿否？"曰："我非灵哥，乃灵姐也。师父命我居汝腹中为祟，吓取财帛。"言毕，即捻其肠肺，痛不可忍。焦乃百计寻觅前瞽者，数日后遇诸途，拥而至室，许除患后谢以百金。瞽者允诺，呼曰："二姑速出！"如是者再，内应曰："二姑不出矣。二姑前生姓张，为某家妾，被其妻某凌虐死。某转生为金氏，我之所以投身师父作樟柳神者，正为报此仇故也。今既入其腹中，不取其命不出。"瞽者大惊，曰："既是宿孽，我不能救。"遂逃去。焦悬符拜斗，终于无益。每一医至，腹中人曰："此庸医也，药亦无益。且听入喉。"或曰："此良医也，药恐治我。"便扼其喉，药吐而后已。又曰："汝等软求我尚可，若用法律治我，我先啮其心肺。"嗣后每闻招僧延道，金氏便如万刃刺心，滚地哀号，且曰："汝受我如此煎熬，而不自寻一死，何看性命太重耶？"焦故彭芸楣侍郎门生，彭闻之，欲入奏诛瞽者，焦不欲声扬，求寝其事，金氏奄奄垂毙。此乾隆四十六年夏间事。

牛 僵 尸

江宁铜井村人畜一牝牛,十余年生犊凡二十八口,主人颇得其利。牛老不能耕,宰牛者咸请买之。主人不忍,遣童喂养,俟其自毙,乃掩埋土中。是夜,闻门外有击撞声,如是者连夕。初不意即此牛,月余,为祟更甚,闻吼声蹄响。于是一村之人皆疑此牛作怪,掘验之,牛尸不坏,两目闪闪如生,四蹄爪皆有稻芒,似夜间破土而出者。主人大怒,取刀断其四蹄,并剖其腹,以粪秽沃潴之,嗣后寂然。再启土视之,牛朽腐矣。

袁州府署大树

江西袁州府署后园有大树,高十余丈,每夜有两红灯悬其巅。或近视之,必有泥沙抛掷,春夏则蜈蚣蛇蝎下焉,人以故不敢狎亵。乾隆年间,有敏姓者来为太守,恶其为妖,召匠数人,持刀斧伐树,宾僚妻子,无不谏者。太守不为动,自坐胡床,督匠伐树。树上飞下白纸一张,上有字数行,坠太守怀中。太守视之,色变而起,趣挥匠散。至今大树犹存,然终不知纸上作何语,太守亦终不为人言。

燧人钻火树

四川苗洞中人迹不到处,古木万株,有首尾阔数十围,高千丈者。邛州杨某,为采贡木故,亲诣其地,相度群树,有极大楠木一株,枝叶结成龙凤之形。将施斧锯,忽风雷大作,冰雹齐下,匠人惧而停工。其夜,刺史梦一古衣冠人来,拱手语曰:"我燧人皇帝钻火树也。当天地开辟后,三皇递兴,一万余年,天下只有水,并无火,五行不全。我怜君民生食,故舍身度世,教燧人皇帝钻木出火,以作大烹,先从我根上起钻,至今灼痕犹可验也。有此大功,君其忍锯我乎?"刺史曰:"神言甚是。但神有功,亦有过。"神问:"何也?"曰:"凡食生物者,肠胃无烟火气,故疾病不生,且有长年之寿。自水火既济之后,小则疮痔,大则痰壅,皆火气烝熏而成。然后神农皇帝尝百草,施医药以相救。可见燧人皇帝以前民皆无病可治,自火食后,从此生民年寿短矣。且下官奉文采办,不得大木,不能消差,奈何?"神曰:"君言亦有理。我与天地同生,让我与天地同尽。我有曾孙树三株,大蔽十牛,尽可合用消差。但两株性恭顺,祭之便可运斤;其一株,性崛强,须我谕之,才肯受伐。"次日如其言,设祭施锯,果都平顺;及运至川河,忽风浪大作,一木沉水中,万夫曳之,卒不起。

鬼 怕 冷 淡

扬州罗两峰自言能见鬼,每日落则满路皆鬼,富贵家尤多。大概比人短数尺,面目不甚可辨,但见黑气数段,旁行斜立,呢呢絮语。喜气暖,人旺处则聚而居,如逐水草者然。扬子云曰:"高明之家,鬼瞰其室。"言殊有理。鬼逢墙壁窗板,皆直穿而过,不觉有碍。与人两不相关,亦全无所妨。一见面目,则是报冤作祟者矣。贫苦寥落之家,鬼往来者甚少,以其气衰地寒,鬼亦不能甘此冷淡故也。谚云"穷得鬼不上门",信矣。

鬼避人如人避烟

两峰云:鬼避人如人之避烟,以其气可厌而避之,并不知其为人而避之也。然往往被急走之人横冲而过,则散为数段,须团凑一热茶时,方能完全一鬼。其光景似颇吃力。

卖 蒜 叟

南阳县有杨二相公者,精于拳勇,能以两肩负粮船而起,旗丁数百以篙刺之,篙所触处,寸寸折裂,以此名重一时。率其徒行教常州,每至演武场,传授枪棒,观者如堵。忽一日,有卖蒜叟,龙钟伛偻,咳嗽不绝声,旁睨而揶揄之。众大骇,走告杨。杨大怒,招叟至前,以拳打砖墙,陷入尺许,傲之曰:"叟能如是乎?"叟曰:"君能打墙,不能打人。"杨愈怒,骂曰:"老奴能受我打乎?打死勿怨。"叟笑曰:"老人垂死之年,能以一死成君之名,死亦何怨!"乃广约众人,写立誓券,令杨养息三日,老人自缚于树,解衣露腹。杨故取势于十步外,奋拳击之,老人寂然无声。但见杨双膝跪地,叩头曰:"晚生知罪了。"拔其拳,已夹入老人腹中,坚不可出,哀求良久,老人鼓腹纵之,已跌出一石桥外矣。老人徐徐负蒜而归,卒不肯告人姓氏。

借 棺 为 车

绍兴张元公,在阊门开布行,聘伙计孙某者,陕人也,性诚谨而勤,所经算无不利市三倍,以故宾主相得。三五年中,为张致家资十万。屡乞归家,张坚留不许。孙怒曰:"假如我死,亦不放我归乎!"张笑曰:"果死,必亲送君归,三四千里,我不辞劳。"又一年,孙果病笃,张至床前问身后事,曰:"我家在陕西长安县钟楼之旁,有二子在家,如念我前情,可将我灵柩寄归付之。"随即气绝。张大哭,深悔从前苦留之虐,又自念十万家资皆出渠帮助之力,何可食言不送。乃具赙仪千金,亲送棺至长安,叩其门开,长子出见,告以尊翁病故原委,为之泣下。而其子夷然,但唤家人云:"爷柩既归,可安置厅旁。"既无哀容,亦不易服。张骇绝无言。少顷,次子出见,向张致谢数语,亦阳阳如平常。张以为此二子殆非人类,岂以孙某如此好人,而生禽兽之二子乎?正惊叹间,闻其母在内呼曰:"行主远来,得毋饥乎?我酒馔已备,惜无人陪,奈何?"两子曰:"行主张先生,父执也,卑幼不敢陪侍。"其母曰:"然则非汝死父不可。"命二子肆筵设席,而己持大斧出劈棺,骂曰:"业已到家,何必装痴作态!"死者大笑,掀棺而起,向张拜谢曰:"君真古人也,送我归,死不食言。"张问何作此狡狯,曰:"我不死,君肯放我归乎?且车马劳顿,不如卧棺中之安逸耳。"张曰:"君病既愈,盍再同往苏州?"曰:"君命中财止十万,我虽再来,不能有所增益。"留张宿三日而别,终不知孙为何许人也。

孙 伊 仲

常州孙文介公玄孙伊仲，赴江阴应试，舟泊于野。天将夕矣，路见古衣冠者，问何去，曰："应试。！"其人咤曰："功名富贵可袭取乎？水源木本可终绝乎？此之不知，应试何为！"言毕不见。伊仲恍惚如梦，归至舟中，欲不应试，同人劝行。不得已，仍至江阴。患疟甚剧，莽热时，见古衣冠者又来曰："尔无父，我无子，风雨霜露，哀哉伤心！"伊仲悚然，即买舟南归，以此言告本族，方知文介公本无子，嗣其宗人为子；后其家子孙，皆嗣子所出，而嗣子之墓久不可考矣。赵恭毅公孙刑部郎中某，代访得消息，墓为沈氏所占，乃为助钱，议赎还之。此乾隆四十三年事。

子不语卷十五

姚端恪公遇剑仙

国初桐城姚端恪公为司寇时，有山西某，以谋杀案将定罪。某以十万金赂公弟文燕求宽，文燕允之，而惮公方正，不敢向公言，希冀得宽，将私取之。一夕者，公于灯下判案，忽梁上男子持匕首下，公问："汝刺客耶？来何为？"曰："为山西某来。"公曰："某法不当宽，如欲宽某，则国法大坏，我无颜立于朝矣，不如死。"指其颈曰："取！"客曰："公不可，何为公弟受金？"曰："我不知。"曰："某亦料公之不知也。"腾身而出，但闻屋瓦上如风扫叶之声。时文燕方出京赴知州任，公急遣人告之，到德州，已丧首于车中矣，据家人云："主人在店，早饭毕，上车行数里，忽大呼好冷风。我辈急送绵衣，往视，头不见，但血淋漓而已。"端恪题刑部白云亭云："常觉胸中生意满，须知世上苦人多。"

吴 髯

扬州吴髯行九，盐贾子也，年二十，将往广东某藩司署中赘娶。舟至滕王阁下，白昼见一女，与公差来舟中云："寻君三世，今日得见面矣。"吴髯茫然不知所来，家人知为冤鬼，日以苕帚打其见处，无益也。从此吴髯言语与平时迥异。由江西以及广东，二鬼皆不去。入赘之日，女鬼忽入洞房，索其坐位，与新人争上下。惟新人与吴髯闻其声，云"我本汉阳孀妇，与吴狎昵，遂订婚姻。以所蓄万金与至苏州买屋，开张布字号，订明月日来汉阳迎娶。不意吴挟金去五年，竟无消息。我因自经死，到黄泉哭诉，汉阳城隍移查苏州城隍，回批云：'此人已生湖南。'寻至湖南诉城隍，又查明已生扬州，及至扬州，而吴又来广东。追至江西，始得相逢。今日婚姻之事，我不能阻，但须同享荣华"等语,新人大骇,白之藩台。不得已,竟虚其位待之,始得安然。鬼差口索杯箸求食,乃另设席相待。阅一月,吴髯告归,买舟回扬,鬼亦索舆甚迫,欲随其舆以登舟。扬州士人早知此事而不信,于吴髯抵扬之日,填街塞巷,以待其归。见其四舆入城,前果二空舆,肩舆者亦觉其若有人坐。一时好事者,作《再生缘》传奇。阅半月,吴髯妻与女鬼约,修道场七日,焚冥镪于琼花观中,劝之去,女鬼欣然诺之。其时鬼差已去,道场中设女魂牌于殿之西侧。每日吴髯妻设席亲祭,至第七日大雨,遣家人往供,家人失足跌于路,即供以泥污之馔。鬼大嚷不止,吴髯责其家人;而髯妻又约以九日道场圆满之故,女鬼向髯妻称谢,谓吴髯曰:"后十年来,再索汝命,我且暂去。"髯惧,舍身为城隍役。至期则白日睡去。至今扬之人,皆知吴九胡子为活勾差。

麻　　林

长随麻林与李二交好,李以贫死,而林家资颇厚。一夕梦李登其床,责之曰:"我与汝,平日两弟兄颇莫逆,今我死无子孙,汝不以一豚蹄见祭我坟,何忍心也!"林唯唯许诺。李起身出户,而林犹觉胸腹上有物相压者,疑李魂未散,急起视之,乃一小猪压被上,尿矢淋漓,方知李魂附猪而来也。心大省悟,即缚小猪卖之,得二千文,为备酒肉,亲至其坟祭之。

鹤　静　先　生

厉樊榭未第时,与周穆门诸人好请乩仙。一日,有仙人降盘,书曰:"我鹤静先生也,平生好吟,故来结吟社之欢。诸君小事问我,我有知必告;大事不必问我,虽知亦不敢告。"嗣后凡杭城祈晴祷雨、止疟断痢等事,问之必书日期开药方,皆验;其他休咎,则笔卧不动。每日祈请,但书"鹤静先生"四字,向空焚之,仙辄下降,有所唱和,诗尤清丽,和"雁"字至六十首。如是一年,樊榭、穆门请与相见,拒而不许。诸人再四恳求,曰:"明日下午在孤山放鹤亭相候。"诸公临期放舟伺之。至日昃,无所见,疑其相诳,各欲起行。忽空中长啸一声,阴风四起,见伟丈夫须长数尺,纱帽红袍,以长帛自挂于石牌楼上,一闪而逝,疑是前朝忠臣殉节者也。自此乩盘再请亦不至矣。惜未问其姓名。

门户无故自开

孙叶飞先生,掌教云南五华书院。正月十三夜,院门无故自开,枢限皆脱,以为大奇。次日,城中轰传家家门户昨晚皆无故自开,不知是何妖异。伺之月余,大小平安,了无他故。

黄 陵 玄 鹤

陕西黄帝陵,向有两玄鹤,相传为上古之鸟,朔望飞鸣,居人可望不可即。乾隆初年,又有二小鹤同飞,羽色亦黑。一日,忽空中飞下大鹏,以翅扑小鹤,几为所伤。老鹤知之,双来啄鹏,格斗良久,云雷交至,鹏死崖石上,其大可覆数亩土。人取其翅,当作屋瓦,荫庇数百家。

土 地 迎 举 人

休宁吴衡,浙江商籍生员。乾隆乙酉乡试,榜发前一日,其家老仆夜卧忽醒,喜曰:"相公中矣。"问何以知之,曰:"老仆夜梦过土地祠,见土地神驾车将出,自锁其门,告我曰:'向例省中有中式者,土地例当迎接,我现充此差,故将启行。汝主人即我所迎也。'"吴闻之,心虽喜,终不信。已而榜发,果中第十六名。

孙 烈 妇

歙县绍村张长寿妻孙氏,父某,工武艺,孙自幼从父学。年及笄,归长寿。长寿家贫，娶妇弥月，即客浙西。有贼数人，窥妇年少，夜往撬其门，将行不良。妇左手执烛，右手持梃，与贼斗，贼被创仆地而逃。又一年，长寿病死，妇从容执丧事，既葬，闭户自缢。邻人以妇强死，惧其为祟，集僧作佛事超度之。夜将半，僧方诵经，见妇坐堂上，叱曰："我死于正命，并非不当死而死者，何须汝辈秃奴来此多事！"僧皆惊散。后村有妇某，与人有私，将谋弑夫者，忽病，狂呼曰："孙烈妇在此责我，不敢，不敢！"嗣后合村奉孙如神。

小　芙

黔北王氏妇，梦美女子认己为男子，而与之合，曰："我番禺陈家婢小芙也，子前身为仆，与我有约而事露，我忧郁死，爱缘未尽，故来续欢。"妇醒即病癫，屏夫独居，时自言笑，皆男子亵语，忘己之为女身也。久之，小芙白昼现形，家人百计驱之，莫能遣。会邻舍不戒于火，小芙呼告王氏，得免于难。王家德之，听其安居年余。一夕谓妇曰："我缘已尽，且得转生矣。"抱妇大哭，称与哥哥永诀。妇颠病即已，后竟无他。

鬼　宝　塔

杭人有邱老者，贩布营生，一日取账回，投宿店家。店中人满，前路荒凉，更无止所，与店主商量。主人云："老客胆大否？某后墙外有骰子房数间，日久无人歇宿，恐藏邪祟，未敢相邀。"邱老曰："吾计半生所行不下数万里，何惧鬼为？"于是主人执烛，偕邱老穿室内，行至后墙外。视之空地一方，约可四五亩，贴墙矮屋数间，颇洁净。邱老进内，见桌椅床帐俱全，甚喜。主人辞出，邱老以天热，坐户外算账。是夕淡月朦胧，恍惚间似前面有人影闪过。邱疑贼至，注目视之。忽又一影闪过；须臾连见十二影，往来无定，如蝴蝶穿花，不可捉摸。定睛熟视，皆美妇也。邱老曰："人之所以畏鬼者，鬼有恶状故也。今艳冶如斯，吾即以美人视鬼可矣。"遂端坐看其作何景状。未几，三鬼踽其足下，一鬼登其肩，九鬼接踵以登，而一鬼飘然据其顶，若戏场所谓搭宝塔者然。又未几，各执大圈，齐套颈上，头发俱披，舌长尺余。邱老笑曰："美则过于美，恶则过于恶，情形反覆，极像目下人情世态，看汝辈到底作何归结耳。"言毕，群鬼大笑，各还原形而散。

棺 盖 飞

钱塘李甲素勇，夕赴友人宴，酒酣，座客云："离此间半里，有屋求售，价甚廉。闻藏厉鬼，故至今尚无售主。"李云："惜我无钱，说也徒然。"客云："君有胆，能在此中独饮一宵，仆当货此室奉君。"众客云："我等作保。"即以明晚为订。次午作队进室，安放酒肴，李带剑升堂，众人阖户反锁去，借邻家聚谈候信。李环顾厅屋，其傍别开小门，转身入，有狭弄，荒草蒙茸，后有环洞门，半开半掩。李心计云："我不必进去，且在外俟其动静。"乃烧烛饮酒，至三更，闻脚步声。见一鬼，高径尺，脸白如灰，两眼漆黑，披发，自小门出，直奔筵前。李怒，挺剑起，其鬼转身进弄，李逐至环洞门内。顷刻狂风陡作，空中棺盖一方，似风车儿飞来，向李头上盘旋。李取剑乱斫，无奈头上愈重，身子渐缩，有泰山压卵之危，不得已大叫。其友伴在邻家闻之，率众入，见李将被棺盖压倒，乃并力抢出，背负而逃。后面棺盖追来，李愈喊愈追，鸡叫一声，盖忽不见。于是救醒李甲，连夜抬归。次日共询房主，方知后园矮室停棺，时时作祟，专飞盖压人，死者甚众。于是鸣于官，焚以烈火，其怪乃灭。李病月余始愈。常告人曰："人声不如鸡声，岂鬼不怕人，反怕鸡耶？"

油 瓶 烹 鬼

钱塘周轶韩孝廉，性豪迈。其年暑甚，偕七八人暮夜泛湖，行至丁家山下。一友曰："吾闻净慈寺长桥左侧多鬼，曷往寻之？或得见其真面，可供一笑。"众相怂恿，上岸同行。桥边见扳夜网者，掣鱼而走，孝廉熟视，是其管坟人也。乃云："此网借我一用，明早奉还。"管坟人允之，遂付仆从，肩驮此网而行。众友询故，孝廉云："余将把南屏山下鬼一网打尽。"各大笑，遂拣山僻小路步去。是夜月明如昼，见前林中有一妇，红衫白裙，举头看月。众友云："此时夜深，必无女娘在外，是鬼无疑。谁敢作先锋者？"孝廉愿往，大步前进，相去半箭许，冷风吹来，妇人回身，满面血流，两眼倒挂。孝廉战栗，僵立不行，连声呼："网来，网来！"众人向前一网打去，不见形迹，网中仅得枯木尺许。携归敲管坟者门，借利锯寸寸锯开，有鲜血淋漓。乃买主人点灯油一瓶，携上船尾，然火烹油，将锯断枯木送入瓶中，一时飞起青烟，竟成焦炭。众人达旦入城，告亲友云："昨夜油瓶烹鬼，大是奇事。"

无　门　国

吕恒者，常州人，贩洋货为业。乾隆四十年，为海风所吹，舟中人尽没，惟吕抱一木板，随波掀腾，飘入一国。人民皆楼居，楼有三层者，五层者。祖居第三层，父居第二层，子居第一层。其最高者，则曾高祖居之。有出入之户，无遮阑之门。国人甚富，无盗窃事。吕初到时，言语不通，以手指画。久之，亦渐领解。闻是中华人，颇知礼敬。其俗分一日为两日，鸡鸣而起，贸易往来，至日午，则举国安寝，日斜时起，照常行事；至戌时又睡矣。问其年，称十岁者，中国之五岁也；称二十者，中国之十岁也。吕所居处，离国王尚有千里，无由得见。官员甚少，有仪从者，呼为"巴罗"，亦不知是何职司。男女相悦为婚，好丑老少，各以类从，无揽越勉强致嗟怨者。刑法尤奇，断人足者，亦断其足；伤人面者，亦伤其面；分寸部位，丝毫不爽。奸人子女者，使人亦奸其子女；如犯人无子女，则削木作男子势状，啄其臀窍。吕居其国十有三月，因南风之便，附船还中国。据老洋客云："此岛号'无门国'，从古来未有通中国者。"

宋　生

苏州宋观察宗元之族弟某，幼孤依叔，叔待之严。七岁时，赴塾师处读书，偷往戏场看戏，被人告知其叔，惧不敢归，逃于木渎乡作乞丐。有李姓者，怜而收留之，俾在钱铺佣工，颇勤慎，遂以婢郑氏配之。如是者九年，宋生颇积资财，到城内烧香，遇其叔于途，势不能瞒，遂以实告。叔知其有蓄，劝令还家，别为择配。生初意不肯，且告叔云："婢已生女矣。"叔怒曰："我家大族，岂可以婢为妻。"逼令离婚。李家闻之，情愿认婢为女，另备妆奁陪嫁。叔不许，命写离书寄郑，而别为娶于金氏。郑得书大哭，抱其女自沉于河。越三年，金氏亦生一女。其叔坐轿过王府基，忽旋风括帘而起，家人视之，痰涌气绝，颈有爪痕。是夜金氏梦一女子，披发沥血，诉曰："我郑氏婢也。汝夫不良，听从恶叔之言，将我离异。我义不再嫁，投河死。今我先报其叔，当即来报汝夫，与汝无干，汝毋怖也。但汝所生之女，我不能饶，以女易女，亦是公道报法。"妻醒，告宋生，生大骇，谋之友。友曰："玄妙观有施道士，能作符驱鬼，俾其作法，牒之酆都可也。"乃以重币赂施，施取女之生年月日，写黄纸上，加天师符，押解酆都，其家果平静。三年后，生方坐书窗，白日见此婢来骂曰："我先拿汝叔，迟拿汝者，为恶意非从汝起，且犹恋从前夫妻之情故也。今汝反先下手，牒我酆都，何不良至此！今我牒限已满，将冤诉与城隍神，神嘉我贞烈，许我报仇，汝复何逃？"宋生从此痴迷，不省人事，家中器具，无故自碎，门撑棍棒，空中乱飞。举家大惧，延僧超度，终于无益。十日内宋生死，十日外其女死，金氏无恙。

尸 香 二 则

杭州孙秀姑，年十六，为李氏养媳。李翁挈其子远出，家只一姑，年老矣。邻匪严虎，窥秀姑有色，借乞火为名，将语挑之，秀姑不从。乃遣所嬖某作饵，搔头弄姿为蛊惑计。秀姑告其姑，姑骂斥之。严虎大怒，詈曰："女奴不承抬举，我不淫汝不止。"朝夕飞砖撬门。李家素贫，板壁单薄，绝少亲友。严又无赖，邻人无敢撄其锋。于是婆媳相持而哭。一日者，秀姑晨起梳头，严与其嬖登屋上，各解裤挺其阳以示之。秀姑不胜忿，遂密缝内外衣，重重牢固，而私服盐卤死。其姑哀号，欲告官，无为具呈者。忽有异香从秀姑所卧处起，直达街巷，行路者皆愕眙相视。严虎知之，取死猫死狗诸秽物罗置李门外，以乱其气，而其香愈盛。适有总捕厅某路过，闻其香怪之，查问街邻，得其冤，乃告知府县，置严虎于法，而旌秀姑于朝，至今西湖上牌坊犹存。

荆州府范某，乡居，家甚富而早卒，子六岁，倚其姊以居。姊年十九，知书解算，料理家务甚有法。族匪范同，欺其弟幼，屡来借贷，姊初应之，继为无厌之求，姊不能应。范同大怒，与其党谋去其姊，为吞噬计。乃俟城隍赛会时，沉其姊于河，又缚沉一钱店少年，以两带束其尸，报官相验，云"平素有奸，惧人知觉，故相约同死"，县官信之，命棺殓掩埋而已。范氏家产，尽为族匪所占。逾年，荆州太守周钟宣到任，过范女坟，有异香从其坟起，问书役，中有知其冤者，为白其事。乃掘男女两坟，验之，尸各如生，手足颈项皆有捆缚伤痕。于是拘讯范同，则数日前已为厉鬼祟死矣。太守具酒食香纸，躬祭女坟，表一碣曰"贞女范氏之墓"。冤白后，两尸俱腐化。

储梅夫府丞是云麾使者

储梅夫宗丞能养生，七十而有婴儿之色。乾隆庚辰正月，奉使祭告岳渎，宿搜敦邮亭。是夕，旅店灯花散采，倏忽变现，如莲花，如如意，如芝兰，喷烟高二三尺，有风雾回旋。急呼家童观之，共为诧异，相戒勿动，是夕梦见群仙五六人，招至一所，上书"赤云冈"三字，呼储为云麾使者。诸仙列坐松阴联句，有称海上神翁者首唱曰："莲炬今宵献瑞芝。"次至五松丈人续曰："群仙佳会飘吟髭。"又次至东方青童曰："春风欲换杨柳枝。"旁一女仙笑曰："此云麾使者过凌河句也，汝何故窃之？"相与一笑，忽灯花作爆竹声，惊醒。

唐　配　沧

武昌司马唐配沧，杭人也，素有孝行，卒于官。后五年，其长子在亭，远馆四川。长媳郭氏，在杭病剧，忽作司马公语云："冥司念我居官清正,敕为武昌府城隍,念尔等新作人家,我既无遗物与汝辈,斯妇颇勤俭,特来救护,但须至狮子桥觅刘老娘来,托他禳解。"伊次子字开武者往觅得,邀至家中,即杭俗所称活无常也。问:"此病汝能救否?"答云:"我奉冥司勾捉,何敢私纵!今尔家太爷去向阎罗王说情,或得生,亦未可定。"因问:"你见太爷何在?"答云:"此刻现在向灶神说话。"少顷曰:"太爷出门,想至冥府去了。"病者静卧不言,逾时曰:"太爷来。"病者即大声曰:"汝已得生,无虑也。"是时视病者有亲友在座,郭氏作司马语,各道款洽,宛如生前。其次子因跪请云:"父既为神,应预知休咎,儿辈将来究作何结局?"司马厉声曰:"做好人,行好事,自有好日,何得预问!"又云:"我今日为自家私事勤劳庙中夫役,速焚纸钱,并给酒饭酬之。"语毕,病者仍复原音,病亦自愈。此乾隆二十四年五月事,至今郭氏尚存。

裘文达公为水神

裘文达公临卒,语家人曰:"我是燕子矶水神,今将复位,死后汝等送灵柩还江西,必过此矶。有关帝庙。可往求签,如系上上第三签者,我仍为水神,否则或有谴谪,不能复位矣。"言终卒。家人闻之,疑信参半。苍头某信之,独坚曰:"公为王太夫人所生,太夫人本籍江宁,渡江时曾求子于燕子矶水神庙,夜梦袍笏者来曰:'与汝儿,并与汝一好儿。'果逾年生公。"公妻熊夫人,挈柩归至燕子矶,如其言,卜于关帝庙,果得第三签,遂举家大哭,烧纸钱蔽江,立木主于庙旁,旁有尹文端公诗碣。予往苏州,阻风于此,乃揖其主而题壁曰:"燕子矶边泊,黄公垆下过。摩挲旧碑碣,惆怅此山阿。短鬓旛旛雪,长江渺渺波。江神如识我,应送好风多。"次日果大顺风。

庄 生

叶祥榴孝廉云,其友陈姓家,延西席庄生。八月间日暮,诸生课毕,陈姓弟兄弈于书斋。庄傍观之,倦,起身归家。庄家离陈姓里许,须过一桥。庄生上桥，失足跌地，急起趋家，扣门不应，仍返陈氏斋。陈弟兄弈局未终，乃闲步庭院，见轩后小门内有园亭，巨蕉无数，心叹主人有此雅室，不作书斋。再数步，见小亭中孕妇临褥，色颇美，心觉动，既而曰："此东人内室，见此不退，非礼也。"趋出，仍至斋中小坐，见主人棋为乃弟暗攻，主人他顾，若不觉者；代为通知，主人张皇似惊，仍复不睬。庄复大声呼曰："不依我，全盘输了！"且以手到局上指告。陈氏兄弟惊惶趋内，灯为之熄。庄不得已，仍回家，至桥复又一跌，起，赴家扣门，阍者纳焉。庄以前次扣门不应之事，罪其家人。家人曰："前未闻也。"庄次日赴馆，见灯盏在地，棋局尚存，恍然若梦。少顷，主人出曰："昨夜先生去后，鬼声大作，甚至灭火，真怪事。"庄骇然，告以曾来教棋。东人曰："吾弟兄并未见先生复至。"庄曰："且有一证，我到尊府花园，见有临褥妇人。"陈笑曰："我家并无花园，何有此妇？"庄曰："在轩后。"庄即拉陈同至轩后，有小土门，内仅菜园半亩。西角有一猪圈，育小猪六口，五生一毙。庄悚然大悟，盖过桥一跌，其魂已出；后一跌，则魂仍附体。倘不戒于淫，则堕入畜生道矣。

褐　道　人

国初，德侍郎某，与褐道人善。道人精相术，言公某年升官，某年得红顶，某年当遭雷击，德公疑信参半。后升官一如其言，乃大惧，恳道人避雷击之法。道人故作难色，再四求之，始言："只有一法：公于是日，约朝中一二品官十余位，环坐前厅大炕上，公坐当中，过午时则免。"德公如其言，至是日，天气清朗，将午起，黑云风雨毕至，雷声轰轰，欲下复止。忽家人飞报："老太太被雷摄至院中！"德公大惊，与各官急趋往扶，则霹雳一声，将炕击碎。视其中，有一大蝎，长二尺许，太夫人故无恙也。寻褐道人已不见矣，始知道人即蝎精也。以术愚人，实以自卫，智亦巧矣。非雷更巧，则德公竟不知为其所用也。

佟觭角

京师傅九者，出正阳门，过一巷，路狭人众，挨肩而行。一人劈面来，急走如飞，势甚猛。傅不及避，两胸相撞，竟与己身合而为一，顿觉身如水淋，寒噤不止，急投一绒店坐定，忽大言曰："你拦我去路，可恶已极。"于是自批其颊，自将其须。家人迎归，彻夜吵闹。或言有活无常佟觭角者能治之。正将延请，而傅九已知之，骂曰："我不怕铜觭角、铁觭角也。"未几佟至，瞋目视曰："汝何处鬼，来此害人！速供来，不实供，叉汝下油锅。"傅瞪目不言，但切齿咋咋有声。其时男女观者如堵。佟倾油一锅，烧柴煎之，手持一铜叉，向傅脸上旋绕，作欲刺状。傅果战惧，自供："我李四也，凤阳人，迫于饥寒，盗发人坟，被人捉着，一时仓猝，用铁锹拒捕，连伤二人，坐法当斩。今日绑赴菜市，我极力挣脱逃来，不料为此人拦住，心实忿忿，故与较论。"佟曰："然则速去勿迟！"乃倚叉而坐。傅大哭曰："小人在狱中，两脚冻烂，不能行走，求赐草鞋一双，且求秘密，不教官府知道，再来捉拿。"傅家人即烧草鞋与之，乃伏地叩头，伸脚作穿状，观者皆笑。佟问何往，曰："逃祸须远，将奔云南。"佟曰："云南万里，岂旦夕可至，半路必为差役所拿，不如跟我服役，可得一吃饭处也。"傅叩头情愿。佟出囊中黄纸小符焚之，傅仆地不动，良久苏醒，问之茫然。是日刑部秋审，访之，果有发墓之犯，已枭示矣。盖恶鬼犹不自知其已死也。佟年五十余，寡言爱睡，往往睡三四日不起。至其家者，重门以内无寸芥纤埃云。其平日所服役者，皆鬼也。

淘 气

永州守恩公之奴，年少狡黠，取名淘气。服事书房，见檐前流萤一点，光大如鸡卵，心异之。时天暑，赤卧床上，觉阴处蠕蠕有物动，摸视之，即萤火也，笑曰："么麽小虫，亦爱此物耶？"引被覆身而睡。夜半，有人伸手被中，扪其阴，且将其棱角，按其马眼。其时身欲转折，竟不能动，似有人来交接者，良久精遗矣。次日身颇倦惫，然冥想其趣，欲其再至，不以告人。日暮浴身，裸以俟之。二更许，萤火先来，光愈大，照见一女甚美，冉冉而至。奴大喜，抱持之，遂与绸缪，叩其姓氏，曰："妾姓姚，父某，为明季知府，曾居此衙。妾年十八，以所慕不遂，成瘵而死。生时酷爱梨花，断气时属老母即葬此园梨树下。爱卿年少，故来相就。"奴方知其为鬼，举枕投之，大呼而出，径叩宅门。宅中妇女疑为火起，争起开门，见其赤身，俱不敢前。主人自出，叱而问之，奴以实告，乃命服以朱砂，且为着裤。次日掘梨树下，果得一朱棺，剖而视之，女色如生，乃焚而葬之，奴自此恂恂，不复狡黠。伙伴笑曰："人不可不遇鬼，淘气遇鬼，不复淘气矣。"

白　莲　教

东山富人许翁，世居桑湖畔，娶新妇某，妆奁颇厚。有偷儿杨三者羡之，年余，闻翁送其子入京，新妇有孕，相伴惟二婢，乃夜入其室，伏暗处伺之。至三更后，灯光下见有一人，深目虬须，负黄布囊，爬窗而入。杨念吾道中无此人，屏息窥之。其人袖出香一枝，烧之于灯，置二婢所；随向妇寝处喃喃诵咒，妇忽跃起，向其人赤身长跪。其人开囊，出一小刀，剖腹取胎，放小磁罐中，背负而出，妇尸仆于床下。杨大惊，出户尾之，至村口一旅店抱持之，大呼曰："主人速来，吾捉得一妖贼。"众邻齐至，视其布囊，小儿胎血犹淬淬也。众大怒，持锹锄击之，其人大笑，了无所伤，乃沃以粪，始不能动，及旦，送官刑讯，曰："我白莲教也，伙伴甚多。"方知汉、湘一带胎妇身死者，皆受此害。狱成，凌迟其人，赏偷儿银五十两。

服 桂 子 长 生

吕琪从其兄官岭南司马，署有古井，夏夜纳凉，见井中有声琤琤然，升起数红丸，大如弹棋。疑有宝，次早遣人缒下探焉，得隔年桂子数十粒，鲜赤可爱。琪戏以井水服焉，日七枚，七日而尽。顿觉精神强健,如服参者然,年九十余。

伊 五

披甲人伊五者,身矮而貌陋,不悦于军官。贫不能自活,独走出城,将自缢。忽见有老人飘然而来,问何故轻身,伊以实告。老人笑曰:"子神气不凡,可以学道,予有一书授子,够一生衣食矣。"伊乃随行数里,过一大溪,披芦苇而入,路甚曲折。进一矮屋,止息其中,从老人受学。七日而术成,老人与屋皆不见,伊自此小康。其同辈群思咀嚼之,伊无难色,同登酒楼。五六人恣情大饮,计费七千二百文。众方愁其难偿,忽见一黑脸汉登楼,拱立曰:"知伊五爷在此款客,主人遣奉酒金。"解腰缠出钱而去。数之,七千二百也,众大骇。与同步市中,见一人乘白马急驰而过,伊纵马追之,叱曰:"汝身上囊可急与我!"其人惶恐下马,怀中出一皮袋,形如半胀猪脬,授伊竟走。众不测何物,伊曰:"此中所贮,小儿魂也。彼乘马者,乃过往游神,偷攫人魂无算,倘不遇我,又死一小儿矣。"俄入一胡同,有向西人家,门内哭声嗷嗷。伊取小囊向门陈张之,出浓烟一缕,射此家门中。随闻其家人云:"儿苏矣。"转涕为笑,众由是神之。适某贵公有女为邪所凭,闻伊名,厚礼招致。女在室已知伊来,形色惨沮。伊入室,女匿屋隅,提熨斗自卫。伊周视上下,出曰:"此器物之妖也,今夕为公除之。"漏三下,伊囊中出一小剑,锋芒如雪,被发跣足,仗之而入。众家人伺于院外。寻闻室中叱咤声、击扑声与物腾掷声、诟詈喧闹声,良久寂然。但闻女叩头哀恳,不甚了了。伊呼灯甚急,众率仆婢秉烛入。伊指地上一物相示曰:"此即为祟者。"视之,一藤夹膝也,聚薪焚之,流血满地。

诸 廷 槐

嘉定诸廷槐家,有再醮仆妇李姓者,忽鬼扼其喉,口称:"是汝前夫,我病时呼茶索药,汝多不睬,以至气忿而亡。冥王以我阳数未尽,受糟塌死,与枉死者一般,不肯收留,游魂飘荡,受尽饥寒。汝在此饱食暖衣,我心不服,故扼汝喉,使汝陪我忍饥。"廷槐知为鬼所凭,上前手批其颊,鬼呼痛逃去。廷槐视其掌,黑如锅煤。少顷,鬼又作闹,廷槐再打,妇无惧色,手亦不黑矣。骂曰:"你家主人初次打我,出我不意,故被他打痛。今我已躲入汝背脊骨窍中,虽用掌心雷打我,亦不怕也。"于是众家人代为请曰:"汝妻不过妇道有亏,事汝不周,并非有心杀汝,无大仇可报。况汝所生子女,赖渠改嫁后夫,替你抚养,也算有良心,汝何不略放手松,俾其少进饮食?"鬼唯唯,妇觉咽喉一清,登时吃饭三碗。众人知其可动,乃曰:"主人替你超度何如?"鬼又唯唯。遂设醮延僧,诵往生咒,鬼去而复至曰:"和尚不付度牒,我仍不能托生也。"乃速焚之,鬼竟去而妇安矣。当作闹时,最畏主人之少子,曰:"此小相公头有红光,将来必贵,我不愿见之。"或问:"可是诸府祖宗功德修来乎?"曰:"非也。是他家阴宅风水所荫。"问:"何由知?"曰:"我与鬼朋友数人,常在坟间乞人祭扫之余,独不敢上诸府坟,因陇上有热气一条,如火冲出故也。"

王　都　司

　　山东王某,作济宁都司。忽一日,梦南门外关帝庙周仓来曰:"汝肯修帝庙,可获五千金。"王不信。次夜又梦关平将军来曰:"我家周仓最诚实,非诳人者,所许五千金,现在帝君香案脚下,汝须黑夜秉烛来,五千金可得。"王喜且惊,心疑香案下地有藏金,分应我得者。乃率其子,持皮口袋往,以便装载。及至庙中,天已黎明,见香案下睡一狐,黑而毛,两目金光闪闪。王悟曰:"得毋关神命我驱除此妖耶?"即与其子持绳索捆缚之,装放口袋中,负之归家。口袋中作人语曰:"我狐仙也。昨日偶醉,呕唾圣帝庙中,触怒神明,故托梦于君,教来收拾我。我原有罪,但念我修炼千年,此罪尚小,君不如放我出袋,彼此有益。"王戏问:"何以见谢?"曰:"以五千金为寿。"王心记周仓、关平两将军之言验矣,即释放之。顷刻变成一白须翁,唐巾飘带,言词温雅,蔼然可亲。王乃置酒设席,与谈过去未来事,且问:"都司穷官,如何能得五千金?"狐曰:"济宁富户甚多,俱非行仁义者。我择其尤不肖者,竟往彼家,抛砖打瓦,使他头疼发热,心惊胆战,自然彼必寻求符箓,延请道士。君往说我能驱邪,但书花押一个,向空焚之,我即心照而去,又闹别家。如此一月,则君之五千金得矣。但君官爵止于都司,财量亦止五千金,过此以往,不必妄求。吾报君后,亦从此逝矣。"未几,济宁城内外疫厉大作,鸡犬不宁,但王都司一到,便即安宁。遂得五千金,舍二百金修圣庙,祭奠周、关两将军。乞病归里,至今小康。

子不语卷十六

杭大宗为寄灵童子

万近蓬奉斗甚严，每秋七月，为盂兰之会，与施柳南刺史同设道场，施能见鬼，凡来受祭者，俱能指为何人，且与言语。方立坛时，先书列死者姓名，向坛焚化。万故杭大宗先生弟子，忘书先生名。施见是夕诸公俱集，有人短白须，披夹纱袍，不冠而至，骂曰："近蓬我弟子，今日设会，独不请我，何也？"施素不识杭，不觉目瞪。旁一人曰："此杭大宗先生也。"施向前揖问："先生何来？"曰："我前生是法华会上点香者，名寄灵童子，因侍香时，见烧香女美，偶动一念，谪生人间。在人间心直口快，有善无恶，原可仍归原位，惟以我好讥贬人，党同伐异；又贪财，为观音所薄，不许即归原位。"因自指其手与口曰："此二物累我。"问："先生在阴间乐乎？"曰："我在此无甚苦乐，颇散荡，游行自如。"问："先生何不仍投人身？"杭以手作拍势，笑曰："我七十七年人身，倏忽过去，回头想来，有何趣味？"曰："先生何不仍求观音收留？"曰："我坠落亦因小过，容易超度，可告知近蓬，替我念《秽迹金刚咒》二万遍，便可归原位。"问："陈星斋先生何以不来？"曰："我不及彼，彼已仍归桂宫矣。"语毕上座大啖，笑曰："施柳南一日不出任，我辈田允兄大有吃处。"田允兄者，俗言"鬼"字也。

西江水怪

徐汉甫在江西，见有咒取鱼鳖者，日至水滨，禹步持咒，波即腾沸，鱼鳖阵至，任择取以归。其法不得多取，约日需若干，仅给其值而已。一日，偶至大泽，方作法，忽水面涌一物，大如猕猴，金眼玉爪，露牙口外，势欲相攫。其人急以裙蒙首走，物奔来跃上肩，抓其额，人即仆地,流血晕绝。众咸奔救,物见众至,作声如鸦鸣,跃高丈许遁去。人不敢捕,伤者亦苏。其人云:"此水怪也。以鱼鳖为子孙,吾食其子孙,故来复仇耳。其爪铦利,遇物破脑,非蒙首而得众力,则毙其爪下矣。"

仲 能

唐再适先生观察川西时,有火夫陈某,粗悍嗜饮。一夕方醉卧,觉有物据其腹,视之,乃一老翁,髯发皆白,貌亦奇古,朦胧间不甚了了。陈以同伴戏己,不甚惊怖。时初秋,适覆单衾,因举以裹之,且挟以卧。晓曳衾,内有一白鼠,长三尺余,已压毙矣。始悟据腹老人即此怪。按此即《玉策记》所云"仲能",善相卜者能生得之,可以预知休咎。

雀 报 恩

周之庠好放生,尤爱雀,居恒置黍谷于檐下饲之。中年丧明,饲雀如故。忽病气绝,惟心头温,家人守之四昼夜,苏云:初出门,独行旷野,日色昏暗,寂不逢人,心惧,疾驰数十里,见城外寥寥无烟火。俄有老人杖策来,视之,乃亡父也。跪而哀泣,父曰:"孰唤汝来?"答曰:"迷路至此。"父曰:"无伤。"导之入城,至一衙署前,又有老人纶巾道服自内出,乃亡祖也,相见大惊,责其父曰:"尔亦糊涂,何导儿至此!"叱父退,手挽之庠行,有二隶卒,貌丑恶,大呼曰:"既来此,安得便去?"与其祖相争夺。忽雀亿万自西来,啄二隶,隶骇走,祖父翼之出,群雀随之,争以翅覆之庠。约行数十里,祖以杖击其背曰:"到家矣。"遂如梦觉,双目复明,至今无恙。

全 姑

荡山茶肆全姑,生而洁白婀娜。年十九,其邻陈生美少年,私与通，为匪人所捉。陈故富家，以百金贿匪。县役知之，思分其赃，相与率扭到县。县令某，自负理学名，将陈决杖四十，女哀号涕泣，伏陈生臀上愿代，令以为无耻，愈怒，将女亦决杖四十。两隶拉女下，私相怜，以为此女通体娇柔如无骨者，又受陈生金，故杖轻扑地而已。令怒未息，剪其发，脱其弓鞋，置案上，传观之，以为合邑戒，且贮库焉，将女发官卖。案结矣，陈思女不已，贿他人买之，而己仍娶之。未一月，县役纷来索贿，道路喧嚷。令访闻大怒，重擒二人至案。女知不免，私以败絮草纸置裤中，护其臀。令望见曰："是下身累累者何物耶？"乃下堂扯去裤中物，亲自监临，裸而杖之。陈生抵拦，掌嘴数百后乃再决，满杖，归家月余死，女卖为某公子妾。有刘孝廉者，侠士也，直入署责令曰："我昨到县，闻公呼大杖，以为治强盗积贼，故至阶下观之。不料一美女，剥紫绫裤受杖，两臀隆然，如一团白雪；日炙之，犹虑其消，而君以满杖加之，一板下，便成烂桃子色。所犯风流小过，何必如是？"令曰："全姑美，不加杖，人道我好色；陈某富，不加杖，人道我得钱。"刘曰："为父母官，以他人皮肉博自己声名，可乎？行当有报矣。"奋衣出，与令绝交。未十年，令迁守松江。坐公馆，方午餐，其仆见一少年从窗外入，以手拍其背者三，遂呼背痛，不食，已而背肿尺许，中有界沟，如两臀然。召医视之，医曰："不救矣，成烂桃子色矣。"令闻，心恶之，未十日卒。

奇　勇

国初有二巴图鲁：一溺地，地陷一尺，能自抓其发，拔起身在空中高尺许，两足离地，移时不下；一在关外，被敌劫营，黑暗中已为敌断其首矣，刀过处，急以右手捺住头，左手挥刀犹杀数十人而后死。

红毛国人吐妓

红毛国多妓，嫖客置酒召妓，剥其下衣，环聚而吐口沫于其阴，不与交媾也。吐毕放赏，号"众兜钱"。

西 贾 认 父

钱塘铨部主事吴名一骐者,初举孝廉,入都会试,僦居旅次。有西贾王某来,云其父临终言往生浙地某处,为吴氏子,其终年即铨部生年也。又云昨晚其母又复示梦云:"汝父已至都中,现寓某处,汝何不往?"以故到此访问,乞一睹颜色。铨部因事属怪异,不肯出见。王贾痛哭,遥拜而去。王贾甚富,并无所希冀而来者,以故人笑吴公之迂。吴作吏部主事数年死,死年二十八。

徐 步 蟾 宫

扬州吴竹屏臬使,丁卯秋闱,在金陵扶乩,问中否,乩批"徐步蟾宫"四字。吴大喜,以为馆选之征,及榜发不中。是年解元,乃徐步蟾也。

歪 嘴 先 生

湖州潘淑,聘妻未娶,以瘵疾亡。临终请岳翁李某来,要其未嫁之女守志,翁许之。潘卒后,翁忘前言,女竟改适。将婚之夕,鬼附女身作祟。有教读张先生者,闻之意不能平,竟上女楼,引古礼折之。以为女虽已嫁,而未庙见,尚归葬于女氏之党;况未嫁之女,有何守志之说?鬼不能答,但走至张前,张口呵之,一条冷气如冰,臭不可耐。从此女病愈,而张嘴歪矣。李德之,延请在家。合村呼"歪嘴先生"。

鬼 衣 有 补 褂 痕

常州蒋某,在甘肃作县丞,乾隆四十五年,甘肃回回作乱,蒋为所害,三年音耗断矣。其侄某,开参店于东城,忽一日午后,蒋竟直入,布裹其头,所穿衣有钉补褂旧痕,告其侄曰:"我于某月日为乱兵所害，尸在居延城下，汝可遣人至其处，棺殓载归。"指其仆曰："此小儿亦是劫数中人，我现在阴间雇用之，每年给工食银三两。"其侄大惊，唯唯听命。鬼命小僮取火吃烟，旋即不见。侄即遣人载其棺归，启视之，头骨斫作数块，身着红青缎褂，隐隐有补褂一方痕迹。

孙 方 伯

孙涵中方伯为部郎时，居京师之樱桃斜街，房宇甚洁。忽有臭气一道，从窗外达中庭，嗅而迹之，乃从后苑井中出。夜三鼓，众人睡尽，有连呼其老仆姓名者，听之，隐隐然亦出自井中。孙公怒而填之，怪亦竟绝。

卖 冬 瓜 人

杭州草桥门外，有卖冬瓜人某，能在头顶上出元神，每闭目坐床上，而出神在外酬应。一日出神买鲞数片，托邻人带归，交其妻。妻接之笑曰："汝又作狡狯耶？"将鲞挞其头，少顷，卖瓜者神归，以顶为鲞所污，徬徨床侧，神不能入，大哭去，尸亦渐僵。

柳 如 是 为 厉

苏州昭文县署，为前明钱尚书故宅，东厢三间，因柳如是缢死此处，历任封闭不开。乾隆庚子，直隶王公某莅任，家口多，内屋少，开此房居姜某氏，二婢作伴；又居一妾于西厢，老妪作伴。未三鼓，闻西厢老妪喊救命声，王公奔往，妾已不在床上。寻至床后，其人眼伤额碎，赤身流血，觳觫而立，云："我卧不吹灯，方就枕，便一阵阴风吹开帐幔，遍体作噤。有梳高髻披大红袄者，揭帐招我。随挽我发，强我起。我大惧，急逃至帐后，眼为衣架触伤。老妪闻我喊声，随即奔至，鬼才放我，走窗外去。"合署大骇，虑东厢之妾新娶胆小，亦不往告。次日至午，东厢竟不开门；启入，则一姬二婢，俱用一条长带相连缢死矣。于是王公仍命封锁此房,后无他异。或谓柳氏为尚书殉节,死于正命,不应为厉。按《金史·蒲察琦传》,琦为御史,将死崔立之难,到家别母,母方昼寝,忽惊而醒。琦问:"阿母何为?"母曰:"适梦三人潜伏梁间,故惊醒。"琦跪曰:"梁上人乃鬼也,儿欲殉节,意在悬梁,故彼鬼在上相候,母所见者即是也。"旋即缢死。可见忠义之鬼,用引路替代,亦所不免。

捧 头 司 马

如皋高公岩,为陕西高陵令。其友某,往探之,去城十里许,日已薄暮,恐不能达。见道旁废寺,正室封局,西偏屋二楹,内有小门,通正室门,亦封局。某以屋尚整洁,遂借宿焉。沽酒少饮,解衣就寝,其仆出,与守寺道人同宿东边之耳房。时当既望,月明如昼。某久不成寐,忽闻正室履声橐橐,小门砉然顿开,见有补褂朝珠而无头者,就窗下坐,作玩月状。某方惊,其人转身向内,若有见于某者,旋即走还正室中。某急起开门遁,而门外锁已为其仆倒扣去。某大呼,喑不能声,其仆弗应。某无措,遂夺窗出,窗外有墙缭之,又不克越;近窗高树一株,乃缘之而上。俯视窗下,则其人已捧头而出,仍就前坐,以头置膝,徐伸两指,拭其眉目,还以手捧之,安置顶上,双眸炯炯,寒光射人。是时某已魂飞,不复省人事矣。次晨仆入,不见主人,遍寻之,得于树上,急拨其腕,交抱树柯,坚不可解,久之始苏,犹谓鬼之来攫己也。问之道人,云:"二十年前,宁夏用兵,有楚人为同知者,解粮误期,为大帅所戮。柩行至此,资斧告绝,遂寄寺中。今或思归,见形于客乎?"某白高,高因捐俸为赀柩资,并寓书于楚,令其子领归。

驱 鲎

吴兴卞山有白鲎洞,每春夏间,即见状如匹练起空中,游漾无定,所过之下,蚕茧一空,故养蚕时尤忌之,性独畏锣鼓声。明太常卿韩绍,曾命有司挟毒矢逐之,其《驱鲎文》载郡志。近年来作患尤甚。乾隆癸卯四月,有范姓者,具控于城隍,是夜梦有老人来曰:"汝所控已准,某夜当命玄衣真人逐鲨,但鲨鱼司露有功,被害者亦有数。彼以贪故,当示之罚。尔等备硫磺烟草,在某山洞口相候可也。"范至期,集数十人往,夜二鼓,月色微明,空中风作。见前山有大蝙蝠丈许,飞至洞前,瞬息诸小蝠群集者,不下数十。每一蝙蝠至,必有灯一点如引导状。范悟曰:"是得非所谓玄衣真人乎?"即引火纵烧烟草。俄而洞中声起如潮涌风发,有匹练飞出,蝙蝠围环,若布阵然,彼此搏击良久。乡民亦群打锣鼓,放爆竹助之。约一时许,匹练飘散如絮,有青气一道,向东北而去。蝙蝠亦散。次早往视,林莽间绵絮千余片,或青或白,触手腥秽不可近。自是鲨患竟息。

海中毛人张口生风

雍正间,有海船飘至台湾之彰化界,船止二十余人,资货颇多,因家焉。逾年有同伙之子,广东人,投词于官,据云:"某等泛海,开船后遇飓风,迷失海道,顺流而东。行数昼夜,舟得泊岸,回视水如山立,舟不可行,因遂登岸。地上破船、坏板、白骨,不可胜计,自分必死矣。不逾年,舟中人渐次病死,某等亦粮尽,余豆数斛,植之,竟得生豆,赖以充腹。一日者,有毛人长数丈,自东方徐步来,指海水而笑。某等向彼号呼叩首,长人以手指海,若挥之速去者。某等始不解,既而有悟,急驾帆试之,长人张口吹气,蓬蓬然东风大作,昼夜不息。因望见鹿仔港口,遂收泊焉。"彰化县官案验得实,移咨广省,以所有资物按二百余家均分之,遂定案焉。后有土人云:"此名海阐,乃东海之极下处,船无回理,惟一百二十年,方有东风屈曲可上,此二十余人,恰好值之,亦奇矣;第不知毛而长者,又为何神也。"

卞 山 地 陷

乾隆乙巳,湖州大旱,西门外下塘地陷数丈,民居屋脊,与地相平,屋中人破瓦而出,什物一无损坏。河中忽亘起土埂,升出白光一道,望龙溪而去,怪风随之,溪中渔舟数十,俱为白光所迷。俄顷风定,舟俱聚一处,而白光亦不见矣。时有方老人者,年九十余,自云少年时见渔舟捕得白鳝一条,重五六斤,不敢匿,献之乌程令某。适令前一夕,梦见一白衣女子来告云:"某苕上水神也,为陈皇后守宫门,明日有厄求救。"次日见鳝而悟,仍命放入河中。今土中白光,得毋即此物欤? 考西门外与迎禧门相连,南朝陈武帝之后为其父母营葬于卞山,起民夫开地道而出,葬后仍行封闭。然则地之陷,亦有由矣。

鬼 逐 鬼

桐城左秀才某,与其妻张氏伉俪甚笃,张病卒,左不忍相离,终日伴棺而寝。七月十五日,其家作盂兰之会,家人俱在外礼佛设醮,秀才独伴妻棺看书。忽阴风一阵,有缢死鬼披发流血拖绳而至,直犯秀才。秀才惶急,拍棺呼曰:"妹妹救我!"其妻竟勃然掀棺而起,骂曰:"恶鬼敢无礼犯我郎君耶!"挥臂打鬼,鬼踉跄逃出。妻谓秀才:"汝痴矣,夫妇钟情,一至于是耶? 缘汝福薄,故恶鬼敢于相犯,盍同我归去,投人身再作偕老计耶?"秀才唯唯,妻仍入棺卧矣。秀才呼家人视之,棺钉数重皆断,妻之裙犹夹半幅于棺缝中也。不逾年,秀才亦卒。

柳 树 精

杭州周起昆,作龙泉县学教谕,每夜明伦堂上鼓无故自鸣,遣人伺之,见一人长丈余,以手击鼓。门斗俞龙,素有胆,暗张弓射之,长人狂奔而去,次夜寂然。后两月,学门外起大风,拔巨柳一株,周命锯之为薪,中有箭横贯树腹,方知击鼓者此怪也。龙泉素无科目,是年中一陈姓者。

折 叠 仙

浒市关有陈一元者,弃家学道,购一精舍,独坐其间,内加锁钥,初辟粥饭，继辟果蔬，但饮石湖之水，命其子每一月饷水一壶。次月往视，则壶仍置门外，而水已干，乃再实其壶以进焉。孙敬斋秀才闻而慕之，书一纸条，贴壶盖上，问可见否，并请许见日期，心惴惴恐不许也。次月往探，壶上批纸尾云："二月初七日，可来相见。"孙大喜，临期与其子偕往，见一元年仅四十许，而其子则已老矣。孙问修道从何下手，曰："汝且静坐片时，自数其心所思想处。"孙坐良久，一元问："汝可起几许念头？"曰："起过七十二念。"一元笑曰："心无所寄，求静反动，理之常也。汝一个时辰起七十二念，不可谓多，根气可以学道。"遂教以饮水之法，曰："人生本自虚空而来，因食物过多，致身体坚重，腹中秽虫丛起，易生痰滞。学道者先清其口，再清其肠，饿死诸虫，以荡涤之。水为先天第一真气，天地开辟时，未有五行，先有水，故饮水为修仙要诀。但城市水浑，有累灵府，必取山中至清之水，徐徐而吞，使喉中喀喀有响；然后甘味才出。一勺水可度一昼夜。如是一百二十年，身渐轻清，并水可辟，便服气御风而行矣。"孙问一元何师，曰："余三十年前，往太山烧香，遇一少年，貌甚灵俊，能预知阴晴，因与一路偕行。少年背负一锦匣，每至下店，必向匣絮语片时，然后安寝。心大惊疑，凿壁窥之，见少年放匣几上，整冠再拜。一老人从匣中笑坐而起，双眸炯炯，白须飘然。两人相与密语，听不可解，但闻'有窃道者，有道窃者'八字而已。夜三更，少年请曰：'先生可安寝乎？'老人颔之。遂将老人折叠如纸绢人一般，装入匣中矣。次日，少年知余窥见，故告我来历，许我为弟子，而传以道也。"孙抱一元试之，连所坐椅，仅三十斤。孙以两女未嫁，故乞假而归，假满再往。余见之于震泽张明府署中，具道如此。时戊申二月初十日也。

仙人顶门无发

癸巳秋，张明府在毗陵遇杨道人者，童颜鹤发，惟顶门方寸，一毛不生。怪而问之，笑曰："汝不见街道上两边生草，而当中人所践踏之地不生草乎？"初不解所谓，既而思之，知脟门地方故是元神出入处，故不生发也。道人夜坐僧寺门外，僧招之内宿，决意不可。次早视之，见太阳东升，道人坐墙上吸日光。其顶门上有一小儿，圆满清秀，亦向日光舞蹈而吞吸之。

香 虹

吴江姜某，一子一女。其子娶新妇刘氏，刘性柔婉，不能操作。有婢香虹者，素诡谲，因与其女日夜媒蘖其短。刘恨不能伸。来时嫁资颇丰，为其姑逼索且尽。未期年，染病床褥。姑谓其痨也，不许其子与见，刘抑郁死。忽一日，其女登床，自批其颊，历数其生平之恶，且云："姑使我不与郎见，亦是姻缘数尽，然尔辈用心何太酷耶！"如是数日，为设醮，亦不应。姜与其妻婉求之，乃曰："翁待吾厚，姑亦老悖，此皆香虹之过，我不饶他。"香虹在侧，忽瞪目大呼，两手架空而行，若有人提之者，坠下则已毙矣。其女依然无恙。此乾隆五十三年正月事。

阎王升殿先吞铁丸

杭州闵玉苍先生，一生清正，任刑部郎中时，每夜署理阴间阎王之职。至二更时，有仪从轿马相迎，其殿有五，先生所莅第五殿也。每升殿，判官先进铁弹一丸，状如雀卵，重两许，教吞入腹中，然后理事，曰："此上帝所铸，虑阎罗王阳官署事，有所瞻徇，故命吞铁丸以镇其心，此数千年老例也。"先生照例吞丸。审案毕，便吐出之，三涤三视，交与判官收管。所办事晨起辄忘，即记得者，亦不肯向人说，但劝人勿食牛肉，多诵《大悲咒》而已。到任三月，忽一日晨起，召诸亲友而告曰："吾今而知小善之不足为也。昨晚吾表弟李某死，生魂解到，判官将其生平作官恶迹，请寄地狱审定拟罪，再详解东岳。余心恻然，将狱牌安放几上，再三目李，李自诉平生不食牛肉，作官时禁私宰尤严，似可以此功德抵销他罪。余未作声，判官驳云：'此之谓"恩足以及禽兽，而功不至于百姓"也。子不食牛肉，何以独食人肉？'李云：'某并未食人肉。'判官曰：'民脂民膏，即人肉也。汝作贪官，食千万人之膏血,而不食一牛之肉,细想小善可抵得大罪否?'李不能答。余知李素诵《大悲咒》,为阴司所最重,因手书'大悲咒'三字在掌上以示之,李竟茫然不能诵一字。余为代诵数句,满堂判官胥役,一齐跪听,西方赫然似有红云飞至者。然而铁丸已涌起于胸中,左冲右撞,肠痛欲裂矣。余不得已,急取狱牌加朱,放李狱中,肠内铁丸始定,方理别案而归。"诸亲友因问:"到底牛肉可食乎?"先生曰:"在可食不可食之间。"人问故,曰:"此事与敬惜字纸相同,圣所未戒,然不过推重农重文之心,充类至义之尽。故禁食之者,慈也。然'天地不仁,以万物为刍狗。'此语久被老子说破。试想春蚕作丝,衣被天子以至于庶人,其功比牛更大,其性命比牛更多,而何以烹之煮之,抽其腹肠而炙食之,竟无一人为之鸣冤立禁者,何耶? 盖天地之性,人为贵,贵人贱畜,理所当然,故食牛肉者,达也。"

万 佛 崖

康熙五十年,肃州合黎山顶忽有人呼曰:"开不开,开不开。"如是数日,无人敢答。一日有牧童过,闻之,戏应声曰:"开!"顷刻晻然,风雷怒号,山石大开,中现一崖,有天生菩萨像数千,须眉宛然。至今人呼为万佛崖。章淮树观察过其地,亲见之。

大 力 河

孙某作打箭炉千总,其所辖地,阴雨两月,忽一日雨止,仰天见日光。孙喜,出舍视之。顷刻烟沙蔽天,风声怒号,孙立不牢,扑地乱滚,似有人提其辫发而颠掷之者,腿脸俱伤。孙心知是地动,忍而待之。食顷动止,起视人民与自家房屋,全已倾圮,有一弟逃出未死,彼此惶急。孙老于居边者,谓弟曰:"地动必有回潮,不止一次。我与汝须死在一处。"乃各以绳缚其身,两相拥抱。言未毕而怪风又起,两人卧地颠播如初,幸沙不眯眼,见地裂数丈,有冒出黑风者;有冒出火光如带紫绿二色者;有涌黑水臭而腥者;有现出人头大如车轮,目睒睒斜视四方者;有裂而仍合者;有永远成坑者。兄弟二人,竟得无恙。乃埋葬全家,掘出货物,各自谋生。先三月前,有疯僧持缘簿一册,上写募化人口一万。孙恶其妖言,将擒之送县,僧已立一杨柳小枝上,曰:"你勿送我到县,送我塞大力河水口可也。"言毕不见。是年地动日,四川大力河水冲决,溺死万余人。

子不语卷十七

白骨精

处州地多山，丽水县在仙都峰之南，土人耕种，多有开垦到半山者。山中多怪，人皆早作早休，不敢夜出。时值秋深，有田主李某到乡刈稻，独住庄房，土人恐其胆怯，不敢以实告，但戒昏夜勿出。一夕月色甚佳，主人闲步前山，忽见一白物，蹁跹而来，稜嶒有声，状甚怪。因急回寓，其物已追踪而至，幸庄房门有半截栅栏，可推而进，怪不能越。主人进栅，胆壮，月色甚明，从栅缝中细看，乃是一髑髅，咬撞栅门，腥臭不可当。少顷鸡鸣，见其物倒地，只白骨一堆，天明亦复不见。问之土人，曰："幸足下遇白骨精，故得无恙。若遇白发老妇，假开店面，必请足下吃烟，凡吃其烟者，从无生理。月白风清之夜，常出作祟，惟用苔帚可以击倒之。亦终不知何怪。"

鼋壳亭

乾隆二十年，川东道白公，以千金买一妾，挂帆回任，宠爱异常。舟过镇江，月夜泊舟，妾推窗取水，为巨鼋所吞。主人悲恨，誓必得鼋而后已。传谕各渔船，协力搜拿，有能得巨鼋者赏百金。船户争以猪肚、羊肝套五须钩为饵，上系空酒坛，浮于水面，昼夜不寐。两日后，果钓得大鼋，数十人拽之不能起；乃以船缆系巨石磨盘，用四水牛拖之，跃然上岸。头如车轮，群以利斧斫之，滚地成坑，喳碴有声，良久乃死。破其腹，妾腕间金镯尚在。于是碎其身，焚以火，臭闻数里。一壳大数丈，坚过于铁，苦无所用，乃构一亭以鼋壳作顶，亮如明瓦窗，至今在镇江朝阳门外大路旁。

怪 怕 讲 理

苏州富翁黄老人者,年过八十,独处一楼。忽见女子倚门而望。老人壮年曾有爱女卒于此楼,疑是女魂,置之不问。次晚又见,则多一男子矣。至第三日,一男一女,跨身梁间,两目下注。老人故作不见,俯首看书。其男子乃下,直立老人旁。老人笑问曰:"足下是鬼耶? 此来甚差。我年已八十余,死乃旦夕事,不久与君为同类,何必先蒙过访。若是仙耶? 何不请坐一谈?"怪不答,但长啸,四面楼窗齐开,阴风袭人。老人唤家人上楼,怪亦不见。后数月,二媳一孙皆死,仅存一小婢。老人恐此女身后无依,乃赠与西席华君为妾,生三子,现在浙江临海县华公署中。此事华秋槎明府为余言。

娄真人错捉妖

松江御史张忠震,甲辰进士。书房卧炕中每夜鼠斗,作闹不止,主人厌其烦,烧爆竹逐之不去,打以火枪亦若不知。张疑炕中有物,毁之,毫无所见。书室后为使女卧房,夜见方巾黑袍者来与求欢,女不允,旋即昏迷,不省人事。主人知之,以张真人玉印符放入被套,覆其胸。是夕鬼不至;次日又来作闹,剥女下衣,污秽其符。张公怒,延娄真人设坛作法。三日后,擒一物如狸,封入瓮中,合家皆以为可安。是夜,其怪大笑而来曰:"我兄弟们不知进退,竟被道士哄去,可恨!谅不敢来拿我。"淫纵愈甚。主人再谋之娄,娄曰:"我法只可行一次,第二次便不灵。"张无奈何,每晚将此女送入城隍庙中,怪乃去;一回家,则又至矣。越半年,主人深夜与客弈棋,天大雪,偶推窗漱口,见窗外一物,大如驴,脸黑眼黄,蹲伏阶下。张吐水正浇其背,急跳出窗外逐之,怪忽不见。次早女告主人曰:"昨夜怪来,自言被主人看见,天机已露,请从今日去矣。"自此怪果绝。

陈姓妇啖石子

天台县西乡赛会迎神，神袍微皱，有妇人陈姓者，为扶熨之。晚归，见金甲神自称将军，拥众至，仪卫甚盛，云："汝替我整衣，有情于我，今娶汝为妻。"带点心与啖，皆河子石也。妇人啖时，甚觉软美。小者从大便出，大者仍从口内吐出，吐出则坚硬如常石子矣。父兄俟其来时，使有勇者与格斗。良久，妇人曰："伤其锤柄矣。"次日至野庙中，有五通神所执金锤有伤，乃毁其庙，神亦寂然。

天 台 县 缸

天台县署中，到任官空三堂而不居，让与一缸居之，相传为前朝故物。缸有神灵，能知人祸福，凡县尹到任，必行三跪九叩礼祭之，否则作祟。官当升迁，则缸先凭空而起，若有系之者；当降革，则缸先下陷，渐入土中。平时缸离地寸许，从不着土，余心疑焉。壬寅春，游天台山，地主钟公醴泉，邀饮署内，酒后言曰："署中二古物，盍往一观？"书室西有老桂参天，旁悬一扁，乃明天启四年邑宰陈命众题额，转过三堂，则缸神所居。其大如鼓，一黄沙粗缸耳。中有小穴，吏云："此神口也，牲血涔涔，皆历年来所享鸡豕。"余以扇击之，声铿然，以竹片试其底，毫不能入，并非离地者。钟公骇然，余笑曰："我击之，我试之，缸当祸我，不祸君也。"已而寂然。此缸载《天台县志》中。

木 姑 娘 坟

京师宝和班，演剧甚有名。一日者，有人骑马来相订云："海岱门外木府要唱戏，登时须去。"是日班中无事，遂随行至城外，天色已晚。过数里，荒野之处，果见前面大房屋，宾客甚多，灯火荧荧然，微带绿色。内有婢传呼云："姑娘吩咐：只要唱生旦戏；不许大花面上堂用大锣大鼓，扰乱取厌。"管班者如其言。自二更唱起，至漏尽不许休息，又无酒饭犒劳。帘内妇女,堂上宾客,语嘶嘶不可辨。于是班中人人惊疑。大花面顾姓者不耐烦,竟自涂脸,扮关公《借荆州》一出,单刀直上,锣鼓大作;顷刻堂上灯烛灭尽,宾客全无。取火照之,是一荒冢,乃急卷箱而归。明早询土人,曰:"某府木姑娘坟也。"

雷 诛 王 三

常州王三,积恶讼棍也。太守董怡曾到任,首名访拿,王三躲避。其弟名仔者,武进生员,正在娶亲。新人入门,而差役拘王三不得,遂拘其弟往,管押班房。王三知家属已去,则官事稍松,乃夜入弟室,冒充新郎,与弟妇成亲。次日差役带其弟上堂,太守见是柔弱书生,愍其无辜,且知其正值新婚,作速遣还,宽限一月,访拿王三。其弟入室,慰劳其妻,妻方知此是新郎,昨所共寝者,非也,羞忿缢死。其岳家要来吵闹,而赧于发扬,且明知非新郎之罪,乃曰:"我家所赔赠衣饰,须尽入棺中,我才罢休。"新郎舅姑哀痛不已,一一从命。王三闻之,又动欲念,伺其攒殡之所,往发掘之。开棺,妇色如生,乃剥其下衣,又与淫污。污毕,取其珠翠首饰,藏裹满怀,将奔上路。忽空中霹雳一声,王三震死,其妇活矣。次早管坟人送信于其弟家,迎归完娶。太守闻之,命斫王三骨而扬其灰。

铁 匣 壁 虎

云南昆明池旁,农民掘地得铁匣,匣上符箓不可识,旁有楷书云"至正元年杨真人封"。农民不知何物,椎碎其匣,中有壁虎寸许,蠕蠕然,似死非死。童子以水沃之,顷刻寸许者渐伸渐长,鳞甲怒生,腾空而去,暴风烈雨,天地昏黑。见一角黑蛟与两黄龙空中攫斗,冰雹齐下,所损田禾民屋无算。

图 公 为 神

乾隆己丑，两淮盐院图公思阿到任，清操卓然，每日用三百文，遇商人和平坦易，慈爱谆谆，人以为百余年来无此好盐政也。年七十三，殁前三日，遍召幕客戚友曰："吾将归去，君等助我摒挡罢务，以便交代后人。"众咸疑之，以为谰语。公笑曰："吾岂欺人者哉！"临期自草遗本毕，沐浴冠带，趺坐而逝。三七之期，群商往哭。其妾某夫人遣人问曰："诸位老爷可知道天下有思州府否？"曰："有。此州在广西省，未知夫人何故问之？"曰："妾昨夜梦老爷托梦云：'我将往思州府作城隍，上帝所命。'"于是众商哗然，知图公果为神，又不知何缘宦此远方也。

随 园 琐 记

余姨母王氏，得疾将死，忽转身向里卧，笑吃吃不止。其女问之，曰："我闻袁家甥将补廪，故喜。"时余犹附生也。姨卒之次年，竟以岁试第三补廪。先君子亡时，侍者朱氏亦病，呼曰："我去，我去，太爷在屋瓦上唤我。"时先君虽卒，而朱氏病危，家人虑其哀伤，并未告知，俄而亦死。方信古人升屋复魂之说，非无因也。阍人朱明死矣。复苏，张目伸手，索纸钱曰："我有应酬之用。"为烧之，目始瞑。甲戌秋，余病危，见白面小僮，戴缨帽，跪床下，持一单幅，上书"家政条条，人口寥寥"八字。余念此鬼戏我也，我亦戏之，是午饮胡椒汤，胸次稍宽，乃口号续云："可怜小鬼，只怕胡椒。"僮一笑去矣。当热重时，觉床中有六七人，纵横杂卧。或我不欲呻吟，而彼教之；或我欲静卧，而彼摇之。热减则人渐少，热减尽仍然一我而已。方信三魂六魄之说，亦属有之。至于梦兆有不可解者。余祖旦釜公，好道术，梦至一山顶，有八人饮酒，如俗所画八仙状貌。余祖至，群仙不起，余祖戏曰："八个仙人十五只脚。"李跛大怒，持杖将击，群仙呼曰："速谢罪！"拉余祖跪谢，而杖已至腰，曰："与汝三年。"惊醒后，腰上凸起如鸡卵，群医罔效，溃裂三年，竟卒。余戏谓跛奴与我家不共戴天，每见跛像，必痛詈之，亦复不能作祟。姊夫王贡南，祈梦于少保坟，梦一僧，状狞恶，持棍追击。贡南狂奔，见前面群僧数十，团坐草上。贡南求救，众僧拉贡南入草中，而四围膜手向外。追僧至，索贡南不得，喝曰："无情种子，留他作甚！大众闪开，领吾一棍！"贡南惊醒，至今无验。余幼时，梦束数百万笔为大桴，身坐其上，浮于江，亦至今无验。又立春日，梦关帝绿袍长须立空中，以左手擒我，右手持雷从脐击入，如烈火钻灼，痛醒腹犹热也。或以为关帝戊午生，余亦戊午得科之故，终属强解。壬子乡试，将赴科考，是日五更，梦遇门斗李念先于路，摇手曰："勿去，勿去，相公科考不取，遗才不取，须大收方取耳。"是时科考遗才最宽，余自问必不至此，后一如其言。因念补廪录科事甚小，而机先动；及后登进士、入词林、改县令，杳无预兆，何也？

广 西 鬼 师

广西信奉鬼师，有陈、赖二姓，能捉生替死，病家多延之。至则先取杯水，覆以纸，倒悬病者床上。翌日来视，其水周时不滴者云可救。或取雄鸡一只，贯白刃七八寸入鸡喉，提向病人身，运气诵咒，咒毕，鸡口不滴血者亦云可救。拔刃掷地，鸡飞如故。若滴下点水及鸡血者，辞去勿救。其可救者，设一坛，挂神鬼像数十幅，鬼师作妇人妆，步罡持咒，锣鼓齐作。至夜染油纸作灯，至野外呼魂，其声幽渺。邻人有熟睡者，魂即应声来，鬼师递火与之，接去后，鬼师向病家称贺，则病者愈而来接火之人死矣。解之之术，但夜闻锣鼓声，以两脚踏土上，便无所妨。陈、赖二家，以此致富，其堂宇层层阴黑，供鬼神像甚多。余婶母患病，呼赖鬼师视之。赖持剑捕鬼房中，有物如大蝙蝠，投入床下。赖用掌心雷击之，火倒出烧赖须。赖大怒，令煎一锅桐油，书符烧之，以手搅锅中油，闻床下鬼啾啾求饶，久之而绝，婶病果愈。一日者，陈鬼师为某家呼魂，见蓝衣女冉冉来，逼视之，即其所生女来接火。陈大惊，掷火于地，以掌击其背，急归视女，女方睡惊觉，云梦中闻爷呼，故来，所衣蓝布衫上，手掌油迹宛然。桂林魏太守女病危,夫人延陈鬼师视之,陈索百金为谢。太守素方严,拘而杖之,将置之狱,鬼师笑曰:"杖我毋后悔。"方杖鬼师,女忽于床上呼曰:"陈鬼师命二鬼杖我臀,拉我入狱。"夫人大恐,力劝放之,许以重谢。陈曰:"业为祟鬼所惊,吾力不能。"女竟死。

马　家　坟

伊都拉年二十一入直羽林,假日猎芦沟桥之西,见群雀飞入林际,因驰马纵鹰攫之。雀惊散,少年将往收鹰,见深林内有人臂鹰而立,以右手刷其羽毛;谛视之,自手至足,皆枯骨也。骇而奔告诸仆从,弹以鸟枪,枯骨人不见。伊收鹰行里许,望见高楼大厦,以为贵人庄院,各下马。见老妇人冉冉来,戴大髻,衣杏黄袍,锦靴素袜,婢数人,向伊呼曰:"汝非某家郎乎? 余为汝中表姑,既至此,何不过我?"伊趋前问起居,曰:"某以当差内府,不识大人居址,请往候安。"老妇先行,招诸仆从曰:"汝辈俱来少息。"入第,堂宇深邃,老妇趺坐榻上,与语近事甚悉,呼其女出见,曰:"汝妹也,年十八矣。"伊见其貌美,心为之动。老妇曰:"郎君远猎,得毋渴乎?"食以瓜,大倍于常,并赐诸从者,皆叩头谢出。侍者引至左房,与女子坐语良久。俄而一靴服丈夫,冠珊瑚顶孔雀翎,昂然自外入。少年起,执手问讯,坐定,丈夫曰:"顷于树林内得鹰绝佳,甚爱之,忽有何人放火枪,几为所中,鹰逸去,可惜!"伊闻之,始悟为鬼,默不敢语,因诡请如厕,出门上马而驰,仆从六七人,各色若死灰。行数十步,回望之,松楸宿草而已。询之土人,曰:"此马家坟也。昔有马将军者,以阵亡,暨其夫人并一女,同葬于此。"

天　厨　星

曹能始先生,饮馔极精,厨人董桃媚,尤善烹调。曹宴客,非董侍,则满坐为之不欢。曹同年某,督学蜀中,乏作馔者,乞董偕行。曹许之,遣董,董不往,曹怒逐之。董跪而言曰:"桃媚天厨星也,因公本仙官,故来奉侍。督学凡人,岂能享天厨之福乎?尔来公禄将尽,某亦行矣。"言毕,升空向西去,良久影逝。不逾年,曹竟不禄。

梦 中 联 句

曹少时过太平书坊,得《椒山集》,归,夜阅之,倦,掩卷卧。闻叩门声,启视,则同学迟友山也。携手登台,仰见明月,友山赋诗云"冉冉乘风一望迷",曹云"中天烟雨夕阳低。来时衣服多成雪",迟云"去后皮毛尽属泥。但见白云侵月冷",曹云"何曾黄鸟隔花啼。"迟云"行行不是人间象",曹云"手挽蛟龙作杖藜"。吟罢,友山别去。学士归语其妻,妻不答,转呼仆,仆亦不应。复坐北窗,取《椒山集》,掀数页,回顾己身,卧竹床上,大惊,始知梦也。惊醒起视,《椒山集》宛然掀数页,而次日友山讣至。

碧 眼 见 鬼

河南巡抚胡公宝瑔,眼碧色,自幼能见鬼物,九岁犹不言,尚记前生事,能言后不复记矣。自言人间街衢堂屋,在在有鬼,惟朝廷午门内无之。菜市口刑人处,鬼尤丛集。遇人气盛,避之而行;衰弱则摩肩而过,或有所揶揄者,其人必病。午前犹不甚出,午后道路纷纷然。其举止率皆卑琐龌龊,无昂伟正大者。公一生不肯入庙,神佛见之,往往起立。尝述所经历者,尊莫尊于东岳大帝,卤簿繁盛;奇莫奇于金将军,遍体金色,毛孔闪闪,生万道金光;丑莫丑于狭面神,身长三尺,面长四尺,阔止五六寸,令人对之欲呕。他如如来、仙子、关公、蒋侯,皆未之见也。幼时过土地祠,旁塑牛头鬼,公践其角;鬼随归家,以角抵公卧床,震撼不已。随患疟,牛压其胸,太夫人祭之方去。人问:"胡公官贵,何神佛见之尚起立,而牛头贱鬼乃敢揶揄之耶?"余答之曰:"惟是神是佛,正直聪明,故知其为贵人、正人而敬之;牛则无知也,何敬之有?"

公抚河南时,朔日行香,未至庙,忽低头持扇遮面,司、道迎接打恭,岸然不答。公素谦,一旦改常,司、道大疑。越一日,乘间问曰:"公某日行香,如有意拒绝我等者,得毋有所开罪乎?"公曰:"非也。前日见庙前有天蓬神两位,被河神锁系,求我说情。我若允许,则彼原有罪;如不允,则天蓬神缠扰不清,故佯为不见而过之耳。"

龙 母

常熟李氏妇,孕十四月,产一肉团,盘曲九折,莹若水晶。惧,弃之河,化为小龙,擘空而去。逾年,李妇卒,方殓,雷雨晦冥,龙来哀号,声若牛吼。里人奇之,为立庙虞山,号"龙母庙"。乾隆壬午夏大旱,牲玉斯馨,卒无灵。桂林中丞以为大戚,其门下士薛一瓢曰:"何不登堂拜母乎?"中丞遣官,以牲牢祷龙母庙,翌日雨降。

清 凉 老 人

五台山僧,号清凉老人,以禅理受知鄂相国。雍正四年,老人卒,西藏产一儿,八岁不言。一日剃发,呼曰:"我清凉老人也。速为我通知鄂相国。"乃召小儿入,所应对皆老人前世事无舛;指侍者、仆御,能呼其名,相识如旧。鄂公故欲试之,赐以老人念珠,小儿手握珠,叩头曰:"不敢,此僧奴前世所献相国物也。"鄂公异之,命往五台山坐方丈。将至河间,书一纸与河间人袁某,道别绪甚款。袁故老人所善,大惊,即骑老人所赠黑马来迎。小儿中道望见,下车直前抱袁腰曰:"别八年矣,犹相识否?"又摩马鬣,笑曰:"汝亦无恙乎?"马为悲嘶不止。是时道旁观者万人,皆呼生佛罗拜。小儿渐长大,纤妍如美女。过琉璃厂,见画店鬻男女交媾状者,大喜,谛玩不已。归过柏乡,召妓与狎,到五台山,遍召山下淫妪与少年貌美阴巨者,终日淫媟。亲临观之,犹以为不足,更取香火钱,往苏州聘伶人歌舞。被人劾奏,疏章未上,老人已知,叹曰:"无曲躬树而生色界天,误矣!"即端坐趺跏而逝,年二十四。吾友李竹溪,与其前世有旧,往访之。见老人方作女子妆,(删十八字)其旁鱼贯连环而淫者无数。李大怒,骂曰:"活佛当如是乎?"老人夷然,应声作偈曰:"男欢女爱,无遮无碍;一点生机,成此世界;俗士无知,大惊小怪。"

徐 崖 客

湖州徐崖客者,孽子也。其父惑继母言,欲置之死。崖客逃,云游四方,凡名山大川、深岩绝涧,必攀援而上,以为本当死之人,无所畏。登雁荡山,不得上,晚无投宿处,旁一僧目之曰:"子好游乎?"崖客曰:"然。"僧曰:"吾少时亦有此癖,遇异人授一皮囊,夜寝其中,风雨虎豹蛇虺,俱不能害。又与缠足布一匹,长五丈,或山过高,投以布,便攀援而上,即或倾跌,但手不释布,紧握之,坠亦无伤,以此游遍海内。今老矣,倦鸟知还,请以二物赠公。"徐拜谢别去。嗣后登高临深,颇得如意。入滇南,出青蛉河外千余里,迷道,砂砾渺茫,投囊野宿。月下闻有人溲于皮囊上者,声如潮涌,偷目之,则大毛人,方目钩鼻,两牙出颐外数尺,长倍数人;又闻沙上兽蹄杂沓,如万群獐兔被逐狂奔者。俄而大风自西南起,腥不可耐,乃蟒蛇从空中过,驱群兽而行,长数十丈,头若车轮。徐惕息噤声而伏。天明出囊,见蛇过处,两旁草木皆焦,己独无恙。饥无乞食处,望前村有若烟起者,奔往,见二毛人并坐,旁置镬,蒸芋甚香。徐疑即月下遗溲者。跪而再拜,毛人不知;哀乞救饥,亦不知。然色态甚和,睨徐而笑。徐乃以手指口,又指其腹。毛人笑愈甚,哑哑有声,响震林谷,若解意者,赐以二芋。徐得果腹,留半芋归。视诸人,乃白石也。徐游遍四海,仍归湖州,尝告人曰:"天地之性,人为贵,凡荒莽幽绝之所,人不到者,鬼神怪物亦不到;有鬼神怪物处,便有人矣。"

虎衔文昌头

陕西兴安州民某,六月娶妻,天大暑,路远,新妇以红巾裹首,不胜闷热,暴死车中。其父母悲甚,买棺殓之,不便仍舁至家,乃厝之城外古庙后。棺不甚坚厚,会大雨,凉气浸入棺中,女复活,哼哼有声。

庙中僧师徒二人闻而视之，启其棺，嫣然美妇也。扶起，以汤药灌苏，抱女入寺。其徒思独占此女，嘱师买酒，饮半醉，持斧斫杀之，即以女棺盛其师尸，置庙后，而负女逃，居别村文昌祠，蓄发为火居道士。逾年，夜忽有虎跳入祠中，将所塑文昌帝君头衔去，而遗下乳虎三只，村邻喧传，争来看虎。女之父母亦至，突见其女，以为鬼也，抱哭良久。女不能隐，具陈始末，且告以占妻杀僧事。其父母控官，讯鞫得实，掘验僧尸，置其徒于法，女交父母领归。此事严侍读冬友从陕西归，亲为予言。

采 战 之 报

京师人杨某，习采战之术，（删三十六字）妓妾受其毒淫者众矣。忽自悔非长生之道，乃广求丹灶良师。相传阜城门外白云观，元时为丘真人所建，每年正月十九日，必有真仙下降，烧香者毕集。杨往伺焉，见一美尼，偕众烧香，衣褶能逆风而行，风吹不动，意必仙也。向前跪求，尼曰："汝非杨某学道者乎？"曰："然。"曰："我道须择人而传，不能传汝俗子。"杨愈惊，再拜不已。尼引至无人之所，与丹粒二丸，曰："二月望日，候我于某所。此二丹与汝，可先吞一丸，临期再吞一丸，便可传道。"杨如其言，归吞一粒，觉毛孔中作热，不复知寒，而淫欲之念，百倍平时，愈益求偶。坊妓避之，无敢与交者。至期，吞丹而往，尼果先在一静室，弛其下衣，曰："盗道无私，有翅不飞。汝亦知古人语乎？求传道者，先与我交。"杨大喜，且自恃采战之术，耸身而上。须臾，精溃不止，委顿于地。尼喝曰："传道，传道，恶报，恶报。"大笑而去。五更苏醒，乃身卧破屋内，闻门外有卖浆者，匍匐告以故，舁至家中，三日死矣。

木 皂 隶

京师宝泉局有土地祠，旁塑木皂隶四人，炉头铜匠咸往祀焉。每夜众匠宿局中，年少者梦中辄被人鸡奸，如魇寐然。心恶之，而手足若有所缚,不能动,亦不能叫呼。旦起摸谷道中,皆有青泥。如是月余,群相揶揄,终不知何怪。后祀土地,见一隶貌如夜间来淫人者,乃诉之官,取铁钉钛其足,嗣后怪绝。

王　清　本

湖北巡抚陈公,葬其父文肃公于祖茔。卜有日矣,其弟绳祖,梦有持帖来拜者,上书"王清本"三字,入门则十三人也,坐无一语。俄而十二人辞去,独留一人,告公曰:"此十二人,皆河神也。"公惊醒。次日到坟,伐其树之碍路者,树文有"王清本"三字,数之十二枝也。大骇,遂命停斧。其木今尚存于家。此事严侍读为余言,并云:"偶阅《五色线》说部,果载河神名王清本。"

女　化　男

耒阳薛姓女,名雪妹,许字黄姓子。嫁有日矣,忽病危,昏聩中有白须老人拊其身,至下体,女羞涩支拒。白须翁迫以物纳之而去。女大啼,父母惊视之,已转为男身矣,病亦霍然。邹令张锡组署耒阳篆,陶悔轩方伯以会审来,唤验之,果然。面貌声音,犹作女态,但肾囊微隙,宛然阴沟也。薛本二子,得此为三,改雪妹名为雪徕。

井　泉　童　子

苏州缪孝廉涣,余年家子也。其儿喜官,年十二,性顽劣,与群儿戏,溲于井中。是夜得疾,呼为井泉童子所控,府城隍批责二十板。旦起视之,两臀青矣。疾小痊,越三日复剧,又呼曰:"井泉童子嫌城隍神徇同乡情,而罪大罚小,故又控于司路神。神云:'此儿污人食井,罪与蛊毒同科,应取其命。'"是夕遂卒。问城隍何人,曰:"周公范莲,庚戌翰林,苏州人,为河南某郡太守,正直慈祥,每杖人不忍看,必以扇掩其面。"

射 天 箭

苏州陶夔典之弟某,年十六,好仰空发矢,号曰"天箭"。忽一日射毕,投弓大叫曰:"我太湖水神,朝天过此,被汝射伤我臀,罪当万死。"举家跪求,卒不能救,病一日而死。夔典谓余曰:"弟诚顽劣,然以鬼神之灵,而不能避儿童之箭,亦不可解。"

神 秤

张玉奇,武进县户房书吏也。解钱粮至苏州,过横林地方,白日仆地,越一日苏,自言被金甲人擒去,至大院落,呼曰:"大师父,恶人来矣!"上坐青面獠牙者云:"既是恶人,着即拘禁。"金甲人跪请曰:"玉奇有朝廷公事在身,未便羁留,且放还阳,候其事毕,再行审讯未迟。"青面者许之,张遂活。解粮至苏,掣批归,仍过横林,宿旅店中,梦金甲人又来,将玉奇引见大师父,即青面者。大师父判曰:"取玉奇生平功过簿来,称其轻重,再行治罪。"左右取一秤至,金星照耀,其权以紫金石为之,凡善事用红标签,恶事用黑标签,分投秤盘中。顷刻间,红轻黑重矣。张战栗不已。俄而有人取红签文书一卷投之,则秤盘中诸黑尽为所压,红签重不可量。青面者曰:"有此大功德,可放还阳,增寿一纪。"玉奇惊醒,以此语人。人问可认得是何文书,曰:"我所承办,岂有不认?此常州刘藩司名某者抄家案也。刘被抄时,所籍田产佃户陈欠甚多,县令某欲按数比追,玉奇阳承奉其言,而夜中故意不戒于火,尽焚之,以此被杖,其事遂已。想压秤者是此事也。"玉奇至今尚存。

庄 明 府

庄明府炘未官时,馆广西横州刺史署中。昼卧书室,梦青衣人持帖云:"城隍神奉请。"庄随行,至一衙署。城隍神降阶迎,叙寒温毕,道:"为某案事,君作中证,故屈来质对,无干碍也。"庄唯唯,即告以当年作中原委。城隍笑颔之,呼僮置酒,神南向,庄西向,曰:"敝署有幕友四人,可许作陪否?"庄首肯,左右即请四先生来,皆非素相识者,彼此相揖,不交一言。四先生依城隍而坐,离庄甚远,阶下红灯四盏,光荧荧然。宴毕,庄知为阴府,因问终身之事可预知否,城隍神亦无难色,命左右取四簿至,上帖红签,有横死、夭死、老寿四柱名目。庄本身注在老寿簿上,有妻某,子某,妾某云云。庄其时尚无子无妾也。庄辞别,城隍神命青衣者,依原路送还。出衙,见街上搭台演戏,观者如堵。庄问何班,青衣者曰:"郭三班也。"中有白须老人冯某,是庄旧邻,死久矣,一见便来握手,且托云:"我葬某地,棺为地风所吹,现在倾仄,君归告我儿孙,改葬为安。"庄自粤归,如其言告知冯家。启坟视之,棺果斜朽。十余年来,庄之遭际,历历如梦;惟所云为某中证事,不肯向人言。

净 香 童 子

桂林相国陈文恭公,幼时扶乩,仙判牒云:"人原多道气,吏本是仙才。"后文恭历任封疆,位至宰相,似乩仙语未满其量。公卒后数年,苏州薛生白之子妇病,医治不效,乃扶乩求方,乩判云:"薛中立可怜,有承气汤而不知用,尚得为名医之子乎?"服之果愈。问乩仙何人,曰:"我叶天士也。"盖天士与生白在生时,各以医争名,而中立者,生白之子,故谑之。从此苏人求方者毕集,乩所判药,应手而痊。一夕告别,大书云:"我为大公祖净香童子所召,不得不往。"众骇然,问净香童子何以有公祖之称,曰:"陈文恭公,已复净香童子之位矣。"陈故苏州巡抚也。

棺 尸 求 祭

常州御史吴龙见,文端公之曾孙也。其弟某,馆于李氏,厅宇甚宽,旁有古棺,缞帷尘满,吴亦习见,不以为怪。一夕月明时,棺中囊然有声，则前和开矣。中伸一首出，纱帽白髯，手指其腹，自称饥渴求祭，吴许之。白髯者向棺中取淡黄色袍服相畀，曰："此明朝万历皇帝所赐也，今以为谢。"吴不敢受，夜渐阑，棺合缝如故。吴次日告主人，为建斋醮。据云此棺乃李氏高祖，名杰，前明侍郎，以子孙甚多，惑于风水，故未葬耳。

沈椒园为东岳部司

嘉兴盛百二，丙子孝廉，受业于沈椒园先生。沈殁数年，盛梦游一处，见椒园乘八轿，仪从甚盛。盛趋前拱揖，沈摇手止之，随入一衙门。盛往投帖求见，阍者传谕，此东岳府也，主人在此作部曹，未便进见。盛知公为神，乃踉跄出，见柳阴下有人，徬徨独立，谛视之，椒园表弟查某也。问何以在此，曰："椒园表兄招我入幕，我故来，及到此，又不相见，未知何故。我有大女明姑，冬月将出嫁，我要过此期才能来，而此意无由自达，奈何？"盛曰："若如此，我当再扣先生之门，如得见，则并达尊意，何如？"查曰："幸甚。"盛仍诣辕门，向阍者述所以又来求见故，阍为传入。顷之，阍者出曰："主人公事忙，万不能见，可代致意查相公，速来速来，不能待至冬月；即查大姑娘，亦随后要来，不待婚嫁也。"盛以此语覆查，相与歔欷而醒，是时春二月也。急往视查，彼此述梦皆合，查怃然不乐。其时查甚健无恙，至八月间，查以疟亡；九月间，查女亦以疟亡。椒园，余社友，同举鸿词科。

子不语卷十八

陕 西 茶 客

陕西茶客某,贩茶江南,归宿阌乡旅店。其东厢先有居者,山东二布客也,彼此晚膳毕,闭门睡矣。客梦有怪物,披发,赤短须,凹面,撞门入,手持铁索,取东厢二布客锁之,随锁茶客,三人共索如鱼贯然,缚门外柳树上,怪又撞入他店去。二布客铁鍊甚紧,不能动;茶客鍊稍松,苦挣得脱,惊醒,以为梦也。告店主,亦不甚怖。次日五更,店主大喊,东厢二客死矣。半里外饭店中,亦死一骡夫。

山 娘 娘

临平孙姓者新妇为魅所凭,自称"山娘娘",喜敷粉,着艳衣,白日抱其夫作交媾秽语。其夫患之,请吴山施道士作法。方设坛,其妻笑曰:"施道士薄薄有名,敢来治我!我将使之作王道士斩妖矣。"王道士斩妖者,俗演戏笑道士之无法者也。即以手按其妇腹下,秽血喷之,法果不灵。道士曰:"我有辟秽符在枕中。"命其徒取而张之,再坐坛作法。妻有惧色,亦坐几上,挥帚作法,彼此斗良久。其夫见三目神擒一白猴,大五尺许,投阶前,猴俯伏。道士取而掷之,屡掷屡小,缩如初生小猫,乃取入瓦坛中,封以符印。旋有黑气从坛中出,次日投江中,妇病遂愈。

瓜 州 公 子

杭州大方伯地方,有胡姓嫂姑二人同居一楼。清明日,嫂见瓦上有搭柳为桥者,疑是儿戏,用竿挑去之。晚间有羽衣男子,突至卧床前曰："我瓜州公子也，与汝姑嫂有缘，故折柳做鹊桥，从瓦上度来，以应清明佳节，汝何得拆去！"言毕住房中，凭二女为祟。其家请道士念《玉皇经》解禳之。道士方至，怪以溺器掷之，经卷淋漓，道士逃去。胡翁遣老媪五人守夜调护，则五媪发皆成辫，丝丝相接，非拖曳不能行，如是者月余。其女久有婚家，遂择日嫁之。怪曰："某家无缘，我不能往，在此徒挟一美，亦觉萧索，请从此辞。"因谓胡翁曰："我在此闹汝久，甚愧无以为报，我有妹甚美，愿赠汝为妾，未知汝肯纳否？"胡请见，怪许之，命中堂垂帘观之，果望见绝色女子，胡不觉心动，急请婚期。怪曰："我愿以汝为妹夫，而妹嫌汝老丑，心颇不肯，汝能将颐下须尽去之，则姻事成矣。"胡年五十余，肥而多髯，惑其言，一旦尽剃之。怪在空中大笑去，妹竟不来。

王白斋尚书为潮鸣寺僧

余同年王白斋，少年美秀，初入学时，年才十七。偶游潮鸣寺，见影堂老僧像，不觉毛发渐洒，还家遂病。嗣后过寺不敢入。及探花及第时，梦老僧以线香五十四枝与之，曰："我有三弟子：一梦麟，一钱维城，一汝也。汝将来司刑名时，当超度某案，再来归依原位。"白斋秘而不言。后果为大司寇，寿五十四而终，卒不知所超度者何案也。

白　天　德

湖州东门外有周姓者，其妻踏青入城，染邪归。其家请道士孙敬书诵《天蓬咒》，用拷鬼棒击之。妖附其妻供云："我白天德也，为祟者我弟维德，与我无干。"孙书符唤维德至，问："汝与周家妇何仇？"曰："无仇。我路遇，爱其美，故与结缘。方爱之，岂肯害之？"问："汝向住何处？"曰："附东门玄帝庙侧，偷享香火已数百年。"孙曰："东门庙是玄帝太子之宫，当时创立，原为镇厌合郡火灾，故立庙离宫东首。汝何得妄云玄帝庙耶？"妖云："治火灾当治其母，不当治其子；犹之伐木者当克其本，不克其枝。汝作道士而五行生克之理茫然不知，尚要行法来驱我耶?"拍其肩大笑去。周氏妻亦竟无恙。

髑 髅 乞 恩

杭州陈以爨,善五鬼搬运法,替人圆光,颇有神效。其友孙姓者宿其家,夜半床下走出一白发翁,跪而言曰:"乞致意陈先生,还我髑髅,使我全尸。"孙大骇,急起以灯照床下,则髑髅一具存焉。方知陈驱役鬼物,皆向败棺中取其天灵盖来施符用咒故也。孙初劝之,陈犹隐讳;取床下骨示之,陈乃无言,即送还原处。未几,陈为群鬼所击,遍身青肿死。

锡锞一锭阴间准三分用

杭州龚薇垣生员,原任甘泉令龚明水之从子也。病中梦游阴府,街巷店铺,与阳间无异,惟黄沙迷漫,不见日月。见店铺中有司柜者,故所识也,趋往问路。司柜者笑曰:"此间无路,汝至此尚欲何往?"再问不答。薇垣不得已,徬徨道中。有乘四轿呵殿而来者,近视之,已之岳翁某也。趋而问焉,翁惨然曰:"此非人间,汝何至此?"薇垣方知其身已死,因自述病中原委,并问其父母寿算。岳翁曰:"此事非我所司,汝叔父明水先生,现在王府教书,汝可往问。但王府尊严,侍卫甚众,非重用门包,不能通报。"薇垣问门包何物,曰:"亦不过阳世通用之锡锞耳。凡阳世烧锡锞一锭,阴间准作三分用。或有破损湿烂者,仅准一二分用。"薇垣闻言,急走往王府,忘其身未带锡锞。至一宫门,侍卫者如麻,见薇垣,果伸手索贿,而薇垣无以应也。但口称家叔明水在此教书,烦为通报。侍卫者怒骂曰:"一老腐头巾在府,已甚可厌,怎禁得又添一小腐头巾来!"挥杖击之,一惊而醒,家人已环泣于旁。后数月,薇垣忽无故缢死。

鸡 卵 担 粪

杭州清泰门外有观音堂,徐姓者,其妻为五通神所据,每朔望至其家饮啖,有事必预为通知。妻故穷苦,佐其夫粪田,神怜之,代为担粪。以两空壳鸡卵为桶,盛粪石许,细竹管挑之,较多于木桶盛者,而所灌田尤肥。

狐 丹

常州武进县有吕姓者,妇为狐所凭,化作美男子,戴唐巾,为人言休咎,有验有不验。来问卜者,狐或外出,则命书一笺焚之,存其灰于坛中。狐来,口吐物,红色如小镜然,大不过寸许,持向坛中照灰,便能朗诵所焚之语,丝毫无误,照毕,仍吞入腹中。或云此狐丹也。狐有批答,辄令妇口授之,虑其遗忘,则以手掐妇手指之中节,便能记忆,虽长篇韵语,俱能成诵,过此则依然不识字也。有某秀才,为妇中表亲,欲与狐唱酬,嘱转致狐。狐曰:"有一对,秀才能属对,即与酬答可也:‘红白桃花映纸窗,花无二色。’"妇以告,秀才不能对,惭而退。此狐至今犹存其家。钱竹初明府为予言。

处州溺妇奇狱

处州乡民陈瑞,送妻还其母家,路过半塘桥,妇溲于厕,久而不返。陈往寻不得,望前村槛屋中红裙外露,急往视之,果其妻裙也。似被人曳入棺中,露半幅于外,心疑僵尸作祟,将斧出之,以救其妻。访问棺主,有张某云:"此我家姑母棺也。姑母死时,年三十余,其子又亡,无力营葬,久槛于此。"陈请开棺。初不许,陈哀求至再,始许之。劈开则一白须男子,手持某妻之裙,而不见某妻之身。于是陈以失生妻控官,张以失死姑控官,官不能断,至今悬为疑狱。

道家有全骨法

杭州龙井初开时，商人叶姓者司其事。有倪某者，为叶择开工日期。后十年，叶身故。倪忽暴病，有群鬼附其身，语音不一，曰："还我骨，还我骨！"声啾啾然，楚、越、吴、鲁音皆杂有也。最后有自称陈朝傅将军者曰："我助萧摩诃南征北讨，葬此千年，汝何得与叶某擅伤我骨！"家人环求曰："此官府所命，主人力不能抗，将军何不相谅耶？"将军曰："此虽公事不可违，然汝与叶某，理宜将掘骨暴棺事告知官府，官府不从，便与汝无罪；今汝等并不告官，而擅将我等数十人骨混行抛掷，以致男装女头，老接少脚，至今丛残缺散，鬼如何安？"家人请用佛法解禳，将军曰："佛无能为，惟道家有全骨法，汝往求之。"于是叶家人访有礼斗人施柳南、万近蓬等，往而拜求。遂设坛于龙井，作法七日，见西湖神灯赫然，散满水上，或叠高为塔，或横排为雁字，或团聚如大车轮，或散作流萤万点。须臾，斗母下降，霞珮璎珞，严妆不可逼视。牵二囚来，即叶某与倪姓也，皆跪阶前。鬼数十，争来笞击，斗母喝曰："此亦汝等劫数，毋庸仇怨。我命九幽使者，尽提残骨，为汝等补还可也。"少顷，髑髅数十具，皆有白气萦绕，旋滚成团，其缺处皆圆满矣。将军长丈余，披金甲，率群鬼拜谢斗母，叶亦解锁，合掌膜拜而去。倪病遂愈。此事近蓬为余言。

批 地 藏 王 颊

两江总督于成龙未遇时，梦至一宫殿，上书"地藏王府"四字。殿上老僧，伽跌闭目。于心念地藏王主人间生死事，家有老仆某，愿而勤，久病不起，因长揖告诉，求为延寿，再三言，僧嘿然不应。于怒，直前手批其颊。老僧开眼，笑屈一指示之。醒而告人，皆云地藏王一指，当是延寿一纪。已而老仆病愈，果又生人间十二年。

儒佛两不收

杭州杨生兆南业儒,兼通禅学。殁后一年,托梦于其妻曰:"人死必有所归,我故儒士,司魂者送我于文昌所。帝君出题试我,我不能作,帝君不收。司魂者再送我佛菩萨处,佛出经问我,我不能解,佛又不收。徬徨阴间,无歇足之地,不得已,将以某月日投生张某家。自念我一生好佛,汝须往告张家,勿以荤乳我,免再堕落。"张故兆南友也。临期视之,其家果生一男,盘膝而生,哭三年不止。张氏啖以荤,哭遽止,而儿遂犯惊痫之疾。此乾隆四十三年事。

乌门山事

绍兴东关有张姓者,妻病延医,行过乌门山,遇白须叟,相随而行。时天已晚,觉此叟足不贴地,映夕阳无影,心疑为鬼。问其踪迹,叟亦不讳,曰:"我非人,乃鬼也。然有求于君,非害君者。我有骸骨,葬乌门山之西,被凿石者终日钻斫,山石就倾,我坟中朽棺,业已半露,不久将坠入河中,幸君哀我,为改葬之。君前去到新桥地方,有五个溺水鬼,坐而待君,我为君先往驱除之。"出怀中朱家糕与张食,曰:"明日请到朱家,以朱家包糕纸为证。"张与偕行至新桥,果有黑气五团踞桥坐,叟先往折树枝打之,声啾啾然,尽落于水。张到医家,叟再拜别去。次日,张往朱家买糕,出其纸,果朱店中招贴也。告以原委,店主人悄然曰:"君所见叟姓莫,名全章,故余戚也。渠改葬之事,何不托我而托君?想与君有缘,君命中不应死于五水鬼,故神灵命此叟为君驱除耶?"引张往乌门山,视其墓,棺离水仅尺许,乃别择地改葬焉。

杨　二

杭州杨二,素以拳棒为事。夏夜坐后园假山上乘凉,见石罅中出一小头,先露其发,再露其面。杨大骇,持棍击之,头不见。次日宿楼中,闻楼下有着屐声,往来历落,疑为贼,然心念偷儿无着屐之事。有顷,屐声缘梯而上,则一白衣人,带甬长帽,手持四方灯笼,嘻嘻然向杨而笑。杨击以铁尺,白衣人坠于楼下,作怒声曰:"好打,好打,待我唤伙计来,好好收拾你!"次日杨召其徒告之,诸无赖噪曰:"彼有伙计,我等亦有伙计,请护持老兄登楼打鬼。"于是治肴痛饮,各持器械登楼,鬼竟不至。鸡鸣时,诸无赖各倦卧。平明起,寻杨二不见,觅之,已死于楼下竹榻上。

吴　秉　中

吴秉中,居葵巷,故予旧宅邻也,延汪名天先生训其子侄。月夜至馆中闲谈,见墙上有一老翁,长尺许,白发锐头,坐而效其所为,吴吃烟叟亦吃烟,吴拱手叟亦拱手。以为大奇,呼汪先生观之,先生所见无异;其侄锡九往观,无所见。是年秋,秉中与汪俱死,而锡九至今独存。

土　窟　异　兽

闽商陈某,与诸客泛海,遇飓风,飘至一山脚下,见山崖平坦可步,相率樵采。初进路甚仄,行一二里,即觉开旷。时天色将暮,闻海风萧飒,林鸟啾唧,不敢深入,乃归。次日风更甚,舟不行。舟中人悔昨未穷其境,约再往,拉陈与偕。迹前径行八九里,有一溪,水色澄绿,旁有土山,不甚高,穴中似有物喘息。众惧窜走,陈恃胆力,上大树隐身觇之。食顷,其物出穴外,大倍水牛,而形似象,顶生一角,晶莹犀利,盘踞石上长啸,声裂竹木。陈惊惧几坠,但见虎豹猿鹿,各以其属至,俯伏其下,不止千计。其物择肥者践之,用舌舐其腹,吸其血,百兽皆股栗不敢动。食三四兽,复曳尾入穴。客乃下寻旧径归,与众言所见,终未知山与兽何名也。

鸡　脚　人

闽商杨某,世以洋贩为业。言其祖于康熙中偕客出洋,遇旋风吹入海汊,其水四面高,惟中港独低,又在海水之下。杨舟盘涡而下,人舡俱无恙。至港底,见山川、草木、田畴、蔬谷,一如人世,惟无庐舍。岸侧有船依泊,内有数十人,亦中州来者。见杨等,欢如骨肉,因言此水惟闰年月有一日独高,与海水平,舟始可归。然只一食顷耳,稍迟则又不得上矣。其人先被飓风吹至时,亦曾有人居此港,后遇闰水得归,彼迟不及,留此六年,皆屡遇闰而失其时,故未得去。杨同舟客有四十人,带有谷菜诸种,咸分土耕种。其地颇沃而收倍,且不须人灌溉,终日与前舟人款接往来,几忘身在世外也。惜无黄历考日时,每食讫,咸登舟,待水满而已。一日,杨与客闲步野外,望隔溪有人,行近溪口,皆长丈余,无衣,身有毛,脚如鸡爪,胫如牛膝。见杨,啾唧作对语状,音不可晓。归与彼舟人言之,亦言来时曾于溪口见之,缘溪满不得渡,倘其来此,吾辈宁有孑遗耶?后六年八月遇风,水满,与前舟人同归。杨家有老仆,曾随行者,今已八十余,尚在,能道其详。按台湾有鸡爪番,常栖宿树上,此岂其苗裔欤?

海　和　尚

潘某老于渔业,颇饶,一日偕同辈撒网海滨。曳之,觉倍重于常,数人并力舁之出。网中并无鱼,惟有六七小人趺坐,见人,辄合掌作顶礼状。遍身毛如狝猴,髡其顶而无发,语言不可晓。开网纵之,皆于海面行数十步而没。土人云:“此号海和尚,得而腊之,可忍饥一年。”

一　足　蛇

谢大痴言,其友某在黔日,往一村,见民家多悬一物,鳞甲莹然,已腊而干之矣。言此去五里有山，为樵采地，山脚为往来路径。旁有枯树一株极大，树内藏一蛇，人首驴耳，耳能扇动有声，鳞如松皮。只一足，如龙爪，吐舌甚长，跃行迅疾。近人，辄以口喷毒气，令人迷仆，然后以舌入人鼻，吸血饮之。村人募丐者，予以金，除其患，无有应者。逾年，有二丐应命，索重酬，众为醵金如其数。其人取唾涎厚涂其身，裸而诱之。蛇果至，则急趋道旁田内，蛇追及之，陷于泥中，不能动。然后二丐跃起，以长竿扎刀，尽力斫之，断其首，乃死。村民家有被其害者，争分其肉。

方　　蚌

有人在闽出海口樵采，至一山，见山涧内悉卧方蚌，大者丈许，小者亦长数尺，礧砢重叠，以千百计。其人惊，方欲去，忽一蚌开口，其壳内有蓝面人，如夜叉状，卧其中。见人，手足皆动，作攫挐势，欲起而不得脱，盖其躯生壳上，即借蚌壳为背，故不能脱壳而出。少顷，众蚌悉张口，皆有夜叉如前状。其人仓皇急窜，闻背后剥剥有声，众蚌皆旋滚随之。及舟，舟中人斫以巨斧，获其一，并壳俱碎，夜叉亦死。带归示人，俱无知者。

山　和　尚

有李姓者，客中州，遇大水，登山避之。水势骤涨，其人更上山顶。时已暮，见矮草屋，乃山民耕地夜巡者所居，内悉藉以草，旁置一竹梆，其人宿焉。中夜闻踏水声，视之，见一黑短胖和尚游水面，将至，其人大呼，此怪稍却。少顷又前，其人窘急，取梆大击，山民都集，怪遂去，终夜不复至。次日水退，询山人，云："山和尚也，欺人孤弱，便食人脑。"

赠　纸　灰

杭州捕快某，偕其子缉贼，每过夜子不归，其父心疑，遣徒伺之，见其子在荒草中谈笑。少顷，走至攒屋内，解下衣，抱一朽棺作交媾状。其徒大呼。其子惊起，不得已，系裤带，随其徒归，然精犹淋漓不止，抚其阴，冷如冰雪，直至小腹。其母问之，曰："儿某夜乞火小屋，见美妇人挑我，与我有终身之订，以故成婚月余，且赠我白银五十两。"母骂曰："鬼安得有银？"少年取怀中包掷几上，铿然有声，视之，纸灰也。访诸邻人，云："攒屋中乃一新死孀妇。"

汤　翰　林

钱塘汤翰林其五未遇时，应试贡院，僦屋而居。苦其狭小，见旁有大宅，封锁甚固，杳无人居。访之邻人，云："此杭州太守柴公屋也。有恶鬼作祟，以故无人承买。"汤素有胆，曰："借居可乎？"邻人笑其狂，亦无阻者。汤遂开锁启门入，见楼上有二桌四椅，楼西有竹箱，虽久无人居，而尘埃不积。汤心喜，即挈行李登楼，手一壶一棍，秉烛读书。至三鼓，阴风起于窗外，灯焰缩小，有披发女子，赤身喷血而进。汤挥以棍，女惘然曰："贵人在此，妾误矣。"仍从窗出。汤喜鬼已去，将解衣安寝。忽楼西厢内簌簌有声，视之，则此女从西厢出，手执裙袄、艳色衣并梳篦等物，若将膏沐者。汤愈无恐，且饮且读书。有顷，女子梳妆毕，着艳衣，冉冉至前，跪诉曰："妾负奇冤，非公不能为我白者。妾姓朱名笔花，杭州柴太守妾也。正妻妒而狡，知太守爱妾，不敢加害。值妾产子时，贿收生婆，于落胎后将生桐油涂我产宫，溃烂而亡。妾儿名某，正妻取以为子，至今虽长成，并不知为妾之子。十年后，君为湖北主考，子当出公门下，公须以妾冤告之。妾尸犹埋此楼之东墙井边，有八角砖为记，可命其来此改葬生母。"并指竹箱曰："此皆妾藏首饰衾具处也。妾亡时，太守哀痛之至。临去，吩咐家人勿持我箱还家，恐触目心伤故也。后有来窃取者，妾以阴风喝退之。

今此中尚存三百金，可以奉赠。"汤为惨然，唯唯而已。后一如其言。楼上怪从此绝，而屋亦转售。

黑　苗　洞

湖南房县，在万山之中，西北八百里，皆丛山怪岭，苗洞以千数，无人敢入。有采樵者误入洞内，迷路不能出。见数黑人，浑身生毛，语兜离似鸟，以草结巢，栖于树巅。见樵人喜，以藤缚其手足，挂于树梢。樵者自分死矣。俄而一老妪从他巢中来，白发高颡，略似人形，言语犹作楚声，谓樵者曰："汝何误入此洞耶？我亦房县城中人。康熙某年，年荒乞食，迷入此洞。诸黑苗初欲食我，后摸我下体，知为女，遂留居巢中为妻。"指二黑毛人曰："此我儿也，尚听我说话。我当救汝。"樵人跪谢。老妪腾身上树，亲解其缚，袖中出栗枣数枚，曰："为汝疗饥。"随向二黑毛人耳语良久，语呶呶莫辨，手树枝一条，缚布巾于上，曰："有尔等同类，欲害我乡邻者，以此示之，俾知我意。"二毛人送樵人，行三日许，才得原路归。路上人皆曰："此黑苗洞也，迷入者都被其啖，从无归者。"

空　中　扯　辫

芜湖江口巡司衙门弓兵赵信，年三十余，尚未娶妻。忽一日，往野庙中，留连笑语，不肯归家。人问之，则曰："吾赘于某氏矣。"极夸其妻之美、家之富。次日又往，嬉笑如常。人与同行，毫无所见，知为鬼所弄，乃嘱其父母，苦禁之，闭门而通饮食焉。赵在房呼曰："我来，我来！勿扯我辫。"家人在窗眼中密窥之，见其头上辫发直竖空中，似有人提之者，于是防范愈严。三日后，声响寂然，开户视之，竟以辫发自缢床阑干上。

蓬头鬼

泾县于道士，能白日视鬼，常往城中赵氏家饮酒，密语主人曰："君家西楼夹墙内，有鬼蓬头走出，东窥西探，形如窃贼，必是冤谴，有所擒捉，但未知应在府上何人。"主人曰："何以验之？"道士曰："我明日早来，看鬼藏何处，即便告君。君可唤家人一一走过，看鬼作何形状，便见分晓。"主人以为然，次日道士来曰："鬼在西厅案桌脚下。"主人召集家丁，往来桌前，鬼皆不理。其女六姑娘过，鬼向之大笑。道士曰："此其是矣。然且勿通知令爱，虑其惊怖也。"主人问可禳解否，曰："此前生孽，无可禳也。"自后闻抛砖掷瓦之声，月余不绝。俄而六姑娘以产亡，家果平静。

借丝绵入殓

芜湖赵明府必恭，宰湖南衡阳，伤寒病剧，气已绝矣。家人棺殓绵絮，无一不周，因其心口尚温，故尔未殓。赵梦行黄沙中，茫茫然不见天日。过一小河，天渐开朗，有庙题曰"准提观音庵"。走入，见老僧跌坐，煮素面甚香，觉腹中饥，向僧乞食。僧喝曰："汝何必在此乞食，可作速还家，家中有面等汝！"赵踉跄走出，遇乡邻吴某，拱手谢曰："蒙君见惠，使我体暖。"赵不解所云，惊而醒，果闻素面如庵中之香。盖家人守尸，镇日不饭，故煮面充饥，赵即索食。家人曰："老爷病月余，汤水不沾，何能吃面耶？"赵必欲取食，家人无如何，与一瓯，竟饮啖如常，而病亦愈。心中想吴某谢暖之说，乱梦无征，绝不向家人言及。后二年，赵眷属还芜，将昔年作殓之绵装箱带归。适吴某死，当盛夏，无处买绵，其家殓时来借丝绵，乃即与之。又三年，赵罢官归，偶与家人谈及前事，方知千里之外，两年之前，此绵应归吴用，生魂早来谢矣。

洞 庭 君 留 船

凡洞庭湖载货之船卸货后，每年必有一整齐精洁之船，千夫拉曳不动，舟人皆知之，曰："此洞庭君所留也。"便听其所之，不复装货。舵工水手，俱往别船生活。至夜则神灯炫赫，出入波浪中，清晨仍归原泊之处。年年船只轮换当差，从无专累一家者，亦从无撞折损伤者。

缆 将 军 失 势

鄱阳湖客舟遇风，常有黑缆如龙，扑舟而来，舟必损伤，号"缆将军"，年年致祭。雍正十年大旱，湖水干处，有朽缆横卧沙上，农人斫而烧之，涎尽血出。从此缆将军不复作祟，而舵工亦不复致祭矣。

吴 二 姑 娘

全椒金棕亭进士，寓扬州马氏玲珑山馆，孙某，年十七，文学颇佳，相随读书，祖孙隔房而寝。夜闻懵呼声，以为魇也，起视唤之，孙即醒悟，棕亭还卧己房。未几又魇，棕亭再往，其孙业已起坐床上，对棕亭，以两手向上，曰："请屈一指。"则一指弯，曰："请屈五指。"则五指弯。自后或叉手，或拱手，作态万状。棕亭呵之，泣求还家见母，乃呼轿送归。病者自取衣冠靴带著之，请祖父母上坐，拜别曰："儿即登仙去矣。"举家惶惑，莫知所为。日午神气稍定，私拉乃祖耳语曰："无他，一小狐狸闹我耳。"语毕督乱如初。自称："吴二姑娘与我前世有缘。"或云："妹子吴三姑娘也来了，姐妹二人要同嫁我。"随作淫秽语，令人难闻。拉棕亭向前，呵气一口，其冷如冰，从鼻管直到丹田，毛发皆噤。镇江蒋春农中翰，赠天师符一张。方欲张挂，而病者遽来抢夺，幸系绫本，爪掐不伤。棕亭张符向之，又被吹冷气一口，符飞窗外，绫竟碎裂。棕亭不得已，求祷城隍庙、关帝庙。数日，忽病者呼：

"接驾，接驾，伏魔大帝至矣！"棕亭悚然，率家人齐跪。病者呼棕亭名骂曰："金兆燕，汝身为进士，而脱帽露顶，不穿公服迎我，有是理乎？"棕亭叩头谢罪。少顷复呼："接驾，接驾，孔圣人至矣！"棕亭又叩头迎接。文武二圣，相与共语，嚅嚅不可辨，皆在病者口中，作山东、山西两处人口吻。如是者自午及申，举家长跪哀求，不敢起立，腿脚皆肿。病者厉声曰："妖魔已斩，封尔孙为上真诸侯，吾当去也。"棕亭叩送毕，进病者粥，病者向空招手曰："吃粥，吃粥。"狂言如故。棕亭大悟，文武二圣皆妖冒充。责病者曰："我年逾六十，从未受人欺哄，今乃为汝揶揄耶？"病者缩首内向，掩口而笑，作得意状。颠狂月余，有林道士者来，言拜斗可以禳遣。棕亭于是设坛斋醮，终日诵经。如是七日，病者神气渐清，乃急为完姻，入赘岳家，妖果不至。此乾隆四十七年三月间事，棕亭先生亲为余言。

石狮求救命

广东潮州府东门外，每行人过，闻唤救命声。察之，四面无人，声从地下出，疑是死人更活，持锄掘之。下土三尺许，有石狮子被蟒围其颈。众大骇，即击杀蟒。而扛石狮于庙中。土人有所祈祷，灵验异常；或不敬信，登时降祸；自此香火大盛。太守方公闻之，以为妖异，将毁其庙。民众晓晓，几激成变。太守不得已，诡言迎石狮入城，将别为立庙，众方应允。舁至演武场，锤碎石狮，投之河中，了无他异。太守方公名应元，湖南巴陵人。余按晋元康中，吴郡怀瑶家地下闻吠声，掘之，得二犬。长老云此名犀犬，得者其家富昌，事载《异苑》。

旱　魃

乾隆二十六年，京师大旱，有健步张贵，为某都统递公文。至良乡漏下，出城行至无人处，忽黑风卷起，吹灭其烛，因避雨邮亭。有女子持灯来，年可十七八，貌殊美，招至其家，饮以茶，为缚其马于柱，愿与同宿。健步喜出望外，绸缪达旦。鸡鸣时，女披衣起，留之不可。

健步体疲，乃复酣寝，梦中觉露寒其鼻，草刺其口。天色微明，方知身卧荒冢间。大惊，牵马，马缚在树上，所投文书，已误期限五十刻。官司行查至本都统，虑有捺搁情弊。都统命佐领严讯，健步具道所以。都统命访其坟，知为张姓女子，未嫁与人通奸，事发，羞忿自缢，往往魇祟路人。或曰："此旱魃也。猱形披发，一足行者，为兽魃；缢死尸僵，出迷人者，为鬼魃。获而焚之，足以致雨。"乃奏明启棺，果一僵女，尸貌如生，遍体生白毛，焚之，次日大雨。

蝎 怪

佟明府宰芮城，有乡民，夏间袒背坐石上，持面一碗，食未毕，忽大呼仆地而绝。众人视之，背正中有洞，深数寸，黑血泉涌，不知何疾也。具呈报官，疑为卖面人所毒。佟公往验，见所坐石旁有罅，黑血流入罅中，其下若有呼嘬声。乃命掘石下三尺许。石穴中有蝎如鹅大，方仰首饮血，尾弯环作金色。乡民争持犁锄击之，蝎死而尾不损，以验死者之背，伤痕宛然。乃取蝎尾贮库，至今犹存。

蛇 王

楚地有蛇王者，状类帝江，无耳目爪鼻，但有口，其形方如肉柜，浑浑而行，所过处草木尽枯，以口作吸吞状，则巨蟒恶蛇尽为舌底之水，而肉柜愈觉膨然大矣。有常州叶某者，兄弟二人，游巴陵道上，见群蛇如风而趋，若有所避。已而腥风愈甚，二人怖避树上。少顷，见肉柜正方，如蝟而无刺，身不甚大，从东方来。其弟挟矢射之，正中柜面，柜如不知，负矢而行。射者下树，将近此物之身，欲再射之，拔其矢而身已仆矣。良久不起，乃兄下树，视之，尸化为黑水。洞庭有老渔者曰："我能擒蛇王。"众大骇，问之，曰："作百余个面馒头，用长竿铁叉叉之，送当其口。彼略噏，则去之而易新者，如是数十次。其初馒头黝烂如泥，已而黑，已而黄，已而微赪，伺馒头之色白如故，而后众人围而杀之，加豚犬耳，不能噬人。"众试之，果如其言。

颜渊为先师判狱

杭州张纮秀才,夏月痢死,家贫无棺,从其叔乞助。叔居海宁,往返五日,而纮苏,言至天帝所听谳,已入死案,既而曰:"诸生也。"遣一官押至学宫,请二先师出,曰:"是人已有成案,然必得二师决之。"一师曰:"罪轻而情重,当死。"一师曰:"虽然,事尚可矜,渠非首谋,姑与减等,五年后改行则已。其父官岭南,有功德于民,姑押令见渠父。"命原押官押至岭南名宦祠;见其父,父大呼曰:"非吾子也。"拒而不见。母夫人从室旁出,泣曰:"父不汝子矣,汝当速归改过。但汝死久,恐尸坏,可归则归,否则仍返帝所,自有处分,万勿借他人尸也。"遣鬼仆同至家,觇家人肯认否。及至家,见尸尚横卧未坏,旁有一灯一饭,押者推纮仆尸上,尸遽动,妻子哭而惊视之。其仆呼曰:"认矣,可以报主母矣。"遂去。纮已活,人争问纮隐事,纮不言。后未五年,纮竟死。其从兄名纲者,毛西河友也。告西河曰:"大清兵下杭州,潞王北去,其宫眷留匿塘西孟氏家。吾弟为王某所诱,谋出首取赏,既而悔之,不列名。后同王某出首者五人皆暴死。吾弟死而复苏,然狡性不改,与朱道士争一鹤,乃私窜道士名于海寇案中,竟致之死,负先师之训,违慈母之教,宜其终不永年也。"问学宫先师姓名,纮曾言何人,曰:"其一颜渊,其一子服景伯。"

豆 腐 架 箸

四川茂州富户张姓者,老年生一儿,甚爱之,每出游必盛为妆饰。年八岁,出观赛会,竟不反,遍寻至某溪中,已被杀矣。裸身卧水,衣饰尽剥去。张鸣于官,凶手不得。刺史叶公,身宿城隍庙求梦,夜梦城隍神开门迎叶,置酒宴之。几上豆腐一碗,架竹箸其上,旁无余物,终席无一言。叶醒后解之,不得其故。后捕快见人持金锁入典铺者,获而讯之,赃证悉合。其人姓符,方知竹架腐上成一"符"字。

蒋　金　娥

通州兴仁镇钱氏女，年及笄，适农民顾氏为妇。病卒忽苏，呼曰："此何地，我缘何到此？我乃常熟蒋抚台小姐，小字金娥。"细述蒋府中事，啼哭不止，拒其夫曰："尔何人，敢近我！须遣人送我回常熟。"取镜自照，大恸曰："此人非我，我非此人。"掷镜不复再照。钱遣人密访，蒋府果有小姐，名金娥，病卒年月相符，遂买舟送至常熟。蒋府不信，遣家人到舟中看视，妇乍见，能呼某某名姓，一时观者如堵。蒋府恐事涉怪诞，赠路费，促令回通。妇素不识字，病后忽识字，能吟咏，举止娴雅，非复向时村妇样矣。有何义门先生之侄号权之者，向曾聘蒋府女，未娶女卒，因事来通，妇往见何，称为姑父，与谈旧事，一切皆能记忆，遂呼何为义父。何劝妇仍与原夫为婚，妇不肯，欲为尼不果。此事在乾隆三十二年。

还　我　血

刑部狱卒杨七者，与山东偷参囚某相善，囚事发，临刑以人参赂杨，又与三十金，嘱其缝头棺殓。杨竟负约，又记人血蘸馒头可医瘰疾，遂如法取血，归奉其戚某。甫抵家，忽以两手自扼其喉，大叫："还我血，还我银！"其父母妻子烧纸钱，延僧护救之，卒喉断而死。

历代笔记小说大观

[清] 袁枚 撰　申孟 甘林 校点

子不语

下

子不语卷十九

周 世 福

山西石楼县周世福、周世禄兄弟相斗,刀戳兄腹,肠出二寸许。日久,肚上创平复如口,能翕张,肠拖于外,以锡碗覆之,束以带,大小便皆从此处流出。如此三载余方死。死之日,有鬼附家人身,詈其弟云:"汝杀我,乃前生数定也,但早了数年,使我受多少污秽。"

韩 宗 琦

余甥韩宗琦,幼聪敏,五岁能读《离骚》诸书,十三岁举秀才。十四岁,杨制军观风,拔取超等,送入敷文书院。掌教少宗伯齐召南见而异之,曰:"此子风格非常,虑不永年耳。"己卯八月初一日清晨,忽谓其母曰:"儿昨得梦甚奇,仰见天上数百人,奔波于云雾之中,有翻书簿者,有授纸笔者,状亦不一。既而闻唱名声,至三十七名即儿名也,惊应一声而醒。所呼名字一一分明,醒时犹能记忆。及晓披衣起,俱忘之矣。"自以为天榜有名,此科当中。及至乡试,三场毕,中秋月明如昼,将欲缴卷,闻有人呼曰:"韩宗琦好归去也。"如是者三,其声渐厉,若责其迟滞者。甥应曰:"诺。"及缴卷时,四顾无人,踉跄归。次日问诸同考友,皆曰:"无之。倘我辈即欲同归,必另有称呼,岂敢竟呼兄名?"揭榜后,名落孙山,甥怅怅不乐,旋感病,遂不起。临终苦吟"举头望明月,低头思故乡"二句,张目谓母曰:"儿顿悟前生事矣。儿本玉帝前献花童子,因玉帝寿诞,儿献花时,偷眼观下界花灯,诸仙嫌儿不敬,即罚是日降生人间,今限满促归,母无苦也。"卒年十五。盖俗传正月初九为玉帝生日云。

徐 俞 氏

邓州牧徐廷璐,与妻俞氏伉俪甚笃。俞卒,徐恸甚,凡其粉泽衣香,一一位置若平时,取其半臂覆枕上。至一七,营奠于庭,有小婢惊呼:"夫人活矣!"徐趋视,见夫人着半臂,端坐床上,子女家人奔集,咸见之。徐走前欲抱,其影奄然渐灭,而半臂犹僵立,良久始仆。一夕,徐设席,若与夫人对饮者,执杯泣曰:"素劳卿戒饮,今谁戒我耶?"语未毕,手中杯忽失所在,侍立婢仆遍寻不得。少顷,杯覆席间,酒已无余。有妾语人曰:"此后夫人不能诉我矣。"至夕,见夫人直登卧榻,批其颊,颊上有青指痕,三日始灭。自是举室畏敬,甚于在生时。

琵 琶 坟

董太史潮,青年科第,以书画文辞冠绝时辈,性磊落而有国风之好。常与诸名士集陶然亭,散步吟诗,独至城堙下,忽闻琵琶声,踪迹之,声出数椽败屋。乃十七八美女子,着淡红衣,据窗理弦索,见董略无羞避,挥弦如故。董徘徊不能去。同人怪董久不至,相率寻之,见董方倚破牖痴立,呼之不应。群啐之,董惊寤,而女子形声俱寂,始道其故,众入室搜索,败瓦颓垣,绝无人迹。有蓬颗一区,俗所称"琵琶坟"也。乃掖董归。未几,以疾归常州,卒于家。

曹 阿 狗

归安程三郎妻,少艾而贤,里党称三娘子。方夏日晓妆,忽举动失常,三郎疑为遇祟,以左手批其颊,三娘子呼曰:"勿打我,我邻人曹阿狗也。闻家中设食,同人来赴,既至,独无我席。我惭且馁,知三娘子贤,特凭之求食耳,勿怖。"其邻曹姓大族也,于前夕果延僧人诵焰口经。阿狗者,乃曹氏无赖少年,未婚而卒者也。以阿狗无后,实未为之设食,闻此言亦骇,同以酒浆、楮锭至三娘子前致祝。三娘子曰:

"今夕当专为我设食,送我于河,此后祭祀,必有阿狗名乃可。"曹氏惧,如其言送之,三娘子遂愈。

钱 仲 玉

钱生仲玉,少年落魄,游兰溪署中。值上元夕,同人咸出观灯,仲玉中怀郁郁,独不往,步月庭除,叹曰:"安得五百金,使我骨肉团聚乎?"语毕,闻阶下应声曰:"有,有!"仲玉疑友人揶揄之,遍视不见人,乃还斋坐。闻窗外谡谡声,一美女褰帏入曰:"郎勿惊,妾非人,亦非为祸者也。佳节异乡,共此岑寂,适闻郎语,笑郎以七尺男子,何难得五百金哉!"仲玉曰:"然则顷云'有有'者,即卿耶?"曰:"然。"仲玉曰:"在何处?"女笑曰:"勿急,勿急!"即拉仲玉手同坐,曰:"妾汪六姑也,葬此为污泥所侵,求君改葬高处,必当如君言以报。"问何病亡,女以手遮面曰:"羞不可言。"固问之,曰:"妾幼解风情,而生长小家,所居楼临街,偶倚窗见一美少年方溺,出其阳,红鲜如玉,妾心慕之,以为天下男子皆然。已而嫁卖菜佣周某,貌既不佳,体尤琐碎,绝不类所见少年,以此怨思成疾,口不能言,遂卒。"仲玉闻之,心大动,弛下衣,拉女手使摸,而人声忽至,女遽拂衣起,曰:"缘未到。"仲玉送至墙下,女除一银臂钏与之,曰:"幸勿忘!"言毕而没。仲玉恍然如梦,视银钏竟在手中,乃秘之。次夕人静,独步墙阴,遍视不复见。乃语主人,并出臂钏以证。主人异之,起土三尺许,得女尸,衣饰尽朽,肌色如生,与仲玉所见无异,右臂一钏犹存。仲玉解衣覆之,为备棺衾,移葬高阜。其夕,梦女来谢曰:"感郎信义,告郎金所,郎卧榻向左三尺,旧有人埋五百金,明当取之。"如其言,果得金如数。

虾 蟆 蛊

朱生依仁,工书,广西庆远府陈太守希芳延为记室。方盛暑,太守招僚友饮,就席,各去冠。众见朱生顶上蹲一大虾蟆,拂之落地,忽失所在。饮至夜分,虾蟆又登朱顶,而朱不知。同人又为拂落,席间肴核，尽为所毁，复不见。朱生归寝，觉顶间作痒。次日顶上发尽脱，当顶坟起如瘤，作红色。皮忽迸裂，一蟆自内伸头瞪目而望，前二足踞顶，自腰以下在头皮内，针刺不死，引出之，痛不可耐，医不能治。有老门役曰："此蛊也，以金簪刺之当死。"试之果验，乃出其蟆，而朱生无他恙，惟顶骨下陷若仰盂然。

礅 怪

高睿功，世家子也，其居厅前有怪，每夜人行，辄见白衣人长丈余，蹑后，以手掩人目，其冷如冰。遂闭前门，别开门出入。白衣人渐乃昼见，人咸避之。睿功偶被酒坐厅上，见白衣人登阶倚柱立，手拈其须，仰天微睇，似未见睿功在坐者。睿功潜至其后，挥拳奋击，误中柱上，挫指血出，白衣人已立丹墀中。睿功大呼趋击，时方阴雨，为苔滑扑地。白衣人见而大笑，举手来击，腰不能俯，似欲以足蹴，而腿又长不能举，乃大怒，环阶而走。睿功知其无能为，直前抱持其足而力掀之，白衣人倒地而没。睿功呼家人就其初起处掘深三尺，得白瓷旧坐礅一个，礅上鲜血犹存，盖睿功指血所染也。击而碎之，其怪遂绝。

六 郎 神 斗

广西南宁乡里祀六郎神，人或语言触犯，则为祟，尤善媚女子，美者多为所凭。凡受其害者，以纸锭一束、饭一盂，用两三乐人，午夜祀之，送至旷野，即去而之他，其俗无夕不送六郎也。有杨三姑者，年十七，美姿容。日将夕，方与父母共坐，忽嫣然睨笑。久之，趋入房，施朱傅粉，娇羞百态。父母往问，砖石自空掷下，房门遂闭，惟闻两人笑语声。知为六郎，亟呼乐人送之，六郎不肯去。及晨，女出如常，云："六郎美少年，头戴将巾，身披软甲，年可二十七八，与我甚恩爱，不必送他去。"父母无如何。越数夕，忽仓皇奔出，曰："又一六郎来，大胡子，貌甚狞恶，与前六郎争我相殴。前六郎非其敌也，行当去矣。"俄闻室中斗声甚剧，似无物不损者。父母乃召乐人双送之，两人俱去，三姑亦无恙。

返 魂 香

余家婢女招姐之祖母周氏，年七十余，奉佛甚虔。一夕寝矣，见室中有老妪立焉。初见甚短，目之渐长，手纸片堆其几上，衣蓝布裙，色甚鲜。周私忆同一蓝色，何彼独鲜？问："阿婆蓝布从何处染？"不答，周怒骂曰："我问不答，岂是鬼乎？"妪曰："是也。"曰："既是鬼，来捉我乎？"曰："是也。"周愈怒，骂曰："我偏不受捉！"手批其颊，不觉魂出，已到门外，而老妪不见矣。周行黄沙中，足不履地，四面无人，望见屋舍，皆白粉垣，甚宏敞，遂入焉。案有香一枝，五色，如秤杆长，上面一火星红，下面彩绒披覆层叠，如世间婴孩所戴刘海搭状。有老妪拜香下，貌甚慈，问周何来，曰："迷路到此。"曰："思归乎？"曰"欲归不得。"妪曰："嗅香即归矣。"周嗅之，觉异香贯脑，一惊而苏，家中僵卧已三日矣。或曰："此即聚窟山之返魂香也。"

观 音 作 别

方姬奉一檀香观音像，长四寸，余性通脱，不加礼，亦不禁也。有张妈者，奉之尤虔，每早必往佛前焚香，稽首毕，方供扫除之役。余一日晨起，呼盥面汤甚急，而张方拜佛不已。余怒，取观音像掷地，足蹋之。姬闻泣曰："昨夜梦观音来别我云：'明日有小劫，我将他适矣。'今果被君作蹋，岂非数也？"乃送入准提庵。余想佛法全空，焉得作如此狡狯，必有鬼物凭焉。嗣后乃不许家人奉佛。

兔 儿 神

国初御史某，年少科第，巡按福建。有胡天保者，爱其貌美，每升舆坐堂，必伺而睨之。巡按心以为疑，卒不解其故，胥吏亦不敢言。居亡何，巡按巡他邑，胡竟偕往，阴伏厕所窥其臀。巡按愈疑，召问之，初犹不言，加以三木，乃云："实见大人美貌，心不能忘，明知天上桂，岂为凡鸟所集？然神魂飘荡，不觉无礼至此。"巡按大怒，毙其命于枯木之下。逾月，胡托梦于其里人曰："我以非礼之心，干犯贵人，死固当然；毕竟是一片爱心，一时痴想，与寻常害人者不同。冥间官吏俱笑我，揶揄我，无怒我者。今阴官封我为兔儿神，专司人间男悦男之事，可为我立庙招香火。"闽俗原有聘男子为契弟之说，闻里人述梦中语，争醵钱立庙，果灵应如响。凡偷期密约，有所求而不得者，咸往祷焉。程鱼门曰："此巡按未读《晏子春秋》劝勿诛羽人事，故下手太重；若狄伟人先生颇不然。相传先生为编修时，年少貌美。有车夫某，亦少年，投身入府，为先生推车，甚勤谨，与雇直钱不受，先生亦爱之。未几病危，诸医不效，将断气矣，请主人至，曰：'奴既死，不得不言，奴之所以病至死者，为爱爷貌美故也。'先生大笑，拍其肩曰：'痴奴子，果有此心，何不早说耶？'厚葬之。"

玉　梅

香亭家婢玉梅，年十余岁，素勤忽懒，终日昏睡，笞之亦不改。每夜喃喃如与人私语。问之不肯说。褪下衣，验其阴，已非处子，且溃烂矣。拷讯，乃云："夜有怪，状如黑羊，能作人语，阳具如毛锥，痛不可当，戒我勿告人，如告人，当拉我去置之死地。"众骇然，伺婢卧，夜窃听焉。初作猫饮水声，继而呻吟，香亭率众持棍入，烛照无人，问怪何在，婢指床下曰："此绿眼者是也。"果见眼光两道，闪耀处，帐色皆绿。棍击之，跳起冲窗去，满房帐钩箱锁之类，锵锵有声。次日失婢所在，遍觅不得。薄暮，灶下人见风飘红布裙一条在柴房西角处，往寻得婢，痴迷不醒。灌以姜汁，苏曰："怪昨夜来云：'事为汝主所知，不得不抱汝去。'遂藏我于柴房中，约今夜仍来。"问："听得猫饮水声，何耶？"曰："怪每淫我，先舐后交，口舐差乐也。"香亭即日呼媒者，将玉梅转售他家，怪竟不往。

287

卢　彪

余幼时，同馆卢彪一日至馆，神色沮丧，问之，曰："我昨日往西湖扫墓，归迟，城门闭矣。宿某店家，夜月甚明，鸡鸣即起，踏月进城。至清波门外，小憩石上，见远远一女子来，向余侠拜。余疑其非人，口诵《大悲咒》拒之。女如畏闻而不敢近者，我逼而诵之。我愈近女，女愈远我。我惊，乃狂奔数里，将入瓮城，见东方渐白，卖鱼人挑担往来，以为此时尚复何惧，何不重至旧处，一探踪迹。行至前路，不料此女高坐石上，如有所待。望见我，便大笑，奔前相扑，冷风如箭，毛发尽颤。我惶急，再诵《大悲咒》拒之。女大怒，将手向上一伸，两条枯骨，侧侧有声，面上非青非黄，七窍血流，我不觉狂叫仆地，枯骨从而压之，我从此昏昏无知矣。后有行路者过，扶起，以姜汁灌我，才得苏醒还家。"余急与诸窗友置酒，为卢压惊，视其耳鼻两窍及辫发中，尚有青泥填塞，星星如小豆。或云皆卢所自塞也，故两手亦皆泥污。

孔 林 古 墓

雍正间，陈文勤公世倌修孔林。离圣墓西十余步，地陷一穴，探之中空，广阔丈余。有石榻，榻上朱棺已朽，白骨一具甚伟。旁置铜剑，长丈余，晶莹绿色。竹简数十页，若有蝌蚪文者，取视成灰。鼎俎尊彝之属，亦多破缺漫漶。文勤公以为此墓尚在孔子之先，不宜惊动，谨加砖石封砌之，为设少牢之奠焉。

史 阁 部 降 乩

扬州谢启昆太守扶乩，灰盘书《正气歌》数句，太守疑为文山先生，整冠肃拜，问神姓名，曰："亡国庸臣史可法。"时太守正修葺史公祠墓，环植梅松，因问："为公修祠墓，公知之乎？"曰："知之，此守土者之责也，然亦非俗吏所能为。"问自己官阶，批曰"不患无位，患所以立"。谢无子,问将来得有子否,批曰:"与其有子而名灭,不如无子而名存。太守勉旃!"问:"先生近已成神乎?"曰:"成神。"问何神,曰:"天曹稽察大使。"书毕,索长纸一幅,问何用,曰:"吾欲自题对联。"与之纸,题曰:"一代兴亡归气数,千秋庙貌傍江山。"笔力苍劲,谢公为双勾之,悬于庙中。

悬 头 竿 子

某令宰宝山时,有行商来告抢夺者,被抢处系一坍港,泊舟所也。令往视其地,见水路可通城中,而乘舟者例在此处雇夫起行。心疑之,众莫言其故。一把总来见曰:"此地原可通舟,所以客来必起拨者,港口穷民借挑驮之力,为糊口计故也。"令问抢夺事,曰:"不敢言,须宽把总罪才敢言。"令曰:"律有自首免罪之条,汝告我,即为自首矣,何妨!"曰:"诸抢夺者,皆把持垄断人也。把总儿子亦在其中。前月某商到此,见水路可通,不肯起拨,因而打吵,事实有之。"乾隆三十年新例,拏获强盗者,破格超迁。令定案时,心想迁官,竟以获盗具详;把总知情,照窝家例立决,一时斩者六人。令超迁安庆知府。后六年,署松太道,巡海至宝山抢夺处,见六竿子挂髑髅尚存,问跟役曰:"前累累者何物耶?"役曰:"此六盗也,大人以此升官而忘之耶?"令不觉悚然,怒曰:"死奴,谁教汝引我至此!速归,速归!"昇至衙,骂司阍者曰:"此内室也,汝何敢放某把总擅入!"言毕而背疮发,一疮六头如相啮者。家人知为不祥,烧纸钱请高僧忏悔,卒以不起。

陈 紫 山

余乡会同年陈紫山,名大晭,溧阳人也。入学时年才十九。偶病剧,梦紫衣僧,自称元圭大师,握其手曰:"汝背我到人间,盍归来乎?"陈未答,僧笑曰:"且住,且住!汝尚有琼林一杯酒、瀛台一碗羹,吃了再来未迟。"屈其指曰:"此别又十七年了。"言毕去。陈惊醒,一汗而痊。己未中进士,入翰林,升侍读学士。三十八岁秋,痢不休,因忆前梦十七年之期，自知不起，常对家人笑曰："大师未来，或又改期，亦未可知。"忽一日早起，焚香沐浴，索朝衣冠着之，曰："吾师已来，吾去矣。"同年金质夫编修，素好佛者，在旁喝曰："既牵他来，又拖他去，一去一来，是何缘故？"陈目且瞑，强起张目，答曰："来原无碍，去亦何妨，人间天上，一个坛场。"言毕，跏趺而逝。

忌　火　日

曹来殷太史，在京师昼寝，梦伟丈夫来拜，自称黄昆圃先生，拉至一处，宫阙巍然，中有尊神，面正方，着本朝衣冠，请曹入见，曰："吾三人皆翰林衙门官，只行前后辈礼，不行僚属礼。"坐定，目曹曰："卿十一岁时，曾行一大好事，上帝知之，故特召卿到此受职，卿可即来。"曹茫然不记幼所行何事，再三辞，力陈家寒子幼，故不愿来。尊神甚不悦，旁顾昆圃先生曰："再向彼劝掖之。"语毕不顾而入。先生拉曹笑曰："我深知翰林衙门亦甚清苦，卿何恋恋不肯来耶？"曹复哀求，先生曰："我且为卿说情，似亦可免，但卿此后逢火日不可出门，慎无忘也。"曹问尊神何人，曰："张京江相公。"问何地，曰："天曹都察院。"曹惊醒，后每出门，必检视黄历，遇火日，虽庆吊事，皆不行。数年后，不甚记忆。乾隆三十三年腊月二十三日，严冬友舍人邀曹至程鱼门家作诗会，俗以此日祀灶，遂以为题。席间酒数巡，曹怅然如睡去者，目瞑身仆。群客大惊，疑诗中有侮灶神之语，故神为祟，乃群向灶礼拜祈请。至三更时，曹始苏，自言见黑袍人送我回来。次日取黄历视之，二十三日火日也。

朱　法　师

同馆翰林朱沄之父朴庵先生，陕西人也。少时课徒为业，偶至一村，村人传呼曰："朱法师来矣。"具酒馔求书姓名，以为镇压。朱笑曰："我乃蒙童之师，非法师也；且素无法术，不能镇怪，汝辈何为？"众人曰："此村有狐仙，为民患者三年。昨日空中语曰：'明日朱法师来，我当避之。'今日先生来，果姓朱，故疑为法师。"朱写姓名与之，其村果安。未几，朱别过一村，其村人之欢迎者如前，且曰："狐仙有语：二十年后与朱法师相见于太学之崇志堂。"朱其时尚未乡举也。后中壬子科举人，选国子监助教。监中祭器久被狐窃去，司祭者皇皇然，索而弗获，方议赔偿，朱记前语，为文祭之。一夕，俎豆之属尽横陈于崇志堂，丝毫无损。屈指算之，距到某村时已二十年。

城 门 面 孔

广西府差常宁，五鼓有急务出城。抵门犹未启钥，以手扪之，软腻如人肌肤。差大骇，乘残月一线，定睛视之，则一人面塞满城门，五官毕具，双眼如箕。惊而返走。天明逐队出城，亦无他异。

竹 叶 鬼

丰溪吴奉珖，作宦闽峤，谢病归里。舟过豫章，天暑热，假空馆于百花洲。屋宇宽敞，颇觉适意。屋内外常有声如鬼啸，家人独行，往往见黑影不一。一夕，吴设榻乘凉于阑干侧，闻墙角芭蕉丛中窸窣有声，走出无数人，长者、短者、肥者、瘠者，皆不过尺许；最后一人稍大，荷大笠帽，不见其面。旋绕垣中，若数十个不倒翁。吴急呼人至，倏忽不见，化作满地流萤。吴捉之，一萤才入手，戛然有声，余萤悉灭。取火烛之，一竹叶而已。

驴 大 爷

某贵官长子，性凶暴，左右稍不如意，即扑责致死；侍女下体，椓以非刑。未几病死，见梦于平昔亲信之家奴云："阴司以我残暴，罚我为畜，明晨当入驴腹中，汝速往某胡同驴肉铺中，将牝驴买归，以救我命，稍迟则无及矣。"言甚哀。奴惊寤，心犹疑之，乃复睡去。又梦告之曰："以我与尔有恩，俾尔救援，尔宁忘平日眷顾耶？"奴亟赴某胡同,见一牝驴,将次屠宰,买归园中,果生一驹,见人如相识者,人呼大爷则跃而至。有画士邹某,居其园侧,一日闻驴鸣,其家人云:"此我家大爷声也。"

熊　太　太

康熙间,内城伍公某者,三等侍卫也,从上打围木兰,以逐取猎犬故,坠深涧中,自分死矣。饿三日,有人熊过涧,乃抱以上,自分以为将啖己也,愈惊,熊抱入山洞,采果喂之,或负羊豕与食,伍见而攒眉。熊为采树叶烧熟以食之。久之,渐无怖意。每小便,熊必视其阴而笑,方知熊故雌也,遂与成夫妇,生三子,勇力绝人。伍欲出山,熊不许。其子求还家,熊许之。长子名诺布,官蓝翎侍卫,乃以巨车迎父母还家,家人号曰"熊太太"。人求见者,熊不能言,能叉手答礼。就养其家十余年,先伍公卒。学士春台亲见之,为余言。

冤　鬼　错　认

杭城艮山门外俞家桥杨元龙,在湖墅米行中管理账目。湖墅距俞家桥五里,元龙朝往夕返,日以为常。偶一日,因米行生理热闹,迟至更余方归。至得胜坝桥,遇素识李孝先偕二人急奔。元龙呼之,李答云:"不知二人何事,要紧拉我往苏州去。"杨询二人,皆笑而不答。元龙拱手别李,李嘱云:"汝过潮王庙里许小石桥边,有问汝姓名者,须告以他姓,不可言姓杨;若言姓杨,须并以名告之,切记,切记!"元龙欲问故,孝先匆匆行矣。元龙前行至桥,果有二人坐草中,问其姓名,元龙方答姓杨,二人即直前扭结,云:"久候多时,今日不能放你了。"元龙以手拒之,奈彼夥渐众,为其扯入水中,始悟为鬼,并记前语,即大呼曰:"我杨元龙,并未与各位有仇。"中有一鬼曰:"误矣,放还可也。"方叫唤间,适有卖汤圆者过桥,闻人叫声,持灯来照,见元龙在水中,急救之。元龙起视,即邻人张老,告以故,张老送元龙归家。次早元龙往视孝先,见孝先方殁。询之,其家云:"昨晚中风死矣。"盖遇李时，即李死时也，但不知往苏州何事。

代 州 猎 户

代州猎户李崇南，郊外驰射，见鸽成群，发火枪击之，正中其背，负铅子而飞。李大惊，追逐至一山洞，鸽入不见。李穿洞而进，则石室甚宽，有石人数十，雕镂极工，头皆斫去，各以手自提之。最后一人，枕头而卧，怒目视李，睛闪闪如欲动者。李大怖，方欲退出，而带铅子之鸽率鸽数万争来咬扑。李持空枪，且击且走，不觉坠入池内。水红热如血，其气甚羶，鸽似甚渴者，争饮于池，李方得脱。逃出洞，衣上所染红水，鲜明无比，夜间映射灯月之下，有火光焰灼，终不知此山此鸽究属何怪。

金 刚 作 闹

严州司寇某，有戚徐姓者，能持《金刚经》。司寇卒后，徐作功德，为诵经日八百遍。一夕病重，梦鬼役召至阎罗殿，上坐王者谓曰："某司寇办事太刻，奉上帝檄，发交我处。应讯事甚多，忽然金刚神闯门入，大吵大闹，不许我审，硬向我要某司寇去。我系地下冥司，金刚乃天上神将，我不敢与抗，只好交其带去，金刚竟将他释放。我因人犯脱逃，不能奏覆上帝，只得行查到地藏王处，方知是汝在阳间多事，替他念《金刚经》所致。地藏王晓得公事公办，无可挽回，故替我拦住金刚神，不许再来作闹，仍将某公解回听审。所以召汝者，将此情节告知，不许再为诵经。姑念汝也是一片好意，无大罪过，故仍放汝还阳；然妄召尊神，终有小谴，已罚减阳寿一纪矣。"徐大惊而醒。未十年，竟卒。吴西林曰："金刚乃佛家木强之神，党同伐异，闻呼必来，有求必应，全不顾其理之是非曲直也；故佛氏坐之门外，为壮观御武之用。诵此经者，宜慎重焉。"

烧 头 香

凡世俗神前烧香者，以侵早第一枝为头香，至第二枝便为不敬。有山阴沈姓者，必欲到城隍庙烧头香，屡起早往，则已有人先烧矣，闷闷不乐。其弟某知之，预先通知庙祝，毋纳他人，俟其先到再开门纳客，庙祝如其言。沈清晨往，见烧香者未至，大喜，点香下拜，则扑地不起矣。扶舁归家，大呼曰："我沈某妻也，我虽有妒行，然罪无死法。我夫不良，趁我生产时，属稳婆将二铁针置产门中，以此陨命，一家之人竟无知者。我诉城隍神，神说我夫阳寿未终，不准审理。前月关帝过此，我往喊冤，城隍说我冲突仪仗，又缚我放香案脚下。幸天网恢恢，我夫来烧头香，被我捉住，特来索命。"沈家人毕集拜求，请焚纸钱百万，或请召名僧超度。沈仍作妻语曰："汝等痴矣！我死甚惨，想往叩天阍，将城隍纵恶、沈某行恶之事，一齐申诉，岂区区纸钱超度所能饶免者乎？"言毕，沈自床上投地，七窍流血死。

树 怪

费此度从征西蜀，到三峡涧，有树孑立，存枯枝而无花叶，兵过其下辄死，死者三人。费怒，自往视之，其树枝如鸟爪，见有人过，便来攫拏。费以利剑斫之，株落血流，此后行人无恙。

广 信 狐 仙

徐芷亭方伯初守广信府，有西厢房，锁闭多年，云中有狐。徐夫人不信，亲往观之，闻鼾呼声，启户无人，声从一榻中出。夫人以棍敲之，空中有人语云："夫人莫打，我吴刚子也，居此百余年，颇有去意，屡欲移居而门神拦我。夫人可为我祭之，且代为乞情，则我让出朝廷公廨矣。"夫人大骇，具酒肴，向竹床陈设，兼祭门神，告以原委。又闻空中语曰："我受夫人恩，愧无以报，谨来贺喜。府上老爷即日升官。

奉嘱者,七月七日切勿抱官官到红梅园嬉戏,其日恐有恶鬼在园作祟。"言毕寂然。到期,方伯表兄某过园,见树上有两红衣儿,以手招人。就视之,并无形影,但闻崩颓之声,则假山石倒矣,几为所压。九月间,徐公升赣南道。此事徐公子秉鉴为我言。

白 石 精

天长林司坊名师者,家设乩坛,有怪物占为坛主,自名"白石真人"。人问休咎颇验。常教林君修仙,须面上开一眼,便可见上帝宫室、云中神仙。林从此痴迷,时以小刀向鼻间刻划,人夺其刀便怒骂。忽一日,乩盘书云:"我土地神也,现在缠汝者,是西山白石之精,神通绝大。我受其驱使,渠不能作字,凡乩上皆强我代书。今日渠往西天参佛,故我特来通知,速拆乩盘,具呈于本县城隍,庶免此难;但切不可告知此怪是土地神来泄漏也。"适蒋太史苕生自金陵来,知其故,立毁其盘,并以三十金买天师符一张,悬林室中,怪果不至。后十年,林君亡矣,符尚挂中堂,有线香倒下,烧其符上硃砂字画尽,而衬纸不坏。其时蒋在京师,未得林讣。适天师来朝,告蒋曰:"贵亲家林君死矣。"问何以知之,曰:"某月日,我所遣符上神将,已来归位故也。"后得知林家烧符之信,方觉骇然。当扶乩时,蒋在座则盘中不动;蒋去后,人问乩,书云:"此老有文光射人,我不喜见之。"据土地云:"白石精在林家作祟者,要摄取林之魂,供其役使故耳。"

鬼 圈

蒋少司马时菴公子某,与数友在京师游愍忠寺。时届清明,踏青荒地。见精舍数间,中有琵琶声,趋往,则一女背面坐,手弹弦索;逼视之,女回头变青面狰狞者,直来相扑,阴风袭人,各惊走归。时尚下午,彼此疑为眼花,且恃有四人之众,各持木棍再往。则有四黑人坐而相待,手持铜圈套人,受其套者,无不倾跌,棍无所施。正仓皇间,有放马者数人驱马冲来,怪始不见。四人归,各病十余日。

东医宝鉴有法治狐

萧山李选民，少年倜傥，烧香佛庙，见美女在焉。四顾无人，遂与通语。女自言姓吴，幼无父母，依舅而居；舅母凌虐，故在此礼佛，愿得佳偶。李以言挑之，女唯唯，遂与归家，情好甚笃。久之，李体日羸，觉交接时，吸取其精，与寻常夫妇不同；且十里以内之事，必先知之。心知为狐，驱之无法。一日，拉其友杨孝廉至三十里外，以情告之。杨曰："我记《东医宝鉴》中有治狐术一条，何不试之？"遂偕往琉璃厂，觅得是书，求东洋人译而行之。女果涕泣去。此事余在西江谢蕴山太史家亲见杨孝廉为余言之，惜未问其《东医宝鉴》中是何卷页。

乩　　言

抚州太守陈太晖未第时，在浙乡试，向乩神问题，批云："具体而微。"后中副车，方知所告者非题也。有求对联者，书"努力加餐饭，小心事友生"十字。问次句何出，曰："秀才读时文，不读杜诗，可怜可笑。"陈方与友游鉴湖观莲，乩问："昨日鉴湖之游乐乎？"有咏红莲者，以诗求和，乩上题云："红衣落尽小姑忙，从此朝来叶亦香，莫恼韶光太匆迫，花开三日即为长。"云门山氓有被鬼作闹者，诣乩盘求救，乩书："我不能救，请某村余二太爷来救。"如其言，请余二太爷至。余向其家东北角厉声曰："你们要往四川，也该速去了！"空中应曰："极是。"从此怪竟寂然。余二太爷者，某村之学究也。问其所以驱鬼者是何言语，笑而不答；问乩，乩亦无言。

子不语卷二十

移 观 音 像

山西泽州北门外有庙供观音,时时有黄蜂从其座下石缝中出,纷纷数万,白日为晦。土人移观音像,掘蜂穴,以火熏之。见一朱棺,有底无面,中有妇人,突然而起,将红袖一挥,颈拖双带而走。众瞠视,听其所往。其裙上满绣蝴蝶,飘飘然,竟入市中李姓家而灭。李方娶妇,众人告以故。李以为妄,大骂众人荒诞。未三日,其家新妇缢死。

山 阴 风 灾

己丑年,蒋太史心余掌教山阴。有扶乩者徐姓,盘上大书"关神下降"。蒋拜问其母太夫人年寿,神批云:"尔母系再来人,来去自有一定,未便先漏天机。"复书云:"屏去家僮,有要语告君。"如其言,乃云:"君负清才,故尔相告:今年七月二十四日,山阴有大灾,尔宜奉母避去。"蒋云:"弟子现在寄居,绝少亲戚,无处可避;且果系劫数中人,避亦无益。"乩盘批"达哉"二字,灵风肃然,神亦去矣。临七月之期,蒋亦忘神所言。二十四日晨起,天气清和,了无变态。过午二刻,忽大风西来,黑云如墨,人对面不能相见;两龙斗于空中,飞沙走石,石如碗大者,打入窗中以千百计,古树十余丈者折如寸草。所居戴山书院,石柱尽摇,至申刻始定。墙倾处压死两奴,独一七岁小儿存米桶中,呻吟不死。问之,云:"当墙倒时,见一黑人,长丈余,擒我纳桶内。"其母则已死桶外矣。是年临海居民死者数万人。

谢 檀 霞

连昉者,昭州人,好洁耽吟。友人某,邀与同贾楚中,友人肆会计,昉独守舟次。泊湘源数日,爱江水净碧,凡衣裳襟带,都促奴子再三浣濯,而自吟不辍。夜梦身立水上,有好女子蹴波与语,自称“谢檀霞,元时人,年十八夭死。父母怜我癖爱此间山水,遂葬于此。今冢没,水噬遗骨,久付泥沙。生时好洁耽吟,与君同癖,宜寿而夭,故得全其神气,不复轮回生死,介在仙鬼之间。君明日当死于风涛中,妾怜其癖之同也,敢以预告,君可速附他舟回家。”昉惊醒,即治装觅下水船抵家,归后足不出户。旋闻湘源陷风涛死数千人,惴惴无已。年余,忽梦吏数人突至其家,责以兔脱之罪,谓冥王赫怒,将重按其事。昉皇遽甚,许焚冥钱若干,方允缓期。数夕后,鬼使复至,索钱加倍,昉亦允许。正当焚送之期,方昼寝,忽见檀霞自外入,笑曰:“我来贺君脱难,寻君居址不得,广为问讯,不图野水之劫,人数太多,容易蒙混;又喜各府判官,新旧交代,我已遣人将君姓名注销,自今以后,杳无死期。我是数百年英魂,飘泊无偶,愿共晨夕,授子服气之法,不必交媾,如人世之夫妇也。”且曰:“鬼差索诈,不必理他,有我在此。”后遂白日降形其家,周旋如妻妾,不饮不食。久之,昉亦能辟谷,每言祸福辄应,闾里以此敬而奉之。檀霞嫌人世无味,仍偕昉重游湘中,不知所终。

引 鬼 报 冤

浙江盐运司快役马继先,积千金,为其子焕章营买吏缺。焕章吏才更胜乃翁,陡发家资巨万。继先暮年娶妾马氏,颇相得。继先私蓄千金,指示妾云:“汝小心服侍,终我天年,我即将此物相赠,去留听汝。”越五六年,继先病,复语其子云:“此女事我甚谨,我死后,所蓄可俱付之。”继先死,焕章顿起不良,即与其姑丈吴某曾为泉州太守者商曰:“不意我翁私蓄尚多,命与此女,殊为可惜。”吴云:“此事易为,乃翁死后,我来助汝逐之。"过数日,焕章诱此妾出屋伴灵,私与其妻硬取箱箧搬入内室,将乃翁卧房封锁。此妾在外,尚不知也。继先回煞后,此妾欲归内室,吴突自外入,厉声曰:"姨娘无往!我看汝年轻,决不能守节,不若即今日收拾回娘家,另择良配。我叫汝小主人赠汝银两可也。"随呼焕章兑银五十两来。焕章趋出,曰:"已备。"妾欲进内,焕章止之曰:"既是姑爷吩咐,想必不错,汝之箱箧行李,我已代汝收拾停妥,毋烦再入。"妾素愿,惧吴之威,含泪登舆去。焕章深谢吴之劳。又数月,节届中元,妾带去之资及衣饰,已为父母弟兄荡尽,欲趁此节哭奠主人,仍归马氏守节。七月十二日,备香帛祭器,至马家哭奠。焕章之妻骂曰:"无耻贱人,去而复返。"不容入内,命其坐外厅之侧轩,暂过一夜,祭毕即去,"如再逗留,我决不容!"妾彻夜哭,五鼓方绝声。次早往视,已悬躯于梁矣。焕章买棺收敛,其母家惧吴声势,亦无异言。焕章因屋有缢死鬼,将屋转售章姓,别构华室自居。章翁自小奉佛诵经,夜见此女,作悬梁哭泣状。翁久知此事,心为不平,且恶焕章之嫁祸,乃祝曰:"马姨娘,我家买屋用价不少,并非强占。姨娘与马焕章、吴某有仇,与我家无干,明晚二更,我亲送汝至焕章家,何如?"鬼嫣然一笑而没。次晚为此女设位持香,送至焕章门,低声曰:"姨娘傍立,待我叩门。"即叩门问司阍:"汝主人归否?"对曰:"尚未。"乃又私祝曰:"姨娘请自入,仇可复矣。"司阍者不解章之喃喃何语,笑其痴。章归家,终夜不寐。天未明,即趋马家听信,见司阍者已立门外,章曰:"汝起何早?"司阍者曰:"昨夜主人归,方至门即疾作,刻下危甚。"章惊而返。下午复探,马已死矣。过数日,吴太守亦亡。焕章无子,其资均为他人所有;吴没后,家亦不振。

灵鬼两救兄命

武昌太守汪献琛之弟名延生者,暑月暴亡。后乾隆二十八年秋日,其堂兄希官,亦得危疾,数夜不寐。医者开方,以补剂治之。其母方煎药,病者忽发声曰:"大婶娘毋再误也!我昔误于庸医,今希哥又遭此难,我不忍坐视其死。"言毕即将药碗掷地。希母问曰:"汝何人,凭我儿?"曰:"我即延生也,死未一年,婶娘不能辨我音声耶?"希母曰:"汝死后作何事?"曰:"阴司神念我性直,且系屈死,命我为常州城隍司案吏。因本官移文浙省城隍,会议总督到任差务要事,命我赍文来此,我故得来一探希哥。不意渠已卧病,几为庸医所杀。此刻我往城隍衙门,将公事了结再来。"语毕即闭目卧,竟夜安眠。次早醒,问之,茫然无知。至晚忽作延生声曰:"惫矣,速具水浆来解渴。"希母与之,又云:"可呼八兄来,我有话说。"八兄者,即其胞兄也。既至,慰问若生时,且云:"八兄汝何贪戏若此!前在祖宗祠堂池内,自荡小舟,儿为石柱碰毙。其时,幸我在旁,使柱旁倒;不然难逃此厄。柱下有古冢一丘,因我父浚池不察,使他枯骨日浸水中,故欲来报怨。我再三求之,彼方允诺。八兄须为迁葬。"又呼其妹三人至前,曰:"大妹二妹有福不妨,小妹禄甚薄,不若随我去,交与母亲照管,何苦在此常受庶母之气。"大笑拱手作别状曰:"再会,再会!"言毕希复仰卧如初。越数日,病愈。不半年,其幼妹果亡。二十九年冬,希哥梦延生至曰:"兄今愈矣。弟办完此差,小有功绩,可望受职,从此别矣,后会难期。"语竟而去,希哥悲呼而醒。

木　画

永城尉陆敬轩,浙之萧山人,修署截木。署旧有柳树一株,锯之,板中现天然画一幅,如淡墨写成。左危峰,右悬崖,崖上松一株,山树一株,枝叶倒垂,松上缠藤累累。中有一叟,扶杖立,高冠长袖,须眉如活。左手纳袖中,著胸前;右脚前行露舄,左舄隐衣下。回顾若听泉状。尉宝之,携归其家。时乾隆辛丑十月十三日事。

滚　经　台

贵州平越府署内有石台,高七尺,藏佛经十六幅,全书梵字,读之不可解。相传太守讯狱,有事关重大而犯人不伏者,则取经铺地,令犯人在经上滚过。理直者,了然无害;理屈者,登时目瞪身僵。数百年来,官恃以断狱,而狱囚亦无敢轻滚经台者。张文和公第五子景宗,性素愎,抵任后,以为妖,拆台焚经。是年两子死,次年公亡。

菜花三娘子

阳湖某秀才,美丰姿,春夜独坐书房中。闻扣门声,启视之,有女自称"菜花三娘子",特来相伴,随后有四姊妹,如媵从然。生惊其美,遂留宿焉。日久身病,遣之不能去。其父具牒诉于本县之张王庙。是夜梦张王拘犯听审,责三娘子蛊惑良人,各杖十五,押逐出衙。五妇行未数步,皂隶持杖追至,向三娘子索钱,曰:"非我用情轻打,则汝等娇嫩之臀伤矣,焉能行路?"各女皆于裙带中出钱谢之。越三日,三娘子复来,曰:"我与汝缘法未尽,不能舍汝。汝再告张王,王亦无奈我何。汝同学有王先生某者,其人迂腐可憎,汝不许往告,亦不许其入门。"生父母恶之,重具牒诉于张王庙,神果不灵。乃速招王生,生处馆远方,越数日方到,到时生已死矣。王先生亦邑中廪生,年未三十。

神 和 病

赵云菘探花年十六时,戚人张某,患神和病,有女鬼相缠,形神鹄立,奄奄欲毙。其母遍祷诸神,卒无效验。唯赵坐其榻,鬼不敢至。赵去,鬼笑曰:"汝能使赵探花常坐此乎?"母苦求赵公,赵不得已,往,秉烛相伴。至第三夜,不胜其倦,略闭目,病人精已遗矣。越数日而卒。

鼠 食 牛

句容村民,养一牡牛,忽有七鼠,从牛后窍入,食其心肺,牛竟死。村民逐鼠,得其一,遍体白毛,重十斤,烹食之,肥过鸡豚。

代 神 判 斩

萧十洲参戎致政归养,舟泊巫峡。是夜梦有若差官状者,持令箭骑马,沿江问孰是萧大老爷舡。跃入舡头,喘犹未定,怀中取出公文一角,面书"金龙四大王封"六字,随押七犯跪旁,请判"斩"字。萧骇曰:"此地方官之事,余武职,且退归林下之员,不敢越俎。"差官答曰:"公文上有公衔名,请照例办。"顷刻间,灯烛辉煌,传呼升堂,开门,阶下仪仗吏卒排立俨然,坐公堂上,非舟中也。差官先唱绞犯六名毕,后唱斩犯一名,乃六七岁童子。萧问曰:"渠尚未成丁,何罪遽斩?"吏摇手曰:"罪名已定,毋烦置议,请速判之。"随送标条判讫,遂押众犯而去。公梦觉,心恶之。次晨大雾弥江,公戒勿解缆。巳刻,向其母太夫人闲话,间述前梦未竟,忽有一只上水货船触石撞沉,呼救甚惨。乃急命舟子捞救,仅救起三客,业僵死矣。如法灌救,良久方活。其舵工七名,皆已淹毙。后复捞获无头童男一尸,认其衣服,即舵工之子也。余按此事与无锡华师道梦中相同。华梦阴官差役,请华到衙门判"斩"字。华以未审罪名,不肯落笔。有被发妇,再四哀求云:"公若不肯下判,则此案又拖累三年矣。"华终不肯,云:"我不知其所以应斩之罪,如何忍心落笔!"遂喝拒而醒。隔三年,师道卒。师道字半江,精篆隶之学,在淮上程尊江家处馆,与余交好。

鬼 门 关

朱梁江名衣,太仓州诸生也。戊子科赴江宁乡试,寓中患热症甚危,亲友买舟送归。行次丹徒闸,卧舱中,忽尔晕绝。见二青衣人导之登岸,其路直而窄,黑暗无光,两足甚轻飘。行约十数里,忽有一物来,紧傍身左。走十数里,又一物来,紧傍身右。再走数十里,到一城,巍巍然,双门谨闭,城额横书"鬼门关"三字。二青衣扣门,不应,再扣之,旁边突出一鬼,貌甚狰狞,与二青衣互相争斗。遥见红灯一对,四轿中坐一官长,传呼而来。近视之,似太仓州城隍神。神问:

"你是何姓名?"对系下场太仓州学生员。神曰:"你来尚早,此处不可久停。"命撤所导之灯送归。见城门洞启,轿甫入,而门仍闭矣。持灯者云:"速随我向东走!"觉非前来之路。行二三里,至大江边,白浪滚滚。持灯者将渠推入江心,大呼救命而苏。时舟已抵太仓城外,盖死去已三日矣。因心窝尚温,故从者促舟子日夜趱行,至家病愈。此事萧松浦所言。萧客珠崖时,曾过儋耳,四面叠嶂崒崔,中通一道,壁上镌"鬼门关"三字,旁刻唐李德裕诗,贬崖州司户经此所题,诗云:"一去一万里,十来九不还,家乡在何处,生渡鬼门关。"字径五尺大,笔力遒劲。过此则毒雾恶草,异鸟怪蛇,冷日愁云,如入鬼域,真非人境矣。

冤 魂 索 命

乾隆戊寅,萧松浦与沈毅庵同客番禺幕中,分办刑名。时荄塘有刃伤事主盗案,获犯七名,赃证确凿,萧照律拟斩,解府司勘转。臬使某,疑七犯皆问大辟,得毋过刻,驳审减轻。萧亦不愿办此重案,借此推辞,案归毅庵办矣。毅庵居处,与萧仅隔一板壁,夜间披阅案牍。闻毅庵斋中若嘶嘶有声甚微。起而瞰之,见毅庵俯首案上,笔不停书。其旁立有三四鬼,手捧其头;又见无数矮鬼,环跪于地。萧急呼毅庵视之,忽血腥扑鼻,灯烛俱灭,身亦晕跌。窗外童仆急扶归卧。次日,毅庵及同人叩其故,萧告以所见。毅庵曰:"吾知之矣。昨宵所办,荄塘盗案也。原拟情真罪当,七犯皆无可生之法,因奉驳审,不得不从中减轻二名。内谢阿挺、沈阿痴两犯,本在外接赃,并未入内,因获赃格斗,刃伤事主,且有别案,君故皆拟斩。予欲改轻其罪,以迎合臬司。君所见跪地无数矮鬼,殆二犯之祖宗也。其环侍之无头鬼,非二犯已伏法诛之夥盗,即被杀害之怨鬼来索命也。予不敢枉法以活人,使死鬼含冤于地下。请仍照原拟顶详可也。"其案遂定。

扫 螺 蛳

徐公浩观察山西，有老狐化作道士，时入其署与语。某县令太仓王姓者，中飞语，观察信之，将褫其官。老狐缓颊，谓其人祖宗功德不可量也。后观察廉得其诬，事遂已。令来谒，观察问："君祖宗作何好事？"对以"五世祖耕海滨，海潮至，青螺随潮入岸。潮退，螺不能归原处，被人捉卖。祖夫妻各持帚扫青螺入海，自三更至黎明为度，如是者六十年。狐所谓功德或指此耶？"观察有小婢曰彩云，狐见之曰："不可使为婢，此女有根基，将来是观音大士作媒嫁与洞庭君者。"迟数日，彩云持其父所书扇倚柱看。观察见文理粗通，问知其父为诸生，祖翰林，且感老狐之言，命作第三孙女，远近皆知有三姑娘。阅半载，有巨公以札寄观察，并赠一画轴云："闻公三姑娘未字人，可许与申太守大年之子。奉赠大士像，甚灵，悬斋头祷求，当有验也。"申，湖北人，悟"洞庭君"之说，大士像又与媒札同至，乃为成其婚。狐之前知如此。

周 太 史 驱 妖

周用修，江西瑞昌县楼下村人，年五十余，早丧妻，有子有媳，生计颇自给。一日，有妪年五十许，入其家，登楼呼其长子妇至，曰："吾尔姑也，尔毋惧。"妇诧甚，于归时并未见有姑也。用修闻之，欲相见，不许。其子欲见，亦不许。然饮啖寝兴，无异常人，举家亦安之。无何，有谇语飞入其耳，怒亡去。仲修家遂困，所存布菽，贮之柜，扃锁甚固，启视一空。邑人但时见老妪在用修门首，日市布菽。如是三年，家困甚。请于官，召巫治之，皆不验。宗人厚辕以庶吉士在假，至其家，先一夕怪去，至期又去，用修异之，乞厚辕为驱除，厚辕朱书黄纸，檄其土地神及社神，曰："阴与阳同一理，无阴司则已，若果有，则以一区区楼下村，有二神在此，而听此妖祟人，竟莫之问乎？限三日驱之，不能则五日、七日，若再不能，是无神也，焉用血食为！当令焚尔庙，毁尔像矣！"檄焚后，厚辕即渡江访友，阅月归，仍过楼下村，在肩舆小睡，似见漫山塞谷，皆老少男妇，人上立人者，几千万辈，拥道来观。二老人须长二尺，立舆旁，默无语。厚辕惊觉，催肩舆入城，诸族人贺曰："君焚檄后三日，怪去，竟不复来。"言未已，用修至，搏颡于地，求为草善后文，再焚于二神祠，怪遂绝。

良　猪

江南宿州睢溪口民被杀，投尸于井，官验无凶手。忽一猪奔至马前，啼甚惨，从役驱之不去。官曰："畜有所诉乎？"猪跪前蹄，若叩首状，官命随之行。猪起前导，至一家，排户入，猪奔卧榻前，以嘴啮地出刀，血迹尚新，执其人讯之，果杀人者。乡人义之，各出费养猪于佛舍，号曰"良猪"。十余年死，寺僧为龛埋焉。

雷 打 扒 手

乌程彭某，妻病子幼，卖丝度日。一日负一捆丝赴行求售，因估价不合，置之柜上。时出入卖丝者甚众，行家以其货少，他顾生理。彭转瞬，丝即失去，因牵行主鸣官。行主云："我数万金开行，肯骗此数千文丝乎？"官以为有理，不究，卖丝者闷闷回家。适其子嬉戏门外，见父卖丝归，以为必带果饵，迎上索取。彭正失丝怀忿，任脚踢之，儿登时死。彭悔，急自投河，亦死，其妻不知也。邻人见其子卧于门，扶之，方知气已绝；连呼病妇，告以儿亡。妇痛子情急，登时坠楼死。官验后，嘱邻人为之埋葬。越三日，雷雨大作，震死三人于卖丝者之门。少顷，一剃头者复苏，据云："前扒手孙某，在某行扒出一捆丝，对门谢姓见之，欲与分价，方免出首。丝在我店卖出，派分我得钱三百，彼二人各得二千。旋闻卖丝者投河，官验后，无事矣。不料今日同遭雷击，彼等均已击死，我则打伤一腿。"验之果然。

北　门　货

绍兴王某与徐姓者,明季在河南避张、李之乱,所过处,尸横遍野。一夕,遇李兵二人,自度必死,避城内乱尸中。夜半灯烛辉煌,自城头而下,疑贼兵巡城。渐近,乃城隍灯笼,愈惊惧,不敢作声。少顷,闻从者曰:"有生人气。"又一吏呼曰:"一个北门货,一个不在数。"神渐远去。次早贼兵出城,二人起走,紧记夜所闻,认南路而行。傍晚又抵一城,恰是北门,突遇贼兵,徐被杀,王遁归家,后子孙甚众。

泥刘海仙行走

如皋北门内湖南常德太守徐文度家,买一泥塑刘海仙,长六寸许,置于堂前神龛内有年矣。一日,文度欲睡,忽闻堂前有剥啄声,命婢携灯照视。其婢惊奔入告曰:"龛内泥刘海忽然下地行走。"公初不信,视婢惊怖之状,乃出堂谛视,而泥刘海果跌跌而行,咸以为妖,欲毁弃之。公语众曰:"汝等且勿惧,此像既能行走,或有灵应之征,不可毁弃。"仍令供奉龛内,迄今二十余载,绝无他故。其子湘浦,现任两浙副使。

驴　雪　奇　冤

乾隆四十三年春,保定清苑县民李氏女,嫁与西乡张家庄张氏子为室,相距百余里。李女归宁月余,新郎跨驴来迎,令妻骑驴,而已步行于后。路经某村,离家仅二十里,缘此村居民素与新郎熟识,必多调笑,且驴亦熟识归路,张乃令妻先行。至六七里许,有三叉歧路,过西为张家庄大路,过东则任丘县界。有一少年,控车自西道辘辘而来,系任丘豪富刘某,将张妻驴冲向任丘道上,相逼而行。天渐晚,张妻心慌,问少年曰:"此地离张家庄几何?"少年答曰:"娘子误矣,张家庄须向西而去,此是任丘大路,相距数十里。天晚难行,当为娘子择庄借宿,天明即遣人送往,何如?"张妻无奈,勉强允从。至前庄,系刘之佃户孔某家,备房安歇。其时,适孔佃之女亦新婚归宁,孔谓女曰:"今晚业主借宿,不能违命,汝当暂回夫家;候业主去后,再来迎汝。"女从而归。其房为刘、张共宿之所。刘之车夫,宿于房外;张之骑驴,系于檐下。次日将午,不见启户,孔佃窥于窗隙,见两尸在炕,头俱在地,檐下系驴亦失,孔佃与车夫颤慄莫制。佃乃密语车夫曰:"汝家河南,离此甚远,何不载彼衣物,速行窜归,一经到官,则尔我身命难保矣。"车夫从之。是晚,即野瘗两尸,御车载物而去。刘母见子久出不归,杳无音耗,即在任丘县控追车夫。张郎追妻不见,疑有别故,复又赶至清苑,控告其岳父母。县官疑有冤,饬捕密访。其时有嗜赌无赖之郭三,鬻驴于市,恰与张供毛色相符,向郭盘诘,始知郭三向与孔佃之女有私,孔女归宁,郭从后窗潜入,见有二人共寝,一时气忿,杀此二人,并盗此驴。县令复唤孔佃,根诘尸首所在,亲往起尸,开土三尺,赫然一死人,乃秃头老和尚也。复又深掘,得所杀两尸。张冤既雪,刘死有踪,而和尚之尸又属疑案。正怀疑间,天忽阴雨,乃避雨古庙,寂无人迹,询诸邻保,云:"此庵向有师徒二僧,后以师出云游,徒亦他往矣。"即同邻保往视僧尸,咸云:"此即云游之僧也。"遂缉拿其徒。访至河南归德地界,已蓄发娶妻,开张豆腐店。究其师死之由,缘僧徒所娶之妇,向与其师有奸,后徒渐长,复与此妇私通。其师每有不平,故共谋杀其师,弃庙远窜,遂成夫妇。乃置之法。

张　大　令

嘉兴张大令者,辛巳进士,海宁查太守虞昌之业师,素行正直。忽一日,平明而起,索冠带甚急,道有当事贵人要来相会。遂着蟒衣补褂,迎至大门外,升中堂,作揖逊坐,口喃喃对语。旁人听者,语不可解。初若欣喜,继而悲叹,又继而辞让,取茶两杯,一自饮,一置空中,杯亦不脱落。作态良久,乃送至大门外,再揖始归。家人问何客,曰:"嘉兴府城隍也。彼升任去,举我代其职,故先来见访。且告我此地一二年内有两贵人横死,遭劫者不少,我不便泄天机也。"言毕端坐,不饮不食,三日遂亡。俄而巡抚王、陈两公事发。

镜　　水

湘潭有镜水,照人三生。有骆秀才往照,非人形,乃一猛虎也。有老篙工往照,现作美女,云鬟霞珮。池开莲花,瓣瓣皆作青色。

蔡　掌　官

虎丘蔡掌官,以古董为业,年少貌美。饮倪康民家,倪遣小奴持灯送归,于无人之处,见掌官与人作揖,口呢呢细语。奴问与何人说话,曰:"好友李三哥唤我,我便同他去,你不必跟我。"语未毕,跳入河中。奴急救起之,拉归家,告知蔡之父母。亲友咸大惊,都来问蔡。蔡如醉如痴,口无所言,但见刀即摩其喉,见绳则试其颈,若以为天下至乐之境,无如横死者。家人锁闭之,虽小衣衫裤,皆不缝带,但穴一洞通饮食而已。清明日,全家上坟,蔡从窗外逸出,两日不归。家人知其必死,四处寻觅。至白莲桥空野,忽见掌官倚桑树,大呼曰:"我在此,不必再寻矣。"家人喜,奔趋视之,则已缢死树上,呼者乃其魂也。缢带系偷染坊店地上所晒布为之。

沈　文　崧

高邮沈公文崧,宰山左霑化时,有相好同官某,亲老无子,将奉差西藏,公慨然代往,闻者无不惊其高义。跋涉三年余,始回内地,途中冰雪苦寒,往往月余无人烟。有仆二人,名夏祥者,侍公最忠,每至住营帐时辄不见,少顷必手捧粟至,炊熟奉公,不知其粟何自来也。一日晦雾,行至险坂,下临深涧万丈,二仆俱堕涧中。公马足已陷,忽见云雾中有大士像,手持青莲,向公指导。俄顷身已过涧,至平地,痛失二仆,逡巡不前。久之曛黑,闻人语声,急呼之,则夏祥至矣。问何来,称堕涧后,有绿毛人长丈余,自涧中负出,主仆相抱大哭。公归后，将此事语高文良公，高为动色，绘大士图，书年月以纪之。后三十余年，沈之孙名均安者，知江西赣县；高之孙名士镶者，官赣县司马，初不相识，既而询及世系，彼此爽然，始知大士图犹在高处，传为至宝，至此乃以归沈。

蓝 姑 娘

王中丞丁忧后，居杭州羊市公馆，灶下婢忽仆地，良久苏醒，瞪目作旗人语曰："我镶红旗某都统家蓝姑娘也，口渴腹饥，可致意大人，作速供养我。"王亲临问曰："尔既系旗人，何故到我汉人家来？"鬼曰："我与群姊妹清明日出门看会，不料布政使国大老爷路过，仪从甚盛，将我姊妹一冲而散，我避不及，只得避到大人家来。"中丞曰："汝避国大人不避我，独不知国大人尚是我之属员乎？他冲汝，汝何不到他家作祟？"鬼曰："我畏之。"中丞曰："然则汝辈作鬼者亦势利，只怕现任官，不怕去任官耶？"曰："不然，去任者果做好官，我也怕也。"中丞大不喜，不得已，且供饭烧纸钱与之。婢病旋愈。未一年，中丞及于难。

鼠 胆 两 头

山东桂未谷广文，精篆隶之学，藏碑板文字甚多，每夜被鼠咬破，心恶之，设法擒鼠，以为鼠胆汁，可以治聋，乃生剥之。果得一胆，如蚕大，两处有头，蠕蠕而动，鼠死半日，胆尚活也。卒不解其故，惧而弃之沟中，亦无他异。或云"首鼠两端"，此之谓也。然擒他鼠验之，并胆俱无。

西 海 祠 神

嘉兴钱汝器，太傅文端公第七子也，选陕西武功令。抵任后不数月，以疾卒。卒之前一日，旦起，告家人具汤沐，朝服北向九拜，复东向九拜。家人问故，曰："北向，所以谢主恩也；东向者，余出都时，过蒲州，宿西门外禹庙，梦禹王召我为水神，居西海祠，余固辞不获，定于明日当去。"次早，果端坐而逝，时壬寅九月十七日也。先是，有郭生者，鳌座人，明慧善歌，为钱所眷，孙君渊如亦善之，旋以他事逸去。后孙在朝邑令庄虚庵所，接郭生书云："九月过解州，梦钱七公子来，仪卫甚盛，告余云将赴任西海祠，如申旦之约，无间幽明，当访我于蒲州南郭外，言讫而寤。若梦中言果真，公子当不在人间矣。"时孙正访生消息不得，接此信，即日脂车渡河。至蒲州相访，果有西海祠，建于至元十二年，现在重修落成。方徘徊间，忽郭生自廊庑出，相与叙述前事，共相悲喜，因酾酒洁羞，为文祭云："昔者巨卿死友，厥有素车之驰；子文酒徒，无损成神之骨。恭闻故实，不谓逢君。"阳湖洪孝廉亮吉，亦吊以诗云："少年有愿须先偿，既入神籍何能狂。"

猢狲酒

曹学士洛禋为予言：康熙甲申春，与友人潘锡畴游黄山，至文殊院，与僧雪庄对食。忽不见席中人，仅各露一顶，僧曰："此云过也。"次日入云峰洞，有一老人，身长九尺，美须髯，衲衣草履，坐石床。曹向之索茶，老人笑曰："此间安得茶？"曹带炒米，献老人，老人曰："六十余年未尝此味矣。"曹叩其姓氏，曰："余姓周，名执，官总兵，明末隐此，百三十年。此猿洞也，为虎所据，诸猿患之，招余杀虎，殄其类，因得居此。"床置二剑，光如沃雪，台上供河、洛二图，六十四卦，地堆虎皮数十张，笑谓曹曰："明日诸猿来寿我，颇可观。"言未已，有数小猿至洞前，见有人，惊跳去。老人曰："自虎害除，猿感我恩，每日轮班来供使令。"因呼曰："我将请客，可拾薪煨芋。"猿跃去。少顷，捧薪至，煮芋与曹共啖。曹私忆此间得酒更佳，老人已知，引至一崖，有石覆小凹，澄碧而香，曰："此猢狲酒也。"酌而共饮，老人醉，取双剑舞，走电飞沙，天风皆起。舞毕还洞，枕虎皮卧，语曹云："汝饥可随手取松子橡栗食之。"食后，体觉轻健。先是，曹常病寒，至是病减八九。最后引至一崖，有长髯白猿，以松枝结屋而坐，手素书一卷，诵之琅琅，不解作何语，其下千猿拜舞。曹大喜，急走归告雪庄，拉之同往，洞中止存石床,不见老人。

张 秀 才

杭州张秀才某,馆京师某都统家,书舍在花园中,离正宅百步。张素小胆,唤馆僮作伴,灯上即眠,已年余矣。八月中秋,月色大明,馆僮在外饮酒,园门未关。张立假山石上玩月,见一妇人,披发赤身,远远而至。谛视之,肤体甚白,而自脸至身,皆有泥污垢瘢。张大惊,以为此必僵尸破土而出者也。双睛炯然,与月光相射,尤觉可畏。急取木杙撑房门,而己登床窃窥之。未几,謇然有声,门撑推断,而此妇昂然进矣。坐张所坐椅上,将案头书帖尽撕毁之,飒飒有声,张已骇绝。更取其界尺大敲桌上,仰天长叹,张神魂飞越,从此不省人事矣。昏迷中,觉有摩其下体者,骂曰:"南蛮子,不堪,不堪。"遂摇步而去。次早,张僵卧不起,呼之不应。馆僮及学生急请都统来视,灌以姜汁始苏,具道昨宵情形。都统笑曰:"先生毋骇,此非鬼也。吾家有仆妇丧偶,积思成疯,已锁禁二年矣。昨偶然锁断,故逸出作闹,致惊先生。"张不信,都统亲拉至锁妇处窥观,果昨所见也,病乃霍然。张颇以"不堪"二字自惭,馆僮闻而笑曰:"幸而相公此物不堪,家中人有中疯妇意者,都被其索闹无休,有咬伤、掐痛其阴几至断者。"

周将军墓二事

山西宁武有周将军遇吉之墓,百余年来,河水啮其旁,坟渐倾泻。土人张某哀之,具牲牢致祭,默祷曰:"将军威灵,当思所以护墓之法。"次夕,天大雷雨,百里内闻有兵马腾踔之声。次日,将军墓旁忽涌出一山,高十丈余,阑截冲处,水至墓前,便绕道曲流矣,人咸异之。

乾隆四十五年,其地山水暴至。有周某者,将军之族孙也,负母而奔,黑夜踉跄,全不认路。其母在伊背上骂曰:"汝有妻有子,妻可以生儿,(子)可以传代,汝俱弃之,而独负我龙钟之母,不太愚乎?"其子不顾,牢负其母,狂奔而已。次早天明,始知身与母俱立将军墓上,土高丈许，水不能淹，虽行一夜，并无三里之远也。归家视妻子，皆无恙，云："水来时，似有人扶我上屋者，故得生全。"其旁邻人已无孑遗矣。

子不语卷二十一

娄罗二道人

娄真人者，松江之枫乡人，幼孤，从中表某养，大与其婢私，中表怒逐之。娄盗其囊金五百，逃入江西龙虎山。方过桥，有道人白须曳杖立，笑曰："汝来乎？汝想作天师法官乎？须知法官例有使费，非千金不可，五百金何济！"娄大骇，曰："吾实带此数，金少奈何？"道人曰："吾已为汝豫备矣。"命侍者担囊示之，果五百金。娄跪谢称仙，道人曰："吾非仙，乃天师府法官也，姓陈名章，缘尽当去，为待子故未行。有三锦囊，汝佩之，他日有急难大事，可开视之。"言毕，趺坐桥下而化。娄入府，见天师，天师曰："陈法官望汝久矣，汝来，陈法官死，岂非数耶？"故事，天师入京朝贺，法官从行。雍正十年，天师入朝，他法官同往，娄不得与。夜梦陈法官跟跄而来，涕泣请曰："道教将灭，非娄某不能救，须与偕入京师，万不可误。"天师愈奇娄，乃与之俱。时京师久旱，诸道士祈请无效。世宗召天师谕曰："十日不雨，汝道教可废矣。"天师惶恐伏地，窃念陈法官梦中语，遂奏请娄某升坛。娄开锦囊，如法作咒，身未上而黑云起，须臾，雨霓足。世宗悦，命留京师。十一年，诛妖人贾士芳。贾在民间为祟，召娄使治。娄以五雷正法治之，拜北斗四十九日，妖灭。是年地震，娄先期奏明。皆锦囊所载三事也。今娄尚存，锦囊空而术亦尽矣。娄所服丸药，号"一二三"，当归一两，熟地二两，枸杞三两。

又有罗真人者，冬夏一衲，佯狂于市。儿童随之而行，取生米麦求其吹，吹之即熟。晚间店家燃烛无火，亦求罗吹，吹之即炽。京师九门，一日九见其形。忽遁去无迹，疑死矣。京师富家多烧暖炕，炕深丈许，过三年必扫煤灰。有年姓者，扫炕，炕中闻鼾声，大惊，召众观之，罗真人也。崛然起曰："借汝家炕熟卧三年，竟为尔辈扫出。"众请送入庙,曰:"吾不入庙。"请供奉之,曰:"吾不受供。""然则何归?"曰:"可送我至前门外蜜蜂窝。"即舁往蜂窝,窝洞甚狭,在土山之凹,蜂数百万,嘈嘈飞鸣。罗解上下衣,赤身入,群蜂围之,穿眼入口,出入于七窍中,罗怡然不动。人馈之食,或食或不食,每食必馨其所馈。或与斗米饭、鸡卵三百,一唼而尽,亦无饱色。语呶呶如鴃枭,不甚可解。某贵人馈生姜四十斤,唼之,片时俱尽。居窝数年,一日脱去,不知所往。

蛇含草消木化金

张文敏公有族侄,寓洞庭之西碛山庄,藏两鸡卵于厨舍,每夜为蛇所窃。伺之,见一白蛇,吞卵而去,颈中膨亨,不能遽消,乃行至一树上,以颈摩之,须臾鸡卵化矣。张恶其贪,戏削木柿,装入鸡卵壳中,仍放原处。蛇果来吞,颈胀如故,再至前树摩擦,竟不能消。蛇有窘状,遍历园中诸树,睨而不顾,忽往亭西深草中,择其叶绿色而三叉者,摩擦如前,木卵消矣。张次日认明此草,取以摩停食病,略一拂拭,无不立愈。其邻有患发背者,张思食物尚消,毒亦可消,乃将此草一两,煮汤饮之。须臾间,背疮果愈,而身渐缩小,久之,并骨俱化作水。病家大怒,将张捆缚鸣官。张哀求,以实情自白,病家不肯休。往厨间吃饭,入内,视锅上有异光照耀,就观,则铁锅已化黄金矣。乃舍之,且谢之,究亦不知何草也。

蔡京后身(删)

天 镇 县 碑

天镇县隶云中,其地有玄帝庙,庙有古碑,其上炮铳铅铁大小丸甚多,皆陷入石内。邑人云:前明时闯兵来,邑人拒战不胜。俄见此碑自庙飞出,盘旋军阵,凡敌所放火炮,咸著于上,我军无失衄,而敌赖以退。今谓之天成碑,现存于庙。

抬 轿 郎 君

杭州世家子汪生,幼而聪俊,能读《汉书》。年十八九,忽远出不归,家人寻觅不得。月余,其父遇于荐桥大街,则替人抬轿而行。父大惊,牵拉还家,痛加鞭箠,问其故,不答,乃闭锁书舍中。未几逃出,又为人抬轿矣。如是者再三,祖、父无如何,置之不问。戚友中无肯与婚,然《汉书》成诵者,终身不忘。遇街道清净处,朗诵《高祖本纪》,琅琅然一字不差。杭州士大夫,亦乐召役之,胜自己开卷也。自言两肩负重,则筋骨灵通,眠食俱善;否则闷闷不乐,此外亦无他好。

杨 笠 湖 救 难

杨笠湖为河南令,上宪委往商水县赈灾,秋暑甚虐,午刻事毕,纳凉城隍庙。坐未定,一人飞奔而来,口称“小民张相求救”,问何事,曰:“不知。”左右疑有疯疾,群起逐之。其人长号不出,曰:“我昨夜得一梦,见此处城隍神,已故县主王太爷同坐。城隍向我云:‘汝有急难,可求救于汝之父母官。’我即向王太爷叩头。王曰:‘我已来此,无能着力,汝须去求邻封官杨太爷救,过明午则无害矣。’故今日黎明即起,闻太爷姓杨,又在此庙,故来求救。”言毕叩头,不肯去。杨无奈何,笑曰:“我已面准,汝有难即来可也。”问其姓名,命家人记之。数日后,散赈过其地,讯其邻人,曰:“张某是日得梦入城后,彼卧室两间,无故坍倒,毁伤什物甚多,唯本人以入城故得免。”

冯 侍 御 身 轻

冯侍御养梧先生,自言初生时,身小如猫,称之重不满二斤,家人以为必难长成。后过十岁,形渐魁梧,登进士,入词林,转御史;生二子,一为布政使,一为翰林。先生为儿时,能蹈空而行十余步。方知李邺侯幼时能飞,母恐其去,以葱蒜厌之,其事竟有。

江 都 某 令

江都令某，以公事将往苏州，临行往甘泉李公处作别，面托云："如本县有尸伤相验事，望代为办理。"李唯唯。已而闻其三鼓后，仍搬行李回署。李不解何事，探之，乃有报相尸者。商家汪姓两奴角口，一奴自缢。汪有富名，某以为奇货，命停尸于大厅，故不往验，待其臭秽，讲贯三千两，始行往验。验时又语侵主人，以为喝令，重诈银四千两，方肯结案。李公见而尤之，以为太过。某曰："我非得已，我欲为小儿捐一知县故耳。现在汪银七千两，已差人送入京师，我并不存家中。"未几，其子果选甘肃某县，升河州知州。乾隆四十七年，为冒赈事发觉，斩立决，孙二人，尽行充发，家产籍没入官。某惊悸，疽发背死。

执 虎 耳

云南大理县南乡民李士桂，家世业农，家畜水牛二只。至夜，二牛不归，士桂往寻，昏黑中，月色初上，见田中有兽卧焉，齁声雷鸣，以为己牛，骂曰："畜生如何此刻不回家？"随即骑上，将攀其角，角不见，但耸毛耳两只，遍身狸色斑然，方知是虎，急不敢下。虎被人骑，惊醒，腾身起，咆哮叫跳。士桂私念：下背必为所啖。于是竭生平之力，紧握其耳，至于穿破耳轮；手愈牢固，抵死不放。虎性猛烈，腾山跃水，为棘刺所伤，次日晨刻，力尽而毙。士桂亦僵仆虎背，气息奄然。家人寻得，抱持归家，竟获重生。两脚上为虎爪所攫，肉尽骨见，医逾年，才得平复。

十 八 滩 头

湖南巡抚某，平时敬奉关帝，每元旦先赴关庙，行香求签，问本年休咎，无不应验。乾隆三十二年正月一日，诣庙行礼毕，求得签有"十八滩头说与君"之句,因有戒心,是年虽浅水平路,必舍舟坐轿。秋间为侯七一案,天使按临,从某湖过某地,行舟则近而速,起旱则远而迟。使者欲舟行,公不可,乃以关神签诀,诵而告之,使者勉从而心不喜。未几,贵州铅厂事发,有公受赃事,公不承认,而司阍之李奴,必欲扳公,说此银实送主人,非奴所撞骗。时李已受刑,两足委顿,奴主争辨不休。使者厉声谓公曰:"十八滩头之神签验矣。李字,十八也;委顿于地,瘫也;说此银送与主人,是送与君也:关圣帝君早知有此劫数,公何辨之有?"公悚然,遂认受赃而案定。

三 姑 娘

钱侍御琦巡视南城,有梁守备年老,能超距腾空,所擒获大盗以百计。公奇之,问以平素擒贼立功事状,梁跪而言曰:擒盗未足奇也,某至今心悸且叹绝者,擒妓女三姑娘耳,请为公言之。雍正三年某月日,九门提督某,召我入面谕曰:"汝知金鱼胡同有妓三姑娘,势力绝大乎?"曰:"知。""汝能擒以来乎?"曰:"能。""需役若干?"曰:"三十。"提督与如数,曰:"不擒来,抬棺见我。"三姑娘者,深堂广厦,不易篡取者也。梁命三十人环门外伏,己缘墙而上。时已暮,秋暑小凉,高篷荫屋。梁伏篷上伺之。漏初下,见二女鬟,从屋西持朱灯,引一少年入,跪东窗,低语曰:"郎君至矣。"少年中堂坐良久,上茶者三,四女鬟持朱灯拥丽人出,交拜妮语,肤色目光如明珠射人,不可逼视。少顷,两席横陈,六女鬟行酒,奇服炫妆,纷趋左右。三爵后,绕梁之音与笙箫间作,女目少年曰:"郎倦乎?"引身起,牵其裾,从东窗入,满堂灯烛尽灭,惟楼西风竿上,纱灯双红。梁窃意此是探虎穴时也,自篷下,足蹋寝户入。女惊起,赤体跃床下,趋前抱梁腰,低声辟呬曰:"何衙门使来?"曰:"九门提督。"女曰:"孽矣,安有提督拘人而能免者乎?虽然,裸妇女见贵人,非礼也,请着衣一,谢明珠双。"梁许之,掷与一裈、一裙、一衫、一领袄,女开箱取明珠四双,掷某手中。女衣毕,乃从容问:"公带若干人来?"曰:"三十。"曰:"在何处?"曰:"环门伏。"曰:"速呼之进,夜深矣,为妾故,累若饥渴,妾心不安。"顾左右治具,诸婢烹羊炮兔，咄嗟立办。三十人席地大嚼，欢声如雷。梁私念床中客未获，将往揭帐，女摇手曰："公胡然？彼某大臣公子也，国体有关，且非其罪，妾已教从地道出矣。提督讯时必不怒公，如怒公，妾愿一身当之。"天黎明，女坐红帷车，与梁偕行。离公署未半里，提督飞马砾书谕梁曰："本衙门所拿三姑娘，访闻不确，作速释放，毋累良民，致干重谴。"梁惕息下车，持珠还女，女笑而不受。前婢十二人骑马来迎，拥护驰去。明日侦之，室已空矣。

搜 河 都 尉

予亲家张开士牧宿州，奉旨开河，掘地得鼋，大如车轮，项系金牌，镌"正德二年皇帝敕封搜河都尉"十二字。鼋两眼深碧色，背壳绿毛寸许。民间聚观，告之官，官念前代老物，命放之。是夜风雨飒至，河不掘而成者三十余丈。

科 场 事 五 条

乾隆元年正月元日，大学士张文和公，梦其父桐城公讳英者，独坐室中，手持一卷。文和公问："爷看何书？"曰："新科状元录。""状元何名？"公举左手示文和公曰："汝来此，吾告汝。"文和公至左，曰："汝已知之矣，何必多言。"公惊醒，卒不解。后丙辰状元乃金德瑛，移"玉"字至"英"字之左，此其验也。公得子迟，祈梦于京师之前门关帝庙，梦帝以竹竿与之，旁无枝叶，心颇不喜。有解者贺曰："公得二子矣。"问何故，曰："孤竹君之二子，此传记也；破'竹'字为两'个'字，此字法也。"已而果然。

王士俊为少司寇，读殿试卷，梦文昌神抱一短须道士与之。后胪唱时，金状元德瑛如道士貌，出其门。

刘大櫆丙午下场，请乩，乩仙批云："壬子两榜。"刘不解，以为壬子非会试年，或者有恩科耶？后丙午中副榜，至壬子又中副榜。

缪焕，苏州人，年十六入泮，遇乩仙，问科名，批云："六十登科。"

繆大恚，嫌其迟。后年未三十，竟登科，题乃《六十而耳顺》也。

有三人祈梦于于肃愍庙，两人无梦，一人梦肃愍谓曰："汝往观庙外照墙，则知之。"其人醒，告二人。二人妒其有梦，伪溲焉者，即于夜间取笔向墙上书"不中"二字，天尚未明，写"不"字不甚连接。次早，三人同往视之，乃"一个中"三字，果得梦者中矣。

百 四 十 村

阁学周公煌，四川人。自言其祖樵也，孤身居峨嵋山，年九十九未婚。每日入山打薪，卖与山下吴姓鬻豆腐翁。吴夫妻二人，一女，每日买周薪为炊，交易甚欢。吴年六旬，告周曰："明日是吾生辰，叟早来饮酒。"周诺之，已而不至，吴之妻曰："周叟颇喜饮，今不来卖薪，又不来称祝，毋乃病乎？盍往视之！"吴翌日往访，见周颜色甚和，问昨何不来，叟笑曰："我昨入山，将伐薪作寿礼，不意过一深溪，见黄白物累累，得毋世所称金银者乎？余竭力运之，现堆床下，若下山，则谁为守者？"吴视之，果金银，因代为谋曰："叟不可居此矣！叟孤身住空山，而挟此重物，保无盗贼虑耶？"周曰："微君言，吾亦知之，盍为我入城，寻一屋在人烟稠密处？"吴如其言，且助之迁居。未几，周又至，面赧然有惭色，手百金赠吴，揖曰："吾有求于公，吾明年百岁矣，从未婚娶，自道将死，遑有他想。不料获此重资，一老身守之，复何所用？意欲求公作媒，代聘一妇。"吴睨其妻，相与笑吃吃不休，嫌其不知老也。周曰："非但此也，我聘妻，非处子不可；若再醮二婚，非老人郑重结发之意。倘嫌我老者，请万金为聘，以三千金谢媒。"吴虽知其难，而心贪重谢，强应曰："诺。"老人再拜去。月余，无人肯与老人婚。老人又来催促，吴支吾无计。时吴女才十九岁，忽跪请曰："女愿婚周叟。"吴夫妇愕然，女曰："父母之意，不过嫌周老，怜女少耳。女闻人各有命，儿如薄命，虽嫁年相若者，未必不作孀妇；儿如命好，或此叟尚有余年，幸获子嗣，足支门户，亦未可定。且父母无子，只生一女，女恨不能作男儿，孝养报恩，如彼以万金来此，而又以三千金作谢，是生女愈于生男，而女心亦慰。女想此叟如许年纪，获此横财，恐天意未必遽从此终也。"吴夫妇以女言告叟,叟跪地连叩头,呼岳父母者再。嫁,生一子,读书补廪。孙即阁学公也。老人年一百四十岁,吴女先卒,年已五十九矣。老人殡葬制服,哭泣甚哀。又四年,老人方卒。所居村人题曰"百四十村"。

人 畜 改 常

《搜神记》有鸡不三年,犬不六载之说,言禽兽之不可久畜也。余家人孙会中,畜一黄狗甚驯,常喂饭,狗摇尾乞怜,出入必相迎送,孙甚爱之。一日,手持肉与食,狗嚼其手,掌心皆穿,痛绝于地,乃棒狗杀之。扬州赵九,善养虎,槛虎而行。路人观者先与十钱,便开槛出之,故意将头向虎口摩擦,虎涎满面,了无所伤,以为笑乐,如是者二年有余。一日在平山堂下索钱,又将头擦虎口,虎张口一啮而颈断。众人报官,官召猎户以枪击虎杀之。人皆曰"鸟兽不可与同群",余曰不然,人亦有之。乾隆丙寅,余宰江宁,有报杀死一家三人者。余往相验,凶手乃尸亲之妻弟刘某,平日郎舅姊弟甚和,并无嫌隙。其姊生子,年甫五岁,每舅氏来,代为哺抱,以为惯常。是年五月十三日,刘又来抱甥,姐便交与刘,乃掷甥水缸中,以石压杀之。姐惊走视,便持割麦刀斫姐,断其头。姐夫来救,又持刀刺其腹,出肠尺余,尚未气绝。余问有何冤仇,伤者极言平日无冤,言终气绝。问刘,刘不言,两目斜视,向天大笑。余以此案难详,立时杖毙之,至今不解何故。又有寡妇某,守节二十余年,内外无间言。忽年过五十,私通一奴,至于产难而亡。其改常之奇,皆虎狗类矣。

梦 葫 芦

尹秀才廷一未第时,每逢下场,必梦神授一葫芦,放榜不中。自后遇入闱,心恶,而每次必梦葫芦,然屡梦则葫芦愈大。雍正甲辰科,入闱之前夕,尹恐又梦,乃坐而待旦,欲避梦也。其小奴方睡,大呼梦见一个葫芦,与相公长等身。尹懊恨不祥,亦无可奈何。已而榜发,尹竟中三十二名。其三十名姓胡，其三十一名姓卢，皆甚少年。方悟初梦之小葫芦，盖二公尚未长成故也。

乩 仙 示 题

康熙戊辰会试，举子求乩仙示题，乩仙书"不知"二字。举子再拜，求曰："岂有神仙而不知之理！"乩仙乃大书曰："不知不知又不知。"众人大笑，以仙为无知也。是科题乃"不知命无以为君子也"三节。又甲午乡试前，秀才求乩仙示题，仙书"不可语"三字，众秀才苦求不已，乃书曰："正在不可语上。"众愈不解，再求仙明示之，仙书"署"字，再叩之则不应矣。已而题是"知之者不如好之者"一章。

神 签 预 兆

秦状元大士将散馆，求关庙签，得"静来好把此心扪"之句，意郁郁不乐，以为神嗤其有亏心事也。已而试《松柏有心赋》，限"心"字为韵，终篇忘点心字。阅卷者仍以高等上，上阅之，问"心"字韵何以不明押，秦俯首谢罪，而阅卷者亦俱拜谢。上笑曰："状元有无心之赋，主司无有眼之人。"

奇 骗

骗术之巧者，愈出愈奇。金陵有老翁，持数金至北门桥钱店易钱，故意较论银色，哓哓不休。一少年从外入，礼貌甚恭，呼翁为老伯，曰："令郎贸易常州，与侄同事，有银信一封，托侄寄老伯，将往尊府，不意侄之路遇也。"将银信交毕，一揖而去。老翁拆信，谓钱店主人曰："我眼昏不能看家信，求君诵之。"店主人如其言，皆家常琐屑语，末云："外纹银十两，为爷薪水需。"翁喜动颜色，曰："还我前银，不必较论银色矣。见所寄纹银，纸上书明十两，即以此兑钱何如？"主人接其银称之，十一两零三钱。疑其子发信时匆匆未检，故信上只言十两。老人又不能自称，可将错就错，获此余利。遽以九千钱与之。时价纹银十两，例兑钱九千。翁负钱去。少顷，一客笑于旁曰："店主人得无受欺乎？此老翁者，积年骗棍，用假银者也。我见其来换钱，已为主人忧，因此老在店，故未敢明言。"店主惊，剪其银，果铅胎，懊恼无已，再四谢客，且询此翁居址。曰："翁住某所，离此十里余。君追之，犹能及之。但我翁邻也，使翁知我破其法，将仇我，请告君以彼之门向，而君自往追之。"店主人必欲与俱，曰："君但偕行至彼地，君告我以彼门向，君即脱去，则老人不知是君所道，何仇之有？"客犹不肯，乃酬以三金，客若为不得已而强行者。同至汉西门外，远望见老人摊钱柜上，与数人饮酒。客指曰："是也，汝速往擒，我行矣。"店主喜，直入酒肆，捽老翁殴之曰："汝积骗也，以十两铅胎银，换我九千钱。"众人皆起问故，老翁夷然曰："我以儿银十两换钱，并非铅胎。店主既云我用假银，我之原银可得见乎？"店主以剪破原银示众，翁笑曰："此非我银，我止十两，故得钱九千。今此假银，似不止十两者，非我原银，乃店主来骗我耳。"酒肆人为持戥称之，果十一两零三钱。众大怒，责店主。店主不能对，群起殴之。店主一念之贪，中老翁计，懊恨而归。

骗 术 巧 报

　　骗术有巧报者：常州华客，挟三百金将买货淮海间，舟过丹阳，见岸上客负行囊，呼搭船甚急。华怜之，命停船相待，船户摇手，虑匪人为累。华固命之，船户不得已，迎客入宿于后舱舡尾。将抵丹徒，客负行囊出曰："余为访戚来，今已至戚所，可以行矣。"谢华，上岸去。顷之，华开箱取衣，箱中三百金，尽变瓦石，知为客偷换，懊恨无已。俄而天雨且寒，风又逆，舟行不上。华私念金已被窃，无买货资，不如归里摒挡，再赴淮海。乃呼篙工扠舟返，许其直如到淮之数。舟人从之，顺风张帆而归。过奔牛镇，又见有人冒雨负行李淋漓立，招呼搭船。舵工睨之，即窃银客也，急伏舱内，而伪令水手迎之。天晚雨大，其人不料此船仍回，急不及待，持行李先付水手，身跃入舱，见华在焉，大骇狂奔而走。发其行囊，原银三百，宛然尚存，外有珍珠数十粒，价可千金，华从此大富。

香亭记梦

香亭于乾隆壬辰冬赴都谒选，绕道东昌，十二月五日，宿冠城县东关客店。夜梦至一园亭，竹石萧疏，迥非人境，几上横书一卷，字作蝇头小楷。阅之，载一事云："新野之渠有巨鱼，化为丽姝，名曰乔如。有李氏子惑焉，至三百六十日，而李氏子以弱死。宋氏子又惑焉，历三十六日，而宋氏子亦死。有杨氏子，知其为怪也，故纳之而特嬖之，绝其水饮，乔如无所施术。三年生三子，悉化为鱼。六年，杨氏子遍体生鳞甲，而乔如益冶艳。一夕暴风雨，乔如抱持杨氏子，两身合为一身，各自一首，鼓鬐同飞，投洞庭湖。日出时杨饮水；日入时乔如饮水。杨氏子犹知与乔如交欢，不知为鱼在水也，而竟得不死寿。此之谓物其物，化其化。"自此以下，字模糊不可辨。钟鸣梦醒，枕上默诵，不遗一字。

敦 伦

李刚主讲"正心诚意"之学，有日记一部，将所行事，必据实书之。每与其妻交媾，必楷书"某月某日，与老妻敦伦一次。"

一字千金一咳万金

商丘宰某，申详一案，有"卑职勘得，'毫无疑义'"四字。臬使某，怒其专擅，驳饬不已，并提经承宅门，将行枷责。杨急改"似无疑义"四字，再行申详。乃批允核转。然往返盘费、司房打点，已至千金。汶上令某，见巡抚某，偶患寒疾，失声一咳。某怒其不敬，必欲提参。央中间人私献万金方免。人相传为一字千金，一咳万金。

菩 萨 答 拜

余祖母柴太夫人,常为余言:其外祖母杨氏,老而无子,依其女洪夫人以终,年九十七而卒。居一楼,奉佛诵经,三十年足不履地。性慈善,闻楼下答奴婢声,便傍徨不能食,或奴婢有上楼者,必分己所食与食。九十以后拜佛,佛像起立答拜,太夫人大怖。时余祖母年尚幼,必拉之作伴,曰:"汝在此,佛不答我也。"卒前三日,索盆濯足,婢以向所用木盆进,曰:"不可,我此去将踏莲花,须将浴面之铜盆来。"俄而旃檀之气自空缭绕,端坐跏趺而逝。逝后,香三昼夜始散。

暹罗妻驴(删)

倭人以下窍服药

倭人病不饮药,有老倭人能医者,熬药一桶,令病者覆身卧,以竹筒插入谷道中,将药水乘热灌入,用大气力吹之。少顷,腹中汩汩有声,拔出竹筒,一泻而病愈矣。

狮 子 击 蛇

戈侍御涛云其太翁名锦,为某邑令,适西洋贡狮子,经过其邑。狮子于路有病,与解员在馆驿暂驻,狮子蹲伏大树下。少顷,昂首四顾,金光射人,伸爪击树,树根中断,鲜血迸流,内有大蛇,决折而毙。先是,驿中马多患病,往往致死,自此患除,厚待贡使。至京,献于阙廷。象见之不跪,狮子震怒,长吼一声,象皆俯伏。奉旨放归本国。后数日,陕抚奏至云:"京中放狮,本日午时,已过潼关。"

贾 士 芳

贾士芳,河南人,少似痴愚。有兄某,读书,命士芳耕作,时时心念,欲往游天上。一日,有道人问曰:"尔欲上天耶?"曰:"然。"道士曰:"尔可闭目从我。"遂凌虚而起,耳畔但闻风涛声。少顷,命开目,见宫室壮丽,谓士芳曰:"尔少待,我入即至。"良久,出谓曰:"尔腹馁耶?"授酒一杯,贾饮半而止,道人弗强,曰:"此非尔久留处。"仍令闭目,行,如前风涛声。少顷开目,仍在原处。步至伊兄馆中,兄惊曰:"尔人耶? 鬼耶?"曰:"我人耳,何以为鬼?"曰:"尔数年不归,曩在何处?"曰:"我同人至天上,往返不过半日,何云数年?"其兄以为痴,不之顾,与徒讲解《周易》。士芳坐于旁,闻之起,摇手曰:"兄误矣,是卦繇词九五阳刚与六二相应,阴阳合德,得位乘时,水火相济,变为正月之卦;过此以往,刚者渐升,柔者渐降,至上九,数不可极,极则有悔,悔则潜藏,以待剥复之机矣。"其兄大惊曰:"汝未读书,何得剖析《易》理如此精奥!"信其果遇异人,远近趋慕,叩以祸福,无不响应。田中丞奏闻,蒙召见,卒以不法伏诛。或云:贾所遇道人姓王名紫珍,尤有神通。尝烹茶,招贾观之,指曰:"初烹时,茶叶乱浮,清浊不分,此混沌象也。少顷,水在上,叶在下,便是开辟象矣。十二万年,不过如此一霎耳。"嵇文敏公总督河道时,贾常在署中,人多崇奉之。有不相敬者,贾必拉至无人之处,将其生平阴事妻子所不知者,一一语之,其人愧服乃已。又常问人可畏鬼否,曰畏鬼便已,如云不畏,则是夜必有奇形恶状者入房作闹。

石 男

"石妇"二字,见《太玄经》,其来久矣。至于半男半女之身,佛书亦屡言之。近复有所谓石男者。扬州严二官,貌甚美,而无人与狎。其谷道细如绿豆,下黍如线香。昼食粥一盂,酒数杯,蔬菜些须而已;多则腹中暴胀,大便时痛苦异常。

须 长 一 丈

黄龙眉，震泽县人，官热河四旗厅巡检。须长一丈有奇，绕腰两匝，余垂至地。

禁 魇 婆

粤东崖州居民，半属黎人，有生黎、熟黎之分。生黎居五指山中，不服王化；熟黎尊官长，来见则膝行而入。黎女有禁魇婆，能禁咒人致死。其术取所咒之人，或须发，或吐余槟榔，纳竹筒中，夜间赤身仰卧山顶，对星月施符诵咒。至七日，其人必死，遍体无伤，而其软如绵。但能魇黎人，不能害汉人。受其害者，擒之鸣官，必先用长竹筒穿索，扣其颈项下，曳之而行；否则近其身，必为所禁魇矣。据婆云：不禁魇人，则过期己身必死。婆中有年少者，不及笄，便能作法，盖祖传也。其咒语甚秘，虽杖杀之，不肯告人。有禁魇婆，无禁魇公，其术传女不传男。

割 竹 签

黎民买卖田土，无文契票约，但用竹签一片，售价若干，用刀划数目于签上，对劈为二，买者、卖者，各执其半，以为信。日久转卖，则取原主之半签，合而验之。其税签如税契，请官用印于纸，封其竹签之尾，春秋纳粮，较内地加丰焉。

黎 人 进 舍

黎民婚嫁，不用舆马，吉日，新郎以红布一匹，往岳家裹新妇，负背上而归。其俗，未成亲之先，婿私至翁家，与其妻苟合，谓之"进舍"。若能生子而后负妇者，则群以为荣。邻里交贺，各以白纸封番钱几元,至其门首,抛竹筐中。其主人以大瓮贮酒,陈于门前,瓮内插细竹简数条。贺客至,各伏简瓮而饮,饮毕,又无迎送拜跪之礼。余在肇庆府署中,厓州刺史陈桂轩为余言。

海　异

海中水上咸下淡,鱼生咸水者,入淡水中即死;生淡水中者,入咸水中即死。咸水煮饭,水干而米不熟,必用淡水煮才熟。水清者,下望可见二十余丈,青红黑黄,其色不一。人小便,则水光变作火光,乱星喷起。鱼常高飞如鸟雀,有变虎者、变鹿者。

喝呼草快子竹

惠州山中有草,喝之则叶卷,号"喝呼草"。罗浮山有快子竹,竹形小而质劲,截之可以为箸。不许人作声,若作声呼之,便遁入土中,觅不可得。

蚺　蛇　藤

琼、雷两州,蚺蛇大如车轮,所过处,腥毒异常,遇者辄死。性淫而畏藤,土人多以妇人裤并藤条置腰间。闻腥气,知蛇至。先以妇裤掷去,蛇举头入裤,吭嗅不已。然后以藤抛击,蛇便缩伏,凭人捆缚。缚归,钉之树上,用刀剖腹,蛇似不知;将至胆处,乃作爱护之状。胆畏人取,逃上逃下,未易捉取。直至蛇死腹裂,胆落地上,犹跃起丈余,渐渐力尽势低。取挂檐间,其胆衣内汁,犹终日奔腾上下,无一隙停留。俟亮乾后,才可入药。

网　虎

江西鄱阳湖,渔人收网,疑其太重,解而视之,斑然虎也,惜已死矣。

福 建 解 元

裴文达公典试福建,心奇解元之文,榜发后,亟欲一见。昼坐公廨,闻门外喧嚷声,问之,则解元与公家人为门包角口。公心薄之,而疑其贫,禁止家人索诈,立刻传见。其人面目语言,皆粗鄙无可取。心闷闷,因告方伯某,悔取士之失。方伯云:"公不言,某不敢说。放榜前一日,某梦文昌、关帝与孔夫子同坐,朱衣者持福建题名录来,关帝蹙额云:'此第一人,平生作恶武断,何以作解头?'文昌云:'渠官阶甚大,因无行,已削尽矣。然渠好勇喜斗,一闻母喝即止,念此尚属孝心,姑予一解,不久当令归土矣。'关帝尚怒,而孔子无言。"此亦奇事。未几某亡。

顾四嫁妻重合

永城吕明府家佃人顾四,乾隆丙子岁荒,鬻其妻某氏,嫁江南虹县孙某,生一女。次年岁丰,顾又娶后妻,生子成。成幼远出为人佣工,流转至虹县地方,赘孙姓家。两年,妻父殁,成无所依,遂携其妻并妻母回永城。顾四出见儿之岳母,己之故妻也。时顾后妻先一月殁,遂为夫妇如初。

千 里 客

万历年间,绍兴商冢宰起第,卜云:"千里客来居此宅。"当时讶之。至国初,王侍御兰膏先生任盐政归,买此宅居之。王别号千里,即江宁王检校大德父也。

赵子昂降乩

邓宗洛秀才云:伯祖开禹公少时,赘海宁陈大司空家。众人请仙,公亦问终身,乩判云"予赵子昂也"五字,宛然赵书。公在旁微笑云:"两朝人物。"乩随判诗一首云:"莫笑吾身事两朝,姓名久已著丹霄。书生不用多饶舌,胜尔寒毡叹寂寥。"后公年八十,由岁贡任来安训导,十年而终。

神仙不解考据

乾隆丙午,严道甫客中州,有仙降乩巩县刘氏,自称雁门田颖,诗文字画皆可观,并能代请古时名人如韩、柳、欧、苏来降。刘氏云:"有坛设其家,已数载矣,中州仕宦者,咸敬信之。"颖本唐开、宝间人,曾撰《张希古墓志》,石在西安碑林,毕中丞近移置吴中灵岩山馆。一日降乩节署,甫至,即以此语谢其护持之功。此事无知者,因共称其神奇。时严道甫在座,因云:"记墓志中云:'左卫马邑郡尚德府折冲都尉张君致。'唐府兵皆隶诸卫,左右卫领六十府,志云尚德府为左卫所领,固也;但《唐书·地理志》马邑郡所属无尚德府,未知墓志何据?"仙停乩半晌云:"当日下笔时,仅据行状开载,至《唐·地理志》,为欧九所修,当俟晤时问明,再奉复耳。"然自是节署相请,乩不复降;即他所相请,有道甫在,乩亦不复降。

产　　公

广西太平府僚妇,生子经三日,便澡身于溪河。其夫乃拥衾抱子,坐于寝榻,卧起饮食,皆须其妇扶持之,稍不卫护,生疾一如孕妇,名曰产公,而妻反无所苦。查中丞俭堂云。

乌鲁木齐城隍

乌鲁木齐于乾隆四十一年筑城,得至德年残碑,中有"金蒲"字,知其地唐时为金蒲城,今《唐书》作"金满城",误也。并建有城隍庙。兴工三日,都统明公亮,梦有人儒冠而来,云姓纪,名永宁,陕西人,昨奉天山之神奏为此地城隍，故尔来谒。公心异之。时毕公秋帆抚陕，因以札来询。毕公饬州县，查现在纪姓中，未有名永宁者。适严道甫修《华州志》，有纪姓以家谱来，求登载其远祖。检之，则名永宁者，居然在焉。乃明中叶生员，生平亦无他善，惟嘉靖三十一年地震时，曾捐资掩埋瘗伤死者四十余人而已。因以复明公。书至，适于是日庙方落成也。

黑　霜

四海本一海也，南方见之为南海，北方见之为北海，证之经传皆然。严道甫向客秦中，晤诚毅伯伍公，云雍正间奉使鄂勒素间，有海在北界，欲往视，国人难之。固请，乃派西洋人二十名，持罗盘火器，以重毡裹车，从者皆乘橐驼，随往北行。六七日，见有冰山如城郭，其高入天，光气不可逼视。下有洞穴，从人以火照罗盘，蜿蟺而入，行三日乃出，出则天色黯淡如玳瑁，间有黑烟吹来，著人如砂砾。洋人云："此黑霜也。"每行数里，得岩穴则避入，以硝磺发火，盖其地不生草木，无煤炭也，逾时复行。如是又五六日，有二铜人对峙，高数十丈，一乘龟，一握蛇，前有铜柱，虫篆不可辨。洋人云："此唐尧皇帝所立，相传柱上乃'寒门'二字。"因请回车云："前去到海约三百里，不见星日，寒气切肌，中之即死。海水黑色如漆，时复开裂，则有夜叉怪兽起来攫人，至是水亦不流，火亦不爇。"公因以火著貂裘上试之，果不然，因太息而回。入城，检点从者，五十人冻死者二十有一。公面黑如漆，半载始复故，随从人有终身不再白者。

中　印　度

后藏西南四千余里，有务鲁木者，即佛经所云中印度也。世尊居之，金银宫阙，与佛书所云无异。宫门外有池，方广百里，白莲如斗，香气著衣，经月不散，云即阿暂池也。天时寒暖，皆如三四月，秔稻再熟。无金银，皆以货物交易。达赉喇嘛五岁一往觐。闻雍正初年，鄂罗索发兵万余,驱猛象数百来斗,欲夺其地。世尊持禁咒,遣毒蟒数千往御。鄂罗索惧,请受约束,蟒蛇瞬息不见。世尊云:"此嗔心所致也,不嗔则无有矣。"因谕以此地人少,每十年,当以童男女五百来献,令其自相配偶,至今犹然。诚意伯伍公云。

来文端公前身是伯乐

来文端公自言伯乐转世,眸子炯炯有光,相马独具神解。兼管兵部及上驷院时,每值挑马,百十为群,瞥眼一过,其毛病纤悉无不一一指出,贩马者惊以为神。年七十后,常闭目静摄,每有马过,静听蹄声,不但知其良否,即毛色疾病,皆能知之。上所乘马,皆先命公选视。有内侍卫数人,精选三马,百试无差,将献上。公时已老,眼皮下垂,以两指撑眼视之,曰:"其一可用,其二不可用。"再试之,果蹶矣。一日坐内阁,史文靖公乘马至阁门外下,偶言所乘枣骝马甚佳,公曰:"佳则佳矣,但公所乘,乃黄骠马也,何得相诳?"文靖云:"适所言诚误,但公何以知之?"公笑而不言。又一日,梁文庄公入阁少迟,自言所乘马伤水,艰于步行,公曰:"非伤水,乃误吞水蛭耳。"文庄乃请兽医针治,果下水蛭数升而愈。公常语侍读严道甫云:"二十时,荷校于长安门外三十余日,玩索《易》象乾坤二卦,得相马之道。其神解所到,未能以口授人也。"

福建试院树神

纪太史晓岚,视学闽省。试院西斋,有柏一株,干霄蔽日。幕中友人,于深夜常见有人来往其下,章服一如本朝制度,惟袍是大红。纪意树神为祟,乃扫室立主以祀,并作对句,悬于楹间,云:"参天黛色常如此,点首朱衣或是公。"自是怪遂绝。

于　云　石

　　金坛于云石官翰林时，迎其父就养入都。一日，行至中途，天色已晚，四无人烟，寻一旅店，遂往投宿。店主以人满辞，于以前路无店，固求留宿。店主踌躇久之，曰："店后只有空屋数椽，小儿幼年曾读书其处，不幸夭亡，我不忍往观，故封闭之。客如不嫌，请暂住一夜如何？"于从之，即开门入。见四壁尘蒙，蟏蛸满户，案有残书数卷，偶得时文稿一本。翻阅之，与其子云石所作文无异，入后数篇，与乡会试中式之卷亦相同。意甚讶然。忽寓外有光射入，见对面石壁上恍惚有"于雲石"字迹，即秉烛出观，乃"千霄石"三字也。转身进内，砯然有声，石壁遂倒，字亦随灭。一夜惊疑不寐。晓行抵都，与子备述其事。云石闻言，不觉失色，须臾仆地。急唤家人救治，不甦而绝。

子不语卷二十二

万佛崖（与卷十六重，删）

大力河（与卷十六重，删）

王昊庐宗伯是莲花长老

王昊庐宗伯未第时，自黄冈赴京应试，路过庐山，宿于莲花宫内。因次日仍欲启行，未晚便睡。梦身坐大殿之上，面供斋果，下有袈裟百辈环拜诵佛。因随手取面前枣子，偶啖数枚，遂醒，醒时口中有余味。正惊讶间，忽见住房外灯烛辉煌，几筵肆设，众僧方膜拜，宛然梦中光景。启户问之，是日乃此庵已故净月上人忌辰，众方祭祀。宗伯大异，起视所供盘中之枣，其顶微缺，如少二三枚者，恍悟自己前身乃此庵长老也，故终身奉佛甚虔。先是，宗伯父用予公崇祯翰林，殉节庐山，故自号"昊庐"，取"昊天罔极"之义，讳泽宏。

鬼买儿

洞庭贡生葛文林，在庠有文名。其嫡母周氏亡后，父荆州续娶李氏，即文林生母也。于归三日后，理周氏衣箱，有绣九枝莲红袄一件，爱而著之。食次即昏迷，自批其颊曰："余前妻周氏也。箱内衣裳是我嫁时带来，我平日爱惜，不忍上身。今汝初来，公然偷著，我心不甘，来索汝命。"家人环跪，替李求情，且云："娘子业已身故，要此华衣何用？"曰："速烧与我，我等要着。我自知气量小，从前妆奁，一丝不能与李氏，皆速烧与我，我才肯去。"家人不得已，如其言，尽焚之。鬼拍手笑曰："吾可以去矣！"李即霍然病愈。家人甚喜。次日，李方晨妆,忽打一呵欠,鬼又附其身曰:"请相公来!"其夫奔至,乃执其手曰:"新妇年轻,不能理家事,我每早来代为料理。"嗣后,午前必附魂于李身,查问薪米,呵责奴婢,井井有条。如是者半年,家人习而安之,不复为怪。忽一日,谓其夫曰:"我要去矣。我枢停在此,汝辈在旁行走,震动灵床,我在棺中,骨节俱痛,可速出殡,以安我魂。"其夫曰:"尚无葬地奈何?"曰:"西邻卖炮竹人张姓者,有地在某山,我昨往看,有松有竹,颇合我意。渠口索六十金,其心想三十六金,可买也。"葛往观,果有地有主,丝毫不爽,遂立契交易。鬼请出殡日期,葛曰:"地虽已有,然启期告亲友,尚无孝子出名,殊属缺典。"鬼曰:"此说甚是。汝新妇现有身矣,但雌雄未卜,与我纸钱三千,我替君买一儿来。"言毕去。至期,李氏果生文林。三日后,鬼又附妇身如平时,其姑陈氏责之曰:"李氏新产,身子孱弱,汝又来纠缠,何太不留情耶?"曰:"非也。此儿系我买来,嗣我血食,我不能忘情。新妇年轻贪睡,倘被渠压死奈何?我有一言嘱婆婆:俟其母乳毕后,婆婆即带儿同睡,我才放心。"其姑首肯之。李妇打一呵欠,鬼又去矣。择日出丧,葛怜儿甫满月,不胜粗麻,易细麻与着。鬼来骂曰:"此系齐缞,孙丧祖之服。我嫡母也,非斩衰不可。"不得已易而送之。临葬,鬼附妇身大哭曰:"我体魄已安,从此永不至矣。"嗣后果断。先是,周未嫁时,与邻女结拜三姊妹,誓同生死。其二妹先亡,周病时曰:"两妹来,现在床后唤我。"葛怒拔剑斫之,周顿足曰:"汝不软求而斫伤其臂,愈难挽回矣。"言毕而亡,年甫二十三。

鬼抢馒头

　　文林言:洞庭山多饿鬼,其家蒸馒头一笼,甫熟,揭盖见馒首唧唧自动,逐渐皱缩,如碗大者顷刻变小如胡桃,食之味如面筋,精华尽去。初不解其故,有老人云:"此饿鬼所抢也。起笼时以硃笔点之,便不能抢。"如其言,点者自点,缩者仍缩。盖一人之点,不能胜群鬼之抢也。

荷　花　儿

余姚章大立，康熙三年举人，家居授徒。忽有二冤鬼，一女一男，白日现形，初扼其喉，继推之地，以两手高撑，梏而不开，若空中有绳系之者。先作女声，曰："我荷花儿也。"继作男声，曰："我王奎也。"皆北京口气。家人问何冤，曰："章大立前身姓翁，亦名大立，前朝隆庆时为刑部侍郎。其时我主人周世臣官锦衣指挥，家贫无妻，只荷花儿与王奎一婢一奴相伴。有盗入室杀世臣去，我二人报官，官遣张把总入室捕盗，疑我二人，因奸弑主。刑部严刑拷讯，我二人不胜楚毒，遂自诬伏。刑部郎中潘志伊疑之，狱久不决。及大立为侍郎，忽发大怒，别委郎中王三锡、徐一忠再讯。二人迎合，竟照前议定罪。志伊苦争不能得，遂剐我二人于市。越二年，别获真盗，都人方知我二人之冤。传入宫中，天子怒，仅夺大立官职而调一忠、三锡于外。请问凌迟重情，可是夺职所能蔽辜否？我故来此索命。"家人问："何以不报王、徐之冤？"曰："彼二人恶迹更多，一已变猪，一囚酆都狱中，我不必再报。惟大立前身颇有清官之号，又居显职，故尔迟迟。今渠已投第三次人身矣，禄位有限，方能报复。且明季朝纲不整，气数将绝，阴司鬼神亦多昏聩，我等屡诉不准，不许出京，岂若当今大清之世，冥司阴官亦洗心革面耶？"家人跪求说："召名僧为汝超度何如？"曰："我果有罪，方要名僧超度，我二人丝毫无罪，何用名僧超度？况超度者不过要我早投人身耳。我想就投人身，遇著大立，也要报仇，渠必死我二人之手，然而旁观者不解来历，即我与大立既已隔世，虽报其人，两边都不晓来历，无以垂戒作官之人。故我二人每闻冥司唤令轮回，坚辞不肯。今冤报后，可以轮回矣。"言毕，取几上小刀自割其肉，片片坠下。作女声问曰："可像剐耶？"作男声问曰："可知痛耶？"血流满席而死。

欧　阳　澈

宋浙西有陈东、欧阳澈庙，当时士民怜其忠，故私立而祠之也。

后王伦从金国来，见而恶之，命有司拆毁。明季有富而好义者李士贵，又立庙于艮山门外，乡民祈求颇灵。一日，李梦神人布袍革履，叩门求见，曰："我欧阳澈也。当日位卑而言高，获罪系我自取。幸上帝怜我忠诚，命我司杭城水旱之事。杭城地方甚大，我一人难以办理。我有友二人，一樊安邦，一傅国璋，皆布衣有气节，可塑二人像于我侧，助我安辑地方。"李允许。既而笑问曰："陈东先生安在？何不相助为理？"曰："李伯纪相公现司南岳，聘陈先生作记室去矣。"士贵于次日即增两像于旁。

浮　尼

戊戌年黄河水决，河官督治者每筑堤成，见水面有绿毛鹅一群，翱翔水面，其夜堤必崩，用鸟枪击之，随散随聚，逾月始平，虽老河员不知鹅为何物。后阅《桂海稗编》载前明黄萧养之乱，黄江有绿鹅为祟，识者曰："此名浮尼，水怪也。以黑犬祭之，以五色粽投之，则自然去矣。"如其言，果验。

雷火救忠臣

全椒金光辰以御史直谏触崇祯皇帝之怒，召对平台，将重惩之。忽迅雷震御座，乃免之。嘉靖怒刘魁、杨爵、周怡直谏，杖置狱中，有神降乩言三人冤，乃赦之。后因熊浃言乩仙不足信，重捕入狱。亡何，高元殿火起，帝祷于灵台，火光中有呼三人姓名称忠臣者，乃急传诏释之，且复其官。

滑　伯

河南滑邑署中有滑伯墓，甚大。邑令到任，必先祭奠，朔望行香。滑伯之神时时出现，圭璋衮冕而出者，官必升迁；深衣便服而出者，官多不祥。余门生吕炳星宰滑州，忽一日见滑伯衣甲胄立于墓上，是年

升香河同知。墓前古木甚多，木叶落时，风吹四散，从未有落墓上者，
亦奇。

盘 古 脚 迹

西洋锡兰山，高出云汉。其颠有巨人脚迹，入石深二尺，长八尺，
云是盘古皇帝开天落地之脚迹。其国人多裸形，有穿衣者，皮肉
必烂。

珠 重 七 两

《明史》：永乐十五年，苏禄国贡大珠，重七两有零。

采 胆 入 酒

占城国取生人胆入酒，与家人饮，且以浴身，曰"通身是胆"。每
伺人于道，出其不意杀之，取胆以去。若其人惊觉，则胆先裂，不足用
矣。置众胆于器，必以中华人胆居上。王在位三十年则避位入深山，
以兄弟子侄代，而己持斋受戒，告于天曰："我为君无道，愿虎狼食我，
或病死。"居一年无恙，则复位如初。

胆 长 三 寸

福王之败，有起义兵者吴汉超，宣城生员也。兵溃逃出城，念其
母在，乃入见大帅曰："首事者我也。"杀之，剖其腹，胆长三寸。

湖 神 守 尸

明季大学士贺逢圣，在武昌为张献忠所逼，投墩子湖死。自夏至
秋，有神托梦于湖之居民某云："我奉上帝命守贺相尸殊苦，汝可捞而

视之,有黑子在其左手者是也。"某觉而异之,俟于湖,赫然尸出,乃殓而葬之。尸在水中百有七十日,面如生。

僵尸抱韦驮

宿州李九者,贩布为生。路过霍山,天晚店客满矣,不得已,宿佛庙中。漏下二鼓,睡已熟,梦韦驮神抚其背曰:"急起,急起,大难至矣! 躲我身后,可以救你。"李惊醒,跟跄而起,见床后厝棺奙然有声,走出一尸,遍身白毛,如反穿银鼠套者,面上皆满,两眼深黑,中有绿睛,光闪闪然,直来扑李。李奔上佛柜,躲韦驮神背后。僵尸伸两臂抱韦驮神,而口咬之,嗒嗒有声。李大呼,群僧皆起,持棍点火把来,僵尸逃入棺中,棺合如故。次日,见韦驮神被僵尸损坏,所持杵折为三段,方知僵尸力猛如此。群僧报官,焚其棺。李感韦驮之恩,为塑像妆金焉。

穷鬼祟人富鬼不祟人

西湖德生庵后门外,厝棺千余,堆积如山。余往作寓,问庵僧此地尝有鬼祟否,僧曰:"此间皆富鬼,终年平静。"余曰:"城中那得有如此许多富人? 焉能有如此许多富鬼? 且久攒不葬,不富可知。"僧曰:"所谓富者,非指其生前而言也。凡死后有酒食祭祀纸钱烧化者,便谓之富鬼。此千余棺虽久攒不葬,僧于每年四节,必募缘作道场,设盂兰会,烧纸钱千万。鬼皆醉饱,邪心不生。公不见世上人抢劫诈骗之事,皆起于饥寒? 凡病人口中所说,目中所见,可有衣冠华美,相貌丰腴之鬼乎? 凡作祟求祭者,大率皆蓬头历齿,蓝缕穷酸之鬼耳。"余甚是其言,果住月余,虽家僮婢子,当阴霾之夜,无闻鬼啸者。

雷 神 火 剑

乾隆戊申八月,河库道司马公遣两仆还家,一名祝升,年三十,一名寿子,年十六。二人雇船行至宝应刘家堡地方,天渐阴晦。寿子忽喜曰:"前面搭台唱戏,有金盔金甲神在场上,甚热闹。"旁人皆不见,笑曰:"前面河水滔滔,绝无戏台,汝孩子气,一心想看戏耶?"祝升同一篙工争曰:"果然有戏,诸君何独不见?"言未毕,有恶风吹折桅杆,满舡昏黑,震雷一声,击杀寿子、祝升于舡头,并杀篙工于舡尾。雷雨小定,舱中人大惊,泊舡报县,请官相尸。俄而祝升苏,曰:"我与寿子正在舡看戏,忽见前面万道金光,不见河路,地上俱铺雪白银砖,台上宫殿巍峨,中坐冕旒神,方面白须,旁立金盔甲者数十。一金甲神向冕旒者鞠躬白事,语不可辨,但见冕旒神点首。金甲者遂趋出上舡,擒我与寿子、篙工三人去,跪殿上,抽腰下挂剑,红光照耀,将寿子颈上横穿过去,又将篙工胸上横穿过去。我看光景不好,侧身要逃,被别个金甲神扯住,用金瓜锤当头一打,我遂昏绝,以后便不知人事了。"县官万公来验,即取此段口供,申详立案。验寿子、篙工两尸,果有细眼穿喉、胸二处,买棺殓埋。因祝尚活,在舡中不便医治,乃撑舡至大王庙停泊,扛祝身入庙。祝望见大王,惊曰:"刚才上坐者,即此神也。"又旁睨曰:"诸位神道都在殿上,何不救救我耶?"言毕食粥一碗,仍气绝矣。是年冬,余同刘霞裳游沭阳,过刘家堡,泊舡大王庙,往看诸神,皆寻常金装木偶,无他灵异。刘向神问:"寿子年幼,有何恶,而犯天诛?"神不答。余笑曰:"痴秀才,此所谓'民可使由之,不可使知之'耳。幽明一理,何必对神饶舌耶?"

水 精 孝 廉

广东纪孝廉,童时误入蛇腹,黑无所见,但闻腥气,扪其壁,滑达不可近。幸身边有小刀,因挖其壁,渐见微明,就明钻出,困卧于地。邻人见之,携归其家。是日村郊三十里外有大蛇死焉。孝廉为毒气所伤,通身皮脱如水精,肠胃皆见,从幼至壮不改。乡举后同年皆见之,呼为"水精孝廉"。

水 鬼 移 家

王某居杭城之东园,地多鱼池,东西相接,中隔一埂。季夏日,正午立埂上乘凉,见东池忽有一道浮沤,阔尺许,似潮涌而来,渚渚有声。近及埂岸,有尺半长一段黑气,从东池飞入西池而寂,鼻中作羊膻气。问之邻人,云:"是乃水鬼移家也。"

负 妻 之 报

杭城仙林桥徐松年,开铜店,年三十二骤得瘵疾。越数月,疾渐剧。其妻泣谓曰:"我有两儿俱幼,君或不讳,我不能抚。我愿祷于神,以寿借君,君当抚儿,待其长娶媳可以成家,君不必再娶矣。"夫许之。妇投词于城隍,再祷于家神,妇疾渐作,夫疾日瘳,浃岁而卒。松年竟违其言,续娶曹氏。合卺之夕,床褥间夹一冷人,不许新郎交接,新妇惊起。盖前妻附魂于从婢以闹之也,口中痛责其夫。共寝五六月,斋祷不灵,松年仍以瘵殁。

四小龟扛一大龟而行

杭城横塘镇有孤静庵,一老僧焚修其后殿,见有四小龟共扛一大龟径尺许,循墙依槛,团团而走,回环不止。老僧嗫经毕,清磬一声,龟方敛迹。数年后,老僧圆寂,龟亦不复再见。雍正年事。

鬼 送 汤 圆

杭州王生绳玉,课蒙于横塘钟氏。钟第三子字有条,年已二十,自瞒其年,称十六,问:"弟子此时尚可读书否?"王答以"果能志坚,书何不可读耶?"有条大喜,讽诵不辍。其父俗贾也,不以为然,迫之赴吴门贸易。有条郁郁而往,日赴市廛,夜仍阖户隐身帏帐中私自钻研,满房贴"岁不我与"四字。越四月,疾亟而归,时近重九,抵家遂卒,柩停于家。次年七夕前一日,王睡梦中闻内屋启门声,步至书舍,排闼入,见有条左手秉烛,右手执碗,碗内腾腾热气,至王床前,启帐笑曰:"先生肚饥耶? 特送点心来。"王坐起接其碗,见内浮汤圆四个,兼有铜铫,遂忘其为鬼,竟挑食之。及三而饱,尚留其一,随手交还有条。有条复为下帐,闭门而去。王忽大悟,惊曰:"有条殁已周岁,今夕胡为而来?"方举念间,体中寒热顿作,自夜及明,循环三次,惫甚不能起,乃呼舆归家。家中拦门鬼以百十计,男女大小、他乡本郡之鬼,无所不有,大约鸠形鹄面,披衣曳履之穷鬼为最多,恰无怪状奇形之可怖者。王有妹嫁翟家,来视兄疾,鬼在病人口中云:"汝是郑家桥翟家娘子,亦来此耶?"王弟访之,果翟邻家修发之妻新缢死者也。王父为延医投药,掖起病人,命服。众鬼挤肩揎背,持其手使不得服。如是者再四,王心厌焉,竟违父命,终不饮药。次晨,另延一医诊视,问曾投药否,父语以故,医索方视之,惊曰:"幸而未饮,否则今日不能出声矣!"另立一方,鬼不复来夺。从此众鬼阗门塞屋,日掩天光,夜蔽灯火,或坐或立,或言或笑,聚集十余日,家中持经放焰口,毫无效验。一女鬼呼曰:"汝家该延老僧宏道来,我辈便去。"如其言往请宏道,甫到门,众鬼轰然散矣,病亦渐安。

袁子曰:"同是念经放焰口,而有验有不验,此之谓有治人无治法也。不知鬼食之不宜人食,而以奉其先生,此之谓愚忠愚孝也。"

忠恕二字一笔写

黄烨照,歙县人。原任福山同知,罢官后主讲韶州书院。尝书"忠恕"二大字,勒石讲堂,款落"新安后学某敬书"。忽一日,梦黑衣者二人,执灯至曰:"奉命召汝。"黄即随往。至一处,历阶而升,闻呼曰:"止!"黄即立定,黑衣人分左右立,中隔一层白云,闻有人曰:"汝为大清官员,何以生今反古,书'忠恕'二字,款落'新安'? 宜速改正!"黄惊醒,急将前所刻"新安"二字改写"歙县"。越数日,又梦前黑衣人引至原处,仍闻云中人语曰:"汝改书勒石固善,但亦知'忠恕'二字之义是一气读否？汝可于古帖中求之。"黄醒，检阅《十七帖》，见"忠恕"二字行书乃是"中心如一"四字，恍然大悟，复将壁间石刻毁去，仿帖中行书另写勒石。今现存韶州书院。

土　雨

乾隆十四年，李元叔秀才自京就馆沈阳。越明年夏四月回京师，渡辽水。是日，住北台子站。路过远，昏黑不得抵宿。时乘四套车投一深林中，闻树叶上薂薂作雨声，沾洒衣上，视之皆土也。未几，四马攒蹄，退后不敢前。骡脚夫呼曰："有鬼蹲踞当道，车拉不动。"乃取开路铁锄抓土撒之，口中作咒语，车始得行。不数步，见一火茶杯大，傍车而行，其光上下远近不定，照里许而灭。土人云："凡鬼物出皆先有土雨。"

降　庙

粤西有"降庙"之说，每村中有总管庙，所塑之庙美丑少壮不同。有学降庙法者，法将成则至庙卜卦降神。初至，插一剑于庙门之中，神降则拔剑而回，神不降则用脚踢倒之，能随足而起则生，如不起则为神诛矣。其法将一碗盛水，写一"井"字，圈绕之；地上亦写一"井"字，圈绕之；八仙桌中间亦写一"井"字，圈绕之。召童子四人，手上各写一"走"字圈绕之，将桌面反对碗口之上，四童以指抬桌，其人口念咒云："天也转，地也转，左叫左转，右叫右转，太上老君，急急如令，转！若还不转，铜叉叉转，铁叉叉转。若再不转，土地城隍代转。"唱毕，桌子便转。然后请药方，无不验者。

陇西城隍神是美少年

康熙间，陇西城隍塑黑面而髯者，貌颇威严。忽于乾隆间改塑像为美少年。或问庵僧，僧曰："闻之长老云：雍正七年有谢某者，年甫二十,从其师在庙读书。夜间先生出外,谢步月吟诗,见一人来祷,乃隐于神后伺之。闻其祝云:'今夜若偷物有获,必具三牲来献。'方知是贼也。心疑神乃聪明正直之人,岂可以牲牢动乎? 次日,贼竟来还愿。生大不平,作文责之。神夜托梦于其师,将降生祸。师醒后,问生,生抵赖。师怒搜其箧,竟有责神之稿,怒而焚之。是夜,神踉跄而至,曰:'我来告你弟子不敬神明,将降以祸,原不过吓吓他。你竟将他文稿烧化,被行路神上奏东岳,登时将我革职拿问,一面将此城隍之位奏明上帝,即将汝弟子补缺矣。'歔欷而退。未三日,少年卒。庙中人闻呼驺声,云是新城隍到任。嗣后塑像者易黑胡之貌为美少年。"

城隍赤身求衣

张观察挺修湖州城隍庙,以檀香雕三丈法身,绣衮为袍衣之,供奉三日矣。忽夜梦一巨人,头带平天冠,而身无衣服,赤两股,直立帐前。公惊醒心动,急欲赴庙查看,而庙中道士已来报神衣被窃矣。乃为另制,且命拿贼云。

水 怪 吹 气

杭州程志章由潮州过黄岗,渡海汊。半渡,天大风,有黑气冲起,中有一人,浑身漆黑,惟两眼眶及嘴唇其白如粉,坐舡头上,以气吹舟中人。舟中共十三人,顷刻貌尽变黑,与之相似,其不变者三人而已。少顷,黑气散,怪亦不见。开舡,风浪大作,舟覆水中,死者十人,皆变色者也,其不变色之三人独免。

坛 响

杭州北门外三清院林道士,能擒妖。在兴化收妖坛中,放三清神座下。逾年,钱生袖海与友孔传经饯行上南京乡试,醉后向坛云:"我友中则坛响。"果响一声。客散，生夜看书，见白衣人坐槛上，与之拱手。生用界尺打之，抚掌大笑而退。是年，孔君果中。

贞 女 诉 冤

陆补梅作浔州太守，有和奸自尽一案，县详到府，文卷在案上，将批"如详核转"矣。其晚，幕友房中起大风，宛然一女子，立而不言，五更始去。幕友告太守，适太守奉调上省，谓其子曰："汝胆大，今晚可至幕友房伺之。"晚间，公子遵父命宿幕友书房，果如前风起，幕友又见此女，即告公子，而公子无见也。因大声问曰："汝何为者？"女曰："吾即几上案中人也。因拒奸致死。父母受贿，证成和奸，污我名节。曩诉之县，县亦受贿，不为申理，所以来此诉冤。"公子唯唯，即以其言写家信驰告太守。太守从省归，适经是县，因札致幕友，将原案发回本县。未几，县令来迎，太守不宿公馆，先往城隍庙行香，谓令曰："吾访闻前奸案事有冤，信乎？"县据其父母口供抗词请质。太守无奈何，即宿城隍庙中，传犯人及邻证人等于大殿后陪宿，阴伏人于殿后察之。至三更余，邻证等各自言语，有骂其父母之无良、怜其女之贞烈者。听者取笔书之。至天明，先盘诘邻证，取夜间所书示之，俱服。遂以强奸致死定案，旌其女入节孝祠。

杨 成 龙 成 神

处州太守杨成龙，性正直，作官五十年，颇有政声。壬寅春，余游天台，招余饮酒，历叙办山东数大案，有古循吏风。余许作传以表章之。不料别后告老就养于伊子深州署中，无疾而卒。先是，太守宰历城时，买沙板一副置张秋僧舍。身亡后，其子浚文必欲遣人取归然后入殓，以慰乃父之心。忽其幼孙某头晕扑地，旋起坐，厉声曰："浚文汝太糊涂，当此六月天，我尸在床，待从张秋取棺来，则吾尸坏矣。深州木材尽可用，何必远取？现在处州人来迎我作彼处城隍，我俟汝丧事小定，即往到任。我无他语，大凡人在世上，肯做好官，必有好报，汝紧记之。明年三月十四日，二孙所生之子，将来可以绍我之志，取名'绍志'可也。若葬我，当在唐务山中做癸丁山向。"幼孙言毕，沉沉睡去，俄而嬉戏如初。浚文悚然，一遵父命。次年果生绍志，月日无爽。

周 仓 赤 脚

相传东台白驹场关庙周仓赤脚，因当日关公在襄阳放水淹庞德时，周仓亲下江挖坑故也。戊申冬，余过东台，与刘霞裳入庙观之，果然赤脚。又见神座后有一木匣，长三尺许，相传不许人开，有某太守，祭而开之，风雷立至。

张 飞 治 河

大学士嵇文敏公总督南河，将筑堤东岸。梦有兜牟而短须者，直入一揖，随即上坐，曰："某堤须筑，某所裁保无虞。若在此，不能成功。"嵇颔之。已而思其人状貌，乃一武夫，言复椎鲁，何以公然与宰相抗礼，意颇不怿，叱叱而醒。次日上工次，过张桓侯庙，小住啜茶，上塑神像，宛然梦中人，乃命停工。

神佑不必贵人

章观察家奴陈霞彩，居上元义直巷中。与其外妇同宿，夜闻风雨声似震雷击物，初不介意，天明揭帐则卧榻后山墙夜崩，榻之前后左右皆砖堆数尺，唯留一榻不打坏。青衣青楼，亦得神佑如此。

成神不必贤人

李海仲秀才，秋试京师。在苏州雇鸭嘴舡，行至淮上，见舱前来王某求附舟，旧时邻也，因与同行。泊晚，王笑问："君胆大否?"秀才愕然，漫应曰："大。"王曰："惧君生畏，故以胆问。君既胆大，我不得不以实告。我非人，乃鬼也。我别君六年矣。前年岁荒，为饥寒所迫，掘坟盗财，被捕拏获罪，已斩决。今作鬼依旧饥寒，故往京中索逋，仗君乞带。"李问："往索何人之债？"曰："汪某。渠作刑部司官，许拟斩文书到部时，为驳减等，故馈以五百金。不料渠全无照应，终不能保全性命。故往祟之。"汪某者，李戚也。李大骇，晓之曰："汝罪宜诛，部议不枉。汪舍亲不应骗汝财物，我带汝往，说明原委，令渠还汝，以解此仇可也。但汝已死，要银何用？"王曰："我虽无用，尚有妻子在家，居与君邻。我索得后，可代我付之。"李唯唯。又数日，将到京师，王请先行，曰："我且到令亲处作祟，令渠求救无方，君再往说之，方肯听君。否则渠系贪财之人，君虽有言，渠不听也。"言毕不见。李入都觅寓，迟三日往汪家，汪果得风狂之病，举家求神问卜，毫无效验。李方至门，病人口语曰："汝家救星到矣。"家人争迎问李，李告以原委。汪妻初意要烧纸钱数万为偿，病人大笑曰："以假钱还真钱，天下无此便宜之事！速兑五百金交李老爷，我便饶你。"其家如其言，汪病果愈。又数日，来李处，催与同归。李不肯，曰："我未下场。"鬼曰："君不中，不必下场也。"李不听，毕三场后，鬼又催归。李曰："我要等榜"。鬼曰："君不中，不必等榜也。"榜发无名，鬼来笑曰："君此时可以归乎？"李惭沮，即日起身。鬼与同舡，一切饮食，嗅而不吞。热物被嗅，登时冷矣。行至宿迁，鬼曰："某村唱戏，盍往观乎？"李同至戏台下，看数出，鬼忽不见，但闻飞沙走石之声。李回舡待之，天将黑，鬼盛服而来，曰："我不归矣。我在此做关帝矣。"李大骇，曰："汝何敢做关帝？"曰："世上观音、关帝皆鬼冒充。前日村中之戏，还关神愿也。所还愿之关神，比我更无赖，我故大怒，与决战而逐之。君独不闻沙石之声乎？"言毕拜谢而去。李替带五百金付其妻子。

中 一 目 人

康熙甲戌科，丹徒裴公之仙偕数友人入都会试。都中有善召乩者，延之问中否。仙至，判一"贵"字，众不解。再叩之，则曰"皆判明矣"。榜发后,惟裴公中会元,余皆落第。裴公眇一目,始悟向所判"贵"字乃"中一目人"也。

女 鬼 告 状

镇江包某,年少美丰姿,娶室王氏。包世业贾,常与同事者往来闾巷。乾隆庚子秋日,偕数友为狎邪之游,日暮乃返。王氏方同一老妪入厨下治晚餐,闻叩门声,命老妪往启,见一少妇,盛妆而入,直赴内室,问之不答。妪疑为姻戚,往告王氏。王急趋至室,则包在焉,因大笑老妪目昏,误认主人为妇人也。包忽作女态,敛衽而前,与王氏寒暄,且言:"包郎在某娼家饮酒时,我在门后专守,俟其出,方得同回。"王见其声音举动不类包郎,恐其疯狂,急召僮仆及邻里姻戚共来看视。包皆一一与见,礼仪周到,称谓无误,宛然一大家女也。或男子稍与相狎,鬼即怒曰:"我贞女也,谁近我,我即取其命!"众问:"你与包有何仇?"鬼曰:"妾与包实因恩爱成仇,曾控告于城隍神,前后共十九状,俱未见准,今又告于东岳帝君,始蒙批准,不日与包同往矣。"询其姓名,鬼曰:"我好人家儿女,姓名不可闻也。""告包者何词?"鬼即连诵十九词,其词甚疾,不能悉晓,大概控包负心,令彼无归之意。或又问:"汝既托包身而言,包今何在?"鬼微笑曰:"渠被我缚在城隍庙侧小屋中矣。"王氏泣拜求放其夫,鬼不答。至夜分,众姻戚私语曰:"彼鬼曾言告城隍状不准,今缚包于城隍庙侧。何不往告于神,求其伸理?"于是共觅香烛楮镪,若将往者。鬼忽言曰:"今诸人既同来相求,且放彼归,自有东岳审断。"言毕倒地,少顷包苏,极称困顿。众环问所见,包曰:"初出某娼门,即见此妇相随。初尚或左或右,至教场,妇遽前扯拽往城隍庙左侧小屋内,黑暗中以绳缚我手足,置之于地,旁似有相守之人。适闻妇来曰:'今且放汝归。'推我出户,一跌而醒,身已在家。此事明日东岳当传审矣。"再询其细,包惟酣睡而已。次日午后起曰:"差人至矣,速具酒食。"自出厅,向空座拱揖,语多不解。酒既设,复归卧床上,更许,死矣,惟心头微热。王氏与诸人泣守之,见包面色时青时红时黄,变幻不测。三更后,胸前及喉颊间见红

斑爪痕数处。次夜二鼓，鬓发忽散乱。至晓始苏，索茶饭尽十数器，
吞咽迅速，观者骇然。少定，呼取酒食款差役，王氏如前设之。又命
取纸钱六千，须去其破缺者，以四千焚于厅前，二千焚于门侧巷内。
复自起，至大门作拜送状，反室熟睡。两日乃能起，悉言所见：自女鬼
解缚放回后，次日下午有二差役来传，其一不识，其一陈姓，亦贾人
子，儿时与包为同窗友，陈家贫，娶妇时包曾助以钱数千文，今已殁三
载，谓包曰："此事已发，速报司审办，尔我同窗好友，在生又承高谊，
自当用情照应，不必上刑具。"同行至中途，见又二役锁前女鬼，鬼大
恚，以首触包，手抓伤包面颊，此包身所以有红斑爪痕之现也。女鬼
詈二差卖法，差不得已，为包亦上锁同行。路愈远愈黑，阴风惨烈，鬓
发俱散。至一处，仿佛见衙署，差令坐地守候，旋见二红灯由内出，二
差去包锁带入，跪于灯止处。见有公案文卷，一官上坐，红袍乌纱，以
手捋须，问曰："汝包某耶？"包应曰："诺。"官即提女鬼至，讯答语颇
多，女与包并跪阶下，相去尺许，绝不闻其一字。见官震怒，令批女鬼
颊十五，即上枷锁，二役牵之，痛哭而去。包初跪案前，觉沮洳泥泞，
阴风吹发，面上丝丝如刀刺，寒慄难当。迨批女颊时，陈役从旁悄言
曰："老兄官司已赢矣。吾为兄鬓起发来。"包再举首，灯与官俱不复
见。二役乃送之回，言明差钱四千文，其二千则陈役所私得也。人问
包曾识此女否，包力言不识。揣其情，女鬼因慕包之色而亡，又欲招
包以偕阴耦，逞私妄控，故为阴司所责谴。

丁　大　哥

康熙间，扬州乡人俞二，耕种为生，入城取麦价，铺户留饮，回时
已迟，途径昏黑。行至红桥，有小人数十，扯拽之。俞素知此地多鬼，
然胆气甚壮，又值酒酣，奋拳殴击，散而复聚者数次。闻鬼语曰："此
人凶勇，非我辈所能制，必请丁大哥来，方能制他。"遂哄然去。俞心
揣丁大哥不知是何恶鬼，但已至此，惟有前进。方过桥，见一鬼长丈
许，黑影中仿佛见其面色青紫，狞狰可畏。俞念动手迟则失势难脱，
不若乘其未至迎击之。解腰间布裹钱二千文，迎面打去，其鬼随手倒

地,触街石上,铿然有声。俞以足踏之,渐缩渐小,其质甚重。牢握归家,灯下照视,乃古棺上一大铁钉也。其长二尺,粗如巨指,入火熔之,血涔涔出。俞召诸友,笑曰:"丁大哥之力量不如俞二哥也。"

汪 二 姑 娘

绍兴吴某,行三,在赵州刺史署中主刑名,后又延一管书禀者,亦吴姓行三,苏州人。署有老吴师爷、小吴师爷之称。其馆舍对房而居,甚相亲洽。刺史有妾七八人,侍婢甚夥,亦皆妖艳,常出入于馆舍左右,二吴每评论某某当吾意,某某当君意,以为戏谑。一日公事毕,时已三鼓,各回房就寝。小吴方坐床上吸烟,燃烛于帐外,命仆反掩门而去。少顷,举署皆寂,忽有人推门,小吴问为谁,不答,见一女子年可二十,容色甚美,急趋而进,至床前,瞪目视小吴。惊问:"尔何人? 何为至此?"女曰:"我汪二姑娘也。来寻绍兴吴三,误矣,误矣!"吴意其为东家侍婢,与老吴有约,因笑指曰:"绍兴吴三在对房,我苏州吴三也。"女瞥然竟去。明日,向老吴戏言曰:"昨夜大快活!"老吴不解,屡言之,老吴究问所以,小吴笑曰:"吾所目击,尚抵赖乎?"老吴益疑,再三问,小吴告以衣服形状并"汪二姑娘来寻绍兴吴三"之语。老吴爽然失色,曰:"彼何至此耶?"少定,告小吴曰:"此吾至亲也。亡去已十数年,不识何故寻我。"小吴惊异,见其颜色沮丧,不复再问。至晚,老吴默默无语,而畏惧之容愈甚,拉小吴至房同居。小吴力辞。老吴不得已,命二仆夹床而卧。小吴彻夜潜听,毫无声息。至晓,其二仆起,视老吴则已死矣。

谢 铜 头

镇江西门旧在唐颓山,国初迁于北城外阳彭山,有佛寺,殿宇廊庑修洁,即丽春台古迹也。地近孔道,缙绅当道迎送饮饯皆在此处。自城门迁后,路既隔远,此寺遂废,惟存大铜佛三尊,相传五代时所铸,约数万斤,露处山内。有谢某者,素贩铜为业,潜勾通书役销熔而朋分之，议定工费皆谢出，谢取其半，诸人分其半。销毁之日，四体皆化，惟佛头不坏。众皆疑惧，谢曰："此易事耳。"登炉溺之，佛头竟毁。谢年四十余，尚无子，是时方欢笑间，佣工者至前贺，家中已生子矣。谢大喜，以为此佛劫数，当为我毁，遂名其子为"谢铜头"。家由此少裕，日以私铸制钱为事。数年后，其党以私铸见获，词连谢某，谢自以热灰揉瞎双目，到案时言目瞽已久，仇扳显然，竟得漏网。及铜头长成，仍事私铸，复为人所控。乾隆某年，父子对缚，斩于阳彭山下。

乌头太子

吴某世以丹徒江上洲田为业。乾隆十八年冬初，至洲收租，以所收稻晒于场上。有乌鸦群集食稻，吴取土块逐之，随手中一乌，哑然坠地，复奋起飞去。吴归庄房，晚餐后，忽闻风雨声，启户仰视，天色深黑，大雨如注。急入室，衣色全白，皆鸦粪矣。吴因忆人言禽粪着身者不吉，"我今被污，殆将死乎？"自此遂病雀爪风，手足抽掣，不便起卧，又不能持物，饮食需人扶喂，不堪其苦。然心甚明晰，因自念："鸦食我稻，我逐之，有何过，乃敢祟我？必控之于神！"屡动此念，实未能写状也。一日昼寝，梦以黄纸自写一状，将投于城隍庙。忽空中有黑云二片飞下，至地，化青衣人向吴曰："君前所击者非鸦也，乃乌头太子也。君因得罪于彼，故患此恙。若再往告彼，罪益重矣。不如具酒食请罪于太子，可保全也。"吴不听，且怒曰："彼食我稻，又妄祟我，我必告之。"须臾空中又下黑云二片，化作少年，玄色冠巾，一人持黑伞随其后，向吴拱手曰："君欲控乌头太子耶？控词何似？"吴持与观之。少年曰："君前击中太子，故有此疾。今知其误也。某为君缓颊于太子，可保君如旧，何须控告耶？"因取控词怀之飞去，吴遽前往夺，忽然惊醒。自此所患渐愈，两月后平复如常。

吴生两入阴间

吴某，丹徒旧家子也。其祖、父俱在黉序，祖为人端直，乡间推重,殁十数年,某始娶妇,琴瑟甚笃。乾隆丙子,其妇暴卒。吴追思不已,有朱长班者,合城皆知其走阴差,因吴治丧,彼朝夕来供役。吴因私问阴司事,朱言阴司与人世无异,无罪者安闲自适,有罪者始入各狱。吴遂恳其携往阴司,一与妻见。朱云:"阴阳道隔,生人尤不宜滥入。老相公待我甚好,我岂肯作此狡狯?"吴嬲之不已。朱云:"此事我不为,相公果坚意欲往,可往城里太平桥侧寻丹阳常妈,许以重资,或可同往。"吴欣然。次日,寻得常妈,初亦不允,许钱数千,始允之,且曰:"相公某日可择一静屋独宿,我即来相约。但衣履一切不可使人稍为移动,稍移动即不能还阳矣。"谆嘱再四而归。吴自妻殁后即独宿于一厢屋内,至某日,吴私嘱其婶母曰:"侄今病甚,须早卧,望婶母为我锁房,切不可令人擅入动我衣履,此侄生死关头也。"婶母甚骇,问其故,不告,乃阴为检点之。吴既入房,燃一灯于床前,心有此事,展转不寐,念念曰:"彼原未嘱我熟睡,但彼从何来招我耶?抑妄言耶?"二鼓后,见有黑烟一线,自窗隙间入,袅袅然如蛇之吐舌也。吴心甚惧。少顷,其烟变成一黑团,大如斗,直扑吴面,遂昏晕。有人在耳边悄言曰:"吴相公同去。"声即常妪也。以手扶起,同由门隙而出,所过窗户皆无碍。见其婶母房门有火光数丛,盖与诸弟同宿于内。甫出大门,则另一天地,黄沙漫漫,不辨南北。途中所见街市衙署,与人世仿佛。行至一处,见一大池,水红色,妇女在内哀号。常指曰:"此即佛家所谓血污池也。娘子想在其内。"吴左右顾,见其妻在东角。吴痛哭相呼,妻亦近至岸边,垂泪与语,并以手来拉吴入池。吴欲奔赴,常妪大惊,力挽吴,告之曰:"池水涓滴着人即不能返,入此池者,皆由生平毒虐婢妾之故。凡殴婢妾见血不止者,即入此池,以婢妾身上流血之多寡为入池之浅深。"吴曰:"我娘子并未殴婢妾,何由至此?"妪曰:"此前生事也。"吴又问:"娘子并未生产,何入此池?"妪言:"我前已言明此池非为生产故也。生产是人间常事,有何罪过?"言毕,牵吴从原路归。吴昏睡过午始起,面色黄白,若久病者,数日方复。月余,吴思妻转甚,走至常妪家,告以欲再往看之意。常甚难之,许以数倍之资,始为首肯。如前嘱婶母锁门,常妪复来相约,出门行里许,常妪忽撇吴奔去。吴不解其故,错愕间见前有一老翁,肩舆而至，觌面，乃其祖也。吴惶遽欲避，祖喝曰："汝何为至此？"吴无奈何，告以故。其祖大怒曰："各人生死有命，汝乃不达若此！"手批其颊，骂曰："汝若再来，我必告知阴官，立斩常妪！"遣舆夫送至河畔，舆夫从后推吴入河，大叫而醒。左颊青肿，痛不可忍。托病卧房中十数日始愈。时吴有姻戚某翁病笃，吴谓其婶母曰："某翁某日方死。"婶惊问之。吴告以两次所见，并言于一衙署前见所挂牌上姓名月日，故知之也。自后吴神气委靡，两目蓝色，下午后即常见鬼，至今犹存。吴婶母，法嘉荪中表，法故悉其颠末，而为予言。

狐　道　学

法君祖母孙氏外家有孙某者，巨富也。国初海寇之乱，移家金坛。一日，有胡姓携其子孙奴仆数十人，行李甚富，过其门，云是山西人，遇兵不能行，愿假尊屋暂住。孙接其言貌，知非常人，分一宅居之。暇日过与闲话，见其室中有琴剑书籍，所读者皆《黄庭》、《道德》等经，所谈者皆《心性》、《语录》中语。遇其子孙奴仆甚严，言笑不苟。孙家人皆以狐道学称之。孙氏小婢有姿，一日遇翁之幼孙于巷，遽抱之，婢不从，白于胡翁。翁慰之曰："汝勿怒，吾将杖之。"明日日将午，胡翁之门不启，累叩不应，遣人逾墙开门，阅之，宅内一无所有，惟书室中有白金三十两，置几上，书"租资"二字。再寻之，阶下有一掐死小狐。法子曰："此狐乃真理学也。世有口谈理学而身作巧宦者，其愧狐远矣！"

子不语卷二十三

太 白 山 神

秦中太白山神最灵。山顶有三池,曰大太白、中太白、三太白。木叶草泥偶落池中,则群鸟衔去,土人号曰"净池鸟"。有木匠某坠池中,见黄衣人引至一殿,殿中有王者,科头朱履,须发苍然,顾匠者笑曰:"知尔艺巧,相烦作一亭,故召汝来。"匠遂居水府,三年功成,王赏三千金,许其归。匠者嫌金重难带,辞之而出,见府中多小犬,毛作金丝色,向王乞取。王不许,匠者偷抱一犬于怀辞出。路上开怀视之,一小金龙腾空飞去,爪伤匠者之手,终身废弃。归家后,忽一日雷雨,下冰雹,皆化为金,称之得三千两。

太 平 闲 吏

王员外中斋予告后,卜居江宁,题一斋额曰"太平闲吏"。后十年,员外卒,屋之东偏售于太平守王克端,屋之西偏售于太平守李敏第。

楚 雄 奇 树

楚雄府碍嘉州者,卜夷地方,有冬青树,根蟠大十里,远望如开数十座木行。其中桌、椅、床、榻、厨、柜俱全,可住十余户,惜树叶稀,不能遮风雨耳。其根拔地而出,枝枝有脚。

泗 州 怪 碑

泗州虹县有井,是禹王锁巫支祈处,铁索犹存。旁有石碑,头不可动，一挪移其头，则碑孔内便流黄水如金色。

雁荡动静石

南雁荡有两石相压，大可屋二间，下为静石，上为动石。欲推动之，须一人卧静石上，撑以双脚，石轰然作声，移开尺许。如立而手推之，虽千万人不能动石一步。其理卒不可解。

瓦屑庙石人无头

太湖旁有瓦屑庙，庙不甚大，中坐石人二十余，头皆斫落在地，亦有以手握之者。相传张士诚被围，夜有石将军率部伍拒战甚勇，城破后，庙中石人头俱坠地矣。一云明末石人夜为民祟，故村民以铁锄击去其头。

十三猫同日殉节

江宁王御史父某，有老妾年七十余，畜十三猫，爱如儿子，各有乳名，呼之即至。乾隆己酉，老奶奶亡，十三猫绕棺哀鸣，喂以鱼飧，流泪不食，饿三日，竟同死。

鬼吹头弯

林千总者，江西武举。解饷入都，路过山东，宿古庙中。僧言："此楼有怪，宜小心。"林恃勇，夜张灯烛坐以待之。半夜后，橐橐有声，一红衣女踏梯上，先向佛前膜拜行礼毕，望林而笑。林不为意。女被发瞋目，向前扑林。林取几掷之，女侧身避几，而以手来牵林。握其手，冷硬如铁。女被握不能动，乃以口吹林，臭气难耐，林不得已回头避之。格斗良久，至鸡鸣时，女身倒地，乃僵尸也。明日报官焚之，此怪遂绝。然林自此头颈弯如茄瓢，不复能正矣。

虾蟆教书蚁排阵

余幼住葵巷，见乞儿索钱者，身佩一布袋、两竹筒，袋贮虾蟆九个，筒贮红白两种蚁约千许。到店市柜上，演其法毕，索钱三文即去。一名"虾蟆教书"。其法设一小木椅，大者自袋跃出坐其上，八小者亦跃出环伺之，寂然无声。乞人喝曰："教书！"大者应声曰："阁阁。"群皆应曰："阁阁。"自此连曰"阁阁"，几聒人耳。乞人曰："止。"当即绝声。一名"蚂蚁摆阵"。其法张红白二旗，各长尺许，乞人倾其筒，红白蚁乱走柜上，乞人扇以红旗曰："归队。"红蚁排作一行。乞人扇以白旗曰："归队。"白蚁排之作一行。乞人又以两旗互扇，喝曰："穿阵走！"红白蚁遂穿杂而行，左旋右转，行不乱步。行数匝，以筒接之，仍蠕蠕然各入筒矣。虾蟆、蝼蚁，至微至蠢之虫，不知作何教法。

木　犬　能　吠

叶公文麟言：在京师，到某比部家，甫叩门，有狮毛恶犬咆哮而出，状若噬人者。叶大怖，主人随出，喝之，犬卧不动。主人视客，笑吃吃不止。问何故，曰："此木犬也。外覆以狮毛，中设关键，遂能吠走。"叶不信，主人更出一鸡，黄羽绛冠，申颈报晓。披毛视之，亦木所为。

铜　人　演　西　厢

乾隆二十九年，西洋贡铜伶十八人，能演《西厢》一部。人长尺许，身躯、耳目、手足悉铜铸成，其心腹肾肠皆用关键凑接，如自鸣钟法。每出插匙开锁，有一定准程，误开则坐卧行止乱矣。张生、莺莺、红娘、惠明、法聪诸人，能自行开箱着衣服，身段交接，揖让进退，俨然如生，惟不能歌耳。一出演毕，自脱衣，卧倒箱中。临值场时，自行起立，仍上戏毯。西洋人巧一至于此。

双 花 庙

雍正间，桂林蔡秀才，年少美风姿，春日戏场观戏，觉旁有摩其臀者，大怒，将骂而殴之。回面则其人亦少年，貌更美于己，意乃释然，转以手摸其阴。其人喜出意外，重整衣冠，向前揖道姓名，亦桂林富家子，读书而未入泮者也。两人遂携手行，赴杏花村馆燕饮盟誓。此后，出必同车，坐必同席，彼此熏香剃面，小袖窄襟，不知乌之雌雄也。城中恶棍王秃儿伺于无人之处，将强奸焉。二人不可，遂杀之，横尸城角之阴。两家父母报官相验，捕役见秃儿衣上有血，擒而讯之，吐情伏法。两少年者，平时恂恂，文理通顺，邑人怜之，为立庙，每祀必供杏花一枝，号"双花庙"。偶有祈祷，无不立应，因之香火颇盛。数年后，邑令刘大胡子过其地，问双花庙原委，得其详，怒曰："此淫祠也。两恶少年，何祀之为？"命里保毁之。是夜，刘梦见两人，一捽其胡，一唾其面，骂曰："汝何由知我为恶少年乎？汝父母官，非吾奴婢，能知我二人枕被间事乎？当日三国时周瑜、孙策，俱以美少年交好同寝宿，彼盖世英雄，汝亦以为恶少年乎？汝作令以来，某事受枉法赃若干，某年枉杀周贡生某；独非恶人，而谓我恶乎？吾本欲立索汝命，因王法将加，死期已近，姑且饶汝！"袖中出一棍，长三尺许，系刘辫发上，曰："汝他日自知。"刘惊醒，与家人言，将复建庙祀之，而赧于发言。未几以赃事被参，竟伏绞罪，方知一棍之征也。

假 女

贵阳县美男子洪某，假为针线娘，教女子刺绣，行其技于楚、黔两省。长沙李秀才，聘请刺绣，欲私之，乃以实告。李笑曰："汝果男耶？则更佳矣。吾尝恨北魏时魏主入宫朝太后，见二美尼，召而昵之，皆男子也，遂置之法。蠢哉魏主！何不封以龙阳而畜为侍从，如此不独己得幸臣，且不伤母后之心。"洪欣然就之。李甚宠爱。数年后，又至江夏，有杜某欲私之，洪欲以媚李者媚杜，而其人非解事者，遂控到官,解回贵阳。枭使亲验之,其声娇细,颈无结喉,发垂委地,肌肤玉映,腰围仅一尺三寸,而私处棱肥肉厚,如大鲜菌。自言幼无父母,邻有媚母抚养之,长与有私,遂不剃发,且与缠足,诡言女也。邻母死,乃为绣师教人。十七岁出门,今二十七岁,十年中所遇女子无筭。问其姓氏,曰:"抵我罪足矣,何必伤人闺阃。"讯以三木,始供吐某某。抚军欲拟长流,枭使争以为妖人,非斩不可,乃置极刑。死前一日,谓狱吏曰:"我享人间未有之乐,死亦何憾!然某枭使亦将不免。我罪止和奸,畜发诱人,亦不过刁奸耳,于律无死法。且诸女子与通奸皆暗昧不明之事,尽可覆盖,何必逼我供招,宣诸章奏,各拟重杖,使数十郡县富贵人家女子,玉雪肌肤,困于朱木乎?"次日,赴市受戮,指其跪处曰:"后三年,讯我者在此矣!"已而枭使果以事诛,众咸异焉。余谓此事与《明史》所载嘉靖年间妖人桑翀相同,桑不报仇,而洪乃报仇,何耶?

预 知 科 名

族弟袁楠作秀才时,癸酉乡试,因有家难,场前奔走倦矣。入闱,进"洪"字三号,天已晚,即铺板熟睡。二鼓后,闻有人问:"何号是袁相公?"不觉惊起。其人乃同考秀才,素不相识者,问:"君姓袁,可名楠乎?"曰:"然。"其人拱手作贺曰:"君已中矣!"问:"何以知之?"曰:"我临安人,姓谢,与君同号。顷睡梦间闻外喊取题目纸声甚急,及取之,只一纸,首题是'邦有道,危言危行'二句。其时同号中有六七十人,嘈嘈争问题目何止一纸,外答曰:'此号只中"洪"字第三号袁某,应得一纸耳。'君既坐此号,名姓皆符,故来相报。"袁谢而领之。黎明题纸出,果如其言,乃大喜,自命必中,纵笔疾书,文如宿构。榜发,竟登第。

胡 鹏 南

胡公鹏南,巡视中城。一日,闻姊病,往视之。姊已昏迷,闻胡至,谡然而起曰:"弟来视我甚善,然弟宜速归。"胡不肯。姊起,用手推之,家人子弟不解其故。胡既去,姊语家人曰:"我方死去,押差将送我至城隍府,路遇旌旗,皂役曰:'旧城隍升去,新城隍到任。汝且将女犯押回。'问新城隍何人,曰:'吏科给事中胡鹏南也。'我惊醒,不意鹏南即坐我床上,故我劝令还家。汝等可速往视之。"如其言,胡已沐浴朝服,无疾而逝矣。胡乃春圃座师。

龙 护 高 家 堰

乾隆二十七年,学使李公因培科考淮安。清晨,风雨怒号,生徒惊顾,不能唱名。正踟蹰间,地大震,辕外旗竿被龙攫入云中,不知所往。河水暴涨,与高家堰相齐。河督高公及各厅官面如土色,皆云西风一大,则淮扬休矣。方恐怖间,忽转东风,天低若盖,将压人头。见黑龙在云中拖尾取水,数卷后,顷刻之间,洪泽湖水低三丈,人心大安。龙之鳞甲,金光四射,惟头角则不可见。此石埭县教官沈公雨潭所目击。

雷 公 被 污

沈公又云:是年淮安有雷轰轰然将击孤贫院中一老妇,妇方解裤溲,心急甚,即以马桶泼之,随见金甲者绕屋而下。少顷,有雷神蹲老妇之旁,大嘴黑身,长二尺许,腰下有黑皮如裙,遮掩下体,瞪目无言,两翅闪闪摇动不止。居民报知山阳县官,官遣道士来画符建醮,以清水沃其头,至十余石。次日复雨,才能飞去。

李 文 贞 公 梦 兆

李相公光地未贵时,祈梦于九龙滩。庙神赠诗一联云:"富贵无心想,功名两不成。"李意颇恶之。后中戊戌科进士,为宰相,方知戊戌两字皆似"成"字而非"成"字,"想"字去"心"恰成相字。

鬼求路引

德龄安孝廉知太仓州事，内幕某，浙人也，偶染时症，一夕大呼曰："归欤，归欤，胡不归！"察其音，陕人也。问："何以不归？"曰："无路引。"问："何以死于此？"曰："我宁夏人，姓莫名容非，前太仓刺史赵酉远亲也。万里赍粮而来，为投赵故。赵刺史反拒不纳，且一文不赠，故穷馁怨死于此。"问："何以不缠赵，幕友与汝宁有冤乎？"曰："赵已他迁，鬼无路引，不能出境。缠他人无益，故来缠幕友，庶几惊动主人，哀怜幕友，必与我路引。"德公闻而许之，召吏房作文书，咨明一路河神关吏，放莫容非魂归故乡。幕友病不医而愈。

石揆谛晖

石揆、谛晖二僧，皆南能教也。石揆参禅，谛晖持戒，两人各不相下。谛晖住杭州灵隐寺，香火极盛，石揆谋夺之。会天竺祈雨，石揆持咒召黑龙行雨，人共见之，以为神。谛晖闻知，即避去，隐云栖最僻处。石揆为灵隐长老垂三十年，身本万历孝廉，口若悬河，灵隐兰若之会，震动一时。有沈氏儿，丧父母，为人佣工，随施主入寺，石揆见之大惊，愿乞此儿为弟子。施主许之。儿方七岁，即为延师教读。儿欲肉食，即与之肉；儿欲衣绣，即衣之绣。不削发也。儿亦聪颖，通举子业。年将冠矣，督学某考杭州，令儿应考，取名近思，遂取中府学第三名。月余，石揆传集合寺诸僧曰："近思，余小沙弥也，何得瞒我入学为生员耶？"命跪佛前，剃其发，披以袈裟，改名"逃佛"。同学诸生闻之大怒，连名数百人，上控巡抚、学院，道奸僧敢剃生员发，援儒入墨，不法已甚。有项霜泉者，仁和学霸也，率家僮数十，篡取近思，为假髻以饰之，即以己妹配之。置酒作乐，聚三学弟子员赋催妆诗作贺。诸大府虽与石揆交，而众怒难犯，不得已准诸生所控，许近思蓄发为儒。诸生犹不服，各汹汹然，欲焚灵隐寺，殴石揆。大府不得已，取石揆两侍者，各笞十五，群忿始息。后一月，石揆命侍者撞钟鼓，召集合寺僧，各持香一炷，礼佛毕，泣曰："此予负谛晖之报也。灵隐本谛晖所住地，而予以一念争胜之心夺之，此念延绵不已，念已身灭度后，非有大福分人不能掌持此地。沈氏儿风骨严整，在人间为一品官，在佛家为罗汉身，故余见而倾心，欲以此坐与之。又一念争胜，欲使佛法胜于孔子，故先使入学，以继我孝廉出身之衣钵，此皆贪嗔未灭之客气也。今侍儿受杖，为辱已甚，尚何面目坐方丈乎？夫儒家之改过，即佛家之忏悔也。自今已往，吾将赴释梵天王处，忏悔百年，才能得道。诸弟子速持我禅杖一枝，白玉钵盂一个，紫衣袈裟一袭，往迎谛晖，为我补过。"群僧合掌跪泣曰："谛晖逃出已三十年，音耗寂然，从何地迎接？"曰："现在云栖第几山第几寺，户外有松一株、井一口，汝第记此，去访可也。"言毕，跌坐而逝，鼻垂玉柱二尺许。群僧如其言，果得谛晖。沈后中进士，官左都御史，立朝有声，谥"清恪"。虽贵，每言石揆养育之恩，未尝不泣下也。

谛晖有老友恽某，常州武进人，逃难外出，披甲，有儿年七岁，卖杭州驻防都统家。谛晖欲救出之。会杭州二月十九日观音生日，满汉士女，咸往天竺进香。过灵隐，必拜方丈大和尚。谛晖道行高，贵官男女，膜手来拜者以万数，从无答礼。都统夫人某从苍头婢仆数十人来拜谛晖，谛晖探知瘦而纤者恽氏儿也，蹶然起，跪儿前，膜拜不止，曰："罪过，罪过！"夫人大惊，问故。曰："此地藏王菩萨也。托生人间，访人善恶，夫人奴畜之，无礼已甚，闻又鞭扑之，从此罪孽深重，祸不旋踵矣！"夫人皇急求救。曰："无可救。"夫人愈恐，告都统。都统亲来，长跪不起，必求开一线佛门之路。谛晖曰："非特公有罪，僧亦有罪。地藏王来寺而僧不知迎，罪亦大矣。请以香花清水供养地藏王入寺，缓缓为公夫妇忏悔，并为自己忏悔。"都统大喜，布施百万，以儿与谛晖。谛晖教之读书学画，取名寿平，后即纵之还家，曰："吾不学石揆痴也。"后寿平画名日噪，诗文清妙。人或问恽、沈二人优劣，谛晖曰："沈近思学儒不能脱周、程、张、朱窠臼，恽寿平学画能出文、沈、唐、仇范围。以吾观之，恽为优也。"言未已，以戒尺自击其颈曰："又与石揆争胜矣。不可，不可！"谛晖寿一百零四岁。

天 上 四 花 园

　　嘉兴祝孝廉维诰为中书舍人，好扶乩，言休咎往往有应者。将死前一月，乩仙自称："我天上看园叟也，特来奉迎。"祝问："天上安得有园？"叟云："天上花园甚多，不能言其数，但我所管领者，四园三主人耳。"问："主人为谁？"曰："冒辟疆、张广泗，其一则足下也。"祝问："冒与张绝不相伦，何以共在一处？"曰："君等三人皆隶仙籍，冒降生为公子，享福太多，现今未许复位，园尚荒芜；张福力最大，以作经略时杀降太多，上帝怒之，将置冥狱，幸而生前已罹国法，故犹许住园；君在世无过无功，今阳数将终，可来复位。"言毕，乩盘不动。是年，祝病亡。

碌 碡 作 怪

　　常州武生某，素有力，往金陵乡试，路过龙潭，见一妇坐门首，因口渴，向其索茶。妇以生不分男女，大骂，闭门进去。生思不与茶则已，何至詈骂，气甚不平。见其田中卧碌碡一条，即用力擎起，架于树上而去。明日妇开门见之，询邻人，皆曰："此物非数人不能动，莫非树神所为乎？"因朝夕敬礼，有求必应。或侮慢之，即有不利。如是者月余，生试毕归家，仍过其地，见所置碌碡尚在树间，其下香火罗列，禳祷者纷纷，心知为己所误，笑而不言。是晚，宿店中，思此事终是惑众，必转去说明方好。忽曚眬睡去，见有人告曰："我某处鬼也。游魂到此，假托树神以图血食。君新科贵人，故不敢隐瞒。若肯见容不说破，感恩非浅。"言毕不见。生遂不转去，径回常州。是科榜发，果中举人。

风 流 具

　　长安蒋生，户部员外某第三子也。风流自喜，偶步海岱门，见车上妇美,初窥之,妇不介意,乃随其车而尾之。妇有愠色,蒋尾不已,妇转嗔为笑,以手招蒋,蒋喜出意外,愈往追车,妇亦回头顾盼,若有情者。蒋神魂迷荡,不知两足之蹒跚也。行七八里,至一大宅,车中妇入,蒋痴立门外不敢近,又不忍去。徘徊间,有小婢出,手招蒋,且指示宅旁小门。蒋依婢往,乃溷圊所也。婢低语:"少待。"蒋忍臭秽,屏息良久。日渐落,小婢出,引入,历厨灶数重,到厅院,甚唐皇,上垂朱帘,两僮倚帘立。蒋窃喜,以为入洞天仙子府矣。重整冠,拂拭眉目,径上厅。厅南大炕上坐一丈夫,麻黑大胡,箕踞,两腿毛如刺蝟,倚隐囊,怒喝曰:"尔何人,来此何为?"蒋惊骇,身战,不觉屈膝。未及对,闻环珮声,车中妇出于室,胡者抱坐膝上,指谓生曰:"此吾爱姬,名珠团,果然美也。汝爱之,原有眼力。第物各有主,汝竟想吃天龙肉耶?何痴妄乃尔!"言毕,故意将妇人交唇摩乳以夸示之。生窘急,叩头求去。胡者曰:"有兴而来,不可败兴而去。"问何姓,父何官,生以实告。胡者笑曰:"而愈妄矣!而翁吾同部友也。为人子侄而欲污其伯父之妾,可乎?"顾左右取大杖,"吾将为吾友训子!"一僮持枣木棍,长丈余,一僮直前,按其项仆地,裤剥下,双臀呈矣。生哀号甚惨,妇人走下榻,跽而请曰:"奴乞爷开恩。奴见渠臀比奴臀更柔白,以杖击之,渠不能当。以龙阳待之,渠尚能受。"胡者叱曰:"渠,我同寅儿也,不可无礼。"妇又请曰:"凡人上庙买物,必挟买物之具,渠挟何具以来?请验之。"胡者喝验,两僮手摩其阴,报曰:"细如小蚕,皮未脱稜。"胡者搔其面曰:"羞,羞,挟此恶具而欲唐突人妇,尤可恶!"掷小刀与两僮曰:"渠爱风流,为修整其风流之具。"僮持小刀握生阴,将削其皮。生愈惶急,涕雨下。妇两颊亦发赤,又下榻请曰:"爷太恶谑,使奴大惭。奴想吃饽饽,有五斗麦未磨,毛驴又病,不如着渠代驴磨面赎罪。"胡者问愿否,生连声应诺。妇人拥胡者高卧,两僮负麦及磨石至,命生于窗外磨麦,两僮以鞭驱之。东方大白,炕上呼云:"昨蒋郎苦矣,赐饽饽一个,开狗洞放归。"生出,大病一月。

骗 人 参

京师张广号人参铺，甚大。一日，有骑马少年负银一囊到店，先取百两与作样，而徐取参数包阅之，曰："我主人性琐碎，买参不如其意，必加呵责。我又不善择参，可否存此样银于店，命老成伙计多带上等参同往主人处，凭其自择，何如？"店家以为然，即收银遣店中叟负参数斤偕往。临行嘱曰："谨持参，勿落他人手也。"进东华门，至一大府第，少年同登楼，楼上主人美须眉，披貂裘，戴蓝宝石顶，病奄然，倚枕踞床，目负参者曰："所携参果辽东顶上者耶？"店叟唯唯。旁两僮捧参上，逐包开检，所批驳皆洞中行情。阅未毕，忽门外车马声甚喧，一客入，主人惶遽，命侍者下楼，辞以病不能会客。低语负参者曰："此向我借债客也，断不可使上楼。彼上楼见我力能买参，则难以无钱相覆矣。"客在楼下呼曰："汝主病诈也，必是抱优童、娶小奶奶，故不许我登楼。我偏欲上楼一看！"两侍者固拒之，争吵不已。主人愈惶急，又低语负参者曰："速藏参，速藏参！毋为恶客所见。床下竹箱可以安放。"以铜锁钥匙付之曰："汝坐箱上护守参，我自下楼见彼，或能止其上楼，亦未可定。"踉跄下楼，与客始而寒暄，继而戏骂。客必欲上楼，主人又固拒之。客大怒曰："汝不过防我借银耳！虑我见汝楼上有银故也。如此薄待我，我即去，永不再来！"主人阳为谢罪，送客出，僮仆亦随之出，许久寂然。负参者端坐箱上以待，良久不至，始有疑意，开锁取参，参不见，藏参之箱，一活底箱也。箱底板即楼板，方戏骂时，从楼下脱板取参，守参者不知也。

偷 画

有白日入人家偷画者，方卷出门，主人自外归，贼窘，持画而跪曰："此小人家祖宗像也。穷极无奈，愿以易米数斗。"主人大笑，嗤其愚妄，挥叱之去，竟不取视。登堂，则所悬赵子昂画失矣。

偷　　靴

或着新靴行市上，一人向之长揖，握手寒暄。着靴者茫然曰："素不相识。"其人怒，笑曰："汝着新靴，便忘故人！"掀其帽掷瓦上去。着靴者疑此人醉，故酗酒。方徬徨间，又一人来笑曰："前客何恶戏耶？尊头暴烈日中，何不上瓦取帽？"着靴者曰："无梯奈何？"其人曰："我惯作好事，以肩当梯，与汝踏上瓦何如？"着靴者感谢。乃蹲地上，耸其肩。着靴者将上，则又怒曰："汝太性急矣！汝帽宜惜，我衫亦宜惜。汝靴虽新，靴底泥土不少，忍污我肩上衫乎？"着靴者愧谢，脱靴交彼，以袜踏肩而上。其人持靴径奔，取帽者高居瓦上，势不能下。市人以为两人交好，故相戏也，无过问者。失靴人哀告街邻寻觅得梯才下，持靴者不知何处去矣。

偷　　墙

京中富人欲买砖造墙，某甲来曰："某王府门外墙，现欲拆旧砖换新砖，公何不买其旧者？"富人疑之曰："王爷未必卖砖。"某甲曰："微公言，某亦疑之。然某在王爷门下久，不妄言。公既不信，请遣人同至王府，候王出，某跪请，看王爷点头，再拆未迟。"富人以为然，遣家奴持弓尺偕往。故事：买旧砖者，以弓尺量若干长，可折二分算也。适王下朝，某甲拦王马头，跪作满洲语，喃喃然。王果点头，以手指门前墙曰："凭渠量。"甲即持弓尺，率同往奴量墙，纵横算得十七丈七尺，该价百金，归告富人。富人喜，即予半价，择吉日遣家奴率人往拆墙。王府司阍者大怒，擒问之，奴曰："王爷所命也。"司阍者启王，王大笑曰："某日跪马头白事者，自称某贝子家奴，主人要筑府外照墙。爱我墙式样，故来求丈量，以便如式砌筑。我以为此细事，有何不可，故手指墙命丈。事原有之，非云卖也。"富人谢罪求释，所费不赀，而某甲已逃。

鬼　妒　二　则

常德张太守之女，许周氏子，年十七，以瘵疾亡。周别聘王氏女，年亦十七。甫缔姻，尚无婚期，王女忽中恶，以手批颊曰："我张四小姐也。汝何人，敢夺我郎君？"周氏子闻之，告太守。太守夫人治家素严，闻之大怒，悬亡女画像骂曰："汝与周郎连姻，尚未成亲，汝死，周郎再娶，亦礼之常，何以往害王家女？无耻若是！"骂毕，折桃枝击之。未数下，门外周郎奔来求饶，问何故，曰："王女口称张四小姐，呼痛去矣，并求替他母亲说情，故婿特来。"王氏女竟愈。

杭州马坡巷谢叟，卖鱼为业。生二女，俱有姿。有武生李某见而悦焉。李貌亦美，先有表妹王氏慕之，托人说婚，李却王氏，就婚于谢。王氏以瘵亡。谢嫁未逾月，忽披发佯狂，口称："我王氏也。汝一个卖鱼婆，何得夺我秀才？"取几上剪刀，自刺其心，曰："取汝蜜罗柑。"谢叟夫妻往秀才家烧纸钱作斋醮跪求，卒不能救。问："蜜罗柑何物？"曰："你女儿之心肝也。"未几，女竟死。秀才又来求聘其妹，谢叟有戒心，不许，妹悦其貌，曰："我不畏鬼，如其来，我将挥刀杀之，为姊报仇。"谢不得已，仍嫁与之。婚后，鬼竟寂然。为秀才生一子而寡居。

人　面　豆

山东于七之乱，人死者多。平定后，田中黄豆生形如人面，老少男妇，好丑不一，而耳目口鼻俱全，自颈以下皆有血影，土人呼为"人面豆"。

粉　楂

杭州范某娶再婚妇，年五十余，齿半落矣。衾具内橐橐有声，启视则匣装两胡桃，不知其所用，以为偶遗落耳。次早，老妇临镜敷粉，两颊内陷，以齿落故，粉不能匀。呼婢曰："取我粉楦来。"婢以胡桃进，妇取含两颊中，扑粉遂匀。杭人从此戏呼胡桃为"粉楦"。

口　　琴

崖州人能含细竹，装弦其上，以手拉之，上下如弹胡琴状，其声幽咽，号曰"口琴"。

芜湖朱生

芜湖监生朱某，家富而啬，待奴仆尤苛。捐州牧入都，路出茌平，以一二文之微，痛答其奴。奴怀恨，夜伺其睡，持所用锡溺壶击其顶门，脑裂而死。店主告官，置奴于法。后十年，芜湖赵孝廉会试，误投此店，灯下见赤身披血而立者曰："我朱某也，欲有所求。"赵曰："汝奴凌迟，汝冤已雪，汝复何求？"曰："穷极求救。"曰："汝身虽亡，汝家大富，汝虽为鬼，不合苦穷。"曰："我死后方知生前所有银钱，一丝不能带到阴间。奈阴间需用更甚于阳间。我客死于此，两手空空，为群鬼所不齿。公念故人之谊，烧些纸钱与我，以便与群鬼争雄。"问："何不归？"曰："凡人某处生某处死，天曹都有定簿，非有大福力超度者，不能来往自如。横死者，阴司设阑干神严束之，故不能还故乡。"问："纸钱，纸也，阴司何所用之？"曰："公此问误矣！阳间真钱亦铜也，饥不可食，寒不可衣，亦无所用，不过习俗所尚，人鬼自趋之耳。"言毕不见。赵哀之，为焚纸镪五千而行。

白　日　鬼

有偷儿戚姓，技最工，攫取渐多，恐迹之者众，因僦义冢旁败屋居焉。有数鬼见梦曰："若宜祀我，会且致富。"戚于梦中诺之，觉以为妄。亡何，鬼复见梦曰："三日内祀我，出三日则若于夜间所偷，予能白日取之。"戚倔强，觉而不祭。三日后，果大病，命其妻检视诸物，征鬼言验否。时日亭午，诸物忽自移动，若隐隐有运之者，欲起夺之，手足如缚，物尽而缚解，戚病亦瘥。乃大悟，笑曰："我烧闷香迷人，今乃为鬼所迷，世俗所称'白日鬼'，其斯之谓欤？"自此改行为善。

饶 州 府 幕 友

慈溪袁如浩，游幕西江，与宁都州程牧交好。乾隆三十一年，程公委署饶州府篆，邀如浩偕往。时郡署新遭回禄，前太守某被焚身死。程公到任，修葺尚未告成。夜间，如浩持灯往厕中，遇一人，年三十许，衣月白衫，举头望月，若有所思，惟下体所着鞋袜模糊莫辨。见如浩至，拱手问讯。审其音，杭人也。自言周姓，字澹庵。如浩因署内并无是人，诘所自来，乃欷歔告曰："我非人，乃鬼也。我系前任司钱谷幕友。上年饶郡被灾，太守某侵蚀赈粮，郡民聂某率领三十余人赴部告准，蒙发本省大宪审问，吊核赈册。不料太守已早捏造印簿，升斗出入，皆有可凭，大宪为其所欺，遂将数人问成诬告，即行正法。此辈怨魂上诉都城隍，牒阎罗审讯。我系幕友，故被株连，又值公事甚忙，正在查办饶郡灾民册子，候至月余，始得审明，太守某冒赈是实，又冤杀数人，即遣鬼隶擒缚，放入火中，以故在署烧死。我非同谋，罪虽获免，而皮囊已腐，不能还魂，只得羁留在此。因停厝处被瓦木匠溲溺，终日秽杂，坐卧不安，先生肯为我移至郊外，含恩不浅。"言讫不见。如浩次日寻至署后，果见黑漆棺一具，停在墙边，诸工作人在傍喧嚷，遂告知主人，舁至城外，择地掩埋，作文祭之。

雷 诛 不 孝

湖南凤凰厅张二，赋性凶恶，父死依母而居。母年七十余，视若老婢，少不如意，辄加呵叱。邻里忿极，欲鸣之官。母溺爱隐忍，反为调护。乾隆庚寅六月七日，值其生辰，留群不逞饮酒食面。家故贫未娶，厨中仅母一人司炊。某酒酣索面，母云："柴湿火不旺，姑少待。"某怒，赴内呵责。母急捧一碗，战兢而至，因惶遽忘下葱姜。某益怒，接碗劈面打母，母倒地，仰天大哭。忽天光昼晦，云气如墨，雷声隐隐而起。某自知干天之怒，即扶母起，跪地谢罪。母亦代为跪求。某伏母后，抱持母足不放，雷电绕屋不去。母起立焚香，忽火光如流星，飞入中堂，将某摄去，击死于街。邻里聚观，同声称快。朱孝廉名锦者，适主敬修书院讲席，闻而趋视。见其面目焦黑，左太阳一孔如针大，作硫黄气，其身跼缩如僵蚕，提起则长，放手即缩，盖骨节已震碎矣。釜底有字，似篆非篆，不能识。

桂花相公

江西丰城县署后有桂花相公祠。相公之里居姓氏弗可考，相传为明时人，作幕丰城令，有盗案株连数人，相公廉其冤，欲释之，令不从，遂大怒，触桂树而死。后人肖其像为之立祠，称为“桂花相公”。相公甚灵异，宰斯土者必先行香。凡有命案，发觉前一日，相公必脱帽几上，自露其顶。始而异之，积久如是，亦弗之怪。

落漈

海水至澎湖渐低，近琉球则谓之“落漈”。落者，水落下而不回也。有闽人过台湾，被风吹落漈中，以为万无生理。忽闻大震一声，人人跌倒，船遂不动。徐视之，方知抵一荒岛，岸上砂石，尽是赤金。有怪鸟，见人不飞，人饥则捕食之。夜闻鬼声啾啾不一。居半年，渐通鬼语。鬼言：“我辈皆中国人，当年落漈流尸到此，不知去中国几万里矣。久栖于此，颇知海性。大抵阅三十年，落漈一平，生人未死者可以望归。今正当漈水将平时，君等修补船只，可望生还。”如其言，群鬼哭而送之，竞取岸上金沙为赠，嘱曰：“幸致声乡里，好作佛事，替我等超度。”众感鬼之情，还家后各出资建大醮，以祝谢焉。

铁 公 鸡

济南富翁某,性悭吝,绰号"铁公鸡",言一毛不拔也。忽呼媒纳妾,价欲至廉,貌欲至美。媒笑而允之。未几,携一女来,不索价,但取衣食充足而已。翁大喜过望,女又甚美,颇嬖之。一日,女置酒劝翁曰:"君年已老,需此多钱无用,何不散之贫人,使感德耶?"翁大怒,拒之。嗣后,且防之,虑其花费。如是者半年,启其所藏,已空矣。翁知女所窃,拔刀问之。女笑曰:"君以我为人乎? 我狐也。君家从前有后楼七间,是我一家所居。君之祖父每月以鸡酒相饷,已数十年。自君掌家,以多费故罢之,转租取息,俾我一家无住宿处。怀恨在心,故来相报耳!"言讫不见。

夜 星 子

京师小儿夜啼,谓之"夜星子",有巫能以桑弧桃矢捉之。某侍郎家,其曾祖留一妾,年九十余,举家呼为"老姨"。日坐炕上,不言不笑,健饭无病,爱畜一猫,相守不离。侍郎有幼子,尚襁褓,夜啼不止,乃命捉夜星子巫来治之。巫手小弓箭,箭竿缚素丝数丈,以第四指环之。坐至半夜,月色上窗,隐隐见窗纸有影,倏进倏却,仿佛一妇人,长七八尺,手执长矛,骑马而行。巫推手低语曰:"夜星子来矣!"弯弓射之,唧唧有声,弃矛反奔。巫破窗引线,率众逐之。比至后房,其丝竟入门隙。众呼老姨不应,乃烧烛入觅,一婢呼曰:"老姨中箭矣!"环视之,果见小箭钉老姨肩上,呻吟流血,所畜猫犹在胯下,所持矛乃小竹签也。举家扑杀其猫,而绝老姨之饮食,未几死,儿不复啼。

疡 医

大兴霍筤、霍筕、霍筦,皆疡医子。筕独秀逸出群,不屑屑本业,而喜读书。父以其梗家教,怒而责之。赖有邻翁姚学究者,时来劝勉,因得肆力于举子业。不数年,父死,筐、箷各行其术,颇能自赡。独筠谋生计拙,日就穷困。时值试期,筠步行之通州,一老仆相随。因起身晚,行二十余里,日已西下,苦无宿店。忽见林际灯光,自远而近,一妪奔走气喘。老仆遮问曰:"此处有人家借宿否?"妪应曰:"正有急事,去请外科,不得代借宿家。"筠急呼曰:"我晓外科,何不见请?"妪问:"先生如此少年,可曾娶妻否?"曰:"未也。"妪大喜,就请同行。筠心疑其所问非所答。俄至一庄,门庭壮丽。妪请少待,容先入白老夫人。少顷,妪率婢妇数十趋出,曰:"老夫人奉请。"筠与老仆随妪行,过十余间屋,始到上房,夫人已相待于中堂。年约三十余,珠环玉珮,光艳夺目,与筠行宾主礼,问姓字年齿及未婚原委。筠以实对,夫人之颜色甚怡,屏去侍婢,谓筠曰:"身姓符,本籍河南,寄居于此。孀居无子,只生一女,名宜春,年已十七,待字于家。忽患疮疾,在私处,不便令人医治。尝与小女商量,必访得医生貌美年少者,乃请疗病,病愈即以小女相配。如先生者正是合式,但未知手段何如。"筠初念不过欲求一宿,及闻此语,喜不自胜。夫人命唤蕊儿传语,亲携筠手而行。历曲室数重,始至闺闼,启帘入,见丽人拥锦衾而卧。夫人谓女曰:"郎君乃良医也,儿意可否?"女睨筠,低语曰:"娘以为可便可耳。"夫人曰:"先生请看病,娘且暂去。"女羞涩不胜,蕊儿屡促之,乃斜卧向内,举袖障面。筠坐床侧,款款启衾,则双臂玉映,谷道茧细而霞深,惟私处蔽以红罗,疮大如钱。筠视毕,覆衾下床。夫人迎于窗外,延至书斋,陈设精雅。筠麾诸婢出,碎扇上所系紫金锭,调以砚水,携入见夫人曰:"此药忌阴人手,须亲敷乃可。"夫人曰:"但得病愈,任郎所为。"筠复启衾,摩挲其臂,温存敷药。女但微笑,不作一语。越数日,疮愈。夫人举酒嘱筠曰:"郎君之于小女,天使来也。"乃部署新室,涓吉合卺。新婚弥月,筠欲归家。夫人曰:"此间荒野,不足栖迟。京师阜城门外有故宅一所,郎往居之。"筠遂同行,辎重甚富。既至宅,皆画栋雕墙也。居数年,生子女二人。一夕宜春忽泣向筠曰:"凤缘已尽,明日将别矣。四十年后,当复相见。"天明携手出门,彼此大恸。前已驻一犊车,望之甚小,夫人与宜春、蕊儿率女婢十数人乘之,车亦不觉隘,瞬息不见,宜春哭声尤恍然在耳也。筠后举孝廉,出为某县尹,究不知四十年后再见之说,果何如耳。

产 麒 麟

芜湖张姓者,卖腐为业。其妻孕十四月,生一麒麟,圆手方足,背青腹黄,通身翠毛如绣,左右臂有鳞甲,金光闪闪,坠地能走,喂饭能食。好事者以为祥瑞,方欲报官,而是晚死矣,距生时只七日。

生 夜 叉

绍兴郑时若秀才妻卫氏,生一夜叉,通体蓝色,口豁向上,环眼缩鼻,尖嘴红发,鸡距骆蹄,落胎即咬,咬伤收生婆手指。秀才大惧,持刀杀之,夜叉作格斗状,良久乃毙,血色皆青。其母亦惊死。

石 膏 因 果

嘉定张某,有名医之号。偶下药用石膏,误杀一人。过后自知,深以为悔,然亦不便语人,虽家中妻子无人知者。一年后,张亦患病,延徐某来诊,定一方而去。临煮药时,张自提笔加石膏一两,子弟谏不听。清晨服后,取方视之,惊曰:"此石膏一两,谁人加耶?"其子曰:"爷亲笔所加,爷忘之乎?"张叹曰:"吾知之矣。汝速备后事可也。"作偈语曰:"石膏石膏,两命一刀,庸医杀人,因果难逃。"过午而卒。

刘 伯 温 后 辈

绍兴上虞县署后园有古墓,相传新令到任拜城隍神后,必往祭之,由来旧矣。乾隆间,有冉姓者宰其地,礼房吏以旧例请。冉问:"从前县令到任时可有不祭者乎?"曰:"惟张某性倔强,竟不行此礼,今现任湖北布政司。"冉曰:"我有志效张公。"竟不祭。一日,至厅审事,见有古衣冠客乘舆至,径上堂,冉竟不知为鬼,叱传事吏何以不报。语未毕，其人下舆，拉冉入书室，语哓哓不可辨，但闻冉若与人争辨者。亡何气绝，作鬼语曰："我姓苏名松，元末进士，为上虞县令，死乱葬此，刘伯温犹是我后辈也。汝大胆不祭！"或引张方伯故事折之，鬼云："张某禄位盛时我不能报，今其运尽，我将挖其眼矣。"冉家人环跪求恩，愿多备牲牢祭奠。良久苏醒。冉惧，遂朝服祭之，寻果无恙。未几，张方伯竟以事挂误，遂至丧明。此事钱少詹辛楣先生为余言。

小　那　爷

参领明公与小那爷交好。明奉差他出，三年还都，行至南小街市，见那立市中，仲夏衣棉衣，戴暖帽。明心异之，下马执手，各道寒暄毕。那曰："自与公别后，每为人欺，蒙公所赠骡为某骑去不还，新居树木被畜牧伤扰，家人不理。幸公归，替我图之。"语毕，明公上马，那亦登车去。明公归，语其事，家人云："那死一年矣。"明公大骇，至那家问之，殓时衣服与途中所见同。问所赠骡，其子云："在某家。据云先人所赠，故不敢索。"公呼某吓之，道破其诈，乃追骡还其子。视其墓，果被牧畜践损，为修葺封树而还。其夕，梦那来谢云："愧无以报，明午屠市中有一病骡，公买之必获大利。"明公如其言，果得骡，医痊后，日行五百里。

水　鬼　坛

武林门外西湖坝人家，有老仆，日暮取水，远见水面一酒坛随流而泛。因思探取，亦可贮物。俄而坛已至前，用手取之，不意腕入坛口，口渐缩小，拖拽入水。急呼人救，获免。

鬼　市

汪太守仆人李五由潞河赴京，畏暑，至晚步行，计天晓可进城。夜半，见途中街市甚盛，肆中食物正熟，面饭蒸食，其气上腾。腹且馁,入肆中啖之,酬值而出。及晓,遥望见京城,猛忆潞河至京四十里,其间不过花园打尖草舍一二家,何以昨夕有街市如此盛耶?顿觉胸次不快,俯而呕之,蠕蠕然在地跳跃。谛视之,乃虾蟆也。蚯蚓蟠结甚多。心甚恶之,然亦无他患,又数岁乃卒。

金 娥 墩

金娥墩在无锡县城东南六十里,故南唐李煜妃墓也。娥能工词翰,进忠言,煜甚爱之。越数年,煜发兵晋陵,挈娥同行,遇吴越王兵,不得进,娥适死,因葬于此。乾隆初年,居民耕地得砖,上篆四字云"唐王宝印",至今墓间尚多。更可异者,每当风雨之夕,常有女鬼见形,且泣且歌曰:"日侵削兮三尺土,山川已改兮众余侮。"

翻 洗 酒 坛

广信府徐姓,少年无赖,斗酒殴死邻人,畏罪逃去,官司无处查拿,家人以为死矣。五年后,其叔某偶见江上浮尸,即其侄也,取而葬之。又五年,徐忽归家,家人皆以为鬼。徐曰:"我以杀人故逃,不料入庐山中遇仙人,授我炼形分身之法,业已得道。恐家中念我,特浮一尸,以相安慰。今我尚有未了心事,故还家一走。"徐故未娶,其嫂半信半疑,且留住焉。一日溲于酒坛,嫂大怒骂之,徐曰:"洗之何妨?"嫂曰:"秽在坛里,如何可洗?"徐伸手入坛拉其里出之,如布袋然,仰天大笑,蹑云而去。至今翻底坛尚存徐家。所殴死邻家早起,在案上得千金。或云徐来作报,所云"了心事"者,即此之谓。

雷 诛 吉 肦

湖州女子徐氏,生吃胎素,三岁后即好念佛,长至十四岁,忽被雷诛。乡人哗然,谓雷无灵。及殡时,见有篆文在背,识者以为"唐吉肦"三字。

狐仙亲嘴

隐仙庵有狐祟人，庵中老仆王某，恶而骂之。夜卧于床，灯下见一女子冉冉来，抱之亲嘴。王不甚拒，乃变为短黑胡子，胡尖如针，王不胜痛，大喊。狐笑而去。次日，仆满嘴生细眼，若蝎刺者然。

喇　嘛

西藏谟勒孤喇嘛王死，其徒卜其降生于维西某所。乾隆八年，众喇嘛乃持其旧器访之。至某所，有么些头人子名达机已七岁矣，忽指鸡雏问母曰："雏终将依母乎？"其母曰："雏终将离母也。"达机曰："儿其雏乎？"有顷，谓其父母曰："西藏有人至此迎小活佛，曷款留之。"父母以为妄，不听。达机力言之，其父出视，果有喇嘛数十辈，不待延请，竟造其室。达机见之，跏趺于地，为咒语良久。众喇嘛举所用钵、数珠、手书《心经》一册，各以相似者付之，令达机审辨。得其旧器服珠，持钵展经大笑。众喇嘛免冠罗拜，达机释钵执经起，遍摩众喇嘛顶。于是一喇嘛取僧衣帽进，达机自服之，群喇嘛以所携锦茵数十层置中庭，拥达机坐。其父不知所为，众奉以白金五百，锦缯罽各数十端，为其父寿曰："此吾寺主活佛也，将迎归西藏。"其父以止此独子，不许，达机曰："毋忧，明年某月日，父母将生一子承宗祧。我乃佛转世，不能留也。"其父母不得已，许之，亦合掌拜焉。众喇嘛拥达机于达摩洞佛寺，远近么些，千百成群，顶香皈拜，布施无算。留三日，去之西藏。明年，其父母果如期生一子。

梦中事只灵一半

泾县胡讳承璘，方为诸生时，夜梦至一公府，若王侯之居，值其叔父在焉。其叔父惊曰："此地府也，汝何以至？"承璘询其叔父有何职任，叔父曰："为吏尔。"承璘请查其禄命，叔父阅其籍曰："一穷诸生耳。"承璘再三哀恳,求为之地,其叔父不得已,乃以他人禄命与之相易,曰:"此大弊也。若破,罪在不赦,可若何?"因以其所易籍示之:"庚子科举人,雍正元年恩科进士,任长垣县知县,某年月日终。"且谓之曰:"尔乡试须记用卦名。"因以手推之,一跌而寤。承璘庚子科首题"岁寒"一节,因用《屯》《蒙》《剥》《复》等十卦成文,果得高魁。癸卯恩科成进士。又数年,授长垣县知县。——不爽。无何,届死期矣,因豫办交盘,且置酒与亲友作别。沐浴易衣,静坐而待。至黄昏后,忽呕血数升,以为必死矣,徐徐平复,竟不死。复活十余年,至乾隆六年寿终于云南粮道任。梦寐之事,忽灵忽不灵如此。

子不语卷二十四

长乐奇冤

福建长乐县民妇李氏，年二十五，生一子，越六月而夫亡，矢志抚孤，家只一婢一苍头，此外虽亲族罕相见者，里党咸钦之。子年十五，就学外傅。一日，氏早纺绩，忽见白衣男子立床前，骇而叱之，男子趋床后没。氏惧，呼婢入房相伴。及午，子自外归，同母午餐，举头又见白衣男子在床前，骇而呼，男子复趋床下没。母语子曰："闻白衣者，财神也。此屋自祖居至今百余年，得毋先人所遗金乎？"与婢共起床下地板，有青石大如方桌，上置红缎银包一个，内白银五铤。母喜，欲启其石，而力有未逮。乃计曰："凡掘藏宜先祀财神，儿曷入市买牲礼，祭而后起之。"儿即持银袱趋市买猪首，既成交，乃忆未经携钱，因出银袱与屠者曰："请以五铤为质。"更以布袋囊猪首归。道经县署前，有捕役尾之，问："小哥袋内盛何物？"曰："猪头。"役盘诘再三，儿怒掷袋于地曰："非猪头，岂人头耶？"倾囊出，果一人头，鲜血满地。儿大恐，啼泣。役捉到官，儿以买自某屠告。拘屠者至，所言合，并以银袱呈上。经胥吏辗转捧上，皆红缎袱，及至案前开视，则缎袱乃一血染白布，中包人手指五枚。令大骇，重讯儿，儿以实对。令亲至其家，启石坑，内一无头男子，衣履尽白，右五指缺焉。以头与指合之相符，遍究从来，莫能得其影响。因系屠与儿于狱，案悬莫结。此乾隆二十八年事。

烧　　包

粤人于七月半多以纸钱封而焚之，名曰"烧包"，各以祀其先祖。张戚者，素无赖而有胆，其仆三儿卧病月余，至七月十六日忽自床蹶起,趋而出。戚追之。出城,至大河侧,三儿痴立,点首呓语,若与人争状。戚掌其颊,三儿云:"为差人拘来,替人挑送包钱。"戚问:"差何在?"以手指曰:"前立浅渚间者是也。"戚果见一人,高帽青衣,若今之军牢皂隶状,手执鞭指挥。戚大呼擒之,一击而没,问包在何处,三儿云:"在家堂板阁上。我因过重不肯担,乃拘我来。"戚归启家堂,果有纸灰十包。

金 银 洞

高峰崖在广西思恩府城南百里,两峰壁立,崖上大书十三字云:"金七里,银七里,金银只在七七里。"字画遒劲,不知何年镌凿。崖下有土地祠。望气者咸称其地有金银气,百十年间,土人多方搜求,一无所得。星士某至土地祠内,徘徊数日,攫神像去。土人追及,询知像乃范金所为,然亦不知"七七里"为何义。崖中旁峰数十丈,上有银洞,洞中白银累累,大者重数十斤。土人架木而登,拾之,即百计不能出。或向外掷之,着地即失。或牵犬入,将银缚犬身向外牵之,犬即狂吠,比出而身亦无银也。

猫 怪

靖江张氏,住城之南偏。屋角有沟,久弗疏瀹,淫雨不止,水溢于堂。张以竹竿通之,入丈许,竿不可出,数人曳之不动,疑为泥所滞。天晴,复举之,竿脱然出,黑气如蛇,随竿而上,顷刻天地晦冥。有绿眼人乘黑戏其婢,每交合,其阴如刺,痛不可忍。张广求符术,道士某登坛治之,黑气自坛而上,如有物舐之者,所舐处舌如刀割,皮肉尽烂,道士狂奔去。道士素受法于天师,不得已买舟渡江,张使人随之,将求救于天师。至江心,见天上黑云四起,道士喜拜贺曰:"此妖已为雷诛矣!"张归家视之,屋角震死一猫,大如驴。

梦马言

乾隆十八年，山东高蔚辰宰河南延津县。昼寝书室，梦一马冲其庭，立而人言，高射之，正中其心，马吼而奔，高惊醒。适外报某村妇卢罗氏夜被杀，以杙椓其阴，并杀二孩。高往验尸，伤如所报，而凶犯无以根究。因忆所梦，乃顺庄点名，冀有马姓者。点毕无有。问："外庄有姓马者乎？"曰："无。"高将庄册翻阅，沉思良久，见有姓许名忠者。忽心计曰："马属午，马立而言，则言午也。正中其心，当是许忠矣！"呼许曰："杀此妇者汝也。"许惊愕，叩首曰："实是也。以奸不从，故杀之。两指被妇咬伤，故怒而椓其阴，并杀其子。但未识公何以知之。"高笑不答。视其手，血犹涔涔也，置于法。合郡以为神。

蒋静存

麟昌蒋君字静存，余同馆翰林也。诗好李昌谷，有"惊沙不定乱萤飞，羊灯无焰三更碧"之句。生时其祖梦异僧担《十三经》掷其门，俄而长孙生，故小字僧寿，及长名寿昌，以避国讳故，特改名。又自梦僧画麒麟一幅与之，遂名麟昌。十七岁举孝廉，十九岁入词林，二十五岁卒。性傲兀不羁，过目成诵，常曰："文章之事，吾畏袁子才而爱裘叔度，他名宿如沈归愚，易与耳。"卒后三日，其遗孤三岁，披帐号叫曰："阿爷僧衣僧冠坐帐中。"家人争来，遂不见。呜呼！静存始终以僧为鸿爪之露，其为戒律轮回似矣；然吾与之谈，辄痛诋佛法而深恶和尚，何耶？

天妃神

乾隆丁巳，翰林周煌奉命册立琉球国王。行至海中，飓风起，飘至黑套中。水色正黑，日月晦冥。相传入黑洋从无生还者。舟子主人正共悲泣，忽见水面红灯万点，舟人狂喜，俯伏于舱呼曰："生矣，娘娘至矣!"果有高髻而金镮者,甚美丽,指挥空中。随即风住,似有人曳舟而行,声隆隆然,俄顷遂出黑洋。周归后奏请建天妃神庙。天子嘉其效顺之灵,遂允所请。事见乾隆二十二年邸报。

宿迁官署鬼

淮徐道姚公廷栋驻扎宿迁,封翁寿期,演剧于堂。堂旁墙极高,见墙外有人头数千,眼矅矅然,俱来观剧。初疑是皂隶辈,叱之不去,近之无有。明旦视之,墙外皆湖,无立人处。其幕友潘禹九遣奴往厨取酒,久而不至,迹之,已仆于地,口眼皆青泥,盘中酒菜之类,变作蚯蚓树叶。潘素不信鬼神,乃挺身至奴所行处,验其有无。署中二客诈为鬼状,私往吓之。潘笼一小灯,行未半道,两客见黑气一条,绕灯而入,灯色绿如萤火,潘勿觉,二客悚然,嗫不发声。潘将如厕,有大黑手遮其面,踉跄急归。二客迎之,共相骇异。手持灯渐重,火亦渐灭。家奴各持火来照,灯笼内有死野鸭一只,鸭大笼小,竟不知从何处窜入也。

广东官署鬼

康熙壬戌,武探花沈崇美为广东守备。署后花园有井,担水者率以为常。偶一夜有女子呼水,担夫如其言与之,乃捽其头入桶中。担夫疑署中婢与戏,罝群婢,群婢曰无之。担夫引婢至取水处,有海棠一枝,白鸡成群,入树下不见。群婢笑曰:"非鬼也,藏神也。掘之必得金银。"遂令担夫具畚插,开土未五六尺,得一棺,惧而止。忽一婢发狂大呼曰:"请主人,请主人!"沈公偕其妻往视,婢呼曰:"我嘉靖十七年巡按某公之第四妾也,遭主妇毒虐,缢死埋此。公家群婢犯我,我应索其命。第土浅地湿,棺中多水,主人肯改葬我,则掘者不为无功,将免其罚。大堂西偏,我生前埋金镯一只,宝珠数颗,可掘取为改葬费,亦不累主人金也。"言毕,婢子如常无病矣。主人为启其棺,水淙淙欲流,发堂之西偏,封镯宛然,为改葬高处。镯重三两六钱,形如蒜苗。

为儿索债

葛礼部讳祖亮者，为予言：其邻程某，拥重赀，无子。晚年生儿，性聪慧，眉目莹秀，程爱如掌中珍。十二岁，即多病，所费医药不赀。稍长，不事生业，好斗鸡走狗，产为之空。程忿甚，一旦悬祖宗神像，将笞之。子忽作山东人语曰："俺吴某也。前生为尔负债万金，今来索取将尽，汝以我为子耶？大误，大误！我昨揭帐，尚欠八十余金，今亦不能相让。"奋衣前取其母髻上珠踏碎之，然后死。程卒大穷而嗣绝。

鬼魂觅棺告主人

姜静敷寓京师愍忠寺，寺旁为书室，室中有空棺，俗所称寿器是也，寺邻某为其父老故置焉。姜月夜读书，窗户轰然大开，棺盖低昂不已。姜大骇，持烛视之，如有人指痕出没于棺上者，响良久乃已。次早，邻人叩门云："某翁死，来取棺。"方悟初死之魂，夜间先来就棺也。苏州唐道原年七十卒，其子为买棺于海红坊寿器店。主人云："昨夜有白须人坐某一棺上，烛之不见。"问其状，貌酷似道原。店主人素不相识也。乃即买其所坐者归。金陵戴敬咸进士与梅式庵饮于吴朱明孝廉家，忽狂癫，握梅手呼曰："要朱红，要加漆！"梅愕然不解。已而气绝，方知所托者藏身物也。程原衡家管事李姓者，夜醉堕楼死，举家未知。原衡睡醒，觉左耳阴冷异常，疑而回顾，灯光青荧，有黑人吹气入耳，似有所诉。惊起呼家丁四照，见楼下尸，方知李魂来告主人，求棺殓也。

区　怪

杭州孙秀才夏夜读书斋中，觉顶额间蠕蠕有物，拂之，见白须万茎出屋梁匾上,有人面大如七石缸,眉目宛然,视下而笑。秀才素有胆,以手捋其须,随捋随缩,但存大面端居匾上。秀才加杌于几视之,了无一物,复就读书,须又拖下如初。如是数夕,大面忽下几案间,布长须遮秀才眼,书不可读,击以砚,响若木鱼,去。又数夕,秀才方寝,大面来枕旁以须搔其体,秀才不能睡,持枕掷之。大面绕地滚,须飒飒有声,复上匾而没。合家大怒,急为去匾投之火,怪遂绝,秀才亦登第。

徐 支 手

咸阳徐某,家巨富。初生一子颇聪慧,六岁病痞死。旋生三子,貌皆相似,病亦如之。徐年已迈矣,至第三子死时,抚尸恸甚,用刀剖儿腹,出其痞,复断其左臂,骂曰:“毋再来诱我。”其痞形如三角菱,有口能呼吸,悬之树间,风日吹干,每触油腥,口犹能动。未期年,徐又得子,貌如前,痞虽不作而左手竟废,至今尚存,人呼为徐支手。

鱼 怪

会稽曹峚山,入市得大鱼,归剖食之。余半,置纱厨内。至晚,厨中忽有光,举室皆亮,迫视则所余之鱼,鳞甲通明,火光射目。曹大骇,盛以盘,送于河,其光散入水中,随波摇荡,婉转间成鱼而去。曹归家,屋中火发,东灭西起,衣物床帐,烧毁都尽,而不及栋宇,凡三昼夜始息。食鱼之人,竟亦无恙。

盗 鬼 供 状

先君子在湖广臬司迟公维台署中,同事大兴人朱扬湖司钱谷。忽一日,狂呼,趋视之,面如死灰,伏地昏迷,饮以姜汁,良久曰:“吾坐此校文案,日方正午,见地下砖响,有物蠕蠕然顶砖起,疑为鼠,以脚践之,砖亦平复。稍坐定,砖响如初。掀视之,有黑毛一团,类人头发，自土中起，阴风袭人，渐起渐大。先露两眼，瞪睛怒视，再露口颐腰腹，其黑如漆，颈下血淋漓。跃然而上，举手抱我足曰：'汝在此乎？汝在此乎？吾前世山东盗也，法当死，汝作郯城知县，受我赃七千两，许为开脱。定案时，仍拟大辟，死不瞑目。今汝虽再世而吾仇必报！'言毕即牵我入地。我大呼，彼见众客至，舍我走。"众视砖迹犹宛然开。嗣后，其鬼无日不至，有人共坐则不至，尤畏臬司迟公，闻迟公将至，便抱头远窜。公大书几上曰："问恶鬼，汝作盗应死，敢与法吏仇乎？汝欲报仇，应仇于前生，敢仇于今世乎？速具供状来！"鬼夜墨书其侧，字迹歪斜，曰："某不敢仇法吏，敢仇赃吏。某以盗故杀人多，受冥司炮烙数十年，面目已成焦炭，每受刑必呼曰：'某当死，有许我不死者在也。郯城县某老爷受赃七千两，独不应加罪乎？'呼六十余年，初不准理，今以苦海渐满，许我弛桎梏报冤。所具供状是实。"迟公无如何，不能朝夕伴朱，命多人守护之。居月余，迟公生日演戏，诸客饮酒，强朱出观。朱曰："吾待死之人，有何心情看戏？诸公爱我，可多命家人伴我。"如其言。席散往视，朱已缢于床。迟公及诸友俱责家人何以不管，金云："灯下吹来黑气一团，奴辈便各睡去。"或云诸奴贪看戏，亦未必伴朱也。

时　文　鬼

淮安程风衣，好道术。四方术士咸集其门。有萧道士琬，号韶阳，年九十余，能游神地府。雍正三年，风衣宴客于晚甘园。萧在席间醉睡去，少顷醒，喑曰："吕晚村死久矣，乃有祸，大奇！"人惊问，曰："吾适游地府间，见夜叉牵一老书生过，铁锁银铛，标曰：'时文鬼吕留良，圣学不明，谤佛太过。'异哉！"时坐间诸客皆诵时文、习《四书讲义》素服吕者，闻之不信，且有不平之色。未几曾静事发，吕果剖棺戮尸。今萧犹存。严冬友秀才与同寓转运卢雅雨署中，亲见其醉后伸一手指，令有力者以利刃割之，了无所伤。

鬼 弄 人 二 则

杭州沈济之，训蒙为业。一夕梦金冠而髯者谓曰："汝后园有埋金一瓮，可往掘之。"沈曰："未知何处。"曰："有草绳作结，上穿康熙通宝钱一文，此其验也。"明早往园视之，果有草绳，且缚钱焉。沈大喜，持锄掘丈余，卒无有，竟一怒而得狂易之疾。

乾隆甲子，冯香山秀才梦神告曰："今岁江南乡试题'乐则韶舞'。"冯次日即作此题文，熟诵之。入闱果是此题，以为必售。榜发无名，就馆广东。夜间独步，闻二鬼咿唔声。聆之，其闱中所作文也。一鬼诵之，一鬼拊掌曰："佳哉，解元之文！"沈惊疑以为是科解元必割截卷面，偷其文字。辞馆入都，以状具控礼部。礼部为奏闻，行查江南解元薛观光文虽不佳，并非冯稿也。获诬告之罪，谪配黑龙江。

汉 江 冤 狱

曹震亭知汉江县，晚衙夜坐，见无头人，手提一头，啾啾有声，语不甚了。曹大骇，遂病。病三日，死矣。家人欲殓，胸前尚温。过夜而苏，曰：被隶人引至阴府，见峨冠南面者，衣本朝服色。辕外人传呼汉江县知县曹学诗进，曹行阳间属吏礼，向上三揖，神赐坐，问："有人诉公，公知否？"曰："不知。"神取几上牒示曹，曹阅之，本县案卷也。起立曰："此案本属有冤，为前令所定，已经达部。我申详三次，请再加审讯，为院司所驳，驳牌现存。"神曰："然则公固无罪也。"传呼冤鬼某进，阴风飒然，不见面目手足，但见血块一团，叫跳呼号，滚风而至。神告以曹为申救之故，且曰："汝冤终当超雪，须另觅仇人。"鬼伏地不肯去，神拱手向曹作送状，手挥隶人云："速送，速送！"曹猛然梦醒，不觉汗之沾衣也。自此辞官归家，长斋奉佛终其身。

控鹤监秘记二则（删）

牛　乞　命

天台县令钟公醴泉为余言：其尊人守贵州大定府，设局办铅。日正午，忽有牛突入铅厂，数十人鞭之不肯去。醴泉往观，牛伏地作叩头状。因问牵牛者曰："此耕牛乎，宰牛乎？"曰："宰牛。"问价若干，曰："七千。"钟曰："以牛与我，以价与汝，何如？"牵牛者谢，领钱去，牛蹶然起矣。

猪　乞　命

奉天锦州府之南有天桥厂，海泊交易处，屠人缚一猪，将杀以入市。其猪乘间啮断绳索，奔至海客前，屈双足伏地。屠人执绳追至，海客询其市价，如数付与，以此猪舍于海会寺之龙神庙。人呼"猪道人"则应；曰"何得无礼"，则屈前双足，向人作叩首状。牙长数寸，脚爪环裹如螺，其大倍于常猪。

张　世　荦

张世荦字遇春，杭州府诸生。每入试场，仿佛有人持其卷者，迨晓则墨污被黜，积愤殊甚。乾隆甲子科入闱，加意防范。试卷誊真，至晚另贮他所，坐号中留心伺察。睹一女子，舒手探卷。急执之，厉声问曰："予与汝何仇，七试而污我卷？"曰："今岁君应中解元，我亦难违帝命。但君当为我剖雪前言，择地瘗我，以释冤谴。我即君对门钱店女也。当日邻人戏谓君与我有私，君实无之，乃不为辨明，且风情自命。假无为有，以资嘲谑。既嫁而夫信浮言，不与我同处。我无以自明，气忿投缳。君污我名，我污君卷，迟君七科，宜也。"言毕不见。张毛骨俱悚，甫出场即访其家，告以故，而捐资助葬之，且为延僧超荐。是科揭晓，果中第一名。

洗 心 池

洗心池在茅山乾元观西，石壁上有"洗心池"三字，笔法遒劲，隐而不见。欲见则以池水沃之，虽大旱不涸。相传钱妙真独居燕洞宫修炼，或谤之，乃于此刳腹洗心以相示，故名。

活 死 人 墓

道人江文谷于洗心池旁培小阜，叠石塞牖，趺坐于中，嘱其徒云："每日向牖呼我，应则已，不应则入收遗蜕。"呼之三年皆应，忽一日应曰："可厌，吾去矣！"嗣后不应，启石视之，尸果僵。故称活死人墓。

屋 倾 有 数

总宪金公德瑛视学江西，考吉安府童生。五鼓点名毕，灯下见红衣妇人从考棚趋出，冉冉腾空而去。问之仆隶，皆有所见。公心恶之，即以《中庸》"必有妖孽"四字命题。日正午，诸生方握笔，忽考棚倾倒，压死三十六人。金公据实奏闻，上怜之，俱钦赐生员。

余亲家史少司马抑堂任福建臬使时，与粮道王介祉等四人同坐花厅议事。闻梁上屋角沙沙有声，客欲起避，史公不可。已而声渐大，有鼠呼曰"出，出"者再。史亦心动，急与四客齐出，则花厅倒矣，几案皆碎。是日，省中府县俱来请安。史公笑谓曰："设使四大员一时并命，则司、道之印，诸公委署，不皆有分乎？"

沔 布 十 三 匹

杭州胡某，程九峰中丞之表侄也。中丞巡抚湖北，胡往求馆，荐与荆州刺史某署中司书记事。半年后，胡妻在家病疟，忽为鬼所附，声如男子,听之,乃其夫也。口称:"到湖北后,蒙中丞公荐往荆州,宾主相得。不料未二月,患病身死,有衣箱、行李、新买沔阳布十三匹,现在署中,须着人往取。我客死饥寒,可供木主祭我,并广招名僧超度我。"家人闻之环泣,当即成服立主,以死无日月,未便报讣。亡何,妻病痊,家故贫,欲差人往楚迎丧,以无盘费,屡屡迁延。亡何,胡竟归里,举家骇然,以为鬼也。坐定谈说,方悟前所凭者,乃邪鬼借名索食,求超度故耳。顷之,衣箱到门,开之果有布十三匹,的系胡过沔阳时所买。

牛卑山守岁

广西柳州有牛卑山,形如女阴,粤人呼阴为"卑",因号牛卑山。每除夕,必男妇十人守之待旦,或懈于防范,被人戏以竹木梢抵之,则是年邑中妇无不淫奔。有邑令某恶之,命里保将土块填塞。是年其邑妇女小便梗塞,不能前后溲,致有伤命者。广东沙面上妓船如云,河泊大使专司船政,有总督某严禁之,随即海水溢漫,城不没者三板。地方绅贾,俱以为言,乃收回禁约以试之,果令收而水退。至今妓船愈多。

鬼拜风

钱塘孙学田开盐店温州城中,与友钱晓苍往来甚狎。钱有楼三间,封锁颇密,相传有鬼,人不敢居。孙素有胆,与同人赌胜,铺床楼上,烧巨烛二枝,竟往居焉。夜二鼓,闻推门声,有艳装女子冉冉来,见烛光,意若畏之,敛衽再拜。每一俯首则阴风从其袖生,一烛灭矣。孙掷以剑,鬼走下楼去。孙知将复来,所恃惟烛,乃以所灭烛重加点明,以身拥烛而坐。鬼果再至,又作拜状。见孙上坐,欲却欲前。孙以剑掷,鬼变恶状,上前格斗,彼此相持不已。忽闻楼外鸡鸣,遂化黑气一团滚楼而下。温州人为之语曰:"人拜曲躬,鬼拜生风,但逢孙老,比鬼还凶。"

僵尸夜肥昼瘦

俞苍石先生云：凡僵尸，夜出攫人者貌多丰腴，与生人无异，昼开其棺，则枯瘦如人腊矣，焚之有啾啾作声者。

黑 云 劫

王师征缅甸，有昆明县皂隶叶果，死三日复苏，言：被鬼卒勾赴冥司，有大殿朱门，如王者居。门外坐官吏甚多，皆手一簿，判记甚忙。判毕则黑气一团覆于簿上，有椎腰蹙额自称劳苦者。叶阳寿未尽，以不在应死之数，故仍放还。路间私问鬼卒："彼官吏所执何簿？"曰："人簿三，兽部五。"问："何为有簿？"曰："从古人间征战之事皆天上劫数先定，无可挽回。一切应死者皆先写入'黑云劫'簿中，虽一骡一马，皆无错误。终竟兽多人少，故其簿有人三兽五之说。"问："应此劫者，省城中可有某官乎？"曰："第一名即你家总督也。"其时督滇南者刘公藻，丙辰鸿词翰林，后自刎。

金 秀 才

苏州金秀才晋生，才貌清雅，苏春厓进士爱之，招为婿，婚有日矣。金夜梦红衣小鬟引至一处，房舍精雅，最后有圆洞门，指曰："此月宫也。小姐奉候久矣。"俄而一丽人盛妆出，曰："秀才与我有夙缘，忍舍我别婚他氏乎？"金曰："不敢。"遂携手就寝，备极绸缪。嗣后每夜必梦，欢好倍常，而容颜日悴。举家大惧，即为完姻。苏女亦有容色，秀才爱之如梦中人。嗣后，夜间酉戌前与苏氏交，酉戌后与梦中人交，久之竟不知何者为真，何者为梦也。其父百般禳解，终于无效。体本清赢，斫削逾年，成瘵疾而卒。与梦中女唱和甚多，不能全录，但记其赠金郎一绝云："佳偶岂易寻，夺郎如夺彩。幸亏下手强，争先得为快。"

董观察

董观察名榕，官赣南道时，所属上犹县某村，素被山瀑冲没田庐。公为相度，开河引水入江，居民安堵。又改佛寺为濂溪书院，规模一新。亡何，丁太夫人忧，哀毁过度，欲以身殉。扶榇返里，至滕王阁下，维舟受唁。大吏亲来抚慰，观者无不谓董公真孝子，真好官。次早，方欲解缆，忽家仆等惊觅观察不得，急报守土官，沿江打捞，俱无踪迹。经一昼夜，尸竟逆流至丰城县沙岸上。验视之，犹白衣麻带，面目如生。乃具殓送至舟中。月余，公旧仆某偶至上犹，土人告以感公开河之恩，立庙祀公。仆欣然走至庙中，拜觇神像，则俨然公之面目。询立像时日，即公堕水夕也。

狐仙开账

和州张某，作客扬州，寓兴教寺。寺中僧舍素有狐仙，无人敢居。张性落拓，竟往居焉。未三日，果有一翁，自称吴刚子，求见。揖而与言，风采颇异，能知过去未来之事。因问："可是仙乎？"曰："不敢。"张故贫士，意欲交结之以图富贵，遂设酒食与之饮宴。吴亦答谢。未半月，张力竭矣，而吴之酒馔甚丰。张遂起贪念，终日嬲其设席，吴作主人，亦无吝色。如是者月余，吴忽不至。时遇霉雨，张开箱晒衣，则全箱空矣。中书一账，并质钱帖数纸，某日鸡鱼若干，某日蔬果若干，皆典张之衣服而用之。笔笔开除，不空设一席，不妄消一文。

皮蜡烛

上虞人钱姓者，为人佣工。夜归，见女路哭，问其故，曰："夫亡无归，家居夏盖山，一时迷路，求为指示。"钱与谐戏，相随至一室中，成夫妇之好。如是者数月，主人见其貌日憔悴，再三问钱，钱言其故。主人曰："此鬼也，再与交时，须取渠一物以为验。"钱如其言，佯与欢笑而暗剪女发一束。女大惊走去。钱细视所居之地,全无房屋,其与此女淫处,精流蟹洞中,皆血也。发如烛而软,黑若牛皮,刀斫火焚不坏。自此不敢出门,匿主人家,未几,鬼入主人家,附其婢身作闹曰:"还我钱郎! 不还我者,即将钱郎交与汝家,我暂去,明年来捉。"且云:"俟今秋汝寿尽时当来降祸。"至期竟不验。钱姓今犹存。此事台州张秀墀为余言。

乍 浦 海 怪

乾隆壬辰八月廿三日,黎明大风雨,平湖、乍浦之海滨有物突起,自东南往西北,所过拔木以万计。民居屋上瓦多破碎,中间有类足迹大如圆桌子者,竟不知是何物。有某家厅房移过尺许,仍不倒坏。

天 开 眼

平湖张敦坡,一日偶在庭中,天无片云,忽闻砉然有声,天开一缝,中阔两头小,其状若舟,晴光闪铄,圆若车轴,照耀满庭,良久方闭。识者以为此即"天开眼"云。

泥 像 自 行

平湖张氏,世居兼葭围。其始迁祖名迪,字静庵,明洪武间人。殁时,其家泥塑静庵夫妇二像,高七八寸,供家庙中。所居屋归属长房,历四百余年,长房子孙贫,屋倾圮,仅存数间,而其像犹在。张氏故有宗祠,距静庵故居三里许。一日黎明,有乡人操舟者见两老人来雇渡船,遂载以行。问何往,云将之张家祠堂。既登岸,疾行如飞,舟人望之,见形躯渐小。无何,抵祠前,守祠僧闻扣门声,起视之,寂无所见,惟见两泥像在门枢下,一时惊以为异。其裔孙张丹九方重修祠宇,因加彩绘,别设一厨,供之祠中。

焚尸二则

平湖南门外某乡掘出三穴，二穴已空，中一穴棺木依然，砖书"赵处士之墓"。尸年四十许，貌如生。穿云履，蟹青绸袍，绸如一钱厚，不坏。掘者马某覆出其尸而焚之，火不能旺，乃投诸水。是夜，鬼大哭，一村皆惊。好事者为扛起残尸，血缕缕如注，乃仍纳棺中，加土葬之，是夕遂安。马姓至今无恙，为典史皂役。

平湖小西溪之西蒋姓，田家也。冬至前一日，日方西，烧父尸，方开棺，尸走出追之，蒋击以锄，尸倒地，乃焚之。晚归，闻其父骂曰："汝烧我甚苦，何不孝至此！"其人头肿如匏，及午而死。张熙河所目击也。

美人鱼人面猪

崇明打起美人鱼，貌一女子也，身与海船同大。舵工问云："失路耶？"点其头，乃放之，洋洋而去。云栖放生处有人面猪，平湖张九丹先生见之。猪羞与人见，以头低下，拉之才见。

花　魄

婺源士人谢某，读书张公山。早起，闻树林鸟声啁啾，有似鹦哥，因近视之，乃一美女，长五寸许，赤身无毛，通体洁白如玉，眉目间有愁苦之状，遂携以归，女无惧色。乃畜笼中，以饭喂之，向人絮语，了不可辨。畜数日，为太阳所照，竟成枯腊而死。洪孝廉宇鳞闻之，曰："此名花魄。凡树经三次人缢死者，其冤苦之气结成此物，沃以水犹可活也。"试之果然。里人聚观者如云而至，谢恐招摇，乃仍送之树上，须臾间，一大怪鸟衔之飞去。

续子不语卷一

狼　军　师

有钱某者,赴市归,晚行山麓间,突出狼数十,环而欲噬。迫甚,见道旁有积薪高丈许,急攀跻,执樞爬上避之。狼莫能登。内有数狼驰去,少焉簇拥一兽来,俨舆卒之舁官人者,坐之当中,众狼侧耳于其口傍,若密语俯听状。少顷,各跃起,将薪自下抽取枝条,几散溃矣。钱大骇呼救,良久,适有樵夥闻声共喊而至,狼惊散去,而舁来之兽独存。钱乃与各樵者谛视之,类狼非狼,圆睛短颈,长喙怒牙,后足长而软,不能起立,声若猿啼。钱曰:"噫! 吾与汝素无仇,乃为狼军师谋主,欲伤我耶?"兽叩头哀嘶,若悔恨状,乃共挟至前村酒肆中,烹而食之。

几　上　弓　鞋

余同年储梅夫宗丞得子晚,钟爱备至。性颇端重,每见余执子姓礼甚恭,恂恂如也。家贫,就馆京师某都统家,宾主相得。一日早起,见几上置女子绣鞋一只,大怒,骂家人曰:"我在此做先生,而汝辈几上置此物,使主人见之,谓我为何如人? 速即掷去!"家人视几上并无此鞋,而储犹痛詈不已。都统闻声而入,储即逃至床下,以手掩面曰:"羞死,羞死! 我见不得大人了!"都统方为辨白,而储已将床下一棒自骂自击,脑浆迸裂。都统以为疯狂,急呼医来,则已气绝。

白　龙　潭

弥勒县旧城集,汉夷杂处,环山而居。山麓有白龙潭,宽可数亩,有良田千顷，筑土坝以畜水，俯临大河，水溢则启闸以泄之。雨时，二龙相斗，状如小蛇，或见巨木一段，蒙青苔而竖游，每每冲决坝岸。一日，众农栽秧，值细雨中，飞鱼大小成对，如摆队伍，有绛衣女子持扇挥之，偕至潭中，随即不见。相传龙女归宁云。夷人侬二家，天将暮，忽来衣孝服者，云来投宿，问其所需，则索卧房一间，一大缸满贮清水而已。侬疑客浴，遂如所请，并欲为备酒食。客曰："不必。惟有一事相烦，更当重谢。"侬问何事，客曰："此地龙潭后有大树，君往伐之，俟其将断，先用巨绳缚住，俟潭中有两羊相斗，即断绳倒树。"侬许之。黎明伐树，果见潭中水沸如潮，有黑白二羊出斗。侬思当是此时，乃断绳而倒树，黑羊跃出，水亦平复。急归，欲告客以请功，客竟遁矣。问妻，妻曰："客在房未常出户"。乃共搜之，疑其在缸，启覆观之，则黄金满焉。始知客即白龙化身争潭求助者。于是潭遂以"白龙"名，而侬家至今称首富。

露水姻缘之神

贾正经，黔中人，娶妻陶氏，颇佳。清明上坟，同行至半途，忽有旋风当道，疑是鬼神求食者，乃列祭品沥酒祝曰："仓卒无以为献，一尊浊酒，毋嫌不洁。"祭毕，然后登墓拜扫而归。次春贾别妻远出，一日将暮，旅舍尚远，深怯荒野无可栖止。忽有青衣伺于道旁，问曰："来者贾相公耶？奉主命相候久矣。"问为谁，曰："到彼自知。"遥指有灯光处，是其村落。私心窃喜，遂随之去。约行里许，主人已在门迓客，道服儒巾，风雅士也。楼阁云横，皆饰金碧。贾叙寒暄，问曰："暮夜迷途，忽蒙宠召，从未识荆，不解何以预知，远劳尊纪？"答曰："旧岁路中把晤，叨领盛情。曾几何时而遽忘耶？"贾益不解。主人曰："去年清明日，贤夫妇上墓祭扫，旋风当道者即我也。"贾曰："然则君为神欤？"曰："非也，地仙也。"问所职司，曰："言之惭愧，掌人间露水姻缘事。"贾戏云："仆颇多情，敢烦一查今生可有遇合否。"仙取簿翻阅，笑曰："奇哉！君今生无分，目下尊夫人大有良缘。"贾不觉汗下，自思妻方少艾，若或有此，将为终身之耻，乃求为消除。仙曰："是注定之大数,岂予所得更改?"贾复哀求,仙仰天而思,良久曰:"善哉,善哉! 幸而尊夫人所遇,庸奴也,贪财之心胜于好色。汝速还家,可免闺房之丑,不过损财耳。"贾屈指计程,业出门四日矣,恐归无及。又思为蝇头微利而使妻失节,断乎不可,乃辞仙而归。昼夜赶行,离家仅四十里,忽大雨如注,遂不得前。明午入门,则见卧房墙已淋坍,邻有单身少年,相逼而居,回忆仙言,不觉叹恨。妻问何叹,曰:"墙坍壁倒,两室相通,彼此少年独宿,其事尚可言? 而来问我乎!"妻曰:"君为此耶? 事诚有之,幸失十金而免。"贾询其故。曰:"墙倒后,少年果来相调,予逃往邻家,不料枕间藏金遂被窃去。今渠怕汝归,业已远扬。"问金何来,则某家清偿物也。贾鸣官擒少年,笞之,而金卒难追。此事程惺峰为予言。

缢 鬼 申 冤

　　新安赵天如授徒黄氏,酷暑畏热,夜不成寐,向居停请易卧室。居停为指数处,皆不当意。惟一楼院,内多花树,清风徐来,赵喜之,黄似不可。赵疑切近内室,黄曰:"非也,上有鬼魅,故未敢令先生居。"赵云:"无妨。"遂移榻焉。秉烛以待,夜半忽闻梁间有声,观之则弓鞋双垂而下,年二十许之美人也。凭栏望月,取妆奁作梳沐状,复行至厢楼,揭起覆瓦数沟,取出白镪六封,摊几上,展玩叹息,仍复包裹,藏瓦沟中,覆盖如故。转身至赵榻前,将掀帷幕。赵下榻叱逐,直至楼下,入后园竹林中而没。窥之,内有新厝棺,心知即此祟。明日,晤居停,问曰:"后园之鬼得无自缢者乎? 为君家谁?"黄不觉泣下,曰:"死者为吾爱姜张氏,性最敏慧,掌出纳银钱。一日,收某处租三百两,甫交未几,及吾急需,则乌有矣。予一时盛怒,以污蔑之言骂之,讵知渠忿,竟寻短见。"赵曰:"是君暴急之过,然其事可得终明乎?"曰:"未也。"问有子否,则现拜门墙者是也。赵曰:"请为白其冤。"拉黄登楼,揭瓦沟取金出,果然原物也。其夜见鬼复下,如前作梳沐状,取笔题诗于墙,向榻前再拜而去。诗曰:"小婢偷金去,私藏瓦上沟。今朝冤始雪,我恨亦全休。"自后此楼安静矣。

执 锡 二 童

顺治进士蒋封翁名伊,求嗣于灵岩,梦禅僧指执锡二童为之子。因举长子,名之曰陈锡。后为云贵总督。晚年尝曰:"吾命中尚应得一子。"久之,梦其中堂曝锦被一床,一龙幡裹其间。适佃户曹姓者送租并携其女至,甫十余岁,裹旧锦衣嬉笑。公见大惊,遂留纳之,生文肃公。

赵氏三世为神

常州赵恭毅公,为康熙名臣,人所共知。薨后,有苏州过姓者,尝识公于生前。后泛舟洞庭,薄暮见大舸顺风而来,旗灯皆书"湖广城隍司",心窃异之。及迫视,则公危坐舟中,方据案视事。又陆先生子静,善敕勒之术,尝伏坛至二天门外,见公亦在二天门奏事。其子侍读公,以大臣子弟效力肃州军前,恭毅公薨,恩许奔丧。侍读哀毁遘疾,病中每自诧曰:"呕吐满地,使人难堪。吾何为居此职耶?"众问何职,曰:"痰火司也。"家人不知痰火司为何神,越日,祷于东岳行宫,则两庑果有痰火司神,病革人见痰火司灯笼入门遂瞑。其子副使公殁后逾年,洪氏姑病昏不省人事,恍惚至一衙署,见公自内出,讶曰:"妹何为来此?"延入谈家事甚悉。姑问:"兄现作何官?"曰:"巡海道也。事繁,刻欲他出,不能留汝。"且曰:"汝嫂亦不久人间,家中多事,可属两侄,慎之!"遣二役持香送归。及苏,室中尚有余香。未几,族人以立嗣兴讼,弥年不宁。又未几,其嫂黄恭人下世。

张少仪观察为桂林城隍神

长洲顾某,以父久病,祷于神,愿以身代。一日,梦城隍神遣隶摄至署前,不得即入,见有肩舆远来,顾侧立以待,乃其师也,自舆中出,执手慰劳,且曰:"余已为某方土地,生何事至此?"顾具以告。曰:"此大孝，吾当为汝白之。"良久出，曰："今日神有事，当改期。"遂苏。越日，隶摄如前，至则神召入问其父病状，对曰："骨瘦如柴。"神大怒，趣隶杖之，顾不解，呼冤。未几，内送一纸条出，神见之，色始霁，曰："汝父设药肆，某年大疫，不索药值，功德甚大。且怜汝孝，可以延寿一纪。"顾谢而出，问旁人神何以怒，曰："兽中惟豺最瘦，世人多讹作柴。神始闻之，以为比父于兽，故怒，赖幕客辨明乃免。"署前所见诸人，皆其乡先辈以刑辟死者，一人被缧绁，一人将递解远行。顾不识，问之，曰："此原任知府某，为其部民所诉。张公为桂林府城隍神，移牒取之耳。"问张公何人，曰："余亦忘其名，尝任云南粮储道，今河南巡抚毕公舅氏也。"张名凤孙，字少仪，长洲人，与余同举鸿词科，少时有"张三子"之目。三子者，孝子、君子、才子也。生平多厚德，宜其为神。然冥中不知其名，但以戚党官位相炫耀，毋怪人之好谈显者矣。

尸　合

山左王伦之乱，临清焚杀最惨，男女尸填河，高于岸者数尺。贼既平，启闸纵尸顺流而下，无赖者窃剥其衣，故尸多裸露。忽一女尸年可十七八，裸仰水面，流至闸侧，左足挂闸而止。俄一男尸年略相似，裸流而下，甫至闸间，忽跃水而起，与女尸合抱，颈股交压。众以篙拨之，竭力不能开，须臾流去，亦不辨其谁氏子也。

葛　先　生

河南汲县李秀才，就馆村落。夕行迷路，远望丛木间灯火，趋之，见一茅舍，隐隐有读书声。叩其门，主人出迎，年四十许，见李延入，自称葛姓，素好读书，厌尘市嚣杂，故隐此僻处。且言其妻在家乏食，为妻母逼嫁，明日将投河，惟君能救，望乞垂援。言之泣下。李唯唯，因就止宿，茵褥精洁。既明，身卧冢上，并无屋舍。李骇极，趋归，道遇一妇衣绿衣，行且泣，临水将自投。李挽止之，询其所以，则葛姓妻也。孀居乏食，父母将夺其志，故觅死耳。李以去舍不远，邀归，与妪共述其异，养为己女。李年已五十余，忽举一子，视其眉目，酷肖所遇葛姓者，戏以葛先生呼之，儿辄笑投其怀。

天　后

林远峰曰："天后圣母，余二十八世姑祖母也。未字而化，灵显最著，海洋舟中，必虔奉之，遇风涛不测，呼之立应。有甲马三，一画冕旒秉圭，一画常服，一画披发跣足仗剑而立。每遇危急，焚冕旒者辄应，焚常服者则无不应，若焚至披发仗剑之幅而犹不应，则舟不可救矣。或风浪晦冥，莫知所向，虔祷呼之，辄有红灯隐现水上，随灯而行，无不获济。或见后立云际挥剑分风，风分南北。船中神座前，必设一棍，每见群龙浮海上，则风涛将作，焚字纸羊毛等物不能下，便令舟中称'棍师'者焚香请棍，向水面舞一周，龙辄戢尾而下，无敢违者。若炉中香灰无故自起若线，向空而散，则船必不保。余族人之父某，言其幼时逢漳郡官兵征台湾，祭纛教场中，某随父往观，见后端坐纛上，貌丰而身甚短，急呼父视之，已不见。"

阴　氏　妹

吴郡申衙前阴某，有妹才十二岁。时方中秋，家人方共饮，闻比邻妇逆其姑，诟谇声甚厉。妹忽变色起，持刀直入其家，毁其几案，捉妇将刃之。家人奔救，女力甚猛，五六人持之方得脱。挟归，问其故，犹拗怒咆哮，厉声曰："我必杀此妇报其母！"家人强之卧，则鼾睡矣。醒而诘之，惭汗啜泣，不自知其故。

虎　投　河

绍兴西乡溪水甚深，一儿戏溪上，见虎来，儿窜入水，泅而出没，且觇之。虎坐岸上，眈视良久，意甚躁急，涎流于吻。忽跃起扑儿，遂堕水中。愤迅腾掷，溪水为沸，数跃数堕，竟不能起，儿获免而虎溺死。

武 夷 君

大兴朱竹君学士督学安徽,梦上帝召复武夷君位,先生以文集未成,泣辞,帝许之。醒而述其事于贵池令林梦鲤,闻者共异之。后视学闽中,谒武夷君庙,庙内施设位置与梦中一一吻合,心益异焉。任满复命,无疾而终。余按宋人说,杨文公初生时遍身紫毛,长一尺,自呼"武夷君",与竹君先生相似。

九 华 山

九华山最著神异。相传明季海公刚峰雨中皮靴登山,同伴告以皮靴乃牛皮所作,是荤非素,不可著也,乃易草履,随众参神,指庙中鼓问神曰:"此亦皮也,宁非荤耶?"言毕,忽霹雳从庙起,将鼓击碎。至今庙鼓无敢用皮,以布代焉。有江南太平人顾翁,生一子一女,皆成立,而妻死,块然老鳏。为子娶农家女姜氏,年十七,性仁孝,翁爱之。亡何,翁疾作,而子未归。姜闻呻吟声,禀请延医,翁曰:"我足疾也,但须温暖便差。"姜曰:"果若是,又何难?"乃为翁抱足眠。盖惟知尽孝,不解瓜李嫌者。次春子归,道经妹家,妹以嫂孝告之。子不能无疑,而难于发口,乃暮则抱襆被于别室,不与姜眠。姜心疑,骇问其夫,夫曰:"汝闻世上有翁媳同眠者乎?"姜始大悟,曰:"吾哀翁老病,实与同眠。此心惟天佛知之耳。"其子笑而不答。一日,闻邻妪鸣锣诵佛声,出问何作,曰:"将朝九华。"姜即附伴同行,焚香跪拜毕,见对山香炉峰悬崖绝壁,问彼何名,老衲曰:"此处名龙口香,心迹不能自明,可质证于鬼神者往焉。"姜闻大喜,执香前往。老衲阻之曰:"予作沙弥,至今老矣,未见有敢登者,况娘子纤纤莲步,岂可冒险哉?"姜不听,直抵其处,看者心悸,果及半山而堕,众惜其已成齑粉矣。邻妪归,急告其翁,翁怪其谬,曰:"吾媳昨已返舍。"引邻妪入,果见姜瞑目盘膝,坐蒲团上。妪等惊曰:"此即活佛,何须更朝九华?"于是齐声念佛而朝拜之，姜始张目而起，共验蒲团上有"九华山置"四字在焉。共问翁："汝媳何时还家？"翁曰："昨闻院内有声，心疑为贼，偕子往视，则飞下吾媳也。目瞑若死，气息奄奄，故抬诸室，问之则曰：'媳欲表心迹，故含忿而往，并未虑及生死。不料山高千寻，足软便堕，亦不知何由而归家。'"妪乃为翁父子述其事。于是夫妻相抱大哭，远迩惊异。嗣后朝九华者，先来礼姜云。

张　稿　公

　　张稿公者，滇南总督衙门掌稿吏也。诚朴无私，历任制府多信服之。一夕，早起开门，见缢尸高悬，细认为某甲，缘讼事求稿公左袒而未许者。因复闭门静坐，以听外信。及朝曦上，再启门，则缢尸已不见矣。私心窃喜。旁午，忽闻县令出城相验，访死者为谁，则门上缢尸某甲也。始而骇，继而疑，终莫解其故。数月后，遇市上卖菜佣赵某，问曰："某月之晨，君见缢者惊乎？"稿公闻之，招赵入室，款以酒食，问何以知，赵曰："是予负去，安得不知？"稿公曰："我尔不相识，何故负尸？且负尸甚早，城门栅栏未启，奈何？"赵曰："予亦不解其故。是日五更贩菜，途遇友人，召予来此，曰：'汝负此尸到某处，必有厚利，胜于贩菜。'予虑城栅未开，友曰：'无伤，但从我行。'从之及栅，栅开；至城，城开。"稿公问友人姓名为谁，曰："认其人，未问其姓，亦市上交好者也。借去烟插，至今尚未见还。"稿公出百金谢之，嘱勿扬言而别。一日，赵闲步入城隍庙，见十殿中有泥鬼，挂烟插，颇似己物，细认不谬，因摘去。且戏曰："何久假不归耶？"次早在市卖菜，见前遇之友，责曰："似尔为人，极难相与。一烟插之微，何即在大众前笑我？"赵方欲道契阔，问姓字，适呼买菜者又至，一掉头间，其友渺然不见。

受　私　桥

　　临安府张大兴李二为莫逆交。李家虽屡空，然赋性不苟，故张重之。一日，向张道贫苦，张适有积金数百，因尽出以付李，相约除存本外，瓜分其利。不料数年间，李资本尽丧而归，闭门高卧，绝不见张。张静待之，许久不至，值嫁女期迫，因登李门问之。李置若罔闻。张怒，互相争詈，观者如堵。问张则言李无良，问李则言张冒骗；两无中据，难定曲直。李晓晓不屈，张愈忿，曰："汝明日若敢赴城隍庙盟誓摸钱，吾即休矣。"李谩应之。盖乡人信鬼神，相传城隍神最灵，神前熬油锅，置钱其中，理直者手摸不烂，否则必烂，故胁之。明日，张果来迫李，李亦不惧，同往至庙，撞钟鼓，陈颠末，然后置铁铛熬沸油，掷一钱于油中，令入手摸。李竟取出而手无恙，于是众咸非张，张亦不能再辨。后李别作生业，数年间满载而归，于是计算张氏本利若干，尽为归楚，亲登其门，张曰："交已绝矣，义不受金。"李曰："实借君物，何敢负德，待来世作牛马偿耶？"推让再三，张终不受。于是乡里为之区画：庙前有板桥已朽，请将此金易之以石。并问李曰："前既昧良，何敢盟誓？"李笑曰："彼时非敢昧良，实恐一经承认，即须原物，粉骨难偿。故先至庙祷神默佑，待发财时再报答张友。不意神灵如是。"众闻之咸笑曰："城隍神乃受君私耶？"后桥成无名，因颜其桥曰"受私桥"。

曹 公 梦

海阳曹孝廉铨得广西某县，亲友来贺，公欲引疾不赴，曰："幼年曾作异梦，几时入泮，几时婚娶，几时生子，中举选粤西某县，为穿白甲二将军所害。细纪所历，一一皆验，不爽毫发。今所选缺，又恰符合，地多苗蛮，野性莫测，先几之兆，可不趋吉而避凶哉！"于是有言梦不足征者，有以期年半载相机进退劝者，公不得已就道。及抵某县，民淳吏朴，公甚安之。数年后，忽有呈开银厂者，公为转详，奉上檄委公采办。公亲诣厂所，视其开挖。及矿，则见白气二道，宛如长虹，直冲公前。公惊而仆，返馆舍，至夜半竟卒。家人方悟"白甲"之征。

治妖易治人难

汉阳令刘某性方鲠，治祝由科邪教过严，有奸民上控抚军，抚军戒饬之。公抗言抵触，抚军怒曰："若果才能，有沔阳州某案，若能审办乎？"刘唯唯。先是，沔阳有金桂姐，受黄氏聘，及婚期，彩舆迎至家，则两新妇齐出，簪珥服饰，声音体态，无不相肖，因之未敢成礼，仍以两女归金。金父母无从分别，于是两姓均以人妖莫辨诉官。由州至抚，案悬半载，俱未能决，故抚军以之难刘。刘禀请提案至抚军公署候审，并请临审时借用抚军宝印，抚军许之。临期，公唤两女，隔别细鞫，并其父母庚甲、产业陈设，一一盘诘。及核供词，如出一口。公乃唤二女至案前，曰："观汝二人，原是一胞双生，若并断与黄家，恐尔父母不肯。吾今特设一鹊桥在此，能行者断合，否者断离。"乃铺白布如桥，从仪门直接公座，命二女行布上。一辞不能，盈盈泪下；一则欣欣然喜形于面。公叱泪下者逐出署外，唤喜者登布上。此女如履平地，步至公前，公暗擎院印从头击下，两旁覆以网，乃现为狐，投之江中。于是案结。抚军大悦，奏升汉阳府知府。从此遐迩歌龙图再出矣。汉阳有茶客，携重资归，中途为盗所追，奔至汉川，求救于逆旅主人。主人沉吟至再，曰："诚若是，则此处非君所宜栖，可速投某武孝廉家，庶保无虞。"引至孝廉家，孝廉兄弟为具酒食，扫卧榻，嘱曰："倘夜间有动作，但安眠，毋轻出。"视客寝矣，兄弟秉烛待盗。盗果踪至，彼此格斗，被孝廉杀其四，余三盗逾垣逃。天明呼客起，赴县呈报。讵知客出未几，府差早至，将孝廉兄弟锁去。盖黠盗伪作茶客，先以谋财害命连夜赴府击鼓求救，故刘公发差就近将孝廉兄弟拘到问供。孝廉兄弟陈述颠末，请释一人保家。公不许，并下于狱。盗返入孝廉家，将其家口尽杀而逸。及公觉，急释之，已无及矣。呜呼，公能断狐，竟不免为盗所卖，岂非治妖易治人难耶？

伏 波 滩 义 犬

伏波滩,入广之要区,因其地有汉伏波将军庙而名也。某年,有客收债而返,泊其处。船户数人夜操刀直入,曰:"汝命当毕于斯,我辈盗也,可出受死,勿令血汗船舱,又需涤洗。"客哀求曰:"财物悉送公等,肯俾我全尸而毙,不惟中心无憾,且当以四百金为酬。"盗笑曰:"子所有尽归吾囊橐,又何从另有四百金?"客曰:"君但知舟中物,岂识其余?"乃出券示之,曰:"此项现存某行,执券往索可得。惟我清醒受死,殊难为情,请赐尽醉裹败席而终,可乎?"盗怜其诚,果与大醉,席卷而绳缚之,抛掷于河。甫溺,有犬跃而从焉,俱顺流傍岸。犬起,抓击庙门,僧问为谁,不应,及启关,见犬走入,浑身淋漓,衔僧衣不放,若有所引。随至河边,见裹尸,俱欲散去。犬复作遮拦状,僧喻其意,抬尸至庙,抚之,酒气熏腾,犹有鼻息。解其缚,验席上有齿痕,始知是犬啮断,乃与茶汤而卧。明晨,客醒曰:"盗走水路,我辈从陆告官,当先盗至。"盖度其必执券而往某行也。僧诺,与俱。盗果未至,因告行主人以故,戒勿泄。俄而盗果持券至,主人伪为趋奉,遣客鸣官,遂皆擒获。客偕犬同归,终老于家,不复再出,著《义犬记》。

浮 海

王谦光者,温州府诸生也。家贫不能自活,客于通洋经纪之家,习见从洋者利不赀,谦光亦累赀数十金同往。初至日本,获利数十倍。继又往,人众货多,飓风骤作,飘忽不知所之。见有山处,趋往泊之,触礁石沉舟,溺死过半,缘岸而登者三十余人。山无生产,人迹绝至,虽不葬鱼腹中,难免为山中饿鬼。众皆长恸,昼行夜伏,拾草木之实,聊以充饥。及风雨晦冥,山妖木魅,千奇万怪,来侮狎人,死者又十之七八。一日,走入空谷中,有石窟如室,可蔽风雨,傍有草甚香,掘其根食之,饥渴顿已,神气精爽。识者曰:"此人参也。"如是者三月余,诸人皆食此草,相视各见颜色光彩如孩童时。常登山望海,忽有小艇数十,见人在山,泊舟来问,知是中国人,遂载以往,皆朝鲜徼外之巡拦也。闻之国王,蒙召见,问及履历,谦光云系生员。王笑曰:"'道不行,乘桴浮于海'耶?"因以"浮海"为题,命谦光赋之。谦光援笔而就,曰:"久困经生业,乘槎学使星。不因风浪险,那得到王庭?"王善之,馆待如礼,尝得召见,屡启王欲归之意。又三年,始具舟资送谦光并及诸人回家,王赐甚厚。谦光在彼国,见诸臣僚赋诗高会,无不招致,临行赆钱颇多,及至家,计五年余矣。先是,谦光在朝鲜时,一夕梦至其家,见僧数甚众,设资冥道场,其妻哭甚哀,有子衰绖以临,谦光亦哭而寤。因思数年不归,家人疑死设荐固矣。但我无子,巍然衰绖者为何?诚梦境之不可解也。但为酸鼻而已。又年余抵家,几筵俨然,衰绖傍设,夫妇相持悲喜。询其妻,作佛事招魂,正梦回之夕。又问衰绖为何人之服,云:"房侄入继之服也。"因言梦回时亦曾见之,更为惨然。

刑　天　国

谦光又云:曾飘至一岛,男女千人,皆肥短无头,以两乳作眼,闪闪欲动,以脐作口,取食物至前,吸而啖之,声啾啾不可辨。见谦光有头,群相惊诧。男女逼而观之,脐中各伸一舌,长三寸许,争舐谦光。谦光奔至山顶,与其众抛石子击之,其人始散。识者曰:"此《山海经》所载刑天氏也。为禹所诛,其尸不坏,能持干戚而舞。"余案颜师古等《慈寺碑》作"刑夭氏",则今所称"刑天"者,恐是传写之讹。又徐应秋《谈荟》载无头人织草履,盖战亡之卒,归而如生,妻子以饮食纳其喉管中,如欲食则书一"饥"字,不食则书一"饱"字,如此二十年才死。又将军贾雍被斩,持头而归,立营帐外,问:"有头佳乎?无头佳乎?"帐中人应曰:"有头佳。"雍曰:"不然,无头亦佳。"此亦刑天之类欤?

万 年 松

广东香山县凤凰山有万年松数株，西洋人架梯取之，其松忽上忽下，随梯转移。洋人怒，用鸟枪击之，连发数十枪，卒不能得。松至今青葱如故。

虹 桥 板

福建武夷山大藏峰山洞中凹处有大木千百条，横斜架立，千万年不朽不落，色如陈楠。朱文公云："是尧时居民所栖避洪水处，后水退而木存。然木状非受过斧斤者，山洞罗列群木，如民间开木行者。然山下滩水湍急，舟不能泊。"余至武夷亲见之。后到杭州又见孙景高家藏虹桥板一片，木微香，肌纹细润，梁山舟侍讲镌诗其上。

天 上 过 船

乾隆五十五年五月十四日，风雷大作，仪征县江边一客船被风吹至空中，落在洪泽湖沙滩上。舟中米客六人，及器物盘碗，俱丝毫无损。但据扬州人云，是日亲见有一船从云中过去，初意犹以为大鸟也。

续子不语卷二

鬼　　状

河南祥符县，最繁剧，凡各州县申解院司案件有覆审者，多委办焉。自理词讼，虽常接受，而示审无期，反致沉搁。令尹鲍公勤于堂事，一夕收呈状若干，未及细阅，即交幕友批发。次日，幕友问公曰："某处命案可往验否？"公曰："未见呈禀，安得有此？"索状观之，则是谋杀亲夫状也。内载奸夫姓名，自称双瞽某被杀某处，屈指计之，隔十六年矣。公愕然曰："案悬十六年，事颇怪。"因将各呈俱为批发，独压其呈不发。逢收呈日，又亲点名过堂，并无瞽者。及晚查阅，则前瞽者呈又在内矣。公问书役："汝辈可识刘顺否？"或答曰："有其人，现充臬司厨役。"公赴司请拘凶犯，臬司交公带讯，供认不讳。先是，刘顺本属无赖，在城外河口以驮人渡河为生。值瞽者夫妻同行，见其妻有姿，遂萌恶念，于负渡时即戏挑之曰："娘子嫁一瞽者，殊非终身了局。倘不予嫌，愿同白首。"其妻心动，共绐瞽者憩树间，解裹足布勒死，挖坑埋之。遂成夫妇。伪作逃荒者至外县雇佣于巨绅家，遂学烹饪，颇有所积。乃挈妻入汴城，充臬司厨役。公廉得真情，即往掘验，尸未朽，伤痕宛然。于是刘夫妇皆伏诛。

驱　狐　四　字

周公世僎宰虞城时，有耿家庄刘化民家患狐，百法驱禳无效，因诉于公，牒移城隍。公从其请。狐在空中喝曰："汝求城隍，城隍奈我何？"祟之益甚。公谓神且莫制，殊难为力。其友沈松涛曰："予在息县，有巨绅某之子，甫毕姻，迫于父严恐恋新婚，促令从师远读，且督责曰：'无故不得擅归！'其子绸缪燕尔，未免妄想。一日，独坐书斋，见隔墙有美人,露半身,秋波流注,挑之,微笑而下。方欲移几梯接,又见墙上立金甲神,手执红旗二杆,一书'右户',一书'右夜',向女招飏,女杳然遂灭。今试写四字在纸上试之,何如?"因裁黄纸二方,研朱砂书之,令刘持归,贴户牖间。是夜狐来,果却步而言曰:"户夜神在此,今且让汝。三年后当再来。"从此寂然。周旋即升去,不知其后若何。其时内幕蒋生知此情节,闻绍兴桂林庵有三尼亦被妖缠,蒋乃教以用朱砂如法书"右户"、"右夜"四字,贴其楼窗,无风自启,楼上狐扒窜一夜,声如铁甲,至曙始息,狐尽逃去。余按四字平平,不解出于何典,乃能降狐如是,故志之。

女鬼守财待婿

安阳县杨某,开客店。有女适汤阴县邓某,负贩家贫,杨妻杜氏常以钱物周给之。杨蓄白金数十两,扃楼中,妇思窃少许与婿作资斧而未得间。一日,邻人招杨饮,妇瞷夫出,因启楼,历试数钥,锁始开。取金才出,闻杨遽归,妇仓卒纳金怀中,闭楼阖锁而起,然金在手,无处藏匿,往埋后苑土中。杨夜启楼不见金,知为妇窃,疑其赠与所私,诟詈百端。妇忿极,俟夫睡熟,缢死。死后鬼常作祟,杨不能安其居,乃卖屋远徙。先是,妇未死时,邓已携妻往湖北依其叔。叔业酱坊,六旬余无子,见侄大喜,认为己子,自是邓夫妇身登乐土矣。数年后,杨女思其父母,倩夫往探,邓襆被往,则故宅依然而主人非矣。日已昏暮,邓行倦,欲宿其家,主人辞曰:"客房已满,无下榻处,惟后堂两楹,相传有鬼,能祟行旅,至今扃闭,无人歇宿。"邓云:"此屋旧属予岳家,乃予熟游地,何曾有鬼?纵有鬼,暂歇一宿,谅亦无碍。"主人从之,移灯启户,设床扫尘,邓展衾解屦,和衣偃息。夜将半,闻堂西角嘤嘤哭声,急起视之,一女鬼披发垢面,倾身来扑。邓跌足急走,幸堂中设一方几,籍以障身,鬼东人西,鬼南人北,骇极欲号,而口不能出声。见庭中月白如昼,奔立月光中,鬼追至,不敢犯,惟两目眈眈注视而已。月移一寸,人退立一寸,鬼近一寸;月移一尺,人退立一尺,鬼逼近一尺。月上庭墙,邓负墙立,须臾,月移至膝,鬼蹲身来曳其足。

邓叹曰："不意邓某乃死于此！"鬼闻语遽释手曰："汝为谁？"曰："我汤阴邓某。"鬼曰："是吾婿也，胡不早言？几误杀汝。"因告以身死原由及埋金处，曰："趁天未晓，无人知，速取金去。我所以作祟者，守此财以待汝耳。今日心事已了，予亦不复作祟矣。"仍趋堂西角而灭。邓往掘地，果得金。携归，因益营运，家小丰焉。

僵尸食人血

吴江刘秀才某，授徒于元和县蒋家。清明时，假归扫墓。事毕，将复进馆，谓妻曰："予来日往某处访友，然后下船到阊门，汝须早起作炊。"妇如言，鸡鸣起身料理。刘乡居，其屋背山面河，妇淅米于河，撷蔬于圃，事事齐备，天已明而夫不起。入室催促，频呼不应，揭帐视之，见其夫横卧床上，颈上无头，又无血迹。大骇，呼邻里来看。群疑妇有奸杀夫，鸣之官。官至检验，命暂收殓，拘妇考讯，卒无实情，置妇狱中，累月不决。后邻人上山采樵，见废冢中有棺暴露，棺木完固，而棺盖微启，疑为人窃发。呼众启视，见尸面色如生，白毛遍体，两手抱一人头，审视，识为刘秀才。乃诉官验尸。官命取首，首为尸手紧捧，数人之力挽不能开。官命斧斫僵尸之臂，鲜血淋漓，而刘某之头反无血矣，盖尽为僵尸所吸也。官命焚其尸，出妇狱中，案乃结。

鼠 鬼

汉阳崔某，家素封，选云南知县，携家到任，留一老仆守门，自厅以后俱封锁而去。数年后，罢官旋里，居才数日，家人群告佛楼上每夜有怪。崔素胆壮，移床宿楼下思觇其异。漏初下，灭烛就枕，即闻楼上拍案声，捶椅声。绕楼行走声，又如官府出门皂役拖板子声。少顷，渐次下楼，降梯一级，又如椎击梯板声。崔骇极，拍床大叫，又如人复曳椎上楼声。家人毕集，以火上楼烛之，虚无一物。益信以为非妖即鬼，延巫觋祈祷不灵，一邑哄传崔家有鬼。崔蓄梨园一部，内有胆大者数人，思一睹鬼状，乃入夜涂面易服，一人扮伏魔帝君，一人扮周将军侍立，然烛以待。忽一鼠自神龛顶上窜下，尾大如棒椎，二人急下追捕，鼠因尾大，身体迟滞，顷刻就缚。细视其尾，乃灰尘凝结，重可数斤，不知其故。崔恍然悟曰："昔年此鼠窃食灯油，予自后潜捉其尾，鼠力窜脱去，尾则尽褪，膏血沾裹灰尘，日积月累，致作此状，曳地作声。"笑数月来祈禳纷纭，空见鬼也。

鳖　精

吴县孙香泉女，适同县某生。女偶食鳖，得怪疾，喜则明妆炫服，笑舞百出；怒则抛盆掷碗，诟詈不情。或二三日不食，或一食可兼数人之膳。日渐尫羸。女为祖母所钟爱，因迎归养病。禳祷医药无验。数日后病辄一止，止时即如平时。家人问病状，女云："初见一皂巾绿袍人向予脸嘘气，即身不自主，其一切语言举动，皆绿袍人所为。"问："食兼数人何也？"曰："非我食也。一绀衣人暨两皂衣人向绿衣人索食，借予饮噉以飨之。绿衣人临去必伸长其颈，舌三舐，足三踊，不知何故。"时香泉客河南毕中丞幕中，家遣急足，以女病告之。孙即束装归，携女避玄妙观蕆衣真人殿中，祟如故。孙思载女远出，或可避之，赁船欲往扬州。无锡顾晴沙观察与孙友善，闻其事，迎至家中，怪亦随往。观察肃容庄论，冀以正理压服之。女掩耳曰："腐气！迂儒之谈，勿污吾耳！"因口吐白金一小锭，细珠数粒，示观察云："此绿袍人聘我礼也。约月望来娶。"孙恐女为怪祟死，急偕女解维遄发，将抵镇江，女忽云："彼若往扬州，我辈畏江神奇老爷，不能渡江，奈何？"徐云："我有计矣！不必待望日，即于此时娶之可也。"女旋即偃卧呼号，腹痛欲绝。孙恐女即死，许其返棹旋里，女腹痛顿止。至望日，家人惶惧，恐女有不测，而女故无恙。孙因札致毕中丞，为代请龙虎山张真人除怪。真人得书，遣邹法官至，设坛作法，三昼夜而女病瘥。孙问是何怪，法官云："绿袍者鳖，绀衣者虾，皂衣者龟。窟在石湖湖心亭下。因汝婿家杀其子孙太多，故率其类来报仇。适遣六丁尽已拘去，汝女无患矣。"余按江神名奇相，见《博物志》。

雷　异

金坛瓜渚有某者，其子幼时与某姓为婚。未几某卒，妻矢志抚孤，屡遭饥馑。子既长，不能行娶礼，遂嘱媒氏辞婚，令别择婿。某夫妇询之女，女志坚不夺，媒复命，母子计无所出。居久之，母呼其子曰："吾十数年来饥寒交迫，不萌他念者，望汝成立室家，为而父延一线也。今茕茕相守，虽百年何济？余昨已议改醮某姓，得金若干为汝取妇，若干偿宿逋。今金具在床头，汝可视之。"子嗫不能出一语。母泣曰："速诣媒氏言之，余坐待汝夫妇成礼，然后去。"子泣不应，母促之再三，乃往。时邻左博场有群匪窃听，乘某子夜出，穴壁偷金去。母晨起失金，遂自缢。越宿，子偕媒来，启户不见其母，怪之，使媒坐客舍，而己入内，见母已死，痛极，亦缢。媒怪其久不出，呼之无应者，窥其寝，母子俱悬梁死。骇极而号，邻众毕集，咸不解其故。媒因奔告女之父母，女闻之亦缢。时方隆冬，天忽阴晦，雷电交作，震死博徒七人。某子某女俱索断而苏，惟某母救亦不醒。一时闻其事者，相与叹曰："贞烈、节、孝三事，萃于一门，而一时俱死非其命，若无人为之申理，雷为之申者，斯亦奇矣。至于苏男女二人，使之完娶，而节母则听其悠悠不返，所以曲全之者又如此，谁谓雷无知耶？"

纪曹孝廉梦

孝廉曹君履青，弱冠时，冬月染疾，困卧五六日。一日，梦在治西横街，有在后呼其姓名者，回睨不相识，叩之，则曰："奉府君召。"问何事干涉，曰："往自知耳。"适族伯用章至，向公人缓颊云："我同侄往何如？"公人颔之。曹于路问公人云："近闻城隍非杨公，谁为摄篆？"曰："东汉袁公也。"遂别去。用章挈履青同行，步履迅疾，街衢月色甚皎，但觉阴气中人，两旁屋宇门户俱掩，门楣上各树楮锭一二串，数里中所见无异。俄达一旷野，遥望高垣如城，正南有双扉，用章叩之，内有人应声，启扉入，命向东廊行。少前，用章不知所在，觉力倦，欲稍憩。

徙倚一门首,见室前有十数人,或绳系足,或索拴颈,坐立不等,室后半皆羊豕,不得已坐槛外。忽诸囚咸伸一手出户,如索物状。诸羊豕俱来嗅衣啮足,曹甚窘怖。旁有人呼云:"勿无礼,所需当即见付。"未几,公人传讯,出票相示,方恍然知为前身,且曰:"君父子为人作券中,其人负心,今屈求一证耳,毋惧也。"至署门,有吏捧册来,词色间似索规例。前一人又曰:"有,有,迟日取诸我家。"遂止。忽有人短衣跣足,左右望,如探访公事者。官隶挥叱之,遽闪避,但见壁上如黑烟一片,缕缕散去。俄闻内升座讯供,用刑拷掠声甚厉。少顷,有人出外,云:"勿须到案,某吐情实矣。"见内牵出一囚,发蓬松覆额,一手着膺,一手抚背,胸口索贯其中,并缚前后手,疲惫斜行,意即捕囚也。署前各散,寂无人踪,探首窥内,厅堂三楹,两廊肩舆牌棍仪仗悉如人世衙署。进数武,母舅周子坚已先在,曰:"甥来作证耶?"因相劳苦。盖翁即宿世债主云。时翁之仲兄方死,语次及之,翁泫然曰:"亦在此,我不忍见也。"正叙语间,前吏来曰:"请回已久,何尚滞此?"随之出署,前见一大池,垣周四围,池中一迳,石片相接,履之兀兀有声。蓦然堕水,水如涡旋,旋转甚疾,心甚惶迫,忽见岸上莲灯万柄,闪烁照耀,往来不定,其行甚速,灯亦渐远。陡然搁浅,一无所见,视之乃治后玉带河滨也。月光西坠,谯楼五鼓矣。相扶上岸,送周翁出北门,己仍向西返舍,豁然而醒。身卧床上,望月影,听更声,一一如梦。自是病痊。

缢鬼畏魄字

濑江有二士相友善,甲年长而性凝重,乙妻呼甲以伯,相见如家人。俄乙妻死,续娶少艾,甲以嫌不往,踪迹久疏。一日暮雨,避宿茶亭,距乙家二里许,忽见乙前妻至。甲心动色变,乙妻曰:"伯无惧,妾方有求于伯。吾夫后娶者,勤于家事,善抚妾子女,今日微反目,有缢鬼知之,将令投缳。此人若死,吾家荡然矣。祈一往救吾夫。"甲曰:"吾非师巫,往何能驱鬼?汝在冥中反不能禁耶?"乙妻曰:"是恶戾之气,妾焉敢敌?须伯一往。"甲不得已,随之行,至门,门已闭矣。乙妻已从旁隙入启户，不知何时已燃灯矣。移一椅至中庭，告甲曰："伯坐此，有丽人来假道者，即缢鬼也。坚坐勿动，彼自不敢前。妾当在座后视之。"少顷，果见一女，手执红帕，含笑婉言曰："妾有事欲前，盍少退。"甲不应，女乃却退。乙妻曰："彼去当复来，来则意态甚恶，伯勿怖也。"须臾，女至曰："君胡弗避？"甲仍不睬。女忽披发噀血，突至甲前，甲厉声叱之，鬼亦灭。乙妻曰："惜哉！伯勿呼，但以左手两指写一'魄'字，指之入地，彼一人不能出矣。今虽暂灭，彼必暗往吾家，伯可急叩吾夫寝门。"甲如言。乙从梦中辨其声，曰："兄何暮夜至此？"曰："君勿问我，且问尊嫂安在？"乙绕床扪之不见，急启门呼甲入，烛之，乃悬于床后。共解其缢，灌以汤，徐徐而苏。乙问妻何苦寻死，妻曰："吾初不知，恍惚有妇人邀我至园中，寻玩片时，见若有圆窗者，令我引领望之，我头入窗，遂不能出。"甲因具述所遇，而乙前妻杳无迹矣。江西堪舆陆在田与甲善，言其事。

蔡 哑 子

常州有生而不能言者，蔡姓，逸其名，世居郡北青山庄。家贫行乞，人皆呼为蔡哑子，哑子无他技，诸乞儿莫善也，独有许道士待之厚。久之，许道士死于朱家村，尸有重伤。许氏鸣朱某于官，锻炼成狱，拟大辟。或曰："朱某实毙之，罪诚当。"或曰："恐有冤，然莫知的耗。"一日，蔡哑子至朱家村，村人曰："哑子来，与尔食。"蔡哑子忽张目大言曰："我为朱氏雪冤而来，勿暇食也。"村中老幼惊骇。时朱氏以许道士一案，家产荡然，计无所出，谓哑子曰："事关人命，汝无戏言！"哑子曰："到官我自能白之。"于是朱氏族众及邻保数百人共拉哑子入城。太守李公适坐堂皇，诘讯哑子，哑子曰："杀人者许雨公也，与朱某何与？"历言情事凿凿。因即签拘许雨公。雨公方与朋辈避暑瓜棚赌钱，拘至，一讯而伏，立出朱某于狱。初雨公与朱某争客行不遂，故设计拉许道士于僻所殴毙之，舁尸朱某门。事甚秘，然独不避蔡哑子者，以其生而不能言也。朱某感其再生之德，往乞队中作谢。诸乞儿曰："噫！哑子死矣。"盖即朱某出狱之日云。

珠 泾 纪 事

嘉兴珠泾,地濒湖,有童年十三岁,跨牛背,缰绳拴于腰,饮牛于湖。牛入水渐深,没及童足,久许,牛忽惊走,童颠堕水。岸上人恍见有物排浪吞童。牛奔上岸,绳尾拽起一鲇鱼,形如小舟,群哗然,始知牛初为鱼所啮,负痛而奔,奔太速,童遂堕,而童与牛绳相系,鱼虽饵童而绳不得脱,因为牛曳出,如渔人之钓者。众操刀斫鱼,冀童尚可救。及童出,气已绝而衣服发肤毫无所损。脔鱼肉秤之,得三百八十余斤。封君朱绪三自吴门归,述其事云。乾隆五十四年七月十一日。

叶 氏 姊

叶星槎别驾之姊,适张氏,婚未四十日而寡。无子,归守节于母家。别驾为请旌于朝。乾隆己酉,姊年七十二矣。偶秋日游园中,忽冷风如箭,直射其心,卧床医药罔效,而食量顿增。素持长斋,病后大索荤腥,且能兼数人之食。终日向空絮语,两手作支吾拒抵之状。颐颊间时有伤痕,彻夜呼号,侍婢皆不得眠,唯别驾在坐则安睡片时。如是数月,医者莫能名其病。别驾乘其神气稍清时询以"终日喃喃与谁共语?所患何处痛痒而呼号不止?"姊初不答,强问之,乃长叹曰:"前世孽也。彼日我游园时,忽阴风吹来,毛发俱悚,急归房中,见一短小妇人,面丑而麻,着白布单衣,浑身补缀,携两小男,亦丑恶,蓝缕相随。妇呼我曰夫,儿呼我曰爷。我前生乃男子也,江西人,姓顾,饶于财。妇为我妻,两男皆我子,我嫌妇丑,鸩杀之,并鸩二子。而连娶二美妇,以天年终。妇沉冤百年,索我不得,上年遇张得新,得新前世与渠有瓜葛亲,乃告知我在此处,并引之至园。又以室有乩坛不得入内,匿园中者半年,今始相遇,要我偿命。我亦恍然觉前生杀妻杀子,实皆有之,犹忆身死后阎罗王以我生前有罪须审,但怨主未至,且罚作女身而使早寡,皆了了于心目间,悔之无及。彼母子三人者,日披我颊,扼我喉,使我不得一息平安。食非我食,而我不自知饱;呼非我呼,而我不能禁声。其苦甚矣!惟弟在侧,则三鬼潜匿,若他人,皆不畏也。所以隐忍不言者,以事太怪,而又可丑。今不得不以实告,弟须为我传说于世,使知因果显应,虽隔世不相宽假,虽念佛斋僧,丝毫无益也。"言毕,泣数行下。所谓张得新者,乃叶之老仆,死已多年者也。别驾闻之,骇然向空喝曰:"冤冤相报,理所固然。然汝辈果含冤,何不索报于前世未死之时,而容其以天年终?又何不索于既死之后,而容其再转人身,迟至七十余年之久?太觉糊涂非情理。且冤仇宜解不宜结,我为尔延高僧,超度三人早投人生,如何?"姊摇头曰:"渠说不愿,只需两件衣服上身便好。"叶即制大小纸衣三袭,方持入户,姊忻然起坐床前,两手尽力扯擗云:"我妻穿一件白布衫,破烂不堪,纯以断线缝补,解之不开,我为尽力撕之,才得脱体。今甫换新衣,便觉容貌渐渐可观,虽丑亦象人矣。"其实纸衣犹在桌上,未焚,乃谓三鬼已着于身也。别驾又喝曰:"衣既易,可速去!"姊呢喃片刻,云:"渠尚要黄金数锭,白银一千两。"别驾有难色。姊曰:"勿难,只佛草数茎,锡锞一千耳。"佛草者,麦草也。于是眷属辈群取麦草,朗宣佛号而断之。麦草中间有零星颗粒坠地,姊曰:"是绝好珍珠,何可抛弃?"皆令拾起。顷刻得草数百茎。姊呼曰:"止!渠等嫌重,不能胜矣。宜更与一包袱。"乃剪纸为袱,并锡锞一千焚于床前。姊即瞑目鼾睡。别驾出见客,逾数时,姊醒。询以怨鬼去否,曰:"去矣,要我亲送出大门。"问:"鬼得衣物喜否?"曰:"不喜亦不谢,但云著此衣可出去见官府矣。我送渠转入门时,弟方送郑六爷出。我避于门侧,弟不看见我耶?"郑六爷者,别驾所见之客,内室所不知者也。群相骇异。自是姊安眠,不复索饮食。未三日,忽呼曰:"二奶奶来矣!"又呼曰:"三奶奶来矣!"呹语相寒温,或笑或泣,刺刺不休。询之,则云:"此二妇乃我前生继娶之两室也。阴司以大奶奶事要质审,故将二妇囚闭已久,不得托生。今大奶奶得我衣财,向各衙门告准,放出两妇质讯,故先来相看。"且云:"明日当赴城隍处听审,我其休矣!"呜咽不自胜。至夜三鼓,呼号甚惨,迟明称右股痛甚,视之一片红肿,若受杖者。次日,复呼左股痛,继呼足踝痛,皆红肿溃烂,流血淋漓,委顿特甚。潜语别驾云:"我事本无可辨,到案即一一承认。乃既两次受杖,复一次受夹，而案终不结，奈何？"自是遂不能言。又十余日，方死。此乾隆庚戌年二月中事，别驾亲言之。

牟尼泥

进士汤聘为诸生时，家贫甚，奉母以居。忽病且死，鬼卒数人拘之到东岳。聘哀吁曰："老母在堂，无人侍养，聘死则母不得独生。且读书未获显亲扬名，乌可即死。望帝怜而假之年。"东岳帝曰："汝命止秀才，寿亦终此。冥法森严，不能徇汝意加增功名寿算也。"聘扳案哀号，声彻堂阶。帝曰："既是儒家弟子，送孔圣人裁夺。"命鬼卒押至宣圣处。宣圣曰："生死隶东岳，功名隶文昌，我不与焉。"回时，路遇普门大士，哀诉求生。大士曰："孝思也，盍允之以劝世？"鬼卒曰："彼死数日，尸腐矣。奈何？"大士命善才往西天取牟尼泥补完其尸。善才往，越三日，裹取牟尼泥来。泥色若柟檀，其香不散。因与善才同至家，而尸果腐烂，蝇蚋噆于外，虫蛆攻其中。见一灯荧然，老母垂涕。是时死既七日，尚无以为殓也。善才以泥围尸三匝，须臾臭秽渐息，蝇蚋四散，虫蛆亦去，腐烂者完好如常，遂有生气。善才令聘魂归其中，从口入，曰："我返报大士去矣。"尸即蠕动。聘张目见母在傍涕泣，亦呜咽不禁。母惊而狂叫，邻人咸集，聘已起坐，曰："母勿怖，男再生矣！"因备言遇大士得再生之故，曰："男本无功名，命限已尽，力求报父母恩，大士命持贪、淫、荤、酒诸戒，与我功名寿算。男惟不能断酒，余俱如所戒。大士许男成进士，但命无禄位，戒勿仕而已。"复顾母曰："勿怖恐，男实再生也。"后聘举戊戌进士，就真定县令，卒于官。

獭怪

郭生者，吴郡名家子，弱冠未娶。一夕读书，有好女子到其家，与之狎，自是过午辄至。不意为生妹窥见，告其父。父疑生有私妮，因为之婚。及新妇入房，启帐，见好女子在焉，大惊走避。举家哗然，逐之，其女了无惧色，反毅然责生曰："我与若十年夙姻，奈何恋新婚而逐我耶？"家人求祷于法师施亮生，起醮坛作法，敕王、朱二天君持剑击，生即奔突大呼，良久乃定，瞪目曰："妖见神将下击，伏我脚下，被神将斫百余创，破颅而遁，殆即死矣。"怪果绝，郭生亦无恙。居无何，郭生家七口同日仆地死，后求法师来作法，仆地中一人忽立而骂曰："吾翁已千岁，郭家杀之，吾必灭郭氏。"中又一人攘臂起曰："子识我为上方君乎？彼女子是千年水獭，颇饶功行，与郭氏子有缘，为汝所杀。今其子孙诉于我，我来与之伸冤，汝之法无奈我何！"法师正惶惑间，忽死者皆苏。人问其故，曰："昨见五鬼甚悍，拉我们至一窟中，见群怪异一死獭，身被百创，头颅粉碎。众妖缟素发丧，吊者皆鳞介之属。闻相聚商量，议倚贵神为援，赂献珠宝无算。贵神者，即上方君。上方君贪其贿，面许之。群孽得贵神援，欲悉族类与法师相抗。忽闻空中万马奔腾声，有金甲神腾空而下，曳铁链数十百条，围缚群孽而去。故我们依旧得活。"从此郭氏平安。

天　蓬　尺

朱生某临试日，至校士馆门，腹痛甚。广文引验，主司放归。及抵家，腹中隐隐作人语曰："我为姚洙，金陵人。明初为偏将，隶魏国公子麾下。魏公子即朱生三世前身也。主帅与我千人剿山贼，深入被围，艳我妻潘氏，求援不发。我与千人死伤殆尽，生还者不数人。因强纳我妻，不从，自经而死。欲报已久，故来索命。"家人诘之曰："彼时何不即报，乃迟数百年始报耶？"曰："彼为元戎，忠且勇，宿根甚厚，故不得报。乃再世则为高僧，至三世则为显官，有实政，又不得报。即今生彼亦有科名，尚不得报。今彼一言而杀三命，禄位已削，方得报之也。"问杀三命者何事，曰："渠某月日错告某为盗，并其妻、弟俱死，非杀三命耶？"先是，朱生被窃，心疑是邻人张某所偷，告官究治，以形迹可疑，真赃不获，张与妻及其弟拖累而死。事实有之。时同邑有周生者，学法治鬼怪，颇验。闻之往候，朱生有惧色，腹中不作声。周生出，复大言曰："我岂畏若耶？我畏其天蓬尺耳。"询之周生，果持之袖中也。又有行脚僧西莲者，候朱，见朱痛楚状，乃口诵其咒，腹中曰："师德行人，乃诵咒禁我耶？"西莲曰："我与汝解冤，何为禁汝？"腹中曰："若欲解冤，须诵《法华经》。师所持咒，是《秽迹金刚咒》，命恶神强禁我，我岂服哉！"西莲曰："我即起道场诵《法华经》，能解仇释宿冤乎？"腹中唯唯。又要冥镪若干，定立券约，书中保，曰："依我，我即舍之去。但我贵者，当从口中出，诸跟随者从后窍出。"朱生遂呕痰斗许，下溲数日，而声遂息。越数日，腹中复言曰："我之仇已解，奈死贼围者又甚众，渠等不肯释，奈何？"于是闻千百人喧阗腹中，朱生患苦不堪而逝。

撮 土 避 贼

江州医生万君谟，业甚精，远近就医者络绎，君谟皆尽心疗之，绝不计其有无酬谢也。甚有贫者款之于家，病愈而遣之。一日，有道人款门求医，万诊之曰："师病痞膈，服药数十剂可以平复。"道人曰："来自庐山，奈往返何？"因留治之，月余果瘳。崇祯末年间事也。其时流寇猖獗，所在患其突至，君谟忧之。道人曰："公有力可徙避之乎？"君谟曰："糊口之外，毫无长物资生，且无别业栖托，奈何？"临行，道人令君谟取土斗许，咒之，命藏于功德堂中，晨夕焚香，猝有贼至，取升许土撒前后门，闭户不出，只吃炒米，不举火食，度贼退后乃出。贼入城数次，及官兵至，俱用此法，绝无所损。邻人有回视者，云："但见云雾而已。"及土用完，世已太平。

沙 弥 思 老 虎

五台山某禅师收一沙弥，年甫三岁。五台山最高，师徒在山顶修行，从不一下山。后十余年，禅师同弟子下山。沙弥见牛马鸡犬，皆不识也，师因指而告之曰："此牛也，可以耕田。此马也，可以骑。此鸡犬也，可以报晓，可以守门。"沙弥唯唯。少顷，一少年女子走过，沙弥惊问："此又是何物？"师虑其动心，正色告之曰："此名老虎，人近之者必遭咬死，尸骨无存。"沙弥唯唯。晚间上山，师问："汝今日在山下所见之物，可有心上思想他的否？"曰："一切物我都不想，只想那吃人的老虎，心上总觉舍他不得。"

子不语娘娘

固安乡人刘瑞，贩鸡为生，年二十，颇有姿貌。一日，驱十余鸡往城中贩卖，将近城门，见一女子，容态绝世，呼曰："刘郎来耶？请坐石上，与郎有言。我仙人也，与郎有缘，故坐此等君。君不须惊怕，决不害君，且有益于君。但可惜前缘止有三年耳。君此去卖鸡必遇一人全买，可以扫担而空，钱可得八千四百文。"刘唯唯前行，心终恐惧。及至城中卖鸡，果如所言，心愈惊疑，以为鬼魅，思避之。乃绕道从别路归家，则此女已坐其家中矣。笑曰："前缘早定，岂君所能避耶？"刘不得已，竟与成亲，宛然人也。及旦，谓刘曰："住房太小，我住不惯，须改造数间。"刘曰："我但有鸡价八千，何能造屋？"女曰："君不须虑及于此。我知此房地主，亦非君产，是君叔刘癞子地乎？"曰："然。"曰："此时癞子在赌钱场上输了二千五百文，君速往，他必向君借银，君如数与之，地可得也。"刘往赌钱处，果见乃叔，被人索赌债，捆缚树上，见刘瑞，喜不自胜，曰："侄肯为我还赌钱，我情愿将房地立契奉赠。"刘与钱立契而归。女在其屋旁添造楼屋三间，颇为宏敞，顷刻家伙俱全，亦不知其何从来也。乡邻闻之，争来请见。刘归问女可使得否，女曰："何妨一见，但乡邻中有王五者，素行不端，我恶其人，叫他不必来。"刘以告王，王不肯，曰："众邻皆见，何独外我？"遂与群邻一哄而入。群邻齐作揖呼嫂问安，女答礼回问，颜甚温和。王五笑曰："阿嫂昨宵受用否？"女骂曰："我早知汝积恶种种，原不许汝来，还敢如此撒野？"厉声喝曰："捆起来！"王五双手反接跪矣。又喝曰："掌嘴！"王五自己披颊不已。于是众邻齐跪，代为讨饶。女曰："看诸邻面上，叉他出去！"王五跟跄倒爬而出。嗣后远逃，不敢再住村中。女为刘生一子，眉目清秀，端重寡言。刘家业小康，不复贩鸡矣。一日，女忽置酒，抱其儿置刘怀中，而痛哭不已。刘惊问故，曰："郎不记我从前三年缘满之说乎？今三年矣。天定之数，丝毫不爽，不能多也。但我去后，君不妨续娶。嘱后妻善抚我儿，须知我常常要来看儿，我能见人，人不能见我也。"刘闻之大恸。女起身径行，刘牵其衣曰："我因卿来之后，家业小康，今卿去后，我何以为生？"女曰："所虑甚是，我亦思量到此。"乃袖中出一木偶，长寸余，赠刘曰："此人姓子，名不语，服事我之婢也。能知过去未来之事。君打扫一楼，供养之，诸生意事，可请教而行。"刘惊曰："子不语得非是怪乎？"曰："然。"刘曰："怪可供养乎？"女曰："我亦怪也，君何以与我为夫妻耶？君须知万类不齐，有人类而不如怪者，有怪类而贤于人者，不可执一论也。但此婢貌最丑怪，故我以'子不语'名之，不肯与人相见，但供养楼中，听其声响可也。"刘从之，置木偶于楼中，供以香烛，呼"子不语娘娘"则应声如响，举家闻其声，不见其形也。有酒食送楼上，盘盘皆空，但闻哺啜之声。踏梯脚迹，弓鞋甚小。女临去时，犹与刘抱卧三昼夜，早起抚之，渺然不见，窗户不开，不知从何处去也。供子不语三年，有问必答，有谋必利。忽一日，此女从空而归，执刘手曰："汝家财可有三千金乎？"曰："有。"曰："有则君之福量足矣。不特妾去，子不语娘娘妾亦携之而去也。"嗣后向楼呼之，无人答矣。其子名钊，入固安县学。华腾霄守备亲见之。

枯 骨 自 赞

苏州上方山有僧寺，扬州汪姓者寓寺中，白日闻阶下喃喃人语，召他客听之，皆有所闻。疑有鬼诉冤，纠僧众用犁锄掘之，深五尺许，得一朽棺，中藏枯骨一具，此外并无他物。乃依旧掩埋。未半刻，又闻地下人语喃喃，若声自棺中出者。众人齐倾耳焉，终不能辨其一字。群相惊疑，或曰："西房有德音禅师，德行甚高，能通鬼语，盍请渠一听？"汪即与众人请禅师来。禅师伛偻于地，良久，译曰："不必睬他，此鬼前世作大官，好人奉承，死后无人奉承，故时时在棺材中自称自赞耳。"众人大笑而散。土中声亦渐渐微矣。

藤花送终

吏部衙门有藤花一枝，系千年之物，古干如龙，一人不能合抱，叶覆三间堂寝，夏日尤凉，每与牡丹齐开。乾隆六年，冢宰甘公汝来，与果毅公纳亲选官堂上。甫唱名抽签，而甘公薨于椅上，手犹执笔未落也。纳公奏闻，上赏银一千两，命所属经纪其丧。其夕，藤花盛开，结蕊发花，大香三日，较暮春时更盛十倍，不知是何征也。

续子不语卷三

犼

常州蒋明府言:佛所骑之狮象,人所知也;佛所骑之犼,人所不知。犼乃僵尸所变。有某夜行,见尸启棺而出,某知是僵尸,俟其出,取瓦石填满其棺,而己登农家楼上观之。将至四更,尸大踏步归,手若有所抱持之物。到棺前,不得入,张目怒视,其光睒睒。见楼上有人,遂来寻求,苦腿硬如枯木,不能登梯,怒而去梯。某惧,不得下,乃攀树枝,夤缘而坠。僵尸知而逐之。某窘急,幸平生善泅,心揣尸不能入水,遂渡水而立。尸果踯躅良久,作怪声哀号,三跃三跳,化作兽形而去。地下遗物,是一孩子尸,被其咀嚼,只存半体,血已全枯。或曰尸初变旱魃,再变即为犼。犼有神通,口吐烟火,能与龙斗,故佛骑以镇压之。

地仙遭劫

乾隆二十七年,杭州叶商造花园,开池得二缸,上下覆合。疑有窨,命人启之,则一道人跌坐在中,爪长丈许,绕身三匝,两目营然,似笑非笑。问系何朝之人,摇头不答。饮以茶汤,亦不能言。商故富豪,喜行善事,烝人参汤灌之,终不能言,微笑而已。商意是炼形之地仙功行未满者,将依旧为之覆藏。其奴喜儿者,想取其爪夸人以为异物,私取剪剪之,误伤其身,鲜血流出。道人两眼泪下,随即倒毙,化枯骨一堆。余按《南史》列传载有人掘地开棺,见一女子,自称"将成地仙,慎无伤我"。掘者利其金钏,断腕取之,遂血流而化枯骨。方知古今事往往相同,殆劫数也。事见《王元谟传》。

张　阎　王

杭州有张秀才者，素无行，武断乡里。一日，过友人家，闻某村有女巫能呼召鬼神，从者甚众。张往观之。巫正作法，观者如堵。张上前手披其颊曰："汝妖言惑众，罪不可逭。若我作阎王，必斩汝！"观者群散去。未几，巫果病落头疽而死。人因呼之"张阎王"。又数年，张小病，见两公人素不相识，邀之同行。走至一署，殿宇辉煌，两神卷帘左右坐，中一神座前垂帘，面不可见。张问神何故见召，神云："女巫告君，故召讯君。君定渠之罪甚当，原无冤枉。但君亦非正人，须自将生前作恶，共有多少，一一自首。"令左右授以简板，自书其上。张援笔直书，两面写完，尚觉未尽。神观之曰："只此数案，业已足矣。君自拟应得何罪？"张思之良久，曰："应遭雷击。"神曰："不足蔽辜，当击三次。"命卷起殿中帘，教张仰视，俨然己像，始悟前身即阎王，因有过恶，又轮回人世也。俄而两公人复来，送张回里。如梦初觉，汗流浃背。自是改过为善，一洗前非。忽一日，雷电交作，震死于地。既而复苏。又数月，看戏于台下，雷电又至，张知击己，叫众人急避，果震死。少顷又苏，踉跄而归。训蒙于乡。又一日，雷声殷殷绕屋不止，渠恐第三次击死，未必能活，因潜身于黑漆桌下，霹雳一声。烧毁床帐，张竟得免。心知劫数已过，仍理举子业。两年，举孝廉，会试不第，随其戚梁阶平中丞赴湖南巡抚任。路过汉阳，闻有某术士算命极灵，往访之。术士云："君此去小有佳处，但寿命已尽，只可一年即回，不可留恋。回时仍来一晤，我有要事奉托。"张思其言，如期便回。再往访之，其人已死，留札一函，启视之，乃乞其带榇回里也。张为载棺回杭州，未一月，无病卒于家。余按《广博物志》云：雷火所及，金石俱消，惟漆器不坏。张之第三次得免，或以是耶？

梁　氏　新　妇

杭州张孝廉来云：梁氏新妇娶未数日，忽然痴矣。口作北语，呶呶不解，细察之，乃其亡兄之口吻。其兄为姚河台之子，作广西同知，卒于任所。口称新妇为妹，云有要紧事请主人面谈。适主人有足疾，不能登楼，乃请其夫人上楼，新妇云："我来无别话，只要替造一斗姥阁，我便去了。"夫人却之云："汝要奉斗造阁，是姚家事，与梁氏无干。"乃云："我与妹皆前生是斗姥侍者也。今姚氏家贫无力，非梁氏不可。如不依我，我便同妹去复原位了。"夫人不得已许之。新妇云："非立誓赌咒，我不信也。"于是家人皆以为不可，与争辨良久。姚公子生平并非佞佛奉道者，死后忽要奉斗，殊不可解。杭州故事：新婚妇手执宝瓶，内盛五谷，入门交替。梁氏新妇执宝瓶过城门，司门者索钱吵闹，新妇大惊，遂觉恍惚。后吃符水，神魂少定，曰："我有三魂，一魂失落于城门外，一魂失落于宝瓶中，须向两处招归之。"家人如其言。新妇曰："城门外魂已归矣。宝瓶中魂为米柜所压，尚不能出，奈何？"盖杭州风俗，以新妇所执宝瓶，俱放米柜中故也。如其言，病虽差而神气依旧恍惚。

小婢入穴

张又言：其尊人星子先生，督学江西。有小婢甚蠢，忽然伶俐，家人异之。一日，闭门洗浴，久而不出，呼之不应。窥之无人，撬门而入，则浴盆之水尚温也。四面窗关，纤尘不动，但地板上有小洞，仅容一鼠出入者，启板寻之，中有穴深丈许，婢卧其中，痴迷不醒。灌以姜汁，良久方苏，云："一月之前，遇一少年妇人，待之甚厚，教之甚勤。其忽变蠢为黠者，皆此妇所教也。语我云：'我有冤要你主人申雪。'我许之而不敢上言。隔数日，妇来责我失约，我对以畏主人，故不敢。妇人云：'你所说亦有理，我不怪你。我有绝好花园，何不同我往游？'遂拉至一处，有小小红门，狭室数间。我云：'并无可游，我要回去。'妇人云：'我与你且去小坐片时，养养足力。'忽闻外边喧嚷声，妇人惊避而走，方知你们来寻我。"遂拉之出穴，鬼亦杳然。婢年十六七，随即嫁人，至今安然无恙，年已五十余矣。

吹铜龙送枉死魂锅上有守饭童子

慈溪袁玉梁，乩上扶出汪姓者，严州人，秀才，赴秋试，死于七里泷。飘荡无归，凭乩语人云：水死者，其初死时，辄有人收管，入一处，如今之班房，其主之者名"司官"。次日始查籍贯，遣卒解赴阎王。起行时，吹铜龙送之。铜龙以铜为之，曲其柄，如今之马上小喇叭状，声甚凄切。汪至冥府，王查其生平无大恶，释之，亦不令托生，亦无人拘管，听其飘扬，故得至此。并言鬼无乐趣，每苦寒冷，必欲就人身傍，吸其生气，始得融畅。倘吸气之时，数鬼争挤，一有不慎，逼近人体，即有焦灼之患。又怕大风，风起时必伏地不能行。因风大即带有罡气，风着鬼体，其重如山，每望见风起，色如黑漆。遇大风时，如板片一般，片片擦鬼背而过，能令鬼体消铄。又苦饥，辄入人家窃饭气为食。凡大家食指多者，其饭气浓厚，食之耐饥。贫家饭气薄，不足供饱食也。窃饭时锅上常有童子守之，童子属灶君所管，每见鬼窃饭气，必相追逐，故大家之饭亦不易得。其窃饭气必俟饭熟开锅时，有风则饭气四散，鬼以手攫之，如丝絮状，可抟而食。若无风，则饭气上达，为童子所守，不可窃也。

打 破 鬼 例

李生夜读，家临水次，闻鬼语："明日某来渡水，此我替身也。"至次日，果有人来渡，某力阻之，其人不渡而去。夜，鬼来责之曰："与汝何事，而使我不得替身？"李问："汝等轮回，必须替身，何也？"鬼曰："阴司向例如此，我亦不知其所自始。犹之人间补廪补官，必待缺出，想是一理。"李晓之曰："汝误矣！廪有粮，官有俸，皆国家钱粮，不可虚糜，故有额限，不得不然。若人生天地间，阴阳鼓荡，自灭自生，自食其力，造化那有工夫管此闲账耶？"鬼曰："闻转轮王实管此账。"李曰："汝即以我此语去问转轮王，王以为必需替代，汝即来拉我作替身，以便我见转轮王，将面骂之。"鬼大喜，跳跃而去，从此竟不再来。

道 士 留 符

常州吴某,刑部郎中讳楫之祖,素好道。自京师归店,晤一道士,风采绝异,不带行李而宿。夜觇之,赤身而坐,气咻咻然从耳中出,蚊不敢近。旦起将行,吴询所往,曰:"我云游无定处。"吴拉之南归,供奉甚敬。居数年,临死授二符曰:"我受君恩未报,他日有事,可以此符镇压,所以谢君也。"已而吴某卒,其夫人大病垂危,屡见鬼魅,夜遣婢环视。有仆素健壮,好酒有胆,设席于门外,已醉睡矣。梦一老者,随一童子,持壶杯各一,谓童子曰:"彼好酒,可令饮一杯。"童子将一杯置老仆脐内斟之,初觉甚热,后不能耐,乃大呼而起,咳嗽一声,口血已喷满地。从此鬼更猖獗。未几家人收拾地方,将停夫人之柩,偶在箱中翻出道士符,乃钉挂帐上。夫人久不言语,见忽咤曰:"帐上悬一明镜,中有甲胄将军,持刀逐鬼,鬼尽远遁矣。"夫人从此病愈,又十余年而终。亲友中有病家借其符驱鬼,无不验者,旋竟失去。

夺状元须损寿

康熙癸未,江南士子赴都会试。解元某负才傲物,陵轹同辈,每曰:"今岁状元,舍我其谁?"同辈不堪其侮。既至京师,试期且近,同舍生夜梦文昌帝君升殿胪传,及唱名,则某果状元也。同舍生意窃不平。未几,有女子披发呼冤曰:"某行止有亏,不可冠多士,须另换一人。"帝君有难色,顾朱衣神问之。朱衣神曰:"万历间亦有此事,以下科状元移置上科,其人早中三年,减寿六岁。此例今可照也。"遂重唱名,状元为王式丹。旦起,某大言如常。同舍生告之以梦,某失色曰:"此冤孽难逃,匪特不思作状元,并不复应试矣。"亟束装归,半途而卒。是科状元果王式丹也,寿六十。

照 心 袍

钱唐钱荫庭云:曾从天津买舟回杭,同舟杨姓者,无锡秀才,日坐舟中,默默罕言。钱因其木讷,亦不与共谈。一日偶言因果,钱甚不信。杨因极言其有,且云:"一月内有数夜往阴间公差,专司钩取人命之事。皆以一纸票注其人名,若有一命之荣,及侯王将相,必加一朱印,如人间官府牌票。其印文仿佛官印篆法,但不识其为何字。阎王讯问阳间善恶,先用一袍罩人身上,如人间一口钟之样,人着此衣,在生暧昧亏心之事,不觉自吐。阴间待人极宽,人在阳间有一恶念,若复有一善念,即将前恶念销去。司此印者,前明于忠肃公掌之,至今尚未迁去。"

罗 刹 国 大 荒

赵依吉临安归,遇僧,说本年二月六日,有临安二人,一姓赵,一姓李,贩猪来卖于杭州。到半路,赵猪已卖矣,欲先归。李姓者要与同归,赵不肯,李怒骂曰:"汝虽行,必有恶鬼拦阻,不得到家。"某恶其言,祷于玄坛庙而行。至大桥渡,夜已二更,果见前四人蓬头恶面,七窍流血,环而围之。渠恃勇欲挥拳,一鬼以黑帕直套其头,便觉冷气攻心,口不能声,倒于地矣。群鬼以泥塞其口鼻。忽前有人持棍来,赶散四鬼,以手提赵,掷之曰:"我特来救汝。我即玄坛神也。此四鬼者,因昨年罗刹国大荒,饿鬼无处觅食,故逃入中国作祟。汝所遇者,罗刹之饿鬼也。但子虽脱于祸,恐有后患,须到家后,用香十三枝,自灶前点至门外,方可脱然。"赵惊醒,不料其身已卧自家门外。乃望空拜谢,如其言,果无恙。

绍 兴 李 先 生

绍兴李直颖作幕山西太谷县,夜眠书斋,有老人伸靴于炕下曰:

"我山阴人,亦幕客也。死不得归,奴窃银信衣服而逃,至今家中犹未能知。求君为我寄信到家。"李曰:"不必寄信,我即日要返舍,归时即送君枢归可也。"鬼大喜拜谢,且曰:"无以报恩,愿代为办案。"从此李每宵熟寝而几上之案已办定矣,一时有"神明"之称。逾年,送其枢归,其妻子泣迎于门,曰:"昨夜梦老相公灵辆还家,故在此相迎也。"

怨 气 变 蛇

亳州贡生郜某,家颇富,住城西五里,地名小镇。家多豪仆,皆倚主人之势,横行乡曲。乡民陈老有田数亩,与郜宅相近,禾稼屡被郜家骤马践伤,与之理说,反受豪奴辱骂。陈老自度势不相敌,莫敢谁何,致成膈疾,年余将死。一日唤工人至家作棺,谓工人曰:"棺后为我开一小穴。"闻者皆咤之,问其故,陈老曰:"我被郜某欺,气而死,自谅生不能报仇,欲死后变蛇以食郜之心肝,方泄我恨。"工人笑而从之。至晚,工匠归,过郜宅,咸以此事为新闻,笑语喧哗。适值郜某闲立门外,见众人狂笑,因内中有素熟识者,问之,其人即将陈老语相告。郜惊曰:"我实不知!"明日清晨至陈家,云:"前事皆家人放肆,故亲来请罪,望翁宥我。"陈老曰:"公果不知,能将家人某某等当我面责处,我即不恨公也。"郜曰:"可。"即邀陈老至家,将家人重责,又着叩头陪礼,并留之小酌。陈老大悦,即能进饮食。忽胸中作呕,吐出一物,长尺许,众视之,乃一小蛇,游于痰沫内。郜骇然曰:"非我今日请罪,则翁必化蛇相报矣!"自后陈病亦愈。

心 经 诛 狐

钱唐秀才郑国相有妹适罗氏,于康熙甲申十月初旬夜坐,忽有风从窗隙中入,微有气息,旋见一少年满妆美女,嬉笑而至,后随一毛物,不满三尺,身披半臂。美女与妹言笑,不觉随之而行。或山林,或城市,来往轻疾,不知其魂之离体也。或僵卧三五日方苏。妖戒勿泄,泄必害其性命,故不敢语人。其家以为病疯。如此者至乙酉八月,国相远归乡试,延妹回家。中秋晚,再四诘之,始吐其实。是夜,妖即闹至五更而去。次夜复至,妹即晕绝。国相挈妹衣领,朗诵《心经》,始得释回。每日因虔祷所供大士前,愿刊施二千余部,除妖救妹。是夜妖至,举家朗诵大士宝号,饭顷始苏,云:"正在危急之际,空中现大士,呼'孽畜何得至此!'妖应曰:'因饥觅食耳。'大士叱之,随去。以手向妖一指,腾空而起,妖亦不见。"众觉旃檀香满室,妹得安寝。次日午后,忽又女魂附体,口作北音。国相取《周易》镇之,彼云:"'乾元亨利贞',我曾读过,不须取来。"口中只唤"还我胡三哥来"不绝。因一一询之,云:"我姓缪,唤缪三姑,年十六岁时,池边采荷花,见一美女,与我笑语,云是汪大姑。背后随者即胡三哥,名叫将恒,自称天下老狐第三,故称胡三哥。我被其迷,因此而亡。汪大姑得脱生去,今已四十二年。我依倚胡三哥,寻一替代。去年十月,连你妹子,寻有三人,期在一年之内,三人中必将一人收尽眼光,方可替代。今胡三哥被收,我无所归,奈何?"国相云:"汝何不归母家夫家?"云:"母家远在江西,不能去。七月间见兰盆会上丈夫抢食,想已不在人世矣。"言讫凄然。国相允以诵《心经》三百卷超度,才即合掌礼谢,云:"得此我可再生人世。你为我先诵两卷何如?"国相每诵一卷,缪即念"阿弥陀佛"一声。诵至三四卷,乃云:"不须多诵,若多则太重了,我手不能持。"并索烧酒、牛肉、银锭五百、烟筒、荷包,一一从之。起身作礼致谢而去。饭顷,妹病始苏,作呻吟声,云:"我被缪三姑藏山洞中,正在啼哭,忽见缪三姑面色微红,似有酒气。胸怀银锭,口含烟筒,手捧白纸经卷,口称'般若波罗蜜多'而来。云:'汝父兄念汝,领汝回去。'走得脚痛,故呻吟也。"次早,忽又作缪语云:"菩萨不忍将胡三哥杀害,不过拘系而已。今闻胡三哥要打千尺深的地洞逃出来害汝妹性命,我感你恩,故来报信。大相公可再求大士,使他不得逃出。"国相又虔祷大士前,愿再刊施《心经》千卷,共三千卷,并将此胡三哥为怪之事载于经后,普劝世人。祷毕,缪三姑云:"如此甚好。但昨日与我的银锭虚数不敷。"又云:"《心经》被人来夺,扯碎了。烟袋因狗叫心惊,失掉了。今要银锭一千,裙袄二副,仍要烟袋、荷包、烧酒、牛肉。许我《心经》可先念三十卷,须做一纸箱,开盖,对箱朗诵,自然卷数在内。"又云："九月初一日可斋供大士,将你妹子归依菩萨,取名'观贞',打一银锁,将法名凿上,挂在胸前,以避凶灾,以保年寿。"于是一一备办,候暮而送。又云："此刻大士已带了胡三哥到城隍处,你妹子亦去赴审矣。"黄昏后,妹苏,曰："城隍庙审事回来。"备述先在庙门外,见城隍神迎接大士上殿正坐,城隍在下侧首旁坐,我跪大士侧边,胡三哥跪丹墀下。大士向城隍说了些话,城隍就问胡三曰："孽畜何得扰害生人?"胡三答曰："我原在新宫桥里住,因桥拆造,借居罗家空楼,此系女鬼,他来跟我觅食的。"城隍即令判官查我父母及吾兄之籍,又查罗宅之籍,查毕,叱曰："他是生人,如何说是女鬼?"喝令掌嘴。掌毕,复抽签掷地,将胡三哥重打三十板,曰："我处亦不究你,解往真人府去治罪。"随点役二人,备文解去。解差手执红棍,将胡三哥锁押而去。大士出庙升天,我亦出庙门,缪三姑领我回来。于是延巫祭奠缪三姑,相送而去,不复来矣。至二十六夜,其妹夜半梦前解差二人,一人手执长枪,枪上挂一毛头,带有血痕,曰："胡三已正法矣!"妹惊醒。次夜甫就枕,即有一毛头滚地而来,将女左臂带衣痛咬一口,随即喊叫,其头不见。只见左臂衣上染有血痕。自此或昼或夜,每见毛头在脚边滚来滚去。九月初一日,依缪三姑之言,置锁凿名,斋供大士,妹见大士吩咐:"胡三已经正法,你终身勿往东南去。汝兄许缪三姑《心经》三百卷,他得此经,已成地仙矣。我之《心经》重大,汝兄须加敬奉。"大士又取香灰在女头上书符镇之而醒。于是国相同妹叩谢。但滚地之头,不时来搅。国相亦每夜梦与人殴击,不见其形,但觉有一不满三尺之黑物而已。忽悟《心经》佛力浩大,可以解冤释结,超度苦魂,又向大士前再拜,愿诵《心经》三百卷,超度胡三,以解此结。于是毛头亦不复再见。此皆国相亲历之事,向人言之。

旱 魃 有 三 种

一种似兽,一种乃僵尸所变,皆能为旱,止风雨。惟上上旱魃名"格",为害尤甚。似人而长,头顶有一目,能吃龙,雨师皆畏之。见云起,仰首吹嘘,云即散而日愈烈。人不能制。或云天应旱,则山川之气融结而成;忽然不见,则雨。

鬼脚甚香能行经受胎

宁波周秀才在於潜署内作幕,久之,形状羸瘦。同事疑之,叩问,总言无他。一日,同食西瓜,客有言鬼无脚,周忽云:"鬼不特有脚,且女鬼之脚甚香。"群问何所见,周颇悔失言,众再四诘之,始言于某夜月光下有所感触,对月长叹。忽见对过廊下有一妇人甚美,亦对月长叹。周初疑为署中人,坦然不惧,讯其所叹何故,遽答曰:"子不知我之所叹,犹我之不知子之所叹也。"少顷,周闭门而睡,心悔月下逢此美妇人,惜未细谈。忽闻窗外小语云:"君果有意,当于明夜月下再会。"至次夜,周屏僮仆,相俟月下,久不至,疑其爽约。至四更,忽见妇人踉跄而来,曰:"我为君驰千里而来。"叩之故,曰:"今夜往江南六合祝盟姊寿,去时有同伴数人,恐久留失约,故撇同伴独回。途间恐遇虎狼,胆怯行迟,故后期。天且渐晓,不能缱绻。如君必欲相会,可与僮仆分居,恐与阴阳有犯。"如其言。奴知主人室中有鬼,坚不肯移,周大怒,奴始从之,然每夜必窥探主人之室,妇人遂不至。久之,僮亦释然,不复来扰。忽妇人至曰:"君毋畏,我系前幕友某人之妾,松江人,偶小疾,为庸医所误,遂殁。以阳寿未终,冥籍不收,可以闲游。查露水夫妻簿上,与君有缘,但注定只应交媾一百十六次,若无人知则相处可长,否则缘尽便散。"又云:"君外尚有一人,亦有夙缘,应数百次,不知何日得会。自此后可为地仙,不复轮回。且我行经受胎皆与人同,奈君命中无子,我不能为君嗣续耳。"从此周形神愈愈。同人知其事,促之归,周亦以同人皆知,身不能安,遂归宁波。身渐充肥。周每与女交,用红圈印于宪书月日之下,同人数之,得一百十六圈。

王　弼

王弼字良辅,秦州人。行医延安,遇巫王万里与从子尚贤卖卜龙沙，忿其语侵坐折辱之。万里恚甚，驱鬼物惧弼。弼夜坐，忽闻窗外悲啸声，启户一视之，空庭月明，无有也。翼日，昼哭于门，且称冤。弼乃祝曰："岂予药杀尔邪？苟非，予当白尔冤。"鬼曰："儿阅人多，唯翁可托，故来诉翁，非有他也。翁若果白儿冤，宜集十人为证佐。"弼如其言。鬼曰："儿，周氏女也。居大同丰州之黑河。父和卿，母张氏，生时月在庚，故小字为月西。年十六，母疾，父召王万里占之，因识其人。母死百有五日，父昼卧，兄樵未还，儿偶步墙阴，万里以儿所生时日禁咒之，儿昏迷瞪视，不能语。万里负至柳林，反接于树，先剃其发，缠以采丝，次穴胸割心肝，暨眼舌耳鼻爪指之属，粉而为丸，纳诸匏中。复束纸作人形，以咒劫制使为奴，服役稍怠，举针刺之，痛不可言。昨以翁见辱，乃遣儿报翁。儿心弗忍也。翁能怜之，勿使衔冤九泉，儿誓与翁结为父子。在坐诸父，慎毋泄，泄则祸将及。"言讫，哭愈悲。弼共十人者皆洒涕，备书月西辞，联署其名，潜白于县。县审之如初，急逮万里叔侄鞫之。始犹抵拒，月西与争，反复甚苦，且请搜其行囊，遂获符章、印尺、长针、短钉诸物，万里乃引伏云：万里，庐陵人。售术至兴元，逢刘炼师，授以采生法。大概如月西言。万里弗之信，刘于囊间解五色帛，中贮发如弹丸，指曰："此咸宁李延奴，为吾所录。尔能归钱七十五万缗，当令给侍左右。"万里欣然允诺。刘禹步焚符祝之，延奴空中言曰："师命我何之？"刘曰："尔当从王先生游。先生仁人也，殊无苦。"万里如约酬钱，并尽受其术。复经房州，遇邝生者，与语意合，又获耿顽童者，亦奴畜之。其归钱数如刘，戒万里终身勿近牛犬肉。近忘之，因啖牛心炙，事遂败，尚复何言！县移文丰州，追和卿为左验。和卿来，心颇疑之，杂处稠人中。弼阳问："谁为尔父？"月西从壁隙呼曰："黑衣而蒲冠者是也。"和卿恸，月西亦恸。恸已，历叩家事，慰劳如平生。官为具成案，上大府，将定罪而万里死于狱。初，弼诉县归，亲宾持壶觞乐之。忽闻对泣声，弼询之，鬼曰："我耿顽童、李延奴也。月西冤已伸，翁宁不悯我二人邪？"弼难之。顽童曰："月西与翁约为父子，吾独非翁儿女邪？何相遇厚薄之不齐也！"弼不得已，再往县，入牒，官逮顽童父德宝、延奴父福保至，其所言皆验。自是三鬼留弼家，昼相随行，夜同弼卧，虽不见形，其声琅然。弼从容问曰:"门当有神,尔曷从入?"月西曰:"无之,但见绘像悬户上耳。"曰:"吾欲爇纸钱赐尔,何如?"曰:"无所用也。"曰:"尔之精气能久存于世乎?"曰:"数至则散矣。"顽童善歌,遇弼饮,则唱汉东山调为寿。弼连以酒酹地,顽童辄醉,应对皆失伦。客戏以醯代之,顽童怒曰:"几蜇吾喉吻!何物小子,恶剧至此!"哓哓然数其阴事不止,客惭而遁。月西尤号黠慧,时与弼诸子相谑,言辞多滑稽。诸子或理屈,向有声处击之,月西大笑曰:"鬼无形,兄何必然?徒见其不智也。"凡八阅月,始寂寂无闻。

萧 总 管 求 焚

戚南元为归安知县,有萧总管祠,甚灵,庙壮丽特甚。一日过之,值赛会之期,聚数千人。戚告于神曰:"天久不雨,若能祷神得雨则善,不尔,庙且毁,罪不赦也。"舁木偶于桥上,竟不雨,沉之水中。数日,舟行,忽木偶自水跃入舟中。侍者失色,走报曰:"萧总管来,萧总管来!"戚笑曰:"是总管求焚也。"命系其舟侧,顾岸傍有社祠,别遣黠隶易服入祠,戒之曰:"伺水中人出,械以来。"已而果然。盖诸赛者贿没人所为也。遂焚之,而杖作伪者。

全州兵书匣乃水怪奔云之骨

乾隆丙辰,余过广西全州,见绝壁之上有匣,似木非木,其上无盖,舟人云诸葛亮藏兵书处。甲辰,余再过全州,已将五十年矣,仰而谛视,丝毫无损,疑世上焉得有此不朽之木。后广西布政司奇公过其地,用千里镜测之,的是木匣,非石匣也。其下江流迅急,舟难久停,心中终以为疑。后阅《涌幢小品》云:嘉靖皇帝常遣南昌姜御史往取兵书,姜架云梯,募健卒缘梯而上,乃一木棺,厚尺许,黄黑色,其上有盖,启之,中有白骨,头颅大如车轮,两牙长一尺余,锋利如刀,遂取以下。御史据实奏闻,瘗其骨于山侧。是夜,姜梦一虎头人,长丈余,撞门而入,瞪目怒曰:"余水神巫支祁之第三子奔云是也。能出入风云,吞啮虎豹。当禹治水时,我父子与之大战,我败伏山泽中。伯益来放火,几为所烧。我咬伤伯益之指而逃。禹王大怒,命天将庚辰用神霄剑斩我,掷尸江中。其时我父尚在,命群水怪取阴沉木为棺,葬我于此,将来劫满时,我尚想下世报仇。汝乃命某卒来剖棺戮尸耶?然汝贵人也,奉天子命而来,我不能害。彼破棺之卒,吾将取其命矣。"言毕而去。次日,卒果暴亡。余按阴沉木乃洪荒以前之木,经过劫灰者,万年不坏。以故历千百年,巍然不朽。其盖被姜御史所取,故今犹暴露也。余丙午游武夷山,见大藏山洞之虹桥板,森森架立,恨无姜御史其人者架云梯取而视之。

续子不语卷四

帝　流　浆

方延济善乩术，其主乩者，每年必有一仙。戊子主乩者陈真人，字髯翁，善与众谈论。一日，众人以溺鬼必带羊臊气，是何缘故，陈云："凡人魄入地沾水即臊，河中皆淤泥，本多积秽，魄溃其中，七日即作羊臊气。凡河水鬼带羊臊气者，不能祟人，必五年之后，无此气便能祸人。"又云："焚死之鬼，五体不全，必觅伴合并而后能成形。或二三人合并不等。其并法，老不并少，男不并女。"又云："凡草木成妖，必须受月华精气。但非庚申夜月华不可。因庚申夜月华，其中有帝流浆，其形如无数橄榄，万道金丝，累累贯串，垂下人间。草木受其精气，即能成妖。狐狸鬼魅食之，能显神通。以草木有性无命，流浆有性可以补命，狐狸鬼魅本自有命，故食之大有益也。"

讨　亡　术

杭州陈以逵善讨亡术，凡人死有未了之事者，其子孙欲问无由，必须以四金请陈作术。其术：择六岁以上童子一人与亡人素相识者，命其闭目趺坐，在童子背后，书符于其顶。其符内有"果斋寝尻八埃台庚"八字。其时，命家人烧甲马于门外，书毕即瞑目睡去。见当方土地背负一包裹，牵马命骑，同至冥司，寻亡过人，询悉其生平未了之事毕，即苏。其术尤盛行于杭城布政司房，司房土地相沿为汉萧何。一日，方作术时，童子忽瞪目大呼曰："我乃汉丞相萧何，汝以逵何等人，敢以邪术驱遣我为童子背包牵马？因汝诵《太上玄经》来教我，不敢不遵，此后如敢再尔，吾将诉之上帝，即加阴诛！"陈贪利不改。一日行法，土地乃领童子经由枉死城中，见断体残肢、狰面恶鬼，提头掷骸，遍满马前，童子惊骇而瘏，以后不敢再奉其法。陈不得已，复教以剑诀，命童子手中执一剑，仍诵前经，土地复领至前所，童子遵即舞剑斫杀数鬼，众鬼号呼。忽见空中金光万道，众鬼喜曰："关帝降矣！"见土地揖于帝马前，喃喃不知作何语。有顷，牵童子马至帝前，帝谕之曰："我念以逶老奴才奉太上玄宗之教，故不忍即灭其法。汝可传谕他，以后倘敢再行其术，我当即斩其首！"乃命周仓以青龙刀背击童子一下，童子大叫而醒。嗣后遂绝志不复从陈受法。陈久之益贫，无所得食，偷于他处复行其术。是年秋，梦至钱唐门外黑亭子湾，见一木榜上罗列其罪，当于九月十三日诛斩妖人陈某。醒后略不为意，稍稍白其梦于人。至期，有好事者欲验其言，往至陈家，见陈身易道服，遍体书符，口诵经咒，似有解禳之法。良久忽大叫云："被杀，被杀！"众云："汝尚能言，何以云被杀？"答云："幸我魂多，斩之不死，然亦不能久延矣！"未几病死。视其颈，皮肉虽好，而内骨已断矣。

学竹山老祖教头钻马桶

湖广竹山县有老祖邪教，单传一人，专窃取客商财物。其教分两派，破头老祖即竹山师弟。学此法者，必遭雷击。学法者必先于老祖前发誓，情愿七世不得人身，方肯授法。避雷霆须用产妇马桶七个，于除夕日穿重孝麻衣，将三年内所搬运之银，排设于几，叩头毕，遂钻马桶数遍，所以厌天神也。有江西大贾伙计，夜失去三千金，旦视箱簏，丝毫不动，惟包银纸有虫蛀小孔而已。因记船过襄阳，有搭船老翁借居舱后，每晚辄焚一炷香，向空三揖三拜，口喃喃诵咒，听之不解，疑即竹山邪教也。识者包银用红纸，四面以五谷护之，则其法不能行。

关 帝 现 相

桐城姚太史孔铖云：曾于北直某观察署请乩仙判事，署中亲友齐集，惟观察年家子某静坐斋中不出。或邀之，曰："乩仙不过文鬼耳，我事关圣者也，法不当至乩坛。"客曰："关帝可请乎？"曰："可。并可现相。"遂告知观察。观察亲祈之，年家子愀然曰："诸公须斋戒三日，择洁净轩窗，设香供。诸君子另于别所设大缸十口，满贮清水，诸公跪缸外伺候。"年家子遍身着青衣，仰天恸哭，口谆谆若有所诉。忽见五色云中，帝君衮冕长须，手扶周将军，自天而下，临轩南向坐，谓年家子曰："汝勿急，仇将复矣。"某复叩头大哭。周将军手托帝君足飞去，只见瑞云缭绕而已。诸公为金甲光眩射，目不能开，皆隔水缸伏地。一日年家子不辞而去。闻某大僚中恶于道，皆疑之，终不知所报何仇也。

鼠作揖黄鼠狼演戏

绍兴周养仲在安徽做幕，携外甥某居县署。空室三间，向来人不敢居，周不信，打扫洁净，自居内间，点烛而卧。忽见房门自开，有一白鼠如人拱立，行数步，鞠躬一揖，至床前，又一揖，跃而登床。其旁有两黄鼠狼，拖长尾，含芦柴，演吕布耍枪戏，似皆白鼠之奴隶，求媚于鼠王者也。白鼠伏周君足下，由腹下徐徐而上，肢体如酥，颇觉乐甚。至胸前，便觉如石压身，不能动。鼠以嘴对嘴挠其沫而食之，渐褪下，仍由其足下床，向门一揖而出。周亦无恙。其甥在外，只见鼠初来时一揖而门开，出又一揖而门闭如故。韩诗云："礼鼠拱而立。"其信然欤？

温元帅显灵

阳湖令潘本智之太翁用夫开线庄，忽失银千金。仁和令李公学礼亲为踏勘，于灰中查出六百金，李公以为诸伙计之事，欲押带赴县。太翁云："此辈皆老成力作之人，必不为此，带我家奴仆研讯可也。"众伙计云："非主人仁厚，我辈皆当受刑。虽然，我辈亦当赴元帅庙明明心。"众始到庙门，内中一人，忽闭目大叫："莫打！莫打！我说！我说！你可将瓮中四百金令汝兄手捧到庙。"诸人见此光景，同搜其家，四百金宛然在瓮，其兄遂头顶四百金送庙中。李令取其亲供，判云："此冥法也，非官法也。候其安静，带县发落。"未几其人已投水死矣。

僵 尸 拒 贼

杭州洋市街石牌楼贩鱼人，每五鼓出艮山门贩鱼，见树林内灯光隐隐，有美女子独坐纺绩，每日如此，并无别人，疑为鬼，亦不惧。一日，有白须叟语之曰："君慕此女，欲以为妻乎？我有法，依教则事可图。明早须持一饭团闯入彼室，诱彼开口，则以饭塞其口，负之而归，勿令见天光，便与人无异矣。"如其教，果得此女，闭楼中，伉俪甚笃。年余生子，亦能饮食。天阴则下楼执炊。积廿余年，娶媳生孙，家亦小康，开茶肆。一日，天大热，日光如火。其媳闻姑下楼，至梯无声，视之，有血水一滩，变作僵尸。其夫心知其故，亦不甚痛苦，但买棺收殓。每夜于棺中出入。常有贼，入前门，有人挡之；入后门，又有人挡之。皆僵尸为之护卫也。

亡 父 化 妖

某太守，西北人。其父已死多年，忽一日乘马而来，与生无异，曰："我已得仙，但爱汝，未能忘情，故来视汝。汝可扫一静室与我居住。"其子虽疑，然声音笑貌，举止作事，果其父也，遂事之如生。日间看书，夜中或寐或不寐，久亦饮食如常，遂相安焉。年余，西江张真人过其地，太守告之，张曰："妖也。岂有仙人复久居城市，无一毫异人者乎？能与见否？"太守告其父，父欣然曰："我正欲与天师相见。"谈吐如故。天师曰："此妖非我所知。"询之老法官，云当乘其不备勘破之。一日，其父正写字时，法官忽从背后喝之，遂惊如木鸡痴立。法官出袖中天篷尺从头量之，量一尺则短一尺，量一寸则短一寸，至足而灭，衣冠如蜕，剩胫骨一条。法官曰："此先太翁之真骨也。为狐钻穴，野狗衔出，受日月精华而成此妖，所以能言生前之事。再与女人交，得阴精，其祸更不止此。"太守欲请骨而葬之，法官不可，曰："勿贻后祸。"遂携之去。余按《太平广记》载唐时李霸死后，还家处分奴仆，俱井井有条，然独居一室，不与人见。一日其子孙逼而视之，变作青面獠牙之鬼，头大如车轮，眼光如野火。子孙大惧而散，霸从此亦遂不来矣。

乾麂子

乾麂子，非人也，乃僵尸类也。云南多五金矿，开矿之夫有遇土压不得出，或数十年，或百年，为土金气所养，身体不坏，虽不死，其实死矣。凡开矿人苦地下黑如长夜，多额上点一灯，穿地而入。遇乾麂子，麂子喜甚，向人说冷，求烟吃，与之烟，嘘吸立尽，长跪求人带出。挖矿者曰："我到此为金银而来，无空出之理。汝知金苗之处乎？"乾麂子导之，得矿必大获，临出则绐之曰："我先出，以篮接汝出洞。"将竹篮系绳拉乾麂子于半空，剪断其绳，乾麂子辄坠而死。有管厂人性仁慈，怜之，竟拉上乾麂子七八个，见风，衣服肌骨即化为水，其气腥臭，闻之者尽瘟死。是以此后拉乾麂子者，必断其绳，恐受其气而死，不拉则又怕其缠扰无休。又相传人多乾麂子少，众缚之使靠土壁，四面用泥封固，作土墩，其上放灯台，则不复作祟。若人少乾麂子多，则被其缠死不放矣。

石　某

下津桥石某，开米铺，家素丰。忽病，女鬼凭之作杭州声口云：石某前生与女鬼比邻，开当铺，女鬼之父作客在外，家有月台，男女彼此眷恋。一日，正在月台下私语，女鬼之叔自外来，被其撞见，男窜逸去，女被叔父羞削，惭愧自尽。男受惊而回，又闻女死，亦一病而亡。男转生石家为男，女鬼寻觅三十余年始知在苏州，是以寻觅而至。石家哀求，情愿当祖宗供奉于书房，石某果愈。未几，一女痘亡，有老妪见此女坐鬼膝上，鬼抱而嬉。石大怒，骂鬼，停其祭礼。鬼大作祟，乃复求饶而祭之如初，鬼仍平静。半年后，忽一日附石某身上云："吾从此去矣,快备酒席车船。"家人问故,曰:"监生娘娘来领我投胎,在扬州张姓家,第三子是我也。"托人询之,果然。

物　变

每年八九月间,于阗河石子化玉,采者以脚端之。两岸卡兵传鼓,见一人伛偻俯身,必须得玉以献,否则治罪。采尽则明年复生。天大雾,则山上石变者为山料,河中石子变者为水料。俄罗斯国有鸟来千群,一遇大雾,即伏地不动,化为灰鼠。其他沙鱼变虎,变鹿,两蚁相斗便化为蝇,虾爬虫变蜻蜓,为人所扑则怒毒而变蜈蚣。

人　变　树

外国兀鲁特及回部民从不肯自尽,云自尽者必变树,树易招斩伐,故不愿也。秦中明府蒋云骧云。

水精碧霞洗

漳州山上,有气冲上,即知其下有水精。滇南闻大雷,便生碧霞洗。皆因时变,并非洪荒以来已有之物。

浮　提　国

浮提国人能凭虚而行,心之所到,顷刻万里。前朝江西巡按某曾渡海,见其人,相貌端丽,所到处便能学其言语,入人闺阁,门户不能禁隔,恰从无淫乱窃取之事。

刀　疮　药

甘肃田五之变,官兵殪之于石峰堡,死者甚众。诸童子割男女之阴联为一副，卖钱十二文，配刀疮药者争买之。过一宿则臭腐不可用。

乩仙灵蠢不同或倩人捉刀

乩仙灵蠢不同。赵云崧在京师，烦乡人王殿邦孝廉请仙。殿邦本有素所奉仙，不须画符，焚香默祝即至，下笔如飞，俱有文义。或云崧与之倡和，意中方想得某字，而乩上已书，每字皆比云崧早半刻。及云崧在滇南果毅公阿将军幕下，阿公之子丰昇赫亦能请仙。一夕邀云崧同观，而乩大动，不能成字。云崧知其非通品也，乃戏为之传递，意中想一字，依约至喉间，则乩上即书此字；意中故停不构思，则乩上不能成字矣。

拔　鬼　舌

蒋敬五之仆阿真，勇而好酒。常随主寓西直门，其地多鬼，人不敢居，阿真居之。夜有鬼，披发而来，某方醉不惧也。鬼伸舌丈许，以吓之，阿真起，以手执之，并拔其舌，冷软如绵，鬼大号而去。乃置舌席下，次早视之，一草绳耳。鬼从此绝。

蒋　莹　溪

蒋莹溪赘于华亭王氏，内弟继勋娶于桐乡，归未数日，室中失牙箸银器数件，搜得于赠嫁之仆处，将鸣之官。是晚，仆夫妇齐缢。其夫系一僧，拐妇而来，惧发觉则罪大，故自尽也。不数日，蒋小婢无故自缢，急救乃苏。蒋至其处骂曰："汝有奸拐盗窃之罪，不当官治罪，自殒其生，亦大幸矣，何敢作祟于无辜之小婢？倘婢不活，吾将鞭汝二尸焚之！"嗣后婢安好。

方 宫 詹

桐城方宫詹亨咸，前身在嘉靖时作青城山道童，见杨升庵中状元，心为一动，遂托生宜兴潘家。少年进士，通一比丘尼，半途相负，尼思慕抑郁而亡。亡何，尼转世为贵公子，潘转世为女，嫁与贵公子而早寡，守节七十余年，所以报也。三次轮回为宫詹公，生而美貌，耳有穿孔，故乳名姐哥。父拱乾为前明侍郎，名其子必取字于文头武脚，曰膏茂，曰章钺，曰亨咸，皆本此义。或戏之曰："何不取'於戏哀哉'四字为名？亦皆文头武脚也。"

麒 麟 无 肠

乾隆四年，芜湖民间牛生麒麟，三日而死。剖其腹，不见肠胃，中实如蟹，人以为奇。后有人云：康熙《南巡盛典》，曾载此事。

四 耳 猫

四川简州猫皆四耳，有从简州来者，亲为余言。

头 形 如 桶

《南史》载毗骞国王头长三尺，万古不死。后阅谢济世《西域记》云：毗骞王生于汉章帝二年，本朝称董喀尔寺呼尔托托，圣祖曾遣使者至其国，见之。王头如桶，颈如鹅，俱长三尺，张目直视，语不可辨。其子孙皆生死如常，惟王不死。事载康熙《天文大成》。赵衣吉秀才云。

鸟 怪

松江王掌科之姨，凌进士应兰之次女，年甫及笄，嫁于李氏。方理晨妆,有五色鸟翔于窗间,飞立于镜架之上,举爪招女,女便痴迷。口啁啾作鸟声,人不能辨。身轻如雀,梁间瓦上,上落如飞。镜架之鸟,则已去矣。家人患之,不能禳解。闻苏州穹隆山有道人,能行法,迎而求之。道人曰:“此鸟怪也。我能禳治,但须白布三尺,裹鸟所立之镜,用烈火烧之,镜红而布不坏,则可治也。”如其言,布果不坏。道人口喃喃诵咒良久,曰:“妖已得矣。”取瓦坛封之,加字篆其上,嘱家人曰:“不可开看,速投江中。”女果如梦初醒,言语如常。问其故,全然不知。家中持瓶者揭封偷视,女瞀乱如初,手制弓鞋,皆作鸟爪之状。再请道人,道人曰:“不听吾言,果生枝节。幸而夫人有福,此怪逃去不远。再如前法试之,须布烧后现出牡丹花一朵者,吾法始灵。”如其言,果布上现牡丹如画。道士再取磁瓶加封施篆,亲投江中。女病遂愈。至今生子安居,了无他恙。

刘 子 壮

明末湖广黄冈州张某之子,病重为鬼所迷。一鬼既集,群鬼皆至,索饭索纸钱者,纷集于门。适刘克猷先生推门而入,群鬼惊曰:“状元来了!我辈且避。”一老鬼走矣,回头笑曰:“没纱帽戴的状元,吾何惧哉!”病人恰愈。众人不解。后刘中本朝状元,方悟老鬼之揶揄也。

黑 牡 丹

福建惠安县有青山大王庙,庙之阶下所种皆黑牡丹。花开时,数百朵,朵皆向大王神像而开,移动神像,花亦转面向之。

李秀才捕亡术

闽中李秀才,老于场屋,而家甚贫。不事馆谷,惟以捕亡糊口,其效甚神。有王某被窃,来求秀才,诵咒毕,置镜水面,命王视踪迹,教以某时刻到东门外见有白须而跛者擒之，则失物必得。王意跛者不能窃物，白须则其人老矣，何能作贼，姑试之，竟如其言，人赃并获。其行窃者系一积贼，年二十余，虑捕快认识，故偷戏场优人所戴假须，充作老翁。先一日，上山遇雨，跌伤其足，故跛也。

石 树 榕

石树榕以太学肄业生受知于浮山孙文定公，荐授四川犍为令，署嘉定州。精于占验，一时有管公明、郭景纯之目。一日，于嘉定署中自占，卦成骇曰："予未四十，岂七十二岁方守郡耶？"后年逾四十即殁。惟此一事全不验。然嘉定改府，恰在渠七十二岁之年。

禅 师 吞 蛋

得心禅师行脚至一村乞食，村中人皆浇薄，尤多恶少年，语师曰："村中施酒肉，不施蔬笋。果然饿三日，当备斋供。"至三日，请师赴斋，依旧酒肉杂陈。盖欲师饥不择食，以取鼓掌捧腹之快。师连取鸡蛋数个吞之，说偈曰："混沌乾坤一口包，也无皮血也无毛。老僧带尔西天去，免受人间宰一刀。"众人相顾若失，遂供养村中。

含 元 殿 判 官

甘肃中卫令胡纪谟，直隶通州人，戊子孝廉。自言未仕时，馆于京师，忽一夜，梦仪从甚都，身跨银角花鹿，御风而行。至一处，殿宇甚敞，额曰"含元殿"。旁设公座，案上燃红烛，有泥果三盘，阶下书吏多人捧册侍立。未登座时，先至侧房，将所着衣履脱却，尽易纸者，颇觉寒入肌骨。步出即扃闭侧门，如有时门缝略开，即觉风吹衣履，有秽气冲入。所办公事，唯按簿点名而已。方点名时，或见故人将受苦楚，稍存回护之心；或见绝色女子，不无动念，即时殿上火起，身上纸衣尽焚。惊心镇定，其火自熄。但所点男女俱有黄气一团，云是道门中转劫者。一日见一童子,年七八岁。阅簿,知前身系仁和邵昌皋,亦举戊子北闱,榜发后即殁,计此童子又转轮矣。如此者数年,每夜必去,几与受戒僧相似,心甚苦之。时尚无子,幸其父为杭州龙王书吏,以乏嗣例为子求免,龙王为之申恳,得准除免此差。据在含元殿见天府所颁秘书甚多,无如梦中举笔,千钧之重,仅默记得《心经注解》一本、《元君下品戒格》一册,系杀盗淫狂四则,其律甚细,大抵与禅门戒律相仿。惜当差数年之久,而含元殿主从未得一见,不知何许人也。杭州屠涧南时在陈望之方伯署中,亲见其人,自言如此,并亲录二书,戒格一本带归。此事万近蓬言。

狐狸驮旗白鹿张伞

胡又云:伊书吏皆阳世读书人,或生童,或孝廉,间有识者。至吏卒多系狐鹿之类。来迎时,仪从整肃,狐狸驮旗,白鹿张伞,有金角者、银角者,似以此分职之尊卑。后充教习,居内城,则不复至。凡男女皆不得同床睡,同床则魂归时为生人所冲,不得入城。盖城内护卫宸居,天将充满,狐鹿之属不能入。后以泄机密革任,始生子女。

虎有黄光

胡又云:来受轮回者一虎,亦有黄光。生时山神土地视之,奏闻上帝,知为道中人,落劫于含元殿者。查得命终时未曾勾取生魂,遂自缢死,混入虎胎。旋奉天旨:若虎伤人,罪坐含元殿主者及判司。

正色立朝四字现出腿上

吴钠孙字坚士,仁和诸生。雍正甲辰孝廉、作令紫廷先生讳邦煓之孙。馆于本城汪氏。白日假寐起,觉左腿作痒,视之现一“正”字,朱文隆起。又逾时,复现“正色立朝”四字,大如碗口,拭之不灭,端楷工整,笔法颇似虞世南《庙堂碑》,见者无不以为异,然求其故而不得也。先是一日前，吴君为移厝屋至三台山，道过张天官墓，石牌上镌"正色立朝"四字，或以为有所触犯，因复肩舆至天官墓上虔祷之。其地去于忠肃公祠不远，即祷于公祠乞籤，神示籤云："少年发迹自豪雄，更复花枝压帽红。引得乡人齐俯首，洛阳季子一时荣。"旁有解之者曰："此吉语，不必言。是秋，适举行己酉正科乡试，定为获隽之兆。第三句谓远近来观者皆低首谛视。第四句暗用引锥刺股事，而延陵季子之称，于姓亦有关合。"及秋试竟不第，现出四字渐渐平复，以后亦无他怪。此乾隆五十四年六月初三日事。余按《涌幢小品》载嘉靖间山东海丰县民徐二病伤寒，忽臂膊上生"王山东"三字，知州尤宝以闻，逮至京师，验明释放。

狗　儿

申生祥麟者，小字狗儿，居渭南。故农家子，状妍媚而性谌挚，不为父母所悦。会关中饥，将觅食他郡，以祥麟寄邻家。邻人责以治地，怠则鞭挞之，不堪，乘间乃逃入蓝田山，复越秦岭而西。昼食卉木，夜就岩穴栖其身，凡数月。时方燠暑，入山益深。一日，坐崇阜，下窥洞穴，林萝蔽之，入其中假寐。须臾，黑烟喷入，火燎毛发有声，亟穿穴出，有巨蟒如瓮，不见其首，尾捽洞外，毒雾幕之，高三丈许。祥麟惊仆地，堕土室中。醒后自视，身首黝黑如漆。就山中乞食，群呼噪指为鬼物，以刃梃殴逐之，自分必死。亡何，见灌莽中有物若栲栳状，饥甚，剖食之，浆白如乳。数日后，觉体中瘰痒，乃入溪涧浴之，忽黑皮蝉蜕，而貌转靡嫚。祥麟故习秦声，出山后，由汉中至武昌。其地有胡妲者，艺颇精，求其指示，欲藉以假食，不肯授，转唶同类揶揄之，愤而弃去。佣于金弹儿家，汉阳名倡也。祥麟事之，见其一颦一笑、一举止、一饮食、一瘰痗，明姿冶态，备极诸好。居一载，喜曰："吾得之矣！"复请奏技，观者尽倾，如壮悔堂所传马伶演《鸣凤记》故事也。又数月，夜宿旅店，忽有白刃自牖飞入揸其首，亟避，出视之，即胡妲也。知招妲忌，其地不可居，即日反渭南。方祥麟始去也，年十六，又四载归，入室不知父母所在。有云见之山西者，复弃家渡河，由蒲州售技至太原访之。一日，演剧于沈竹坪观察署，傔从列侍，中有老叟，似其父，时方登场，瞥眼不觉失声。询其故，令相识认，果然。其母亦在署，闻亟趋出，抱持之，各相视，恸不能起。坐中皆泣下。观察感动，厚赠之，令与俱归。返旧居，置田五十亩于酒河川原上，将事亲以终其身焉。

鹏粪

康熙壬子春，琼州近海人家忽见黑云蔽天而至，腥秽异常。有老人云："此鹏鸟过也。虑其下粪伤人，须急避之。"一村尽逃。俄而天黑如夜，大雨盆倾。次早往视，则民间屋舍尽为鹏粪压倒，从内掘出，粪皆作鱼虾腥。遗毛一根，可覆民间十数间屋，毛孔中可骑马穿走，毛色黑如海燕状。

银伥

人但知虎有伥，不知银亦有伥。朱元芳家于闽，在山峪中得窖金银归，忽闻秽臭不可禁，且人口时有瘟瘊。长老云：是流贼窖金时，常困苦一人，至求死不得，乃约之曰："为我守窖否？"其人应许，闭之窖中。凡客遇金者，祭度而后可得。朱氏如教，乃祝曰："汝为贼守久，我得此金，当超度汝。"已而秽果净，病亦已。朱氏用富。有中表周氏亦得金银归，度终不能久也，反其金窖中。汤某为作银伥诗曰："死仇为仇守，尔伥何其愚。试语穴金人，此术定何如？"

苍蝇替人治病

诸生俞某久病，家赤贫，不能具医药。几上有《医便》一册，以意检而服之，皆不效。有一苍蝇飞入，鸣声甚厉，止于册上。生泣而祷曰："蝇者，应也，灵也。如其有灵，我展书帙，择方而投足焉。庶几应病且有瘳乎？"徐展十数叶，其蝇瞥然投下，乃犀角地黄汤也。如方制之,服数剂,得愈。

鼠　荐　卷

繁昌令黄公,与余同校江南甲子乡试。黄阅"赵"字号一卷,不合其意,置之落卷箱中。次日,早起看文,此卷仍在几上。初意以为本未入箱,偶忘之耳,乃仍放箱中。次早,此卷又在几上。疑家人作弊,夜张烛佯寐伺之,见三鼠钻入箱,共扛一卷放几上。黄疑此人有阴德,故朱衣遣鼠为之,遂勉强一荐而中。榜发,其人姓闵名某,来见,乃告之故,且问:"君家作何善事?"曰:"家贫,无善事可做,但三世不许畜猫耳。"

石　人　赌　钱

雷州治前立石人十二,执牙旗两旁,即今卫治是也。忽一夜,守宿军丁闻人赌博争吵声,趋而视之,乃石人也。地上遗钱数千。次早,闻于郡守,阅视库藏,锁钥如故,而所失钱如所得之数。郡守将石人分置城隍、东岳两庙,其怪遂止。

犬　逐　通　判

甲辰大荒,平湖尤甚。有赵通判者,下县催征,刑法严刻,邑人大恐。时乞儿甚多,忽有黑犬直立作人言,告之云:"赵通判领库银三千行赈,曷往恳求?"相牵诣赵,顷刻数百人。无赖子又乘之大噪,赵惶惧,逾墙遁去。

佛奴穿母胁生

锡山尤少师时亨之子平贞,娶王氏,产一女,从左胁下出,名曰"佛奴"。慧性异常,五岁举动如成人。至秋渐不食,形体日小。一日，母胁复开，女便跃入，母即痛死。以僧家法焚之，筑小塔于赤石岭葬焉。平贞念妻女，不两月亦死。余素闻鲭鱼率小鲭而游，倘受人惊，则仍奔入母腹中，不料人亦如之。

彭 祖 举 枢

商彭祖卒于夏六月三日，其举枢日，社儿等六十人皆冻死，就葬于西山下。其六十人墓，至今犹在，号曰"社儿墩"。又墓前有蓲林，春不种而生，秋不收而枯。或人妄加耕锄墓旁，则雷雨大作。

人 皮 鼓

北固山佛院有人皮鼓，盖嘉靖时汤都督名宽戮海寇王艮皮所鞔。其声比他鼓稍不扬，盖人皮视牛革理厚而坚不如故也。

指 上 栖 龙

有萃里民王兴，左手大指著红纹，形纡曲，仅寸许，可五六折，每雷雨时，辄摇动弗宁。兴憾焉，欲锉去之。一夕，梦一男子，容仪甚异，谓兴曰："余应龙也。谪降在公体，公勿祸余。后三日午候，公伸手指于窗棂外，余其逝矣。"至期，雷雨大作，兴如所言，手指裂而应龙起矣。

续子不语卷五

夺舍法

庄恰圃言:在西番途次,憩一庙侧,旁有毙马,风来,腥秽不可忍。欲行又苦足疲。正蹰躇间,俄有老僧偕一少年来,亦憩息庙隅。少者谓老僧曰:"徒弟速遣死马去。"老僧即垂目不语,久之死马忽动,跃然起,向下风行二里许,复倒路侧。僧乃开目,谓少者曰:"已遣去矣。"此用夺舍法,然其法有夺生夺死不同。夺生者易其魂,仍载其魄;夺死者无魄可袭,夺舍后尚须修炼以养魄。今西藏红衣喇嘛悉知其术,在《楞严经》为"投灰",外道是也。

尸奔

尸能随奔,乃阴阳之气翕合所致。盖人死阳尽绝。体属纯阴,凡生人阳气盛者,骤触之,则阴气忽开,将阳气吸住,即能随人奔走,若系缚旋转者然。此《易》所谓"阴疑于阳必战"也。故伴尸者最忌对足卧。人卧则阳气多从足心涌泉穴出,如箭之离弦,劲透无碍。若与死者对足,则生者阳气尽贯注死者足中,尸即能起立,俗呼为走尸,不知其为感阳也。惟口不能言,其能言者,为"黄小二"之类,为老魅所附。陈聂恒《边州闻见录》载,有客山行,途中闻呼其名者,不觉应之。暮投主人宿,告以故。店主曰:"客无忧,我能治之。"夜携剑伺客寝外,打三更,果闻有呼客者,声在墙外,问为谁,答曰:"我黄小二也。"启门逐之,见一物如人,奔入一家而没。明日询其居邻,知为新死而葬者。相与报官起验,其尸斑烂五色。店主曰:"是也。然犹未成精。"与众四觅,入深山中,见遗骸一具,亦五色,生毛,曰:"此其黄小二矣。"焚之,果啾啾作声。及焚新葬之尸,了无他异。盖槁死之魂,久则成魅,特借新死之体以祸人,无所借则久而为眚;若遇雷火击散其气,又能布而为疫。此皆山川沴戾之气偶中于身后故也。

骷 髅 三 种

地中有游尸、伏尸、不化骨三种,皆无棺木外袭者。游尸乘月气应节而移无定所。伏尸则千年不朽,常伏地。不化骨乃其人生前精神贯注之处,其骨入地,虽棺朽衣烂,身躯他骨皆化为土,独此一处之骨不化,色黑如磐玉,久得日月精气,亦能为祟。故负米者死,肩骨后朽;舆夫死,腿骨后朽,以其生前用力,为精气结聚,故入土不易朽。伏尸亦然。伏尸久则受精气为游尸,又久而为飞行夜叉。《岣嵝神书》云,老蛤能辟伏尸。

人 气 分 尘

世皆积尘,人气能分尘,故目不见尘也。尘能朽物,故宫室无人住则易朽。然屋宇年久,则又积受人气,与日月风露之气交感而生影于木石中,如《含文嘉》夏鼎图所载门屋市阛,池泽器具,悉能成精,有名字可呼,百年有影,千年则积影成形。此屋日有人住,则精气不能外越,以常为纯阳之气所逼,仅伏形于内,成金水内景之象。一经封闭,数十年不得人阳气,则阴气日逼,而内之阳气悉达于外,于是有声有形而出焉,成火日外景之象。惟无质而藉气以成形,故能幻变一切。此内生之邪,非外来者之乘虚而据者也。燃火酒照之则真形立见,闻硫黄气亦退避。

鬼 气 摄 物

赵衣吉曰:凡鬼物摄人及器具,皆用气禁,能以小容大。予少时读书西城童佛庵韩姓家,亲见其家老仆为冤鬼所缠,一夕忽失所在,而门户四隅皆扃,已死于二里外桑园中,颈有手掐痕,青色,究不知从何出户。乙酉,馆常山。见有为妖祟者,摄其人入石穴中,穴不甚大,仅容其身,穴口如盏,呼之则应,终不可出。破石取之,其人已死。又予戚唐姓家为狐祟,一日其妇觅镜不得,后取瓶插花,觉瓶倍重于昔,视之则失镜宛然在中。口小腹大,亦不知何由而入。此皆以气禁。《汉书·方技传》有禁架之术,即此法也。

山魈怕桑刀

常山璩紫庭贡士有书塾在东门外,山中时有山魈出没其间,土人习见,亦不为怪,呼为"独脚鬼"。皆反踵而行,其来必有风。云其怪最怕桑刀,以老桑削成刀,斫之即死。悬桑刀于门,亦避去。山魈爱听歌,有张某馆衢州山中,每夜山魈踯躅而来,强嬲唱曲。

驱疟鬼咒

道书:疟鬼皆分干支值日,有名字,某日得病,查其名即可以符驱之。其不以日者,更属狂疟之鬼,尤披猖为祟,名"岳子贵",必须用值日之鬼拘之,所谓以贼攻贼也。然持此法行之,亦间有未验者。不如《太平广记》载驱邪疟鬼咒甚验,云:"勃疟勃疟,四山之神,使我来缚。六丁使者,五道将军,收汝精气,摄汝神魂。速去速去,免逢此人。"凡人疾发时,朗诵不彻,寒热即散,汗出而愈。张雨村先生业醮台州,亲试有验,传人无不效者。

阴沉木

阴沉木,湖广施南府属山中土产此物,悉掘地得之,名"阴沉木"。质香而轻,体柔腻,以指甲掐之,即有陷纹,少顷复合,如奇楠然。土人云:其木为棺,入土则日重,重则沉,葬千年后,其棺陷入地数十丈,亦坚重如铁,故宝贵之。施南买不过六七十金可得佳料一具。载至汉口,非千金不易购,以出水脚费大也。盘古以前无可考,有相传近混沌之上代,乃脱高、龙汉也。老聃生于龙汉元年。见道书。

织登科记

昔有人误入星渚,见一女织缣,缣上多古篆,不识,问之,曰:"此今年《登科记》也,以呈上帝。"夫《登科记》必织,《登科文》必铸,天上之重科目如此,《千佛名经》岂虚语哉! 若杨琼芳因贡院失火得元,又何异前明焦状元故事耶? 当时人语曰:"不因南院火,安得状元焦。"

朱鹿田

朱鹿田先生官刑部郎中时,偕大学士马公赴河南查办事件。路宿公馆,卧室三间,朱与马对房而居。时七月十六日,月色皎甚,朱患热不寐。三更,忽有风来,门户自开,见白气如虹,蜿蜒进内,近朱帐,朱以拂击之,气即出。朱蹑其后,见气入马卧阃,少焉退出,有红光一道,逐气交绕,白气不胜,形亦渐微,即出门去,红光亦回,不复追逐。门户又闭,听马则鼾声如雷,似不觉者。次日,耳房报随从家丁死者二人,皆身软如绵,不知何病。

飞僵

凡僵尸久则能飞,不复藏棺中,遍身毛皆长尺余,毿毿披垂,出入有光。又久,则成飞天夜叉,非雷击不死,惟鸟枪可毙之。闽中山民每每遇此,则群呼猎者,分踞树杪击之。此物力大如熊,夜出攫人损稼。

程嘉荫

赵衣吉曰:予幼与程嘉荫同学。嘉荫有巧思,性好道,与范羽士交,得其《奇器录》一本,能为木牛。亲见其制,外式人尽能之,惟中设机各异。其喉舌下横直木，一系舌根，一坠心，心以铅为之。木四边有孔窍，悉用绹穿贯，通于足，行则心摇。铅体重坠，则木一头下垂，少则舌本间又复下垂，则铅心又为所举而向上。如是俯仰，则足上所贯绹曳足屈伸而行。但甚缓，不能驰，加重物于背则行亦钝滞。程云：尚有九风轮，未加，内五以合五藏，外四以催四肢，则行疾如飞，数百斤皆可负。撚其舌转则铅机横搁腰上，贯绳曳起，足即曲卧。与俗传武侯木牛式及壬遁诸书、西洋木牛法皆异。亦能造寄话筒。筒间寸许有闸隔之，内有机闭气，人向筒语毕则闸之。闸有次第，若乱开则不成句矣。据程云：此法可贮百日，过百日则机微气散。惜早夭，父母以其用心过甚呕血死，故其所得诸书悉焚去，勿留以祸弟也。

水　　虎

《尔雅》：虎有角曰虒，能行水中。而不知水中实有虎也。康熙中，朱鹿田先生曾见松江提督养一虎在池中，以铁栅围之，名曰水虎。饲以鱼虾，不食生肉。《象山志》：里民渔于海，网得一雄虎，在网中犹活，出水即死。剖之，腹中有三小虎。此盖鲨鱼感气而化也，未登陆即为网获。

绿　郎　红　娘

《广语》：广州女子年及笄多有犯绿郎以死者，男子未娶多有犯红娘以死者。谚云："女忌绿郎，男忌红娘。"红娘亦曰"过天"，绿郎亦曰"驸马"。有犯者须斋醮祷祀驱之。倘男犯绿郎，女犯红娘，其病不救，盖亦妖鬼，犹金华之猫魃。

文　人　夜　有　光

爱堂先生言：闻有老学究夜行，忽遇其亡友。学究素正直，亦不怖畏，问："君何往？"曰："吾为冥吏，至南村有所勾摄，适同路耳。"因并行，至一破屋，鬼曰："此文士庐也，不可往。"问何以知之，曰："凡人白昼营营，性灵泪没，惟睡时一念不生，元神朗澈，胸中所读之书，字字皆吐光芒，自百窍而出。其光缥缈缤纷，烂如锦绣。学如郑、孔，文如屈、宋、班、马者，上烛霄汉，与星月争耀。次者数丈，次者数尺，以渐而差，极下者亦荧荧如一灯，照映户牖。人不能见，惟鬼神见之。此室上光芒高七八尺，以是知为文士。"学究问："我读书一生，睡中光芒当几许？"鬼嗫嚅良久，曰："昨过君塾，君方昼寝，见君胸中高头讲章一部，墨卷五六百篇，经文七八十篇，策略三四十篇，字字化为黑烟，笼罩屋上。诸生诵读之声，如在浓云密雾中。实未见光芒，不敢妄语。"学究怒叱之，鬼大笑而去。

狐 仙 正 论

献县令明晟，应山人。尝欲申雪一冤狱，而虑上官不允，疑惑未决。门役有王半仙者，与一狐友，言小休咎，多有验。遣往问之，狐正色曰："明公为民父母，但当论其冤不冤，不当问其允不允。独不记制府李公之言乎？"门役返报，明为懔然，因言制府李公卫未达时，尝同一道士渡江。适有与舟子争诟者，道士太息曰："命在须臾，尚较计数文钱耶？"俄其人为帆脚所扫，堕江死。李公心异之。中流风作，舟欲覆，道士禹步诵咒，风止得济。李公再拜，谢更生。道士曰："适堕江者，命也，吾不能救。公贵人也，遇阨得济，亦命也，吾不能不救，何谢焉？"李公又拜曰："领师此训，吾终身安命矣！"道士曰："是不尽然，一身之穷达，当安命，不安命则奔竞排轧，无所不至。李林甫、秦桧即不倾陷善类亦作宰相，彼自增罪案耳。至国计生民之利害，则不可言命，天地之生才，朝廷之设官，所以补救气数也。身握事权，束手而委命，天地何必生此才，朝廷何必设此官乎？晨门曰'是知其不可而为之者'，诸葛武侯曰'鞠躬尽瘁，死而后已'，此圣贤立命之学，公其识之。"李公谨受教，拜问姓名，道士曰："言之恐公骇。"下舟行数十步，翳然灭迹。

外　国

外国三异，传闻最多。高丽有狗站，以四狗挽车。无启国人死心存，埋之地中，百年又复为人。土哈国昼长夜短，日没顷刻即出。沙弼国日入时声如雷，国中必鸣金鼓以乱之，否则小儿惊死。大耳国耳长七尺，阔四尺，人卧以一耳为褥，一耳为被。宁公台外人，至冬必蛰，如蛇虫状，不饮不食，不语不言，逢春则蠕蠕而动，饮食来往如初。又某国民百年一蛰。雷州民吃熟肉，咒之变生肉，再咒变猪羊，仍还原形，再咒之，仍为熟肉矣。其咒云："东山王母桃，西方王母桃。"只十字而已，殊不可解。大秦国去长安四万里，羊生土中，脐连于地，割之必死，须击鼓以震之，则脐绝而羊逐水草。此说见《新唐书》，近今果有谷种羊之皮，可见古人非欺我也。

作 势 渡 水

张灏游真州竹林寺，寺隔小河二丈，僧驾板桥来往。张到时日暮，桥已撤矣。张奋身踏水而渡，至僧庵，但湿半鞋。僧大惊，以为仙。张笑曰："我非仙也。少时曾有师授，法用厚砖高尺余，横排于地，铺三丈许，跃上飞走。砖不倾倒，再换薄砖试之，往来而砖不动摇，则用朽烂布绢。布绢受足不穿，再换豆腐，最后用棉纸、竹纸。能踏竹纸不破，便可踏水矣。但起步须在二十步之外，一鼓作气，即作虎势，腾空如飞，鞋头着水不过五六寸即上岸矣。若到水边才鼓气，便不能起势，然极其量亦不过二丈而止。"余按王莽用兵募能飞者，有人应召，缚鸟羽为翅，飞数十步乃坠，莽知不可用，即此类也。

唐 公 判 狱

保定制府唐公执玉尝勘一杀人案，狱具矣。一夜，秉烛独坐，忽微闻泣声，似渐近窗户，命小婢出视，噭然而仆。公自启帘，则一鬼浴血跪阶下。厉声叱之，稽颡曰："杀我者某，县官乃误坐某，仇不雪，目不瞑也。"公曰："知之矣。"鬼乃去。翌日，自提讯，众供死者衣履与所见合，信益坚，竟如鬼言改坐某。问官申辨百端，终以为南山可移，此案不动。其幕友疑有他故，叩公，始具言始末，亦无如之何。一夕，幕友见曰："鬼从何来？"曰："自至阶下。""鬼从何去？"曰："欻然越墙去。"幕友曰："凡鬼有形而无质，去当奄然而隐，不当越墙。"因即越墙处寻视，虽甃瓦不裂，而新雨之后，数重屋上皆隐隐有泥迹，直至外垣而下。指以示公曰："此必囚贿捷盗所为也。"公沉思恍然，仍从原谳，讳其事，亦不复深求。

郭　六

郭六者，淮镇农家妇也，不知其夫姓氏。雍正甲辰、乙巳间，岁大饥，其夫度不得活，出而乞食于四方。濒行，对之稽颡曰："父母皆老病，吾以累汝矣！"妇故有姿，里少年瞰其乏食，以金钱挑之，皆不应，惟以女工养翁姑。既而必不能赡，则集邻里叩首曰："夫以父母托我，今力竭矣。不别作计，当俱死。邻里能助我则助我，不能助我则我且卖花，毋笑我。"里语以妇女倚门为卖花。邻里嗫嚅，俱散去。乃恸哭白翁姑，公然与诸荡子游。阴蓄夜合之资，又置一女子，防闲甚严，不使外人睹其面，或曰是将邀重价，亦不辨也。越三载余，其夫归，寒温甫毕，即与见翁姑曰："父母都在，今还汝。"又引所置女见其夫曰："我身已污，不能忍耻伴君，故为汝娶一妇，今亦付汝。"夫骇愕未答，则曰："且为汝办餐。"已往厨下自刭矣。县令来验，目炯炯不瞑。县令判葬于祖茔，而不祔夫墓。曰："不祔墓，宜绝于夫也。葬于祖茔，明其未绝于翁姑也。"目仍不瞑。其翁姑哀号曰："是本贞妇，以我二人故至此也。我儿身为男子，不能养我二人而委一少妇，途人知其心矣。是谁之过而绝之邪？此我家事，官不必与闻也。"语讫而目瞑。又有孟村女者，崇祯末巨盗肆掠，见女有色，并其父母絷之。女不受污，则缚其父母加以炮烙，父母并呼号惨切，命女从贼。女请纵父母去，乃肯从。贼知其绐己，必先使受污而后释。女遂奋掷批贼颊，与父母俱死,弃尸于野。后贼与官兵格斗,马至尸前,辟易不肯前,遂陷淖就擒。此二事正相反,论者皆有贬词,以为其一失节,其一心太忍。余曰:皆是也。孔子曰:"殷有三仁焉。"郭六改行,箕子为之奴也。孟村女抗节,比干谏而死也。古人于徐孝克妻乐昌公主尚怜之,而况此二人乎?

刘 迂 鬼

刘羽冲者,沧州人。性孤僻,好讲古制,实迂阔不可行。尝倩董天士画《秋林读书图》,纪厚斋先生题云:"兀坐秋树根,块然无与伍。不知读何书,但见须眉古。只愁手所持,或是井田谱。"盖规之也。偶得古兵书,伏读经年,自谓可将十万。会有土寇,自练乡兵与之角,大败。又得古水利书,伏读经年,自谓可使千里成沃壤。绘图列说于州官,州官使试于一村,沟洫甫成,水大至,顺渠灌入,人几为鱼。由是抑郁不自得,恒独步庭阶,摇首自语曰:"古人岂欺我哉!"如是日千百遍,惟此六字。不久发病死。后风清月白之夕,每见其魂在墓前松柏下,摇首独步,侧耳听之,所诵仍此六字。

痴 鬼 恋 妻

京师有媪能视鬼,常告人云:昨于某家见一鬼,可谓痴绝,然情状可怜,亦使人心脾凄动。鬼名某,住某村,家亦小康,死时年二十七八。初死百日后,妇邀我相伴,见其恒坐院中丁香树下,或闻妇哭声,或闻儿啼声,或闻兄嫂与妇诟谇声,虽阳气逼烁不能近,然必侧耳窗外,凄惨之色可掬。后见媒妁至妇房,愕然惊起,左右顾。后闻议不成,稍有喜色。既而媒妁再至,来往兄嫂与妇处,则奔走随之,皇皇如有失。送聘之日,坐树下,目直视妇房,泪浂浂如雨。自是妇每出入,辄随其后,眷恋之意更笃。嫁前一夕,妇整束衾具,复徘徊檐外,或倚柱泣,或俯首如有思,稍闻房内嗽声,辄从隙私窥,营营彻夜。媪太息曰:"痴鬼,何必如是?"若弗闻也。娶者入,秉火前行,鬼避立墙隅,仍翘首望妇。吾偕妇出，回顾见其远远随至娶者家，为门神所阻，稽颡哀乞，乃得入，则匿墙隅望妇行礼，凝立如醉状。妇入房，稍稍近窗而窥，至灭烛就寝，尚不去，为中霤神所驱，乃狼狈出。仍至妇室，妇留一儿在家，闻儿索母啼，趋出，环绕儿四周，以两手相搓，作无可奈何状。俄嫂出，挞儿一掌，更顿足拊心，遥作切齿状。媪视之不忍，乃径归。

狐 仙 惧 内

纪仪庵有质库在西城中，一小楼为狐所据，夜恒闻其语声，然不为人害，久亦相安。一夜，楼上诟谇鞭笞声甚厉，群往听之，忽闻负痛疾呼曰："楼下诸公皆当明理，世有妇挞夫者耶？"适中一人方为妇挞，面上爪痕犹未愈，众哄然一笑，曰："是固有之，不足为怪。"楼上群狐亦哄然一笑，其斗遂解。闻者无不绝倒。

军 校 妻

纪晓岚先生在乌鲁木齐时，一日报军校王某差运伊犁军械，其妻独处，今日过午，门不启，呼之不应，当有他故。因檄迪化同知木金泰往勘。破扉而入，则男女二人共枕卧，裸体相抱，皆剖裂其腹死。男子不知何自来，亦无识者。研问邻里，茫无端绪，拟以疑狱结矣。是夕，女尸忽呻吟，守者惊视，已复生。越日能言，自供与是人幼相爱，既嫁犹私会。后随夫驻防西城，是人念之不释，复寻访而来。甫至门，即引入室，故邻里皆未觉。虑暂会终离，遂相约同死。受刃时痛极昏迷，倏如梦觉，则魂已离体，急觅是人，不知何往，惟独立沙碛中，白草黄云，四无边际。正仿徨间，为一鬼将去，至一官府，甚见诘辱，云是虽无耻，命尚未终，叱杖一百，驱之返。杖乃铁铸，不胜楚毒，复晕绝。及渐苏，则回生矣。视其股，果杖痕重叠。驻防大臣巴公曰："是已受冥罚，奸罪可勿重科矣。"先生《乌鲁木齐杂诗》有曰："鸳鸯毕竟不双飞，天上人间旧愿违。白草萧萧埋旅榇，一生肠断华山畿。"

飞 天 夜 叉

先生在乌鲁木齐，把总蔡良楝言：此地初定时，尝巡瞭至南山深处，日色薄暮，似见隔洞有人影，疑为盗，伏丛莽中密侦之。见一人戎装坐磐石上，数卒侍立，貌皆狰狞，其语稍远不可辨。惟见指挥一卒自石洞中呼六女子出，并姣丽白皙，所衣皆绘彩，各反缚其手，觳觫俯首跪。以次引至坐者前，褫下裳，伏地鞭之，流血号呼，凄惨声彻林谷。鞭讫径去，六女战栗跪送，望不见影，乃呜咽归洞。其地一射可及，而洞深崖陡，无路可通。乃使弓力强者攒射对崖一树，有两矢著树上，用以为识。明日迂回数十里寻至其处，则洞口尘封。秉炬而入，曲折约深四丈许，绝无行迹，不知昨所遇者何神，其所鞭者又何物。或曰此飞天夜叉化为女子者也。

虎 伥

新安程生名敦，有族人家深山中，后圃园亭颇有幽趣，生往候之，迨晚则键庄门，盖其地有虎也。一日初更时，月色微明，狂风骤作，一僮欲请钥出户，侪辈止之不可，主人亲晓谕之。僮不得已，私欲越垣而出，以高竣不得升。忽闻垣外有虎啸声，主人乃令众仆挟持此僮，颠狂撞叫，不省人事。生知有异，亲登小楼觇之，则见有一短颈人在垣外以砖击垣，每击则此僮辄叫呼欲出，不击乃定。生及主人皆知必虎伥也，乃持此僮愈力。僮叫呼良久，忽变作豕声，便溺俱下，其矢亦成猪矢矣。园中之人大惊。至五鼓，此僮睡去。天晓时，生及主人复登楼觇，则见一虎自西边丛薄中跃去，而伥不复见矣。

狼 牙

凡猛兽皆以爪牙铦利，故能搏噬。而古者独称狼牙者，但以为尖利害物耳。数年前，甘泉令某一日自外返署，见快役班房系一小兽如犬,而双眼浅绿色,意其为狼,询之果然。乃牵入署。有幕客某以烟杆戳其口,小狼露腭作欲啮状,谛视之,其牙粲白,大小参差不齐,而其龈生成一片,非若人与他兽之分排编次也。因恍然悟古人以狼牙名兵器,盖取诸此。而狼之狠戾,恃有此牙,亦天之赋与独异,若人之骈胁,猿之通臂然。

楼　　怪

西安省城四府街有王太守宅。太守官浙中,宅久关锁,留仆守之。一日,邻人远望见其后楼悬灯数十盏,趋至询其仆,启门视之,寂然无物。又有童子数人,白日往游,至后楼,见有白须老人,凭楼窗下视。群哗之,老人忽吐舌长丈馀至地,大骇而散。乾隆某年,太守缘事,此宅入官。同寅乾州高公名璨者买之。所属武功黄令景略赴省,借宿。夏月昼卧前厅,傍晚乍醒,北窗自启,有物黑面赤睛来窥,黄大呼而起,率众仆逐之,不见。高公赴省,将前在长安任卷宗箱置后楼。一日,查旧案,令厮役上楼启之,见巨蛇蟠据箱侧,大骇走白,高公亲往视之,无有矣。高因不敢居。忽一日晚间,后楼失火,官吏救之,惟后楼烬焉,院中有白骨一堆。长安令周小亭拨视之,有大牙十数,长各五寸馀,别无他异。秦方伯、舒观察皆取一二枚以去。人皆云此怪已自焚死。高公擢宁武太守,始迁居之。今将此宅转鬻于前鳌屋令杨翊亭,竟无他异。

武进两异事

武进之北乡,土名尤村,有某姓,诞一儿,暴长,甫十一月而长三尺。每啖饭三巨碗,或饵以粉糍,能尽七枚。然不能言,尚卧筐篮,需人提抱。此乾隆五十五年事。

毗陵郡北隅有秦姓妇,忽诞一儿,状貌狞恶,头有两角,角隐隐复有两目。遍身青色,多肉块磊磊,势长数寸,纤细如灯草。啼声亦甚异。其家以为妖,埋之废圃旁,翼日人过,犹闻地下作呦呦声。此五十五年八月事。

有子庙讲书

西江周驾轩太史，新举孝廉，赴北闱会试。路过邹鲁间，梦人引至一处，栋宇巍峨，上书"有子庙"三字。心疑之，以为有子配享圣人久矣，此地何以另立有庙？俄而召入，上坐有古衣冠者，年五十许，发眉苍秀，揖而进之，命之旁坐，曰："汝西江名士，可知《论语》第二章'孝弟也者，其为仁之本欤'作何解？"周曰："仁为五德之首，孝弟又为仁德之首。"有子曰："非也。古字'人'与'仁'通，我首句'其为人也孝弟'，末句'孝弟也者，其为人之本欤'，其义一也。汉、宋诸儒不识'仁'字即'人'字，将个孝弟放在仁外，反添枝节，汝到世间，为我晓示诸生也。"周唯唯而出。是年即中进士，入词林。余案"井有仁焉"之仁，即"人"字，则此章"仁"之为"人"，当亦无疑。

米元章显圣

芜湖鲍某，工画，专学米元章，竟能得其大概。且又能烘染纸作旧色，识者莫辨，南北骨董家购者甚多，因之致富。一日作画倦矣，坐而假寐。忽见一人唐巾宋服，登其庭骂曰："我米元章也！汝学我画仅得皮毛，而欺世取财，将来千百世后，道元章之画不过如此，则我之身分姓名，俱为汝糟塌矣！"因袖中出一石击其右肱，鲍觉酸痛，一惊而醒。从此握笔腕痛难胜；执箸、数钱，依然无恙。

麒 麟 喊 冤

有邱生者，吴人也。幼习时文，屡试不售，怒曰："宋儒误我！"乃尽烧其《讲章》、《语录》，而从事于考据之学，奉郑康成、孔颖达为圣人，而渺视程、朱。家贫，游学楚、蜀，过峨嵋山，坐古松之下，温习《仪礼注疏》。有白额虎衔之而去，行数里，乃掷于深谷中，虎竟去。邱心悔当是背宋儒之报也。方懊恼间,见谷旁有石门大开,邱走入,则殿宇巍峨,署曰"文明殿",两旁罗列书籍百万,莫知其数。邱掀翻书目,谓必以《六经》冠首,不意翻毕竟无有也。心疑之。旁有古衣冠者倚门而立,邱揖而问曰:"此处何神所居?"曰:"苍圣。"邱问:"苍圣始制文字,自该万卷横陈,独无古《六经》,何耶?"古衣冠者曰:"向来原有此书,但名《诗》、《书》、《周易》,不名经也。自汉人多事,名曰《六经》,造作注疏,穿凿附会,致动上帝之怒,责苍圣造字生此厉阶,从此文明殿中撤去注疏,致汝掀翻不得。"邱问:"注疏何以上干天怒?"曰:"此事原委甚长,汝且静听我言。汝可知万国九州只有一天乎?自盘古开辟以来,三皇五帝莫不钦若昊天,天亦安享郊牛数千年矣。忽然东汉末年有五妖神,头戴冕旒,身穿龙衮,闯入天宫,各称名号。其自称'赤熛怒'者,红面蝟髯,状尤狞恶。其他兄弟四人,衣青者号'灵威仰',衣黄者号'含枢纽',衣白者号'白招拒',衣黑者号'汁光纪'。竖眉昂首,哓哓嚷嚷,竟欲篡夺上帝之位,分据为五国。上帝盘问五人得姓受命所由来,皆瞠目不能答。帝命神兵擒之,与斗未决。适苍圣朝天,奏曰:'此五神姓名皆谶纬妖言,汉人郑玄师弟所传。但召郑玄来则不斗而自伏矣。'帝无可奈何,即命九幽使者召郑玄师弟上殿,见其举止老成,饮酒三百杯不醉,遂署文明殿功曹。五妖神始帖服不动。凡郑所奏,帝亦颁行世间。久之,其教有必不能行者:天子冕旒用玉二百八十八片,天子之头几乎压死。夏祭地祇,必服大裘,天子之身几乎暍死。只许每日一食,须劝再食,天子之腹几乎饿死。《丧礼》:含殓用米二升四合,君大夫口含粱稷四升,如角柶不能启其齿,则凿尸颊一小穴而纳之,凡为子孙者心俱不忍。以讹传讹,习而不察,将及千年。一日,天帝坐紫薇宫,见云中飞下一兽来,龙鳞马鬣,喊冤奏曰:'臣麒麟也。不食生虫,不践恶草,人人称为仁兽,必待圣人出,臣才下世。不料有妄人郑某、孔某者,生造注疏,说郊天必驳麒麟之皮蒙鼓,方可奏乐。信如所言,人主郊天一回必杀一麒麟,麒麟何罪,遭此屠毒?此等议论,只好吓骗黄巾贼,见老郑便一齐下拜;使麒麟见之,必唾其面!'言未毕,又见空中云鬟霞佩,率领数妇人珊珊来者,跪奏曰:'妾姜氏,周王妃也。当时周王劝农,妾并不随行。今有妄人郑某,说天子劝农必与王后同行。妾想妇人幽闺弱质,行不逾阈,岂有披霜冒雨出来劝农之理？北魏王肃曾言其非,唐人孔颖达将王大加呵斥,党同诬妄,一至于此！'诸妇人齐奏曰:'妾南国诸侯大夫之妻也。夫君外出,妾等心忧,"亦既觏止,我心则降",言既见而心安,此人情也。郑训"觏"为交媾之"媾",言交精而心降。又训"五日为期,六日不詹",云"妇人五日不御必有思男子而不得之病"。妾等皆公侯淑女,不应贪淫至此！'麒麟在旁蹋足大笑。帝问何笑,麟曰:'诸夫人但知责郑玄,不知责戴圣。圣造《礼经》,其罪更大。臣在周文王灵囿中与振振公子同游,见文王宫女原无定数,多不过二三十人,并无九嫔、二十七世妇、八十一御妻之名号,亦从不见有金环进之,银环退之之条例。文王日昃不暇,乐而不淫,那得有工夫十五夕而御百馀妇哉！戴圣本系赃吏,造作宫闱经典,以媚昏主,而郑玄师弟又从而附会之,致后世隋宫每日用烟螺五石,开元宫女六万馀人,皆其作俑也。且注《诗经》"昏㸑靡供",言㸑是㸑妇人之阴,此是《景十三王传》中之事,三代无此惨刑。'天帝闻之大悔,啮曰:'朕用人过矣！'召苍圣谓曰:'卿造字原有功于万世,大圣人周公、孔子皆出汝门下,不料后来俗儒流弊一至于斯,何以救之？'苍圣奏曰:'臣兄弟三人同造字,臣所造之字都是下行,臣弟沮诵、佉卢所造之字或右行或左行。左右行者,行于东西二方,下行者行于中华。今东西方只一教,而中华之教如此纷张,惟有召西方明心见性之人,学佛未成者来,大显神通,将此辈一扫而空之。'帝曰:'召佛是矣,何以要召学佛不成者？'苍圣曰:'佛无夫妻父子,故名异端,恐来中国,人多不服。惟有少时借佛书参究一番,中年遁归周、孔者,墨行儒名,人才肯服。宋朝某某最佳。'麒麟在旁争之曰:'楚固失矣,而齐亦未为得也。据汉儒"麟鼓郊天"之说,不过麒麟晦气,而天帝尚得一顿饱餐。若宋儒主持名教,训天命之谓性,云天即理也,古帝王只有祭天者,无祭理者。将来天帝血食不从此而斩断乎？不但此也,恐尖嘴雷神还要来闹。'帝曰:'何也？'曰:'朱注"有盛馔"二句云:"敬主人之礼,非以其馔也。"下文注"迅雷必变"云:"敬天之怒。"岂非下文暗藏不以其雷耶？从此雷公没人怕了,雷公岂肯甘心？'天帝笑曰:'汝言亦是。但气运各有

盛衰，朕亦不能作主。姑且召明心见性之人，试其伎俩何如。'俄见苍
圣带领宋儒上殿，有褒衣博冠，手执太极圈者；有闭目指心，自称'常
惺惺'者；有拈花弄月，自号'活泼泼地'者。最后四人扛一大桶上，放
稻草千枝，曰：'此稻桶也，自孔、孟亡后，无人能扛此桶。唐人韩愈妄
想扛桶，被我取他《与大颠和尚》书札搜出真赃，把他所扛之桶多掀翻
了。何况郑、孔，敢与我四人为难乎？'言未毕，果见赤熛怒、白招拒五
妖神，爬墙穴洞，偃旗息鼓而逃。天帝大喜，即命此四人权摄文明殿
功曹。此汉学所以不昌而文明殿之所以无注疏也。"邱问："既如此，
何以架上不收宋儒注疏乎？"曰："一误岂容再误？ 宋儒此座亦恐终不
能久。现在陆、王二姓，本朝颜习斋、李刚主、毛西河等，都与为难。"
方谈论间，忽闻钟鼓声，内闻苍圣传旨云："朕命白虎驮邱生来，原恶
其自矜汉学，凌蔑百家，挟天子以令诸侯，故有投畀豺虎之意。今闻
渠已悔悟，可赐山中云雾茶一杯。领其出山，俾述所闻，可以晓世。"
古衣冠者引行曲涧中，邱因问曰："据苍圣之言，汉学不可从；据麒麟
之言，宋儒又不足取：然则我将安归？"神曰："随之时义大矣哉！ 士君
子相时而动，故曰'顺天者昌'。即如神道设教，蒋帝既衰，关帝日兴，
此眼前之明证也。当汉学盛时，晋朝王弼注《易》，骂郑康成为老奴，
康成白昼现形，立索其命而去。元行冲有言：今人宁道孔圣误，讳言
郑、孔非。亦怕康成作祟故也。今气运既衰，其鬼不灵，而人亦少谈
孔、郑矣。当宋学盛时，元朝祭朱考亭，至于呼太祖御名'成吉思'而
祭，尊与天同。明祖登极，又聘宋金华四先生等讲学，皆考亭之小门
生也。一脉相传，颁行《四书大全》通行天下，捆缚聪明才智之人，一
遵其说，不读他书。杨升庵有言，虫有应声者，今之儒生，皆宋儒之应
声虫也。子不作应声虫，安能拾取科名，上报君父乎？"邱曰："然则上
帝亦好时文八股耶？"古衣冠者大笑曰："上帝非秀才，安用时文？ 不
特帝所无时文，即姆嬛洞、二酉山亦从无此腐烂之物。细字小板，古
书亦无此恶模样。"邱曰："然则时文科甲中何以出许多豪杰？"神曰：
"士如鱼也，钓之可得，射之可得，网之亦可得。大者蛟鳌，小者鲂鲤，
皆水所生，不因钓射网罟而有异焉。历代以经学取为名臣者若而人，
以诗赋策论取为名臣者若而人，以时文取为名臣者若而人。豪杰之

士岂为功令所束而遂淹没哉！汝试看吕蒙拔于盗贼，郭子仪起于缧
绁，盗贼罪人中尚且有人，而况于时文科目耶？"邱问："上帝何好？"
曰："好诗文。"问："何以知之？"曰："汝试想上帝白玉楼成，何以不召
老成人马季常、井大春作记，而召一少年佻侻之李长吉耶？海上仙
龛、芙蓉城主何以不召周、程、张、朱聚徒讲学者居之，而召一好酒及
色之白居易、豪纵不羁之石曼卿耶？"邱恍然大悟，乃再拜曰："如神人
所言，某将弃汉学、宋学而从事于诗文，何如？"神曰："子又误矣！人
之资性，各有短长。著作之才，水也；果有本源，自成江河。考据讲
学，火也；胸中无物，必附物而后有所表彰，如火之必附于薪炭也。子
天性中本无所有，焉得不首鼠两端？且子既精汉学矣，试问帝王所食
之米何名？"邱不能答。神曰："康成注'释之溲溲'云：'舂之播之，使
趋于凿。粟一石为粝，舂一斗为粺，又去八升为凿，又去九升为侍御。
侍御者，王所食也。'子试想：米舂至八九次，其粝粺糠核将何所归？
天故专生此一流飧糠核而饱稊粺之人，或琐屑考据，或迂阔讲学，各
就所长，自成一队。常见孔圣、如来、老聃空中相遇，彼此微笑，一拱
而过，绝不交言。此天地之所以为大也。"邱闻之，色若死灰，意流连
不出。神曰："子休矣！子被虎衔落山洞，袖中所带《仪礼注疏》蟫食
者过半矣。盍速归乎？"邱再拜出洞。至今犹存。

大 通 和 尚

　　吴门某进士通禅理，立志成佛。闻天台山僧名大通者，年一百二
十岁矣，乃徒步访焉。两扣茅蓬，辞不见。进士跪门一日，僧召入，
问："汝来何为？"曰："愿学佛。"曰："君非某尚书之子欤？"曰："然。"
"今尚在乎？"曰："在。""有妻子乎？"曰："有。"僧曰："君误矣！佛性慈
悲，汝父尚在，妻尚存，而忍心别父弃妻，贪图作佛，此心可以见得佛
否？"进士不能答。僧又问："成佛必须功德。汝立何功？"曰："我遇荒
年必倡捐赈粥，遇棺椁必掩埋，年年买活物放生。"僧曰："凡有心积德
以徼福者，与无德者同。犹之律上过失杀人，虽杀不抵命也。汝贪成
佛而强为诸善，何功之有？汝果要学佛，当先学我，便从此刻学起。

我坐则坐,我食则食,我溲溺则溲溺,我眠则眠,汝能照样行乎?"曰:
"能。"僧长叹一声,便闭目坐榻上。一日不语,不饮,不食,不眠,不起
溲溺。进士骨节酸楚,腹中雷鸣,溲溺俱下,而僧不知也。不得已起,
跪僧前,愿且还家。僧亦不答,拱手微笑而送出焉。

掠　剩　鬼

广陵法云寺僧珉楚,常与中山贾人章某亲狎。章死,楚为设斋诵
经。数月,忽遇章于市,楚未食,章即延入饭店,为置胡饼。既食,楚
问:"君已死,那得在此?"章曰:"吾以小罪未免,今配为扬州掠剩鬼。"
问:"何谓掠剩鬼?"曰:"凡吏人贾贩利息皆有数,过常数得之即为馀
剩,吾得掠而有之。今人间如吾辈甚多。"因指路人曰:"某某皆是。"
顷之有一僧过,指曰:"此僧亦是。"因召至与语良久,僧亦不见。楚与
章南行,遇一妇人卖花,章曰:"此妇人亦鬼,所卖花亦鬼所用之花,人
间无用。"章出数钱买之,以赠楚曰:"凡见此花而笑者,皆鬼也。"即辞
告而去。其花红芳可爱,而甚重。楚亦昏然而归,路中人见花颇有笑
者。至寺北门,自念吾与鬼同游,复持鬼花,殊觉不祥,即掷花沟中,
溅水有声。既归,同院人觉其色甚异,以为中恶,竞持汤药救之。良
久乃苏,具言其故。因相与复视其花,乃一死人手也。

续子不语卷六

多　官

　　多官，闽莆田人。襁褓失怙，恃嫂郑氏乳之，长而美丽，兄嫂皆爱之。兄远贾外出，或经年不归，嫂常居母家，携叔去，令出就外傅。邑有叶先生授徒于家，多官往学焉。江西陈仲韶，贵公子也，年十八举于乡，兄宦闽，以丧偶故往省。路出莆田，值雨，遭多官于道，神为之夺，下舆随行。多官回顾，见其抠鲜衣，曳粉靴，走泥淖中，状若狂痴，心颇疑之。仲韶卒尾至其家，苦不得入，访于邻，始知为多官，自书塾归，乃至其嫂家也。仲韶抵兄署，与其嬖京儿谋，欲得多官。京曰："子盍以游学请诸兄？允则事济矣。"兄果喜仲，托莆令修厚贽于叶。叶馆以公子礼，不知为先达也。仲遍谒同学，多官出见，骇然良久，心知客为己来，自是绝不过从，惟扃户而读。居匝月，终无由通款。一夕，闻多官呻吟声，瞰之，病卧在床。叶偕医来诊其脉，曰："虚怯将脱，非参四两不治。"叶闻欲送之归，仲韶勃然曰："渠家贫，安能办此？即归亦死耳。"立启箧出金授医，复语叶曰："有故悉我任。"遂亲侍汤药，衣不解带者半月有馀。多官旋愈，深德仲韶，于是来往颇密，然终无戏容。仲无间可入，复谋于京儿。京曰："吾知其感公子矣，不知其爱公子否？可佯病试之。"如其言，多官来，亦如仲之侍己疾者。京儿贿医诡云："药中须人臂血，疾始可治。"命京，京佯不可，多官在旁无语，至暗中乃刺血和药以进。仲知之，大喜，以为从此可动也。适兄膺荐入都，招仲偕往。多官闻之，乃夜就仲室曰："曩者公子倾金活我，非爱我故耶？今行有日矣，义不忍负公子，请缔三日好，誓守此身以待。"即宿于仲所三日，仲乃行。叶有甥名淳者，性淫恶而颇饶膂力，涎多官美，欲与狎，不可。一日，仲韶使至，多官置来书案上，出询仲起居。淳潜入，见仲书多亲妮语，喜曰："是可劫也。"多官来，袖书示之曰："汝从陈公子，独不可从我乎？"多官初欲拒之，已而思有书在，虑不能灭其迹，复佯笑曰："若还吾书，今夕当从汝。"淳喜，还书而出。多官焚之。乃作二札，一与仲诀，一以告嫂，纳诸箧，即取所佩刀自刭。嫂闻信至，启箧得书，讼其事。淳瘐死狱中。仲韶归，见所遗书，一恸几绝，感其义，誓不再娶。一夕，梦多官来，曰："不可以我故废君祀。君娶，我将为君后。"从之，果举一子，眉目绝似多官，因名喜多。先是，京儿与谋时曰："多官洵美，但眉目间英气太重，充其量可以为忠臣烈士，虑不善终耳！"后果如其言。

祈 梦 二 则

宜兴士人少时到于忠肃庙中祈梦，夜梦神旁皂隶来摸其臂，与之狎。士人愤怒，大叫而醒，以为忠肃不能御下，何足敬也！遍告亲友。后士人成进士，选湖广龙阳县，十馀年卒于任所。

赵笠亭祈梦于坟，梦见少保凭几坐，几上燃烛二枝，上有绿字书"冠冕通南极，文章列上台"两句，以为大吉兆。后竟以疾亡。将殡，诸门弟相率临奠，设筵告祭，其筵前烛二枝，绿字所书，即此二句。

鬼被冲散团合最难

绍兴傅长纯，馆胡抚军宝琭署。一日，胡出堂理事毕，来告幕中诸友云：适坐堂上，有皂役仓猝后至，甫入门，俄一鬼趋出，与皂相值，为皂冲仆。其鬼四肢悉散堕地上，耳目口鼻手足腰腹如剥开者，蠕蠕能动。久之，渐渐接续。又良久，复起而去。胡视皂役之气颇旺，鬼误值，为其气摄住，故不得退避而冲倒也。其倒时，皂竟不知，旁廊下有鬼多笑之而不前。

石 板 中 怪

桐城朱书楼云：其父昔居巢县，去其家里许有山险峻，不通人迹。

一日，佃户来报山上木鱼声响，从未见有僧往来，请侦视之。其父率佃户数十人披荆斩棘而上，见山顶石洞中有老僧跌坐蒲团，敲木鱼念佛。问从何来，僧不答。问需斋供否，曰："吾辟谷多年，奚用斋为？"言毕闭目而坐。众惊异下山。朱归告其母，母曰："是神僧也。我有蓄金五百，汝为我建佛阁于山上，供养此僧。"朱遂率众鸠工，僧忽出洞指所立处曰："此下若见石板，慎勿轻动，动则妖出。"众不信，以为石下或有窖金，趁僧不在时共力掘起。忽黑气冲天，飞砂迷目，僧急出洞曰："妖已遁矣！不信吾言，致为人祟，奈何？"工未完，果有方姓家奴被二女妖缠扰几死，其主仓皇来告僧求救。僧遂下山建坛，竖七星灯，咒语移时，双袖一挥，向空喝曰："汝幽禁虽久，野性尚存，速随吾上山修炼！"是夕，方姓家遂安。嗣后有上山者，常见僧旁有二美女侍立，执卷焚香，丰姿绰约，群以为异。如是者六年。一日，僧召朱谓曰："予号大容，曾遇异人指点出家，今道行已满，明日即当飞升。二妖已皈佛法，自往他处修真。但与方姓尚有宿怨，吾化后须供渠七日，消除此案。"及明日，僧举火自焚。于是二女复至方家，附奴身上索酒食，曰："吾已千年未曾看戏，可为我演戏七本，我才看和尚面上，甘心饶汝。"方从之，演毕寂然，惟正厅卓上留红帖一张，大书"嫣红、环翠谢戏"六字。

僵 尸 贪 财

金陵张愚谷与李某交好，同买货广东。张有事南归，李托带家信。张归后寄信李家，见有棺在堂，知李父亡矣，为设祭行礼，李家德之。其妻出见，年才二十馀，貌颇妍雅，设馔款张。时天晚矣，留张宿其家。宿处与停棺之所隔一天井，至夜二鼓，月色大明，见李妻从内出，在窗缝中相窥。张愕然，以为男女嫌疑之际，不应如此，倘推门而入，当正色拒之。旋见此妇手持一炷香，向其翁灵前喃喃然若有所诉。诉毕，仍至张所住处，将腰带解下，紧缚其门上铁环，徐徐步去。张愈惊疑，不敢上床就寝。忽闻停棺之所豁然有声，则棺盖落地，坐起一人，面色深黑，两眼凹陷，中有绿睛闪闪，狞恶异常。大步走出，直奔张所,作鬼啸一声,阴风四起,门上所缚带登时寸断。张竭力拦门,力竟不敌。尸一冲而入,幸其旁有大木厨一口,张推厨挡尸,厨倒正压尸身,尸倒在厨下,而张亦昏迷不醒矣。李妻闻变,率家丁持烛奔至,将姜汤灌醒张,而告之曰:"此妾翁也。素行不端,死后变作僵尸,常出为祟,性最爱财。前夜托梦于我曰:'将有寄信人张某来我家,身带二百金,我将害杀其身而取之,以一半置我棺中,以一半赐汝家用。'姜以为妖梦,不信其语。不料君果来宿于此,我故焚香祷祝,劝其勿萌恶念。怕他推门害君,故以带缚住门环,而不料鬼力如是之大也。"乃与家丁扛其尸入棺。张劝作速火化,以断其妖,曰:"久有此意,以翁故,于心不忍。今不得不从俗矣。"张助以作道场之费,召名僧为超度而焚之。其家始安。

黄鼠狼着纸衣呼小将

李半仙奉天人,其师黄某,为吾杭方伯国公栋壬戌房师,为通州牧,过于仁慈,上司劾其纵贼殃民,发遣奉天,授徒教读。见半仙曰:"子可传道,非功名中人。"半仙叩首听命。令其拜斗四十九日,授书一卷、剑一口,遂能驱邪治病。黄公每岁至滇,来去万里甚速,限满放归,不知所终,盖有道术者。李君每岁一至京师,住国公宅,往往见其役鬼使神,颇有效验。一日,有狐仙延请赴宴,所设猪羊鸡鸭等肉,率皆淡食,不下盐酱。左右侍立捧盘馔者,皆极大黄鼠狼,人立而衣纸衣,呼为"黄小将"。惟主人则狐而人形,衣绸缎焉。李怪而问之,曰:"若辈福薄,只宜着纸衣,一着绸则病,一着缎即死。今日所以奉请者,有所求也。吾曹子孙辈每有在外间无状者,祈法师遇有此等事,以文书牒我,俾我以家法处置,幸勿伤其性命。如有文书,可焚于紫禁城转湾之城脚下,呼'黄小将'三声,我即领受。"李唯唯而出。有患瘵病为冤缠者,半仙为禳解之,若为妖魅驱之不去,则作法斩之。用米一斗,插剑于中,焚符诵咒,剑自飞舞,斫于门柱,有怪毛绒绒然,截八寸馀。病者获安,李即辞去,从不受谢。

徐明府幕中二事

徐公名振甲，初宰句容，有仲姓戚司刑名事。句曲皆山，产雉兔獐狍之类，每岁召猎户捕取供上宪，以为土物。徐公一日召猎户于署中，试放火枪，轰然震响，仲姓失色，窜匿于隐处，屏息不动。至晚觅之不得，遣人出城追逐，直至省垣，避匿一小庵中。署中人多言仲本女狐所生故也。后徐调任清河，赴省，过余，留饮。语余曰："余幕中诸友多有外癖，家人辈有拂其宠僮之意者，幕友即欲辞去。以此小事，甚费周旋，以致此风大炽。署中诸犬效之，两雄相偶，岂非绝倒！"座中广文孙公曰："此何足异。余家牝鸭与牝鸡，每作雌雄相偶之状，更可嗤也。"

同服硫黄效验各别

硫黄有毒，人人所知。然服之而寿考康宁者有之，疽发于背于颈死者有之，祸福互异，由各人体气本不相同也。本朝托冢宰庸于冬至日嚼雪吞冰，不知其冷，自称阳脏故然。尹文端公隆冬不戴貂帽，戴则虽大雪中汗出如雨。宋夏英公服钟乳硫黄，偶离此二味，则手足如冰。真不可解也。杭州王画师林常服硫黄，久之毛孔中常突起小泡，青烟一道，直射而出，皆作硫黄气。据云其毒从毛孔中出便无他患。至今其人年高，卒无恙云。

夜 航 船 二 则

杭州夜航船，夜行百里，男女杂沓，中隔以板。仁和张姓少年，素性佻㒓，以风流自命。搭船将往富阳，窥板缝有少艾，向渠似笑非笑。张以为有意于己也。夜眠至三鼓，众客睡熟，隔板忽开，有人以手摸其下体。少年大喜过望，挺其阴，使摸，而急伸手摸彼，宛然女子也，遂爬身而入。彼此不通一语，极云雨之欢。鸡鸣时，少年起身将过舱,其女紧抱不放。少年以为爱己,愈益绸缪。及天渐明,照见此女,头上萧萧白发,方大惊。女曰:"我街头乞丐婆也。今年六十馀,无夫无子女,无亲戚,正愁无处托身,不料昨晚蒙君见爱。俗说一夜夫妻百夜恩,君今即我丈夫,情愿寄托此身,不要分文财礼。跟着相公,有粥吃粥,有饭吃饭,何如?"少年窘急,喊众人求救。众齐起欢笑,劝少年酬以十余金,老妪始放少年回舱。回看彼少艾,又复对少年大笑。

柴东升先生搭夜航船往吴兴,船中老少十五人,船小客多,不免挨挤而卧。半夜忽闻一陕西声口者大骂:"小子无礼!"擒一人,痛殴之,喊叫:"我今年五十八岁了,从未干这营生。今被汝乘我睡熟,将阳物插入我谷道中,我受痛惊醒。伤我父母遗体,死见不得祖宗!诸公不信,请看我两臂上他擦上唾沫尚淋漓未干。"被殴者寂无一语。柴与诸客一齐打火起坐,为之劝解。见一少年,羞惭满面,被老翁拳伤其鼻,血流满舱。柴问:"翁何业?"曰:"我陕西同州人,训蒙为业。一生讲理学,行袁了凡功过格,从不起一点淫欲之念。如何受此孽报!"柴先生笑曰:"翁行功过格,能济人之急,亦一功也。若竟殴杀此人,则过大矣。我等押无礼人为翁叩头服罪,并各出钱二百买酒肉祀水神为翁忏悔,何如?"翁首肯之,始将少年释放。天明诸客聚笑劝饮,老翁高坐大啖,被殴者低头不饮。别有一少年笑吃吃不休,装束类戏班小旦,众方知彼所约夜间行欢者,乃此人也。

盛 林 基

乾隆四十一年,乐安县民盛林基,年三十二岁,家有一母一妹,忽一日以切菜刀断其母妹二人之头,高置几上,买香花灯烛而供奉之。其乡邻惊问何故,笑曰:"送他两人到极好处去成佛。我不过尽孝道耳!"总甲报官来验,坦然出迎,口供与对乡邻之言如一。官请王命凌迟,其人含笑就死,亦无一言。据邻人云:此人平时待母颇尽孝道,与妹亦甚和睦。

赵友谅官刑一案

赵成者,陕西山阳城中人。素无赖,老而益恶,奸其子妇,妇不从,持刀相逼,妇不得已从之,而心终不愿,私与其子友谅谋迁远处以避之。其戚牛廷辉住某村,离城三十里,遂往其村,对山筑舍而居,彼此便相叫应。居月余,赵成得信追踪而往,并持食物往拜牛廷辉。牛设馔款待,乡邻毕集。席间,客严七与牛至好,问牛近况,牛告以生意不好,卖两驴得银三十两,以十金买米修屋,家中仅存二十金等语。赵成欲通其媳,厌友谅在傍,碍难下手,知邻人有孙四者,凶恶异常,且有膂力,一村人所畏也。乃往与谋杀牛廷辉,分其所剩金。孙四初不允,赵成曰:"我媳妇甚美,汝能助我杀牛廷辉,嫁祸于友谅,友谅抵罪则我即以媳妇配汝。不止一人分十金也。"孙四心动,竟慨然以杀牛为己任。是夜与赵成持刀直入牛家,友谅见局势不好,逃入山洞中。孙、赵两人竟将牛氏一家夫妇子女,全行杀尽,而往报官,云是友谅所杀。县官路学宏急遣役往拿,见友谅匿山洞中,形迹可疑,遂加刑讯。友谅不忍证其父,而又受刑不起,遂痛哭诬服。然杀牛家之刀,原是孙四家物,赵家所无也。屡供藏刀之处,屡搜不得。路公以凶器未得,终非信谳,遂叠审拖延,连累席间饮酒乡邻十余人,家产为空。一日捕役方带赵成覆讯,成自喜案结矣,策蹇高歌。其媳见而骂曰:"俗云虎毒不食儿,翁自己杀人,嫁祸于儿子,拖累乡邻,犹快活高唱曲耶? 一人作事一人当,天地鬼神肯饶翁否?"赵成面赤口噤,捕役以其情急闻于官。官始穷问。赵成初犹不服,烧毒烟熏其鼻方输实情。按律,杀死一家五人者,亦须一家五人抵偿。按察使秦公与抚台某伤其子之孝,狱奏时为加夹片,序其情节。奉上谕:赵友谅情似可悯,然赵成凶恶已极,此等人岂可使之有后? 赵成着凌迟处死,其子友谅可加宫刑,百日满后,充发黑龙江。

换 尸 冤 雪

京师顺承门外有甲与乙口角相斗者,甲拳伤乙喉,气绝仆地。时天已晚,路上人将凶手缚置营房,以尸交两营兵看守,待明早报官。会天雨雪,一卒老病畏寒,向年壮者云:"我归家添衣服喝酒,略耽延便来。"年壮者许之。其人久而不至。年壮者亦买酒取暖,醉睡帐房。早起寻尸,尸隐不见。方惊愕间,年老者亦至,曰:"我已报司坊官,即时来验矣。"年壮者曰:"尸竟遗失,官来无可验,我二人罪大,奈何?"老卒沉思良久,曰:"我有一计。某处荒地前有人舁一棺来,似是新死之人,尸尚未坏,我与你打破其棺,扛尸来此,以冒抵之,庶可免罪。"年壮者以为然,依计而行。少顷,官来验尸,则额角上有长钉一条,流血被面。问凶手,凶手曰:"我实失手打死此人,并未加钉钉额。且此尸面貌并非我所殴之人。"官不能断。正喧嚷间,有一男子大呼而入曰:"此事与甲无干。我乃被殴仆地之人,初时气绝仆地,既而苏醒还家,实未死也。"官始将凶手放释,而查问荒地扛棺来厝之人,细加推究。钉额之尸姓刘名况,以染工为业。妻与人奸,乘刘醉,与奸夫钉杀之也。乃释甲而置奸夫于法。旁观者曰:"尸非可换之物,而两营兵奇计如此。此非营兵之愚也,乃暗中鬼神之巧也。"

凡肉身仙佛俱非真体

余每游刹院,见肉身菩萨,大概浑身用生漆灰布,叩之橐橐有声,虽腿筋盘屈,隐隐可见,而脰颈总歪。在武夷山,见草鞋仙姓程名旻,坐石洞中;在九华山,见无瑕和尚,皆两目下垂,无睛,摇其头尚动,扣其齿皆蛀朽脱落。惟广西永州无量寿佛,虽肉身而头独端正,心常疑之。后有人云:顺治间有邢秀才,读书村寺中。黄昏出门小步,闻有人哀号云:"我不愿作佛!"邢爬上树窃窥之,见众僧环向一僧,合掌作礼,祝其早生西天。旁置一铁条,长三四尺许。邢不解其故。闻郡中喧传某日活佛升天,请大众烧香礼拜,来者万余人。邢往观之,升天者即口呼不愿作佛之僧也。业已扛上香台,将焚化矣。急告官相验,则僧已死,莲花座上血涔涔滴满,谷道中有铁钉一条,直贯其顶。官拘拿恶僧讯问,云烧此僧以取香火钱财,非用铁钉则临死头歪,不能端直故也。乃尽置诸法。而一时烧香许愿者,方大悔走散。全州佛庙大门外有坟一座,相传某御史入庙礼佛,欲试是否肉身,取针刺佛之耳,鲜血流出。御史大惊,出庙颠仆而死。其家即葬之于庙门外,以示戒也。余观坟上碑,但记前朝姓名某,而并无此语。余虽不刺佛,然剥其所施衣彩十三层,叩其胸而弹之,亦自觉无礼矣。

动　静　石

南雁宕有动静石二座,大如七架梁之屋,一动一静,上下相压。游者卧石上,以脚撑之,虽七八岁童子能使离开尺许,轰然有声。倘用手推,虽舆夫十余人不能动其毫末。此皆天地间物理有不可解者。

玉　女　峰

雁宕有石如女子独立,长五丈余,头有髻形。杜鹃花开红满一头,恰无一朵拂其面上者。袍色微红,裙色惨绿,若天然染就状,界画分明,衣褶之痕宛然若织。

庐　山　禹　碑

庐山宗生庵旁有谷帘泉,泉有石洞,险而深。有人縋身而下,得一碑,上有禹王大篆六字,释文曰:"洪荒漾,余乃枡。"星子令丁正心在莲花池席上为余言。

飞钟哑钟妖钟

武夷伏虎山之巅有钟系焉。相传唐时飞来,离地三十余丈,无人能击,故又号哑钟。张家口外总管庙有妖钟,三更外无故自鸣。

鼠 渡 江

乾隆五十年,有鼠数万,衔尾渡江,大小不一,在水飒飒有声,须臾间江面里许为其所蔽。老舵工云:"上江必有水灾。"至七月间,来安、全椒二县起蛟,田堤尽坏。

鹏 过

康熙六十年,余才七岁,初上学堂。七月三日,才吃午饭,忽然天黑如夜,未数刻而天渐明,红日照耀堂中,无片云。或云此大鹏鸟飞过也。庄周所云"翼若垂天之云"竟非虚语。

石 中 玉 碗

乾隆五十五年,荆州大水,周王山崩,有璞石随流而下。耕人以锄击之,中得玉碗,温润洁白,无雕刻而有血沁,周围六寸许,惜石破而碗已伤。群不解碗何以生石中,或曰:"此必千年前富贵人家玉碗坠入泥中,泥久气燥,变而为石,故将碗裹在石内。"

瓜 子 妖

陶方伯在江宁署中,与濮某、刘某相友善。中秋招二人饮酒,各把瓜子散步阶下,且行且谈,被风吹数子落在土中。夏间,其地忽发瓜藤,渐长渐大,俄结三瓜,其大如斗。一时贺者纷纷,以为祥瑞。三人闻之,亦自得也。未一年,陶以书案被罪,濮以瘵疾卒,刘癫疾大作,血肉溃烂而亡。

琴 变

金陵吴观星工琴,常为余言:"琴是先王雅乐,不过口头语耳,未之信也。年五十时,为赵都统所逼,命弹《寄生草》,旁有伶人唱淫冶小调以和之。忽然风雷一声,七弦俱断,仰视青天,并无云采。都统举家失色。从此遇公卿弹琴,必焚香净手,非古调不弹矣。"

古北口城楼火箭匣

乾隆六年,嘉兴知府杨景震为卢案谪戍军台,登古北口,城楼上有一铜匣,封锁甚固。相传明代总兵戚继光所留,过客不许开看。杨抚玩良久,见匣上金镌一《震》卦,笑曰:"匣上卦名《震》,与我名景震相应,我当开之。"启其盖,飞出火箭一枝,着于对面景德庙正殿柱上,登时火起,将殿宇僧房焚烧殆尽。

官 受 妓 嗔

杨镜村作苏州太守,娼禁甚宽。某太守治苏州,笞妓甚酷。后两人俱解组矣,偶过江都,有巨公某延之饮酒。座有三妓,皆苏人也。主人戏问:"苏州官长贤否?"三人但认识杨公,不认识某公,齐声对曰:"杨太老爷待奴辈仁慈,并禁地方衙役光棍吓诈。此等官府,自然公侯万代。后来某大老爷拿奴辈去,非笞即枷,并教供出嫖客姓名,以便他吓诈取钱;不供便打。如此等官,世世子孙要做奴辈这行生意的。"举座大笑,某公不终席,登车而去。

京 中 新 婚

北京婚礼与南方不同。邵又房娶妻,南方诸同年贺之,意欲闹房,拜见新人也。不料花轿一到,直进内房,新郎弯弓而出,向轿帘三发响箭,然后抱新人出轿,则乱鬓蓬松,红绸裹首。新郎以秤杆挑下红巾,不行交拜之礼,便对坐床上。伴婆二人持红毡将四面窗棂通身遮蔽,进大饺一个,剖之,中藏小饺百余,两新人饮酒唉饺毕,脱衣交颈而睡。次日鸡鸣,公公秉烛早起,礼拜天地、灶神、祖庙,过五日后,方才宴客。本日贺者,全无茶酒,饥渴而退。或嘲之曰:"京里新婚大不同,轿儿抬进洞房中。硬弓对脸先三箭,大饺蒸来再一钟。秤干一挑休作揖,红毡四裹不通风。明朝天地祖宗灶,拜得腰疼是阿公。"

张 赵 斗 富

康熙间,河道总督赵世显与里河同知张灏斗富。张请河台饮酒,树林上张灯六千盏,高高下下,银河错落。兵役三百人,点烛剪煤,呼叫嘈杂。人以为豪。越半月,赵回席请张,加灯万盏,而点烛剪煤者不过十余人,中外肃然。人疑其必难应用。及吩咐张灯,则飒然有声,万盏齐明,并不剪煤而通宵光焰。张大惭,然不解其故。重贿其奴,方知赵用火药线穿连于烛心之首,累累然,每一线贯穿百盏,烧一线则顷刻之间百盏明矣。用轻罗为烛心,每烛半寸,暗藏极小炮竹,爆声膈膊,烛煤尽飞,不须剪也。盐商安麓村请赵饮酒,十里之外,灯彩如云。至其家,东厢西舍,珍奇古玩,罗列无算。赵顾之如无有也。直至酒酣席彻,入燕室小坐,美女二人捧双锦盒呈上,号"小顽意"。赵启之,则关东活貂鼠二尾,跃然而出,拱手向赵。赵始哑然一笑,曰:"今日费你心了。"

朱 尔 玫

康熙间,朱尔玫以邪术惑人,有神仙之号,名重京师,王公皆折节下之,惟三登熊文贞公之门,终不得见。一日,朱又往告司阍云:"相公今日着何服,食何菜,坐何处地方,我一一皆知。"司阍者以其言皆中,惊白相公。公笑曰:"朱某所测我者,果件件不错,可谓仙矣。第我心上有'不喜见妖人'五个字,渠竟茫然不知,可以谓之仙乎?"阍以告朱,朱惭沮而退。相传朱与张真人斗法,以所吃茶杯掷空中,若有人捧者,竟不落下。张笑而不言,朱有自矜之色,嗤张不能为此法。张曰:"我非不能也,虑破君法,故不为也。"朱固请,张不得已,亦掷一杯,则张杯停于空中,而朱杯落矣。或问真人,真人曰:"彼所倚者妖狐也,我所役者五雷正神也。正神腾空则妖狐逃矣。"亡何,朱遂败。

梁制府说三事

同年梁构亭制府总督直隶,自言五岁时有外祖母杨氏,无所依倚,就养女家,得奇疾卧床,能将缎被寸寸裂之,亦不知其指力之勇从何来也。一日,召梁太夫人曰:"外孙二官,以后切不许其立床边,他浑身是火,近之将人炙痛。现在我跟前某姑某舅,人虽物故,而于我有情,时来与我谈笑,一见二官到,无不爬墙升屋而逃者,使我心大不安。"梁太夫人即手麾公出。公不敢再入,时于窗缝中窥探,杨已知觉,蹙额曰:"二官这小儿又来作闹了!速赶他去。"如其言,杨始安寝。亡何,杨病重,气绝矣。良久复苏,张目谓梁太夫人曰:"我魂灵要出去,汝家灶神、门神一齐拦住大门,说我不是梁氏之人,不许我出去,奈何?"梁太夫人曰:"当速请高僧来诵经,为母亲忏悔求请,何如?"杨曰:"不如仍教二官来,向二神一说,神必首肯也。"太夫人即率公往门、灶前代为通说,顷刻间杨瞑目逝矣。

公宰良乡时,病疟甚剧。夜梦本邑城隍请见,谓公曰:"我亦从前此地县官也。上帝以我居官清正,命我作城隍神。大人所患之症,即我从前所患之症也,后服某药而愈。今以方授公。"口说某药几味,长揖而去。明日服其方,果两剂而愈。查良乡邑志,果有其人。

又宰香河时,有老翁率其女来喊冤,女颇有姿,问何冤,曰:"女为城隍神所据,每夜神以车来迎,便痴迷不醒。必到次日辰刻,才放女归。女已定婚某家,致某家不敢来娶,故求公救。"公曰:"我能治民,不能治神也。"翁曰:"我女说公来城隍庙行香,渠看见城隍神必先出迎;公拜神,神避位答礼。其敬公如是。公肯一言,或神肯听亦未可知。"公窃喜自负,即作文书交翁焚而投之。次日,翁果同女来谢,云:

"昨晚神竟不来迎女矣。"

官 运 二 则

华雍作淮宁令,有钦差某从广东来,即日将过其境。华遣长随张荣备办公馆。张故干仆,料理齐全,约费百金,而钦差又奉旨往他处审案,遂不果来。张荣正在傍徨间,适逢江西巡抚阿公思哈拿问进京,路当过此,张荣乃代主人具手本向前迎接,告禀公馆已备。阿公大惊,以为素未谋面,又非属员,何以有此礼文。既而进公馆,则挂彩张灯,牲牢夫役,无不齐全。喜出意外,乃召张荣而谕之曰:"我系被罪之人,一路人情冷落,虽我所提拔属吏,待我如冰,何以尔主如此隆情古道耶? 汝主手本,我理应璧还,今一番感激之心,诚恐忘记汝主姓名,权将手本留下,以便为日后图报之地。"谕毕,亲自作书与华令,称谢再三,方上马去。张荣归,以情节告知主人。主人责以多事。旁有幕友笑曰:"此奴办差费重,不如此出脱,叫他从何开消耶?"主人笑而颔之。未二年,阿公起用山西巡抚。华四参限满,送部引见,奉旨发往山西。初次到辕禀谒,阿公如得至宝,遣家人致意司、道曰:"请大老爷缓见,我主恩人到矣!"即开中门,亲迎至堂下,呼老贤弟,握手入内,罗列酒肴,待如上客。华长跪辞谢,惧不敢当,阿公曰:"有恩不报,我是何等人耶? 今日我尽我心,明日汝行汝礼。"尽欢痛饮,送上轿而别。司、道闻之,莫不刮目。未半年,题升通判。又半年,题升同知。再升至南安府知府。阿公调任河南,华亦乞养,满载而归。赏张荣二千金,张亦小康。

傅四爷,吏部司官中之能员也。果毅公讷亲掌吏部时,凡众司官说堂有不能了之事,唤傅来,数言而决,讷甚重之。故事,保举郎中一正一副,有户部郎中缺出,讷公正荐之,引见于光明殿。傅乍入殿门即跪,上觉其骇,用副荐者。逾年,吏部郎中缺出,讷公又正荐之,傅入殿门又即跪,上不悦,谓讷公曰:"如此等昏人,如何保举?"讷奏:"傅某办事甚好,是以屡荐之,不料其不习朝仪,当是福薄。"上意亦解。未几,又有保举引见之事,将入朝,讷公训之曰:"汝两次失仪,今次千万留神,勿再蹈前辙,致伤我脸。"傅唯唯。及至引见时,各官背履历毕,并无此人。讷亦不解其故。直至退朝,到午门外,见傅面目青肿,跟跄涕泣而来。讷问故,曰:"司官两次入殿门,见一红袍大人,长丈余,将我拦住,我不得不跪。今番第三次矣。我紧记公爷吩咐之言,以为我再见红袍之人,我当直冲而进,不受其拦。不料其人又在殿上拦,我往前一冲,他手披我颊,提而掷之,遂跌在殿外台坡之下,致伤面目,不能瞻仰天颜。不知前生是何冤孽,自知福薄,求公爷以后亦不必再保举我了。"讷无可奈何。诸司官闻之,咸为骇异,遣人扶至车上,送归其家。随即病发,四日而亡。

钱 县 丞

睢宁县丞钱某,权知县事。其地向例,有路毙者,相验时地主出钱八千送官,便可结案。一日,某村来报有投河死者,吏以前例告钱。钱往验尸,无伤,命即掩埋。回公馆后,吏送进地主常例钱八千,钱将受矣,见钱用红绳穿系,色甚鲜华,不解其故,以问吏。吏曰:"地主家贫,无力出此,不得已将一女卖与村邻为妾,得价二十四千。因系喜钱,故用红绳耳。"钱思此钱系逼迫而来,不忍滥受,即召村人诘之,具以实告。乃并召其买妾者,晓之曰:"我得人钱而逼之卖女,不仁也。汝乘其急而买其女,不义也。我决不受此钱,汝速退归此女。"其人唯唯。因问卖女者曰:"馀钱尚存否?"曰:"都作衙门胥役使用矣。"钱命胥役追缴,则已彼此饮博,将钱分散。钱慨然顾买女者曰:"吾偿尔钱。"即命给发原数,令村人领女归家。此案遂结。无何,钱患背疽,昏迷于床。梦青衣人召至一处,殿宇巍峨,上坐王者谓钱曰:"汝大数已尽,幸有一善事足以抵偿,汝知之乎?"钱茫然不解。王者命判官查簿与观,则所载某年保全卖女一事也。判官奏曰:"此事功德甚大,例得延寿一纪,官至五品。"王首肯之,遂令青衣人送其还魂。疽遂霍然。钱自此一心行善,凡赈饥埋棺等事,悉捐资为之。官果洊擢同知,而一纪之期已满,背疽又发,家人将理后事而意尚迟疑,且慰钱曰:"公前有一善,寿尚可延;年来善行甚多,安知冥中不再为益算乎?"钱笑曰:"不然。昔之善无所为而为之也,故阴间重我;今之善有所为而为之也,恐阴间未必重我。此番数尽,断不能逃,或者有心为善终与有心为恶者不同,或者他生其有报乎?"不数日,疽溃而卒。

续子不语卷七

乩　仙

　　乾隆丙午春,樵川杨荷锄与金陵徐沧浔扶乩,有女仙降坛,诗曰:"'何处重寻旧翠钿,涛声如梦恨如烟。泉台一去千余载,只抵相思半日眠。'妾,王氏小筠也。恰遇有缘人,欲与之语,诸君勿惧。"坛中友人孟姓见辞涉艳丽,恐致邪祟,欲烧退符。乩遂书曰:"既已招之使来,岂能挥之即去耶? 昔者妾美姿容,君饶才韵,相遇大堤之下,同游细柳之阴。鸳侣方成,鸾俦遽拆。珠沉玉陨,蕙折兰摧。君屡托迹于人间,妾尚滞魂于水府。今者方倩涛神侍从,偶为符使招携。隔世逢鱼水之交,不昧素心一点;对面有河山之阻,谁知红泪千行? 恨显晦之攸殊,幸精诚之易合。窗明风露冷,将于斗转参横后寻君;帏静雨云来,其于梦美魂酣时觅我。不呼名氏,恐疑畏之顿生;惟续情缘,讵祟殃之敢作!"是夜,沧浔果梦有女子手持团扇,艳丽非常,相与绸缪,极云雨之欢。次夕复至,流连达旦。越日,又降乩诗云:"赤甲峰头雨似尘,天风吹送步虚人。请君试采梅花嗅,老却琼香树树春。"又诗云:"露里夭桃风外柳,昨宵几执纤纤手。千秋无尽是相思,缘卿又到君知否?"末书"珍重"而去。嗣后,总未入梦,亦不降乩矣。

勒　勒

　　淄川高念东侍郎玄孙明经某,自言其少时,合卺后得头眩疾,辄仆地不知人事。数日后,耳边渐作声,如曰"勒勒",又数日复见形,依稀若尺许小儿。自是日羸瘦,不能起床。家人以为妖,延术士遣之不效,乃密于床头藏剑。病瘥时,每见小儿由榻前疾趋木几下即灭,遂以铜盘盛水置几下。一日午寝方觉,见童子至,以剑挥之。割然堕水中。家人于铜盘内得一木偶小儿，穿红衣，颈缠红丝，两手拽之，作自勒状。乃毁之，妖遂绝。后相传里中某匠即于是日死。盖明经入赘时，其岳家修葺房宇，匠有求而不遂，故为是压魅术，术破，故匠即死。然自是明经病骨支离，不能胜步履。明经家故有园亭，一日值月上，扶小仆至亭。至即命仆归内室取茶具。邻旧有女，笄而美，明经故识之，至是女伺仆去，即登墙而望，手持茗碗，冉冉自墙而下，至亭内，置茶几上，谓明经曰："知君渴，愿以奉君。"明经疑其怪，且旧病未复，力促之去。女曰："君领此，妾当去耳。"少顷，闻小仆来，女忽不见。回视几上碗茶，惟一桑叶贮一撮土而已。嗣后，每逢帘波昼静，清夜月明，女辄至，谈论间颇有慧心。明经自以新病初起，刻自把持，女亦不甚干以亵狎。其容姿意态，长短肥瘦，一日间可以随心变易，故明经始虽疑之，久亦乐得以为谈友，不复问其所自来也。女往来形迹人不能见，惟至时觉举座冷气逼人。明经一日梦与夫人为欢，醒觉乃即女，明经知为其术所幻，然欲强留之，女遽揽衣下床，大笑而去。摄其衣，如纸，瑟瑟有声。后明经得导引之法，女遂绝迹。

雷击两妇活一儿

安东县村中一妇产子，唤稳婆接生，留宿一夜而去。其夫某自外归，抱子甚喜，欲祀神偿愿。忽探摸其枕，惊曰："我暗藏银四锭在内，无一人知道，如何失去？"妻怪而问之。因谓："昨夜收生婆睡此枕，可疑也。"某即往问索银，许以一半为谢，一半偿还作酬神之用。稳婆勃然大怒，且骂且咒曰："我为汝家接生，乃冤我为贼！是儿必死！若盗汝银，天雷打死！"骂之不已。某反疑其妇有别情，亦不敢索银。三朝，复请稳婆洗儿。是日，稳婆不到，令其女来。至夜，儿果暴死。夫妇相泣，盛以木匣，埋之空地。金曰："稳婆之说验矣！"时忽雷电大作，远近闻一霹雳奇响，合村有硫黄气。咸踪迹之，见空地跪两妇人，俱雷火烧焦，各捧银二锭在手，而所埋之儿已出地呱呱啼矣。乡邻奔告埋儿之家来认，见儿腹脐露出针头一指，随拔针出血，儿仍无恙。雷击毙者，一系偷银之稳婆，一系稳婆之女，洗儿时暗以针刺儿脐心致死,欲实其咒诅之言也。见者咸为悚惧。乾隆五十七年六月间事。

火神打跧

吴旸字南谷,毗陵之马迹山人也。微时馆于某宅,其家方构新居,匠人以盆贮木屑藏火为炊。一日夜半,南谷闻屋角有声,起视之,见一赤面人向火而吹。南谷叱之,其人打跧对曰:"某祝融氏所使,今日此屋当焚。"南谷曰:"我在此,乌乎可?"其人唯唯而退。数日后,南谷将解馆,戒主人以致警焉。是日,南谷归而屋竟焚。南谷后登万历丁未进士,仕至方伯。

杀一姑而四人偿命

建平令周君有族侄,自言兄弟二人,娶妻,各有一子,父母殁后,遗一弱妹,不能抚爱,两妇尤虐待之。妹已字某广文子,贫不能娶,乃赘焉。两妇恒相语曰:"一姑已累人,今又多一食指,奈何?终当以计遣之耳。"会兄弟读书城外僧舍,妹婿亦往省其亲。两妇俱托辞归宁,而尽扃其薪米食物以行。次日,姑入厨,无以为炊,忍饿两日,报无可告,转辗不得已,遂自经焉。两妇乃归召其夫,讳曰病死,草草殡殓。寄书其夫家,携柩去。心喜以为脱然矣。然而室中常闻鬼啾啾哭声,数月而长妇母子骤病俱死。未几,次妇母子亦病,怖甚,嘱夫环守之。夜二鼓,忽阴风袭人,门帘豁然启,见一卒赤发蓝面,齿长数寸,手执钢叉,直入床前,攫其子去。急追逐之,见其子犹赤体展动,而忽不见矣。还视榻上,则子已绝而妇犹呻吟也。黎明,妇亦殁。某目击其妻子之死而大悔恨,每告人以示戒焉。夫杀一姑而四人偿之,甚矣,阴谋致死之罪至大也!

误杀金童

阿云岩相公奉使武林,暇日欲绘一小像。鄞令钱君邀暨阳缪炳泰偕谒，为公写真甚肖。公喜，以属钱君补图。钱君以公常谈佛法，乃绘公著红袈裟趺坐一山洞。公见之大喜曰："此吾前生矣！"钱问故，公曰："曩吾督师滇中，适额驸色布腾珠尔布纳病剧，绝而复苏，趣左右邀我至榻前曰：'顷至一山，长松插天，苍翠四匝。中有石洞，列古罗汉数尊，旁设蒲团，虚其坐。一罗汉指示曰："此阿某旧居也。以误杀一金童，谪人间，能立心不妄杀，有以全活人，乃可复位。其传语焉。"因揭蒲团相视，则赫然一童子骸也。公其善自爱。'额驸言讫而逝。今子所图，适合前兆，岂非天哉？"是图公携归京邸，名公巨卿题咏殆遍，而缪生由此以传神名日下。

钱　尚　书

毗陵钱梅谷先生名春，明崇祯间官南京户部尚书。幼患痘，危甚，滨死矣。其父启新先生以独子钟爱，抱诸怀，不忍弃。方绕阶行。忽闻空中大声叱曰："谁错行钱尚书痘者？可笞二十，速另降好痘！"遂闻屋瓦有声，如撒豆然。视怀中，则已苏矣。成童后，常卧楼上。夏月，偶他宿，有佣私就其榻卧，恍惚闻叱咤声曰："可恶，可恶！若何等人，而敢卧此榻！"觉摇摇不安，急起视，则床已置屋角暗处，非复卧所。嗣后，佣见梅谷先生甚畏，辄长跪白事云。

梦　墨

武进钱文敏公，戊午应顺天试。场前，梦至正阳门外，见一人貌岸然，支布帐而陈墨若干于其下。先有一髯买墨，公亦就买。售墨者熟视公，予墨两丸，继予髯一丸，遂醒。后谒座主孙文定公，俨然售墨者。次一同年来谒，则髯至焉，是为无锡李君时乘。盖墨两丸者，两榜；李以一榜终于东平州牧。

钱 状 元 小 名

乙丑会试后，都门有某梦阅天榜，见四十一名独泥金书"集贵"二字，上插一小黄伞罩之。醒时，但记其"集"姓，而忘其名，意必满洲籍，其人当有异也。及榜发，则四十一名乃钱文敏，旋授殿撰。某以为疑。一日，于会宴所谈及之，适汤太史大绅在座，笑曰："钱殿元小名集贵，又何疑乎?"众乃恍然。

归 宁 女 遇 怪

陕西清涧县某村有妇归宁，其父送女还。中途，历山径，风骤起，女衣裤尽失，裸而立。父无奈，脱衣裹之，掖以行。昏暮抵婿家，婿怪问之，翁告以故。婿咤且怒曰："是何邪魅! 翌日当持枪击之耳。"各就寝。黎明，女惊呼，婿忽无头矣。其家乃讼之官。县令戴君提鞫，疑女之有所私而杀其夫也，刑之，坚不承。翁匍匐哭诉其事，令遂躬率丁役，命导至女失衣所。遍加搜觅，见山侧有一穴甚深，令募能下探者犒钱若干。一健卒应募，乃束炬入，行数十武，忽有天光，见一僧貌狞恶，瞑目卧土榻。卒惧而返，白诸令。令更遣壮役数人持贯索器械随之入，则僧已醒，众向前邅缚之，拥而出见令。再三研诘，不答，批其颊亦无一言。无如之何，乃加练数围，督众役押解入城，将禁之狱。行里许，忽狂飚大发，众皆目眯，少顷而僧及解役数人俱杳然矣。遂寝其事。戴君名树屏，荆溪人也。其幕中戚友归述其异如此。

龙 诛 龙

乾隆辛亥八月，镇海招宝山之侧白昼天忽晦冥，有两龙互擒一龙，捽诸海滨，大可数十围，如人世所画龙状，但角颇短而须甚长。始堕地，犹蠕蠕微动，旋毙矣，腥闻里许。乡人竞分取之。其一脊骨正可作臼，有得其颔者市之，获钱二十缗。

桑　蚕

宜兴东仓桥离城数里,有某村妇子患痘,医者下方,须用桑蚕。夫佣于外,其姑命妇觅桑虫。妇至野寻求,见老桑一株,有蚕蠕蠕甚大,喜而捉之。行数武,忽失蚕,妇告其姑,姑曰:“此活蚕,非有翼能飞,堕亦只在草间耳。盍往觅之?”妇仍诣其地搜寻,林隙有一洞,方谛视间,忽巨蛇昂首出,俨然人头,有一臂,怒目眈眈,指妇作人语曰:“汝再扰我,即当啖汝。”妇惊仆。其姑讶妇久不返,往视之,见其卧地吐沫,面无人色,扶归渐苏,乃述所见如是。儿竟殇,妇亦旋患痫。不知何怪也。此乾隆壬子五月间事。

韩　六

山阴库书冯心法,辛亥冬,其母病,冯夜归张灯,见韩圣华来,竟忘其死,与言生平如故。韩曰:“兄家有差使事,值我票已判行,三日可发,我当为兄经理停妥。”冯库书舞弄多事,畏告发,与之议贿,许以钱六千,韩许诺谢去。冯方怪韩之既死,谓母病必危,又疑许贿六千庶可救。及三日,韩至,竟入内而冯母死。岂冥使亦如人间狱讼,不论输赢,总需使费耶?抑衙门人生不顾其亲好者,为鬼亦无异耶?

魑　魅

山阴高进士之父某翁,未遇时,以佣为生。暮归,值长鬼立路侧,倚人屋,腰靠檐上。翁立俟之,鬼手捧一孩子而祝之曰:“我欲食尔,尔宜为九品官,有田三千亩,屋九椽,男子二人,我即欲食汝,心不忍食。”遂置之瓦上,回身欲走,则见翁。翁被酒,且立久,绝无恐,心计渠尚不食小康孩子,我苟不至饿死,渠岂能食我,我何畏渠?乃谓之曰:“吾闻神之长者为魑魅,能富贵人,我将乞汝致富。”鬼拂袖令翁去。翁固求,鬼探袖得绳,缚竹杆一枝若秤物具,翁再索锤,则鬼拂衣竟去。翁归告妇，取梯抱儿下。翌日，里许有冯村人姓冯者失其子，遍觅不得。高翁出儿，而告以鬼语。冯父乃拜翁，呼为外父。后冯果为山西巡检，田庐如魍魉言。高亦自此致富，子发科甲矣。

獭 异

山阴施汉一秀才曰：越水乡多獭怪，其小者止泼水侮人，驱之即匿；其老者能惑人如魅。余家旧有獭怪，逢科甲富人，必相狎逼，百年内凡三见矣。不可逐亦不为祸。余丁亥归里，夜就寝，有声如撒螺壳者，大小千万声，散置几榻间，烛之无有。疑北牖失扃，故扃之，怪亦渐安。又二十年丙午，余苫块之际，方侧卧，若有物压胸间，小掌抚我头顶甚勤，而其身甚滑，耳边啧啧作亵语。梦见一粉面娘子，年可二十四五，紫缎衫，玄缎半臂，深蓝色裙，就我要抱，却之则从背后抱我，口向两耳聒聒不休。予梦中谓之曰："世间乃果有淫妪，我二十年前尚不可干，今日能动我乎？"惊而醒，觉耳边啧啧声，头上抚摩状犹未绝也。旋从枕上逸去，轻小若猫。翌日，又至，则觉有物在右股上，梦见昨女子衣服如故而立处稍远，隔栏杆相招。予窃念昨身近尚不乱，今隔栏杆乃肯动心耶？遂醒。则物从股上跳去，怪亦遂绝。丁未冬初，独猓湖口夜宿陈氏新楼，濒湖，甫息烛则物跃上床，予知其非鬼非偷儿也，若喧叫徒惊邻里，适为人笑，计所以逐之。记得杭大宗先生《秽迹金刚咒》事，试诵之，物辄伏不动。五更跳下床，有声，遂去。晓起见伏处衣褶卷起如截。予因作客，不宜告主人。越月，又过此宿，解衣始记前事，欲避无及。拥衾作久倦合眼，则物已在床里矣。持《金刚咒》稍缓则辄动欲上，俟诵弛渐逼近胸膛，出声尖细如鼠叫。旋作人语曰："若佩正一真人符吾不惧，但公口一动吾则甚畏耳。"五更，从脚后绕出。是夜诵咒百余遍。明日，家人怪吾夜作呓语久。自此陈氏亦无他异。今年二月初二日，乡塾师沈昭远来说獭祟，衣上遗毛可数，向予告急，欲辞馆去。劝之诵《秽迹咒》，又猝不能成诵。但偶忆《本草》有"熊食盐而死，獭饮酒而毙"之语，旧闻丁未进士徐景芳尝用以除馆中獭妖，令沈姑试之。是晚，置双鲫樽酒于案上，二更獭至，沈已迷不能声，但见獭超案饮酒，樽敧就案话遗酒有声，食鱼亦尽。既跳下欲登沈床，则前足甫起而后足不随，堕地者三，盖獭醉矣。逃去，今遂绝。然则记览不嫌其杂，亦能救人，獭之饮酒，水居人宜知之；而熊之喜盐，又山居人所不可不知也。

柏香簪不宜入殓

会稽乡人陈生，娶郡金氏女，伉俪甚笃。金死，陈设像祝奠，朝夕相对，如其生时。既而金之妹二姑亦病死，将殓忽苏，家人喜甚，乃其声则金氏大姑也。曰："我被勾神误摄入冥，既讯明，释魂欲返，则殓时用柏香簪，魂不能再入。今妹命尽，故我求冥司借躯以还魂。我将归陈家。"人大异之。金指点其生时所存箱箧衣物，一一不爽，且述其与陈生床笫燕私密语，真陈妇也。金之兄自远归，女与言昔日过其家时，留饭肴酒杯盘，及其兄市羊肉船上腥秽逼人事，皆曩昔其兄亲历，不丝毫异。无如其妹已许某姓郎矣。宗族疑妹或托鬼语以饰暧昧，不遽归陈。陈生亦谓姊魂妹魂，不忍迎归。某郎家又必欲娶，父母遂送女往。下车即大言曰："我金氏大姑，非二姑也。我归陈家，不归汝家。汝家必留我，将致大不祥，其无悔！"是夕，其翁姑扃女与某郎同房，三日而某郎无病猝死。陈益不敢迎女，遂为某郎家守节。凡乡里吉凶事，必先知之，言若巫者，乡人异之。或曰：此妖凭焉，非真大姑魂。陈生不迎，非无见也。

猎　户　说　虎

传闻虎伤人，则伥鬼为尸脱衣与虎食。又云虎能禹步，令尸自起脱衣。此皆不然也。盖人不见虎，故为此推测之词。有郑猎户云：虎擒人衔其头颈，人痛极，手足自撑拽，势皆向下，衣裤自褪下。人无事而讲礼貌，则岸然巍然也，及至窘急无诉，便自抖擞卑缩，衣带自宽矣。郑少年时尝与同伴值两虎，其一虎衔同伴去，其一虎郑枪中之，未毙而逸。郑惧其复来，乃先上高树，避而望之。见虎所衔同伴，先下鞋，又下袜。迤逦而裤下矣。明日招伴寻之，则衣履一一在途，其尸隔五里余，剩其左臂，验有旧伤，果其伴也。腹脏亦未吃尽。又二三里，则所枪伤虎僵伏而毙矣。

传闻虎咬人，初旬在头，中旬在肩背，下旬在腰腿。此大不然。郑所见皆肩项也。虎作威向前，自上掷下而咬之，非肩项不可掣其躯，无上下异也。即虎食所先，虽不可见，其所残剩者，偶余手足，亦无上下旬分手足之异。

虎大者力千斤，小者亦二三百斤。又加以爪牙腾跃，人力断断不能胜。所恃者，人之巧可以制虎之贪痴耳。虎气旺，中枪多不立毙。郑尝入深山，径转处有虎如大牛，蹲路侧。郑急甚，不及用枪，乃大声喝之，姑慑以气势。虎果跃去。郑度其必来，无村落可避，乃先视其所去处寻坡下伏。虎果跃至，中郑枪，又跃去。郑度再至则虎必难御，急上高树避之。俄顷虎至，觅郑不得。郑窘甚，足偶失，触枝动。虎仰视见郑，跃起扑郑，格巨枝而坠者再，树震撼叶叶有声。虎疮甚不能再跃，乃啮道旁石块尽碎，衔石而毙。

伥必附物而行，或猫、兔、鸡、鸭、蛙、雉，皆能作汪汪声。先虎二三里，视机伏处，引而避之，虎辄随伥声转移。制之之法，闻伥即用钉钉树上，随所值之第一株，然后击伥所附物，则物毙而伥亦声绝矣。或曰钉金也，树木也，魂属木，魄属金，取以魄就魂之义。魄恶好杀，伥魄也，禳之以就魂则惊，魄有依，不为虎役矣。

伥声惨而长，无转音，但夜深人静，亦有能作人语。郑尝与同伴往猎，舟泊溪下。一夕闻岸上敲门声，久而门内人应之欲起，其妇力阻曰："夜深宜避，勿往启户。"敲者益急，其妇卧问曰："客何来？"曰："间壁。""客为谁？"则又曰："间壁。"夫妇遂不起，教以明日来。敲仍急，郑异之，从篷隙视，见有物如数石谷囊者塞其门，从斜月光中审辨之，则虎也。以头撞其门，所应两字则伥也。郑潜曳醒其同舟而告之，皆恐，匿船板下。郑乃以枪自后打之，虎惊痛，咬破其门，坏屋檐而去。翌日视之，门下所跪点头处成两洼迹。行二里余，溪水中得死虎，重六百斤。或曰：虎负伤落水不能起也。或曰：虎中枪热甚，故就取凉，伤发而毙也。

虎食兔，入口即没。虎食鸡与鸠、雉，则入口上下腭一再合，即仰喷剩羽，如散花雨，周围丈余。雉五色文散飞，最可观。

传说虎欺人畏，故不伤醉人，不食孩童，非也。醉人必醉甚，行路欹斜不定，虎始不食，盖扑之不准也。至于孩童，则樗里有邻儿，兄弟夜出门就厕，其兄年十三四，蹲厕上，其弟九岁，立檐下，见有若松毛一团者掷而前，弟畏缩就其兄旁曰："是何物耶？"兄曰："松团耳。"虎前弃其弟而攫其兄去。明日迹血寻之，衣履处处散遗，拔起小松根数十株。盖其兄忍痛手迹也。至血痕阔处而止，盖已食尽，而草上血亦经吮过矣。

虎饥亦食蔬菜。樗里有女子与其嫂在楼煨芋食，弃芋皮窗外。姑偶凭窗见虎吮芋皮尽，则仰以俟。嫂惧，多煨芋以皮给之，恐其跃上也。姑欲闭窗，则伸手出怕虎起攫手，坐待则眼见嫂芋将不继。乃试以全芋投之，虎一吞而尽。姑曰："吾得之矣。若不畏热，可图也。"乃烧铁锤透红，以芋皮裹之，芋皮著热铁即粘，试投之，则虎仰头视既久，见掷物接而吞之。吞后，则跃去。后二日，里得毙虎，爪自裂其胸见骨。

传闻虎不再交，亦非也。虎独处，其有两者，必牝牡也。其有三四五者，必虎母子也。子大则牝牡母子皆斗而仍独处矣。大概月大晕夜，虎乃交，在半夜后，来日必起大风。郑少时尝闻两虎互鸣，不知何故。一夕宿岭上寺楼，闻两虎鸣甚远，声闻林外。窥之，则月蒙蒙晕矣，有物一堆，上白下黑，如土阜摇动，久之，其下者猛吼震谷，盖其窍初合，牡者痛而惊跃也。晨起，则两虎在土阜上互跳，交扑，久之始散。是日，寺僧不敢启门。逾月，早起见隔岭此白黑二虎抱跃而起，既落地，则两释矣。其明年，则有四小虎同行。或曰：虎交，一跃则得一子，四子皆一交所得。

郑晚年当七十后，必持一雨伞行，杆铁自卫。常曰："吾遇虎一则俟其扑而左右避，以杆抵其腰，能令不再起扑。吾遇虎二三则张伞而旋转之，能使虎疑，不敢扑吾。"又数年，郑往邻村看社戏，肩伞归。中途昏暮，虎突起道左，郑避扑不及，坠崖下。急坐起，张伞伺虎。不料虎亦坠下，压郑身上，伞旋转如轮，虎蹲郑腰腿间，凝视伞转，郑急取所佩铁刀，以右手斫其尾闾，左手拔其阴。虎方疑伞，又惊触其阴，跃起,力猛,断其阴寸余。郑据地,手不释伞。幸邻人看戏者群过,呼扶以归,而郑力竭矣。越二日死。

鬼 请 上 任

侍御沈立人,名孙涟,京邸卧病十余日,谓所亲曰:"有朱衣人从空下中庭,谓直隶保定城隍神缺,当命予摄。予以老父在南,妻子无托,孑然单身,客死可悯,乞朱衣人善为我辞,而另选焉。朱衣人去而复来,云谓'尔父以庶民受侍从封诰,已荣甚,有弟在,不至失养,子已游庠,复何虑?苟召人而皆辞,将无可召之人矣'。朱衣人语如此,予殆不望生,若为我治后事。"所亲多劝慰,谓是病谵语耳,然沈自是不复作声,药饮皆屏。凡三日,更定后,车夫宿门下,闻叩门声甚喧,问之,则曰:"请老爷上任。"车夫嫌其错叩门也,令别寻门户去。叩门者云:"的是汝家。"车夫云:"我家老爷是京官,十年不出城,现在卧病,那得上任?"叩门者曰:"非外官也。吾曹是直隶省城隍衙役,明日新官上任,长接在此。你家无人管事,并不打点一些行装犒赏,所以告与汝知。"车夫大恐,缩颈被底,睡不成梦。四更后,但闻沈从内呼从而出,肩舆扛梢触门有声,謦欬宛沈也。声渐远,始闻侍沈疾者哭声。明日,车夫以告沈所亲,始知前日语非谵。

通 幽 法

南塘通判顾梅坡说:张天师有通幽法,有不白事能遣阳魂至夜台,召鬼问话,鬼如何语即借人口出之,其人不自知也。必愚笨人方可使。梅坡曾亲见五十六代天师时,有法官某,失所司俸银五十两,求之不得,愧恨自缢死。既死,所失银仍不可得。主人乃用通幽法,令水夫某立门槛上,喷水贴符百余纸,几满身矣。眼耳皆贴符,惟不贴顶与口。水夫初犹身动,继则不动如铸。少顷出声,则抵冥府门,见某法官肩梁带绳,在冥府门外立候发落。见水夫至,则曰:"汝归告天师,银则所私娈童某置地板下。"天师遣人揭看,果锱铢不失。因问:"尔肩何梁?"则云:"缢死鬼皆负梁连绳不能脱,其苦其重。惟阳间为之作法事方能脱,否则不脱,不能另投生也。望天师慈悲,为作法事。"天师许之。忽传冥王谕天师府法官知道,尔等屡以细事动扰幽明,来使责二十板,后当戒绝。否则且获重谴。水夫方僵立,忽作屈身状,呼二十满而起,仍僵立。冥语皆水夫口述,天师如问供状,水夫随问随答。问毕,水夫忽云:"本府门神不令入。"则作法者忘焚饬门神一符也。既醒,水夫觉足力乏甚,问冥事,殊罾罾,但觉去时贴符渐多,则身上束缚渐紧为窘,两胁逼甚,觉魂从头顶迸出,痛不可当。其归也,仍从顶上入,满身舒快,如释重负,如倦极之得眠也。醒后,臀有杖痕,色青,久始褪。自此法官不敢轻用通幽法。

喜　婆

越郡城有惰民巷者,居方里,男为乐户,女为喜婆。民间婚嫁则其男歌唱,其妇扶侍新娘梳妆拜谒,立侍房阃如婢,新娘就寝始出,谓之喜婆。能迎合人,男女各遂其欢心。服役民家有常主,如田之有佃,得自相顶替,卖买皆有契券。事婚嫁祭祀外,常时则以说媒、售衣锦为业。有某公子者,少年,好狭斜游。一日,其素所昵喜婆来告:"某日郎可至我家,当治具相待。"公子如期往,则曰:"请俟之,尚有佳境。"公子未解也,谓是狃语耳。少顷,有舆女客至门,入见之,则少艳也。衣饰整丽,年二十三四。喜婆旁通言语,坐定进茶具。喜婆出,反扃户去。公子喻意,乃近少艳,不峻拒也。欢毕问姓与住处,皆不答。求再约,则曰:"视缘尽未耳。"启帏出则喜婆已启扃入矣。为整妆,拥之登舆去。公子固问喜婆以少艳姓氏,则亦坚不泄也。后一年,公子观水嬉,则画船中其人在焉。珠翠满头,婢媪侍侧,喻意以目。无何,舷摩桨击,一见而散,不可复识矣。

獭　淫

獭性淫,吴越小家女人多于水中洗亵衣,獭食之久,能为异迷人。

雌者多就异类交,为异则迷惑男子,亦不遽至魅死。其雄者闻少妇亵衣气辄缠绕不去,虽众逐击之至死,势不痿。辛亥十一月,蔡村人娶妇,客散,婢仆各就寝。郎醉先睡,新娘闭户解带,则有物绕两足间,作鼻嗅口涎状。新娘骇怪,性颇慧,不作声,密启户告其姑,知是獭怪。新娘归房,则獭在门跪俟。随新娘绕足如故。移时,翁姑结健者十余人,各持一烛一梃,入房即扃门守定,见獭共击。獭上床则上击,落地则下击,走几案则聚击,屋无完器,而獭已聚梃毙于地矣。毛黑如鉴,身长一尺五寸,势长七寸,与人无异,而肉稜甚大。剥其皮售值足偿所毁器物。其肉腥,不可食。或曰:獭肝髓入医经,其势异若此,可为房中药,惜医经不载,而村人皆不之知也。

虎 困 藤 斗

樗里王姓童子,携藤斗籴米。时暮雨,过溪边木桥,童子即以斗加头上,手扶木栏过桥。有虎在桥下伺,前咬童子头,得其斗而去。童子仆地,谓是人所推跌,摔其斗而去也。明日,山中人见虎狂走遍山,则虎衔藤斗不可脱也。虎口合则藤斗随合,虎口张则藤斗随张,斗塞满口,藤性韧,丝丝嵌入虎牙缝中。虎性躁,不可耐,走三日而伏毙于山中。头犹仰,张其口,犹含藤斗也。

甘 公 入 梦

甘冢宰汝来,余己未座师也。其孙立功,某科翰林,典试湖北,卒于贡院。后其季父广作汉兴道,监试秋闱。夜卧床上,梦立功搴帷入,惊曰:"二叔在此耶?"道台亦惊醒。问之旁人,方知所居之处即当日主考停棺之所也。

续子不语卷八

尸　变

鄞县汤阿达在京，其兄来而不礼。或问之故，曰：廿年前，曾与兄守一邻女之尸。兄下楼取茶，阿达慕尸之美，有邪心，看之良久，尸忽立起，绕案逐之。阿达至门想走而门已外扣，盖其兄上楼时见尸相逐，故畏之而扣门也。阿达跳窗走，尸不能跳。阿达晕死瓦上，尸亦僵立不动。次早，家人上楼视之，尸犹僵立，乃取米筛降尸而殓之。隔三日，阿达从市归，白日见此女，詈其不良。阿达入城，再入京，至今不敢归。

鬼 买 行 头

杭州线店施三聘死后无子，妻以其家资转嫁某。三聘到冥府告状，冥王不准。施商之判官、书役，云："妇人转嫁不取夫财，则我辈无可办也。你妻取财而嫁，则你有钱与我辈，我辈拏你妻来，虽老爷得知，亦无大罪。但你须携银子来买阴司行头，才好去吓后夫，并可以取汝妻之魂。"施如其言，渡江到本家借取冥资四百作使用。后夫家闻炮竹放则鬼叫，见溺死者，缢死者，皆行头所为。闹十月以后，有新死木匠鬼来，胥役云："此人力能取汝妻之魂。"匠果斫其床，截其足，妻果叫三日而卒。后夫取用之资，医药、棺椁、祈祷之费，适如其带来之数。

韩 六 三 事 后又缀一事

钱铺叶姓，十九岁，病廿余日，忽起跪数日，自言曰："我山阴活无常韩六也,今为冥役。生前与汝叔好,汝寿未尽,以幼时背后骂小寡母受冥谴,然尚可挽回,须尔叔一行。可俟我本官后日外出拜客时,至岳庙前东首第一位判神前焚锡虔叩,当为尔嘱托内幕挽回。但入庙不可声张何事,只多焚楮锭可也。"翌日,韩复至曰:"尔叔可集客作保状,立时焚之,我当赍去,为尔关说。尔叔明日午时来,毋俟我主归焉。"至期,叶叔往庙拜祷,韩已先至家通信,令叶起跪,曰:"状已入,大费周章,内幕已批定矣,但需费八百。尔叔自有知验,试问:'麻雀何自来乎?'"叶叔归,果云拜时有雀拂帽过,甚奇。叶病遂愈。

　　清凉桥卖炙糕妈妈之子某,为县役。庚戌夏,携所服青衣归。有同役徐失其青衣,见某问其衣是否,某忿其诬己窃也,骂之。翌日,同其母所谓炙糕妈妈者诣府城隍庙置香炉而诅之,且骂神不灵。时有他役叶、李、孙三人,见而劝止之,事已寝矣。九月间,有同役程姓者死。辛亥年正月十四夕,某看灯归,忽仆。及晓,面青,云:"被冥官掌责。"历述被逮至冥时,冥王判断程姓为窃衣,已夺箅,今补枷矣。徐某偶一问及,原无罪。叶、李、孙三人以非己事肯踊跃争先,排难解纷,戒人勿渎神明,各增口福三年。某以微嫌亵渎神祇,既掌责,仍发阳官责四十板。又云皆是韩六与他料理释回。及开篆后,某果以公事,官责如数。叶老矣,李、孙中年人,今皆无恙。

　　戴七亦山阴役,好嫖赌,辄月余不归。其妻某氏托其邻王三寄口信,云要钱米度日。王三寻见戴七狭邪,则戏云:"尔在此贪花,尔妇有信,尔无钱寄归,尔妇亦要养汉矣。"戴七信以为真,曰:"伊妇人,乃与王三作此言,伊必有故。"是夜二更归,急叩门,妇披衣起开门,怒其久出,故作色不语而入室卧。戴以为有所私在室也,提灯遍烛之不得,坐而疑之。适有吴某者,亦同役,过其巷,偶磕烟灰于其壁者三声,其夫方疑,谓是必有所约而至也,开门逐之。吴怪之,急走,戴逐里余,及吴,各相视而散。戴归,谓妇与吴私,殴之,妇方妊月余,毙。是年冬,王三病死。辛亥正月初旬,吴晚饭罢,口噤,遂绝音。昏睡去。诘朝起,则曰:"我当往谢韩六,我当往告戴七。"盖噤时见两冥差,其一为韩六也。摄至冥司,见主者暖帽如显官服,谳王某以口舌戏嘲,酿人命,寿既尽,当杖四十,枷三年,另案再结。吴以非法饮食之灰，不应夜深磕人门壁；戴既开门出，尤不应急走；戴既逐里余相见，亦当说明其故以释疑。吴当夺箅半纪，掌责百二十。戴游荡不归，以疑杀妻，当得绝嗣穷饿。检冥籍，戴已有子七岁，命五鬼摄取其魂。且云："韩六读谶词与伊听，需费八百，乃诣韩家焚楮谢。"戴闻之骇，挈子叩祷于神，第三日，子无病猝死。吴面上掌痕四阅月而青褪。

鬼买缺

山阴户书徐某病，见其故兄来曰："吾已为尔买缺于冥府矣。死可仍为冥判书吏，无苦也。"既而有县役已死祝姓者亦来，谓之曰："尔可不死，但以重资付我，我能为尔弥缝。"某许之。既去，其兄复来，谓之曰："曩祝姓盖欲谋买尔缺耳，且赚尔钱。尔寿数有定，求不死无益，徒白弃此缺耳。"徐某曰："吾已许祝姓矣，奈何？"其兄曰："冥司事如人间，此缺尚隔年月，此时不过预定期约耳。祝姓尚可回覆，未晚也。"徐曰："然则何处觅祝而覆之？"其兄曰："余能往。"翌日则其兄与祝同来，聚而议之。祝果为买缺谋也。与徐之兄争先。复有故鬼某某者同至，为之平其争议，令五年后此缺出让徐某先补，候徐某五年吏满，再令祝预补。祝允诺。既而祝又来曰："吾不及待也，当改图他缺去。"徐某病亦渐瘳。此乾隆辛亥年事。今徐某无恙。此事山阴书吏皆能言之，甚确实也。

温 将 军

俗祀温将军，道家谓之"天蓬神"，释流谓之"药叉神"，威灵颇验。丙戌秋初，山阴安昌里娄象甫由山西巡检假归，偶出访友，与途遇，立语。忽见其故兄敬甫至，拉与路隅，密嘱曰："我家修宗祠事发矣！卖地者之祖先鬼有周姓者，甚强。初控土地、城隍各神，我已为诉雪矣。今温将军奉上帝命往乍浦办海劫一案，亲来海上，周叩马投词，将军已准，遣副使神至宗祠会同城隍、土地神勘地讯供。修祠本我兄弟董事，徙墓事则尔实掌之，尔当与质讯。尔可速归沐浴更衣，择一室卧听传问,嘱家人无哗,尤戒哭声。哭则魂散不可复归也。此事尔毋恐,谅城隍、土地亦当调护,必不肯翻案也。我为尔冥助,可多焚冥锱及抄周姓卖地契焚之。"象甫在路隅切切私语,并无人与对,其友怪之。象甫语毕,径归,沐浴更衣,入书室扃卧。其家人从窗外聚俟,静以听之。更余,作声,皆质供语也。且促家人多办茶具献客,至百余盏,尚嫌不足。五更客去。象甫晨自启扃出,说所讯事,则买地建祠时,曾迁棺十余具。象甫给资与佣,而佣忽略遗周姓祖一骨,既迁后始视地得骨,惧主人责,潜弃骨于河。周因冥控不休,且招诸迁椁鬼同诣温神控告。神命城隍查骨下落,则在水中宛然也。神谓周子孙受钱,愿卖地迁棺,娄复给有工钱,以建宗祠,且有簿券,原无罪过。周裔寥落,其子孙卖祖墓,原本不合,但已贫穷,毋容再议。王佣受值而移骨,潜掷水中,咎实难逭。伊禄已尽,付厉部摄之。周哭而去。周本同邑人,生前有军功,娄不肯言其名。是年,乍浦潮灾,漂溺数千人。温将军之奉使,其言验矣。娄朴厚人,今年八十有三矣,尚健行不携杖。

鬼 请 吃 烟

谈竹苍名震,德清人。乾隆乙巳夏,寓苏觅馆,偶染伤寒,发热数日,甚形委顿。昏瞀中,梦有青衣人手持一卷至前曰:"唤汝去。"谈曰:"何人唤我?"曰:"阎王唤汝。"谈闻言心悸,不肯同往。青衣人遂将手卷打开,中系黑纸白字,如今之法帖状。谈不觉随行,至一处,见有官坐案上,旁立书吏一人,似论公事,互相争执者。谈至案前,吏曰:"汝是谈师爷么?"曰:"然。"曰:"所言者即系汝事。"谈心惧,回身走避。复至一处,见一月洞门,远望门内,有堂屋甚轩敞,排列几案十余张,俱有冠带人上坐,若会审案件者。中坐一官,金面,形状可怕。谈不敢进,青衣人从背后推之,已至案前。金面官问曰:"有严姓在我衙门告尔。"谈曰:"告我何事?"曰:"告尔奸夫淫妇。"谈曰:"并无此事。"金面官即令鬼卒将犯证带来。遂有囚车十余辆推至阶下,先唤男犯一名,见谈曰:"不是此人。"后有女犯遥认曰:"人虽不是,面貌倒有些像。"金面官又问谈曰:"汝认得仓米巷佛婆么?"谈曰:"并不认识。"金面官即令青衣人送回阳世。车中女犯尚招手谓谈曰:"何不到我处吃茶去?"谈不应而出。至途中,青衣人于袜桶中取出烟管一根,长仅五寸,请谈吃烟。谈心知是鬼,不肯取吃。梦醒后,汗透重衾,其疾遂愈。

李 生 遇 狐

歙有李生圣修,美丰仪。十四岁读书二十里外岩镇别院。一夜漏二下,生睡觉,忽睹丽人坐榻上,相视嫣然,年可十五六。生心动,手挑之,亦不拒,遂就燕好。每宵飘然自至。常教生作诗填词,并为改削。间与论时文,则愀然不乐,云:"此事无关学问。且君科名无分,何必耐此辛苦?"由是两相酬唱,颇不岑寂。数年迄无知者。会有杨生者,生中表戚也,亦就院中下帷,与生斋仅隔一壁。常怪生既昏即闭户。一夜月下,杨生潜于壁隙窥之,见生方拥丽者坐。急敲扉入,遍烛寂然,问之始讳。次夜,复窥如前状,并闻笑语之声,心知为狐,遂奔告生父,促生返,而狐随至其家。他人莫睹,惟生见之,举家虑为生害。一日,生嫂诣生室,大言责曰:"妖狐岂无羞耻,强欲夺人婿? 况吾家小叔幼已订婚某室,他日入门,谁为嫡庶?"是夜,狐泣谓生曰:"嫂氏见责,其言甚正,不容不去,今永别矣!"生为泣下,留之不可,两相唏吁于枕畔。闻鸡唱,遂下榻而没。李生工词律,善拳棒,皆狐所教也。闻狐所赠诗词极清丽,惜传者未记。此新安洪介亭所说,李亦自言不讳。

仙 童 行 雨

粤东亢旱,制军孙公祷雨无验。时值按临潮郡,途次见民众千余聚集前山坡上,遣人询之,云:"看仙童。"先是,潮之村民孙姓,子年十二,与村中群竖牧犊嬉于山坡。一儿戏以拳击孙氏子,方击去,忽孙子两脚已离地数尺。又一儿以石击之,愈击愈高,皆不能著体。于是群儿奔说,哄动乡邻,十数里外者,俱来哗睹。其父母泣涕仰唤,童但俯笑不言。制军闻是异,与司、道群官徒步往观。仰视一童子,背挂青笠,牛鞭插于腰际,立空中。制军方以天旱为忧,便祝曰:"尔果仙乎?能三日致雨,以救禾稼,当祠祀尔。"童笑而颔之。顷之,浮云一朵,迷失莫睹。制军亦登舆行,俄大雨滂沱,数日内粤境叠报得雨,遍满沟泽。制军于是命塑其像,遣画师赴其家,使忆而图之。童父母盖愚农也,苦难形容其状,虽易屡幅,莫似。方无计间,忽童自空而下,笑曰:"特来为绘吾面目。"遂图而成之。父母将挽留之,倏失所在。遂塑其像于五羊城内三元宫,题曰"羽仙孙真人",香火甚盛。此乾隆五十二年五月事。歙邑洪介亭游粤东,亲见迎孙童子像,因询其颠末。恐有缺疑,他日当谒补山相公证之。

金能退鬼

乾隆己酉年,常熟县为敬公。民人某于二更时还家,忽见穿红裤黑靴者,持火把当街立,自腰以上不见。某避入亲戚家中,物即追之而至,因取铜盆击之,化而为五。大恐,闭门入。后汛兵巡船,于船上见所坐人皆衣红裤黑靴,知其为妖也,击之以枪,每人皆化为五。少顷,河中尽然矣。晚间突入民家,满城不安。敬公差人请顾公讳德懋者来,叩其所以。顾曰:"试以鼓击之。"怪愈甚。及命以锣击之,怪遂退。因曰:"此阴兵象也。兵以鼓进,以金退。"传合县击锣三日始安。

秀结宜男

杭州富家子金挺之,美少年也。慕某女不得,因有妖冒作此女来魅。夜必搂抱甚紧,金即下泄如注,几成瘵疾。避之他舍,妖至,觅之不得,即在空楼上束棕荐为人,瓦钵作头,插山花,披红锦衣,以恐其家人。并时作喃喃絮语声。一日,携一斗大馒头来,上写"秀结宜男"四字,书法秀媚。其家延顾安伯、万近蓬往视之。万云:"此蛇妖也。修炼千余年,我已受菩萨戒,不忍杀,但可驱之去。"顾乃为画先天八卦图镇贴，万但书"楞严咒心"四字治之。妖始泣语小婢云："我本扬州人，为访妹而来。因鼓楼被毁，妹不可见。偶见金郎貌美，钟情于此。今蒙见逐，自限期去。但从此见金郎不得，求郎所悦之歌童为我唱《阳关》一曲足矣。"其家至期果以鼓吹清歌送之，乃以线绣瓶袋一枚，白镪六钱，赏歌童而去。此壬子二月间事也。

黑眚畏盐

丁宪荣，诸城人。言其地有殷家村，在城外，多古圹。旧传圹中有怪物，形如人而无质，仅黑气一团，高可丈许，每夜出昼隐。其出也，遇人于途，隔一矢地辄作啸声如霹雳，令人心震胆落。惟见者闻，他则罔觉也。啸毕，以黑气障人，至腥秽，触鼻晕绝。里人相戒，视为畏途，昏暮无行者。有盐贩某，市盐他所，贪饮，醉中忘戒，误蹋其地。时月上已二鼓，前怪忽突出，遮道大啸。某以木挑格之，若无所损，骇极不知为计，急取盐撒之，物渐逡巡退缩入地，因举箩中盐悉倾其处而去。晓往踪迹，见所弃盐堆积地上，皆作红色，腥秽难闻，旁有血点狼籍。此后怪遂绝。

僵尸挟人枣核可治

尤明府佩莲未达时，曾客河南。言其地棺多野厝，常有僵尸挟人之患。土人有法治，亦不之异。凡有被尸挟者，把握至紧，虽两手断裂，爪甲入人肤，终不可脱，用枣核七个钉入尸脊背穴上，手随松出。屡试辄效。如新死尸奔，名曰"走影"，乃感阳气触动而然。人有被挟，亦可以此法治之。

量童子

《褚氏遗书》：男子二八精通，能近女，八八六十四而精衰。然近日禀气厚薄不同，有十三四娶妻生子者，似又难拘于定数也。俗有量童子法，能知其近女与否。法用粗线一根，自其项围颈一匝，记其长短，以线双折从其鼻准横量至耳，长过耳者，便能人道，否则犹童子，不能近女也。

灵　符

万近蓬言："闻胡中丞宝瑍病剧时，忽语家人曰：'明日慎闭吾户，勿唤勿入也。'如其教，明日日将暮亦不唤启钥。夫人疑之，自往，从穴隙窥，见房内列二桌，南北相向。南向桌上有一人，头大如十石瓮，金目巨口，灼灼翕动。北向桌上中丞坐与相对，桌上列纸笔，方握管似与问答欲作书状。第见口动，亦不闻声。遂大惊，排闼入，中丞掷笔而起曰：'汝败吾事矣！不然可得尚延岁月。然此亦天数也。速备我身后事，三日内当死。'已而果然，究不知此大头属何神怪。"时张六乾在座，乃曰："此名灵符，文昌宫宿也。凡有文名才德者，喜往依护。昔朱紫阳注《四书》，每见之而文思日进。后能招之来，麾之去，遇疑义辄与剖晰。中丞盖欲召之来以祈禄命，不意为妇女所败。"予因询其出何书，云："朱子集《中序》上载其事。"因记之，暇日尚当检集以究其端末也。

吞　舟　鱼

凡出海客，辄市字纸灰包载以往。云洋中多怪风，及一切水怪，或吞舟鱼，投灰即去。有醝贾业海运，载盐满舟而往。一日忽遇吞舟大鱼，吸浪而来。舟中无字灰，即以盐包投之，吞吸数十而去。后数日闻有大鱼死滩上，腹中残包犹未化，始知食盐而毙也。

鸡毛烟死蛇

李金什言：鸡毛烧烟，一切毒蛇闻其气即死。凡蛟蜃属皆然，无能免者。究不知相制之性何自而然。或曰：此易知耳。凡蛟蜃与蛇类皆属阴,鸡本南方积阳之象,性属火,为至阳,故至阴之类触至阳之气,无不立毙。此正《阴符经》注所谓"小大之制,在气不在形"耳。

蛇 箝

浙江衢州常山县有名山石硿山,山麓有寺曰石硿寺。山下溪水汇注,民田皆枕山开陌。土中产一物,如松毬,如荔支,大亦相等,外皮亦如松皮色,击碎,内如沥青状,入火烧之,化气而走。彼处土人名曰"蛇箝"。询其义,曰:"此蛇入蛰时所含土,启蛰后吐弃于地,故名。"按此乃铅汞之苗所结,故见火则飞,非蛇所衔之土,土人盖不知耳。

番 僧 化 鹤

宫中丞为滇藩时,西藏有僧二人来滇。一老者望之可八九十许,云已三百余岁。一差少,望之可五六十许,云已历百二十岁。宫馆之省城隍庙旁舍东廊中,不饮不食。人与之食亦食,啖可兼人。朔望,宫必招僧入署,设馔与食,僧辄倾诸肴并一器内,和饭手抟而食,尽一二斛。归,终不饮食,月惟两餐而已。暇辄市民间小铁器物,转售觅利,得钱必买砖积廊下。人怪而问之,亦不对。一日,少者他出,老僧忽以砖周叠门户,扃固其室。俄有火自内发,人争往扑救,不得入,烟焰蔽空,有白鹤一只,破烟而出。熄后,捡其遗蜕,瘗于塔院。少者迄不归,更不知何往。

谢 珍 格 物

谢珍字紫玮,武进人,游幕来杭。性倜傥,好客有奇才。平居颇精艺事,穷格致之学。一日,尝语人曰:"古人制物精意,虽日用小物,亦有至理寓焉。如箕帚,除秽之器,人多忽视,不知箕插彩花于角,可降紫姑;帚扫鸡雏之背,即成反毛;疫疾焚粪箕,烟能却鬼;冬瓜见苕帚风,则易烂。此皆有感应类从之理。"予因指其座右取火刀石器曰:

"此亦有理乎?"曰:"金石之属,皆感土火之气凝结,本属同类,赋质并刚。铁击石则出火以应之,施其所畏也。故火刀忌拨火,拨火则击石勿利。火石如出火少,则纳水中,一二日出之,则取火必多。其故何也?盖金为水母,拨火则枯,性枯则质钝。火石之火,分周四体,外剥既甚,则火藏石心,不易透出,用水激之,中藏之火尽出于外,故击则多火。"试之良然。

烟　　龙

张宁人言:其邻老善食烟,手一竹管,长五尺许,已三十余年矣。忽有道者过门,顾张所持烟管,曰:"君此物得人精气久,已成烟龙,疗怯者有效。他日有索者,勿轻与。"一日,果有典商来,云其子患怯症,知君有旧竹烟管,乞市以疗。乃以七十千价截半尺许去。其子服之,瘵虫尽化紫水而下。他日又遇前道者于门,出残管示之。曰:"龙已伤尾,尚可活,须再食十年,乃可作还丹药也。"求其法,但笑不言,径去。其竹管至今犹存。张曾见之,果光泽,须发毕照,夜悬壁间,一切毒虫皆不敢近。

形 交 气 交

诸城刘上舍怡轩言:"凡鸟外八窍,内亦少大肠,止有小肠,共粪溺于后。九窍者大小肠皆全,故兽亦分前后阴出入也。"赵衣吉曰:"鸟之肠一,何以知其为小肠而非大肠也?"曰:"凡人大肠通于后,结于肛。前阴为小肠之头,以通溺。兽亦然。独鸟以小肠在后,观鹅鸭相交,前阴突出于后,非小肠何也。大凡鸟之扁嘴者,以形交,有阴物相媾;尖嘴者,均以气交,无形器也。"此言可补《禽经》所未备。

蜜　　虎

蜜虎蜂类,形如蚕蛾,首有斑点,鼻上有二短须,口有黑丝如铁线,常卷缩,或云此鼻也。入花丛采花,辄伸黑丝入蕊心钩取,犹象之用鼻然。蜂采花用足,蜜虎用鼻,又各不同。诸城王氏仆名王三,曾治庄田数十年,云此虫山东最多,大为农患,土人呼为"古路哥子"。身有五彩,具细绒如蚕蛾,尾如鹅尾铺张,雄者身狭小,可入药,雌者肥壮,不入药。秋间腹中有子,散子生虫。有数种。其子产于豆荚上,则为豆虫,如青蠖状,若相扑叠,则体上细毛尽落,以油盐葱椒炒食之,味胜蚕蛹。其食蜂也,入其窠内用鼻丝刺蜂,蜂中丝毒辄毙,然后徐啖之。盖蜂针在尾,此则在首。在尾者属阴,在首者属阳。以阳制阴,蜂故不能敌也。

滇 南 灵 草

胡吏目什自滇归,言其地多产灵草。近日有一种草名安驼驼,四方购者如云,能炼铜为银,又可治病。彼处夷妇善为媚药,以悦男,其药成必试验乃用。试法以二巨石各置房东西两头,相隔寻丈,以药涂之,至夜则自能相合。其药亦以各草合成。然则遐荒僻壤所产,《本草》所不载者何限,又不仅鸡血藤胶为近日所珍也。

羊 乳 鹿

临安山中产鹿,清明前后生子。其子必俟天雨方能走,若无雨,终不能行也。土人觅得归家,以羊乳之,长大便随羊行走,野性稍驯,可为园林点缀,名羊乳鹿。

多 角 兽

僧志定居天目,言其山深处长亘一二十里,榛莽森列,无道路。产沙木,可为枋。豪猪多构巢树隙,为木工所患。忽一年绝迹,不知所往。山民喜,乃大纵斧斤。有匠某入一荒谷,见一物为藤罥死树上。视之,状如牛而形大逾倍,遍体皆短角,长二三寸,灰黑色,如羊角,数以千计。顶上一角,红如血,长二三尺。盖巨藤多蔓大木,此兽偶从崖上误跃而入,角为藤缠,四足架空,且藤性柔韧,无所施力,卒致饿死。始知豪猪悉为所啖。究不知此兽何名。

江中黄袄

张寿庄言:有客行长江,一日忽见江面浮一物似黄布衣袄状,随波游泳。猝不能细辨,呼舟子视之。内有舵工大惊失色,曰:"此物出必有覆舟之患,奈何?"急将船上篷桅悉去,惟剩船底,令客安座以待。措置甫毕,果陡然风发,出入危涛中,卒幸无恙。他舟有未备者,俱遭覆溺。询其故,盖其父昔亦见此遭难,故知之。然莫知其为何物也。忆贾文琮老于贾舶,曾言江行有大风必先有风旗出水面,或即此欤?

水 乩

和州含山有程姓者,幼失明,路遇异人,授以占乩法,为人决事多奇中。其法迥与他异。用水一盂,虚书符诀于上,置案间,有顷,则水面泛起泡沫,结而成字。字已,更泛他字。有未识者,复泛如前。如此数十次,或成诗歌,或隐语对答,无不浃人隐微。

九 尾 蛇

茅八者,少曾贩纸入江西。其地深山多纸厂,厂中人日将落即键户,戒勿他出,曰:"山中多异物,不特虎狼也。"一夕,月皎甚,茅不能寐,思一启户玩月。瑟缩再四,自恃武勇尚可任,乃启关而出。行不数十武,忽见群猴数十,奔泣而来,尽择一大树而上。茅亦上他树远窥,旋见一蛇从林际出,身如拱柱,两目灼灼,体甲皆如鱼鳞而硬,腰以下生九尾,相曳而行,有声如铁甲然。至树下,乃倒植其尾,旋转作舞状,每尾端有小窍,窍中出涎如弹,射树上猴。有中者,辄叫号堕地,腹裂而死。乃徐啖三猴,曳尾而去。茅惧归,自是昏夜不敢出。

蝎虎遗精

蝎虎即守宫。刘怡轩云：其遗精至毒，人误食之，不得见水，倘有水一滴在体，不拘何处，即能销化人骨肉成水。曾有江南民人有二儿自塾归，其母以干冬菜蒸肉脯食之。时正暑，儿食后洗浴，久之不出，怪而视之，则盆中惟有血水，骨肉皆销，众尽骇不知何故。乃检所存积干菜坛，内有大蝎虎二，相交于上，其精溢菜中，始知误取以食儿。其毒至此。然考《遵生书》云：夏月冷茶过夜者不可食。守宫性淫，见水必交，恐遗精其上。古人亦未尝言其能化人筋骨。

皖城雷异

乾隆五十六年八月初一日午刻，有黑云自东南蔽江来，去地不数丈。少顷，雷电大作，风雨随至。自午至戌末，霹雳数十震，房屋动摇。电光一闪，窗纸飒然有声。是时人人自危，莫测其变。次早始知雷击者凡十数处。抚军署前左首旗竿劈去其半，碎裂处爪痕如梳，约深三四分许。火药局前池中击死大蛇一条，约丈许。其余墙垣倒塌，栋折榱崩者甚夥。渔翁游姓者，前数日梦有乞藏其家者，翁辞以隘无所容，早起即见有物如猕猴状，爪绿色，约长二尺许，踞屋脊上，时移其前后屋瓦，余无他异。是日雷作，邻人见电光如金绳数十条盘游姓屋上，屋旁空地老柳一株，中空如竹，雷揭其皮殆尽，树身迸裂如横置地上捶碎者，然其中黑煤累累，又如火焚。想其物被击时逃匿柳中，雷因击柳取去，然究不知何怪也。后数日，有自黄溢来者，云是日雷声甚小，有自桐城来者，问之弗知也。黄溢距皖三十里，桐城百里，不同如是。

续子不语卷九

天后绣女

清河县有汪姓、刘姓、阎姓三女,性俱明慧,貌亦清丽相似。汪适王氏;刘适阎氏,即阎女兄,皆业儒;阎适王家营某氏,家颇饶。乾隆五十一年,阎女病甚,谓其夫曰:"我与同县汪女及嫂氏皆河口天后宫绣女,因事谪降,今期满当还,彼二人亦将同往矣。"其夫访诸两家,汪与刘果亦病笃。未几,阎死,汪亦死。阎母闻其女死而媳又垂毙,惧甚,急诣天后前泣祷曰:"妾女已死,仅一媳,倘死,妾何以生? 祈稍留以终妾身。"既而刘病果瘳。年余,刘忽有身,将产,夜梦天后曰:"因汝姑老,暂留尘世,岂容生子耶?"以手扪之。早起,腹平如常人。先是,刘女自童时及适阎后,每月必有一二日键户,终夜不容一人见。有窃听者,如数人言笑,达旦乃已。家人固诘之,终不言。至是始知。今尚存。代州冯松涛寄居清河,目睹之事。

桃源女神

桃源县郑氏女,生而端整,寡言笑。年及笄,一日,谓其母曰:"儿将某日死,死当为某村神,其地当庙祀我。"母以为颠,弗信。及期微疾,数日而卒。卒时端坐,颜貌如生。室中闻异香,云旗风马之状,家人咸隐约见之。后数日,某村男女同日梦女告曰:"吾当血食于此,为尔等福。"居民以为神异,醵金塑像,号曰娘娘庙,颇著灵异。乾隆三十四年事也。女旧有婢李氏,最亲昵。女为神后,每月必数召婢去,肩舆至庙,昏睡终日,醒而归。倘神欲留,强归,肩舆十人不能举。李氏嫁后,仍赴召如常。至五十一年冬,李氏谓夫曰:"娘娘命我腊月某日去,去不复归矣。"夫素不信神,诺之而已。至日,李沐浴焚香,使人召其夫一诀。夫故不归，李恚曰："误吾时刻矣！改次年正月某日。"夫归，闻不死，以为妄。至次年某日，李又召其夫作别，夫怒曰："又作狡狯矣！"竟归，视其死否。及归，李言笑如常，嘱家事数语，凭几瞑目而逝。

安庆府学狐

乾隆五十六年，秋祭前数日，涤濯笾豆，预备祭品，陈列明伦堂，夜使人看守。有副斋舆夫田姓者，素勇健，独任其事。是夜微月，田卧至三更，觉来闻有人偶语，开目视之，见二人历阶上，将至卧榻。田跃起大呼，二人径前与斗，田奋力擒一人掷阶下，大嗥化狐而去。其一复斗，田又擒掷，亦化狐去。田以为不复至，因就寝。未熟，忽闻人声甚众且至矣。急起，见一叟，须眉尽白，伛偻行，率少年十余人，喝令击田。田怒，奋拳击众，众应手倒，无能抗者。叟怒曰："如此可恶！"因腾跃，以首触田左胁，如中巨石，痛不可忍，仆地不能起。叟喝众："急曳至堂后左侧柴房去！"田念此去必无生理，见堂右有大钟悬架上，因众扶掖，出不意，疾走架下，以一肘挽架，一手拒敌。叟怒甚，以手持田肘力曳之，田惧，两手固挽，叟力猛，连架曳行数尺，钟声铿然。叟栗而止，令众狐就击之，自顶及踵无完肤，呕血数升。将曙，乃去，田亦仆不省矣。天明，执事者入，见之大骇，以汤灌之，良久乃苏，具道始末，乃知为狐祟。次夜，集众十余人守之。众不敢卧，坐至四更，无所见。众亦倦甚，甫就寝，闻众驰骤声，张目仰视，闻老人曰："其人在否？"众排头按验曰："无。"老人曰："幸漏网矣，去，去！"遂寂然。田卧病月余，寻愈，愈后欲挟刃宿堂上复仇，其妻力阻之，乃止。

湖南贡院鬼

乾隆丙午科，湖南秋闱，理州吏目冯名廷奉差委巡场。第三场，十四日夜，冯与同寅李某同坐至公堂，李方隐几卧，是夜月色微明，冯见阶下有物，长二丈余，腰腹如囷，通体皆毛，两目闪烁如炬，自西文场出，缓步入东文场。冯素有胆，不惧。初见时，低声呼李，李觉，仰视大惊，伏案。物去然后起，同入卧处，命仆从同卧一室。冯以李胆怯，既卧，故以手扣壁击床，恐吓之以为戏。正喧笑时，忽有大声呼啸，良久乃已。众皆股栗，以被蒙首。少顷，闻人声轰然，冯与李皆披衣起，监临、监试两主考皆起，使人察问，内外远近无不闻者，咸大诧异。是时头场荐卷已中定十七八，两主考覆加校阅，黜落七卷，后竟无他异。岂因此七人不当中而致怪异如此欤？

雷 异 二 则

滁州某村有黄氏姬，独坐室中，午后风雨暴至，忽霹雳一声，左壁下诸器物皆移置室中，离壁四五尺，壁上白泥厚不过三分，亦离壁四五尺，植立如堵，丝毫不损。姬惊仆，良久乃苏。不知所击何物，其家亦无他异。代州旅店中有二客同居，一日早起，大风微雨，一客在土炕上以大瓦盆覆坐之，一客坐门限上对语。坐限上者忽仰见屋梁上有火光二寸，如小蛇跳跃，急呼炕上者视之。其人未及答，忽霹雳一声，屋顶揭去一片。众奔入视，地下一人僵卧，一人在炕上坚坐不动，就视之，已死。顶上一孔如豆，初疑雷击，仰视屋瓦外飞，不似自上而下者。移尸视之，见所坐盆底亦有孔如豆，揭盆视之，炕上亦然，竟从地下起，穿炕盆，洞腹贯顶，破屋而去。地下者以汤灌苏，得不死。

人 变 鱼

从子致华作淮南分司，解四川兵饷过夔州城。道上人男女喧哗，举国若狂。问之，曰："某村妇徐氏，与其夫同床眠，甚相爱也。早起则妇面目发肤如故也，而下半身已变作鱼形矣。乳以下鳞甲腥滑。口尚能言，貌亦平整，惟涕泣哀号云：'我睡时无他痛楚，只觉下体作痒，搔之渐渐起稜，以为将生疥癣耳。不料五更后，两脚合并，不能伸缩，摩之已作鱼尾矣。今将奈何？'夫妻相抱大哭。"致华遣家人视之，果有其事，因官程紧迫，不能逗留，不知报官后将放诸江乎，抑养之家乎？不及问矣。

韩昌黎称老相公

韩文公为贡院土地。庚子岁，有嘉兴秀才陈效曾者，先试前数日入庙，庙祝令拜，生曰："昌黎者何拜之为？学不足师，文不足师。"祝强之，大诟而出。试毕，归家而死。殓数日矣，其妻惧，与小姑合被而寝。夜半，小姑登厕，忽见兄排户搴嫂帷帐而入，嫂奔出。姑大呼，家人凑集，而嫂之声音状貌俨然兄矣。大声曰："我效曾也。身何在？"家人曰："殓矣。"狂奔至棺所，扣棺而哭曰："我得罪老相公，相公之门人家仆，锁我厅事，俟老相公科场事毕当放我。昨老相公放榜出，责我二十板，我得归，何殓我之速也！"又大哭。家人曰："老相公何人也？"曰："土地。""土地何人也？"曰："韩昌黎。"客曰："昌黎，伯也，依今时称谓，当曰'伯爷'。依家人称之，当曰'老爷'。乃冥中仅称老相公。"

急淫自缢（删）

照海镜

宜兴西北乡新芳桥邸，农耕地得一物，圆如罗盘，二尺余团围，外圈绀色，似玉非玉，中镶白色石一块，透底空明，似晶非晶，突立若盖。卖于镇东药店，得价八百文。塘栖客某过之，赠以十千，至崇明卖之，得银一千七百两。海贾曰："此照海镜也。海水沉黑，照之可见怪鱼及一切礁石，百里外可豫避也。"

谷佛

湖州沈书记号讷庵，有谷佛一尊，弄以玻璃之椟。椟长半寸，椟下有座，高二分许，中藏大谷一颗，长一分有半。谷有芒，亦长分许。

谷旁有窍，晴明于赤日之中闭一目觇之，其窍渐大如门，觑之久，由门见堂，由堂见殿，现三宝如来像。像高数丈，缨络庄严，见胸前卍字纹盈尺。旁立文殊、普贤二像。若闻人语，眼少瞬，歘忽不见，仍大谷一颗而已。据沈云："此物传留湖州某尚书家，系明时利西公从西洋墨瓦腊泥迦州带来者，遂入中国。彼国秋熟时，此谷生田亩中，千里赤荒。"门人王昙亲见此谷，不知今归何处。

丹 徒 异 狱

丹徒县宰张名振纲者，驺呼出门，忽一物从空而下，落轿檐上。轿方迎风而趋，物忽堕入衣衩中，弸弸而跳，惊视之，乃男子阴也。仅长二寸许。哑出轿，命驺从捉之，跳不已。观者如堵。于是携归贮库，遍访此案不可得。越一月，西门担水王大娘者报某家妇姑杀人，遂拘之哑讯，盖妇、姑二人先通一陕客某，后又通一陈姓者，因彼此通奸，后夫斫杀陕客而支解埋之，使其尸不辨男女，故割下其阴，仓皇未收，投之楼窗之外，不料落在本县官轿中。告知知府，同寅无不大笑者。照谋人律，姑、妇、奸夫三人一齐抵命。

鬼 怕 讨 债

常州一贫汉死，其房卖入富姓，鬼作祟，富者锁之，几十年矣。后富者亦穷，大屋卖去，挪居之。忽贫鬼大闹，索镪讨祭，一家小大尽病。时方冬尽，房主负逋最多，债客登堂，日夜号骂，妖魅忽绝，病者尽起。至来岁，债务稍清，将帐目焚化，鬼又白日大诟曰："我去年见讨债甚多，疑是我生前旧欠，故而避之。今阅所烧帐目皆尔家积负，不干吾事，吾何避为？"于是抛砖掷火，恶声日甚，而房主亦徙去不复住。

兰渚山北来大仙

会稽兰渚山有兰亭道院焉。其院为北来大仙所居，北来大仙者，狐神也。初，会稽陈贾，少年时客楚，丧资本，贫窭不能自给，且病，居废寺中。一夜，有女郎至，容貌都丽，衣服照耀，皆明珠缀成者。贾惊起，女脱臂上钏赠之曰："知郎乏，故来相饷也。"遂去。明日又至，如是数月，枕席谐畅，情好日笃。贾乃以金钏稍赎资斧，理其旧业，而女郎亦购新居，料其家事，且日致金银珠宝之物，不下巨万。居数年，贾家信忽至，贾欲骄其乡里，又疑女郎为魅。一日，伺女郎不在家，贾忽呼数百夫及僮仆等，担装鱼贯而去。女归，见一室罄空，追贾至江口，贾已歌呼振帆。女临流号恸不得渡。贾于是归为富人。越十载，女郎至，呼贾曰："吾狐神也。积千年阴德，名在仙籍，今汝负心，已诉天帝，命江神授吾文檄到此，汝宜死矣。"于是飞刀掷火，家不安枕，百计禳之无效也。一日，女空中叹曰："吾因往日情重，至于此极。使汝死，恐天下有情人贻笑吾辈。汝家倘能大修醮禳，择名山安我神灵，我仇且释矣。"时兰渚山道士某，道法素高，为设醮四十九日。道士谓女曰："何不向我兰渚山住？"女曰："甚好。但吾须住五百年才去。"由是遂绝。今道院为罗氏业，罗氏为之塑像甚丽，而女亦岁时夜出，与世人谈论云。

吃肾囊中举

杭州士人于文肃祠祈梦，甫睡，一厉鬼舁一肾囊至，大如瓮，曰："欲中举当食此，否则不中。"士子惧，勉食之。初啖味甚甘，如榉子，片时将厚皮四面食尽，独肾丸二枚，齿决不可下。鬼曰："弃之，汝已中矣。"士子喜。然自此下场屡斥，至乾隆癸卯榜发，士子中魁，始恍然解悟。盖浙中呼肾为"卵"，鬼者，癸也；卵去核，卯字也。

杨老爷召稳婆收生

嘉兴乡镇间祠杨老爷神，多灵验。稳婆阿凤者，以收生致富，远近生育之家，必延之至，始无难产。忽雪夜有人叩门，问何来，曰："冷水湾杨府生公子，主人命来，宜急就船。"凤袭裘同仆下船，果至冷水湾，第宅严丽。进门，主人临轩而立，见凤来喜甚，命仆导入后堂，则产母方卧床而呼，众媪婢执烛而立，皆惨然曰："吾夫人产四日矣。"凤诊视之，盖肠盘于胎，急不得下也，以法救之，胎应手而出。报主人，主人赠金元宝二锭，凤纳之，曰："后三朝吾当来。"时天大雪，而房中热气甚逼。凤解衣从事，及出门就船，始记有外衣未著。归家天已明，视元宝则金纸叠成，而皮衣已送至家矣。由是乡人为老爷作三朝，行围盘钗果之礼，迎各庙诸神来贺。

溺 壶 失 节

西人张某作如皋令，幕友王贡南，杭州人。一日，同舟出门，贡南夜间借用其溺壶。张大怒曰："我西人俗例，以溺壶当妻妾。此口含何物，而可许他人乱用耶？先生无礼极矣！"即命役取杖责溺壶三十板，投之水中，而掷贡南行李于岸上，扬帆而去。

三 虎 索 命

元抚军展成生二女，皆有国色，一嫁李敏达公之第四子星曜观察，一嫁厉少司寇之子守谦太史。乾隆壬子春，余与太史相遇虎丘，偶谈往事，曰："异哉，吾妻之死也。结褵之后，琴瑟甚调，将及三年，忽一日，闺中置酒向余作诀别状，曰：'我前生猎户也。曾杀三虎，虎魂不散，要来索命。今我怀孕矣，明年分娩之期，正值寅年，寅年属虎，我其不免乎？'问何以知之，曰：'昨夜梦中，有神人金甲而虎冠者告我也。因所杀三虎中有二虎俱曾伤人，故上帝不准报仇；其一虎未曾伤人，故准其索命。'言毕涕泣不止。逾年，果以产难亡。"

梁 相 国 解 梦

梁文定公病笃，梦至一处，宫殿巍峨，坐客皆非所认识者。公谈久，忽想吃烟，苦无火。或指一殿曰："此中有火。"中坐神人招梁曰：

"且缓吃烟，我有一对君对之。"书"三代之英汝继泰"七字。梁惊而醒。召诸门生来视病，为解之，俱不能解。良久，曰："我不起矣。三者，三中堂宝也。英者，英中堂廉也。泰者，伍中堂弥泰也。三人官与我同，而俱死矣。我其继之乎？速办后事可也。"越三日而薨。

斋　猴

天目山多猴，要往斋猴者，先往韦陀庙烧香，陈祝某日来山斋猴，寺僧为挂牌晓示。临期，主人买馒头一千，铺在庙外地下。清晨，群猴毕集，有一极老者，白髯尺许飘飘，伛偻而至，旁有二猴，亦白须老者，扶持而来，群猴跪迎，老者南面就地坐，群猴拱手亦坐，寂然严肃，不敢哗。二侍者捧馒头献老猴，老者食，然后群猴共食。食毕，向主人叉手拜谢而去。梁履素孝廉亲见其事。余欲往施斋，而以路险草深，不果往。

狗熊写字

乾隆辛巳，虎丘有乞者养一狗熊，大如川马，箭毛森立，能作字吟诗，而不能言。往观者一钱许一看，以素纸求书，则大书唐诗一首，酬以一百钱。一日，乞丐外出，狗熊独居，人又往，一与纸求写。熊写云："我长沙乡训蒙人，姓金名汝利。少时被此丐与其伙伴捉我去，先以哑药灌我，遂不能言。先畜一狗熊在家，将我剥衣捆住，浑身用针刺之，热血淋漓，趁血热时即杀狗熊，剥其皮包在我身上。人血狗血，交粘生牢，永不脱落。用铁链锁我以骗人，今赚钱几数万贯矣。"书毕，指其口，泪下如雨。众人大骇，将丐者擒送有司，照采生折割律，立杖杀之。押解狗熊至长沙，交付本家。余按己未年京师某官奸仆妇，被妇咬去舌尖，蒙古医来，命杀狗取舌，带热血镶上，戒百日不出门，后引见奏对如初。元某将军入阵，受刀箭伤无算，血涌气绝，太医某命杀马，剖其腹，抱将军卧马腹中，而令数十人摇动之，如食顷，将军浴血而立。皆一理也。

雷　屑

吴人蔡鸣西与徐佩玉，中表也。二人之弟，自楚同舟载苎麻归。乾隆戊寅九月十三日，夜泊九江，雷雨大作。蔡怯懦，蒙被卧，有铜饭器支炉上，震摇欲堕。徐起移置，见电光直下，森逼双眸，大雷一声，船柁拔去，水溢入，舟人齐起，牵挽就岸。昏黑中互搬什物。天渐明，见徐顶心插一木，长约三四寸，围寸余，群相惊问徐，徐不自知，毫无痛痒，宛若生成，恰累坠不可一刻耐。邻舟有人善符咒，曰："此雷屑也。无罪而误触者，予能拔之。"徐甚喜，蔡虑或妄，鸣诸县尹。尹至江干，审视其人书符于徐顶，口诵喃喃，举手一拔，木随手起，复以小黄纸书符贴创处。木入于顶者寸余，尖锐如锥。或云能辟邪魅，尹以为当存案，遂携去。明日，顶上纸自落，宛好如初。奇情奇事，奇技奇人，何所不有。

牛　濮　水

临武县水多激险，东南三十里地名牛头濮，因山象形而名也。产鱼繁，水势奔骤，难施罟网，率用白鸽粪投水，则鱼皆僵浮水面。或驾小舟，或裸下体，沿流检之。一夕，两人赴饮归，缘岸行，见水面浮巨鱼。一人喜谓同行曰："曷稍待，吾携此鱼来。"遂脱衣入水，久之，人与鱼皆无声。讶其溺矣，急寻村中素善泅之张某，丐其入水相觅，约以若干金为酬。张许诺，索酒饮，立尽数斗，醉若不支，踏小船至浮鱼处，翻波而下，越数武，或起或没，如是数次，奋跃升岸。云："见一匹夫坐沙中，见人至辄移去。快取酒饮，我当再往，携与俱来。"又尽数斗，复入水，少顷波涌，见张擒一人发，踏波登岸，掷于地，以掌批之，曰："你累我往返数次，费如许力，实可恨，打得该否？"旁观力劝始解。视其人已死，即昨日求鱼者。酬以所约金。张笑曰："我两番痛饮，肠味已充，倘挟是术以骗人金，又何异迷人之水鬼？"即摇头举手而去。张殆奇杰之士而隐于水者乎？吴门顾君朗村是日过其地，亲见之。

并云:"土人称其下有龙宫,向一幼童误坠水,至一官署,门坐二人对弈,状怪似虾蟹,见童讶之,询其故,送出水。幼童今现存,年甫三十余,尝向人谈此异。"

阴 阳 山

川东新宁县之南乡,地名火石岭,有唐姓者,茹素诵佛经。年五十余,忽无病卒。越四日,胸仍温,家人不忍遽殓。渐复苏,进以汤粥,遂更生。语家人曰:"我前日偶出门外,见一道人,布袍跣足,呼与同行,觉此身不能自主。行数里,闻水声奔腾,须臾至一河,宽广莫测,巨桥凌空。桥上人见道人笑呼曰:'通灵来矣。'问何地,答曰:'黄河。'又数里,高山峻起,问何山,答曰:'阴阳山。'匍匐而升,危崖盘驳,惊奇怪异,气色昏黯,中间一径,仅容人行,两旁皆荆棘。见多人往来丛脞中,如觅路状,皮肤皆为棘刺所伤,流血号泣。予惧而询之,道人曰:'人居心坦白,公正无私者,则见此大道可行;巧诈欺伪者,则自投荆棘,徒受折磨,生平不由正道之故耳。'山既尽,天日清朗,城郭在望。道人曰:'此太平城,行人杂沓,皆候发落者。'忽见一隶卒执牌来,呼曰:'且带三十六人去。'道人呕招予入城。城中衙署甚多,皆寂然。顷至一署,额曰'业镜司',拉予由东角门进,立大堂檐下。见右厢椅上坐一人,补服顶帽,前立一女子,年可十七八,拽之泣冤,睨视其人,即同乡吴县尹也。询之,道人曰:'吴作令时,有陈氏女,夫亡守志,父欲改嫁,女不允。后讼于吴,吴见皆美少年,意其必合,判归之,女竟自缢死。今亦来候发放者。'少间,闻呵殿声,一人升堂高坐,方巾大服,类道教装,两房吏役祗候,威仪甚肃。潜问何官,曰:'此冥府总政也。'道人叩见,互相问答,莫辨所云。既而带余跪谒,座上官曰:'汝在世曾诵经否?'应曰:'曾诵。'又曰:'汝诵何经?'应曰:'诵《金刚经》。'曰:'汝自是好人,但"挚摩诃"如何念成"沙摩诃"? 因错了一字,罚去一岁。今叫汝来,快改过,还汝十年阳寿。去罢!'遂叩头起立。适前女子见,叩见所诉,果如道人语。座上官曰:'汝该是这样死。'从案上掷下一物,如方斗,曰:'汝自看来。'女遂默然。又曰:'汝矢志守贞,今奉岳主之命,燕地投胎,皇庄受禄。去罢!'旋退堂,而云板鼍鼓,宛若阳官仪注。回视右厢,则吴亦不见矣。出平阳,见有三十六人蹲踞相向,一隶至来,持巨扇煽之,火焰腾起,高数丈。须臾,火息,三十六人仍在。隶又于怀出一珠,大如卵,置地上,复以扇煽之,狂风骤起,而三十六人不知所往。惊问道人,曰:'冥府不比阳世刑法,只此阴阳火剿除恶类,继以罡风扬其渣滓。落于山则为虫介,入于水则为鱼虾。行善之人别有善路去也。'仍由前径而还。遇舅氏某,负猪皮在背,泣曰:'吾不幸死于利川,今且变猪矣。'及家中门,道人竟去。今乃醒,不自知为已死也。"遣家人往候吴,果患病危笃,两手厥逆者数日,今得霍然矣。询以女子事,则果宰蓝田时之案也。未几,其舅氏之子来,云渠父果于某日卒于利川县。事在乾隆二十二年四月间。唐姓今尚存,言之如绘。吴乃康熙庚子孝廉,仕于秦,世居新宁县后乡,予曾至其家,子名霖,邑庠生,能诗文,精岐黄,亦曾备言其事。

亡夫领妇到阴间见太公太婆

毗陵庄生家千早殁,遗妇陆氏,于乾隆壬子,卧病经夏。至七月六日,忽梦亡夫挈至一门,厅事颇如旧家。登堂见舅姑咸在,各各悲喜。俄而屏后有髯翁夫妇扶杖出,家千曰:"此太公太婆也。汝未及见,今宜祗谒。"氏如礼拜见。髯翁曰:"孙妇初见,我当有以款之。"其子以空乏对,翁乃探囊出白金付左右。须臾,肴馔罗列。方围坐共食,翁指盘中肉丸谓家千曰:"此味何不携去啖孙妇?"家千遽愀然目视其祖,若以为不可者。翁遂不言。食竟,氏前请曰:"既到此,须一见阎王否?"翁曰:"汝并无罪过,无庸去见。"因指旁向者谓氏曰:"明日戌时当遣肩舆来迓汝耳。"乃欻然醒,述所见髯翁夫妇,果其生前状貌,口吻宛然。至奔走使令之人,皆其家已故仆妇,一一不爽也。氏言梦中所遇,一家骨肉团聚甚乐。次日七夕,果见梦中二仆舁舆来迎,如期而逝。髯翁者名椿,字书年,曾为射洪令,一生爽直。家千父字实君,亦诚愿人也。

续子不语卷十

淫诌二罪冥责甚轻

老仆朱明死一日而复苏,告人曰:我被阴间唤去,为前生替人作债负中证,两造互讦,必须我到,才得明白。我见阎罗王之后,据实剖陈,其案遂定,放我还阳。我出殿门,见柱上有对一联云:"是是非非地,明明白白天。"我叹赏之,以为不愧神明口气。正徘徊间,见有一群托生之鬼从堂上下来,大半多不相识,只有一女子、一老叟,皆我邻也。女有淫行,叟诌富家,以为此二人者,必坠阿鼻地狱矣。及判官走过,手持托生簿,因而问之。判官曰:"某妇甚孝,故托生山西贵人家为公子。叟甚慈,故托生山东为富家女。"朱大不服,曰:"我素知某妇不端,某叟没品,俱得托生好处,然则阎罗衙门,何得为是是非非、明明白白乎?"判官叹曰:"此乃所以谓之是是非非、明明白白也。何也? 男女帷薄不修,都是昏夜间不明不白之事,故阳间律文载捉奸必捉双,又曰非亲属不得擅捉,正恐黯昧之地,容易诬陷人故也。阎罗王乃尊严正直之神,岂肯伏人床下而窥察人之阴私乎? 况古来周公制礼以后,才有妇人从一而终之说。试问未有周公以前,黄、农、虞、夏一千余年,史册中妇人失节者为谁耶? 至于贫贱之人,谋生不得,或奔走权门,或趋跄富室,被人耻笑,亦是不得已之事。所谓'顺天者昌',有何罪过,而不许其托生善地哉? 况古人如陈太丘吊张让而解党祸,康海见刘瑾以救李崆峒,贬其身而行其仁,功德尤大。上帝录之入菩萨一门,且有善报矣。至于因淫而酿成人命,因诌而陷害平人,是则罪之大者,阴间悬一照恶镜,孽障分明,不待冤家告发也。"朱闻之,大悟而醒。云:判官亦其族叔,名启宏,作黄冈州吏目,生前以端谨闻。

人寿有定阴间不能增减

六合程某,平素不信鬼神之事。年六十余,患病不起,不纳谷者四十余日。忽一日谓其妻曰:"我病不起矣。但两孙婚有日期,我不能一见孙妇,人必笑我没福。盍作速料理,以慰我心。"其妻子如其言,引两新妇到床前拜见。程喜动颜色,曰:"吾明日可以去矣。可于次晨即扶我起,便穿入殓之衣。"家人以蟒服进,命斥去之,曰:"我并未作官而著此服,必为群鬼所笑。仍衣常服可也。"服毕,良久曰:"有二人在外相待,可烧纸钱具酒肴待之。"妻问何人,曰:"俞龙、江辛二人者,已死之人,曾舍身为城隍役卒者也。"言毕,沉沉睡去者将一日,忽醒曰:"扶我起,将殓衣暂脱。城隍夫人生日,宾客来往甚忙,无暇点名,故俞、江二人仍放我回来,后日方去,听候发落。"依旧吃梨汁清茶者又二日。睡醒,命取衣穿,曰:"我此番真去,不复归矣。但家中子女多向城隍烧香借寿与我,或愿减五年,或愿减十年,虽是他们孝心,恰都可笑。人之年寿,各有定数,不比他物可以通挪。但有一件奇事,我望见城隍有素不认识之妇人替我涕泣讨情,放我还阳,城隍摇头不允。我大起疑心,盘问二皂隶,此是何家妇女,曰:'唐李氏也。君不记三十六年前之事乎?李氏嫁唐某而夫亡,此妇事堂上姑送其终,又替其夫承继一子。事毕,再拜灵前,自缢而死。君重其节,托人教唐氏小叔递呈请旌,一切费用,俱是君包揽而去。何竟不记耶?'"程闻之恍然如昨日事,且知城隍摇头者,亦因人寿有定,非城隍所能减增也。言毕又吃梨汁数杯而逝。程君之子号石泉,亲为余言。

关帝血食秀才代享

某生员请仙,一日关帝临坛,某以《春秋》一段问之,乩上批答明晰无误。批讫,遂去。某归家后,心切疑之,云:"关帝忠贯日月,位至极尊,如何以一纸之符,即能立刻请到?"心甚不服,欲拟表文一道,焚于上天控告。正作表文间,忽闻扣门声,某启户视之,而不见一人。

某愈怒，提笔又做，忽案头有人云："相公缓笔。"某问："尔系何人？"答云："我即临坛之人，实系唐朝秀士，因被乱军所杀，魂魄落在庙中殿下，朝夕打扫殿宇。圣帝怜我勤苦，命我享受庙中血食。并非关帝也。"某大笑，即欲焚表。案头人又云："缓焚。"某又问何故，答云："若焚表文，仍是控告。我总求相公将表文放入水中，磨灭字迹，方于我无碍。"某又问："关帝到底有临坛时否？"答云："关帝只有一尊，凡天下各庙中血食，皆系我等享受。惟天子致祭，方始临坛。"某问："何以知之？"答云："曾有修炼数千年之狐狸，闻天子致祭，一月前斋戒沐浴，遂往窥伺。七日前见周将军临坛打扫坛舍，红光满室，妖魔尽被烧死。故知天子致祭之期，关帝方临坛云。"

恶人转世为鳖

扬州胡姓，有子颇慧，年将二十。将娶之前数月，忽得颠疾，饮食眠动不时，若明若昧，自言自笑。一日，在床上坐，语其父母曰："儿于昨夜奉岳神命署本县城隍事，本县旧有积案十件未结，命儿公正办理。儿恐错误，需请幕友，细思惟有受业某师，素称理学可信，可速备礼请之。"时某师已故多年矣。少顷，忽起立云："师至，师至。"喃喃剌剌不休。家人旁听，竟是两人问答，声音笑态，毕肖平日。云十案中有七案仍从前议，其余三案，一当斫头，一当剁手，一当充军。其时，因医言其病须滋阴，买一鳖于灶下，引其首而斩之，鳖头落地，怒目狰狞可骇。相隔卧房甚远，其子忽于床上大喝曰："这恶人，应当斩罪，还有甚么不服？斫去还敢怒目视我耶？"家人祈祷城隍庙未回，其子又于床上云："太爷何故烧香于判官面前？他如何当得起太爷一拜？"十案俱有姓名，细访之，皆系已死境内积恶昭昭在人耳目者。

奸夫死后报仇

仪征县役何二曾与一妇奸好，其妇有旧好胡四，往来多年，妇利其财，后渐穷窘，妇渐疏之。何复凌之，遂至郁抑而死。妇夫亦死，妇遂归何，竟为夫妇。数年，颇有积蓄。何原有妻已故，曾生一子，忽得狂病，持刀弄斧，见此妇来即欲手刃，云："我乃胡四，你家用我数千金，财尽心离，更从何姓，如此快活，我死不甘，已诉于神，准我报仇。"医治不效，延僧请道，修斋祈祷，一无灵效。如此数月，其子骨瘦如柴。忽一日，叫戏演唱，又忽跨驿馆中马，狂奔街市。又忽将家中物件打碎，将银钱搜寻出散与他人，云："神许我将你家财荡散，再讨你儿子的命。"云云。至今其子现存，而家资已空。

董刺史雪冤

董公溶任海宁州时，下乡踏勘，有旋风迎舆来。左避左随，右避右随。公异之，祝曰："若有奇冤，可在舆前三旋而退，吾当命役从汝指引。"祝毕，果如公谕，遂令干役随风查察。至僻壤处，入墓而殁。稔知为某解元女公子墓，禀覆。公立为传讯。据称其女是暴病夭殇者，公不之信，即欲起墓检验。某乃索公无故开棺笔据，方许启墓，公不得已与之。及启验，果属病亡。公颇自悔，亦惟候告听参而已。乘舆返，行未数武，旋风复来，公益惊，停舆细思，忆及墓内搁棺石板下当有故。复回至墓，揭石验之，又得一棺，开检，亦一女尸，而貌如生，倾国姿也，遍体鳞伤。讯系解元威逼强奸不从，受伤身死。公遂按律详革科断，昭雪其冤而旌表之。

刘 老 虎

刘名捷，江右人，绰号老虎，强而有力，为一乡之无赖。夜，饮醉归来，途间觉酒上涌，扪壁以行，遇门便入，认为己家，足力急软，倒地而卧。五更尽，始醒，闻人问曰："某人何在？"答曰："在某洞。"又问："此番是谁？"答曰："某某。"共若干名，刘之姓名在内。自想不知所犯何案，系何衙门拘讯，因仰目视，天亦渐明，细认乃知在土地庙中，遍寻杳无人迹，大为奇异。因思某洞离此不远，无妨一往侦察，遂飞步至其洞，果有大汉鼾睡正熟。自思大汉雄健，未可软说，乃拔佩刀，抓起大汉,将刀置其喉间。大汉惊问何作,刘曰:"汝是歹人,尚问我耶?"大汉曰:"我是过路客,何以指为歹人?"刘曰:"既是过客,缘何不投歇店,行踪诡异。若不实言,吾先杀汝!"大汉急曰:"我实奉官差拘犯人。"索票观之,第一人即刘也。问犯何事,要其救释,大汉曰:"是大数注定,上帝所命,岂予敢徇纵耶?"刘曰:"如是,杀汝亦死,释汝亦死,均之死也,不如与汝同死。"复欲刺之。大汉摇手止之曰:"救汝。汝可自行咬破手指,血染吾票上,更易姓名,远徙他乡,或可稍缓数年也。"刘如其言。见大汉出洞门,就地一滚,化为老虎,咆哮入山去。刘踉跄归,到家,天亦大明。遂改姓名,移居外府,从此改悔,不作无赖。习理生业,娶妻生子,寿至七旬。因亲友家拜斗,为病人作干保,刘思拜斗大事,岂可填写假名,缘将前事告之,填写真名而归。出大门,甫数武,被虎衔去。

屈丐者

苏州枫桥镇,乃客商粮艘聚集处,村尽头有古庙,为屈丐者所居。两足不仁,朝出暮归,不离枫桥左右。一日晨起,见厕傍有遗囊,拾而阅之,中藏白金数百。因思是过客所遗,吾薄命人安能享此,且不知其作何勾当,一旦失之,有关性命,亦不可知。乃复归庙坐待。午间,果有人飞步而来,顿足捶胸,状甚惶急。因问之曰:"君得无失物者乎?"客曰:"然。汝拾耶?"屈曰:"有之。但须陈说不谬,方可还君。"客大喜,为述若干封,若干数,是何银色,是何包裹,果相符合,屈乃携出付之。客见原银大喜,愿分半相赠。屈笑曰:"君痴耶? 予不拜君全惠,而乃贪其半乎? 且君损半,又不能了大事。请即速去,勿误我乞!"客不得已,检拾锭与之而别。丐至街口,忽见一垂髫女,貌绝美,依父而哭,观者如堵。因问于众,或告曰:"是曹氏索债者,将欲夺此女为偿,故悲耳。"问欠几何,众曰:"十金。"屈闻怒曰:"盘剥私债,凶恶如此。设欠官项,又将如何? 且十金亦小事,何为富不仁,竟至于此!"讵知债主在旁,闻言而怒,指屈问曰:"似汝填沟壑者,亦来说仁义耶? 既出大言,可能为彼偿否?"屈慨然即将前客所赠,为之代偿,取归某之欠约而散。曹之本意，原在女，不在金，恨屈破其奸谋，乃贿捕役指屈为贼，锁屈送官。吴县陈公深疑其冤，遗金客闻之立即奔县，代为昭雪。陈公闻之，喜曰："此义丐也。"照反坐例，重惩捕役，并传枫桥各米行至，谕曰："所有日收米样，俱著赏给屈丐，免其朝夕沿门求乞之苦。"且为披红，令肩舆送归。于是此丐享日收石米之利，遂渐延求名医。遇道者与干荷瓣、茅、朮各药，煎洗不数日，足病竟愈，与常人等。不十年间，便居然置大屋，娶妻室，作富翁矣。

僵　尸

　　绍兴有徐姓者，新典巨宅，书屋三间，台榭俱备，为馆师章生设帐所。章夜读，至二更后，忽闻东房启窗之声，疑为暴客，即于窗隙窥之。见一少妇玩月，登假山，攀树杪，逾邻垣去。疑是私奔行径，遂辍书息烛而寐。鸡鸣未曙，闻树头簌簌有声，似是赴阳台归来者。凌晨，书童送汤沐至，问之曰："东房为何人住？通内室耶？"童曰："不通。乃前业主封锁之闲房耳。"章闻大疑，因往观之，则门封锁，窗闭如故。窥之，内有灵枢停焉。至夜，留心观察，又复如是。章因秉烛启窗入观，则棺盖斜起，中空无所有矣。章生乃将棺盖代为扶起，取《易经》拆开密铺棺上，然后归，登楼俟之。及五更时，见女从窗入，睹《易经》而却步，绕棺一周，旁惶四顾。举头见章，知其所为，拜而哀求。章生笑而不许。鬼曰："若汝不下楼，吾即上矣。"章仍不听。鬼物乃变作青面獠牙状，腾踔直上，章遂眩而坠楼，不省人事。迨书童送茶汤至斋，遍寻章生不得，乃与主人登楼观之，见楼下东房内似有人在，启关视之，则章生与女尸并卧地上。抚之，章体犹温，因共抬出，灌救半晌始苏。述其所见，具呈于官，为之查唤尸亲领埋。而尸亲已全家远出，因房无人看守，故为出典，至徐已三易其主矣。亦由僵尸为祟故耳。于是焚其棺，邻家子患鬼病者，从此绝迹矣。

申 氏 自 栟

张某为其子娶申氏女。成婚岁余，伉俪甚笃。一日，女痴迷不语，两手直垂下，忽举手合掌，八指交叉，作栟状，痛苦异常，呼号欲绝。自不能开，左右代劈之，不能动。即使有力者共劈之，亦莫能动分毫。亟询其故，女则云："有一妇人在我身后，使我至此。"言未毕，更大呼，两颊尽赤，似受批挞者。女不敢言，言则被栟更苦，惟呻吟而已。越时自开，八指皮肉红肿，又半时，亦平复，女言动如常，惟不肯明言其故。自是日必一二次，或三四次，其苦不可言。医药符篆，皆不能治，至今犹然，不解其故。或云其女生性乖僻，在母家时，家本富饶，女每餐以水牌点写肴馔而食，稍不适口，即詈骂，并器皿碎之。婢女进茶，若指擎杯口，即碎其杯而重笞其婢，以为手不洁不可近茶也。其所著里衣，若一经浣濯，即不再服。或云今之受栟，是暴殄之报。其信然欤？

雁 宕 仙 女

六合戴某有子十八岁，貌清秀，闭户读书，忽然不见。其家各处寻觅不得。一日，忽从园中香橼树上飞腾而下，曰："我某夕月下闲步园中，见一美女从空飞来，挟我上升。道我凡人也，如何上天？女微笑，采香橼叶一片，令我踏上，当即腾空而起。到一高山，顶上有石门数十间，门内有亭台花草，无所不备。我问此是何处，曰：'温州雁宕山也。天台小山，尚有刘、阮之事，况我雁宕又高天台一千余丈，而可无佳话流传人间乎？'与我遂成伉俪。诸石门中俱有仙娥来往，老少不一。所说言语，都是玄经秘旨，不能记忆。但觉服食起居，鲜华可爱，我乐而忘返。忽昨日谓我曰：'郎父亲明日八十生辰矣，不但郎宜归祝，即妾亦宜同去也。'又取香橼叶一片，令我踏上，遂复乘云而起，又到家园。"其家人邻佑闻此信来观者如麻。忽闻异香扑鼻，空中闻箫鼓声，果有一绝色女子，珠冠玉佩，在云中作叩首状。每一跪起，则

霞光四闪,百鸟皆鸣。家人正思攀留,而清风一起,其女与其子已冉
冉携手而又去矣。其父思子,涕泣不止。或曰:"此怪知礼,俟翁九十
岁时,定与令郎再至也。"

生魂入胎孕妇方产

金山县有老农某,月朔,梦一青衣人,似公差,赍牒来,语之曰:
"子本月十七数尽应死,因一生勤慎无大过,死后即托生某家为子。
亦小康,寿考无虑也。我故先来告知,便早处分家事,届期我来同子
往投胎可也。"其人醒,偏告家人,悉以家事付儿子。不数日,处置毕,
拭巾待期而已。至十二日夜,忽又梦见前青衣来促之行,农以未及期
为辞。曰:"我固知之,第彼妇于初十晚偶失足致仆,损动胎气,不能
待至十七,即于是夕坐蓐。儿已产,须生魂入窍,乃能饮食。今已三
日,君若不行,彼不能生矣。"晨寤,述其事于家人,复安枕而殁。

女 化 男

乾隆四十六年,长沙西城之长安坊,地名青石井,有把总安姓者,
一女五岁,与张守备家为养媳。其姑遇之严,少有忤,辄鞭笞交下,不
胜其苦。十三岁,逃归父家。张向安索女,安以女未及笄,不愿鬻养
姑家,且留家,俟有吉期,备礼遣嫁。张无奈,听之。及女年十七,婿
亦长大,张择期以告,安亦备奁具拟嫁女。女知期近而畏姑严,终夜
哭泣,向天叩祷,求速死,不愿出阁。母见女如此,颇怜之,曰:"汝徒
哭泣求死无益,若吁天能变得男身,便可免嫁。"是夕,女梦一老人手
持三丸如弹大,二红一白,纳其口而去。比寤后,觉小腹极热,喉痛异
常。不一炊顷,阳出于户,竟成伟男。项下结喉突起。惊疑以告,母
验之不谬。安夫妇无子,只此女,一旦成男,喜甚,往告张。以事属怪
诞,疑安捏饰赖婚,控于县。时邑令山西党公兆熊,拘女到案,验之,
貌犹是女而阴头鲜红,确系男子,势难行嫁,命安将奁资贴张,为代聘
一女以予其子。当堂令安女放脚剃发,脱珥著靴,改男装而出。

人化鼠行窃

观察王某,以领饷到长沙。邑令陈公,为设备公馆,将饷置卧室内。一夕甫就枕,气逆不能寐,展侧至三更,忽梁上仰尘中有物作啮木声甚厉,悬帐觇之,见顶板洞裂大如碗,一物自上堕地,视之,鼠也。长二尺许,人立而行。王骇甚,遍索床枕间,思得一物击之,仓卒不可得,枕畔有印匣,举以掷之。匣破,印出,击鼠,鼠倒地皮脱,乃一裸人。王大惊喊,吏役皆至,已而邑令陈某亦来,视之,乃其素识乡绅某也。家颇饶于资,不知何以为此。讯之,瑟缩莫能对。王即坐公馆将动刑,其人自言幼本贫窭,难以自存,将往沉于河,遇一人询其故,劝弗死,曰:"我令汝饶衣食。"引至家,出一囊,令我以手入探之,则皆束皮成卷,叠叠重列。因随手取一皮以出,即鼠皮也。其人教以符咒,顶皮步罡,向北斗叩首,诵咒二十四下,向地一滚,身即成鼠。复付以小囊佩身畔,窃资纳于中,囊不大,亦不满重也。到家诵咒,皮即解脱,复为人形。历供其积年所窃,不下数十余万。王因问:"汝今日破败前,曾否败露?"曰:"此术至神,不得破败。曾记十年前,我见一木牌上客,颇多资,思往窃之,化鼠而往。缘木牌上,突出一猫啮我项,我急持法解皮,欲脱身逃,而訇然有声,猫皮脱,亦人也。遂被执,究所授受,其人与我同师,其术更精,要化某物,随心所变,不必藉皮以成。因念同学,释我归,戒勿再为此。已改辙三年矣。缘生有五子,二子已历仕版,一子拔贡,尚有二子,思各捐一知县与之。敛家中银不足额,探知公饷甚多,故欲窃半以足数。不意遭印而败。"王因取皮复命持咒试之,则皮与人两不相合。乃以其人付县复讯,定谳始去。

唱　歌　犬

长沙市中有二人牵一犬,较常犬稍大,前两足趾,较犬趾爪长,后足如熊,有尾而小,耳鼻皆如人,绝不类犬,而遍体则犬毛也。能作人言,唱各种小曲,无不按节。观者如堵,争施钱以求一曲,喧闻四野。

县令荆公途遇之，命役引归，托以太夫人欲观，将厚赠之。至则先令犬入内廨，讯之，顾犬曰："汝人乎，犬乎？"对曰："我亦不自知为人也犬也。"曰："若何与偕？"对曰："我亦不自知也。"因诘以二人平素所习业，曰："我日则牵出就市，晚归即纳于桶，莫审其所为。一日，因雨未出，彼饲我于船上，得出桶，见二人启箱，箱中有木人数十，眼目手足悉能自动，其船板下卧一老人于内，生死与否，我亦不知。"荆公拘二人鞫之，初不承认，旋命烧铁针刺入鬼哭穴，极刑讯之，始言："此犬乃用三岁孩子做成，先用药烂其身上皮使尽脱，次用狗毛烧灰和药敷之，内服以药，使疮平复，则体生犬毛而尾出，俨然犬也。此法十不得一活，若成一犬，便可获利终身。不知杀小儿无限，乃成此犬。"问木人何用，曰："拐得儿令自择木人，得跛者、瞎者、断肢者，悉如状以为之，令作丐求钱，以肥其橐。"即率役籍其船，于船下得老人皮，自背裂开，中实以草。问何用，曰："此九十以外老人皮也，最不易得。若得而干之，为屑和药弹人身，其人魂即来供役。觅数十年，近甫得之。又以皮湿，未能作屑，乃即败露。此天也，天也！只求速死。"荆公乃曳于市，暴其罪而榜死之。犬亦饿毙。

韩 铁 棍

韩舍龙者，山西汾阳人，贫无居处，在邑中破寺栖止，佣工为生，勇健多力。一日，归见寺门外卧一道者，询知以病不能去，乃供养之，无德色。如是三月余，道者病愈，谓韩曰："感子厚义，无以报，今行矣，平生蓄有一物，食之力逾贲、育，兼可致富，以赠子，七十二年后终当归我。第子富后，慎勿纳粟得官，徒耗寿算。"言已，口中吐一羊出，小如拳，置掌视之，乃粉所为，纳韩口中。方欲吞啮，羊从喉中直趋而下。道者以掌向韩脑后一拍，韩即晕仆于地。比醒，道者已不知所在。试举穋锄之属，悉轻如草。次日，乃往见主人，愿居其家为长作。俾买铁另铸作器为锄地，其所耕十倍于人，日食米必三斗，他物称是。主以其勤而力，甚爱之。一日，令载煤五千斤自他所归，车历土坂，将下，骡蹶车倾，韩在后手挽之，徐徐而下，面色不动。主知其事异之，诧其神勇,命随标行押布至都中。途值盗,保标客二人与斗,俱为伤死,韩手无械,拔道旁枣树扫之,盗尽靡溃,皆获焉。主自后即令押标贩布,许分其余息,不令佣作。韩乃铸精铁为棍,长丈有二,重八百斤。其用棍无法,亦无授受,惟恃勇力横击,无能御者。江湖皆呼为"韩铁棍",盗贼莫敢犯其锋。其棍载在车后,非八人莫能举,而韩以只手取之,轻如草然。一日至京师,方投寓,忽有人来访,自通姓名曰山东白二。韩素不相识,讶其突如,询来意,曰:"我闻君善用铁棍,曷以见示?"韩指车后,令客自取之。客以只手轻取而下,谓韩曰:"君用此棍不知伤几许人,我仰其面,君试击我,能伤我,则君果为神勇。"韩不可,曰:"我与君无仇,何故以兵相戏? 既与吾角力,不若我屈一指,君能伸之,我即当敛迹归田,不敢驰驱道路矣。"乃环其食指,白以手钩韩指,韩俟其指入,乘势提而掷之地。白起曰:"我山东剧盗也,一生无敌,今竟让子。"嗣后韩行山东北直一路,如在家中。往来如是二十年,韩分息亦厚,乃辞主人,不复作标客。主人犹载其棍行者二十余年。韩归里,置田产,生有二子,课农为业。年逾七十,自在场上看麦,忽有一山羊自场出,众咸以为晋地所产皆胡羊,此不知所从来,争逐之。羊入一枯井中,众欲入,韩争先跳下,见羊在井底,以手举之,向上一掷,不觉身随羊上。众在井外,见有白气一缕,自井飞出,羊入云中,韩坐地上,气力兼无,共舁之出,寻亦无恙,然自是手无捉鸡之力矣。始悟道士还羊之说。神力已去,又活二十余年,至九十寿终。所用棍犹在韩庄,至今六十余年,无有能举之者。

认 鬼 作 妹

浙藩司更夫陈某,喜饮,而胆最豪。一夕,巡伺垣墙外,时三鼓,月甚明,见一妇人年十八九,容貌颇丽。陈念官衙禁地,必无私约者,心知非人,姑戏之,乃往握其腕曰:"子夜行得无觅佳耦乎? 我为若婿,何如?"妇曰:"我非人,乃缢鬼也。"变其貌,甚狞恶。陈曰:"我闻鬼皆能改貌,卿即陋劣,我不嫌也。"鬼无奈,乃曰:"子姑舍我,有钱十五千与子,何如?"陈问:"钱从何得?"鬼曰:"荐桥某钱庄有女,我明日往祟之，子须认我作妹，我教若与子钱十五千，其病即愈。但子得钱后，我在此勾当一二事，自后毋得再阻我。"陈诺之，鬼乃去。明日午后，果有人来访陈，且曰："汝妹为鬼太不良，昨日主人女出看戏，归为其所祟，百计求解，云必欲寻其兄来乃去。故招子往。"陈乃同往，入门，鬼即在内曰："吾兄至矣！"大恸趋出。陈亦佯泣，相抱而恸。已而鬼曰："吾兄贫，无以为生，汝家富，须予吾兄钱十五千作生计，我当去矣。"店主人不得已，如数予之，女疾果愈。陈得钱归，不三日，闻司廨中果有妇人缢死者。盖鬼求代，恐陈阻之，故行贿耳。

蟒 过 岭

湖广武冈州，有水路可达。有赴武冈任者，挈眷由水路行，一路皆滩河，两山壁立，茂树密箐，惟日午见日而已。一日，舟行，闻上流滩畔有人敲锣鸣众，询之，曰："今日蟒过岭，须停舟，不得行，行则有失。"问何以知之，曰："我处烧山，向例有定期，蟒知之，先期半月相率自南而北，俟北路烧山则又自北而南。时正十月，盖南路定期在初冬，北路定期在初春故也。其来日，早必有大风以阻行舟，便其横溪而渡。今早风大作，故知之。"问在何处，曰："相离里许，可望而见。"俄顷风愈大，见两山树梢枝叶皆垂，露一蛇首，大如十石瓮，徐徐自山下剪溪过。其头入北山，尾犹在南山未尽，约计两山隔溪河三五百丈，如是者一食顷始尽。一蟒过尽，又一蟒来，长皆仿佛，以次相接而行，其体亦递小，一昼夜乃尽。土人云："此黑蟒，性皆纯良，从不伤人。"

食猴怪物名石掬

湖南至道州路有一山，高数百丈，千峰环列，中有濂溪讲堂。山中最多猴，常出扰人。山脚居民数十家，皆漆户也。山产漆树，红芽初苗，如香椿，食者多死，官为立石以禁。沿漆林而入，周遭五六里，隔一涧，过涧即入山径，樵路穿云，高可插天。吾乡爱堂居士往游，远望崖侧，有似枯松，其毛遍覆数里，蠕蠕然。近视之，皆猴也。屏息而过，已历其上，俯视众猴，约有六七万，老少雌雄环集，呦呦皆有哭声，亦莫测何故。有顷，忽见二猴自上崖来，向众猴摇手，似禁其勿泣者。已而悉起，有扶老者，有携雏者，皆缘崖左而上，至经香台畔，俯伏屏息，高下几无隙地。旋有大风簌簌动林木，台后出一兽，绝似猴而小，高可尺许。众猴见之，皆俯伏。此兽跃上濂溪讲座，踞膝而坐，推其身，忽伸长丈许。众在下仰望，不见其顶。久之，见一猴来跪其座旁，自以双手向脑后剥去其皮，若供其食啖者。爱堂尚欲再觇其异，不料仆人遽怒起，燃大爆竹震之，响一发，众猴咸惊坠山下，死者不可胜计。其兽闻声一跃，直穿屋顶而出，不知所在。按《异物志》，石掷如猴而食猴。或即此欤？

铁 牛 法

湖南邑囚论死，秋决后例多暴尸三日，然后埋。入夜，尸常不见。官吏异之，踉缉四出，初以为其亲属私窃以葬，讯之不承。有武生某，以事赴县，行至一村镇，牵马饮于溪桥之下。水中映有人影，俯窥之，则桥洞内水干，有一人闭目趺坐于中。蹑而就之，见其襟裾间皆血污狼藉，问为谁，不答。因急趋出，适镇中有驻防汛弁，告之守备殷某。殷先入桥下，其人见殷相近，即飞左足将殷踢仆地。后入者至，救殷起，觅其人已不见。互相嗟讶而返。是夕雷雨击死一人于桥柱侧，众往视，正昨日桥下人也。或云：此学铁牛法者，可以代形，而终获天谴。

妖 术 二 则

江阴有士人学法于茅山，有术能致妇人。用乌龟壳一个，书符于上，夜拥之而卧，少顷即见一舆异一少妇至。或平昔有属意者，皆可召来。其妇不言，与交媾，无异生人，天将明乃去。其去时，必反系其裙以出，未知何故。据言此乃所召之生魂也。

娄县有道士，善致天女。有求其术者，必令其人备衣裙钗钏之属，须极华丽珍贵，乃可为天女服饰。言著天宫衣不能履凡世故也。其来必在初更，须先扫净室，屏绝人迹，道人入，书符步咒，则天女始至，色果殊丽，异香袭体。人与交合，与世人无异，亦不言笑。天未明，道士来，又屏人书符，送天女去，则衣饰皆带去，无一遗存。与天女交者皆无后祸，故其术颇为豪富家所重，即耗其资，亦不惜也。后乃知其常通妓女为之。道士素顾而长，将女裸缚于怀，以袍袭之，昏黑人莫能辨。屏人而出诸怀，服其衣饰，伪为天女给客。将晓仍束而去，以此分肥其衣饰。盖死后，其徒言于人云。

种　　蟹

盛京将军某，驻扎关东地方，向无鳌蟹，惟将军署颇饶此物。有异之者，请于将军。将军笑曰："此非土产，乃予以人力种之。法用赤苋捣烂，以生鳌连甲剁细碎，和青泥包裹为丸，置日中晒干，投活水溪畔，七日后俟出小鳌，取置池塘中养之。螃蟹亦如此做法。"按此法，《养鱼经》中载之，而不言能种螃蟹。据将军言，则凡介属皆可以此法种之，则是赤苋固蛤介中之返魂丹也。

扯鸡嗉救溺死人法

凡人落水淹毙一日内者，尚可活。《洗冤录》载有骑牛法最妙，而不知更有扯鸡嗉法，入水三日者亦可活。扬州各帮作排手黄一谦，沛县人，只身带货，无不获利，积至百余，悉以周济贫乏。康熙五十九年六月，在北通州坝上落水，已三日，捞起，有长眉白髯老翁云："用笔管套鸡嗉，先破一孔，插入肛门，扯出鸡嗉吹之。"吹至三人，心口微动，老人曰："活矣。"众趋视，忽失老人所在。又换人吹，果叹气而苏。

鸟兽不可与同群

荆州寺僧某，颇精禅诵。一日有猎徒获一虎子，归途憩寺门。僧劝勿杀，众即以虎舍寺中。僧给以饮食，颇驯服。随僧起居，每课诵虎亦从众后作顶礼状。课毕乃退。日渐长大，客至方丈，虎伏座下。初甚骇怖，继察其状无恶意，亦不甚畏，狎玩之，虎亦不怒。一日有客访僧，入方丈，与僧以足蹴虎令去，曰："毋惊我佳客。"虎作欠伸状，瞪目而视，良久始出。已而又来伏脚下，气粗而有喘声。客愈恐，僧以手批虎，又瞪目视，良久，一若有所思状。僧以足蹴之，乃去。俄而又进，作怒容，直前一口衔僧头而去。僧犹坐而不仆。寺中人见虎口有血，奔出山门，乃共逐之，入深山去，卒不可获。

拘　　蛇

江阴章燕桥言有南客馆京师，自言能拘蛇。主人欲观其法，不可，强之至再，始允焉。先命竹工削竹签百枝，长三尺许，锯其两端如箭锥。至期，约主人及外客以麻绳束竹签，捆载而行，同赴西山石佛庙中。踞石台上，步罡书符，口喃喃作词。俄顷，微风起，草中索索作声，蛇果大至。先小后大，盘旋回绕，有若锦者，有若花者，诸色俱备。众咸诧所未见。最后有一蛇至，不甚大，遍体光黝如漆，昂其首向前视客。客色遽变，怃然曰："殆矣！"急书符退之，众蛇皆散，独黝黑者不去，吻舌张口，似有怒态。客披发跣足，持咒，啮舌血噀之，黑蛇始去。顾众曰："君等可归矣。此蛇来与吾较法，我不可去，去则贻祸主人。"乃命众人用绳束其身，捆于石佛背上，以所携竹签置手旁，促众人去。次日客归，众询所以，云：是夜风雨大作，其蛇乘空而来，张口吸气，似欲相吞。客望其气来，乃以竹签一枝投之，签为气摄入其腹中。如是数十次，气亦渐衰，签亦将尽。俄闻庙门外有崩撼之声，蛇毙于地，风雨亦息。

金 香 一 枝

富民某闻某寺有老僧,德行颇高,延请至家,供奉一室中,朝夕顶礼。即香柱香炉之内,无不以金为之。一日,僧于静室中入定,忽见彩云飘渺,异香满室,有二仙女将一莲花座来,曰:"我奉西方佛祖之命来迎。"僧自顾功行颇浅,惧不敢往。仙女催促再三,且曰:"若不去,我无以复命。"僧乃取瓶中香桂一枝与之,始冉冉而去。明日,主人家产一驴,堕地而死。奴仆辈剖食之,肠中有金香一枝,惊白主人。僧不知也,即主人亦不知金香桂为供奉和尚之物。后偶于参礼和尚时,主人谈及此事,和尚大惊失色,始以向夕莲花相迎之事告主人。亟看瓶中,已少一枝香桂矣。盖无功食禄,天意所忌,故使变驴以报也。

小 僮 遇 女 鬼

镇江梅甫族弟家,雇小童孔姓者,伴其子岸夫宿书楼上。乙巳冬月望日三更后,遣其楼下取物,迟至一更不来,即偕其家西席王松坪先生下楼往看,遍寻不见,于是急呼众家人寻觅。寻至第三进小室内,见其伏卧桌下,头嵌于椅脚内,家人拖出,人事不省。以姜汤灌醒,问其原委,云:"我下楼梯至中间,见一奶奶将我搀至堂前。我欲叫人,他将手卡我颈项,我即不能言语。此后如何关门,如何来此,我总不知。"于是令其安睡。次日,亦无他恙。越至次年五月望前,渠卧书楼下厢屋内。时约二更许,月明如昼,忽然大叫,岸夫急起往观,奴云:"去冬搀我的女人又来了,我骇怕,将帐门扪紧,他与我扯夺不开而去。我即叫人,他又转来,我不敢叫,他又去了,我遂大叫。他见人来,遂不见了。"问此女人模样,云身穿蓝衣,面甚标致,其白如雪。家中恐其复又生事,遂将小童遣去。此后,安然无见闻矣。岸夫侄亲为余言。

怀庆水灾投匾水息

余同年沈永之为怀庆府太守,天久雨,黄河水发,直灌城中。公与属员百姓等,俱登城外高阜看水。水高数丈,竟不能归,饿三日矣,除祷天之外,一筹莫展。忽见一黄衣者带笠乘舟而来,问曰:"汝等欲使水退,须当问我。"公即问之,曰:"可取怀庆府大堂之匾投水中,水即退。"问其姓,答曰:"我姓黄。"言毕遂去。水随其舟,渐渐流下。高阜离署数十余里,公之父母俱在署内,无人能往。正彷徨间,有家人陈姓者曰:"小人能识水性,愿往。"公欣然遣之。令其人头顶葫芦,放书其中,汹水到署,见二老,登楼哭泣,得其信大喜,即取匾投水,登时水遂退。访之里人云:某处有黄将军庙。想怀庆一府应遭此劫,投其匾于水,算已应此劫故也。公即往拈香,瞻其像,果符所见云。

三王神请医治臂

归安有名医汤姓,字劳光,门外挂一匾,云"凡求医者,非先送十金不治"。一日,闻外有锣声,出视,见一大沙飞船泊其门外,顷有一人登岸,从者手捧一大元宝。自言王姓,家住菱山下,左臂有伤,特来求治。医即与膏药帖之,拱手而去。医送登舟,照旧筛锣开船。旗上书"三王府"三字,须臾不见。医归家,见桌上元宝乃纸元宝也。大惊曰:"此乃东菱山之神。"明日即著冠袍往拜,见神左臂上膏药犹在,旁有一死蝎存焉。

历代笔记小说大观总目

汉魏六朝

西京杂记(外五种) ［汉］刘歆 等撰 王根林 校点

博物志(外七种) ［晋］张华 等撰 王根林 等校点

拾遗记(外三种) ［前秦］王嘉 等撰 王根林 等校点

搜神记·搜神后记 ［晋］干宝 陶潜 撰 曹光甫 王根林 校点

世说新语 ［南朝宋］刘义庆 撰 ［梁］刘孝标注 王根林 标点

唐五代

朝野金载·云溪友议 ［唐］张鷟 范摅 撰 恒鹤 阳羡生 校点

教坊记(外七种) ［唐］崔令钦 等撰 曹中孚 等校点

大唐新语(外五种) ［唐］刘肃 等撰 恒鹤 等校点

玄怪录·续玄怪录 ［唐］牛僧孺 李复言 撰 田松青 校点

次柳氏旧闻(外七种) ［唐］李德裕 等撰 丁如明 等校点

酉阳杂俎 ［唐］段成式 撰 曹中孚 校点

宣室志·裴铏传奇 ［唐］张读 裴铏 撰 萧逸 田松青 校点

唐摭言 ［五代］王定保 撰 阳羡生 校点

开元天宝遗事(外七种) ［五代］王仁裕 等撰 丁如明 等校点

北梦琐言 ［五代］孙光宪 撰 林艾园 校点

宋元

清异录·江淮异人录 ［宋］陶毂 吴淑 撰 孔一 校点

稽神录·睽车志 ［宋］徐铉 郭彖 撰 傅成 李梦生 校点

困学纪闻　[宋]王应麟 撰　栾保群 田松青 校点

齐东野语　[宋]周密 撰　黄益元 校点

癸辛杂识　[宋]周密 撰　王根林 校点

归潜志·乐郊私语　[金]刘祁　[元]姚桐寿 撰　黄益元 李梦生
　　校点

山居新语·至正直记　[元]杨瑀 孔齐 撰　李梦生 庄葳 郭群一
　　校点

南村辍耕录　[元]陶宗仪 撰　李梦生 校点

明代

草木子(外三种)　[明]叶子奇 等撰　吴东昆 等校点

双槐岁钞　[明]黄瑜 撰　王岚 校点

菽园杂记　[明]陆容 撰　李健莉 校点

庚巳编·今言类编　[明]陆粲 郑晓 撰　马镛 杨晓波 校点

四友斋丛说　[明]何良俊 撰　李剑雄 校点

客座赘语　[明]顾起元 撰　孔一 校点

五杂组　[明]谢肇淛 撰　傅成 校点

万历野获编　[明]沈德符 撰　杨万里 校点

涌幢小品　[明]朱国祯 撰　王根林 校点

清代

筠廊偶笔 二笔·在园杂志　[清]宋荦 刘廷玑 撰　蒋文仙 吴法源
　　校点

虞初新志　[清]张潮 辑　王根林 校点

坚瓠集　[清]褚人获 辑撰　李梦生 校点

柳南随笔 续笔　[清]王应奎 撰　以柔 校点

子不语　[清]袁枚 撰　申孟 甘林 校点

阅微草堂笔记　[清]纪昀 撰　汪贤度 校点

茶余客话　[清]阮葵生 撰　李保民 校点